A Sala das Borboletas

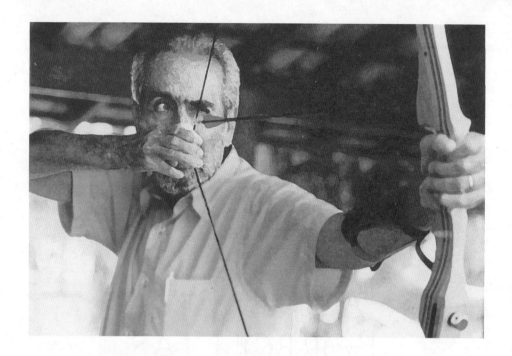

O Arqueiro

GERALDO JORDÃO PEREIRA (1938-2008) começou sua carreira aos 17 anos, quando foi trabalhar com seu pai, o célebre editor José Olympio, publicando obras marcantes como *O menino do dedo verde*, de Maurice Druon, e *Minha vida*, de Charles Chaplin.

Em 1976, fundou a Editora Salamandra com o propósito de formar uma nova geração de leitores e acabou criando um dos catálogos infantis mais premiados do Brasil. Em 1992, fugindo de sua linha editorial, lançou *Muitas vidas, muitos mestres*, de Brian Weiss, livro que deu origem à Editora Sextante.

Fã de histórias de suspense, Geraldo descobriu *O Código Da Vinci* antes mesmo de ele ser lançado nos Estados Unidos. A aposta em ficção, que não era o foco da Sextante, foi certeira: o título se transformou em um dos maiores fenômenos editoriais de todos os tempos.

Mas não foi só aos livros que se dedicou. Com seu desejo de ajudar o próximo, Geraldo desenvolveu diversos projetos sociais que se tornaram sua grande paixão.

Com a missão de publicar histórias empolgantes, tornar os livros cada vez mais acessíveis e despertar o amor pela leitura, a Editora Arqueiro é uma homenagem a esta figura extraordinária, capaz de enxergar mais além, mirar nas coisas verdadeiramente importantes e não perder o idealismo e a esperança diante dos desafios e contratempos da vida.

Lucinda Riley

A Sala das Borboletas

Título original: *The Butterfly Room*

Copyright © 2019 por Lucinda Riley
Copyright da tradução © 2019 por Editora Arqueiro Ltda.

Todos os direitos reservados. Nenhuma parte deste livro pode ser utilizada ou reproduzida sob quaisquer meios existentes sem autorização por escrito dos editores.

tradução: Alves Calado

preparo de originais: Beatriz D'Oliveira

revisão: Flávia Midori e Tereza da Rocha

diagramação: Valéria Teixeira

adaptação de capa: Gustavo Cardozo

imagens de capa: © Alison Archinuk/ Trevillion Images (fundo);
© Shutterstock (borboletas)

impressão e acabamento: Bartira Gráfica

CIP-BRASIL. CATALOGAÇÃO NA PUBLICAÇÃO
SINDICATO NACIONAL DOS EDITORES DE LIVROS, RJ

R43s   Riley, Lucinda
      A sala das borboletas / Lucinda Riley; tradução de Alves Calado.
São Paulo: Arqueiro, 2019.
      496 p.; 16 x 23 cm.

      Tradução de: The butterfly room
      ISBN 978-85-306-0049-5

      1. Ficção americana. I. Calado, Alves. II. Título.

		CDD: 813
19-59720		CDU: 82-3(73)

Todos os direitos reservados, no Brasil, por
Editora Arqueiro Ltda.
Rua Funchal, 538 – conjuntos 52 e 54 – Vila Olímpia
04551-060 – São Paulo – SP
Tel.: (11) 3868-4492 – Fax: (11) 3862-5818
E-mail: atendimento@editoraarqueiro.com.br
www.editoraarqueiro.com.br

Para minha sogra, Valerie, com amor

Posy

Almirante-vermelho
(Vanessa atalanta)

Admiral House
Southwold, Suffolk

Junho de 1943

– Lembre, querida, você é uma fada, flutuando em silêncio pelo gramado com asas diáfanas, pronta para capturar a presa em sua rede de seda. Olhe! – sussurrou ele em meu ouvido. – Ali, na beira da folha. Agora. Voe!

Como ele havia me ensinado, fechei os olhos por alguns segundos e fiquei na ponta dos pés, imaginando que eles saíam do chão. Então senti a mão de papai me dar um suave empurrão. Abri os olhos e focalizei o par de asas azul-jacinto, então voei os dois passos necessários para lançar minha rede ao arbusto de budleia onde a grande-borboleta-azul estava empoleirada.

A agitação do ar quando a rede cercou o alvo alertou a borboleta, que abriu as asas se preparando para voar. Mas era tarde demais, porque eu, Posy, a Princesa das Fadas, a havia capturado. Ela não sofreria nenhum mal, claro, seria apenas levada para que Lawrence, o Rei do Povo Mágico – que também era meu pai –, a estudasse, então seria solta depois de desfrutar de uma grande tigela do melhor néctar.

– Minha Posy é tão esperta! – disse papai enquanto eu voltava por entre as folhagens e lhe entregava a rede, orgulhosa.

Ele estava agachado, de modo que nossos olhos – que todo mundo dizia serem tão parecidos – se encontraram em um orgulho e um deleite compartilhados.

Eu o vi baixar a cabeça para examinar a borboleta, que permanecia completamente imóvel, as patas minúsculas agarradas à prisão da rede branca. O cabelo de papai tinha a cor de mogno escuro, e o óleo que ele usava para arrumá-lo o fazia brilhar ao sol como o tampo da comprida mesa de jantar depois que Daisy a lustrava. Também tinha um aroma maravilhoso: o cheiro dele, de tranquilidade, porque ele era o "lar" e eu o amava mais do que qualquer coisa nos meus mundos, tanto o humano quanto o das fadas. Eu também amava mamãe, claro. Só que, apesar de ela ficar em casa na maior parte do tempo, eu não sentia que a *conhecia* tão bem quanto conhecia papai. Ela passava muitas horas em seu quarto, com uma coisa chamada enxaqueca, e ao sair parecia sempre ocupada demais para ficar comigo.

– Esta aqui é formidável, minha querida! – disse papai, erguendo os olhos para me encarar. – Uma verdadeira raridade por estas bandas, e sem dúvida é de linhagem nobre.

– Será que é um príncipe das borboletas?

– Pode muito bem ser – concordou papai. – Precisamos tratá-lo com o máximo respeito, como exige seu status real.

– Lawrence, Posy... almoço! – gritou uma voz para além da folhagem.

Papai ergueu o corpo acima do arbusto de budleia e acenou através do gramado para o terraço da Admiral House.

– Estamos indo, amor! – gritou ele bem alto, já que estávamos a certa distância.

Observei seus olhos se franzirem em um sorriso ao ver a esposa: minha mãe, que era, mesmo sem saber, a Rainha do Povo Mágico. Essa era uma brincadeira que somente papai e eu compartilhávamos.

Atravessamos o gramado de mãos dadas, sentindo o cheiro da grama recém-cortada, que eu associava a dias felizes no jardim: os amigos de mamãe e papai com champanhe em uma das mãos, taco de croquet na outra, o ruído seco de uma bola disparando pelo retângulo de grama que papai aparava para aquelas ocasiões...

Esses dias felizes vinham acontecendo com menos frequência desde o início da guerra, o que tornava as lembranças ainda mais preciosas. A guerra também deixara meu pai manco, de modo que andávamos bem devagar, o que para mim era ótimo, porque significava que ele era todo meu por mais tempo. Ele agora estava muito melhor do que quando voltara do hospital. Naquela época, ele ficava em uma cadeira de rodas, como um velho, e seus olhos também pareciam cansados. Mas com os cuidados de mamãe e Daisy, e eu me esforçando ao máximo para ler livros de histórias para ele, papai progrediu depressa. Agora não precisava nem de bengala para andar, a não ser que fosse além dos limites da propriedade.

– Bom, Posy, corra para dentro e lave as mãos e o rosto. Diga à sua mãe que vou acomodar nosso novo hóspede – disse ele, gesticulando com a rede quando chegamos aos degraus que levavam ao terraço.

– Sim, papai – respondi enquanto ele se virava para atravessar o gramado e desaparecia através de uma alta cerca viva.

Estava indo para o Torreão, que, com seus tijolos amarelos de areia, era o mais perfeito castelo para o povo das fadas e suas amigas borboletas. Papai realmente passava um bocado de tempo lá. Sozinho. Eu só tinha permissão de espiar a sala redonda postada atrás da porta da frente – um lugar muito escuro que cheirava a meias mofadas –, quando mamãe pedia que eu o chamasse para o almoço.

A sala do primeiro andar era onde ele mantinha seu "equipamento de ar livre", como o chamava: raquetes de tênis largadas junto de tacos de críquete e galochas enlameadas. Eu nunca fora convidada para subir a escada em caracol que ia até o topo (sabia disso porque a tinha subido secretamente quando papai foi chamado por mamãe para atender um telefonema em casa). Foi muito frustrante descobrir que ele havia trancado a grande porta de carvalho que me recebeu lá em cima. Apesar de eu girar a maçaneta com toda a força de minhas mãozinhas, ela não cedeu. Eu sabia que, diferentemente da sala de baixo, havia muitas janelas naquele cômodo, porque dava para vê-las pelo lado de fora. O Torreão me lembrava um pouco o farol em Southwold, só que ele tinha uma coroa dourada no topo em vez de uma luz muito forte.

Enquanto subia os degraus para o terraço, dei um suspiro feliz olhando as lindas paredes de tijolo vermelho-claro da casa principal, com suas fileiras de janelas de guilhotina emolduradas por ramos de glicínia verde-lima. Notei que a velha mesa de ferro fundido, agora de um tom mais verde do que o preto original, estava sendo arrumada para o almoço. Havia apenas três conjuntos de pratos e copos, o que significava que seríamos só nós, algo muito incomum. Pensei em como seria bom ter mamãe e papai só para mim. Entrei em casa pela ampla porta da sala de estar, passei entre os sofás de seda adamascada que rodeavam a enorme lareira de mármore – tão grande que no ano anterior Papai Noel tinha conseguido descer por ela com uma bicicleta vermelha e brilhante – e segui pelo labirinto de corredores que levavam ao banheiro do térreo. Fechei a porta e usei as duas mãos para abrir a torneira de prata, depois as lavei meticulosamente. Fiquei na ponta dos pés para olhar meu reflexo no espelho e procurei alguma sujeira no rosto. Mamãe era muito exigente com a aparência – papai dizia que era por causa de sua ascendência francesa –, e ai de qualquer um de nós se não chegássemos imaculados à mesa!

Mas nem ela era capaz de controlar os cachos castanhos que viviam escapando das minhas tranças apertadas, aparecendo na nuca e se esgueirando para fora das presilhas que tentavam ao máximo deixar os fios longe da minha testa. Certa noite, enquanto papai me colocava para dormir, perguntei se poderia pegar emprestado um pouco de seu óleo de cabelo, achando que poderia ajudar, mas ele apenas riu e enrolou um dos meus cachos no dedo.

– Nada disso. Eu adoro seus cachos, querida, e, se dependesse de mim, eles ficariam livres para voar pelos seus ombros todo dia.

Enquanto voltava pelo corredor, desejei de novo ter o cabelo liso e louro de mamãe. Era da cor do chocolate branco que ela servia com café depois do jantar. Meu cabelo era mais café com leite, ou pelo menos era o que mamãe dizia; para mim, era marrom-ratazana.

– Aí está você, Posy – disse mamãe quando cheguei ao terraço. – Onde está seu chapéu?

– Ah, devo ter deixado no jardim quando papai e eu fomos pegar borboletas.

– Quantas vezes já falei que seu rosto vai ficar queimado e você vai acabar enrugada feito uma ameixa velha? – censurou ela enquanto eu me sentava. – Você vai parecer ter 60 anos quando tiver 40.

– Sim, mamãe – concordei, pensando que, de qualquer modo, aos 40 anos eu já seria tão velha que nem me importaria.

– Como está minha outra garota predileta neste dia lindo?

Papai apareceu no terraço e tomou minha mãe nos braços, fazendo-a derramar água da jarra que ela segurava na pedra verde do piso.

– Cuidado, Lawrence! – repreendeu mamãe com a testa franzida, antes de se soltar e colocar a jarra na mesa.

– Este não é um dia maravilhoso para se estar vivo? – Ele sorriu enquanto se sentava à minha frente. – E parece que o tempo estará ótimo no fim de semana para a nossa festa.

– Vamos ter uma festa? – perguntei enquanto mamãe se sentava ao lado dele.

– Vamos, sim, querida. Disseram que estou em condições de retomar o serviço, por isso sua mãe e eu decidimos festejar enquanto podemos.

Meu coração falhou uma batida enquanto Daisy, nossa empregada faz-tudo desde que os outros tinham ido servir na guerra, trazia a carne e os rabanetes. Eu odiava rabanetes, mas era tudo que havia da horta naquela semana, já que a maioria dos alimentos plantados ali precisava ir para a guerra também.

– Quanto tempo você vai ficar fora, papai? – perguntei em uma voz baixa e tensa, porque de repente havia um grande bolo na minha garganta.

Parecia que tinha entalado um rabanete ali, e eu soube que logo estaria chorando.

– Ah, não deve ser por muito mais tempo. Todo mundo sabe que os alemães estão condenados, mas eu preciso dar um último empurrãozinho. Não posso desapontar meus colegas, não é?

– É, papai – consegui falar em tom embargado. – Você não vai se machucar de novo, vai?

– Ele não vai, *chérie*. Seu papai é indestrutível, não é, Lawrence?

Vi minha mãe sorrir para ele, tensa, parecendo tão preocupada quanto eu.

– Sou, meu amor. – Ele segurou a mão dela e a apertou com força. – Claro que sou.

– Papai? – chamei durante o café da manhã do dia seguinte, mergulhando minha torrada no ovo mole. – Hoje está bem quente, podemos ir à praia? Faz muito tempo que a gente não vai.

Vi papai lançar um olhar para mamãe, mas ela estava lendo suas cartas enquanto tomava o *café au lait* e não pareceu notar. Mamãe sempre recebia um monte de cartas da França, todas escritas em papel muito fino, mais fino do que uma asa de borboleta, o que combinava com ela, porque tudo em mamãe era delicado.

– Papai? A praia.

– Querida, infelizmente a praia não está boa para brincadeiras. Está cercada de arame farpado e cheia de minas. Você se lembra de quando expliquei o que aconteceu em Southwold no mês passado?

13

– Lembro.

Olhei para meu ovo e estremeci, recordando como Daisy tinha me carregado para o abrigo Anderson (que pensei se chamar assim porque esse era o nosso sobrenome. Fiquei muito confusa quando Mabel disse que sua família também tinha um abrigo Anderson, já que o sobrenome dela era Price). Parecera que o céu estava iluminado por trovões e relâmpagos, mas em vez de ter sido Deus que os mandara, papai disse que fora Hitler. No abrigo ficamos todos amontoados e papai disse que devíamos fingir que éramos uma família de ouriços e que eu devia me enrolar como um ouricinho. Mamãe ficou bem chateada porque ele me chamou de ouricinho, mas foi isso que eu fingi ser, encolhida embaixo da terra enquanto os humanos se matavam lá em cima. Depois de um tempo aqueles sons terríveis pararam. Papai disse que podíamos voltar para cama, mas eu fiquei triste porque tive que ir sozinha para a minha cama humana em vez de continuarmos todos juntos na nossa toca.

Na manhã seguinte encontrei Daisy chorando na cozinha, mas ela não quis dizer por quê. Naquele dia a carroça do leite não tinha vindo, e depois mamãe falou que eu não iria à escola porque a escola não existia mais.

– Como assim, não existe mais, mãe?

– Uma bomba caiu nela, *chérie* – respondeu mamãe, soltando a fumaça do cigarro.

Ela estava fumando agora também, e às vezes eu me preocupava pensando que ela ia pôr fogo nas cartas porque as segurava muito perto do rosto enquanto lia.

– E nossa cabana de praia? – perguntei a papai.

Eu amava nossa cabaninha: era pintada de amarelo-manteiga e ficava bem no final da orla, de modo que, se olhássemos de certo ângulo, podíamos fingir que éramos as únicas pessoas na praia por quilômetros. Mas, se virássemos para o outro lado, víamos que não estávamos muito longe do gentil vendedor de sorvete do píer. Papai e eu sempre fazíamos castelos de areia muito elaborados, com torres e fossos, de tamanho suficiente para que todos os caranguejinhos morassem ali, caso decidissem se aproximar. Mamãe jamais ia à praia; dizia que era "arenosa demais". Eu achava que isso era como dizer que o oceano era molhado demais.

Sempre que íamos havia um velho com chapéu de aba larga andando devagar pela orla, cutucando a areia com uma bengala comprida, mas diferente da que papai usava para caminhar. O homem segurava uma sacola grande e de vez em quando parava e começava a cavar.

– O que ele está fazendo, papai?

– Ele é um rato de praia, querida. Passa pente-fino na areia, procurando coisas que possam ter sido jogadas dos navios ou que o mar trouxe de lugares distantes.

– Ah, entendi – falei, mas o homem não tinha nenhum tipo de pente, muito menos um igual ao que Daisy passava no meu cabelo toda manhã. – Você acha que ele vai encontrar algum tesouro escondido?

– Com certeza. Se ele cavar o suficiente, vai acabar encontrando alguma coisa.

Observei, cada vez mais empolgada, enquanto o homem tirava algo do buraco e espanava a areia, mas vi que era apenas um velho bule esmaltado.

– Que decepção! – disse, suspirando.

– Lembre, querida: o lixo de uma pessoa pode ser o tesouro de outra. Talvez todos sejamos ratos de praia, de algum modo. – Papai franziu os olhos na direção do sol. – Ficamos procurando, esperando encontrar enterrado um tesouro que vá enriquecer nossa vida. E quando encontramos um bule em vez de uma joia reluzente, precisamos continuar.

– Você ainda está procurando um tesouro, papai?

– Não, minha Princesa das Fadas, já encontrei.

Ele sorriu e beijou o topo da minha cabeça.

Depois de muita insistência, papai acabou cedendo e decidiu me levar até um rio para nadar. Daisy me ajudou a vestir a roupa de banho e enfiou um chapéu sobre meu cabelo cacheado, então entrei no carro de papai. Mamãe estava ocupada demais preparando a festa do dia seguinte, mas acabei achando bom, porque então o Rei do Povo Mágico e eu podíamos receber todas as criaturas do rio em nossa corte.

– Lá tem lontras? – perguntei enquanto ele seguia na direção oposta ao mar, passando pelos campos verdes.

– É preciso ficar muito quieta para ver as lontras. Você consegue, Posy?

– Claro!

Seguimos por um longo tempo antes que eu visse o rio azul serpenteando atrás dos juncos. Ele parou o carro e caminhamos até a margem, papai carregando todos os nossos equipamentos científicos: uma máquina fotográfica, redes para pegar borboletas, potes de vidro, limonada e sanduíches de carne enlatada.

Libélulas roçavam a superfície da água, desaparecendo rapidamente quando entrei espadanando. A água estava deliciosamente fria, mas minha cabeça pinicava de calor embaixo do chapéu, por isso eu o joguei na margem, onde papai também já estava de roupa de banho.

– Com todo esse barulho, qualquer lontra que estivesse aqui certamente saiu correndo – disse papai, entrando na água, que mal chegava a seus joelhos, de tão alto que ele era. – Veja essas plantas aquáticas. Vamos levar um pouco para casa, para a nossa coleção?

Juntos enfiamos a mão na água e puxamos uma das flores amarelas, revelando as raízes bulbosas. Havia um monte de insetos morando nela, por isso enchemos um vidro com água e depois colocamos o espécime dentro, para preservá-lo.

– Você se lembra do nome latino, querida?

– U-tri-cu-la-ria! – respondi, orgulhosa, saindo da água e me sentando ao lado dele no capim da margem.

– Menina inteligente. Quero que você prometa que vai continuar aumentando nossa coleção. Se vir uma planta interessante, prense, como eu mostrei. Afinal de contas, vou precisar de ajuda com meu livro enquanto estiver longe, Posy.

Ele me entregou um sanduíche tirado da cesta de piquenique e eu o peguei, tentando parecer muito séria e científica. Queria que papai soubesse que podia confiar seu trabalho a mim. Antes da guerra, ele fora uma coisa chamada botânico e passara quase a minha vida inteira escrevendo seu livro. Frequentemente se trancava no Torreão para "pensar e escrever". Às vezes trazia o livro para a casa e me mostrava alguns desenhos que tinha feito.

Eram maravilhosos. Ele explicou que o livro era sobre o habitat onde morávamos e havia lindas ilustrações de borboletas, insetos e plantas. Uma vez papai me contou que, se uma coisinha mudasse, tudo poderia se desequilibrar.

– Veja esses mosquitos, por exemplo – comentara papai, apontando para uma irritante nuvem de insetos em uma noite quente de verão. – Eles são fundamentais para o ecossistema.

– Eles picam a gente – falei, afastando um com um tapa.

– É a natureza deles, sim. – Ele riu. – Mas, sem eles, muitas espécies de pássaros não teriam uma fonte constante de alimento e sua população despencaria. E se as populações de pássaros forem afetadas, isso repercutirá no resto da cadeia alimentar. Sem os pássaros, outros insetos, como os gafanhotos, teriam de repente menos predadores e continuariam se multiplicando e comendo todas as plantas. E sem as plantas...

– Não haveria comida para todos os *herbíveros*.

– Herbívoros. É. Então veja só: tudo está em um equilíbrio delicado. E o bater das asas de uma borboleta pode fazer toda a diferença no mundo.

Pensei nisso naquele momento, mastigando o sanduíche.

– Tenho uma coisa especial para você – disse papai, enfiando a mão na sua mochila, de onde tirou uma lata brilhante e me entregou.

Abri-a e vi dezenas de lápis perfeitamente apontados, em todas as cores do arco-íris.

– Enquanto eu estiver longe, você deve continuar com seus desenhos, e quando eu voltar você me mostra quanto melhorou.

Assenti, feliz demais com o presente para falar.

– Quando estudei em Cambridge, fui ensinado a realmente olhar o mundo. Muitas pessoas andam por aí cegas à beleza e à magia que existe em volta. Você não, Posy, você já vê as coisas de um jeito melhor do que a maioria. Quando desenhamos a natureza, começamos a entendê-la, podemos ver todas as suas partes e como elas se unem. Ao desenhar e examinar o que vê, *você* pode ajudar outras pessoas a entender o milagre da natureza.

Quando chegamos em casa, Daisy me deu uma bronca por ter molhado o cabelo e me enfiou na banheira, o que achei que não fazia sentido, já que ia molhar meu cabelo todo de novo. Assim que Daisy me pôs na cama, saiu e fechou a porta, eu me levantei e peguei meus novos lápis de cor, acariciando as pontas macias e finas. Pensei que, se praticasse bastante, quando papai voltasse da guerra eu poderia mostrar que era boa o suficiente para estudar em Cambridge também. Mesmo sendo menina.

Na manhã seguinte, olhei da janela do quarto os carros que começavam a chegar pela nossa estradinha. Todos estavam lotados; eu tinha ouvido mamãe dizer que todos os seus amigos haviam juntado os cupons de gasolina para fazer a viagem desde Londres. Na verdade, ela os chamava de "*émigrés*", e eu sabia que significava "emigrantes", pois ela falava francês comigo desde que eu era bebê. O dicionário dizia que emigrante era uma pessoa que se mudava do país natal para outro. Segundo mamãe, parecia que Paris inteira tinha se mudado para a Inglaterra, querendo escapar da guerra. Eu sabia que isso não era verdade, claro, mas nas festas sempre parecia haver mais amigos franceses dela do que os ingleses de papai. Eu não me incomodava, porque eles eram muito elegantes: os homens com suas echarpes lustrosas e paletós de cores vivas, e as mulheres com vestidos de cetim e batom vermelho. E o melhor de tudo: sempre me traziam presentes, de modo que parecia o Natal.

Papai os chamava de "boêmios", que segundo o dicionário eram pessoas criativas, como artistas, músicos e pintores. Mamãe tinha sido cantora em uma famosa boate de Paris e eu adorava ouvir sua voz, que era densa e fluía como chocolate derretido. Ela não sabia que eu ficava escutando, claro, porque deveria estar dormindo, mas sempre que havia uma festa em casa, era impossível dormir. Por isso eu descia a escada de fininho e ouvia a música e as conversas. Nessas noites, era como se mamãe ganhasse vida, como se nos intervalos entre as festas ela fingisse ser uma boneca inanimada. Eu adorava ouvir sua risada, porque, quando estávamos sozinhas, ela não costumava rir muito.

Os amigos de papai também eram simpáticos, mas todos pareciam se vestir do mesmo jeito, em azul-marinho e marrom, por isso era difícil diferenciá-los. Meu padrinho, Ralph, o melhor amigo de papai, era meu predileto; eu o achava muito bonito, com o cabelo escuro e grandes olhos castanhos. Em um dos meus livros, o príncipe beijava a Branca de Neve para acordá-la. Ralph era igual a ele. E também tocava piano lindamente: antes da guerra, tinha sido concertista (antes da guerra, todo adulto que eu conhecia tinha sido outra coisa, menos Daisy, nossa empregada). Tio Ralph tinha alguma doença que o impedia de lutar ou pilotar aviões. O trabalho dele era o que os adultos chamavam de "ficar atrás de uma mesa", embora eu não conseguisse imaginar o que mais poderiam fazer com mesas a não ser sentar-se atrás delas. Quando papai estava longe pilotando seus Spitfires, tio Ralph vinha visitar mamãe e eu, o que nos animava bastante. Ele chegava para o almoço de domingo e depois tocava piano para a gente. Havia pouco tempo eu percebera que papai estivera longe, na guerra, durante quatro dos meus sete anos neste planeta, o que devia ser péssimo para mamãe, tendo apenas eu e Daisy como companhia.

Sentei-me no meu banco junto à janela e estiquei o pescoço para observar mamãe recebendo os convidados nos largos degraus que levavam à porta de entrada, lá embaixo. Ela estava linda, em um vestido azul-escuro que combinava com seus belos olhos. E quando papai se juntou a ela, passando o braço por sua cintura, fiquei muito feliz mesmo. Daisy chegou para me ajudar a pôr o vestido novo que ela fizera usando um par de velhas cortinas verdes. Enquanto ela escovava meu cabelo e prendia apenas parte dele para trás com uma fita também verde, decidi não pensar que papai iria embora no dia seguinte e que um silêncio igual ao que se faz antes da tempestade baixaria sobre a Admiral House e sobre nós, suas moradoras.

– Pronta para descer, Posy? – perguntou Daisy.

Vi que ela estava corada, suando e parecendo muito cansada, provavelmente porque fazia muito calor e Daisy tinha preparado sozinha comida para todas aquelas pessoas. Dei-lhe meu sorriso mais doce.

– Estou, Daisy.

Meu nome de verdade não era Posy; eu tinha sido batizada em homenagem à minha mãe, Adriana. Como seria complicado demais nós duas atendermos ao mesmo nome, decidiram usar meu segundo nome, Rose, dado em homenagem à minha avó inglesa. Daisy me contou que papai começou a me chamar de Rosy Posy quando eu era bebê, um "buquê de rosas", e em algum momento o apelido pegou. Eu achava ótimo, porque pensava que tinha muito mais a ver comigo do que qualquer um dos meus nomes verdadeiros.

Alguns parentes mais velhos de papai ainda me chamavam de Rose. E eu atendia, claro, porque tinha sido ensinada a sempre responder com educação aos adultos. Mas na festa todo mundo me conhecia como Posy. Fui abraçada e beijada e recebi embrulhinhos de doces amarrados com fita. Os amigos franceses de mamãe me davam mais amêndoas açucaradas, das quais eu não gostava muito, na verdade, mas sabia como era difícil arranjar chocolate por causa da guerra.

Sentada junto à comprida mesa de cavaletes posta no terraço para acomodar todos, sentindo o sol bater no topo do chapéu (que só me deixava com mais calor) e ouvindo a conversa ao redor, desejei que todos os dias na Admiral House pudessem ser assim: mamãe e papai sentados juntos no centro, como um rei e uma rainha recebendo a corte, o braço dele em volta dos pálidos ombros dela. Os dois pareciam tão incrivelmente felizes que senti vontade de chorar.

– Você está bem, Posy querida? – perguntou tio Ralph, sentado perto de mim. – Está fazendo um tremendo calor aqui fora – acrescentou ele, tirando um lenço branco imaculado do bolso do paletó e enxugando a testa.

– Estou bem, tio Ralph. Eu estava pensando como a mamãe e o papai parecem felizes hoje. E como é triste ele ter que voltar para a guerra.

– É.

Olhei Ralph observando meus pais e pensei que ele também tinha um semblante triste.

– Bom, se tudo correr bem, a guerra vai acabar logo – disse ele depois de um tempo. – E todos vamos poder seguir a vida.

Depois do almoço me deixaram jogar um pouco de croquet, o que fiz surpreendentemente bem, na certa porque a maioria dos adultos tinha bebido um bocado de vinho e jogava a bola de qualquer jeito. Ouvira papai dizer mais cedo que ia esvaziar o resto da adega para a ocasião, e parecia que a maior parte já fora consumida pelos convidados. Eu não entendia por que os adultos gostavam de se embebedar; para mim eles só ficavam mais barulhentos e bobos, mas talvez eu entendesse quando fosse adulta. Enquanto avançava pelo gramado na direção da quadra de tênis vi um homem com os braços em volta de duas mulheres, embaixo de uma árvore. Os três dormiam a sono solto. Alguém tocava saxofone sozinho no terraço e eu achei ótimo não termos vizinhos por perto.

Eu sabia que tinha sorte em morar na Admiral House. Quando comecei a estudar na escola do povoado e fui convidada para tomar chá com Mabel, uma colega, fiquei pasma ao descobrir que a família dela morava em uma casa onde a porta da frente dava direto para a sala de estar. Havia uma cozinha minúscula nos fundos e um banheiro *do lado de fora*! Mabel tinha quatro irmãos e todos dormiam no mesmo quarto pequeno, no andar de cima. Foi a primeira vez que percebi que eu era de família rica, que nem todo mundo morava em uma casa grande com um jardim enorme, e foi um tremendo choque. Quando Daisy foi me buscar, perguntei por que era assim.

– É como rolam os dados, Posy – disse Daisy em seu delicado sotaque de Suffolk. – Algumas pessoas têm sorte, outras não.

Daisy gostava muito de seus ditados; metade do tempo eu não entendia o que ela queria dizer, mas fiquei feliz porque, ao rolarem, os "dados" tinham me colocado na pilha dos sortudos, e decidi que precisava rezar mais intensamente por todo mundo que não havia conseguido o mesmo.

Eu não tinha certeza se minha professora, a Srta. Dansart, gostava muito de mim. Mesmo que encorajasse todo mundo a levantar a mão se soubesse responder às perguntas, eu parecia ser sempre a primeira a fazer isso. Ela revirava os olhos de leve e seus lábios se crispavam de forma engraçada enquanto ela dizia, com voz cansada:

– Sim, Posy.

Uma vez a ouvi conversando com outra professora no pátio enquanto eu girava a ponta de uma corda de pular ali perto.

– Filha única... criada na companhia de adultos... precoce...

Quando cheguei em casa, procurei "precoce" no dicionário. E depois disso parei de levantar a mão, mesmo que a resposta queimasse em minha garganta.

Às seis horas todo mundo despertou e foi trocar de roupa para o jantar. Entrei na cozinha, onde Daisy indicou meu prato.

– Pão e geleia para você esta noite, Srta. Posy. Preciso cuidar de dois salmões que o Sr. Ralph trouxe e estou igual a um peixe fora d'água: não tenho ideia do que fazer.

Daisy riu da própria piada e de repente senti pena por ela precisar trabalhar tanto o tempo todo.

– Quer ajuda?

– As duas filhas de Marjory vão vir do povoado para arrumar a mesa e servir esta noite. Vou ficar bem. Obrigada por perguntar – disse ela, sorrindo. – Você é uma boa menina.

Quando terminei de comer, saí da cozinha antes que Daisy pudesse me mandar dormir. Era uma noite linda, eu queria sair e aproveitá-la. Ao chegar ao terraço, vi que o sol estava pairando logo acima dos carvalhos, lançando feixes de luz cor de manteiga no gramado. Os pássaros continuavam a cantar, como se ainda fosse meio-dia, e estava quente a ponto de eu não precisar de casaco. Sentei-me nos degraus, alisando o vestido de algodão sobre os joelhos e examinando uma almirante-vermelho pousada em uma planta do canteiro que se esticava até o jardim. Eu sempre havia pensado que o nome da nossa casa era por causa das borboletas que pairavam tão lindas sobre os arbustos, as "*red admirals*". Fiquei muito chateada quando mamãe contou que o nome era em homenagem ao meu tata-tata-tata (acho que eram três "tatas" ou talvez quatro) tataravô, que foi almirante da Marinha – o que nem de longe era tão romântico.

Apesar de papai ter dito que as almirantes-vermelhos eram "comuns" naquela área, eu achava que eram as borboletas mais bonitas de todas, com suas vibrantes asas vermelhas e pretas e as manchas brancas nas beiradas, que me lembravam a pintura nos Spitfires que papai pilotava. Esse pensamento me deixou triste porque *também* me lembrou de que no dia seguinte ele ia embora de novo, para pilotá-los.

– Olá, querida, o que está fazendo aqui fora sozinha?

O som da voz de papai me fez dar um pulo, porque eu tinha acabado de pensar nele. Levantei os olhos e o vi atravessar o terraço na minha direção, fumando um cigarro que ele jogou no chão e pisou para apagar. Ele sabia que eu odiava o cheiro.

– Não diga a Daisy que você me viu, está bem, papai? Senão ela vai me mandar direto para a cama – falei apressadamente enquanto ele se sentava no degrau ao meu lado.

– Prometo. Além disso, ninguém deveria estar na cama em uma noite celestial como esta. Acho que junho é o melhor mês na Inglaterra; toda a natureza se recuperou do longo sono do inverno, se espreguiçou, bocejou e abriu as folhas e as flores para nós, humanos, aproveitarmos. Em agosto a energia já se esgotou no calor e tudo está pronto para dormir de novo.

– Como a gente, papai. No inverno, fico feliz de ir para cama.

– Exatamente, querida. Nunca se esqueça de que estamos indissoluvelmente ligados à natureza.

– A Bíblia diz que Deus fez tudo que há na Terra – falei, cheia de importância, tendo aprendido isso nas aulas de religião.

– De fato, mas acho difícil acreditar que ele conseguiu fazer isso em apenas sete dias.

Ele deu um risinho.

– É magia, não é? Igual ao Papai Noel entregando presentes para todas as crianças do mundo em uma noite só.

– É, sim, Posy, claro que é. O mundo é um lugar mágico e todos devemos nos considerar sortudos por viver nele. Jamais se esqueça disso, está bem?

– Está bem. Papai?

– Oi, Posy.

– A que horas você vai embora amanhã?

– Preciso pegar o trem depois do almoço.

Baixei os olhos para meus sapatos de verniz pretos.

– Estou com medo de que você se machuque de novo.

– Não precisa ter medo, querida. Como sua mãe disse, eu sou indestrutível. Ele sorriu.

– Quando você vai voltar para casa?

– Assim que receber licença, o que não deve demorar muito. Cuide da sua mãe enquanto eu estiver fora, está bem? Sei que ela fica triste quando está sozinha aqui.

– Eu sempre tento, pai. Ela só fica triste porque te ama e sente sua falta.

– É. E, meu Deus, Posy, como eu a amo. Pensar nela, e em você, é tudo que me sustenta quando estou voando. Não fazia muito tempo que estávamos casados quando esta maldita guerra começou, sabe.

– Depois que você a ouviu cantando na boate em Paris e se apaixonou por ela na mesma hora, e depois a levou para a Inglaterra para se casarem antes que ela pudesse mudar de ideia – falei em um tom sonhador.

A história de amor dos meus pais era muito melhor do que qualquer uma dos meus livros de contos de fadas.

– É. É o amor que faz a magia acontecer na vida, Posy. Mesmo no dia mais sem graça, nas profundezas do inverno, o amor pode fazer o mundo se iluminar e parecer lindo como agora.

Papai soltou um suspiro profundo, então segurou minha mão.

– Prometa que, quando encontrar o amor, você vai se agarrar a ele e não vai soltar nunca mais.

– Prometo, papai – comentei, olhando-o, séria.

– Boa menina. Agora preciso me trocar para o jantar.

Ele deu um beijo no topo dos meus cachos, levantou-se e voltou para dentro de casa.

Claro que na ocasião eu não sabia, mas aquela foi a última conversa de verdade que tive com o meu pai.

Papai foi embora na tarde seguinte, e todos os convidados também. Naquela noite fez muito calor e o ar parecia denso e pesado quando a gente respirava, como se todo o oxigênio tivesse sido sugado dele. A casa ficou silenciosa: Daisy tinha saído em sua folga semanal, para tomar chá com sua amiga Edith, de modo que não havia nem o som de sua voz resmungando ou cantando (eu preferia os resmungos) enquanto lavava a louça. E havia muita louça, ainda empilhada em bandejas na copa, esperando para ser lavada. Eu tinha me oferecido para ajudar com as taças, mas Daisy disse que eu daria mais trabalho do que valia a pena, o que achei bastante injusto.

Mamãe tinha ido para cama no minuto em que o último carro desapareceu atrás das castanheiras. Pelo jeito, estava com uma de suas enxaquecas, o que Daisy dizia ser uma palavra chique para ressaca, que eu não sabia o que era. Fiquei no meu quarto, encolhida no banco junto à janela, acima do pórtico na frente da Admiral House. Dessa forma, se alguém estivesse para chegar, eu seria a primeira a ver. Papai me chamava de sua "pequena vigia", e desde que Frederick, o mordomo, tinha ido lutar na guerra, geralmente era eu que abria a porta de entrada.

Dali eu tinha uma visão perfeita da estradinha esculpida entre filas de castanheiras e carvalhos antigos. Papai me contara que algumas daquelas árvores haviam sido plantadas quase trezentos anos antes, quando o primeiro almirante construiu a casa. (Eu achava essa ideia fascinante, porque significava que as árvores viviam na Terra quase cinco vezes mais do que as pessoas, se a *Enciclopédia Britânica* da biblioteca estivesse certa e a média da expectativa de vida humana fosse de 61 anos para os homens e 67 para as mulheres.) Se eu forçasse a vista, em um dia claro podia ver uma fina linha azul-acinzentada acima das copas e abaixo do céu. Era o mar do Norte, que ficava a apenas 8 quilômetros da Admiral House. Dava medo pensar que em poucos dias papai poderia estar voando sobre ele em seu aviãozinho.

– Volte em segurança, volte logo – sussurrei para as nuvens escuras que se comprimiam sobre o sol poente, a ponto de esmagá-lo como uma laranja suculenta (fazia *muito* tempo que eu não sentia o gosto de uma).

O ar estava parado e não havia brisa entrando pela minha janela aberta. Ouvi o ribombar de um trovão a distância e esperei que Daisy tivesse se enganado e que Deus não estivesse com raiva da gente. Eu nunca conseguia definir se Ele era o Deus raivoso de Daisy ou o Deus gentil do vigário. Talvez Ele fosse como um pai ou uma mãe, e pudesse ser as duas coisas ao mesmo tempo.

Quando as primeiras gotas de chuva caíram, logo se transformando em uma torrente enquanto riscos da fúria de Deus relampejavam no céu, esperei que papai tivesse chegado em segurança à sua base, caso contrário poderia ficar bem encharcado. Ou pior, ser acertado por um raio. Fechei a janela porque o parapeito estava ficando molhado, então percebi que minha barriga roncava quase tão alto quanto os trovões. Por isso desci as escadas e encontrei o pão com geleia que Daisy tinha deixado para o meu jantar.

Ao descer a larga escadaria de carvalho para ver o sombrio pôr do sol, pensei em como a casa estava silenciosa, comparada com o dia anterior, como se um enxame de abelhas falantes tivesse chegado e partido com a mesma rapidez. Mais um trovão rugiu, quebrando o silêncio, e decidi que era sorte eu não sentir medo do escuro, de trovões e de ficar sozinha.

– Ai, Posy, sua casa dá medo – dissera Mabel quando eu a convidei para tomar chá. – Olha esse monte de pinturas de gente morta, com roupas fora de moda! Eles me dão arrepios.

Ela estremeceu apontando para os quadros dos ancestrais dos Andersons, que ladeavam a escada.

– Eu ia ter muito medo de sair do quarto para ir ao banheiro de noite. Pode ter fantasmas.

– Eles são meus parentes de antigamente, e com certeza iam ser muito simpáticos se voltassem para dizer oi – respondi, chateada porque ela não adorou a Admiral House imediatamente como eu.

Agora, andando pelo saguão e pelo corredor cheio de ecos que levava à cozinha, eu não sentia nem um pouco de medo, apesar de estar muito escuro e de que mamãe, provavelmente ainda dormindo em seu quarto, nunca me ouviria se eu gritasse.

Eu sabia que estava em segurança, que nada de ruim poderia acontecer dentro das paredes robustas da casa.

Estendi a mão para ligar a luz da cozinha, mas pelo jeito não estava funcionando, por isso acendi uma vela que ficava na prateleira. Eu era boa em acender velas, porque a eletricidade na Admiral House, especialmente depois do início da guerra, não era confiável. Eu adorava o brilho suave e tremeluzente que só iluminava a área onde a gente estava e parecia fazer com que até mesmo a pessoa mais feia ficasse bonita. Peguei o pão que Daisy havia cortado para mim – eu tinha permissão de acender velas, mas era proibida de tocar nas facas afiadas – e passei uma camada grossa de manteiga e de geleia. Depois, já com um pedaço na boca, peguei o prato e a vela e voltei ao meu quarto, para contemplar a tempestade.

Sentei-me no banco da janela mastigando o pão com geleia e pensando em como Daisy se preocupava comigo quando saía para sua noite de folga. Ainda mais quando papai estava fora.

– Não é certo uma menina pequena ficar sozinha numa casa tão grande – resmungava ela.

Eu explicava que não ficaria sozinha, porque mamãe também estava ali, e, além disso, não era mais "pequena", já tinha 7 anos, era bem grande.

– Humpf! – grunhia ela, tirando o avental e pendurando-o no gancho atrás da porta da cozinha. – Não importa o que sua mãe diga: se precisar dela, vá acordá-la.

– Pode deixar – respondia sempre, mas claro que nunca fiz isso, nem quando uma vez vomitei no chão e minha barriga estava doendo de verdade.

Eu sabia que mamãe ia ficar chateada se eu a acordasse, porque ela precisava dormir. De qualquer modo, eu não me importava de ficar sozinha; desde que papai tinha ido para a guerra estava acostumada com isso. Além do mais, tinha toda a coleção da *Enciclopédia Britânica* na biblioteca para ler. Eu tinha terminado os dois primeiros volumes, mas faltavam outros 22, que provavelmente me ocupariam até eu me tornar adulta.

Naquela noite, sem eletricidade, estava escuro demais para ler e a vela era só um cotoco, por isso fiquei olhando o céu, tentando não pensar em papai indo embora, caso contrário as lágrimas começariam a cair tão depressa quanto as gotas de chuva que batiam na janela.

Enquanto observava o lado de fora, um súbito clarão vermelho atraiu meu olhar no canto superior da janela.

– Ah! É uma borboleta! Uma almirante-vermelho!

Fiquei de pé no banco e vi que a coitadinha estava tentando se abrigar da tempestade embaixo do caixilho da janela. Eu precisava salvá-la, por isso abri com muito cuidado o trinco do painel de cima e estendi a mão para fora. Apesar de ela estar imóvel, demorei um tempo para prendê-la entre o indicador e o polegar, porque não queria danificar as asas frágeis firmemente fechadas, muito molhadas e escorregadias.

– Peguei você – sussurrei enquanto recolhia a mão, agora totalmente molhada, e fechava a janela com a outra, seca. – Bom, pequenina – disse enquanto a estudava pousada na palma da minha mão. – Como é que vou secar suas asas?

Pensei em como elas secariam se estivessem lá fora, na natureza, porque deviam se molhar o tempo todo.

– Uma brisa quente – falei, e comecei a soprá-las suavemente.

A princípio a borboleta não se mexeu. Quando eu achava que ia desmaiar de tanto ficar soprando, vi as asas estremecendo e se abrindo. Eu nunca tivera uma borboleta pousada na mão, por isso inclinei a cabeça e examinei a linda cor e o padrão intricado na parte superior das asas.

– Você é linda mesmo. Bom, você não pode voltar lá para fora esta noite senão vai se afogar, então vou deixar você aqui no parapeito, para que veja suas amigas lá fora, e solto você amanhã de manhã, está bem?

Com muito cuidado, peguei a borboleta com a ponta dos dedos e a pousei no parapeito. Fiquei olhando-a por um tempo, imaginando se borboletas dormiam com as asas abertas ou fechadas. Mas àquela altura meus próprios olhos estavam se fechando, por isso puxei as cortinas para que a criaturinha não ficasse tentada a voar pelo quarto e não se prendesse ao teto. Eu jamais conseguiria pegá-la de novo se isso acontecesse, e durante esse tempo ela poderia morrer de fome ou de medo.

Peguei a vela, atravessei o quarto e subi na cama, satisfeita porque tinha conseguido salvar uma vida e pensando que talvez isso fosse um bom presságio de que papai não ia se machucar de novo daquela vez.

– Boa noite, borboleta. Durma bem até de manhã – sussurrei, soprando a vela e caindo no sono.

Quando acordei, vi feixes de luz que atravessavam o teto, vindos das frestas das cortinas. Eram dourados, o que significava que o sol já havia nascido. Lembrei-me da borboleta, desci da cama e abri a cortina cuidadosamente.

– Ah!

Prendi a respiração ao ver minha borboleta de asas fechadas e caída de lado, com as patinhas para o alto. Como a parte de baixo das asas era majoritariamente marrom-escura, ela mais parecia uma mariposa grande morta. Lágrimas brotaram nos meus olhos quando a toquei, só para conferir, mas ela não se mexeu, por isso eu soube que sua alma já estava no céu. Talvez eu a tivesse matado quando não a libertei na noite anterior. Papai sempre dizia que era preciso soltá-las rapidamente. E, apesar de ela não ter sido posta em um pote de vidro, tinha estado dentro de casa. Ou talvez tivesse morrido de pneumonia ou bronquite, porque havia se encharcado.

Fiquei olhando para ela e simplesmente *soube* que aquele era um presságio muito ruim.

Outono de 1944

Eu gostava de quando o verão ia se desvanecendo no longo e inerte inverno. A névoa começava a pairar sobre as copas das árvores como enormes teias de aranha e o ar tinha um cheiro amadeirado e intenso de fermentação (eu tinha aprendido essa palavra havia pouco tempo, quando fui visitar a cervejaria local em um passeio da escola e vi o lúpulo sendo transformado em cerveja). Mamãe dizia que achava o clima inglês depressivo, que queria viver em algum lugar ensolarado e quente o ano todo. Pessoalmente, eu achava que isso seria muito chato. Era empolgante observar o ciclo da natureza, as mãos mágicas e invisíveis que transformavam as folhas verde- -esmeralda das bétulas em uma cor de bronze luminosa. Ou talvez eu só levasse uma vida muito monótona.

E *tinha* ficado monótona desde a partida de papai. Não houve mais festas nem pessoas vindo nos visitar, a não ser o tio Ralph, que aparecia bastante, com flores e cigarros franceses para mamãe e, às vezes, chocolate para mim. Pelo menos a monotonia foi quebrada com a viagem que fazíamos todo agosto até a Cornualha, para visitar vovó. Em geral mamãe ia comigo e papai se juntava a nós durante alguns dias se conseguisse uma licença. Mas naquele ano mamãe anunciou que eu tinha idade suficiente para ir sozinha.

– É você que ela quer ver, Posy, não eu. Ela me odeia, sempre odiou.

Eu tinha certeza de que não era verdade, já que ninguém conseguiria odiar mamãe, com sua beleza e sua linda voz, mas acabei indo sozinha, com Daisy mal-humorada me acompanhando na longa viagem de ida e volta.

Vovó morava perto de uma cidadezinha chamada Blisland, aninhada na fronteira oeste de Bodmin Moor. Apesar de sua casa ser bem grande e imponente, as paredes cinza e a mobília pesada e escura sempre me pareciam meio soturnas em comparação com os cômodos cheios de luz da Admiral House. Pelo menos era divertido explorar o lado de fora. Quando papai ia, nós caminhávamos até a charneca para pegar amostras das urzes e das lindas flores selvagens que cresciam no meio dos tojos.

Infelizmente, papai não estava lá daquela vez e choveu todos os dias, o que significava que eu não podia ir lá fora. Durante as tardes longas e úmidas, vovó me ensinou a jogar paciência e nós comemos um bocado de bolo, mas fiquei bem feliz quando veio a hora de partir. Quando chegamos em casa, Daisy e eu descemos da charrete que Benson, nosso jardineiro de meio período (que provavelmente tinha 100 anos de idade), às vezes usava para pegar as pessoas na estação de trem. Deixei Benson e Daisy levarem as malas para dentro e corri para a casa, procurando mamãe. Dava para ouvir "Blue Moon" tocando no gramofone da sala de estar. Encontrei mamãe e o tio Ralph dançando juntos.

– Posy! – exclamou ela, deixando os braços do tio Ralph e vindo me abraçar. – Não ouvimos você chegar.

– Deve ter sido por causa da música alta, mãe – respondi, pensando em como ela parecia bonita e feliz, com suas bochechas coradas e o belo cabelo comprido que tinha se soltado da presilha e cascateava, dourado, pelas costas.

– Estávamos comemorando, Posy – disse o tio Ralph. – Chegaram mais notícias boas da França. Parece que os alemães vão se render e que finalmente a guerra vai acabar.

– Ah, que bom. Quer dizer que papai vai voltar logo para casa?

– É.

Houve uma pausa antes que mamãe me mandasse ir para o quarto lavar o rosto e trocar de roupa depois da longa viagem. Enquanto fazia isso, torci de verdade para que o tio Ralph estivesse certo e papai *voltasse* logo para casa. Desde que os noticiários do rádio começaram a falar sobre o triunfo do Dia D, eu vivia esperando vê-lo. Isso já fazia três meses e ele ainda não tinha voltado, apesar de mamãe ter ido visitá-lo quando papai obteve uma curta licença, porque era mais fácil. Quando eu perguntei por que ele ainda não estava em casa, já que tínhamos quase vencido a guerra, ela deu de ombros.

– Ele está muito ocupado, Posy, e vai chegar quando chegar.

– Como você sabe que ele está bem? Ele escreveu?

– *Oui, chérie*, ele escreveu. Tenha paciência. As guerras demoram muito para acabar.

A escassez de comida estava pior do que nunca e só restavam duas galinhas, que não tiveram o pescoço torcido porque eram as melhores produtoras de ovos. Mas até elas pareciam meio fracas, apesar de eu conversar com as duas todo dia – Benson falava que galinhas felizes produziam mais ovos. Minha conversa não estava dando certo: nem Ethel nem Ruby haviam colocado um ovo em cinco dias.

– Cadê você, papai? – eu perguntava ao céu, pensando em como seria maravilhoso se de repente visse um Spitfire por entre as nuvens e papai surgisse, descendo para pousar no gramado amplo.

Novembro chegou e eu passava todas as tardes depois da escola procurando no mato baixo e encharcado alguns gravetos para o fogo que mamãe e eu acendíamos à noite na sala matinal, que era muito menor, mais fácil para aquecer do que a grande sala de estar.

– Posy, andei pensando no Natal – disse mamãe certa noite.

– Talvez até lá papai já esteja em casa, e a gente passe o Natal juntos.

– Não, ele não vai estar em casa. E eu fui convidada para comemorar em Londres com meus amigos. Claro, seria entediante para você ficar entre tantos adultos, por isso escrevi para a sua avó e ela está disposta a recebê-la.

– Mas eu...

– Posy, por favor, entenda que não podemos ficar aqui. A casa está gelada, não temos carvão para as lareiras...

– Mas nós temos lenha e...

– Não temos comida, Posy! Sua avó perdeu os empregados recentemente e está disposta a receber Daisy também, enquanto procura uma substituta.

Mordi o lábio, à beira das lágrimas.

– E se papai chegar e a gente não estiver aqui?

– Vou escrever para ele contando.

– Ele pode não receber a carta. Além disso, eu prefiro ficar aqui, com fome, a passar o Natal na casa da vovó! Eu a amo, mas ela é velha e a casa não é minha, e...

– Chega! Já decidi. Lembre, Posy, que nós temos que fazer o que for preciso para sobreviver aos últimos meses desta guerra brutal. Pelo menos você vai estar aquecida e em segurança, com a barriga cheia. Melhor do que muitas pessoas em todo o mundo, que estão passando fome ou mesmo mortas.

Eu nunca tinha visto mamãe com tanta raiva. Assim, apesar de haver uma torrente de lágrimas esperando para ser derramada, fazendo meus olhos arderem, engoli em seco e assenti.

– Está bem, mãe.

Depois disso, mamãe pareceu se animar, apesar de Daisy e eu ficarmos andando pela casa feito espectros pálidos condenados pelo resto da existência.

– Eu não iria se tivesse opção – resmungou Daisy, ajudando a preparar minha mala. – Mas a patroa disse que não tem dinheiro para me pagar, então o que posso fazer? Não dá para viver de brisa, não é?

– Tudo vai melhorar quando a guerra acabar e papai voltar para casa – falei, me consolando também.

– Bom, não tem como piorar. As coisas estão bem ruins aqui, isso é certo – disse Daisy em um tom sombrio. – Acho que ela está nos tirando do caminho para poder...

– Poder o quê?

– Deixe para lá, mocinha, mas quanto antes seu pai voltar para casa, melhor.

Enquanto a casa era fechada para o mês seguinte, Daisy trabalhou limpando cada centímetro.

– Por que você está limpando se ninguém vai estar aqui? – perguntei.

– Chega de perguntas, Srta. Posy. Em vez disso, me ajude.

Ela pegou uma pilha de lençóis, sacudindo-os para se abrirem como se fossem grandes velas brancas. Juntas, nós os colocamos sobre todos os móveis dos 26 cômodos da casa, até parecer que uma enorme família de fantasmas tinha se mudado para lá.

Assim que começaram as férias escolares, peguei meus lápis de cor e o bloco de papel branco e desenhei o que pude encontrar no jardim. Era difícil porque tudo estava morto. Em um dia gelado de dezembro levei minha lente de aumento. Ainda não tinha nevado, mas uma geada brilhante cobria todos os arbustos de azevinho, e eu tirei as luvas para segurar a lente e ver direito os ramos. Papai tinha me dito exatamente onde procurar as pupas da borboleta-azul-celeste.

Enquanto fazia isso, vi a porta do Torreão se abrir e Daisy sair de lá com o rosto vermelho e os braços cheios de materiais de limpeza.

– Srta. Posy, o que está fazendo aqui fora sem as luvas? Calce-as, senão suas mãos vão congelar e seus dedos vão cair.

Ela foi em direção à casa e eu olhei para a porta do Torreão, que não tinha se fechado totalmente. Antes que pudesse pensar direito, entrei e a porta se fechou com um rangido.

Estava muito escuro, mas logo meus olhos se acostumaram e eu pude ver as formas dos tacos de críquete e de croquet que papai guardava ali, além do armário de armas, trancado, que ele me avisara para jamais abrir. Olhei para a escada que levava à sala de papai e fiquei imóvel, em uma indecisão agoniante. Se Daisy tinha deixado a porta de baixo destrancada, talvez a da sala particular de papai estivesse aberta também. Eu queria tanto olhar lá dentro...

Por fim, a curiosidade venceu e eu subi rapidamente a escada em caracol, antes que Daisy voltasse. Quando cheguei lá, pus a mão na maçaneta da grande porta de carvalho e girei. Realmente Daisy não a havia trancado, porque ela se abriu, e em um passo eu estava no escritório secreto de papai.

O lugar cheirava a cera de assoalho e a luz clareava as paredes circulares ao redor das janelas que Daisy tinha acabado de limpar. Na parede logo à minha frente estava pendurada o que devia ser toda uma família de borboletas almirante-vermelho. Estavam arrumadas em fileiras de quatro, atrás de um vidro com moldura dourada.

Quando me aproximei, fiquei confusa pensando em como as borboletas podiam ficar tão imóveis e o que elas teriam encontrado para comer dentro da prisão de vidro.

Então vi a cabeça dos alfinetes que as prendiam à placa. Olhei para as outras paredes e vi que também estavam cobertas com as borboletas que tínhamos capturado ao longo dos anos.

Com um gemido de horror eu me virei, desci correndo a escada e saí no jardim. Ao ver Daisy vindo da casa, dei meia-volta e corri por trás do Torreão, em direção à floresta que o circundava. Quando já estava bem longe, me deixei cair sentada nas raízes de um grande carvalho, ofegante.

– Elas estão mortas! Estão mortas! Elas estão mortas! Como ele pôde mentir para mim? – gritei entre soluços.

Fiquei muito tempo na floresta, até que ouvi Daisy me chamar. Só queria poder perguntar a papai por que ele tinha matado aquelas borboletas tão lindas e depois pendurado todas como troféus, para poder olhá-las e vê-las mortas nas paredes.

Bom, eu não podia perguntar porque ele não estava ali, mas precisava confiar que havia um motivo muito bom para aqueles assassinatos no nosso reino das borboletas.

Enquanto me levantava e voltava lentamente para casa, não consegui pensar em nenhum motivo. Só sabia que nunca mais queria pôr os pés no Torreão.

Admiral House
Setembro de 2006

Budleia
(Buddleja davidii)

1

Posy estava na horta, colhendo algumas cenouras, quando ouviu o celular tocando nas profundezas do casaco. Tirou-o do bolso e atendeu.

– Oi, mãe. Não acordei você, acordei?

– Meu Deus, não. E, mesmo que tivesse, é ótimo falar com você. Como está, Nick?

– Estou bem, mãe.

– E como está Perth? – perguntou Posy, levantando-se e atravessando a horta para entrar na cozinha.

– Começando a esquentar, enquanto a Inglaterra começa a esfriar. E você?

– Estou bem. As coisas não mudam muito por aqui, você sabe.

– Escute, estou ligando para dizer que vou voltar para a Inglaterra no fim do mês.

– Ah, Nick! Que maravilha! Depois de todos esses anos...

– Dez. Já estava na hora de voltar para casa, não acha?

– Acho, sim. Estou felicíssima, querido. Você sabe como sinto sua falta.

– E eu sinto a sua, mãe.

– Quanto tempo vai ficar? Será que daria para ser o convidado de honra na minha festa de 70 anos, em junho? – Posy sorriu.

– Depende do andamento das coisas, mas, mesmo que eu decida voltar para cá, com certeza vou à sua festa, claro.

– Então devo buscar você no aeroporto?

– Não, não se preocupe com isso. Vou ficar uns dias em Londres com meus amigos Paul e Jane. Tenho uns negócios para resolver, mas ligo assim que tiver mais certeza dos planos e vou de carro à Admiral House para ver você.

– Mal posso esperar, querido.

– Eu também, mãe. Já faz muito tempo. Preciso desligar, mas nos falamos em breve.

– Ótimo. Ah, Nick... Nem acredito que você está indo para casa.

Nick percebeu o tom embargado.

– Eu também não. Amo muito você, e vou ligar assim que tiver organizado as coisas. Tchau por enquanto.

– Tchau, querido.

Posy afundou na antiga poltrona de couro ao lado do fogão, trêmula de emoção.

De seus dois filhos, era da infância de Nick que tinha as lembranças mais vívidas. Talvez porque ele nascera tão pouco tempo depois da morte trágica do pai, Posy sentia que Nick era completamente dela.

O nascimento prematuro – talvez apressado pelo choque de perder tão tragicamente Jonny, seu marido por treze anos – fez com que Posy tivesse pouco tempo para ficar de luto. Tinha que cuidar de Sam, então com 3 anos, além do recém-nascido Nick.

Houvera muita coisa para resolver, um monte de decisões difíceis para tomar num momento tão ruim. Todos os planos que ela e Jonny tinham feito para o futuro precisaram ser protelados. Com dois filhos pequenos para criar sozinha – filhos que precisariam mais do que nunca do amor e da atenção da mãe –, Posy percebeu que seria impossível tentar administrar a Admiral House como o negócio que eles haviam planejado.

Aquele fora o pior momento possível para perder o marido, pensou Posy. Depois de doze anos servindo em várias partes do globo, Jonny tinha decidido deixar o Exército e realizar o grande sonho da esposa: voltar à Admiral House e dar aos filhos – e ao casal – um lar de verdade.

Posy pôs a chaleira para ferver, pensando em como estava calor naquele verão de 34 anos antes em que Jonny os levou de carro pelos campos dourados de Suffolk em direção à casa. Ela estava no começo da gravidez de Nick; a ansiedade misturada com o enjoo matinal os fez parar duas vezes. Ao passarem pelos antigos portões de ferro fundido, Posy prendeu a respiração.

Quando a Admiral House surgiu, uma torrente de lembranças a inundou. A casa era exatamente como ela recordava, talvez um pouco mais velha e cansada, assim como ela. Jonny abriu a porta do carro e a ajudou a sair e Sam correu ao seu lado, segurando sua mão com força enquanto subiam os degraus que levavam à enorme porta da frente.

– Quer abrir? – perguntou ela, pondo a chave pesada na palma da mãozinha do filho.

Sam assentiu e ela o levantou para que ele enfiasse a chave na fechadura.

Juntos, empurraram a porta pesada e o sol riscou um caminho pela casa escura, de janelas fechadas. De memória, Posy encontrou o interruptor. De repente o saguão foi inundado com luz elétrica e todos ergueram os olhos para o magnífico lustre que pendia 6 metros acima.

Lençóis brancos cobriam os móveis e a poeira havia se assentado em uma camada grossa no chão, subindo em redemoinhos enquanto Sam corria pela magnífica escada suspensa. Lágrimas brotaram nos olhos de Posy e ela os fechou com força, tomada pelas visões e pelos cheiros de sua infância. Mamãe, Daisy, papai... Quando os abriu, viu Sam acenando do topo da escada e se juntou a ele lá em cima, para verem o restante da casa.

Jonny também a adorou, mas com reservas óbvias quanto à manutenção.

– É enorme, querida – disse ele quando se sentaram na cozinha, onde Posy se recordava tão nitidamente de Daisy sovando a massa na velha mesa de carvalho. – E obviamente precisa de reforma.

– Bom, ninguém mora aqui há mais de um quarto de século – respondeu ela.

Assim que se estabeleceram, os dois conversaram sobre como a Admiral House poderia fornecer a renda bastante necessária para complementar a pensão que Jonny recebia do Exército. Concordaram que podiam começar a reformar a casa e um dia abri-la para receber inquilinos.

Ironicamente, após todos aqueles anos no serviço militar, Jonny morreu apenas alguns meses depois da mudança, nos dentes de metal de uma colheitadeira que o abalroou de frente enquanto ele fazia uma curva fechada a apenas 3 quilômetros da Admiral House.

Jonny lhe deixou uma pensão e duas apólices de seguro de vida. Além disso, Posy tinha herdado a propriedade da avó, que morrera dois anos antes, e investiu o dinheiro da venda da casa. Também recebeu uma pequena herança da mãe, que morrera de pneumonia aos 55 anos (fato que Posy ainda achava estranho, já que ela passara muitos anos na Itália).

Tinha pensado em vender a Admiral House, mas, como disse o corretor de imóveis que ela chamou para avaliar, poucas pessoas iriam querer uma casa daquele tamanho. Mesmo que encontrasse um comprador, o preço estaria muito abaixo do valor da propriedade.

Além do mais, Posy adorava a casa – tinha acabado de voltar, depois de tantos anos –, e com a perda de Jonny ela precisava daquele local familiar e reconfortante que fora seu lar da infância.

Assim, ela deduziu que, se fosse frugal com os gastos e se preparasse para usar as economias e os investimentos, os três poderiam se virar.

Nos dias sombrios e solitários daqueles primeiros meses sem Jonny, a natureza solar e relaxada de Nick foi um consolo sem fim. E enquanto via seu bebê crescer e virar uma criança feliz e contente, aprendendo a andar na horta junto da cozinha, sentia esperança no futuro.

Claro, para Nick foi mais fácil; ele não podia sentir falta do que não havia conhecido. Mas Sam tinha idade suficiente para compreender o vento gelado da morte que soprou em sua vida.

– Quando papai vai voltar?

Posy se lembrava do menino repetindo a pergunta toda noite por semanas depois da morte do pai. Seu coração de mãe se partia ao ver a confusão nos grandes olhos azuis do garoto, tão parecidos com os de Jonny. Ela reunia forças para contar que o papai não voltaria nunca mais, que ele tinha ido para o Céu, que os olhava lá de cima. E finalmente Sam parou de perguntar.

Posy ficou parada, ouvindo o chiado da água que começava a ferver. Misturou o café instantâneo com o leite no fundo da xícara e depois derramou água quente.

Segurando a xícara com as duas mãos, foi até a janela e olhou para o antigo castanheiro-da-índia que estoicamente dera a gerações de crianças uma produção enorme de castanhas para usarem em suas brincadeiras. Já podia ver as cascas verdes e espinhentas formadas, anunciando o fim do verão e o começo do outono.

Pensar nas castanhas a fez se lembrar do início do ano letivo – um momento que temia quando seus meninos eram mais novos, já que significava comprar novos uniformes, costurar as etiquetas com os nomes e trazer os baús do porão. Depois o silêncio pavoroso quando eles partiam.

Posy pensara muito antes de mandar seus filhos amados para um internato. Ainda que gerações da família de Jonny e da dela tivessem sido enviadas para estudar longe, era final dos anos 1970 e os tempos haviam mudado. Mas ela sabia que sua própria experiência lhe dera não somente uma formação, mas também independência e disciplina. Jonny ia querer isso para os filhos: frequentemente falava em mandá-los para a mesma escola em que tinha estudado. Então Posy retirou um pouco dos investimentos – reconfortada com a ideia de que sua avó também aprovaria – e os mandou para Norfolk; não tão longe que nunca pudesse ir vê-los jogar rúgbi ou atuar em uma peça da escola, mas o suficiente para não ficar tentada a buscá-los quando um ou outro estivesse com saudade de casa.

Sam era o que telefonava com mais frequência: teve dificuldade para se adaptar e parecia sempre se desentender com alguém. Quando Nick seguiu o irmão, três anos mais tarde, ela raramente recebia notícias do caçula.

Nos primeiros anos de viuvez, com as duas crianças pequenas, Posy ansiava por ter um tempo só dela, mas, quando os filhos foram para a escola e ela finalmente teve esse tempo, a brisa fria da solidão soprou entre as paredes úmidas e se alojou em seu coração.

Pela primeira vez na vida, Posy acordava de manhã e tinha dificuldade de encontrar um motivo para sair da cama. Percebeu que era porque o cerne de sua vida lhe fora arrancado e todo o resto era só distração superficial. Mandar os filhos para longe foi como sofrer o luto outra vez.

E foi uma lição para ela – até aquela altura da vida, jamais havia entendido a depressão e a considerava um sinal de fraqueza, mas no mês pavoroso que se seguiu após Nick ir para a escola, ela se sentiu culpada por ter pensado que conseguiria sair dessa facilmente. Percebeu que precisava de um projeto para afastar a saudade que sentia dos meninos.

Em certa manhã de outono, estava no gabinete de seu pai e encontrou na gaveta da mesa plantas de um antigo projeto para o jardim. Parecia que ele planejara transformar o enorme terreno em uma coisa espetacular. Como ficara protegida da luz, a tinta ainda era nítida no pergaminho, as linhas e proporções do parque desenhadas no estilo meticuloso do pai. Dava para ver que ao lado do Torreão ele havia marcado um espaço para um jardim de borboletas, citando plantas perenes ricas em néctar que, ela sabia, formariam um tumulto de cores ao florescer. Um caminho ladeado de glicínias levava a um pomar cheio de todas as suas frutas prediletas: peras, maçãs, ameixas e até figos.

Ao lado da horta, ele planejara uma grande estufa e um jardim murado, menor, com a anotação "passeio de salgueiros para Posy brincar". Havia extravagantes caminhos esboçados para conectar as diferentes partes, e Posy riu ao ver o plano para um laguinho perto do gramado de croquet ("para esfriar os ânimos"). Também havia um jardim de rosas com a indicação "para Adriana".

Assim, naquela tarde ela saiu com barbante e varas de salgueiro e começou a demarcar alguns dos limites que ele havia planejado, que seriam preenchidos com jacintos-uvas, aliáceas e crocos, plantas que não demandavam muita atenção e eram perfeitas para atrair as abelhas que acordavam do retiro de inverno.

Alguns dias depois, com as mãos enfiadas na terra macia, Posy se lembrava de ter sorrido pela primeira vez em semanas. O cheiro de adubo, a sensação suave do sol na cabeça e o plantio de bulbos que trariam uma cor necessária na primavera a fizeram se lembrar do tempo passado em Kew.

Aquele dia foi o início de uma paixão que já durava 25 anos. Ela dividiu a enorme área em seções, e a cada primavera e outono trabalhava em uma parte nova, acrescentando seus projetos aos do pai, entre eles sua *pièce de résistance* particular: um ambicioso jardim formal junto ao terraço, composto por intrincadas curvas de sebes envolvendo canteiros de lavanda e rosas perfumadas. A manutenção era difícil, mas a visão que ele proporcionava da sala de recepção e dos quartos era sublime.

Resumindo: o jardim havia se tornado seu dono, seu amigo e seu amante, deixando pouco tempo para qualquer outra coisa.

– Mãe, está incrível – dizia Nick quando chegava para as férias de verão e ela mostrava o que estava fazendo.

– É, mas o que tem para jantar? – perguntava Sam, chutando uma bola pelo terraço.

Posy se lembrava de que ele havia quebrado as janelas da estufa três vezes, quando garoto.

Enquanto reunia os ingredientes para preparar um bolo que levaria para os netos mais tarde, Posy sentiu a familiar pontada de culpa que tinha quando pensava no filho mais velho.

Apesar de amar Sam intensamente, sempre o havia considerado mais difícil do que Nick. Talvez fosse apenas porque ela e o caçula tinham muito em comum. O amor dele por "coisas velhas", como dizia Sam ao observar o irmão mais novo restaurar meticulosamente um antigo baú estragado por carunchos. Enquanto Sam era todo ação – distraía-se facilmente e tinha um temperamento irritadiço –, Nick era muito mais calmo. Tinha um olhar para a beleza que Posy gostava de pensar que havia herdado dela.

A terrível verdade, pensou enquanto acrescentava os ovos à massa do bolo, era que se podia amar os filhos, mas isso não significava gostar deles do mesmo modo.

O que mais a incomodava era o fato de os dois não serem unidos. Posy se lembrava de Nick cambaleando pelo jardim atrás do irmão mais velho, quando eram pequenos. Era óbvio que ele adorava Sam, mas com o passar dos anos Posy notou que Nick começou a evitá-lo durante as férias, preferindo passar o tempo com ela na cozinha ou restaurando móveis no celeiro.

Eram totalmente opostos, claro: Sam, muito confiante e Nick, introspectivo. Como um fio de seda tecido ao longo das décadas desde a infância, a vida dos dois estava conectada, embora os tivesse levado em direções contrárias.

Depois de sair da escola, Sam foi reprovado na universidade e se mudou para Londres. Tentou trabalhar com computadores, ser chef de cozinha e corretor de imóveis. Todos esses esforços pareciam derreter como neve depois de alguns meses. Voltara a Southwold dez anos antes, se casara e – após fracassar em outros empreendimentos – agora tentava montar a própria construtora.

Posy sempre o encorajava como podia quando ele a procurava com um novo esquema para ganhar dinheiro. Mas recentemente tinha feito um pacto consigo mesma de que não faria mais empréstimos, por mais que Sam implorasse. Além disso, com a maioria de seus investimentos sendo devorada pelo amado jardim, restava a ela pouco para dar. Um ano antes, vendera uma de suas preciosas estatuetas Staffordshire para financiar o plano "infalível" de Sam de fazer filmes divulgando empresas locais. O rendimento da venda da estatueta se perdeu para sempre quando a empresa faliu depois de apenas nove meses.

A dificuldade de dizer não ao filho era ainda maior porque ele arranjara um anjo de esposa. Amy era um doce de pessoa, que até conseguira sorrir quando, pela enésima vez, Sam anunciou que precisavam se mudar da casa alugada para outra menor, por causa da falta de dinheiro.

Amy dera a Sam dois filhos saudáveis – Jake, de 6 anos, e Sara, de 4 – e mantinha um emprego de recepcionista em um hotel da região, fornecendo um fluxo de caixa pequeno, mas muito necessário ao lar, além de apoiar estoicamente o marido – o que, na opinião de Posy, fazia de Amy uma santa.

Quanto a Nick, o coração de Posy se enchia de felicidade porque seu filho finalmente retornaria à Inglaterra. Depois de terminar a escola, ele havia ignorado as ofertas de algumas universidades excelentes e anunciado que desejava entrar no ramo de antiguidades. Estagiou com um leiloeiro da região e conseguiu uma vaga de aprendiz em um antiquário em Lavenham, e fazia a viagem partindo da Admiral House todos os dias.

Aos 21 anos Nick já tinha aberto a própria loja em Southwold e logo começou a ganhar reputação por seu estoque de antiguidades interessantes e raras. Posy não podia ter ficado mais feliz, vendo que o filho escolhera fazer carreira na região. Dois anos depois, ele alugou o imóvel ao lado para expandir o espaço de seu próspero negócio. Quando ele viajava para fazer compras, Posy deixava seu amado jardim e passava o dia na loja atendendo os clientes.

Alguns meses depois, Nick anunciou que havia contratado uma assistente para cuidar da loja quando estivesse nos leilões. Evie Newman não tinha uma beleza convencional; era pequena e suas feições élficas lhe davam um ar de criança e não de mulher, mas seus enormes olhos castanhos eram assombrosamente lindos. Quando Nick a apresentou a Posy, ela notou o filho observando cada movimento de Evie e soube, sem dúvida, que ele estava apaixonado.

Mas não havia nada que Nick pudesse fazer a respeito. Evie tinha um namorado de longa data e parecia adorá-lo. Posy conhecera Brian certa vez e se surpreendeu por Evie achar atraente aquele pseudointelectual com cara de fuinha. Divorciado, professor de sociologia na universidade comunitária da cidade, Brian era uns quinze anos mais velho do que Evie e tinha opiniões fortes que gostava de emitir sempre que possível. Posy sentiu uma antipatia imediata por ele.

Enquanto Nick passava cada vez mais tempo viajando, Posy ensinou a Evie como cuidar da loja. Apesar da diferença de idade, elas se tornaram ótimas amigas. Evie tinha perdido os pais muito jovem e morava com a avó em uma grande casa vitoriana em Southwold. Como nunca tivera uma filha, Posy adorava o carinho que sentia por ela.

Às vezes Evie viajava com Nick, e Posy segurava as pontas na loja. Adorava ver os olhos brilhantes da moça quando retornava das compras, gesticulando expressivamente ao descrever uma cômoda elegante que tinham adquirido por quase nada em uma venda em um castelo magnífico no sul da França.

Apesar de ter prometido a si mesma que não ficaria dependente da presença de Nick, foi devastador o choque que sentiu quando, após anos vivendo felizes na Admiral House, ele disse que ia vender a loja e se mudar para a Austrália. E piorou quando Evie anunciou que Brian tinha conseguido um bom emprego em uma universidade em Leicester. Pelo visto, ele a havia pedido em casamento e ela aceitara. Partiriam em breve de Southwold.

Posy tinha tentado descobrir por que exatamente o filho sentia necessidade de fechar o negócio bem-sucedido que trabalhara tanto para criar e se mudar para o outro lado do mundo, mas Nick não se abriu. Ela suspeitou que tivesse algo a ver com Evie, e como a moça ia se mudar também, alguma coisa não encaixava direito.

A empresa foi vendida quase imediatamente. Então Nick viajou para Perth, levando antiguidades para começar a vida em seu novo empreendimento na face oposta do planeta. Posy não deu a menor pista de como se sentiria perdida sem ele.

O fato de Evie não ter ido se despedir antes de deixar Southwold a magoou, mas Posy aceitou que era uma mulher mais velha na vida de uma pessoa jovem. Ela amava Evie, mas isso não significava que o sentimento devesse ser recíproco.

À medida que o inverno se aproximava, Posy sentiu o frio familiar da solidão. Devido à época do ano, seu amado jardim estava adormecido e havia pouca coisa que pudesse fazer até a primavera. Sem esse consolo ao qual se agarrar, soube que precisava urgentemente preencher o vazio. Assim, partiu para Southwold e conseguiu um emprego de meio expediente. Trabalhava em uma galeria de arte três manhãs por semana. Embora não adorasse pinturas modernas, o emprego lhe rendia alguns trocados e a mantinha ocupada. Jamais admitiu ao dono sua verdadeira idade, e dez anos depois ainda trabalhava lá.

– Quase 70 anos – murmurou Posy enquanto colocava a massa do bolo no forno e ajustava o temporizador.

Enquanto deixava a cozinha rumo à escada principal, pensou em como ser mãe era uma tarefa hercúlea. Independentemente da idade dos filhos, jamais havia deixado de se preocupar com eles. Na verdade, se preocupava mais ainda; pelo menos quando eram pequenos ela sabia exatamente onde e como estavam. Ficavam sob seu controle. E, claro, quando cresceram e voaram para longe do ninho, não foi mais assim.

Suas pernas doeram ligeiramente enquanto subia a escada, lembrando-lhe de todas as coisas em que não queria pensar. Apesar de estar em uma idade que lhe dava o direito de reclamar da saúde, sabia de sua sorte por estar em tão boa forma.

– Mas quanto tempo isso vai durar? – indagou a um ancestral cujo retrato pendia junto ao patamar.

Ela entrou no quarto, foi até a janela e abriu as pesadas cortinas. Nunca tivera dinheiro para substituí-las, e a estampa original do tecido havia se desbotado até ficar irreconhecível.

Dali tinha a melhor visão do jardim que criara. Mesmo no início do outono, enquanto a natureza se preparava para dormir, os raios oblíquos do sol da tarde acariciavam as folhas das árvores que amadureciam lentamente até um tom dourado, e as últimas rosas pendiam, pesadas de perfume. Grandes abóboras se acomodavam na horta e as árvores do pomar estavam carregadas de maçãs vermelhas. E o jardim formal logo abaixo de sua janela estava simplesmente esplêndido.

Posy deu as costas para a beleza lá fora e olhou para o quarto enorme, onde gerações de Andersons haviam dormido. Seu olhar deslizou pelo elaborado papel de parede em estilo chinês, que agora se descolava ligeiramente nos cantos e estava manchado de umidade, pelo tapete puído, irrecuperável depois de tantos líquidos derramados, e pela mobília de mogno desbotada.

– E esse é só um cômodo; há outros 25 que precisam de uma reforma completa, sem falar da estrutura da casa – murmurou.

Enquanto se despia, Posy pensou que no correr dos anos tinha feito o mínimo possível pela casa, em parte por causa do dinheiro, mas principalmente porque, como a um filho predileto, tinha dedicado toda a atenção ao jardim. E, como qualquer filho negligenciado, a casa fora sucumbindo sem ser notada.

– Meu tempo aqui já está acabando.

Ela suspirou e admitiu que aquela casa antiga e linda começava a parecer um arreio em seu pescoço. Mesmo em boa forma para uma mulher de 69 anos, por quanto tempo continuaria assim? Além do mais, sabia que a própria casa chegaria a um ponto sem volta se não recebesse logo uma senhora reforma.

A ideia de jogar a toalha e se mudar para algum lugar mais administrável a deixava consternada, mas Posy sabia que precisava ser prática. Não tinha mencionado aos filhos a ideia de vender a Admiral House, mas talvez devesse, agora que Nick estava voltando.

Posy observou sua imagem nua refletida no espelho cheval. O cabelo grisalho, as rugas em volta dos olhos e a pele mais flácida agora a deprimiam, e ela desviou a vista. Era mais fácil não olhar, porque por dentro ainda era uma mulher cheia de juventude, a mesma Posy que havia dançado, gargalhado e amado.

– Nossa, sinto falta de sexo! – anunciou à cômoda enquanto procurava a roupa de baixo.

Passara um tempo terrivelmente longo, 34 anos, sem sentir o toque de um homem, a pele dele encostada na dela, as carícias em seu corpo enquanto ele ia e vinha dentro dela...

Depois da morte de Jonny, alguns homens surgiram em sua vida e demonstraram interesse, especialmente nos primeiros anos. No entanto, talvez porque sua atenção estivesse voltada para os meninos, e mais tarde para o jardim, depois de algumas "saídas", como seus filhos diziam, Posy nunca se entusiasmara o suficiente para manter um relacionamento.

– E agora é tarde – disse ao próprio reflexo enquanto se sentava diante da penteadeira e passava o creme barato no rosto, a única rotina de beleza que cumpria regularmente. – Não seja gananciosa, Posy: ter dois amores na vida é mais do que a maioria das pessoas consegue.

Ao se levantar, afastou da cabeça tanto os pensamentos sombrios quanto os fantasiosos e se concentrou na ideia muito mais positiva da volta do filho da Austrália. No andar de baixo, tirou o bolo do forno, desenformou-o e o deixou esfriando. Depois saiu pela porta da cozinha para o pátio dos fundos. Destrancou o velho Volvo e seguiu a estradinha, virando à direita no caminho que a levaria em dez minutos a Southwold.

Posy dirigiu até a beira-mar e, apesar do vento frio de setembro, baixou a janela para respirar a maresia misturada ao eterno cheiro de donuts e batata frita com peixe empanado vindo da loja perto do píer estendido sobre o mar do Norte, que estava cinzento como aço sob o céu azul e nevoento. Elegantes casas brancas geminadas se enfileiravam na rua, com as fachadas das lojas embaixo cheias de bugigangas de praia. Gaivotas patrulhavam a calçada em busca de restos de comida.

A cidade praticamente não mudara desde sua infância, mas infelizmente a elegância antiquada tinha inspirado hordas de famílias de classe média a investir em casas de veraneio. Isso havia elevado o preço das propriedades a níveis obscenos e, ainda que isso fosse bom para a economia local, sem dúvida tinha alterado a dinâmica da comunidade que já fora muito unida. Os veranistas vinham em bandos para Southwold nas férias, transformando o trânsito em um pesadelo, então iam embora no fim de agosto como uma revoada de abutres depois de se refestelar com uma carcaça.

Agora, em setembro, a cidade parecia morta e deserta, como se toda a energia tivesse sido sugada pelas hordas de veranistas. Enquanto estacionava na High Street, Posy viu um cartaz de "liquidação" na butique, e a livraria não tinha mais as mesas de cavaletes oferecendo livros usados do lado de fora.

Caminhou rapidamente pela rua, cumprimentando os conhecidos pelos quais passava. Pelo menos o sentimento de fazer parte da comunidade lhe dava prazer. Parando no jornaleiro, pegou seu exemplar diário do *Telegraph*.

Ao sair da loja, com o nariz enterrado nas manchetes, trombou com uma menina.

– Perdão – desculpou-se, baixando o olhar para a garota de olhos castanhos à sua frente.

– Tudo bem. – A garota deu de ombros.

– Meu Deus – disse Posy, após um momento. – Desculpe por eu encará-la, mas é que você se parece demais com uma pessoa que eu conhecia.

– Ah.

A menina se remexeu, desconfortável. Posy deu um passo para o lado para que ela pudesse entrar na loja.

– Tchau, então – disse a menina.

– Tchau.

Posy se virou e subiu a rua, indo para a galeria, então viu uma figura conhecida correndo em sua direção.

– Evie? É você, não é?

A mulher parou bruscamente, o rosto pálido enrubescendo, sem graça.

– Sou eu. Oi, Posy – disse ela baixinho.

– Como vai, querida? E o que está fazendo em Southwold? Visitando velhos amigos?

– Não. – Evie baixou os olhos. – Nós nos mudamos para cá há algumas semanas. Eu... Agora moramos aqui.

– É mesmo?

– É.

– Ah, entendi.

Posy observou-a enquanto Evie evitava encará-la. Ela estava muito mais magra do que antigamente e seu lindo cabelo escuro tinha sido cortado curto.

– Acho que vi sua filha agora mesmo, do lado de fora do jornaleiro. É muito parecida com você. Vocês três voltaram de vez?

– Nós duas, sim – respondeu Evie. – Desculpe, Posy, mas estou com muita pressa.

– Claro. Eu trabalho na Galeria Mason, três lojas depois do Swan. Quando tiver um tempinho para almoçar, eu adoraria ver você. E sua filha, como é mesmo que ela se chama...?

– Clemmie. O nome dela é Clemmie.

– Apelido de Clementine, imagino, igual à esposa de Winston Churchill.

– É.

– É um lindo nome. Bom, adeus, Evie, e bem-vinda de volta.

– Obrigada. Tchau.

Evie seguiu na direção do jornaleiro, procurando a filha, e Posy caminhou os últimos metros até a galeria. Sentindo-se um tanto magoada com o desconforto óbvio de Evie e imaginando o que teria feito para merecer uma reação tão negativa, Posy tirou da bolsa as chaves da loja.

Enquanto destrancava a porta da frente, entrava e estendia a mão para o interruptor, pensou no que Evie deixara a entender: Brian, seu antigo companheiro, não fazia mais parte da vida dela. Posy queria saber mais, porém achou improvável que conseguisse. Pela reação de Evie, talvez ela atravessasse a rua para evitá-la na próxima vez que se vissem.

No entanto, a única coisa que tinha aprendido em quase setenta anos na terra era que os seres humanos eram esquisitos e a surpreendiam constantemente. *Evie tem seus motivos*, pensou enquanto ia para o escritório nos fundos da galeria e punha a chaleira no fogo para sua segunda xícara habitual de café.

Só queria saber quais eram.

2

– Por favor, Jake, vá procurar seus sapatos. Agora!

– Mas, mãe, eu não terminei de comer meu cereal e...

– Não quero saber! A gente vai se atrasar. Anda!

Enquanto Jake saía da cozinha, Amy Montague limpou a boca de Sara, suja de cereal, e se ajoelhou para calçar os sapatos da filha de 4 anos. Os bicos estavam gastos e os pezinhos mal cabiam. O nariz de Sara estava escorrendo, o cabelo, ainda emaranhado, e a calça herdada de Jake terminava no meio das canelas.

– Você parece uma criança de rua. – Amy suspirou, pegou uma escova no meio das coisas entulhadas em cima do aparador e tentou passá-la pelos cachos louros de Sara.

– Ai, mamãe! – gritou Sara, com razão.

– Desculpe, querida, mas a Srta. Ewing vai ficar imaginando que tipo de mãe eu sou se mandar você para a escola desse jeito.

– Eu vou para a escola? – Sara fez uma expressão infeliz. – Eu odeio a escola, mamãe.

– Ah, querida, sua professora disse que você está se adaptando muito bem, e depois Josie vai levar você e Jake para a casa dela. Mamãe vai pegar vocês dois lá quando sair do trabalho.

– Mas eu não gosto da escola e não gosto da Josie. Quero ficar com você, mamãe. – O rosto da menininha se contraiu e ela começou a chorar.

– Sara querida, você *gosta* da escola e gosta da Josie. E vovó vai trazer bolo de chocolate para o lanche da tarde, está bem?

– Está bem. – Sara assentiu, apaziguada.

– Jake?! Estamos saindo! – gritou Amy, puxando Sara para o corredor.

Vestiu o casaco da filha e o próprio, depois procurou as chaves na bolsa.

Jake desceu a escada correndo com os sapatos nas mãos.

– Calce os sapatos, Jake.

– Quero que você me calce, mãe. Papai ainda está dormindo?

– Está. – Amy se ajoelhou e enfiou os sapatos nos pés do filho. – Certo. Vamos.

– Quero dar tchau para ele – choramingou Jake enquanto Amy pegava a mão de Sara e abria a porta.

– Não pode.

– Por quê?

– Ele está cansado. Agora vamos indo!

Depois de deixar as crianças na escola, Amy foi até a oficina para deixar o carro, que não passara na vistoria. Correndo de volta para casa, percebeu que tinha apenas uma hora antes de sair para o trabalho: uma hora para arrumar a cozinha, lavar a roupa e fazer uma lista de compras. Realmente não sabia como ia se virar sem carro; a vida já difícil ia se tornar quase impossível. Além disso, não fazia ideia de como pagariam o conserto, mas precisavam arranjar o dinheiro. Simples assim.

Amy virou na entrada da casinha miserável que tinha se tornado seu lar seis semanas antes. Situada em uma rua nos arredores da cidade e tendo apenas o pântano entre ela e o mar, era pouco maior do que uma cabana de praia e absolutamente charmosa quando o sol brilhava. Na verdade, fora construída para veraneio, e Amy sabia que as finas paredes de tábuas e as enormes janelas dariam pouquíssima proteção contra o inverno que se aproximava. Não tinha um sistema de aquecimento decente, a não ser uma lareira temperamental na sala que, quando ela testou, na noite anterior, produziu mais fumaça do que calor. A casa tinha apenas dois quartos úmidos no andar de cima, tão apertados que a maior parte das posses da família estava guardada em caixas no barracão do quintal nos fundos.

Mesmo sabendo que o orgulho de Sam recebera um baque terrível quando a falta de dinheiro os obrigou a sair da casa anterior, e não querendo chateá-lo ainda mais dizendo como odiava a casa atual, Amy estava achando difícil manter a atitude positiva de sempre. Sabia que o marido se esforçava muito para sustentar todos eles, mas parecia ter um azar interminável, com seus empreendimentos sempre indo à falência. Como podia reclamar que Sara precisava de sapatos novos, que o casaco de Jake estava pequeno demais ou que ela estava exausta tentando cuidar da casa e pôr comida na mesa com o pouco dinheiro que recebia como recepcionista de hotel?

Sam estava na cozinha, só de cueca, bocejando enquanto punha a chaleira no fogo.

– Oi, querida. Desculpe ter chegado tão tarde ontem. Ken e eu tínhamos um monte de coisas para resolver.

– A reunião foi boa?

Amy o encarou, nervosa, notando que os olhos azuis estavam injetados e sentindo o cheiro rançoso de álcool no hálito do marido. Ficou feliz por estar dormindo quando ele chegou.

– Foi ótima. – Sam olhou para ela. – Acho que vou poder restaurar a fortuna da casa dos Montagues em pouco tempo.

Em geral, aquele tipo de comentário bastava para animar Amy, mas naquela manhã as palavras de Sam carregavam um tom vazio.

– Fazendo o quê, exatamente?

Ele se aproximou e segurou-a pelos braços.

– Querida, você está encarando o diretor-gerente da Construtora Montague Ltda.

– Verdade?

– É. Quer uma xícara de chá?

– Não, obrigada. E quanto você vai ganhar? – perguntou Amy, esperançosa.

– Ah, não muito, acho. Mas claro que todas as minhas despesas vão ser cobertas.

– Se você é o diretor-gerente, tem que receber um salário, não?

Sam jogou um sachê de chá em uma caneca.

– Amy, trata-se de especular para acumular. Não posso pedir um salário até provar meu valor e estar com um projeto encaminhado. Assim que isso acontecer, vou ganhar 50% dos lucros. O que significa que vai ser um monte de grana.

O coração de Amy ficou pesado.

– Sam, precisamos de dinheiro *agora*, não daqui a alguns meses. Sei que isso pode deixá-lo rico no futuro, mas entende que não temos como sobreviver com o que eu ganho no hotel?

Sam derramou água fervente na caneca e bateu com a chaleira na bancada com uma força desnecessária.

– E o que você sugere que eu faça? Que vá trabalhar em um emprego sem futuro em uma loja ou em uma fábrica para trazer um trocado extra?

Era exatamente isso que Amy queria que ele fizesse. Ela respirou fundo.

– Por que você enxerga um trabalho comum com tanta negatividade, Sam? Você tem uma boa formação, um monte de experiências diferentes, e tenho certeza de que conseguiria um emprego de escritório bem pago...

– Que a longo prazo não vai levar esta família a lugar nenhum, Amy. Eu preciso olhar para o futuro, arranjar um modo de prover o estilo de vida que queremos e merecemos. Nós dois sabemos que não vou conseguir isso trabalhando para outra pessoa em um escritório meia-boca.

– Sam, no momento eu só quero manter o lobo longe da porta. Pessoalmente, acho que parte do problema é que ficamos olhando demais para o futuro e especulando – argumentou Amy, afastando o cabelo louro do rosto, agitada. – Não é mais como quando nos conhecemos. Temos responsabilidades, filhos para abrigar e sustentar, e não podemos fazer isso vivendo de brisa.

Ele a encarou, tomando um gole de chá.

– Então quer dizer que você perdeu a fé na minha capacidade de acertar em algum negócio grande?

– Não... – respondeu Amy, vendo a expressão nos olhos dele e identificando o perigo. – Claro que acredito em você e no seu tino empresarial, mas será que não daria para deixar isso para seu tempo livre e combiná-lo a um trabalho que renda algum dinheiro extra agora?

– Meu Deus, Amy! Obviamente você não faz ideia de como são os negócios. Se eu quiser fazer essa construtora decolar, vou ter que usar cada minuto dos meus dias.

Agora o rosto de Sam estava vermelho de raiva. Ele agarrou o braço de Amy com força enquanto ela caminhava até a pia.

– Eu vou fazer isso, querida. Senão, você, eu e as crianças vamos ficar presos nesta casinha de merda pelo resto da vida. Assim, em vez de me criticar por tentar fazer o máximo para tirar a gente deste buraco, eu gostaria que você me apoiasse!

– Eu... – começou ela enquanto o aperto em seu braço aumentava. – Está bem.

– Bom. – Sam soltou-a, depois pegou a caneca de chá e foi até a porta da cozinha. – Vou me vestir e sair.

Amy se sentou, esfregando o braço dolorido e ficando bem quietinha. Sam subiu a escada e então, cinco minutos depois, desceu de novo. A casa inteira estremeceu quando ele bateu a porta da frente com força.

Engolindo em seco de alívio e tentando conter as lágrimas que ameaçavam brotar, Amy se levantou e subiu, entorpecida, até o quartinho que dividiam, para que as camas das crianças ficassem no cômodo maior.

Sentou-se na cama desarrumada e olhou a parede úmida à frente.

O que havia acontecido com eles nos últimos anos? Em que ponto tudo dera errado?

Tinha conhecido Sam no bar Swan, em Southwold – ela no último ano da faculdade de artes, tendo vindo de Londres para o casamento de uma amiga, ele parando para um drinque em uma noite de sábado. O amigo dele estava atrasado e ela precisava de uma folga da atmosfera claustrofóbica do casamento. Os dois começaram a conversar, uma coisa levou a outra e ele ligou para ela em Londres, convidando-a para um fim de semana na casa de sua família nos arredores de Southwold.

Amy se lembrou de quando viu a Admiral House pela primeira vez. Era tão perfeita, quase como uma casa de boneca de tão bonita, que ela sentiu vontade de pintá-la. A mãe de Sam, Posy, foi tremendamente acolhedora, e a estadia transcorreu tão relaxante que, quando retornou ao pequeno apartamento em Londres, apenas sonhava em voltar para o espaço e a paz de Suffolk.

Sam acabara de começar sua empresa de informática e alimentara Amy com sua energia e imaginação. Ela achou aquele entusiasmo pela vida cativante, a família dele incrível e sua cama quente e convidativa.

Quando Sam pediu que Amy se casasse com ele e se mudasse para Suffolk, logo depois de ela se formar, a decisão não foi difícil. Alugaram uma pequenina casa geminada em uma das ruas elegantemente antiquadas do bairro e se estabeleceram na vida de casados. Amy passou a levar seu cavalete para a beira-mar, pintando as paisagens e vendendo-as para os turistas em uma galeria local. Mas esse trabalho era apenas sazonal, e quando a empresa de informática de Sam faliu, ela precisou aceitar o primeiro emprego que lhe ofereceram, como recepcionista no Feathers, um hotel confortável, ainda que antigo, no centro da cidade.

Os últimos dez anos tinham sido uma série de altos e baixos, dependendo da situação de Sam nos negócios. Quando as coisas iam bem, ele a cobria de flores e presentes e a levava para jantar. E Amy se lembrava da pessoa divertida com quem tinha se casado. Quando as coisas iam mal, a vida era muito diferente...

Para ser honesta consigo mesma, as coisas estavam indo mal havia bastante tempo. Quando a empresa de filmes quebrou, Sam afundou em um atoleiro de desânimo e mal saía de casa.

Ela havia se esforçado muito para não piorar as coisas. Apesar de Sam ficar em casa durante o dia, Amy raramente pedia que ele pegasse as crianças na escola ou fizesse as compras enquanto ela trabalhava. Sabia que o orgulho dele dependia de ainda pensar em si mesmo como empresário. E tinha aprendido, pela experiência, a deixá-lo em paz quando ele estava para baixo.

– E eu?

As palavras escaparam antes que ela pudesse impedir. Contava quase 30 anos. O que havia conseguido na vida até então? Tinha um marido que parecia permanentemente desempregado, estavam falidos e reduzidos a morar em uma choupana alugada. Sim, tinha dois filhos lindos e um emprego, mas não era a carreira luminosa de artista plástica com que havia sonhado antes de se casar.

E quanto ao temperamento dele... Sabia que a agressividade que demonstrava, principalmente depois de beber, estava piorando. Desejava ter com quem falar a respeito, mas quem?

Lamentando-se, Amy vestiu rapidamente o terninho azul-escuro do trabalho e passou um pouco de maquiagem para dar cor às bochechas pálidas. Estava cansada, era isso, e Sam realmente se esforçava ao máximo. Saiu de casa decidida a comprar algo especial para o jantar. As coisas só ficavam piores quando discutiam, e já tinham todos os outros problemas. E, apesar de seu pressentimento de que aquele novo negócio estava tão condenado quanto os outros, Amy sabia que não tinha opção além de confiar nele.

Como era sexta-feira, e início do Festival Literário de Southwold, o hotel Feathers estava caótico. A outra recepcionista tinha avisado que faltaria porque estava doente, então Amy não teve folga para o almoço e não pôde fazer as compras para o fim de semana. Precisou resolver uma reserva duplicada, um vaso entupido e o sumiço de um relógio, supostamente roubado, até que reapareceu misteriosamente meia hora depois. Olhando o próprio relógio, viu que tinha apenas dez minutos para pegar as crianças na casa de Josie, a babá. E não havia sinal de Karen, a recepcionista da noite.

O Sr. Todd, o gerente, tinha desaparecido, e, quando ela tentou ligar para o celular de Sam para ver se ele podia buscar as crianças, ele não atendeu. Amy revirou a bolsa atrás da caderneta de telefones e percebeu que a havia deixado na mesa da cozinha, em casa. À beira das lágrimas, ligou para o auxílio à lista e descobriu que o número de Josie não constava.

– É impossível conseguir alguma ajuda aqui?!

O balcão de recepção tremeu sob a força do punho que bateu nele.

– Já liguei para cá três vezes pedindo que alguém tente fazer água quente sair da porcaria das minhas torneiras!

– Sinto muitíssimo, senhor, eu avisei à manutenção e eles prometeram cuidar disso o mais rápido possível.

Amy sabia que sua voz estava embargada por causa do nó na garganta.

– Estou esperando há duas horas, pelo amor de Deus! Assim não dá. Se você não resolver em dez minutos, eu vou embora.

– Sim, senhor, vou falar com a manutenção de novo.

Sua mão tremeu ao pegar o telefone, agora com lágrimas brotando nos olhos, não importava quanto as engolisse. Antes que pudesse levar o aparelho ao ouvido, viu Karen entrar.

– Desculpe o atraso, Amy. Tem um caminhão virado na entrada da cidade – explicou Karen, dando a volta no balcão da recepção e tirando o casaco. – Tudo bem?

Amy apenas deu de ombros e passou as costas das mãos pelos olhos.

– Pode ir, eu resolvo isso. – Karen se virou e abriu um sorriso animado. – Bom, Sr. Girault, como posso ajudá-lo?

Amy correu para o escritório dos fundos, encontrou um velho lenço de papel na bolsa e assoou o nariz. Então vestiu o casaco e, de cabeça baixa, andou rapidamente até a saída. Quando saiu para o ar frio da noite, aliviada, uma mão grande pousou em seu ombro.

– Olhe, desculpe. Não quis chatear você. Sei que a culpa não é sua.

Amy se virou e ergueu os olhos para o homem alto com quem tinha acabado de falar na recepção. Em sua angústia, não reparara na aparência dele, então notou os ombros largos, o cabelo castanho ondulado e os olhos verdes e profundos cheios de preocupação.

– Não, por favor, não peça desculpas. Não foi o senhor, de verdade. Agora, se me der licença, estou muito atrasada para buscar meus filhos.

– Claro. – Ele assentiu. – E realmente sinto muito.

– Obrigada.

Amy se virou e desceu a rua às pressas.

Ao chegar em casa com duas crianças exaustas e mal-humoradas, além das sacolas de supermercado, bastou ver a sogra parada junto ao portão para que as lágrimas quase brotassem de novo.

– Oi, Posy.

Ela forçou um sorriso enquanto destrancava a porta.

– Querida, você parece cansada. Dê aqui, me deixe ajudar.

Posy pôs a lata que estava segurando debaixo de um braço e pegou algumas sacolas de compras com a mão livre. Dentro de casa, acomodou Sara e Jake à mesa da cozinha e pediu que Amy pusesse a chaleira no fogo enquanto ela preparava torrada com manteiga e esquentava um pouco de macarrão enlatado para as crianças.

– Meu Deus, está frio aqui dentro – disse Posy, e estremeceu.

– Infelizmente não tem aquecimento – respondeu Amy. – Esta casa foi feita para ser usada só no verão.

Posy olhou para aquela cozinha minúscula e pavorosa, a única lâmpada que pendia sem luminária no centro do cômodo destacando cada mancha de sujeira nas paredes.

– Não é exatamente um palácio, não é?

– Não – comentou Amy. – Mas espero que seja por pouco tempo, até a gente se recuperar financeiramente.

– Sabe, eu falei para Sam que vocês podem ficar comigo na Admiral House o tempo que quiserem. Parece ridículo eu morar lá sozinha enquanto vocês se espremem aqui.

– Você sabe que o orgulho do Sam jamais permitiria isso.

– Bom, querida – disse Posy abrindo a lata e tirando de dentro um bolo de chocolate perfeito –, às vezes o orgulho vem antes da queda, e não aguento pensar em vocês morando neste casebre.

Ela cortou o bolo em fatias.

– Pronto, o melhor bolo da vovó, depois que vocês terminarem a torrada e o macarrão. Quer um pedaço, Amy?

– Não, obrigada.

Amy achou que poderia engasgar.

Posy olhou para a nora. Apesar de Amy continuar linda, sua saia pendia frouxa nos quadris e os olhos azuis pareciam enormes no rosto pálido. O cabelo louro e comprido, geralmente imaculado, lutava para escapar do rabo de cavalo e precisava ser lavado.

– Você está tão magra, querida. Está comendo direito?

– Estou, Posy, estou bem, de verdade – disse Amy enquanto limpava o rosto de Sara. – Se me der licença, tenho que dar banho nas crianças e colocá-las para dormir.

– Claro. Posso ajudar?

Amy pensou em como Posy reagiria ao ver o banheirinho esquálido, depois deu de ombros. O que importava?

– Se você faz questão...

Posy não teceu mais comentários enquanto dava banho nas crianças. Depois de secá-las e vesti-las, ela disse que ia acender a lareira enquanto Amy lia uma história para elas.

Depois que Jake e Sara finalmente adormeceram, Amy desceu a escada e afundou com alívio em uma poltrona puída. Posy veio da cozinha com uma taça de vinho em cada mão.

– Espero que não se importe por eu ter aberto a garrafa, mas você parece que está precisando.

Amy comprara o vinho para tomar com o marido mais tarde, mas aceitou a taça, agradecida.

– Onde está Sam, por sinal? – perguntou Posy, se acomodando no velho sofá de couro.

Amy deu de ombros.

– Não sei, mas ele está envolvido com algum assunto de trabalho, então talvez esteja em uma reunião.

– Às sete e meia de uma noite de sexta-feira? – Posy arqueou uma sobrancelha. – Duvido.

– De qualquer modo, ele deve chegar logo.

– Ele ajuda você com as crianças?

– Não durante a semana, mas nos sábados e domingos ele é ótimo – respondeu Amy com lealdade.

– Amy querida, Sam é meu filho. E, apesar de amá-lo muito, também o conheço bem. Se você der a mão, ele pega o braço inteiro.

– Ele se esforça. De verdade, Posy.

– Quer dizer, como hoje? Se Sam não está trabalhando, deveria ajudar você com a casa, certo? Pelo menos deveria pegar as crianças ou fazer as compras. Você parece exausta, querida.

– Só preciso de uma boa noite de sono. Estou bem, de verdade.

A última coisa que Amy queria era ouvir um sermão sobre os defeitos de seu marido errante, mesmo sendo verdadeiro.

– E como vão as coisas com você?

– Recebi uma notícia maravilhosa! – Posy bateu palmas. – Nick me ligou para dizer que está voltando para casa!

– Depois de todo esse tempo – disse Amy, sorrindo. – Tem razão para estar empolgada.

– Estou mesmo. E, ironicamente, vi Evie Newman na cidade hoje. Ela também voltou para Southwold, com a filhinha a reboque.

– Não era Evie que ajudava a cuidar da loja de antiguidades de Nick?

– Era. – Posy tomou um gole de vinho. – Eu não lembro, você a conheceu?

– Conheci, mas, quando Sam e eu nos casamos e me mudei para cá, ela já tinha ido embora de Southwold.

– É uma tremenda coincidência Nick e Evie retornarem com algumas semanas de intervalo – comentou Posy.

– É. Sabe quanto tempo Nick deve ficar?

– Não. E, para ser franca, tenho medo de perguntar. Vou aproveitar o máximo que puder, e será maravilhoso ter os conhecimentos dele na Admiral House. Essa semana andei pensando que chegou a hora de avaliar o que tem lá dentro.

– É mesmo? Está pensando em vender as coisas?

– Talvez. Certamente, se eu decidir vender a casa também.

– Ah, Posy, não está falando a sério! – Amy ficou horrorizada. – A casa é da sua família há gerações. Eu... Ela é linda! Não pode fazer isso.

– Eu sei, querida, mas aquelas gerações tinham capital para mantê-la. E empregados, devo acrescentar. – Posy suspirou. – De qualquer modo, chega de falar de mim. Como vai o trabalho?

– Frenético, na semana do festival literário. O hotel está lotado.

– É bom ter um monte de escritores interessantes na cidade. Vou ouvir Sebastian Girault falar do livro dele amanhã. Ele parece um homem interessante.

– Sebastian Girault? – repetiu Amy, distraída.

– É. O romance dele foi indicado para o prêmio Booker deste ano. E vendeu muito mais do que o livro vencedor. Você deve ter ouvido falar dele, Amy.

Ultimamente, Amy sentia que era um feito ler as manchetes do tabloide diário sem ser incomodada, que dirá um livro inteiro.

– Não. Quero dizer, só ouvi falar nele hoje. Na verdade, eu o conheci essa tarde. Ele está hospedado no hotel.

– É mesmo? Sorte a sua. É bem bonito, não é? Alto e fortão. – Posy sorriu.

– Para ser sincera, nem reparei. Ele estava gritando comigo porque não tinha água quente no quarto.

– Nossa, que pena. Esperava que ele fosse tão gentil quanto pareceu pelo rádio. Sabe, ele teve uma vida difícil. A esposa morreu no parto há alguns anos, e o bebê morreu junto. Mas isso não é motivo para ser grosseiro com os outros. Este é o problema das celebridades, não é? Ficam arrogantes com a fama, se tornam outras pessoas – disse Posy, então encarou Amy e depois bateu palmas. – Olhe, por que você não vai comigo amanhã? Podemos reservar uma mesa para almoçar no Swan e depois ir para a conferência. Vai ser bom para você sair um pouco.

– Não posso, Posy. Não tenho ninguém para ficar com as crianças.

– Sam pode cuidar delas por algumas horas, não? Afinal de contas, é sábado.

– Eu... – Antes que pudesse responder, Amy ouviu a porta da frente se abrir e Sam entrou.

– Querido – cumprimentou Posy, se levantando para dar dois beijos no filho. – Onde você estava?

– Em uma reunião.

– No bar, foi? – perguntou Posy, sentindo o hálito de Sam.

– Não comece, mamãe, por favor.

– Não vou começar, mas a coitada da sua esposa teve um dia péssimo e eu estava dizendo agora mesmo que ela precisa de uma folga. Por isso vou levá-la para almoçar amanhã e depois vamos a um evento no festival literário. Você vai ficar bem com as crianças durante a tarde, não vai, Sam? Agora vou deixar vocês jantarem em paz. Bom, estarei aqui para buscá-la amanhã ao meio-dia e meia, Amy. Tchau, vocês dois.

– Tchau, Posy – disse Amy com o rosto ruborizado.

A porta da frente se fechou e Amy olhou o marido, nervosa, tentando avaliar o humor dele.

– Desculpe, Sam. Você sabe que, quando sua mãe põe uma ideia na cabeça, ela não tira mais. Vou telefonar amanhã de manhã e dizer que não posso ir.

– Não. Mamãe está certa, você precisa mesmo de uma folga. Posso ficar com as crianças à tarde. E, escute, desculpe por ter perdido a cabeça hoje cedo.

– E desculpe por ter duvidado de você – disse Amy, inundada de alívio com o pedido.

– Tudo bem. Dá para entender, mas você precisa confiar em mim.

– Eu confio, Sam. De verdade.

– Que bom. Agora, o que tem para o jantar? E cadê o resto desse vinho?

3

– Eu não quero ir, mãe, por favor!

– Clemmie, a Orwell Park é uma escola maravilhosa e é uma oportunidade fantástica para você.

– Não ligo para isso. Quero ficar aqui com você, e não ir embora. Por favor, mãe, não me mande ir.

– Venha cá.

Evie Newman pegou a filha no colo e lhe deu um abraço.

– Acha que eu quero que você vá embora?

– Não sei. – Clemmie fungou.

– Bom, claro que não quero, mas preciso pensar no seu futuro. Você é muito inteligente e a mamãe quer tentar lhe dar as melhores oportunidades.

– Mas eu gostava da minha escola em Leicester. Por que a gente não pode voltar para lá?

– Porque agora a gente mora aqui, querida. E, mesmo se a gente ainda morasse em Leicester, eu ia querer que você fosse estudar na Orwell Park.

– Eu só quero que a gente volte para casa. Quero que tudo seja como antes – soluçou Clemmie no ombro de Evie. – Eu preciso cuidar de você, mãe, você sabe disso.

– Não sei, não, Clemmie – disse Evie, séria. – Sou bem capaz de cuidar de mim mesma.

– Se eu for estudar longe, você vai ficar sozinha nesta casa grande. E se...

– Clemmie querida, prometo que vou ficar bem – interrompeu Evie, acariciando o cabelo da filha. – Eu me sinto muito egoísta por ter tido você só para mim nos últimos anos. Está na hora de você ter vida própria e parar de se preocupar comigo.

– Isso nunca vai acontecer. Eu gosto da nossa vida assim, só você e eu.

– Eu sei, eu também gosto. Mas lembre-se de que você vai voltar para casa todo fim de semana e que as férias são muito mais longas do que na sua escola antiga. Vamos ter bastante tempo para ficar juntas, prometo.

Clemmie se afastou bruscamente do abraço de Evie e se levantou.

– Você só quer se livrar de mim. Eu não vou e você não pode me obrigar!

Ela saiu correndo da sala e bateu a porta.

– Droga, droga, droga!

Evie caiu com força no sofá. Mandar a filha amada para longe estava partindo seu coração, e sabia que por dentro era tão dependente da menina quanto Clemmie era dela. Morando sozinhas na pequena casa geminada em Leicester, e com tudo que havia acontecido, Clemmie precisara amadurecer rápido demais e assumir responsabilidades que um adulto consideraria estressantes.

Evie sabia que, por mais que a separação inicial doesse, era imperativo que Clemmie fosse para um internato. Estava na hora de ela começar a viver e a rir como qualquer menina de 9 anos, e a desenvolver o próprio mundo, separado do da mãe.

A campainha tocou no primeiro andar. Sentindo-se absolutamente exausta, Evie se levantou, desceu pesadamente os três lances de escada e finalmente abriu a porta.

– Oi, Evie. Sei que é cedo, mas a cidade está agitada.

Marie Simmonds, a amiga mais antiga de Evie, estava à porta, sorrindo para ela. Na escola, tinham sido apelidadas de "Pequena e Grande"; Evie miúda e magra, e Marie gordinha e sempre uma cabeça mais alta do que as colegas de turma. Naquele momento, Evie pensou que trocaria de lugar com ela sem hesitar.

– Entre. Não repare, tudo ainda está uma bagunça.

Evie levou Marie pelo corredor até a cozinha.

– Meu Deus, Evie, você tem sorte de morar nesta casa. Deixe comigo e eu vendo para você amanhã mesmo, até decorada à la década de 1950.

Marie era gerente de uma imobiliária da cidade e tinha feito carreira a partir do cargo original de recepcionista.

– Não mexeram nela desde que meus avós a mobiliaram. – Evie deu de ombros. – E não, obrigada. Quero morar aqui, pelo menos por enquanto.

– Bom, do jeito que as coisas andam, com Londres inteira desesperada para arrumar um lugar aqui e pagar qualquer preço pelo luxo de estar em Southwold, acho que você pode se considerar milionária.

– Bom saber, mas não pretendo vender, então não faz muito sentido pensar nisso, não é? Café?

– Sim, por favor. Por que eu não tenho um parente bonzinho prestes a bater as botas e deixar uma mansão em Southwold para mim? – lamentou Marie, passando a mão pelos cachos pretos volumosos.

– Porque seus maravilhosos pais ainda estão vivos – respondeu Evie pragmaticamente. – Coisa que não tenho desde os 10 anos.

– Desculpe, não quis parecer insensível ou mercenária. É só que de vez em quando fico meio amargurada vendo esse monte de dinheiro trocar de mãos no escritório enquanto eu e minha família, que moramos na cidade há gerações, somos obrigadas a nos mudar para as redondezas porque não podemos arcar com o custo de vida.

– Torrada? – perguntou Evie, colocando uma xícara de café diante de Marie na mesa.

– Não, obrigada. Estou de dieta outra vez. Sinceramente, Evie, eu devia odiar você: tem esta casa enorme e esse corpinho que não mudou desde a escola, mesmo depois de ter um bebê e comendo o que quer.

Marie observou com inveja enquanto Evie cobria sua torrada com manteiga e geleia.

– Você não ia querer ter meu corpo, Marie, garanto – disse Evie, sentando-se à mesa. – E eu posso invejar seu casamento feliz e seus filhos cujos pais ainda estão juntos.

Ela deu de ombros.

– Como está Clemmie?

– Triste, teimosa e dramática. Ela odeia Southwold e quer voltar para Leicester. Está lá em cima, de birra porque vai estudar longe. Não sei o que fazer. No momento, ela se recusa a ir. Eu me sinto uma escrota. É horrível que ela pense que eu não a quero em casa, mas é importante que ela vá, por vários motivos.

– É mesmo? Ela é tão pequena, Evie. Será que não pode estudar mais alguns anos por aqui e ir para o internato depois? A escola primária de Southwold é bem boa, na verdade. Mudou muito desde que estudamos lá. Claro que não tem todos os luxos de uma instituição particular chique, mas meus filhos são muito felizes lá.

– Não. Pelo bem de Clemmie, quero que ela vá agora.

– Eu admito que não ia gostar de mandar meus filhos para longe aos 9 anos. – Marie deu de ombros. – Ia sentir uma saudade enorme. E se ela for, você vai sentir. Vai ficar aqui sozinha.

– Ah, eu tenho um monte de coisas com que me ocupar. Vou ficar bem.

Marie tomou um gole de café.

– E como está sendo voltar para cá?

– Tranquilo – respondeu Evie laconicamente.

– Tem visto Brian?

– Meu Deus, não. Você sabe que ele foi embora quando Clemmie era bebê, e desde então não tenho notícias dele.

– Então ele não tem contato nem com a filha?

– Não.

– Que triste! Quero dizer, para Clemmie.

– Garanto que estamos muito melhor sem ele. Olho para trás e me pergunto o que eu enxergava naquele homem.

– Ele sempre tratou você com superioridade – concordou Marie.

– Ele me tratava como criança. Nada que eu fazia tinha valor. Eu o admirava tanto, achava que ele era muito mais inteligente do que eu, que tinha vivido muito mais do que eu, e no início até gostava de ter alguém que cuidasse de mim – disse Evie, se levantando e jogando o resto do café na pia. – Agora vejo que Brian era só um substituto para o pai que eu perdi muito jovem.

– A vida não tem sido fácil para você, não é?

– Talvez não, mas eu também não facilitei as coisas. Cometi uns erros ridículos.

– Todo mundo erra quando é jovem, Evie. Faz parte do amadurecimento. Não se culpe demais. Bom, não está na hora de irmos?

– Está. Vou subir e ver se consigo tirar Clemmie do quarto. Ela já falou que não quer ficar na sua casa enquanto a gente vai à conferência.

– Ela vai ficar bem quando chegar lá. Diga que o tio Geoff vai preparar pizza para o almoço e que Lucy está esperando por ela.

Evie assentiu.

– Vou tentar.

Depois de deixarem a mal-humorada Clemmie na casa de Marie em Reydon, o povoado vizinho, com instruções para Geoff animá-la o máximo possível, as duas voltaram para Southwold.

– Meu Deus, a cidade está movimentada – comentou Evie enquanto passavam pela cervejaria em direção ao teatro St. Edmund, onde a conferência aconteceria.

– E a esta hora na semana que vem, com o fim do festival literário e a maioria das crianças de volta à escola, este lugar vai estar mortinho – comentou Marie. – Olhe, já tem fila. Venha, vamos depressa.

Evie e Marie conseguiram bons lugares no meio do pequeno auditório.

– Você leu o livro? – perguntou Evie.

– Não, mas vi as fotos do autor. E, definitivamente, vale a pena vir ver Sebastian Girault, quer dizer, escutar – respondeu Marie, rindo.

– Ele é realmente um escritor maravilhoso... Ah, meu Deus! Não! Olhe, é Posy.

– Posy?

– Posy Montague, está vendo? Descendo a escada, ali.

Evie apontou.

– Ah, vi. Está com a nora, Amy. Vocês se conheceram? – sussurrou Marie.

– De passagem, muito tempo atrás. Ela é bem bonita, não é?

– É. Eu a conheço porque o filho dela, Jake, é da turma do meu Josh. Ela é realmente um doce... e uma sofredora, como dá para imaginar, sendo casada com Sam Montague, com aquela vocação dele para desastres financeiros – disse Marie, revirando os olhos. – Estão morando em uma casa horrível na Ferry Road, e mamãe Montague fica sentada naquela mansão enorme a poucos quilômetros de distância.

– Senhoras e senhores!

Um silêncio baixou sobre a plateia quando uma mulher apareceu no palco para fazer as apresentações.

– Em nome do Festival Literário de Southwold, estamos felizes por receber todos vocês. Tenho certeza de que será uma tarde interessante enquanto ouvimos a leitura de *Os campos sombrios*, do premiado escritor e jornalista Sebastian Girault.

A plateia aplaudiu e Sebastian Girault subiu ao palco.

– Uau – sussurrou Marie enquanto o escritor passava a mão pelo volumoso cabelo castanho, antes de começar o discurso de abertura. – Ele é um gato. Não é de admirar que a plateia seja quase toda de mulheres. Quantos anos você acha que ele tem? Uns 40 e poucos?

– Não faço ideia.

Amy fechou os olhos enquanto as luzes do salão baixavam. Sentia-se completamente exausta. Sam tinha chegado em casa no último minuto para tomar conta das crianças, então ela e Posy precisaram deixar de lado o almoço planejado no Swan e ir direto para o teatro. Como não conseguiram encontrar uma vaga para estacionar, tiveram que largar o carro do outro lado da cidade e correr para chegar antes do início da conferência.

Amy não tinha o menor interesse em ouvir Sebastian Girault falar sobre um livro que ela provavelmente jamais teria tempo de ler, mas pelo menos era uma hora em que poderia ficar sentada no escuro sem ser incomodada por hóspedes, crianças ou marido. No entanto, à medida que ele falava, até ela prestou atenção. Havia algo tranquilizador na voz suave, uma constância que a acalentava e acalmava enquanto ele lia trechos de uma história cuja tristeza intrínseca era tão grande que Amy se sentiu culpada por reclamar da própria existência.

Os aplausos no fim da leitura foram arrebatadores. Então Sebastian respondeu a perguntas da plateia. Posy indagou como ele tinha conseguido ser tão exato com os fatos da Primeira Guerra Mundial, mas Amy ficou quieta, não desejando ter contato com ele de novo.

Foi anunciado à plateia que o Sr. Girault estaria no saguão autografando exemplares dos seus livros.

– Venha, quero um autógrafo só para poder olhar naqueles olhos – disse Marie enquanto ela e Evie acompanhavam o público para fora do auditório. – Depois vou poder imaginá-lo lendo o livro para mim em uma banheira cheia de pétalas de rosas, bem diferente do meu marido que trabalha em escritório.

– Pelo menos Geoff não tem o temperamento artístico difícil que acompanha essa beleza triste e o talento – murmurou Evie. – Brian vivia cercado de supostos intelectuais. Conheço o tipo e não acho atraente. Vou esperar aqui enquanto você compra o seu exemplar.

Evie se acomodou em um banco no canto do saguão e observou Marie entrando na fila para adquirir seu livro. Quando viu Posy saindo com Amy, baixou a cabeça e esperou não ser notada. Não deu certo. A mulher veio direto até ela.

– Evie, como está? – perguntou Posy, com um sorriso caloroso.

– Bem – respondeu ela, sentindo as bochechas vermelhas.

– Deixe-me apresentá-la a Amy Montague, esposa de Sam.

– Oi, Amy.

Evie conseguiu dar um sorriso educado.

– Oi. Acho que a gente se conheceu há muito tempo – disse Amy. – Você voltou de vez para Southwold?

– Para um futuro próximo, sim.

– Onde está morando? – perguntou Posy.

– Na casa da minha avó. Ela me deixou de herança.

– Ah, sim, ouvi dizer que ela faleceu há alguns meses. Sinto muito – disse Posy, seu olhar firme sustentando o de Evie. – O que acha de irmos tomar um chá no Swan? Estou doida para ouvir as novidades, Evie, e você e Amy podem se conhecer melhor.

– Ah, infelizmente estou acompanhada e...

– Adoraríamos tomar um chá! – exclamou Marie, aparecendo atrás de Posy. – Acho que nunca fomos apresentadas, Sra. Montague, mas sei onde a senhora mora e adoro sua casa. Oi, Amy.

– Esta é Marie Simmonds. É uma velha amiga, corretora de imóveis – acrescentou Evie, constrangida com a atitude descontraída de Marie com relação a Posy, o que fazia a sua parecer ainda mais tensa.

– Olá, Marie. Então vamos, antes que fique difícil encontrar um bom lugar – sugeriu Posy.

As quatro se encaminharam para a saída.

– Com licença? É você, não é?

Amy se virou ao sentir o toque leve no ombro e viu Sebastian Girault parado atrás dela.

– Perdão?

– Você é a recepcionista do hotel com quem fui grosseiro ontem.

Amy sabia que os olhos das outras três mulheres estavam em cima dela. Sentiu que enrubescia.

– Sou eu.

– Aqui – disse Sebastian, estendendo um exemplar do seu livro a Amy. – Provavelmente é a última coisa que você quer, mas é uma oferta de paz. Quero que aceite minhas desculpas de novo.

– Tudo bem, de verdade. Ontem eu disse que não foi sua culpa.

– Então me perdoa?

Mesmo a contragosto, Amy teve que sorrir diante da seriedade dele.

– Claro. Obrigada pelo livro. Adeus.

– Adeus.

Ela se virou e acompanhou as outras para fora do teatro. Posy e Marie estavam boquiabertas, loucas para descobrir o que havia acontecido, por isso Amy precisou explicar.

– Que bom conhecer um cavalheiro – disse Posy quando entraram no salão aconchegante do Swan.

Evie pediu licença e foi ao banheiro enquanto o resto do grupo se acomodava ao redor de uma mesa.

– Não é bem assim. Ontem ele foi um escroto comigo – respondeu Amy.

– Bom, pelo menos com isso você economizou na compra do livro. Eu paguei 16 libras pelo meu – resmungou Marie.

– Pedimos chá e bolinhos para todo mundo? – perguntou Posy. – Meu Deus, isto é tão divertido. Um grupo de garotas. Nem posso dizer quanto eu queria ter tido uma filha. A coitada da Amy acaba tendo que passar muito tempo comigo, não é, querida?

– Eu não me incomodo, Posy, você sabe – retrucou Amy.

Evie retornou do banheiro e se espremeu ao lado de Marie no sofá, apesar de haver espaço ao lado de Posy.

– Não podemos ficar muito tempo, Marie. Clemmie vai ficar preocupada – disse Evie, torcendo as mãos de um jeito agitado.

– Ela vai ficar bem – respondeu Marie, se divertindo demais para notar as indiretas de Evie.

– Seu marido é tão bom com seus filhos! – comentou Amy com um suspiro. Depois, lembrando-se de que Posy estava ali, acrescentou: – Quero dizer, ultimamente Sam anda muito ocupado.

– Então, Evie, está gostando de voltar para cá passado tanto tempo? – perguntou Posy, afável.

– Estou, obrigada, Posy.

O chá e os bolinhos foram servidos. E, para o alívio de Evie, Posy voltou sua atenção para Marie e indagou sobre a situação do mercado imobiliário na cidade.

– Por que não me deixa dar uma olhada na casa? – questionou Marie, ansiosa. – Posso fazer uma avaliação, assim a senhora pelo menos saberá quanto vale.

– Não está mesmo pensando em vender a Admiral House, está, Posy? – perguntou Evie entrando no fim da conversa, sem conseguir se segurar.

Posy viu um brilho da antiga Evie pela primeira vez.

– Tenho que considerar a ideia, querida. Como acabei de falar com Marie, o lugar requer muito dinheiro para sua manutenção, e é grande demais para uma mulher, sozinha.

– E seus filhos? – indagou Evie. – Certamente um deles vai querer...

– Morar lá quando eu bater as botas? Duvido. Seria um peso gigantesco nas costas deles, de modo que não é uma boa herança.

Enquanto Amy servia o chá, Posy observou Evie e imaginou o que teria acontecido para transformar aquela jovem adorável, cheia de vitalidade e inteligência, naquela versão pálida e magérrima. Evie parecia carregar o mundo nos ombros, e seus olhos castanhos estavam cheios de tristeza.

– Quando Clemmie vai para o colégio interno? – perguntou Marie a Evie.

– Semana que vem.

– Ah, eu estudei em um colégio interno e adorei – disse Posy. – Ela está ansiosa?

– Não, nem um pouco – respondeu Evie.

– É compreensível, mas, assim que ela chegar, tenho certeza de que vai se adaptar logo.

– Espero que sim.

Posy viu que Evie estava concentrada em sua xícara, incapaz de encará-la.

– Bom, se você quiser que eu dê uma palavrinha com ela, para tranquilizá-la, já que também estudei longe de casa, eu faria isso com todo o prazer.

– Obrigada, mas sei que ela vai ficar bem.

Posy procurou alguma coisa para preencher o silêncio desconfortável que se seguiu.

– Aliás, Evie, Nick está vindo da Austrália para uma visita.

– É mesmo? Que bom – disse ela, e se levantou. – Agora nós precisamos mesmo ir, Marie.

Ela tirou algum dinheiro da bolsa, colocou na mesa e esperou enquanto Marie, desapontada, vestia o casaco.

– Tchau, pessoal – despediu-se Marie, conseguindo entregar um cartão a Posy enquanto Evie quase a arrastava para a porta. – Me ligue.

– Vou ligar assim que tiver pensado bem, querida. Tchau, Evie! – acenou Posy para as costas da mulher que se afastava.

– A gente também deveria ir logo para casa, Posy – sugeriu Amy. – Já passou da hora do chá e eu sei que Sam não vai alimentar as crianças.

– Claro. – Posy balançou a cabeça, triste. – Sabe, eu queria entender o que fiz para chatear Evie. Éramos ótimas amigas e ela era muito divertida. Parece que tudo que havia de bom desapareceu. Ela parece péssima.

Amy deu de ombros.

– Dez anos é muito tempo. E ela claramente está tendo problemas com a ida da filha para o colégio interno.

Enquanto caminhavam para o carro, Posy não conseguiu deixar de pensar na expressão de Evie quando mencionou que Nick viria da Austrália. Havia alguma coisa ali, e Posy daria um jeito de descobrir.

4

– Atenda à porta, Clemmie, por favor! Estou saindo do banho! – gritou Evie para a filha, do andar de cima.

– Está bem, mãe, já vou.

Clemmie rolou para fora da cama, desceu correndo a escada e destrancou a porta da frente.

– Olá, Clemmie. Sou Posy Montague, uma velha amiga de sua mãe. Você lembra que a gente se esbarrou no jornaleiro há alguns dias?

– Lembro. A senhora quer falar com a mamãe?

– Na verdade, é você que eu vim ver. Já pescou caranguejo?

– Não – respondeu Clemmie, soando apreensiva.

– Então está na hora. Tenho isca de toucinho, linhas e baldes no carro. Se sua mãe deixar, vamos atravessar o rio até Walberswick. Pergunte a ela se você pode ir.

– Mas... eu não...

– Oi, Posy.

Evie apareceu atrás de Clemmie, vestida com um roupão. Tinha uma expressão tempestuosa.

– Ah, Evie, que bom vê-la de novo. Você se incomoda se eu levar Clemmie para pescar caranguejo? O dia está lindo e eu posso trazê-la de volta a tempo para o chá.

– Bom, é muita gentileza sua, mas nós temos muito que fazer antes de Clemmie ir para a escola e...

– Tenho certeza de que você consegue fazer na metade do tempo se tiver algumas horas sozinha. E aí, o que me diz, Clemmie?

Clemmie encarou Posy, percebendo que aquela senhora não aceitaria um não como resposta. E deu de ombros.

– Pode ser. Se a mamãe deixar.
– Tudo bem – cedeu Evie, sabendo que tinha sido manipulada.
– Ótimo! Traga um casaco quente, para o caso de o tempo esfriar mais tarde.
Clemmie assentiu e subiu a escada para se preparar.
– Evie querida, desculpe se sou uma velha xereta, mas achei que poderia animar Clemmie com relação ao internato, contar como pode ser divertido.
– Para ser sincera, já estou perdendo a cabeça. Ela está se recusando a ir.
– Bom, vou fazer o máximo para deixá-la animada com a ideia.
– Obrigada, Posy – disse Evie, por fim abrindo um leve sorriso. – É muita gentileza sua.
– Não é nada. Um dia pescando caranguejo é um prazer para mim. Certo, mocinha – chamou ela enquanto Clemmie descia a escada de novo.
– Vamos.
– Tchau, mãe.
– Tchau, querida. Divirta-se.
Evie acenou enquanto as duas se afastavam de carro e fechou a porta. Tremendo no roupão, preparou-se para subir a escada e se vestir. Sentia-se absolutamente exausta: na madrugada anterior o sol já estava nascendo quando finalmente conseguira dormir.

Enquanto vestia jeans e um casaco de tricô – ultimamente vivia com frio –, Evie pensou que, mesmo que a volta para Southwold fosse a coisa certa para Clemmie, fora idiota ao esperar retornar e achar que poderia fugir do passado. Se ao menos pudesse contar a alguém, dividir o peso... Posy tinha sido quase uma mãe para ela, dez anos antes. Tinham ficado íntimas e Evie a adorava. Seria reconfortante encostar a cabeça em seu ombro e desabafar os problemas.

Mas, ironicamente – pensou, deitando-se na cama, fraca demais para descer a escada novamente –, Posy era a última pessoa com quem poderia se abrir naquele momento.

– Uau! Uma canoa de verdade – observou Clemmie, empolgada, enquanto iam até o estreito píer de madeira e se juntavam à pequena fila de pessoas para atravessar a água brilhante do rio Blyth, que separava Southwold de Walberswick.

– Você nunca andou de barco? – perguntou Posy enquanto olhavam a embarcação atravessar o estuário de volta, impelida pelo remador.

– Não. Em Leicester a gente não ficava muito perto da água, sabe?

– É, acho que não – concordou Posy. – Nunca fui lá. É um lugar legal?

– Eu gostava. Não queria vir para cá porque tinha um monte de amigos, mas mamãe disse que era melhor.

– Certo, está preparada para embarcar? – perguntou Posy quando o barco parou e os passageiros saíram.

– Estou.

O remador, que Posy notou estar vestido de modo elegante, com uma camisa de linho e um chapéu-panamá enterrado até a testa para se proteger da claridade, estendeu a mão para Clemmie e a ajudou a se firmar enquanto entrava no barco. Posy a seguiu, jogando primeiro os dois baldes cheios de iscas lá dentro.

– Vamos lá, madame. – A voz intensa e modulada soou familiar e muito diferente da de Bob, o ex-pescador que nos últimos vinte anos tinha guiado o barco pelos 100 metros de água.

– Obrigada. – Posy sentou-se em um dos bancos estreitos enquanto os outros passageiros embarcavam. – Você sabe nadar, Clemmie?

– Sei, aprendi na escola.

– Bom, porque este barco costuma afundar quando tem turistas demais – brincou Posy enquanto o remador atrás delas soltava o cabo e começava a travessia. – Então, Clemmie, ouvi dizer que você vai para o colégio interno daqui a alguns dias.

– É, mas eu não quero ir.

– Eu estudei em um internato – comentou Posy, fechando os olhos e levantando a cabeça para o sol. – Me diverti muito lá. Fiz um monte de amigas, dávamos várias festas do pijama no dormitório e, além de tudo isso, ganhei uma educação muito boa.

Clemmie fez biquinho.

– Pode ser, Posy, mas eu não quero ir. Não importa o que você diga.

– Olhe, chegamos – disse Posy, de repente.

O remador se levantou e pegou uma corda no cais para puxar a embarcação, em seguida saltou do barco e o amarrou. Como estavam na popa, Posy e Clemmie foram as últimas a sair. Posy observou o remador colocar a menina na margem sem esforço, com seus antebraços musculosos, bronzeados e fortes.

– Pronto – disse ele, virando-se para Posy e tirando o chapéu para enxugar a testa. – Meu Deus, está quente para esta época do ano.

Ele sorriu enquanto ela passava por cima dos bancos estreitos, indo na direção dele, e estendeu a mão para Posy, que olhou em seus olhos pela primeira vez.

Ao fazer isso, teve uma sensação estranhíssima, como se o tempo parasse. Podia tê-lo encarado por um segundo ou um século; tudo ao redor – o barulho das gaivotas, as conversas dos outros passageiros se afastando do cais – pareceu distante. Sabia que só houvera outro momento na vida em que tinha sentido algo parecido: na primeira vez que encarou aqueles mesmos olhos, cinquenta anos antes.

Posy se recompôs e viu que ele estava estendendo a mão para ajudá-la a desembarcar. Não sabia se desmaiava ou se vomitava no barco. Ainda que todos os instintos lhe dissessem para fugir dele e de sua mão estendida, sabia que estava encurralada, a menos que se jogasse na água e nadasse de volta à segurança de Southwold, o que não era uma opção realista.

– Eu me viro sozinha, obrigada – comentou ela, baixando a cabeça e virando o rosto, as mãos se apoiando no cais.

No entanto, suas pernas a traíram e, enquanto oscilava entre o barco e o cais, o braço dele se moveu para ajudá-la. Ao sentir o toque, uma corrente elétrica a percorreu, fazendo seu coração disparar enquanto ele passava o braço ao seu redor e praticamente a erguia até a plataforma de madeira.

– A senhora está bem? – perguntou ele, observando-a no cais acima, ofegante.

– Sim, sim, estou – Posy conseguiu dizer, vendo os olhos castanhos dele examinarem-na e então a reconhecerem. Ela lhe deu as costas rapidamente. – Venha, Clemmie – chamou, forçando as pernas bambas a se afastarem.

– Eu... Meu Deus! Posy, é você? – ouviu-o chamar. Não olhou para trás.

– Você está bem, Posy? – perguntou a menina enquanto se apressavam pelo cais.

– Sim, claro que estou. É que hoje está quente demais. Vamos nos sentar naquele banco e tomar um gole de água.

Daquele ponto privilegiado do cais, Posy pôde vê-lo ajudando outras pessoas a subirem no barco para a viagem de volta. Só quando a embarcação partiu e ela o viu retornando para Southwold seu coração começou a desacelerar.

Talvez possamos voltar de táxi, pensou. *O que ele está fazendo aqui...?*

Então se lembrou de que aquela fora uma das coisas que os aproximaram quando se conheceram...

– *Então, de onde você é, Posy?*

– *Sou de Suffolk, mas fui criada na Cornualha.*

– *Suffolk? Bom, temos isso em comum...*

– Está melhor, Posy? – perguntou Clemmie, nervosa.

– Muito melhor, obrigada, a água me fez bem. Agora vamos arranjar um bom lugar e pegar um montão de caranguejos!

Ela guiou Clemmie pelo cais até o mais longe possível, então se acomodaram na beirada. Posy mostrou à garota como prender o toucinho no anzol e jogá-lo na água.

– Agora jogue a linha, mas não fique mexendo muito, porque o caranguejo precisa pular nela. Mantenha perto do muro. Ali costuma ter mais pedras onde os caranguejos podem se esconder.

Depois de alguns alarmes falsos, Clemmie ficou triunfante ao puxar um caranguejo pequeno e saudável. Posy tirou-o da linha e o jogou no balde.

– Muito bem! Agora que pegou o primeiro, virão muitos outros, garanto.

De fato, Clemmie conseguiu pegar mais seis caranguejos antes que Posy declarasse estar com fome e com sede.

– Certo – disse Posy, o coração saltando ao ver o barco a remo se aproximar do cais. – É o momento perfeito para beber e comer alguma coisinha.

Elas jogaram os caranguejos de volta na água.

Depois de encontrar uma mesa na varanda do Anchor, Posy pediu uma taça de vinho branco da qual precisava muito e uma Coca-Cola para Clemmie, além de duas baguetes de camarão fresco. Parada junto ao balcão, lembrou-se de ter notado como ele era atraente, quando chegaram ao barco. E de quando ele tirou o chapéu, revelando o que ela sempre chamara de "cabeça de poeta", com os cabelos cheios, agora muito brancos, penteados para trás e crescidos até bem abaixo das orelhas...

Pare com isso, Posy!, disse a si mesma. *Lembre-se do que ele fez com você, como partiu seu coração...*

Infelizmente, pensou enquanto levava as bebidas até a mesa onde Clemmie esperava, por enquanto seu lado racional não estava funcionando por causa da imensa reação física ao toque dele.

Comporte-se, Posy! Você está com quase 70 anos! Além disso, ele provavelmente é casado, tem um monte de filhos e netos e...

– Obrigada – agradeceu Clemmie quando ela pôs os copos na mesa.

– As baguetes já vêm, mas eu trouxe um saquinho de batata frita para segurar a fome. Saúde! – Posy bateu sua taça no copo de Clemmie.

– Saúde – repetiu a menina.

– Então, querida, pelo jeito você não está muito a fim de ir para a escola.

– Não. – Clemmie balançou a cabeça com ar de desafio. – Se a mamãe me obrigar, vou fugir e voltar para casa. Economizei dinheiro e sei pegar um trem.

– Claro que sabe, e entendo como você se sente. Eu fiquei chocada quando me mandaram para o internato.

– Eu não entendo por que tenho que estudar lá.

– É porque sua mãe quer que você tenha as melhores oportunidades. E às vezes os adultos precisam tomar decisões pelos filhos, decisões com as quais os filhos não concordam ou que não entendem. Você acha mesmo que sua mãe quer se livrar de você?

Clemmie tomou um gole de refrigerante lentamente, pelo canudinho, enquanto pensava.

– Talvez. Eu tenho dado trabalho desde que a gente se mudou para Southwold.

Posy riu.

– Clemmie querida, seu comportamento não tem nada a ver com o fato de ela querer que você estude em um colégio interno. Quando meus filhos foram para lá, eu chorei baldes durante dias. Sentia uma falta terrível.

– É mesmo? – Clemmie pareceu surpresa.

– Ah, é. E sei que sua mãe vai sentir a mesma coisa. Como ela, eu fiz isso porque sabia que era o melhor para eles, ainda que não pensassem assim na época.

– Mas, Posy, você não entende, não entende mesmo. – Clemmie soou ansiosa. – Mamãe precisa de mim. E além disso... – A voz dela morreu.

– Além disso o quê?

– Eu estou com medo! – Clemmie mordeu o lábio. – E se eu odiar a escola? E se todas as outras garotas forem horríveis?

– Então você pode largar – respondeu Posy, casual. – É bobagem deixar de fazer uma coisa só porque a gente acha que pode não gostar. Além disso, a escola não fica longe. Você vai passar os fins de semana, as férias e os feriados em casa, claro. Vai ter o melhor dos dois mundos.

– E se mamãe se esquecer de mim enquanto eu estiver longe?

– Ah, querida, sua mãe adora você. Está na cara. Ela está fazendo isso por você e não por ela.

Clemmie suspirou.

– Bom, pensando assim... Acho que pode ser divertido ficar em um dormitório com outras garotas.

– Que tal experimentar por um semestre, mais ou menos? Comece devagarzinho e veja o que acha. Se não gostar mesmo, sua mãe vai deixar você sair.

– Você pode fazê-la prometer, Posy?

– Podemos perguntar quando eu levar você de volta – disse Posy, erguendo os olhos enquanto a garçonete colocava duas baguetes cheias de camarões e alface crespa com molho picante sobre a mesa. – Agora vamos comer?

Depois de mais meia hora enchendo a menina de histórias divertidas sobre a escola – algumas verdadeiras, a maioria inventada –, as duas voltaram para o barco; Posy estava relutante, e Clemmie bem mais calma. Felizmente a embarcação estava cheia e o remador não teve tempo de se dirigir a ela, pois se ocupava colocando os passageiros para dentro. Quando chegaram a Southwold, Posy se preparou enquanto esperava para desembarcar. O remador segurou seu braço e a ajudou a subir no cais, então se curvou para ela.

– É você, Posy, não é? – sussurrou ele.

– Sou eu. – Ela assentiu ligeiramente, sabendo que seria infantilidade ficar em silêncio.

– Você mora aqui? Porque eu realmente gostaria de...

Mas ela já estava em terra firme. Foi embora sem olhar para ele.

5

Nick Montague olhou a névoa matinal pela janela do táxi. Apesar de serem apenas sete da manhã, os carros já se engarrafavam na M4 em direção a Londres.

Ele estremeceu, sentindo o frio de um outono inglês pela primeira vez em dez anos. Em Perth, a primavera estava começando e a temperatura era de 20 e poucos graus.

Quando alcançaram o centro de Londres, Nick sentiu o ritmo tenso da capital, tão diferente da atmosfera tranquila de Perth. Aquilo o empolgava e ao mesmo tempo o incomodava, e ele soube que demoraria a se acostumar. Estava satisfeito por ter decidido passar lá primeiro em vez de ir direto para Southwold. Não informara à mãe o dia exato em que chegaria à Inglaterra, querendo dispor de algum tempo sem que ela estivesse esperando por ele. Precisava tomar algumas decisões antes de vê-la.

Nos últimos meses, tinha sentido saudade da Inglaterra pela primeira vez desde que chegara a Perth. Talvez porque, no início, o desafio de se estabelecer em um país novo e construir um negócio o havia consumido. Com o tempo, obteve sucesso, e agora era dono de um florescente empório de antiguidades na Margem Esquerda e tinha alugado um lindo apartamento de frente para o mar, em Peppermint Grove.

Talvez tudo tivesse sido um pouco fácil *demais*, admitiu. Chegara a Perth em uma época em que o lugar estava crescendo rapidamente e atraindo um bando de jovens empreendedores ricos. A falta de concorrência no negócio de antiguidades de alto nível o fez ganhar muito mais dinheiro do que conseguiria na Inglaterra.

Tentara desfrutar do sucesso, mas sabia que precisava encontrar um novo desafio. Brincara com a ideia de abrir lojas em Sydney e Melbourne, mas a distância entre as cidades dificultava tudo, especialmente o transporte de móveis. Além disso, tinha adquirido dinheiro e experiência suficientes para ficar entre os grandes, e se não fizesse isso agora sabia que jamais conseguiria. Dito de um modo simples, isso significava voltar para casa.

Decidira passar algum tempo em Londres estudando o mercado de antiguidades, indo a alguns leilões de alto nível e visitando locais para lojas em West London que havia pesquisado na internet. Também queria ver como se sentiria ao voltar à Inglaterra. Se não ficasse bem ali, talvez partisse para Nova York.

– Aqui estamos, amigo: Gordon Palace, Seis.

– Obrigado.

Nick pagou o motorista. O táxi partiu e ele carregou a mala até a porta da casa coberta de glicínias. Apesar de estar a apenas dois minutos a pé da agitação da Kensington High Street, Nick percebeu a tranquilidade daquele elegante bairro residencial. Era bom ver casas que existiam havia centenas de anos, em vez da interminável modernidade urbana que cobria Perth.

Ele se aproximou mais e tocou a campainha.

– Nick, bom dia! – recebeu-o Paul Lyons-Harvey, dando-lhe um abraço de urso e um tapinha nas costas. – Olhe só! Você não mudou nadinha. Ainda tem o próprio cabelo, ao contrário de alguns de nós.

Paul passou a mão pela careca, depois pegou a mala de Nick e a levou para dentro.

– Nick!

Ele foi abraçado de novo, dessa vez por Jane, a esposa de Paul, uma loura alta e magra cujas feições perfeitamente simétricas já haviam estampado a capa da *Vogue*.

– Ele não está ótimo? – perguntou Paul, guiando Nick pelo corredor estreito até a cozinha.

– Sem dúvida. Deve ter sido o surfe que o ajudou a manter a forma. Eu vivo tentando que Paul faça uma dieta, mas só dura um dia até ele voltar ao pudim – observou Jane, beijando com carinho a careca do marido baixinho e gorducho.

– O que não tenho em altura decidi compensar em largura – brincou Paul.

– É muita vida boa, não é? – disse Nick, sentando-se à mesa da cozinha e balançando as pernas sob ela.

– Devo admitir que as coisas andaram bastante bem nos últimos anos. Tinha que ser assim mesmo, para bancar as peles e as joias da patroa.

– Pode apostar – concordou Jane, pondo a chaleira no fogo. – Não me casei com você pela sua beleza estonteante, não é, querido? Café, Nick?

– Sim, por favor.

Nick admirou as longas pernas de Jane dentro da calça jeans, pensando de novo em como seu amigo mais antigo e a esposa podiam ser tão diferentes e ter um dos casamentos mais firmes que ele já vira. Eram perfeitos um para o outro; Paul, o aristocrático comerciante de arte, e Jane, muito elegante e realista, com uma calma que fornecia o equilíbrio para o marido mais agitado. Eles se adoravam.

– Está muito cansado? – perguntou Jane a Nick, colocando um café à sua frente.

– Bastante. Seria bom cochilar por algumas horas, se vocês não se incomodam.

– Claro que não, mas preciso avisar que vamos dar um jantar esta noite. Marcamos antes de saber que você vinha – desculpou-se Jane. – Adoraríamos que você participasse, se estiver a fim. Se não estiver, não se preocupe.

– Eu aceitaria, se fosse você. Tem uma tremenda gata na lista de convidados – instigou Paul. – Uma mulher linda, dos bons tempos de Jane na passarela. Acho que você ainda não se amarrou, não é?

– Não. Sou o eterno solteirão.

Nick deu de ombros.

– Bom, com esse bronzeado eu dou 24 horas para as mulheres se jogarem à nossa porta – apostou Jane. – Agora preciso sair. Tenho uma sessão de fotos ao meio-dia e ainda não encontrei um par de sapatos para a modelo usar.

Depois de abandonar a passarela, alguns anos antes, Jane se tornara uma *stylist* de moda e, pelo que Paul dissera nos e-mails, tinha muita demanda.

– Descanse um pouco e veja se arruma energia para esta noite. Seria bom ter mais um homem.

Jane massageou rapidamente os ombros de Nick antes de beijar o marido e desaparecer da cozinha.

– Você é um cara de sorte, Paul – comentou Nick, sorrindo. – Jane é mesmo linda. Vocês parecem tão felizes quanto há dez anos.

– É, eu tenho sorte. Mas nenhum casamento é perfeito, meu velho. E nós temos nossa cota de problemas, como todo mundo.

– É mesmo? Não dá para notar.

– É, mas talvez você tenha notado a falta de pezinhos andando pela casa. Estamos tentando há quase seis anos, sem sucesso.

– Paul, eu não sabia. Sinto muito.

– Ah, bom, não se pode ter tudo, não é? Acho que é pior para Jane. Já tentamos vários procedimentos, fizemos todos os exames e duas rodadas de fertilização in vitro. E vou dizer: se existe um antídoto para o sexo, é esse. É muito broxante ter que fazer sob demanda, com data e hora marcada.

– Imagino.

– De qualquer modo, decidimos não tentar de novo. Estava criando uma tensão enorme no casamento. Jane parece bem feliz com a carreira, e no momento eu também estou voando alto.

– Fez alguma descoberta?

Nick estava tão ansioso quanto Paul para mudar de assunto.

– Só um Canaletto que encontrei em uma viagem – disse ele em tom descontraído. – Consegui um bom preço, como dá para imaginar. Resolvi nossa aposentadoria, e qualquer coisa a mais que a gente ganhe é para diversão. E como vão as coisas com você?

– Bem. Pelo menos financeiramente, mas ainda estou procurando o meu Canaletto – brincou Nick, sorrindo.

– Eu pesquisei alguns pontos para lojas que seriam perfeitos, caso você decida se estabelecer em Londres. Como você deve saber, o mercado de antiguidades andou meio mal, com o fetiche por aço inoxidável e peças modernistas. Mas, com a recessão à porta e todo mundo nervoso com os mercados, as pessoas estão voltando a comprar o que esperam que vai manter o valor. Hoje em dia todo mundo entende mais do assunto, com os programas de tevê sobre o tema. As pessoas pagam muito por coisas de qualidade, mas é mais difícil separar o lixo.

– Isso é bom, porque quero ir para o topo do mercado, como tinha começado a fazer em Southwold antes de ir embora – retrucou Nick, contendo um bocejo. – Desculpe, foi uma viagem longa, Paul. Estou morto. Não dormi muito no avião.

– Claro. Suba e descanse um pouco. Preciso dar um pulo na Cork Street

– disse Paul, e deu um tapinha nas costas de Nick. – É bom ter você de volta, e sabe que pode ficar aqui o tempo que quiser.

– Obrigado – respondeu Nick, se levantando. – Agradeço muito por vocês me receberem. Eu adoro esta casa. – Ele indicou o ambiente ao redor. – É tão... inglesa! Senti falta da arquitetura.

– É mesmo. Você vai ficar no último andar. Durma bem.

Nick arrastou sua mala pelos três lances de escada e abriu a porta de um quarto no sótão. Como o restante da casa, o quarto era mobiliado de modo eclético, mas aconchegante, e a enorme cama de casal de latão com uma colcha de renda parecia convidativa. Nick caiu nela sem tirar a roupa e apagou.

Acordou quando o crepúsculo começava a cair, censurando-se por não ter programado um alarme. Acendeu a luz e viu que eram quase seis da tarde, o que significava que a chance de dormir naquela noite era praticamente nula. Abriu uma porta, descobriu que era um armário e experimentou outra, que dava para um banheiro pequeno e bem equipado. Pegou o nécessaire e algumas roupas limpas da mala e foi tomar banho e fazer a barba.

Desceu vinte minutos depois e encontrou Jane na cozinha, vestida com um roupão, cortando pimentões e cogumelos.

– Olá, dorminhoco. Está melhor?

– Estou, mas já peço desculpas se eu resolver ficar acordado batendo papo até as quatro da madrugada.

– Por mim está ótimo. Você sabe que eu sou uma coruja.

Nick pegou uma fatia de pimentão na tábua e comeu.

– E aí, está gostando do novo trabalho?

– Estou, muito mais do que tinha imaginado. No início era só um favor para um amigo fotógrafo. Para ser sincera, só estava me distraindo enquanto... Bom, Paul e eu esperávamos ter bebês. Agora que essa possibilidade não existe mais, parece que arranjei uma profissão.

– Paul mencionou que vocês passaram por alguns problemas – disse Nick com cautela.

– Foi, é? – Ela suspirou. – O estranho é que eu nunca tinha pensado direito em ter filhos. Na verdade, durante a adolescência e o início da vida adulta apenas garanti que *não* teria. É bem irônico. Simplesmente não pensei... – Jane parou de cortar os pimentões, o olhar perdido. – Bom, acho que a gente só supõe que é o direito natural de toda mulher. O problema é que começamos a querer demais uma coisa quando não podemos ter.

– Sinto muito, Jane.

– Obrigada – disse ela, afastando uma mecha de cabelos louros dos olhos e recomeçando a cortar. – O pior é que eu fico pensando em como castiguei meu corpo quando era mais jovem. Eu sobrevivia à base de café puro e cigarro, como todas as outras modelos.

– Os médicos não falaram que o problema era com você, falaram?

– Não. A gente faz parte de uma porcentagem de casais sem causa conhecida. Bom, o pior já passou. Já aceitamos que vamos ter um ninho vazio e eu acabei de superar a fase de chorar sempre que vejo um carrinho de bebê.

– Ah, Jane.

Nick aproximou-se e lhe deu um abraço. Jane enxugou os olhos rapidamente.

– Bom, e você, Nick? Deve ter existido alguém especial nos últimos dez anos.

– Na verdade, não. Tive algumas mulheres, claro, mas... – Ele deu de ombros. – Nenhuma deu certo. Gato escaldado, etc. Estou feliz assim.

A porta da frente se abriu e Paul avançou rapidamente pelo corredor até a cozinha.

– Boa noite, querida! – exclamou ele, abraçando a esposa e beijando seus lábios. – Acabei de adquirir um camafeuzinho lindo. Estamos investigando, mas acho que pode ter sido de lady Emma Hamilton, com quem lorde Nelson pulava a cerca. Nick, meu amigo. Como foi seu dia?

– Sonolento – respondeu Nick. – Agora, antes que eu atrapalhe, vou dar um pulinho no pub. Estou desesperado por uma cerveja de verdade em solo inglês, e preciso matar a vontade.

– Esteja de volta às oito, Nick! – gritou Jane enquanto ele saía da cozinha.

– Ok! – berrou ele de volta.

Nick atravessou a rua até o pub, pediu uma caneca de cerveja e se aboletou em uma banqueta, então sorriu com prazer ao tomar o primeiro gole. Saboreando a cerveja e a atmosfera única daquele bar tipicamente britânico, pensou que a última coisa que desejava era passar sua primeira noite na Inglaterra conversando com um grupo de desconhecidos durante o jantar.

Meia hora mais tarde, depois da segunda caneca, Nick saiu do pub e caminhou pela Kensington Church Street, olhando as vitrines dos muitos antiquários elegantes. Então parou e olhou em volta. Poderia viver ali? Deixar a ensolarada e tranquila Perth, com suas praias incríveis, em troca de uma das cidades mais frenéticas da Terra?

– Sem falar do clima – murmurou quando uma garoa começou a cair.

Observou uma cômoda Rei George magnífica, iluminada em destaque na vitrine da loja de antiguidades à sua frente.

Naquele momento, achou que conseguiria.

– Nick, estávamos ficando preocupados. Achamos que você tinha sido sequestrado, depois de passar tanto tempo longe da cidade grande. Venha conhecer todo mundo – convidou Jane, elegante em uma calça de couro e uma blusa de seda, guiando-o até a sala de jantar. – Uma taça de champanhe?

– Por que não?

Nick pegou a taça e assentiu educadamente enquanto Jane o apresentava aos convidados. Sentou-se no sofá ao lado de uma morena atraente, casada, se ele lembrava direito, com o coroa que era a cara do Ronnie Wood que conversava com Paul.

Quando ela começou a perguntar sobre cangurus e coalas, Nick sentiu que seria uma noite muito longa. E o pior era que realmente não havia como escapar.

A campainha tocou e Jane saiu da sala para atender, então voltou com uma mulher de beleza exótica que fez até Nick, cansado do mundo, se empertigar para apreciar. Ela era alta, tinha uma pele de alabastro e belos cabelos ruivo-dourados, e Nick não conseguiu desviar os olhos enquanto Jane a apresentava a todos. Parecia ter saído de uma pintura florentina do século XV, usando um longo de veludo verde com gola chinesa e minúsculos botões de pérola que desciam até os tornozelos.

– Nick, esta é Tammy Shaw, uma de minhas amigas mais antigas – disse ela, entregando uma taça de champanhe a Tammy.

Tammy não respondeu. Observava-o interrogativamente com seus olhos grandes e verdes. Nick se levantou e estendeu a mão.

– É um prazer conhecê-la, Tammy.

– Nick chegou hoje da Austrália – comentou Jane enquanto ele abria espaço no sofá e Tammy se sentava a seu lado.

– Então, de onde você conhece Jane e Paul? – perguntou ele.

– Conheci Jane anos atrás, na minha primeira sessão de fotos. Ela me ajudou e ficamos amigas.

– Você também é modelo?

– Eu era – informou Tammy, tomando um gole de champanhe e olhando ao redor.

Nick notou a antipatia dela e entendeu. Uma mulher com aquela aparência devia ter uma fila interminável de homens puxando assunto.

– Para ser sincero – Nick baixou a voz –, um jantar social não era o que eu tinha em mente para minha primeira noite de volta, então desculpe se minha conversa for meio vazia.

– Eu odeio jantares sociais – respondeu Tammy, por fim abrindo um sorrisinho. – Ainda mais quando sou a única mulher solteira. Mas Jane é minha melhor amiga, então abro uma exceção para ela. Você mora em Londres, Nick?

– Não, estou hospedado aqui com Jane e Paul.

– Onde você conheceu os dois?

– Conheci Paul na escola, quando tinha 9 anos. Eu o salvei de alguns valentões que estavam enfiando a cabeça dele no vaso sanitário. Aí ficamos amigos.

Nick procurou Paul com os olhos, sorrindo.

– Ele não mudou nada, mas adoro pensar que, enquanto Paul é tão bem-sucedido, os colegas que enfiaram a cabeça dele no vaso são todos fracassados.

– Garotos podem ser muito cruéis, não é? Se eu tiver filhos, nunca vou mandá-los para um colégio interno. Meus conhecidos que estudaram em internatos são cheios de problemas.

– Nem todos, espero – disse Nick, abrindo um sorriso amarelo. – E hoje em dia os colégios internos saíram da idade das trevas.

– Talvez.

Tammy deu de ombros.

– E o que você faz? – perguntou ele educadamente.

– Vendo roupas vintage em uma barraca da feira de Portobello Road.

Nick a encarou.

– É mesmo?

Sua opinião sobre ela sofreu um abalo sísmico.

– É. Eu juntei roupas em um depósito durante anos, porque adoro todas. Agora todo mundo também quer.

– Que estranho, eu também trabalho com antiguidades. Isso quer dizer que olhamos mais para o passado do que para o futuro?

– Nunca pensei dessa forma – disse Tammy, coçando o nariz. – Mas talvez você tenha razão. Sempre senti que tinha nascido no século errado. Que tipo de antiguidades você vende?

– Ecléticas. Quer dizer, nada de móveis de madeira escura. Descubro coisas incomuns que acho bonitas e espero que outras pessoas também achem. Na verdade, amanhã vou a um leilão. Estou de olho em um lustre de vidro Murano maravilhoso.

– Isso faz com que eu me sinta melhor, porque também só compro roupas que eu adoro e quero usar.

– E elas vendem?

– Vendem, sim. Mas, para ser sincera, estou velha demais para ficar de pé na chuva em um domingo gelado de janeiro, sem falar que isso também não é bom para as roupas. Então estou procurando uma loja.

– Claro – disse Nick, com um risinho. – Eu também.

– Pessoal, o jantar está servido – anunciou Jane, parada junto à porta, sacudindo uma luva térmica.

Nick ficou aliviado porque seu lugar à mesa era ao lado de Tammy. Mesmo a contragosto, estava fascinado por ela.

– E como você virou modelo?

– Por acaso – respondeu a mulher, casual, servindo-se dos *tapas* colocados na mesa. – Eu estava estudando filosofia na Kings, em Londres – falou ela, nos intervalos das garfadas –, quando um olheiro de uma agência de modelos na Topshop me viu no Oxford Circus. Para falar a verdade, não esperava que durasse, considerei só um dinheirinho extra para pagar a faculdade. Mas durou, e aqui estou, uma peça de museu.

– De jeito nenhum – retrucou Nick, feliz ao ver que ela parecia ter um apetite saudável. – Você gostava?

– Um pouco, sim. Quero dizer, foi bem legal trabalhar com alguns dos melhores estilistas nos melhores ateliês do mundo, mas é um mercado tão competitivo que eu fiquei feliz de voltar à realidade.

– Você me parece bem real.

– Obrigada. Nem todas os modelos são burras e viciadas em cocaína.

– Você se preocupa que a vejam desse jeito? – indagou Nick, sem rodeios.

– Me preocupo, sim – admitiu ela, com um leve rubor surgindo acima da gola do vestido.

– Esse vestido que você está usando é um dos seus?

– É. Comprei quando tinha 18 anos, em uma loja em Oxfam. Desde então já passei por poucas e boas dentro dele.

– O problema é que correr atrás da nossa paixão nem sempre nos deixa ricos. Eu tenho uma casa cheia de coisas lindas em Perth, coisas das quais não consegui abrir mão.

– Sei exatamente do que você está falando. Meu armário está atulhado de roupas que não consigo me obrigar a vender. Nietzsche dizia que geralmente uma posse se reduz com o uso, e eu tento me lembrar disso sempre que pego alguma coisa para vender na barraca – disse ela, sorrindo. – Mas me fale do seu negócio – acrescentou, enquanto Jane servia pedaços suculentos de filé, batatas e ervilhas frescas.

Nick narrou resumidamente sua carreira desde os dias da casa de leilões em Southwold até a possível volta para Londres.

– Você tem uma vida lá na Austrália?

– Se quer saber se tenho esposa e filhos, não, não tenho. E você?

– Já falei que sou solteira – lembrou ela. – Moro sozinha em uma casinha em Chelsea. Gastei todas as minhas economias nela. Claro, eu deveria ter comprado uma casa de três quartos...

– Mas se apaixonou por ela – disse Nick, rindo.

– Exatamente.

Depois do jantar, Paul levou os convidados de volta para a sala, onde a lareira estava acesa para afastar o frio. Jane apareceu com uma bandeja com café e conhaque. Nick viu que já passava das onze horas e ficou pasmo ao perceber que o tempo havia corrido tão rápido.

– E por que você nunca se casou, Nick? – indagou Tammy, bem direta.

– Uau, que pergunta difícil – comentou ele enquanto Jane lhes servia café. – Acho que sou péssimo em relacionamentos.

– Ou não conheceu a pessoa certa – disse Jane com uma piscadela.

– Talvez. E eu posso lhe fazer a mesma pergunta, Tammy.

– E eu daria a mesma resposta.

– Então pronto – disse Paul, surgindo atrás de Jane com o conhaque. – Obviamente feitos um para o outro.

Tammy olhou para o relógio.

– Desculpe a grosseria, mas é tarde e eu tenho um monte de costuras me esperando em casa – falou ela, e se levantou. – Foi ótimo conversar com você, Nick, e espero que encontre um bom lugar para sua loja. Se tiver algum local barato, me avise, está bem? – acrescentou Tammy, com um sorriso.

– Claro. Tem algum número para eu entrar em contato com você?

– Ah... sim. Jane tem. Tchau, Paul – disse ela, beijando-o nas bochechas. – Obrigada pela ótima noite. Vou procurar sua esposa. Tchau, Nick.

Tammy saiu da sala e Paul se sentou ao lado dele.

– Eu falei besteira como sempre?

– Você sabe que sim, mas não tem problema.

– Tem problema, sim, porque parece que vocês se entenderam.

– Ela é incrível, e muito inteligente.

– Cérebro e beleza... a combinação perfeita. Tammy é muito especial. E independente. Mas você sempre gostou de um desafio, não é?

– Antigamente gostava. Por enquanto estou focado nos negócios. É muito mais simples.

Uma hora depois, todos os convidados tinham ido embora. Nick ajudou Paul e Jane a arrumar tudo e os dois foram para cama enquanto Nick se sentou sozinho diante da lareira, acalentando um segundo copo de conhaque. A imagem de Tammy ficava lhe voltando à cabeça e ele admitiu que estava... empolgado. Tentou se lembrar da última vez que uma mulher tivera esse efeito sobre ele. E percebeu que isso não acontecia desde *ela*...

E veja só como aquilo terminara; fechando seu negócio bem-sucedido na Inglaterra e fugindo para o outro lado do mundo em busca de paz. Mas o fato de Tammy *ter* mexido com ele era bom, não era? Significava que talvez, apenas talvez, tivesse finalmente superado.

E por que não encontrá-la de novo? Os últimos dez anos haviam sido muito solitários. Levara uma vida vazia e, a não ser que quisesse ficar solteiro para sempre, precisava se abrir para o amor de novo. Por outro lado, por que uma mulher como aquela ia se interessar por um homem como ele? Sem dúvida, Tammy poderia ter quem quisesse.

Nick soltou um suspiro profundo. Pensaria naquilo no dia seguinte. E se ainda estivesse se sentindo assim, ligaria para ela.

Jane estava na cozinha quando Nick desceu do quarto, no dia seguinte.

– Boa tarde – cumprimentou ela, olhando-o por cima do laptop. – Dormiu bem?

– Depois de um tempo. – Ele deu de ombros. – Viagens acabam comigo.

– Que tal uma omelete? Eu ia mesmo fazer alguma coisa para almoçar.

– Eu faço. Com queijo e presunto está bom para você?

– Perfeito. Obrigada, Nick. O café está ali. Fique à vontade. Só preciso terminar este *moodboard* para a sessão de fotos e mandar para a revista.

Nick perambulou pela cozinha tomando o café forte e reunindo os ingredientes. Olhou o pequeno jardim nos fundos da casa e viu as belas cores das folhas acobreadas de faia reluzindo ao sol de setembro. E se lembrou imediatamente do cabelo incrível de Tammy.

– Pronto – disse Jane, fechando o laptop.

– A omelete também está pronta – respondeu Nick, usando uma espátula para servi-la em dois pratos.

– Que delícia! – comentou Jane enquanto Nick colocava uma tigela de salada verde no centro da mesa. – Você podia ensinar meu marido a quebrar uns ovos, uma hora dessas.

– Paul sempre teve você para cozinhar para ele, e eu precisei me virar sozinho.

– Verdade. E isto está uma delícia. E então, gostou de ontem à noite?

– Gostei. Para ser sincero, acabei não conversando com os outros convidados.

– É, eu percebi.

Jane o encarou enquanto pegava um pouco de salada na tigela.

– Geralmente Tammy é meio distante com os homens, por motivos óbvios. Ela gostou mesmo de você.

– Obrigado. Ela é tão linda. Devem dar em cima dela o tempo todo.

– Isso acontecia mesmo, quando ela era jovem. Você sabe, o mundo da moda é bem desagradável, com muitos predadores circulando. Tammy virou uma rainha do gelo para se proteger. Mas por dentro ela é um doce, e muito vulnerável.

– Ela... ahn... teve muitos namorados?

– Alguns, sim. Namorou um cara da adolescência durante a maior parte da carreira, mas ele saiu de cena há uns três anos. Pelo que eu sei, ela não teve mais nada sério com ninguém.

– Entendi.

– E aí, vai ligar para ela?

– Eu... Talvez. Se você me der o número.

– Eu dou, com a condição de você não magoá-la.

– Por que eu a magoaria? – indagou Nick, franzindo a testa.

– Ontem à noite mesmo você falou que era um solteirão convicto. Não quero que Tammy seja só mais uma na sua cama, Nick. Ela vale muito mais do que isso. Ela é muito sincera e surpreendentemente ingênua quando se trata de homens.

– Tudo bem, Jane, eu lhe garanto que não estou procurando um caso. Estou ocupado demais para isso. E ia gostar de encontrá-la de novo. A gente se entendeu.

– Eu sei. A mesa inteira notou – respondeu Jane com um sorriso. – Preciso correr para uma reunião, mas lhe mando uma mensagem com o número dela.

– Obrigado.

Depois de lavar a louça do almoço, Nick ouviu o bipe do celular e o tirou do bolso da calça.

Oi, esse é o nº da Tammy. Vejo você à noite. J

Nick o adicionou à lista de contatos, depois subiu para o quarto. Não tinha contado a Jane, claro, mas na noite anterior, quando finalmente pegou no sono, sonhou com Tammy. Andando pelo quarto, achou que deveria esperar uns dois dias até ligar para ela, para não parecer "predador" demais, como Jane havia dito.

Será que conseguiria esperar dois dias...?

Não. Queria vê-la logo, encarar aqueles incríveis olhos verdes, tocar aquele cabelo maravilhoso... Já sentia saudades dela.

Meu Deus, Nick, o que ela fez com você?

O que quer que fosse, alguns minutos depois Nick pegou o celular e ligou para o número que Jane lhe dera.

6

A sineta indicando que um cliente havia entrado na galeria tilintou no escritório dos fundos. Posy deixou o computador e foi até o salão.

– Posso ajudar? – disse ela no automático assim que atravessou a porta, para garantir que a pessoa não pensasse que a loja estava vazia e levasse um quadro.

– Pode, sim. Olá, Posy.

Ela parou, o coração acelerado, e viu-o no centro da loja, encarando-a.

– Eu...

Posy levou a mão ao pescoço para cobrir o rubor que certamente começava a se espalhar por seu rosto.

– Como você me encontrou?

– Bom, não precisei contratar nenhum detetive particular – disse ele, dando dois passos na direção dela. – A primeira pessoa a quem perguntei sabia exatamente onde você trabalha. Você é bem conhecida em Southwold, como deve saber.

– Nem tanto – defendeu-se Posy.

– Bom, não importa. Aí está você.

– É. E o que você quer?

– Só... Bom, acho que eu só queria dizer oi direito, depois do nosso encontro estranho no barco.

– Sei.

Ela desviou os olhos, tentando encarar qualquer outra coisa. Aos 20 e poucos anos, ele era incrivelmente belo, mas agora, pouco mais velho do que ela, era sem dúvida o homem mais bonito que via em décadas. E Posy não queria que seu cérebro falhasse por outra reação física.

– Quanto tempo faz, Posy? Quase cinquenta anos?

– Por aí, acho.

– É – confirmou ele, e os dois ficaram em silêncio por um tempo. – Você continua a mesma.

– Claro que não, Freddie! Sou uma velha.

– E eu sou um velho – respondeu ele, dando de ombros.

Houve outro silêncio desconfortável que Posy se recusou a quebrar.

– Olhe, eu estava pensando se você gostaria de almoçar comigo um dia desses. Eu quero me explicar.

– Explicar o quê?

– Bom, eu... Bom, por que deixei você.

– Não precisa. É história antiga – retrucou Posy com firmeza.

– E tenho certeza de que você tinha se esquecido totalmente de mim até que eu reapareci do nada, no barco. Pelo menos me deixe levá-la para almoçar, para a gente colocar todos esses anos em dia. Por favor, diga que sim, Posy. Voltei a Suffolk faz apenas uns dois meses. Me aposentei no ano passado. E ainda não conheço muitas pessoas aqui.

– Certo, está bem – concordou Posy, antes que pudesse se impedir.

Em grande parte, aceitou porque desejava que ele fosse embora quanto antes. Sabia que não estava com a melhor das aparências, tendo corrido direto para a galeria depois de varrer as folhas do jardim.

– Obrigado. Alguma preferência de lugar?

– Você escolhe.

– No Swan, então. É o único bom que eu conheço. Pode ser na quinta-feira? É meu dia de folga do barco.

– Pode.

– À uma hora está bom?

– Sim, perfeito.

– Ok. Vejo você na quinta, à uma hora. Tchau, Posy.

Freddie foi embora e Posy voltou para o escritório, sentando-se para recuperar a compostura.

– O que você está fazendo, sua velha idiota? Da última vez ele partiu seu coração, lembra?

No entanto, apesar da gravidade de Freddie Lennox voltando para assombrar sua vida, Posy riu.

– Meu Deus, isso foi mais constrangedor do que quando ele entrou por engano no seu quarto e você estava nua!

Posy ficou envergonhada de todo o preparo que fez para o almoço com Freddie. Afinal de contas, fazia quase cinquenta anos que não o via. Porém, o mais importante, ele não era uma lembrança distante, como tinha presumido. O relacionamento e o fim abrupto haviam deixado uma mancha indelével no coração dela. E, em muitos sentidos, determinaram o rumo de sua vida.

Mesmo assim, enquanto examinava o armário e notava que fazia anos que não comprava uma roupa nova, percebeu que o encontro para o almoço era o pontapé de que precisava.

– Você relaxou, Posy – disse, séria. – Precisa de uma transformação completa, como dizem naqueles programas de televisão.

Assim, no dia seguinte foi para Southwold. Cortou o cabelo e fez luzes discretas para disfarçar os fios grisalhos que haviam brotado nos últimos dez anos. Depois partiu para a butique, que estava no final da liquidação de verão.

Após experimentar a maioria das peças de seu tamanho – ainda vestia 42, notou com orgulho –, achou que nada parecia cair bem ou ser feito para pessoas de sua idade.

– Sra. Montague, que tal experimentar esta? Acabaram de chegar, por isso não estão em liquidação.

A vendedora estava segurando uma calça jeans preta.

– Isso não é para adolescentes?

– A senhora tem pernas incríveis, Sra. Montague, por que não exibi-las? E acho que isto aqui pode combinar muito bem com ela.

Posy levou a blusa de algodão azul-centáureo e o jeans para o provador. Cinco minutos depois estava diante do espelho, surpresa com o próprio reflexo. O jeans realmente valorizava as pernas longas – ainda firmes por conta de tantas horas passadas no jardim – e a blusa não somente combinava com seu tom de pele, como era suficientemente larga para cobrir o trecho um tanto flácido na cintura.

– Um sutiã novo também – disse a si mesma enquanto se despia e encarava o sutiã cinza batido que cobria seus seios.

Acabou saindo com duas sacolas. Comprou duas calças jeans, três blusas, um sutiã e um par de botas pretas e brilhantes que iam até abaixo dos joelhos.

– Espero não ter violado a regra de que velhas não devem se vestir feito menininhas – murmurou a caminho do carro.

Então pensou em Freddie com sua calça cáqui, o blazer e o chapéu, e decidiu que não tinha.

– Meu Deus, Posy, você está linda – comentou Freddie, levantando-se para recebê-la no dia seguinte.

– Obrigada – respondeu, sentando na cadeira que ele puxara do outro lado da mesa. – Você também não está mal.

– Tomei a liberdade de pedir uma garrafa de Chardonnay. Lembro que antigamente você bebia vinho branco. Ou melhor, quando não tomávamos gim – disse ele, sorrindo.

– É, uma taça cairia bem.

Freddie serviu o vinho para Posy, depois levantou a própria taça.

– À sua saúde.

– E à sua.

Posy tomou um gole.

– É estranho, não é? Que depois de todos esses anos o destino conspire para a gente se encontrar de novo.

– Bom, nós dois somos de Suffolk, se é que você se lembra, Freddie.

– Claro que lembro. Há quanto tempo você voltou?

– Faz bem mais de trinta anos. Criei meus filhos aqui.

– Onde?

– Na casa onde cresci, perto de Southwold.

– Certo.

Freddie tomou um gole de vinho. Posy percebeu que ele fez uma pausa antes de continuar:

– E foi uma casa boa para sua família? Nenhuma lembrança ruim?

– Nenhuma. Por que haveria? Eu adorava aquele lugar quando era pequena.

– Verdade...

– Algum problema? – perguntou Posy, examinando aqueles olhos tão familiares.

Ele sempre ficava daquele jeito quando havia algum problema.

– Nenhum, querida. É ótimo que você tenha voltado e sido feliz.

– *Sou* feliz, na verdade. Ainda moro lá.

– É mesmo? Ora, ora.

– Você parece surpreso. Por quê?

– Eu... realmente não sei. Acho que sempre imaginei você percorrendo o mundo em busca de raridades da flora e da fauna. Bom – disse Freddie, lhe entregando um cardápio. – Vamos pedir?

Enquanto Freddie lia o cardápio, Posy o examinou disfarçadamente por cima do dela, se perguntando por que sua volta à Admiral House o abalara.

– Vou querer o peixe do dia. E você? – indagou ele.

– A mesma coisa, obrigada.

Freddie chamou uma garçonete. Depois de ele fazer o pedido, Posy tomou outro gole de vinho.

– Fale de você, Freddie. O que fez nesses anos todos?

– Minha vida foi bem comum, para ser honesto. Lembra que eu já tinha percebido que viver sonhando com a fama não era para mim? Então fui para a faculdade de direito e virei advogado. Casei com uma advogada aos 30 e poucos anos e tivemos uma boa vida juntos. Infelizmente, ela faleceu há dois anos, logo depois de comprarmos uma casa aqui em Southwold. Íamos nos aposentar juntos, passar os últimos anos navegando à toa em um barco e viajando.

– Sinto muito, Freddie. Você foi casado por bastante tempo. Deve ter sido um choque horrível ficar sozinho de repente.

– Foi, ainda mais porque Elspeth e eu não tivemos filhos. Ela não queria, sabe, estava muito interessada em subir na carreira. Em retrospecto, acho que nem consigo imaginar Elspeth "à toa". Ela era enérgica e ambiciosa, então provavelmente foi melhor ela ter morrido enquanto estava no auge. Sempre gostei de mulheres fortes, como você sabe.

Posy ignorou o comentário.

– E onde fica sua casa?

– No fim de uma ruazinha estreita, bem no centro da cidade. Eu queria ter vista para o mar e um jardim maior, mas precisamos ser pragmáticos na velhice e ficar perto das coisas. Era um antigo armazém, com uma casa anexa onde os donos moravam. Estou quase terminando de reformar as duas construções e mais tarde pretendo vender o armazém – disse ele enquanto o peixe era servido. – Está com uma cara ótima.

Enquanto comiam, Posy não pôde deixar de observar Freddie, pensando naquele reencontro. Ele não tinha mudado nada, o estudante de direito com alma artística que ela havia amado... A ideia de estarem juntos depois de todo aquele tempo a deixou bastante emocionada.

– E você, Posy? – perguntou Freddie, sorrindo para ela enquanto a garçonete retirava os pratos. – Já falou que tem marido e filhos.

– Ah, não! Bom, pelo menos não marido. Jonny morreu há mais de trinta anos. Desde então sou viúva.

– Sinto muito. Seus filhos deviam ser bem pequenos na época, não? Deve ter sido difícil para você.

– Foi, mas a gente supera. Na verdade, tenho lembranças maravilhosas de quando meus meninos eram crianças. Éramos nós três contra o mundo. Eles me mantiveram sã e concentrada.

– Fico surpreso de não ter se casado de novo, Posy. Uma mulher como você...

– Ninguém me atraiu.

– Mas deve ter tido pretendentes.

– Alguns, no correr dos anos. Bom, você quer sobremesa ou vamos direto para o café?

Durante o café, Posy continuou a história de sua vida.

– Foi o jardim que me salvou, para ser sincera. Vê-lo crescer e florescer deve ser parecido com a empolgação que você sentia ao ganhar um processo no tribunal.

– Acho que deve ser mais precioso do que isso, querida. Você criou algo a partir do nada.

– Bom, se quiser dar um pulo na Admiral House, posso lhe mostrar.

Freddie não respondeu. Em vez disso acenou para a garçonete e pediu a conta.

– Deixe que eu pago. Foi bom demais encontrá-la, Posy, mas infelizmente preciso encerrar o almoço. Um eletricista vai lá em casa às três horas colocar as luminárias no teto do armazém. Uma hora dessas você poderia ir lá dar uma olhada.

Ela o observou colocar algumas notas na mesa, sob a comanda, e se levantar.

– Desculpe a pressa. Eu perdi a noção do tempo. Tchau, Posy.

– Tchau.

Quando ele saiu, Posy soltou um suspiro profundo e terminou o vinho na taça. Sentia-se confusa, *abalada* com a partida súbita. Afinal de contas, ele a havia procurado, insistido no almoço, e ela se perguntou o que tinha dito ou feito para fazê-lo sair tão depressa.

– Ou talvez ele apenas tenha perdido a noção do tempo – murmurou, levantando-se e se preparando para sair.

O que quer que fosse, não pôde deixar de se sentir uma idiota ao andar pela rua sob o sol de setembro. Passara muito tempo nos últimos dias imaginando se, caso ele a convidasse para sair de novo, conseguiria perdoá-lo por tê-la abandonado tão abruptamente tantos anos antes. Pelo menos para ela a atração física permanecia enorme, e hoje certamente havia gostado da companhia dele.

– Ah, Posy, quer crescer e parar de sonhar?

Enquanto dirigia para casa – com cuidado, por causa das duas taças de vinho –, lembrou-se de que o motivo que Freddie dera para sugerir o almoço fora contar por que a abandonara. Mas não dissera uma palavra sobre isso.

– Homens – murmurou, tirando a blusa e os jeans novos e vestindo a velha calça de algodão, muito mais seu estilo, e um casaco cheio de furos.

Depois saiu para o jardim.

7

– Muito obrigada por pegar as crianças – disse Amy, agradecida, quando Marie Simmonds abriu a porta para ela. – Minha babá pegou uma gripe horrível e eu fiquei realmente sem saída.

– Sem problema. Tem tempo para uma xícara de chá? – ofereceu Marie. – As crianças já jantaram e estão na sala vendo televisão.

Amy olhou o relógio.

– Está bem, se não for incômodo.

– Claro que não. Entre.

Amy acompanhou Marie pelo corredor estreito até a cozinha pequena e imaculada. Apesar de a casa ficar em uma área nova, com cinquenta outras exatamente iguais, e portanto não ser do estilo de Amy, estava aquecida e arrumada, comparada com suas acomodações atuais, e a deixou com inveja.

– Olhe, sempre que você precisar, Amy, eu posso pegar as crianças e cuidar delas por uma horinha. Eu só trabalho até as três, então posso buscá-las às três e meia. E Josh e Jake se dão muito bem.

– É muita gentileza sua, mas agora que o carro voltou da oficina as coisas devem ficar um pouco mais fáceis.

– Leite e açúcar?

– Os dois, por favor.

– Você é outra que não engorda, igual à Evie. – Marie suspirou, servindo café puro para si mesma.

– A filha de Evie foi para o colégio interno? – perguntou Amy.

– Foi. Já está lá há duas semanas. E, depois de toda a confusão, acabou adorando. Parece que foi sua sogra, Posy, que ajudou Clemmie a mudar de ideia. Ela é realmente uma mulher... interessante.

– É mesmo. Posy é incrivelmente forte. Sempre que eu me sinto meio para baixo, penso nela e digo a mim mesma para cair na real. E como está Evie, com a filha lá na escola?

– Obviamente sente muita falta de Clemmie. E deve se sentir muito sozinha naquela casa enorme.

– Posy sempre gostou de Evie – comentou Amy.

– É. As duas passavam muito tempo juntas quando trabalhavam na loja de Nick.

– É estranho, porque Evie parecia tão nervosa com Posy quando nos encontramos no festival literário. Posy não sabe o que fez para chateá-la.

– Eu, honestamente, não sei. – Marie deu de ombros. – Evie é muito reservada. Sempre foi. De qualquer modo, você acha que Posy vai vender a Admiral House?

– Nem acredito que ela esteja pensando nisso; a casa está com a família há pelo menos duzentos anos. Mas, infelizmente, acho que ela não tem muito dinheiro para uma restauração.

– Talvez deixe a casa para os filhos no testamento, então você vai herdar uma parte – sugeriu Marie. – E acho que viver lá seria um pouquinho mais confortável para você, Sam e as crianças do que na sua casa atual.

– Posy nos ofereceu a casa um monte de vezes, mas Sam sempre recusou. – O orgulho fez Amy se empertigar. – Ainda assim, acho que não vamos ficar mais muito tempo. Sam está com um projeto grande.

– É, ouvi dizer.

– É mesmo? – Amy a olhou com surpresa. – Como?

– Não é um grande mistério. Eu sou corretora e Sam foi ao escritório algumas vezes à procura de imóveis. O tipo de lugar que ele está buscando indica que tem algum dinheiro para gastar. Deve ter um investidor muito rico.

A curiosidade de Marie começava a irritar Amy.

– Infelizmente, não faço a mínima ideia. Eu não me envolvo com os negócios dele. – Ela terminou de beber o chá e olhou o relógio. – Acho que precisamos mesmo ir.

– Tudo bem. – Marie observou Amy se levantar. – Aliás, vi um amigo seu no outro dia.

– Viu? Quem?

– Sebastian Girault. Ele foi ao escritório perguntar sobre aluguéis de temporada para o inverno. Parece que tem um livro para escrever e quer alugar algum lugar em Southwold onde possa se entocar pelos próximos meses e ficar em paz.

– Ele não é meu amigo, Marie. Na verdade, é o contrário.

– Você me entendeu. – Marie deu uma piscadela conspiratória. – Ele pareceu bem interessado em você no dia da conferência. E ele é tãããão bonito!

– É mesmo? – Amy foi até a sala. – Certo, crianças, vamos embora.

Enquanto dirigia os 5 quilômetros até em casa, Amy ficou incomodada pela conversa com Marie. Desde que se encontrara com ela, Posy e Evie, duas semanas antes, Marie passara a puxar assunto no parquinho, obviamente querendo ser amigável. Sem dúvida, tinha salvado a pele de Amy naquele dia, oferecendo-se para levar Jake e Sara para casa até que pudesse buscá-los, mas a intimidade com que ela falava – como se a conhecesse havia anos – deixava Amy desconfortável. Marie era obviamente fofoqueira, entusiasmava-se com qualquer migalha que compartilhassem. E, apesar de provavelmente não ter más intenções, Amy, que considerava a discrição uma das maiores virtudes, achava aquele comportamento estranho.

– Metade de Southwold já deve achar que estou tendo um caso com Sebastian Girault – murmurou enquanto estacionava.

Sam estava fora, como sempre, por isso Amy deu banho nas crianças, leu uma história para elas e as colocou para dormir. Pegou na bolsa 20 libras para guardar na reserva de emergência que mantinha em uma lata no fundo do armário, onde Sam não encontraria. Depois se acomodou na frente da lareira com o livro de Sebastian Girault e esperou que o marido retornasse. Só desejava que ele não estivesse muito bêbado. Quando começou a ler, apesar do que sentia pelo autor, não conseguiu deixar de ficar fascinada e comovida com o romance. Sem dúvida, qualquer pessoa capaz de escrever com tamanho apelo e compreensão das emoções humanas não podia ser muito ruim, certo?

Ela encarou o fogo. O que Marie dissera era certamente ridículo. Por que alguém como Sebastian Girault ficaria minimamente interessado em uma recepcionista qualquer, com dois filhos para criar?

Quando ouviu os passos na entrada da casa, fechou o livro com força. E, como sempre acontecia quando Sam voltava do pub, o coração de Amy acelerou. A porta se abriu e Sam entrou na sala.

– Oi, querida – disse ele, se curvando para beijá-la, e Amy sentiu o odor familiar de cerveja em seu hálito. – Vi que pegou o carro de volta, graças a Deus.

– Nem me fala – sussurrou Amy. – A má notícia é que custou mais de 300 libras.

– Caramba, como você pagou?

– Por sorte meu salário acabou de cair, então passei o cartão. E o dinheiro cobriu uma parte do cheque especial, mas vamos ter que viver de sopa e batata assada pelo resto do mês.

Amy esperou a reação dele, nervosa, mas Sam se deixou afundar no sofá e suspirou.

– Meu Deus, querida, sinto muito, mas com um pouco de sorte isso tudo vai mudar bem depressa.

– Que bom – disse Amy, aliviada porque Sam parecia positivo e animado. – Está com fome?

– Comi torta e batata frita no caminho.

– Certo. Desculpe, Sam, mas acho que você vai ter que cortar esse tipo de gasto pelas próximas semanas ou não vamos segurar as pontas.

– Quer dizer que não posso nem comer um saco de batata frita depois de um dia de trabalho duro?

– Quero dizer que estamos muito no vermelho e temos que dar prioridade às crianças até que tudo esteja resolvido. Sara precisa de sapatos novos, Jake de um casaco e...

– Pode parar de fazer eu me sentir culpado?!

– Eu juro que não é isso. São só os fatos. Este mês não temos dinheiro para nada mesmo.

– Sabe – Sam balançou a cabeça e seus olhos ficaram sombrios –, você está mesmo se tornando o tipo mulher que faz os homens odiarem voltar para casa.

Ele se levantou e foi na direção dela.

– Sinto muito, de verdade. Eu... vou dar uma volta. Preciso respirar ar fresco.

Ela se levantou, pegou rapidamente o casaco e atravessou a porta da sala antes que ele pudesse impedir.

– Isso mesmo – zombou ele. – Sai no meio de uma discussão, como sempre, em vez de resolver aqui e agora. Srta. Injustiçada, Srta. Mãe Perfeita, Srta...

Amy não escutou mais nada enquanto se afastava rapidamente a caminho da cidade, com lágrimas ardendo nos olhos. Tinha aprendido que esse era o melhor modo de lidar com Sam quando ele estava bêbado. Com sorte, se ficasse fora por tempo suficiente, ele estaria apagado no sofá antes de ela voltar. E o ar puro do oceano ajudaria a clarear sua mente. Era uma noite agradável e Amy caminhou depressa pela orla até encontrar um banco, então sentou-se e encarou o breu, ouvindo as ondas batendo na areia abaixo.

A vastidão do oceano sempre a fazia sentir-se insignificante, o que por sua vez ajudava a colocar seus problemas em perspectiva. Ficou sentada, respirando fundo no ritmo das ondas, tentando se acalmar. Do outro lado do oceano havia milhões de seres humanos cujas vidas eram destruídas pela guerra, pela pobreza e pela fome. Havia crianças morrendo diariamente de doenças terríveis, sem teto, órfãs, aleijadas...

Amy tentou pensar em seus privilégios. Ainda que a vida – além de Sam – fosse difícil, tinha dois filhos saudáveis, um teto sobre a cabeça e comida na mesa.

– Lembre-se de que você é só uma entre bilhões de formigas andando pela face da Terra, tentando sobreviver – disse para o ar.

– Muito poético. E muito verdadeiro.

Uma voz atrás dela a fez saltar do banco e se virar, os braços se cruzando instintivamente diante do peito. Olhou a figura alta de sobretudo e chapéu de feltro baixado sobre os olhos para protegê-los do vento. Soube exatamente quem era.

– Desculpe se a assustei. Acho que já nos conhecemos.

– É. O que você está fazendo aqui?

– Eu poderia lhe fazer a mesma pergunta. Só estava dando um passeio antes de me enfiar na cama do hotel pelas próximas oito horas.

– Você não está mais hospedado no nosso hotel.

– É. Prefiro um lugar com água quente garantida, para não ter que fazer a recepcionista chorar.

– Ah.

Amy se virou e sentou-se de novo no banco.

– Imagino que você esteja aqui porque quer ficar sozinha, não é?

– É – respondeu ela, secamente.

– Bom, antes de ir, queria ter certeza de que minha grosseria umas semanas atrás não tem nada a ver com seu humor agora.

– Claro que não. Realmente, não podemos esquecer isso?

– Está bem. Só mais uma pergunta: você chegou a ler meu livro?

– Um pouco.

– E?

– Eu adorei – comentou ela com sinceridade.

– Que bom.

– Você é escritor. Claro que acha bom alguém gostar do seu trabalho.

– É, mas estou especialmente feliz porque *você* gostou, só isso. Bom, estou indo. Deixo você com seu oceano.

– Obrigada. – Amy se virou, subitamente culpada pela própria grosseria. – Olhe, desculpe se fui mal-educada. Só não estou com um humor muito bom.

– Não precisa se desculpar. Acredite, já passei por isso e às vezes ainda passo. Só posso dizer, por experiência própria, que geralmente a vida melhora se você tentar ser positiva.

– Estou tentando ser positiva há anos, mas não parece estar ajudando.

– Então talvez você precise olhar um pouco mais fundo, descobrir a verdadeira causa de sua infelicidade e fazer alguma coisa a respeito.

– Você está parecendo um livro de autoajuda.

– Estou mesmo. Parece que fiz o curso e comprei a camiseta da terapia. Desculpe.

– Sinto dizer, mas acho que esse tipo de coisa não passa de enganação. Tente ter dois filhos, um emprego em horário integral e nenhum dinheiro. A gente simplesmente precisa se virar.

– Então você faz parte da brigada do "cai na real", não é?

– Totalmente – concordou Amy com veemência.

– Motivo pelo qual está sozinha nesse banco, no escuro, desmoronando.

– Não estou desmoronando. Só preciso... de um pouco de ar.

– Claro. De qualquer modo, já ocupei muito do seu espaço. A gente se vê.

– É, a gente se vê.

Pelo canto do olho, Amy viu Sebastian Girault seguir pela rua. Objetivamente, conseguia entender por que mulheres como Marie o achavam tão atraente. Ele era um homem muito impressionante.

A caminho de casa, sentiu-se mais calma. Aquela era sua cruz, sua vida, e precisava dar o melhor de si. Mas não conseguia esquecer as palavras de Sebastian sobre descobrir a raiz de sua infelicidade e tomar uma atitude.

Ela parou na frente de sua casa por alguns minutos, morrendo de medo de entrar. Com o coração pesado, Amy reconheceu com relutância qual era essa raiz.

8

– Posso ligar na segunda-feira com uma decisão final? – perguntou Nick.
– Preciso conferir se as finanças estão organizadas e me dar uns dias para pensar. Mas tenho 99 por cento de certeza de que vou ficar com ela.

– Ok. Fico esperando notícias suas na segunda-feira, Sr. Montague.

Os dois homens trocaram um aperto de mãos e Nick saiu pela porta da frente. Virou-se para olhar a loja e imaginou a atual fachada medonha repintada em um verde-esmeralda profundo, com seu nome em letras douradas acima da vitrine.

Estava confiante em que aquela era a loja certa onde poderia expor suas antiguidades; muito espaço em vitrines para atrair os passantes e um andar térreo amplo, além de um porão grande o suficiente para abrigar uma oficina de reparos e um depósito.

Ele atravessou a movimentada Fulham Road e ficou satisfeito com a localização perfeita. Bem no coração de uma rua cheia de antiquários e lojas de decoração de alto nível. Era verdade que pagaria mais de aluguel do que havia planejado originalmente e que era uma operação de alto risco; dez anos fora do país o transformaram em um desconhecido ali, e precisaria recomeçar do zero.

No entanto, não era isso que o intimidava, que o fazia pensar duas vezes antes de selar o acordo. A decisão era muito mais fundamental: ele tinha certeza absoluta de que queria morar na Inglaterra?

Seu celular tocou.

– Oi, Tam... É, acho que encontrei. Onde você está? Certo, que tal no Bluebird, no meio da King's Road? Por minha conta. Vejo você em dez minutos. Tchau.

Ao ver a rua engarrafada, Nick decidiu não pegar um táxi e caminhou os 800 metros até o restaurante. Mesmo com o frio do outono começando a se esgueirar, o sol brilhava e o céu era de um tom azul-índigo. Enquanto andava, pensou em como a vida era incrível. Depois de uma década emocionalmente empacado e evitando a volta para casa porque era doloroso demais, ali estava ele, apenas duas semanas após retornar à Inglaterra, inegavelmente feliz.

Sem dúvida, ainda devia estar com jet-lag, confuso, entorpecido por aquele início. Devia haver alguma explicação para o que sentia, como se a escuridão tivesse acabado subitamente e ele fosse impelido outra vez para a raça humana a toda a velocidade.

E, se não fosse nada daquilo – e Nick precisava admitir que duvidava que fosse –, só havia uma explicação para sua euforia atual: Tammy.

Desde que haviam se conhecido no jantar de Jane e Paul, passaram a se encontrar com frequência. Como procuravam locais para seus negócios, os dois se reuniam para um café, um sanduíche ou um drinque no fim do dia e compartilhavam as experiências. Reclamavam sem parar do preço dos imóveis mais adequados, depois esqueciam o assunto e conversavam sobre a vida, suas filosofias e as esperanças e os temores para o futuro.

Nick não se lembrava de já ter ficado tão à vontade com outra pessoa, especialmente uma mulher. Tammy era adulta, centrada e inteligente. E parecia bastante confortável com sua solteirice. Era aparentemente feliz, calma e confiante, e, se possuía alguma malícia, ainda não tinha revelado.

Até então, não haviam passado da amizade. De fato, enquanto caminhava, Nick admitiu que não fazia ideia se Tammy gostava dele como amigo ou se sentia algo mais. Uma mulher como ela podia ter qualquer homem que quisesse.

Nick percebeu que Tammy deixara a situação bastante confusa para ele. Agora era impossível tomar uma decisão racional com relação ao futuro. Se resolvesse ficar em Londres, seria por causa dela?

Não podia discutir aquela questão com Tammy. Ela o acharia maluco por basear seu futuro na possibilidade de ela fazer parte dele. A última coisa que queria era assustá-la indo rápido demais, mas talvez pudesse descobrir se ela sentia algo por ele durante o almoço. E agir a partir disso.

Entrou no restaurante quinze minutos depois e viu Tammy sentada em um sofá na área do bar, as longas pernas em um jeans e casaco de cashmere verde que combinava com seus olhos. Nunca a tinha visto tão linda.

– Oi, Tam.

Ele se inclinou e a beijou no rosto.

– Oi, Nick. – Ela sorriu.

– Vamos? Estou morrendo de fome.

– Claro.

Tammy se levantou e os dois seguiram um garçom até a mesa.

– Este lugar está um nível acima dos restaurantes onde a gente geralmente almoça. Você deve ter alguma notícia boa.

– Espero que sim. Que tal uma taça de champanhe? – ofereceu Nick enquanto se sentavam.

– Vou adorar. É sexta-feira, afinal.

– Perfeito. Qualquer desculpa serve.

– Nick?

– Oi?

– Por que está me encarando desse jeito?

– Desculpe. Só estava pensando... em uma coisa.

– O quê?

Nick se xingou mentalmente por ficar fantasiando, enquanto olhava para ela, uma pequena caixa forrada de veludo e o dedo pálido e delicado de Tammy. Disse a si mesmo que estava ficando maluco e pegou o cardápio.

– Nada importante. Vou querer esse peixe com batata frita gourmet. E você?

– A mesma coisa, acho.

Nick pediu duas taças de champanhe e os pratos.

– É bom ver uma mulher que gosta de comer.

– Então você não ia gostar muito de me ver há alguns anos. Eu era obcecada pelo meu corpo. Praticamente não comia. Vamos encarar os fatos: minha carreira dependia da minha silhueta. Aí parei de trabalhar como modelo e decidi comer tudo que eu quisesse. E sabe de uma coisa? Não engordei nem um pouco. O que prova que tem mais a ver com o metabolismo do que com qualquer outra coisa. Bom, me fale da loja na Fulham Road.

Os dois bebericaram o champanhe e Nick contou:

– Tenho o fim de semana para decidir.

– Mas, pelo jeito, não tem nada para decidir. O lugar parece perfeito, perfeito mesmo.

– E é, mas a vida não é assim tão simples. – Nick suspirou. – É um passo grande fechar tudo na Austrália e recomeçar aqui.

– Achei que era isso que você queria.

– Acho mesmo que é. Tenho 99 por cento de certeza, mas não cem por cento.

A expressão de Tammy murchou.

– Ah, Nick, espero que você não volte para lá. Eu ia sentir muito a sua falta.

– Sério?

– Claro!

– Tammy, eu...

Obviamente o clima foi quebrado pela chegada do garçom com os pratos. Nick pediu mais duas taças de champanhe. Precisava do máximo de coragem que o álcool pudesse proporcionar.

Tammy o encarou.

– Quer me contar alguma coisa? Você está tenso desde que chegou.

– Estou, né? – Nick tomou um bom gole. – Olhe, eu sou péssimo neste tipo de coisa, mas vou tentar explicar o melhor que puder.

– Vai fundo – encorajou Tammy.

– O negócio, Tam, é que as últimas duas semanas foram fantásticas. Eu gostei muito da sua companhia, mas... bom...

– O que foi? – Os olhos de Tammy estavam ansiosos. – Está tentando dizer que não quer me ver mais?

– Meu Deus, não! É o contrário. Ficamos amigos tão rapidamente, e eu realmente gosto de você... gosto muito, na verdade, e estava pensando... Bom, a verdade é que eu queria saber se é só até este ponto que você quer levar a coisa.

– Quer dizer, se eu prefiro que a gente continue apenas "bons amigos"?

– É.

– Em vez de quê?

– Em vez de, você sabe, ter algo mais.

– Nick, você está querendo me chamar para um encontro? Ou melhor, oficialmente, como adolescentes?

Agora ela zombava dele, mas Nick não se importou.

– É, eu quero. Muito.

– Bom – disse Tammy, espetando uma batata com o garfo. – Então chame.

– Certo. – Nick assentiu, o coração martelando. – Aceita sair comigo?

– Na verdade, não.

Ela balançou a cabeça com firmeza.

– Ah.

Tammy estendeu a mão sobre a mesa.

– Falei que isso é coisa de adolescente, o que não somos mais. Já saímos um monte de vezes. Na verdade, estamos no meio de um encontro agora. Então que tal a gente agir como adultos e, depois de comer essas batatas deliciosas, cortar o papo furado e ir para a minha casa?

Ele a encarou, inundado pelo alívio.

– Não consigo pensar em nada que eu queira mais.

O sol do fim de tarde entrava pela janela do quarto. A vista dava para um belo terraço que Tammy enchera com vasos de flores e uma treliça que, no auge do verão, sustentava uma clemátis. As flores já estavam murchando, mas ela ainda adorava olhar para seu pedacinho de natureza no centro da cidade. A casinha era seu porto seguro e Tammy a povoara com tesouros de suas viagens pelo mundo.

Minúsculos grãos de poeira dançavam no ar e Tammy os observava com os olhos semicerrados enquanto Nick acariciava suas costas levemente, com as mãos e a boca. Sentia-se completamente em paz, saciada depois de duas horas fazendo amor.

Em geral, morria de medo da primeira vez que ficava com um novo amante. Apesar da excitação causada pelo toque de um corpo novo e desconhecido, também havia a tensão de não saber se iria lhe agradar ou se iria gostar dele.

Mas com Nick havia sido maravilhoso.

Ele tinha um corpo lindo, bronzeado pelo sol de Perth, forte e magro, com os músculos nos lugares certos. E Nick a tocara com gentileza, com jeito e sem hesitação, e sussurrara tantas palavras de carinho que ela pôde seguir inteiramente os desejos do próprio corpo com confiança, sem qualquer embaraço.

– Você é absolutamente linda – murmurou Nick ao pé do ouvido dela. – E eu te adoro completamente.

Tammy rolou para encará-lo e acariciou o rosto dele. Nick levou os dedos dela os lábios e os beijou.

– Então posso dizer que estamos oficialmente juntos? – perguntou Nick baixinho.

– Só porque eu dormi com você não significa que estamos namorando. – Ela riu.

– Nossa, como as coisas mudaram! Antigamente era o contrário.

– Eu adoraria "estar junto" de você – assentiu Tammy. – Só que, neste momento, prefiro que seja aqui na cama.

– Com certeza, vamos ficar juntos na cama o máximo possível, por favor. Ele enrolou uma mecha dos cabelos ruivos dela nos dedos.

– Por sinal, vou ligar para minha mãe neste fim de semana e avisar que voltei. Ela mora em Suffolk e eu devo visitá-la na semana que vem. Quer ir comigo? – acrescentou ele, incapaz de se conter.

– Vou adorar conhecer sua mãe, mas talvez você devesse ir vê-la sozinho primeiro, não acha? Vocês vão ter um monte de coisas para conversar e tenho certeza de que sua mãe vai querer você só para ela, pelo menos por algumas horas.

– Tem razão – concordou Nick, com o rosto vermelho diante da sugestão intempestiva.

– Você tem irmãos?

– Tenho. – A expressão de Nick ficou sombria. – Um irmão mais velho chamado Sam. Eu não gosto muito dele, por alguns motivos. É um imprestável e não tenho tempo para gastar com ele.

– Dizem que a gente pode escolher os amigos, mas não a família.

– Pois é. De qualquer modo, não vamos falar de Sam. Bom, aonde vamos no nosso primeiro encontro oficial esta noite? Quero dizer, se você já não tiver planos.

– Vamos pedir comida de um restaurante aqui perto. Preciso remendar alguns vestidos antes da feira do fim de semana. Nossa, mal posso esperar para encontrar uma loja e poder contratar uma costureira para me ajudar. Tenho um monte de miçangas esperando para serem rebordadas. – Tammy apontou para as caixas de plástico atulhando a área que ela usava como closet. – Meu Deus, são quase seis horas. Desculpe, querido, mas preciso trabalhar.

– Tudo bem. Você prefere que eu vá embora?

– Não, de jeito nenhum, desde que você não se incomode em bater papo enquanto eu trabalho e em buscar comida para a gente. – Tammy sorriu.

– Claro que não.

– Poderia ser agora? Estou morrendo de fome.

No caminho para o restaurante, Nick se sentia subitamente eufórico. Para o bem ou para o mal, naquela tarde ele havia se decidido: ia ficar e se arriscar em uma vida nova em Londres. Com Tammy.

Posy

Grande-borboleta-azul
(Phengaris arion)

Admiral House

Dezembro de 1944

Fiquei um pouco chateada porque mamãe não parecia *muito* chateada quando subi na charrete em uma manhã gelada de dezembro. Apesar de não serem nem sete horas, mamãe estava usando um de seus vestidos elegantes e tinha passado batom vermelho.

– Você está bonita hoje – falei quando ela apareceu na porta da frente e desceu os degraus.

– Bom, é quase Natal, *chérie*, e todo mundo precisa se esforçar um pouco – disse ela, dando de ombros enquanto se inclinava para beijar meu rosto. – Seja boazinha com sua avó, está bem?

– Tudo bem. Feliz Natal, mamãe – desejei, vendo Benson dar uma batidinha no flanco do cavalo, preparando a partida. – Vejo a senhora no ano-novo – acrescentei enquanto o cavalo saía para a estradinha.

Mas mamãe já dera meia-volta e estava subindo a escada para entrar em casa.

O Natal acabou não sendo tão ruim quanto eu tinha imaginado. Começara a nevar na antevéspera. Morando perto do mar, eu só tinha visto neve três ou quatro vezes na vida, e a cobertura branca sumia horas depois de a chuva cair. Ali, nas proximidades de Bodmin Moor, a neve parecia grandes montes de glacê e não acabava mais. Ela se acumulava nos parapeitos das janelas enquanto as luzes das lareiras e das velas da coroa do advento tremeluziam dentro de casa. Bill, o rapaz que fazia todo tipo de serviço para vovó e trazia a lenha para o fogo, me deu de presente um velho trenó que ele costumava usar no inverno. Eu o segui pela neve que chegava aos meus joelhos e olhei quando ele apontou para uma encosta. Pequenos embrulhos coloridos deslizavam por ela sobre todo tipo de equipamento deslizante, desde bandejas de estanho até velhos paletes de madeira.

Ele me levou pela base da encosta e me apresentou a uma figura peque-nina, cujo rosto estava tão enfiado em um gorro e um cachecol de tricô rosa que eu só enxergava um par de olhos azul-claros.

– Essa é minha afilhada, Katie – apresentou Bill, com o sotaque da Cor-nualha tão denso quanto o leite das vacas que salpicavam a paisagem. – Ela vai cuidar de você.

E cuidou. Apesar de ser mais baixa do que eu, Katie tinha a minha idade e era obviamente popular naquela comunidade remota. Nós subimos a en-costa, Katie gritando e acenando para os colegas.

– Aquele é Boycee, filho do açougueiro, e aquela é Rosie, filha do car-teiro – informou quando chegamos ao topo do morrinho coberto de neve. – Meu pai é o leiteiro.

– Meu pai é piloto – falei enquanto Katie mostrava como me deitar de barriga no trenó e usar as mãos para remar na neve e começar a descida.

– Vai lá! – gritou Katie, dando um empurrão forte no trenó, e eu parti a toda a velocidade pela encosta íngreme, gritando feito um bebê e adorando cada segundo.

Naquele dia subi e desci o morrinho vezes sem conta e, de todas as mi-nhas memórias da infância, essa sempre se destacou como a mais divertida, a não ser quando eu saía para caçar borboletas com papai, claro, mas eu não conseguia mais pensar nisso sem sentir vontade de chorar. As outras crianças foram muito acolhedoras, e, depois de eu tomar o chocolate quente trazido por uma das mães em canecas de estanho, fui para casa feliz por ter feito um monte de novos amigos. Foi um sentimento que me aqueceu por dentro tanto quanto o chocolate.

Chegou a véspera do Natal. Eu e Bill avançamos pela neve até um bosque de pinheiros na fronteira do povoado. Escolhi uma árvore pequena que, apesar de jamais poder competir com o pinheiro enorme que sempre era posto no saguão da Admiral House, ficou linda demais com os velhos en-feites de prata fosca da vovó e com as velas postas nos galhos tremeluzindo à luz da lareira.

Durante todo o dia os moradores do povoado passaram pela casa da vovó para comer uma tortinha de frutas secas. Daisy ficara pasma ao ver seis jarros de frutas secas com especiarias na prateleira da despensa. Vovó riu e perguntou como alguém podia ficar surpreso com isso se as tortinhas só eram preparadas em alguns dias do ano. Ela explicou a Daisy que o lote feito pela antiga cozinheira, antes do início da guerra, era suficiente para alimentar metade do Fronte Ocidental e que as frutas não estragavam. Então vovó, eu e Daisy nos sentamos para um delicioso jantar de salsichas empanadas. Não havia muitas, mas a massa dourada e crocante e o molho viscoso mais do que compensavam. A mim pareceu que aquele pequeno povoado à margem do pântano comera melhor durante a guerra do que os duques e as duquesas de Londres.

– É porque nós somos unidos – explicou vovó. – Eu tenho a horta e as galinhas, então troco cenouras e ovos por leite e carne. Somos autossuficientes por aqui. Sempre tivemos que ser, morando neste lugar. Olhe lá para fora. – Ela apontou para os flocos de neve fazendo redemoinhos no exterior das janelas. – Amanhã a estrada vai ficar intransitável, mas de manhã ainda haverá leite fresco junto à porta. Até hoje Jack nunca deixou de vir.

De fato, na manhã de Natal Daisy trouxe o leite ainda quente, deixado em uma pequena lata junto à porta. Era uma comunidade das charnecas onde as pessoas cuidavam umas das outras, isoladas do resto do mundo. Bodmin era a cidade mais próxima e ficava a quase 20 quilômetros. Olhando a neve acumulada nos montes lá fora, onde o céu a havia depositado, pensei que era o mesmo que 1.000 quilômetros. Estava me sentindo protegida da realidade em um ninho macio, seguro, nevado. E, apesar de ter muita saudade de mamãe, papai e da Admiral House, gostava daquela sensação.

Abrimos os presentes trocados depois de irmos à igreja, e adorei o livro de desenhos botânicos de Margaret Mee, ex-exploradora a serviço do Kew Gardens, que papai tinha me mandado na caixa de Natal endereçada à vovó, que chegara alguns dias antes.

Natal de 1944
Para minha querida Posy – divirta-se com a vovó. Estou contando os dias até ver você de novo. Com todo o meu amor. Papai

Bom, pensei, *pelo menos ele sabe onde estou*. O que era tão reconfortante quanto o presente lindo, que me manteria ocupada por muitos dias longos e nevados. Daisy tinha feito para mim um gorro de tricô com abas que cobriam as orelhas e eram amarradas embaixo do queixo.

– É perfeito para andar de trenó! – falei abraçando-a, e ela ficou corada de alegria.

Vovó me dera um conjunto de livros encadernados em couro escrito por umas mulheres chamadas Anne, Emily e Charlotte Brontë.

– Provavelmente são um pouco adultos para você, Posy querida, mas eu adorava essas histórias quando era menina – disse ela, sorrindo.

Daisy tinha sido convidada para compartilhar o almoço de Natal conosco, o que me deixou bem surpresa. Nunca, jamais, eu imaginaria Daisy sentada à mesa na Admiral House, mas vovó insistiu, dizendo que seria errado Daisy comer sozinha no dia mais sagrado do ano. Gostei um bocado de vovó por causa disso; ela não se importava com a origem da pessoa ou com o que ela fazia na vida. Na verdade, eu estava gostando cada vez mais de vovó.

Também notei que, depois de uns goles de uísque, vovó ficava muito falante. Sentadas em frente à lareira, na noite de Natal – eu de camisola tomando chocolate quente antes de dormir –, ela me contou como tinha conhecido vovô. Foi durante uma coisa que vovó chamou de "Temporada", quando ela havia "debutado". Eu não sabia direito o que era isso, mas parecia que tinha a ver com um monte de festas, bailes e um tal de "deleite das debutantes". Pelo jeito, vovô era um.

– Eu o vi no primeiro baile... Bom, como poderia não ver?! Ele tinha mais de 1,90 metro e havia acabado de chegar de Oxford. Com aqueles enormes olhos castanhos, que você e seu pai herdaram, querida, ele podia conquistar qualquer moça durante a Temporada, mesmo não tendo título de nobreza, ao contrário de muitas delas. A mãe dele tinha sido uma "honorária"... – explicou vovó. Eu não sabia bem o que era isso, mas parecia obviamente ser uma coisa boa. – Então, no fim da Temporada ficamos noivos. Claro, o casamento significava que eu precisaria deixar a casa que eu adorava aqui na velha e boa Cornualha e me mudar para Suffolk, mas era isso que as moças faziam naquele tempo. Acompanhavam os maridos.

Vovó tomou outro gole de uísque e seus olhos assumiram uma expressão sonhadora.

– Ah, querida, nós fomos tão felizes nos dois anos antes da Grande Guerra. Eu engravidei e tudo estava perfeito. E então... – Vovó deu um suspiro profundo. – Georgie se alistou logo que a guerra foi declarada e foi mandado para as trincheiras na França. Não viveu para ver o filho nascer.

– Ah, vovó, que triste – comentei enquanto ela secava os olhos com um lenço de renda.

– É, na época foi mesmo. No entanto, muitas de nós, mulheres, estávamos perdendo os maridos, e, como algumas se tornaram praticamente indigentes por causa disso, achei que era meu dever ajudá-las. E isso, além do nascimento de seu querido pai, foi o que me fez suportar. Lawrence foi um bebê maravilhoso e uma criança muito doce. Talvez doce demais para um menino, para ser honesta, mas, claro, eu satisfazia sua paixão pela natureza porque também amava o ar livre. Já naquela época ele adorava as borboletas e também colecionava outros insetos. Foi por isso que dei a ele o andar de cima do Torreão; não aguentava vê-lo dormir em um quarto com vidros cheios de insetos e aranhas. – Vovó estremeceu. – Nunca se sabe quando eles podem escapar. Seu pai é um sujeito inteligente, apesar de pensar com o coração. E, mesmo sendo uma alma gentil, quando fica obcecado por alguma coisa não há como impedi-lo.

– Como assim, obcecado, vovó?

– Quero dizer que, quando ele sabe o que quer, corre atrás. Todos os professores achavam que ele era esperto o bastante para estudar direito em Oxford, como o pai, mas Lawrence não quis. A botânica era o caminho que desejava, e formou-se em Cambridge. Então, claro, decidiu conquistar sua mãe, apesar de... – Vovó parou de repente e respirou fundo. – Apesar de ela ser francesa – acrescentou. Meio hesitante, pensei.

– Qual o problema de ser francesa? – perguntei.

– Não, não, nenhum – respondeu vovó apressadamente. – Eles só tiveram que aprender a língua um do outro, só isso. Ah, veja que horas são! Passa das nove, é tarde demais para menininhas ficarem acordadas. Vá para cama, mocinha.

Adorei quando a neve permaneceu depois do Natal, porque isso me ocupava bastante. Saía todo dia com as crianças do povoado, deslizando de trenó, fazendo guerra de bolas de neve ou competições de bonecos de neve. Eu gostava muito de morar perto do povoado para Katie poder me chamar ou eu poder chamá-la, porque na Admiral House, que ficava a quilômetros de qualquer outra construção, só Mabel me visitava. E apesar de vovó morar na maior casa da região, as outras crianças não me tratavam de modo diferente, só implicavam por causa do sotaque, o que eu achava bem irônico, considerando que eu precisava me concentrar muito para entender qualquer coisa que *elas* diziam.

Na véspera do ano-novo, todo o povoado foi à igreja, para um serviço especial em homenagem aos homens da região que tinham morrido na guerra. Houve muitas fungadas e muito choro, e eu rezei intensamente para papai voltar em segurança (mesmo vovó dizendo que a guerra havia acabado, "a não ser pelos gritos" ou o que quer que isso significasse, e que ela esperava receber notícias dele mais cedo ou mais tarde). Depois das orações, houve um bocado de bebidas no salão ao lado. Katie me ofereceu discretamente um pouco de ponche que ela surrupiara de uma tigela grande quando ninguém estava olhando. Experimentei e quase vomitei: tinha gosto e cheiro de gasolina misturada com maçãs velhas e amoras passadas. Então alguém pegou um violino e outra pessoa veio com uma flauta, e logo todo mundo, inclusive eu, vovó e Daisy (que dançou com Bill), estava saltitando, saracoteando e girando pelo salão. Foi muito divertido, apesar de eu não ter a mínima ideia do que estava fazendo.

Na cama, naquela noite, apesar de exausta depois de toda a dança e da caminhada de volta para casa na neve, consegui mandar meu amor para mamãe e papai.

– Feliz ano-novo. Durmam com os anjos – murmurei antes de cair, contente, em um sono profundo.

Dois dias depois, quando a neve finalmente tinha começado a virar uma gosma suja durante o dia, mas ainda congelando de modo traiçoeiro à noite, vovó recebeu um telegrama. Estávamos tomando o desjejum e decidindo o que Daisy ia preparar para o jantar quando a campainha tocou. Daisy trouxe o telegrama e eu vi o rosto de vovó ficar branco como as cinzas da noite anterior que ainda jaziam na lareira.

– Com licença, querida – disse ela, levantando-se da mesa e saindo do cômodo.

Vovó não voltou. Depois de eu subir ao meu quarto para lavar o rosto e as mãos, desci e Daisy me contou que vovó estava falando ao telefone na biblioteca e não queria ser incomodada.

– Está tudo bem, Daisy? – perguntei, hesitante, sabendo que "tudo" não estava bem.

– Está, e agora veja quem veio visitar você! – exclamou ela enquanto víamos Katie se aproximar de bicicleta até a porta da frente. Enquanto Daisy a abria, notei o alívio em seu rosto. – Bom dia, Kate, que bicicleta chique!

– Ganhei do Papai Noel, mas não pude andar nela por causa da neve. Quer dar uma volta, Posy? Eu deixo você pedalar um pouco. Mamãe convidou você para almoçar com a gente, também.

Dava para ver quanto Katie estava orgulhosa de sua bicicleta, mas também notei que não era nova; havia ferrugem nos para-lamas e um cesto gasto pendurado em um ângulo precário no guidão. Pensei em minha linda bicicleta vermelha e brilhante no estábulo da Admiral House, o que me fez lembrar papai e a cor terrível do rosto de vovó quando leu o telegrama. Então me virei para Daisy.

– Tem certeza de que está tudo bem?

– Tenho, Srta. Posy. Vá com sua amiga e a gente se vê depois.

Durante todo aquele dia, apesar de ter sido divertido andar de bicicleta de novo e de eu ter gostado de me sentar à grande mesa redonda com os três irmãos de Katie, comendo torta de carne com batata, havia um nó de medo no meu estômago que não queria ir embora.

Quando voltei para casa já estava escurecendo. Vi as luzes na sala de estar, mas a lareira – que àquela hora estaria alegremente acesa – estava apagada. Daisy me recebeu à porta. Tinha uma expressão sombria como o crepúsculo.

– Olá, Srta. Posy. Você tem uma visita.

– Quem?

– Sua mãe está aqui – respondeu ela, me ajudando a tirar o casaco e desamarrando os cadarços do gorro de lã que tinha me dado no Natal. Vi que suas mãos tremiam ligeiramente.

– Mamãe? Aqui?

– Sim, Srta. Posy. Vá lavar o rosto e as mãos e escovar o cabelo, depois desça para que e eu a leve até a sala de estar.

Quando subi a escada até o quarto, minhas pernas pareciam poças de gelo derretendo. E enquanto ajeitava as tranças na frente do espelho escutei vozes exaltadas vindo da sala de estar, lá embaixo. Então ouvi minha mãe chorando.

E eu soube, simplesmente *soube*, o que iriam me contar.

– Posy querida, entre.

Minha avó gesticulou e tocou meu ombro gentilmente para me guiar até a cadeira de espaldar alto onde minha mãe estava, junto da lareira apagada.

– Vou deixar vocês a sós um pouco – disse vovó enquanto eu olhava para mamãe e ela me espiava com os olhos cheios de lágrimas.

Eu queria que vovó tivesse ficado: sua presença firme transmitia um sentimento de conforto que eu sabia que mamãe não era capaz de me oferecer, mas ela atravessou a sala, saiu e fechou a porta.

– Posy, eu... – comentou mamãe com a voz embargada.

Então começou a chorar de novo.

– É o papai, não é? – consegui sussurrar, já sabendo que era, mas ao mesmo tempo esperando que *não fosse*.

– É.

E com essa única palavra meu mundo se despedaçou em um milhão de pedacinhos.

Bombardeio... O avião do seu pai foi atingido... fogo... não houve sobreviventes... herói...

As palavras ficaram girando e girando no meu cérebro até que eu senti vontade de expulsá-las pelos ouvidos, para não ter que ouvi-las outra vez. Ou entender o que significavam. Mamãe tentou me abraçar, mas eu não queria ser abraçada por ninguém a não ser pela única pessoa que jamais me abraçaria novamente. Por isso subi a escada correndo e, assim que cheguei ao quarto, pude apenas abraçar a mim mesma. Cada tendão do meu corpo doía de angústia e horror. Por que *ele*? E por que *agora*?, perguntei, quando todo mundo vinha dizendo que a guerra já tinha acabado? Por que Deus – se é que Ele realmente existia – fora cruel a ponto de levar papai bem no final, quando ele havia sobrevivido por tanto tempo? Eu nem tinha ouvido falar de nenhum ataque pelo rádio nos últimos dias. As notícias falavam apenas dos alemães que recuavam pela França e que eles não poderiam aguentar muito mais.

Eu não conhecia palavras que pudessem descrever como me sentia – talvez não existissem mesmo –, por isso uivei como um animal ferido, até que senti uma mão suave tocar meu ombro.

– Posy querida, eu sinto muito, muito mesmo. Por você, por mim, por seu pai e, claro – acrescentou vovó, depois de uma pausa –, por sua mãe.

Abri a boca para responder, porque mesmo então, naquele momento terrível, eu tinha sido ensinada a ser educada e a falar direito a qualquer adulto que se dirigisse a mim. Mas nada saiu. Vovó me abraçou e eu chorei mais ainda no conforto de seu peito. Eu não sabia como meu corpo podia ter produzido tanto líquido, já que eu não tinha tomado nem um gole d'água desde o almoço.

– Pronto, pronto, querida – ela me consolou, e depois de um tempo eu devo ter caído no sono.

Talvez tenha imaginado, mas tenho quase certeza de que ouvi soluços baixos que, como eu estava meio dormindo, só podiam vir de vovó.

– *Meu menino amado, tão amado... como você deve ter sofrido. E depois de tudo que passou... eu entendo, querido, entendo...*

Então devo ter caído completamente no sono, porque a próxima coisa de que me lembro é acordar e ver a horrível luz cinzenta de um novo dia. Meu cérebro só demorou alguns segundos para recordar a coisa horrível que havia acontecido, e as lágrimas começaram a brotar de novo.

Pouco depois Daisy entrou no quarto com uma bandeja e a colocou na cama. Como vovó, ela me abraçou.

– Coitadinha – sussurrou, me soltando. – Está vendo? Trouxe um ovo cozido e uns palitinhos de torrada para mergulhar na gema. Isso vai fazer você se sentir melhor.

Quis responder que nada, *nunca*, faria eu me sentir melhor, mas abri a boca automaticamente para que Daisy me desse a torrada com ovo, como se eu fosse uma criancinha.

– Mamãe já acordou? – perguntei.

– Sim, e está se preparando para ir embora.

– Vamos voltar hoje para a Admiral House? Preciso fazer as malas! – Empurrei as cobertas para longe e pulei da cama.

– Primeiro vista-se, Srta. Posy. Sua mãe quer falar com você lá embaixo.

Fiz isso e encontrei mamãe sentada perto da lareira da sala de estar. Sua pele estava branca como a neve que derretia lá fora, e eu vi suas mãos tremendo enquanto ela acendia um cigarro.

– *Bonjour*, Posy. Dormiu bem?

– Melhor do que eu achei que iria – falei com sinceridade, parada diante dela.

– Sente-se, *chérie*. Quero conversar com você.

Obedeci, pensando que qualquer coisa que ela tivesse para me dizer não poderia ser pior do que a notícia do dia anterior.

– Posy, eu...

Observei seus dedos se entrelaçando e se soltando enquanto eu esperava.

– ... sinto muito, muito mesmo pelo que aconteceu.

– Não é sua culpa o papai ter morrido, mamãe.

– Não, mas... você não merecia isso. E agora...

Ela hesitou de novo, como se também não tivesse as palavras certas. Sua voz estava rouca, quase inaudível. Quando seus olhos se voltaram para mim, não consegui ler a emoção que havia neles. O que quer que fosse, mamãe parecia terrivelmente infeliz.

– Posy, sua avó e eu conversamos sobre o que é melhor para você. E achamos que, principalmente por enquanto, você deveria ficar aqui.

– Ah. Por quanto tempo?

– Realmente não sei. Eu tenho... muitas coisas para resolver.

– E o... – engoli em seco e juntei coragem para dizer a palavra – ... o enterro do papai?

– Eu... – Mamãe desviou os olhos para a lareira e também engoliu em seco. – Vovó decidiu que é melhor fazermos um serviço memorial daqui a algumas semanas. Eles precisam... eles precisam trazer o... precisam *trazê-lo* da França, veja bem.

– Certo – sussurrei, piscando com força.

Então percebi que eu *precisava* ser forte por mamãe. Ser a Garota Corajosa, como papai disse que eu era quando cortei o dedo em um espinho do jardim ou caí do balanço que ele tinha feito. Ela também estava sofrendo muito.

– Por quanto tempo? As aulas começam na semana que vem.

– Sua avó contou que você fez um monte de amigos no povoado. Por isso nós pensamos que, por enquanto, você poderia estudar aqui.

– Poderia, mas por quanto tempo? – Não pude deixar de repetir.

– Ah, Posy, não sei responder. – Mamãe suspirou. – Veja bem, eu tenho muitas coisas para resolver. Decisões a tomar. E, enquanto faço tudo isso, não vou poder dar a atenção de que você precisa. Aqui você vai ter vovó e Daisy só para você.

– Daisy também vai ficar?

– Eu pedi e ela concordou. Ouvi dizer que você não foi a única a fazer novos amigos no povoado – comentou ela.

Pela primeira vez, mamãe abriu um pequeno sorriso e um ligeiro rubor surgiu em seu rosto, aquecendo a cor de sua pele, que me lembrava a massa acinzentada que Daisy fazia com banha.

– E então, Posy? Acha que esse é um bom plano?

Esfreguei o nariz, pensando a respeito. E no que papai achava que eu devia dizer.

– Vou sentir muita saudade da senhora e da Admiral House, mamãe, mas se é o melhor para todo mundo, tudo bem, eu fico aqui.

Notei um pequeno alívio cruzar seu rosto e soube que tinha dado a resposta certa. Talvez ela tivesse pensado que eu ia espernear e implorar para ir para casa com ela. Parte de mim queria desesperadamente fazer isso; ir para "casa" e que tudo voltasse a ser como era antes. Mas então percebi que nada jamais seria como antes, então o que importava?

– Venha cá, *chérie*.

Mamãe abriu os braços e eu me aproximei. Fechei os olhos e senti o familiar cheiro almiscarado de seu perfume.

– Garanto que isso é o melhor para você, por enquanto – sussurrou ela. – Vou escrever, claro, e, assim que tiver resolvido as coisas, eu volto.

– Promete?

– Prometo.

Mamãe se soltou do nosso abraço e baixou as mãos. Ela me encarou, ainda na cadeira, depois levantou a mão suavemente para tocar meu rosto.

– Você é tão parecida com seu papai, *chérie*: corajosa e determinada, com um coração que ama profundamente. Não deixe isso acabar com você, está bem?

– Não, mamãe, por que acabaria? Amar é uma coisa boa, não é?

– *Oui*, claro que é. – Ela assentiu e se levantou em seguida, e eu vi o desespero em seus olhos. – Agora preciso ir. Preciso ir a Londres, falar com o advogado do seu pai. Há muitas coisas para organizar. Virei lhe dar adeus quando tiver arrumado as malas.

– Está bem, mamãe.

Olhei-a sair da sala. Depois, com as pernas bambas, afundei na poltrona onde ela estivera sentada e chorei em silêncio.

Agosto de 1949

– Então, Posy, sua mãe e eu conversamos pelo telefone, porque pensei em uma sugestão.

– Ah. Ela vai abrir a Admiral House e quer que eu volte?

– Não, querida. Como falamos, a casa é grande demais para vocês ficarem lá sozinhas. Talvez um dia, se você se casar, poderá voltar e enchê-la com a família grande e feliz que merece. Como seu pai... se foi, ela pertence a você, de qualquer modo.

– Eu queria poder morar lá amanhã, com a senhora, claro, vovó.

– Bom, quando você tiver idade para herdar oficialmente a casa e sua poupança, poderá tomar essa decisão. Por enquanto, é sensato que ela permaneça fechada. Como você vai descobrir um dia, os custos de manutenção são astronômicos. Agora, eu ia falar sobre minha sugestão. Acho que seria melhor para você se considerássemos a ideia de um colégio interno.

– O quê? Deixar a senhora e todos os meus amigos daqui?! Nunca!

– Calma, Posy, por favor, me escute. Sei que você não quer nos deixar, mas é óbvio que precisa de uma educação mais sofisticada do que a que a escola do povoado pode oferecer. A própria Srta. Brennan veio me ver e comentou a mesma coisa. Ela vem arrumando para você um nível de trabalho completamente diferente do restante da turma, e admitiu que você está perto de superar o nível de conhecimento dela própria. Além disso, ela acha que você deveria estudar em uma escola que possa lhe dar a formação que seus dons acadêmicos merecem.

– Mas... – Eu sabia que estava fazendo beicinho e não pude evitar. – Eu sou feliz na escola e aqui, vovó. Não quero ir embora, não quero mesmo.

– Eu entendo, mas se o seu pai estivesse vivo tenho certeza de que diria a mesma coisa.

– Diria? – perguntei.

Cinco anos depois e eu ainda achava desesperadamente doloroso falar sobre ele.

– Sim, e daqui a alguns anos você poderá pensar em ter uma carreira, como tantas mulheres fazem hoje em dia.

– Eu ainda não pensei muito nisso – admiti.

– Ora, bom, por que teria? É para isso que eu... e sua mãe, claro... estamos aqui. Para pensar no seu futuro. E, meu Deus, Posy, se eu tivesse nascido em uma época em que as mulheres pudessem estudar e talvez até ir para uma universidade, teria agarrado a chance. Sabe que antes de conhecer seu avô eu fui sufragista? Afiliada da União Social e Política das Mulheres e apoiadora da querida Sra. Pankhurst? Eu me acorrentei a corrimões, lutando pelo direito das mulheres ao voto.

– Meu Deus, vóvó! De verdade?

– Com certeza! Depois, claro, me apaixonei, fiquei noiva e tive que deixar a luta. Mas pelo menos sinto que dei alguma contribuição, e agora os tempos estão mudando, em grande parte graças ao que a Sra. Pankhurst e minhas outras colegas corajosas fizeram naquela época.

Encarei vovó com outros olhos, percebendo subitamente que um dia ela também tinha sido jovem.

– Então, Posy, a escola que estou propondo para você fica em Devon, não muito longe daqui. Tem uma reputação excelente, em especial em ciências, e consegue mandar um bom número de alunas para a universidade. Falei com a diretora e ela está ansiosa para conhecer você. Acho que deveríamos ir lá dar uma olhada na semana que vem.

– E se eu não gostar?

– Vamos esperar e ver se você gosta, mocinha. Não me agrada ver negatividade antes do fato, como você sabe. E, aliás, tem uma carta da sua mãe lá em cima, no seu quarto.

– Ah. Ela ainda está na Itália?

– Está.

– Achei que ela só ia passar umas férias, e isso foi há um ano. Férias bem longas, na minha opinião – resmunguei.

– Chega de petulância, mocinha. Suba e lave-se, por favor. O jantar estará pronto em dez minutos.

Subi ao meu quarto, não mais temporário, como havia sido quando cheguei, mas, em vez disso, atulhado com toda a parafernália dos meus cinco anos ali. O quarto e eu tínhamos nos adaptado. Isso foi necessário quando percebi, após dois longos anos esperando diariamente que mamãe mandasse me buscar, que isso não ia acontecer. Pelo menos não tão cedo. Depois da morte de papai, mamãe voltara a Paris – a guerra havia acabado e muitos dos amigos dela estavam retornando para lá, pelo que ela me contara em um dos cartões-postais que me mandava de vez em quando. Já eu escrevia para ela toda semana naqueles primeiros dois anos, nas tardes de domingo antes do chá. E sempre fazia as mesmas duas perguntas: quando ela viria me buscar e quando seria feito o serviço memorial para meu pai. A resposta era sempre a mesma: *"Logo, chérie, logo. Por favor, tente entender que ainda não posso voltar para a Admiral House. Todos os cômodos estão cheios de lembranças de seu pai..."*

Assim, acabei aceitando que por enquanto minha vida era ali, naquela comunidade minúscula, física e mentalmente isolada do resto do mundo. Até o precioso rádio de vovó – que ela sempre escutava a fim de ter notícias da guerra – aparentemente se quebrou logo depois da morte de papai. O aparelho voltara a funcionar milagrosamente durante uma hora quando a vitória na Europa foi anunciada, e eu abracei vovó e Daisy e fizemos uma dancinha na sala de estar. Ainda me lembrava de perguntar por que comemorávamos tanto, quando a pessoa que mais amávamos jamais voltaria como voltaram alguns outros pais e filhos do povoado.

– Precisamos encontrar no coração a força para ficarmos felizes por eles, Posy, ainda que nosso ente querido não esteja mais conosco – explicou vovó.

Talvez eu fosse uma má pessoa, mas quando o povoado se reuniu para celebrar o Dia da Vitória no salão da igreja eu não senti nada a não ser um enorme monte de coisa nenhuma.

Pouco havia mudado depois do Dia da Vitória, embora vovó tivesse começado a viajar regularmente a Londres, dizendo que havia "papeladas" para resolver. A papelada devia ser muito cansativa, porque vovó sempre voltava para casa parecendo muito pálida e exausta. Eu me lembrava nitidamente de quando ela retornou da última viagem. Em vez de vir logo ao meu encontro com algum presentinho trazido de Londres, ela se trancou no quarto e não saiu por três dias. Quando eu quis vê-la, Daisy contou que ela estava com uma gripe feia que não queria que eu pegasse.

Foi quando decidi que, se algum dia tivesse filhos, mesmo se estivesse morrendo de alguma coisa pavorosamente infecciosa, como cólera, ainda deixaria que eles fossem me ver. Para uma criança, é inquietante demais os adultos que amamos ficarem atrás de portas trancadas. E eu tinha passado por isso muitas vezes no correr dos anos.

Por fim, vovó apareceu, e eu mal consegui evitar uma exclamação perplexa ao ver quanto peso havia perdido. Era como se *ela* de fato tivesse tido cólera. Sua pele estava sem vida, e os olhos, ainda mais fundos nas órbitas. Ela parecia muito velha e nem um pouco animada como era antes.

– Posy querida – disse ela, forçando um sorriso que não chegava aos olhos, enquanto tomávamos uma xícara de chá perto da lareira na sala. – Desculpe minhas ausências nos últimos meses. Você vai gostar de saber que isso não vai mais acontecer. Tudo está resolvido e não preciso voltar a Londres por enquanto, se é que precisarei algum dia. Simplesmente *odeio* aquela cidade sem Deus, você não? – Ela estremeceu.

– Nunca fui lá, vovó, então não sei.

– É, mas tenho certeza de que irá algum dia, por isso não quero estragá-la para você, mas Londres não guarda lembranças boas para mim...

Seus olhos fundos se desviaram e depois retornaram rapidamente para mim, com o que eu senti que era uma animação falsa.

– De qualquer modo, o que passou, passou. Agora é hora de olhar para o futuro. Tenho uma surpresa para você, Posy.

– É mesmo? Que legal – falei, sem saber direito como reagir àquela vovó nova e diferente. – Obrigada.

– Não vou estragar revelando o que é, mas achei que você devia ter alguma coisa do seu pai, para se lembrar dele. Uma coisa... prática. Bom, pode colocar mais um pedaço de lenha no fogo? Este frio está penetrando nos meus ossos.

Obedeci, e, depois de uma conversa sobre o que eu tinha feito desde que ela partira – o que não era grande coisa, embora eu pudesse ter contado que Daisy vinha recebendo visitas de Bill na cozinha com mais frequência do que eu achava necessário –, vovó falou que estava exausta e precisava subir para descansar.

– Primeiro venha cá e dê um abraço na sua avó.

Eu dei, e, apesar de ela parecer muito frágil, seus braços me apertaram com força, como se ela não quisesse me soltar nunca mais.

– Bom, agora – disse vovó enquanto se levantava –, para o alto e avante, Posy. É assim que seguimos em frente.

Três dias depois, um pequeno furgão parou junto à porta da frente. Fui para o corredor e vi um homem musculoso empilhando caixas grandes na biblioteca. Vovó apareceu ao meu lado e eu a olhei de soslaio. Ela pôs a mão no meu ombro.

– São todas para você, querida. Vá ver, depois pode arrumá-los como quiser nas estantes. Abri espaço suficiente para eles.

Fui à biblioteca e arranquei a grossa fita adesiva do topo de uma das caixas. E ali dentro, cobertos por seu familiar e macio couro marrom, estavam os volumes da minha amada *Enciclopédia Britânica*.

– Esses livros vão manter você ocupada nas noites escuras da Cornualha – comentou vovó enquanto eu pegava um dos volumes e o colocava sobre os joelhos. – Comprei todos para seu pai, em cada Natal e cada aniversário. Sei que ele gostaria que você os herdasse.

– Obrigada, vovó, muito obrigada – falei enquanto minhas mãos acariciavam o couro e meus olhos brilhavam com lágrimas. – É a melhor coisa que eu poderia ter para me lembrar dele.

No ano seguinte, observei vovó voltar lentamente a ser como era antes. Apesar de com frequência ver tristeza em seus olhos, fiquei feliz porque ela estava voltando a ser ela mesma, movendo-se, agitada, pela casa e – à medida que o inverno terminava – dedicando sua energia ao grande jardim no quintal dos fundos, que despertava rapidamente dos meses de hibernação. Quando não estava na escola ou no povoado com meus amigos, eu a ajudava. Enquanto trabalhávamos, ela me ensinava sobre as várias espécies que plantávamos ou das quais cuidávamos. Na velha estufa coberta de líquen, ela me mostrou como germinar e nutrir sementes. Até me presenteou com um jogo de ferramentas de jardinagem em um resistente cesto de salgueiro.

– Quando fico triste – disse ela ao me entregar as ferramentas –, cavo a terra fértil e penso nos milagres que ela produz. Isso sempre me anima. Espero que você sinta a mesma coisa.

E, para minha surpresa, eu *senti*, e me peguei passando cada vez mais tempo livre com as mãos na terra ou examinando os livros e as revistas de jardinagem de vovó. Na cozinha, Daisy me pôs sob suas asas e eu passei muitas horas felizes enrolando e assando massa. Também continuei com meus desenhos botânicos, como papai tinha pedido.

Certa tarde no fim de março, vovó convidara o vigário para o chá, com o objetivo de organizar a caçada anual aos ovos de Páscoa (que sempre acontecia no nosso jardim, porque era o maior do povoado). Não pude deixar de sentir uma onda de orgulho quando chegou o dia e todos que participaram comentaram como o jardim estava bem-cuidado e bonito.

Foi mais ou menos nessa época que comecei a receber cartões-postais de mamãe em Paris. Pelo jeito, ela voltara a cantar. Não havia espaço para escrever muita coisa, mas ela parecia feliz. E eu tentei ficar feliz com isso, mas, como a Posy *interna* estava oca como um coco vazio (ainda que a Posy *externa* fingisse ser a mesma de sempre), era quase impossível. Vovó vivia falando de "generosidade de espírito", então, como o meu não conseguia ser generoso com minha própria mãe, imaginei que eu fosse uma pessoa horrível. A verdade era que eu queria que ela sofresse tanto quanto eu. Que achasse impossível ser "feliz" quando a pessoa que nós duas mais amávamos tinha partido para sempre.

Acabei contando meus sentimentos a Katie, que, apesar de nunca ter se aventurado mais longe do que Bodmin (e mesmo assim apenas uma vez, para o enterro de uma tia-avó) e de ficar completamente perdida nas aulas, possuía um enorme bom senso.

– É, bom, talvez sua mãe esteja fingindo que está feliz, como você, Posy. Já pensou nisso? – perguntou ela.

E com essa única frase tudo ficou um pouco mais fácil. Mamãe e eu estávamos fazendo um jogo de faz de conta; mamãe se dedicava à música, assim como eu me dedicava às aulas e ao meu pedaço de jardim, que vovó tinha me dado para cuidar e plantar o que eu quisesse. Nós duas estávamos nos esforçando para esquecer enquanto ainda lembrávamos tão dolorosamente. Também pensei em vovó e em como ela tentava voltar ao normal. Eu só sabia que ela ainda sofria pela morte de papai por causa da tristeza que às vezes via em seus olhos. Eu não podia *ver* os olhos de mamãe, e, afinal de contas, se vovó tivesse me mandado um cartão-postal de um país estrangeiro, tenho certeza de que também escreveria alguma coisa alegre.

Nos últimos dois anos os cartões se tornaram mais escassos, até que, um ano antes, recebi um de Roma com uma foto do Coliseu, dizendo que ela estava tirando uma "*petite vacance*".

– Mais parece uma *grande vacance* – reclamei de novo para meu reflexo no espelho, enquanto trançava o cabelo impossivelmente rebelde.

Tentei não me importar com o fato de ela não ter me visitado uma vez sequer desde que havia partido, logo depois da notícia da morte de papai, mas às vezes não conseguia deixar isso de lado. Afinal de contas, ela era minha mãe, e fazia cinco longos anos.

– Pelo menos você tem vovó – acrescentei para o reflexo. – Agora *ela* é que é sua mãe.

E, enquanto descia para jantar com ela e conversar sobre esse tal colégio interno, percebi que era verdade.

– Certo, isso é tudo – declarou Daisy.

Ela fechou a tampa do brilhante baú de couro que vovó tinha encomendado de Londres, junto do uniforme verde-garrafa da escola, que eu pessoalmente achei horroroso. Mas supus que essa fosse mesmo a intenção. Também não ajudou o fato de que tinha sido encomendado sem que eu o provasse, de modo que todas as peças ficaram enormes em mim.

– Vão servir por mais tempo, Posy – disse vovó para meu reflexo no espelho, de blazer com mangas que iam até os dedos e espaço suficiente nos ombros para Katie vesti-lo junto de mim. – Sua mãe e seu pai eram altos, e com certeza você vai esticar feito uma muda de árvore nos próximos meses. Enquanto isso, Daisy vai dobrar e prender as mangas e a bainha da saia, de modo que você possa soltá-la com facilidade quando precisar.

Daisy se movimentou ao meu redor, prendendo com alfinetes as mangas do blazer e a bainha da saia, que naquele momento roçava os sapatos de couro preto que pareciam lanchas nos meus pés. Na verdade, era difícil para ela "se movimentar", já que estava com uma barriga enorme e deveria dar à luz qualquer dia. Eu queria muito ver o bebê antes de ir para a escola, mas isso parecia cada vez mais improvável.

De nós três, foi Daisy quem encontrou a felicidade verdadeira nas charnecas da Cornualha. Ela e Bill – o faz-tudo de vovó – se casaram dois anos antes, e todo o povoado comparecera ao casamento, como acontecia em qualquer celebração ou, por sinal, qualquer velório. Agora Daisy morava com Bill no aconchegante chalé do jardineiro, que ficava no terreno da casa. A moça pálida e sem graça que eu tinha conhecido na Admiral House havia se tornado uma mulher bonita. *Obviamente é o amor verdadeiro que embeleza a pessoa*, pensei. E, enquanto me olhava coberta de verde-garrafa no espelho, desejei encontrar um também.

No nosso último jantar juntas no jardim, em uma agradável noite de fim de agosto, perguntei a vovó se ela ficaria bem sozinha.

– Quero dizer, com Daisy perto de ter o neném e eu indo embora, como a senhora vai se virar?

– Meu Deus, Posy, por favor, não faça pouco de mim tão cedo. Ainda estou na casa dos 50, sabia? E ainda terei Bill e Daisy. Ter um bebê não nos deixa incapacitadas. Além disso, vai ser maravilhoso ter um neném por perto. Uma vida nova sempre alegra o espírito.

Desde que você não passe a gostar mais do bebê do que de mim, pensei, mas não disse.

Na manhã seguinte, ao entrar no velho Ford em que Bill me levaria até a estação de Plymouth, precisei segurar as lágrimas enquanto dava um beijo de despedida em vovó. Pelo menos ela não começou a soluçar no meu ombro, como Daisy tinha feito, embora seus olhos estivessem mais brilhantes do que o normal.

– Cuide-se, querida. Escreva sempre e diga o que está aprontando.

– Vou escrever.

– Trabalhe duro e dê orgulho ao seu pai. E a mim.

– Prometo me esforçar, vovó. Adeus.

Enquanto Bill dirigia para longe, olhei para trás. E soube que, independentemente do que eu tinha sofrido desde que chegara ali, cinco anos antes, aquela pequena comunidade havia me protegido. E eu sentiria muita falta dela.

O colégio interno era... *legal*. Quero dizer, exceto pelo gelo que se formava no interior das janelas do dormitório quando o inverno se aproximava, a comida absolutamente intragável e as aulas de educação física que eles nos obrigavam a fazer no ginásio três vezes por semana. Eu dizia que eram "perfeitamente execráveis", e eram mesmo. Um monte de adolescentes desajeitadas tentando pular por cima de um cavalo com alças era uma das visões mais deselegantes do mundo. Por outro lado, no hóquei – que eu nunca tinha jogado, para a surpresa da Srta. Chuter, a corpulenta treinadora – eu me senti como um verdadeiro pinto no lixo. Aparentemente, eu tinha um "centro de gravidade baixo", o que achava um eufemismo para dizer que eu tinha os pés bem plantados no chão, mas era útil no jogo, e logo me tornei a artilheira do time. Também me saí muito bem nas corridas *cross-country*, já que havia passado a maior parte dos últimos cinco anos ao ar livre, nas charnecas da Cornualha.

Levar jeito nos jogos pelo menos ajudou a compensar o fato de que as outras garotas me achavam dedicada demais às aulas – o que eu era mesmo – e me apelidaram de "CDF". Assim como elas não entendiam meu entusiasmo acadêmico, eu não conseguia compreender por que não aproveitavam o conhecimento oferecido livremente todos os dias. Depois de anos tirando a maior parte de meu conhecimento das páginas sagradas da *Enciclopédia Britânica* (claro que vovó tinha razão ao dizer que a Srta. Brennan tinha dificuldade para me acompanhar), ter um ser humano explicando as matérias ao vivo era simplesmente maravilhoso. Como era filha única, e estava acostumada a me destacar, mesmo quando fazia parte de um grupo com Katie e meus outros amigos na Cornualha, o fato de as meninas do colégio me olharem com suspeita não me magoou tanto quanto poderia. E havia outra garota na minha turma que também era considerada estranha, devido à sua paixão pelo balé, e isso ajudou. Criamos um laço.

Dizem que amizades são baseadas em gostos em comum, mas, fora nossa suposta estranheza, Estelle Symons não tinha nada a ver comigo. Enquanto eu era alta, se comparada com as colegas de turma, com um corpo forte e, pensava eu, bastante comum, Estelle era miúda e delicada, e mesmo ao caminhar me lembrava um fiapo de teia de aranha flutuando na brisa. Além disso, tinha um cabelo louro brilhante e volumoso e grandes olhos azul-porcelana. Enquanto eu passava todo o tempo livre na biblioteca, Estelle ficava no ginásio, treinando levantar a perna e girando na frente do espelho. Ela me contou que vinha de uma família "boêmia"; sua mãe era atriz, e o pai, um romancista famoso.

– Eles me mandaram para cá porque minha mãe está sempre viajando para algum teatro, e Pups, meu pai, vive com o nariz enfiado em um manuscrito, então eu acabava atrapalhando – disse Estelle, dando de ombros.

Ela também me contara que um dia se tornaria uma bailarina famosa, como Margot Fonteyn, de quem eu nunca tinha ouvido falar, mas que Estelle adorava. Como era obcecada pela dança, ela tinha pouco tempo para os trabalhos escolares, por isso eu me esforçava para terminar seus deveres, inserindo erros de grafia e gramática para parecerem feitos por ela. Além de sua figura etérea, Estelle tinha uma personalidade sonhadora, "de fora deste mundo". Às vezes eu achava que, se algum dia fizessem um balé sobre uma fada linda e loura, escolheriam Estelle para dançar.

– Você é tão inteligente, Posy – comentou ela com um suspiro enquanto eu lhe devolvia seu caderno de matemática. – Eu queria ter um cérebro igual ao seu.

– Acho que é preciso muito cérebro para lembrar todos aqueles passos de dança e posições de braços.

– Ah, isso é fácil; meu corpo sabe o que fazer. Como o seu cérebro sabe a resposta de uma equação. Todo ser humano tem um talento especial, sabia? Somos todos abençoados.

Quanto mais eu conhecia Estelle, mais percebia que seu fraco desempenho nas aulas era puro desinteresse, já que era muito inteligente em conhecimentos gerais – e muito mais filosófica do que eu. Para mim, pau era pau e pedra era pedra, mas para Estelle essas coisas podiam ser muito mais imaginativas. Ela me fez relembrar o tempo em que papai me chamava de Princesa das Fadas, enquanto ele era o rei, e percebi que tinha perdido aquela magia em algum momento.

Quando o outono e o inverno passaram e todas voltamos para o período do verão, nós nos deitávamos à sombra de um carvalho e fazíamos confidências.

– Você pensa muito em garotos? – perguntou Estelle em uma tarde ensolarada de junho.

– Não – respondi com sinceridade.

– Mas vai querer se casar um dia, não é?

– Nunca pensei nisso, provavelmente porque acho que nenhum garoto vá me querer. Não sou linda nem feminina como você, Estelle.

Olhei para minhas pernas pálidas e sardentas, esticadas à frente do corpo, pensando que elas lembravam o tronco da árvore em que estava encostada, e depois para as de Estelle, perfeitas, afilando-se até um par de tornozelos magros e elegantes, que mamãe sempre dizia ser algo que os homens amavam. (Os dela eram assim, claro, diferentemente dos da filha.)

– Ah, Posy, por que você fala essas coisas?! Você está em forma, é atlética, tem um cabelo lindo da cor das folhas do outono e belos olhos grandes e castanhos. Sem falar nesse seu cérebro, que pode competir com o de qualquer homem.

– Talvez eles não gostem disso – retruquei, suspirando. – Parece que os homens querem mulheres para lhes dar filhos e cuidar da casa, que nunca expressem opinião sobre qualquer coisa. Acho que eu seria uma péssima esposa, porque teria que corrigir meu marido se ele estivesse errado. Além disso, quero ter uma profissão.

– Eu também quero, Posy, mas não entendo por que isso significa que não posso ter um marido.

– Bom, eu não conheço nenhuma mulher que seja casada e tenha um emprego. Até minha mãe abriu mão de cantar quando se casou com meu pai. E veja as professoras daqui: solteiras, todas.

– Talvez elas joguem no outro time – comentou Estelle, rindo.

– Como assim?

– Você não sabe?

– Não, então pare com essas charadas.

– Quer dizer que talvez elas gostem umas das outras.

– O quê?! Uma garota gostando de outra garota? – perguntei, pasma com essa ideia.

– Ah, Posy, você pode ser inteligente, mas às vezes é tão ingênua. Deve ter notado como a Srta. Chuter é caidinha pela Srta. Williams.

– Não! – respondi abruptamente. – Não acredito nisso. É... Bom, é contra as leis da natureza.

– Não misture botânica com a natureza *humana*. E só porque o assunto não está em uma das suas enciclopédias enormes não quer dizer que não exista. Existe – disse Estelle, resoluta. – E existem homens que gostam de homens também. Até você deve ter ouvido falar de Oscar Wilde, que foi preso por causa do relacionamento com um homem.

– Está vendo? É ilegal porque não é natural.

– Ai, Posy, não seja tão quadrada! No mundo do teatro essas coisas são comuns. Além disso, a culpa não é deles. As pessoas deviam poder ser quem elas são, independentemente das regras da sociedade, não acha?

E graças a Estelle eu comecei *mesmo* a pensar. Não apenas em fotossíntese e compostos químicos, como tinha feito até então, mas em como o mundo havia estabelecido regras sobre o que era considerado comportamento aceitável ou inaceitável. E comecei a questionar.

Estava amadurecendo.

Novembro de 1954

– Então, Posy, precisamos discutir seus planos para o futuro.

A Srta. Sumpter, a diretora, sorriu para mim do outro lado da mesa. Mas só vi o sorriso com o canto do olho, já que toda vez que a encarava era atraída imediatamente para a verruga no lado esquerdo de seu queixo e para os pelos compridos e grisalhos que brotavam dela. Pela enésima vez imaginei por que ela não os aparava, afinal o restante de seu rosto era bastante bonito.

– Sim, Srta. Sumpter – respondi automaticamente.

– Você vai se formar no próximo verão, e está na hora de pensar em se candidatar a uma universidade. Presumo que é o que você quer, não é?

– Eu... Bom, é. Para onde a senhora aconselharia que eu fosse?

– Dado seu desempenho acadêmico, acho que deveria mirar alto e tentar Cambridge.

– Nossa – falei, sentindo um bolo surgir de repente na garganta. – Meu pai estudou lá. Acha mesmo que eu teria chance? Sei que a concorrência é alta, ainda mais para mulheres.

– É mesmo, mas você é uma estudante notável. E na sua carta de apresentação devemos citar que seu pai estudou lá. Ter laços com a escola sempre ajuda.

Ela sorriu.

– Mesmo para uma mulher? – perguntei secamente.

– Sim. Como você já deve saber, a Girton e a Newham são as duas faculdades femininas estabelecidas em Cambridge, mas já ouviu falar da New Hall? Foi inaugurada em setembro deste ano, com apenas dezesseis alunas, e a tutora da faculdade, a Srta. Rosemary Murray, é uma velha amiga minha. Posso trocar uma palavra com ela, embora sua admissão dependa apenas da aprovação na prova escrita, que dura três horas. No ano passado, quatrocentas jovens se candidataram para apenas dezesseis vagas. A concorrência é dura, Posy, mas acredito mesmo que você tem uma chance muito boa de entrar. Imagino que gostaria de estudar ciências, certo?

– É, eu gostaria de ser botânica – respondi com firmeza.

– Bom, Cambridge é famosa pela Escola de Botânica. Não existe lugar melhor.

– Primeiro eu preciso conversar com minha avó, mas tenho certeza de que ela vai apoiar. Embora, claro, talvez eu não entre, Srta. Sumpter.

– Nunca vamos conseguir nada se não tentarmos, e, de todas as alunas que já passaram pelas minhas portas, você está entre as mais dotadas. Tenho fé em você, Posy. Agora vá e aproveite o Natal.

Mesmo que a ansiedade de voltar à Cornualha – especialmente no Natal – não mais me deixasse acordada por uma semana com uma empolgação incontrolável na barriga, ainda era um momento especial quando Bill me conduzia através de nosso povoado minúsculo. Uma névoa tinha começado a baixar e o céu estava escurecendo para o crepúsculo, apesar de mal passar das três da tarde. Sorri de alegria ao ver as luzes coloridas de um pinheiro magnífico no quintal da frente de vovó. Ela me contara que seus avós tinham plantado a árvore em certo Natal, esperando que criasse raízes. Deu certo, e agora toda a região se reunia para a tradicional cerimônia de acender luzes no dia do solstício de inverno.

– Posy querida, bem-vinda!

Vovó estava junto à porta com os braços abertos, mas, antes que eu pudesse alcançá-la, um menininho passou por ela e correu na minha direção.

– Posy! É Natal! Ele vem!

– Eu sei, Ross. Não é incrível?!

Eu me abaixei e peguei o menino no colo, beijando seus cabelos cor de palha, iguais aos de Daisy, e o carreguei para dentro.

Daisy estava no hall, esperando para me cumprimentar. Ross se agitou nos meus braços, querendo descer, louco para me mostrar um desenho do Papai Noel que havia feito e estava pendurado em um armário da cozinha.

– A Srta. Posy pode ver seu desenho depois, Ross – ralhou Daisy afetuosamente. – Ela fez uma longa viagem, com certeza quer ficar na frente da lareira um pouco e tomar uma bela xícara de chá com um bolinho.

– Mas...

– Nada de "mas". – Daisy o empurrou para a cozinha. – Venha me ajudar a preparar o chá.

Acompanhei vovó até a sala de estar, onde um fogo alegre ardia na lareira. A árvore interna tinha sido colocada em seu vaso de terra, mas ainda não estava enfeitada.

– Pensei em deixar essa tarefa para você – disse vovó, sorrindo. – Sei como você gosta. Agora venha se sentar e conte sobre as provas do fim do período.

Tomando chá com bolinhos, contei tudo sobre os últimos três meses. Vovó ficara muito orgulhosa quando fui eleita representante de turma, no começo do ano letivo.

– Só não gostei da responsabilidade que veio junto. Ter que aplicar castigos a algumas amigas foi o pior. Peguei Mathilda Mayhew fumando na floresta, no início do período. Não a denunciei porque ela prometeu que não faria de novo, mas fez, e eu precisei contar. Ela ficou de castigo por três semanas e agora me odeia – falei com um suspiro.

– É, mas isso impediu outras que poderiam estar tentadas a fazer a mesma coisa?

– Acho que sim... ou pelo menos as garotas estão tomando mais cuidado para que eu não veja. Só que elas me excluem e não me chamam para as brincadeiras. E também não ajuda que agora eu tenha um quarto só para mim. Estou me sentindo isolada, vovó, e a escola não é mais tão divertida.

– Você está aprendendo que junto da responsabilidade vem todo tipo de desafios e decisões difíceis, Posy. Com certeza a experiência vai servir para seu futuro. Agora fale mais sobre se candidatar para Cambridge.

Então contei a vovó sobre a nova faculdade feminina e que a Srta. Sumpter achava que eu tinha uma boa chance de conseguir uma das poucas vagas. Vi os olhos dela se enchendo de lágrimas.

– Seu pai estaria tão orgulhoso, Posy, assim como eu estou.

– Calma, vovó, eu ainda não entrei!

– Não, mas só ela achar que você pode conseguir já basta. Você está se tornando uma pessoa muito especial, querida, e eu sinto muito orgulho.

Foi gentil da parte de vovó dizer isso, mas, conforme as férias de Natal passavam e nós íamos às celebrações tradicionais do povoado, percebi que, mesmo em casa, na comunidade onde passara boa parte da vida, o fato de eu ser "especial" tinha definitivamente afetado as amizades. Katie, que normalmente batia à nossa porta assim que via o carro de Bill passar na frente de sua casa, só apareceu na véspera do Natal, na festa que vovó sempre dava para o povoado. Quase não a reconheci, a princípio, porque ela tinha cortado e feito permanente em seu lindo cabelo ruivo, no estilo "poodle", que (pensei com crueldade) a deixou mesmo parecida com um. Usava muita maquiagem, com a base formando uma linha de maré em volta do maxilar. E, como a pele de seu pescoço era naturalmente pálida, parecia que ela estava usando uma máscara.

– Você devia ir lá em casa uma tarde dessas e eu deixo seu rosto igual ao meu – ofereceu Katie enquanto fumava um cigarro do lado de fora, no frio. – Você tem olhos lindos, Posy, e um pouco de delineador preto vai destacá-los de verdade.

Ela me contou que tinha acabado de conseguir um emprego como aprendiz de cabeleireira em Bodmin. Estava morando lá, com um parente, e tinha conhecido um rapaz chamado Jago.

– O pai dele é dono do açougue de Bodmin e um dia ele vai assumir o negócio. O ramo de carnes rende muito dinheiro – garantiu ela. – E o que você tem feito, Posy? Ainda está estudando naquela escola?

Assenti e falei que esperava ir para a Universidade de Cambridge, da qual ela nunca tinha ouvido falar.

– Nossa, parece que você vai ficar estudando até ser uma velha solteirona! Não quer se divertir um pouco? Sair para dançar com um rapaz de vez em quando?

Tentei explicar que achava as aulas divertidas, mas sabia que ela não entenderia. Depois disso, eu a vi mais umas duas vezes antes de ela voltar a Bodmin, mas era óbvio que não tínhamos mais nada em comum. Isso me deixou bastante triste. Além do mais, talvez fosse coisa da minha cabeça, mas a pequena família da qual um dia eu me sentira o centro das atenções parecia ter seguido em frente. O novo foco era o pequeno Ross – que, para ser justa, era encantador –, e até vovó parecia passar mais tempo com ele do que comigo. Assim que o Natal passou, eu me peguei contando os dias para voltar ao colégio interno.

Mas você mal podia esperar para vir para casa, Posy, pensei certa tarde, fazendo uma caminhada solitária pela charneca. *Seu lugar também não é aqui...*

Então qual é o meu lugar?, eu me perguntei enquanto voltava para casa, amuada, como a quase órfã que eu tinha me tornado desde que mamãe me deixara, quase dez anos antes, sem jamais se incomodar em voltar.

A verdade era que eu simplesmente não sabia.

Na véspera de voltar para a escola, recebi uma carta aérea com selo de Roma. Era a letra de mamãe, por isso subi ao quarto para lê-la.

Querida Posy,

Desculpe não ter escrito antes, mas o último ano foi tão tumultuado, e eu não queria dizer nada até que tivesse certeza total dos meus planos. A verdade, chérie, *é que conheci um homem absolutamente encantador chamado Alessandro. Ele é italiano, e conde, ainda por cima! E me pediu em casamento. Isso vai acontecer no início de junho – a época mais gloriosa do ano aqui – e, claro, quero que você esteja presente, como minha dama de honra muito especial. Vou mandar mais detalhes e um convite adequado para você e sua avó, claro. Antes disso, há a questão de fazer um vestido para você.*

Sei que ainda está na escola, mas pensei que talvez no feriado da Páscoa você pudesse vir de avião para fazer uma prova e também conhecer o querido Alessandro. Você vai adorá-lo, tenho certeza. Vamos ficar no palácio dele em Florença – imagine uma versão muito mais calorosa e antiga da Admiral House (alguns afrescos datam do século XIII), com ciprestes no lugar das castanheiras. É um paraíso, e no momento sua mãe é a mulher mais feliz do planeta.

Posy, sei como você amava seu pai – assim como eu –, mas os últimos dez anos foram tristes e solitários enquanto eu sofria a perda dele. Por isso espero que você fique feliz por mim. Todos precisamos seguir em frente, e, apesar de que eu jamais esquecerei o seu querido pai, acho que mereço um pouco de alegria antes que seja tarde.

Por favor, responda quanto à folga para a Páscoa, para que eu possa reservar uma passagem de avião. O que, garanto, é uma aventura.

Mal posso esperar para ver você e ouvir todas as suas novidades. Vovó me contou que você é a melhor aluna da escola.

Um milhão de beijos, chérie.

Mamãe

Só precisei de alguns segundos para me catapultar de casa para a charneca, onde gritei até parecer que minha cabeça ia explodir, em um lugar em que ninguém me ouviria. Lágrimas jorraram dos meus olhos e eu uivei como imaginava que a Fera de Bodmin Moor uivaria diante da coisa horrível que eu tinha acabado de ler.

– Como ela *ousa*?! Como ela *ousa*?! – gritei para o capim áspero e para o céu, repetidamente.

Essas três palavras abarcavam todos os erros dela para comigo: primeiro, e o pior de tudo, esperar que eu – a filha amada do meu pai – ficasse "feliz" porque ela havia encontrado um novo amor tão maravilhoso; segundo, depois de nem se incomodar em visitar a filha por vários anos, quando *eu* – especialmente no início – estava sofrendo tanto, simplesmente presumir que podia me fazer pegar um avião para provar um *vestido*, quando estaria estudando para as provas finais e para o teste de admissão em Cambridge, era de um egoísmo pavoroso. E o casamento em junho. Será que ela nem tinha *considerado* que era a época das minhas provas?!

E... além de tudo, eu também faria 18 anos em junho. Eu ouvira vovó cochichando com Daisy na cozinha sobre algum tipo de comemoração, e passara pela minha cabeça que mamãe poderia – talvez – vir à Inglaterra para a festa, mas era óbvio que ela estava tão ocupada planejando a própria celebração que os 18 anos da filha nem lhe ocorreram.

– Claro que não, Posy! Meu Deus, ela só falou com você ao telefone umas poucas vezes desde que foi embora! – exclamei, andando de um lado para outro no capim áspero. – Que tipo de mãe ela é? – gritei para as nuvens escuras que corriam pelo céu.

Sentei-me abruptamente, a emoção do momento fazendo minhas pernas fraquejarem quando eu, Posy – não mais a menininha amedrontada de antigamente, e sim Posy, uma mulher quase adulta –, finalmente aceitei a verdade. Com o passar dos anos, ainda que o pensamento tivesse me ocorrido, eu não dera atenção a ele, por medo de seu significado: minha mãe não me amava. Ou, no mínimo, ela amava mais a si do que a mim.

– Ela é uma mãe *horrível* – falei para a charneca, com angústia na voz e no coração.

Percebi que, mesmo antigamente, na Admiral House, ela me deixava quase totalmente aos cuidados de Daisy. Embora fosse normal que uma família rica possuísse empregados para cuidar dos filhos, tentei me lembrar de alguma ocasião em que mamãe tivesse ido me buscar na escola, ou me dado um beijo de boa-noite ou lido uma história para mim. Por mais que eu procurasse na neblina do tempo, nenhuma dessas ocasiões me veio à mente.

– Ela nunca foi cruel com você, Posy – falei para mim mesma, cautelosa com quanto era fácil sentir autopiedade –, nem machucou você fisicamente. E você sempre teve o que comer e o que vestir.

Era verdade, e, quando papai estava lá para me dar toda a sua alegria e seu amor, eu tinha tudo de que precisava. Assim como as sementes no parapeito das minhas janelas em casa e na escola, com a dose certa de sol, água e *estímulo*, eu tinha florescido.

Então pensei em vovó e em como ela fora maravilhosa, assumindo o papel de mãe, e imediatamente percebi como eu tinha tido sorte. A vida de ninguém era perfeita, e, mesmo com uma mãe ausente (que na certa havia sido ausente desde o início), eu devia me considerar abençoada. Nem todo mundo nascia com o instinto maternal que torna fácil cuidar dos filhos e amá-los. Pensei em animais selvagens que abandonam os filhotes com apenas algumas horas de vida. Mamãe certamente não fizera isso.

– Posy, você precisa aceitá-la como ela é – falei com firmeza –, porque ela nunca vai mudar, e você só vai sofrer mais se pensar que ela vai quando não vai.

Na caminhada de volta para casa, me passei um bom sermão. Pelo que já tinha lido de psicologia, eu sabia que não eram só as coisas que aconteciam com a gente que importavam, mas como a gente *lidava* com elas.

– De agora em diante você precisa enxergar mamãe como uma tia ou talvez uma madrinha – disse a mim mesma e à minha psique. – Assim não vai doer mais.

Ainda restava o problema do casamento na Itália.

– Como eu poderia ir, vovó? – perguntei a ela no dia seguinte, durante o café da manhã, depois de ter me acalmado.

– Tenho certeza de que, se você escrever explicando que a data cai bem no meio das suas provas finais, ela vai entender. E vou dizer a ela que eu também não posso ir.

– A senhora estará ocupada também?

– Eu... vou estar – respondeu vovó, depois de uma pequena pausa. – Junho é sempre um mês trabalhoso no povoado, com a festa para organizar.

Então percebi que vovó também não queria ir: a festa era no fim do mês e não eram necessários mais do que alguns dias para pendurar uns enfeites no jardim e montar a tenda para o bolo. Isso fez com que eu me sentisse melhor e também me fez pensar se iria caso não tivesse uma desculpa válida. Eu não tinha o menor interesse em conhecer o novo marido de mamãe nem em levantar uma taça brindando ao "amor" deles. Como poderia ter? E, o mais importante, como *ela* podia pensar que eu teria? Se fôssemos mais próximas, se tivéssemos passado algum tempo juntas nos últimos dez anos e eu a tivesse visto sofrer por papai, talvez pudesse ser diferente, mas aquele raio vindo do nada só acendera a raiva dentro de mim.

Precisei de dez rascunhos para escrever uma carta em resposta. Pedi que vovó lesse antes de fechar o envelope e enviar.

– Está muito boa, Posy. Nessas ocasiões o melhor é declarar os fatos, e foi isso que você fez.

Então eu dobrei a carta, coloquei em um envelope aéreo e levei para Laura, a funcionária do correio no povoado. Depois arrumei meu baú e parti para o colégio interno, para os seis meses mais importantes da minha vida.

Admiral House
Outubro de 2006

Verbena
(*Verbena officinalis*)

9

Posy estava podando as roseiras quando viu uma almirante-vermelho pousar nas flores púrpuras da verbena, sugando o resto do néctar antes do inverno iminente. As asas estavam abertas, exibindo o impressionante padrão preto, vermelho e branco, e Posy ficou olhando, fascinada, sendo transportada, com a presença da borboleta, para outro momento, muito tempo antes... Pulou ao ouvir o celular tocando no bolso da calça e mal conseguiu tirar a luva de jardinagem para atender a tempo.

– Alô?

– Mãe, é Nick.

– Nick! Querido, como você está?

– Estou bem, e você?

– Estou muito bem, Nick, obrigada.

– Escute, vai fazer alguma coisa na quarta-feira? Pensei em passar aí e levar você para almoçar.

– Mas... – O cérebro de Posy demorou alguns minutos para computar a informação. – Nick, quer dizer que você está na Inglaterra?

– Estou. Em Londres, para ser exato. Queria resolver uns negócios antes de ir vê-la. E já resolvi.

Posy ficou dividida entre a felicidade de tê-lo de volta em solo inglês e o ciúme materno por ele não ter contado isso antes.

– Bom, claro, eu adoraria ver você.

– Fantástico. Chego aí ao meio-dia e vamos ao restaurante que você escolher. Tenho muita coisa para contar.

E eu tenho muita coisa para contar a você, pensou Posy.

– Está ótimo, querido.

– Certo, mãe. Conto tudo quando a gente se encontrar. Tchau.

Posy se inclinou para trás sob o sol fraco de outubro, pensando alegremente em Nick, de volta depois de tantos anos...

Então notou o som de um carro subindo em direção à casa.

– Droga! Quem será? – perguntou-se, ansiosa para terminar de podar as roseiras antes que o inverno começasse.

A almirante-vermelho, talvez irritada com todo aquele barulho, tinha voado para longe.

Imaginou que devia ser o homem gentil que trazia a revista paroquial uma vez por mês. Ela costumava convidá-lo para uma xícara de chá, mas naquele dia ia fingir que tinha saído e ele poderia simplesmente enfiá-la na caixa do correio.

– Posy?

Ela deu um pulo. A voz soou muito próxima. Ela ergueu os olhos e viu Freddie andando em sua direção.

– Olá – disse ela, protegendo os olhos do sol e instintivamente desejando ter passado um pouco de batom.

– Desculpe aparecer assim, sem avisar. Eu toquei algumas vezes. A campainha não está funcionando. Mas vi seu carro e imaginei que você estaria no jardim.

– Eu... Tudo bem. E sim, preciso consertar a porcaria daquela campainha.

– É uma casa linda, Posy. Imagino que seja estilo barroco, pela perfeição simétrica.

– É, sim.

Houve um breve silêncio enquanto Posy esperava que Freddie explicasse sua visita. Ela que não ia perguntar.

– Eu... Posy, você gostaria de uma xícara de chá?

– Não, mas um copo d'água seria bom.

Ela se levantou e observou Freddie examinando o jardim ao redor.

– Meu Deus! Isto aqui é incrível! Você fez mesmo isso tudo sozinha?

– Fora os caminhos pavimentados e o jardineiro que apara os gramados e faz a poda e tira o mato no verão, eu fiz, sim. Bom, foram quase 25 anos. Comecei quando os meninos foram para o colégio interno.

– Você costuma abri-lo ao público?

– Antigamente abria, no festival anual do povoado. E alguns fotógrafos vieram tirar fotos para revistas de decoração, o que foi gratificante. Mas, para ser sincera, esta manhã mesmo estava pensando que ele precisa de mais atenção do que eu tenho energia para dedicar. Criei um monstro que precisa ser alimentado e regado constantemente.

– Bom, é um belo monstro, por mais exigente que seja – disse ele enquanto caminhavam de volta para a casa, passando pela faia-púrpura ainda com suas cores resplandecentes.

De repente Freddie parou, olhou para a esquerda e apontou.

– O que é aquela construção?

– O Torreão. Meu pai usava como escritório. Ele colecionava borboletas e eu ajudava a caçá-las. Na época eu achava que ele só as estudava e depois as soltava. Quando consegui entrar lá, fiquei horrorizada ao ver todas elas penduradas nas paredes, mortas, com alfinetes enormes atravessando seu corpo. Desde então não fui mais lá.

Ela estremeceu.

Freddie ficou um momento em silêncio, encarando a construção, depois passou para Posy. Em seguida suspirou.

– É. Bom, dá para entender.

– Pois é.

Posy sentiu o clima ficar pesado com os fantasmas do passado, e a culpa era dela.

– Vamos entrar e eu faço uma bela xícara de chá para você.

Posy se ocupou na cozinha enquanto Freddie sentava-se, em silêncio, à velha mesa de carvalho. Tinha certeza de que o departamento de saúde e segurança provavelmente insistiria em que a mesa fosse destruída, devido à quantidade de bactérias reunidas nos sulcos da madeira ao longo dos anos, mas ela guardava lembranças muito felizes de almoços e jantares compartilhados ali, em família.

– Você está bem, Freddie? – perguntou ela, colocando uma xícara de chá diante dele. – Parece preocupado.

– Desculpe, Posy, acho que ver você me levou para outro momento da minha vida. E me fez perceber como estou velho – disse ele, dando de ombros.

– É uma pena que minha presença deixe você deprimido – respondeu Posy, sentando-se à mesa com um copo d'água. – Quer uma fatia de bolo?

– Não, obrigado, preciso cuidar da minha forma. Mas, de verdade, Posy, achei incrível reencontrá-la depois de tantos anos.

– Não parece – retrucou Posy bruscamente, decidindo que precisava ser honesta. – Por que não me conta o que está acontecendo? Naquele dia nós estávamos tendo um ótimo almoço e você se levantou de repente e foi embora.

– Eu... – Freddie soltou um suspiro pesado. – Olhe, Posy, a verdade é que houve um motivo naquela época e há um motivo agora para eu não poder... correr atrás do relacionamento que gostaria de ter com você. E não tem absolutamente nada a ver com você. Sou só... *eu*. Resumindo, eu tenho... problemas.

Uma centena de pensamentos flutuou pela cabeça de Posy: será que ele era um gay enrustido? Será que tinha algum problema mental, como bipolaridade? Teria outra mulher nos bastidores...?

– Por que não conta o que é? Então eu decido se é importante ou não.

– Infelizmente, não posso, Posy – respondeu Freddie, sério. – E agora me sinto muito culpado por ter vindo aqui. Jurei a mim mesmo que não ia procurá-la, mas... Ver você de novo reacendeu os sentimentos de tantos anos atrás e... Bom, não consegui ficar longe.

– Não faz muito sentido, Freddie. – Posy suspirou. – Só queria que me dissesse o que é.

– Não posso contar, pelo menos por enquanto. Se conseguir isso, não vejo motivo para não sermos pelo menos amigos.

Posy percebeu que só podia concordar. Se recusasse a proposta, soaria grosseira ou carente de algo mais do que ele oferecia.

– Por mim, tudo bem – disse ela, e deu de ombros.

Por fim um sorriso surgiu no rosto de Freddie.

– Então sou um homem feliz. Posso levá-la para jantar amanhã se eu prometer não sair correndo como um virgem com medo de roubarem minha virtude?

Isso fez Posy rir e aliviou um pouco a tensão.

– Pode. Um jantar seria ótimo, obrigada.

Quando Freddie foi embora já estava escuro demais para voltar ao jardim. Posy preparou um lanche e foi para a sala matinal, que lhe servira como sala de estar por anos, já que a sala de estar era grande demais para manter aquecida. Ajoelhou-se para acender a lareira pela primeira vez naquele outono, sentou-se em sua poltrona favorita e ficou olhando as chamas crepitando na grelha.

– Por que a vida é tão complicada? – perguntou com um suspiro.

Parecia ridículo que, com os dois chegando aos 70 anos, existissem "problemas" impedindo um relacionamento adequado. Mesmo assim, era bom pensar no jantar do dia seguinte, ainda que Freddie tivesse deixado óbvio que não teria beijo de boa-noite no cardápio, ao fim.

– Talvez ele apenas não me deseje, talvez nunca tenha me desejado – falou para as chamas. – E talvez esse seja todo o problema. Sim, aposto que é, mas ele não tem coragem de confessar.

A pouca confiança que Posy sentira ao receber a atenção recente de Freddie, além do corte de cabelo e dos jeans, dissipou-se.

– Pare com isso, Posy! – disse com firmeza.

Ia se concentrar no fato de que seu querido Nick chegaria em alguns dias, depois de dez longos anos.

10

Amy escutou o vento uivando ao redor das paredes finas da casa. No silêncio da noite, ouvia as ondas se chocando contra o litoral, a uns 500 metros dali. Os outros moradores da Ferry Road tinham partido havia muito em busca de abrigos mais quentes e mais robustos.

No quarto ao lado, Sara tossiu, dormindo. Amy se remexeu, inquieta, sabendo que deveria levar a filha ao médico no dia seguinte. Fazia tempo que ela andava tossindo.

Sam roncava ao seu lado, sem ideia dos pensamentos ansiosos que mantinham a esposa acordada. Ultimamente ele chegava em casa cada vez mais tarde, dando como motivo a carga pesada de trabalho, e ela tratava de já estar na cama, fingindo dormir, antes que ele aparecesse.

Não havia dúvida de que seu casamento atravessava uma crise. E não podia nem culpar as circunstâncias. Eles já haviam vivido aquilo antes, falindo sempre que um dos negócios de Sam não dava certo. Talvez nunca tivesse ficado tão ruim quanto agora, mas, mesmo assim, a vida juntos nunca fora um mar de rosas.

Tudo estava muito, muito ruim. A ideia de passar um longo inverno naquela casa horrorosa era quase insuportável. Amy um dia já acreditara que não importava onde morassem ou quanto dinheiro tivessem, desde que ficassem juntos. Mas na verdade *importava*, porque tornava a vida muito mais difícil. Estava cansada de bancar a corajosa, de se defender da raiva do marido quando ele estava bêbado. E ainda por cima estava exausta de ter que trabalhar e cuidar sozinha dos dois filhos.

Ainda que Sam estivesse deitado a apenas alguns centímetros dela, era enorme o abismo emocional entre os dois. E, desde a noite em que encontrara Sebastian Girault na beira da praia, Amy havia começado a se questionar se era só porque a vida andava muito difícil ou – o que era mais perturbador – se sua depressão seria porque não amava mais o marido. Na verdade, admitiu, tinha nojo dele quando estava bêbado. Mas o que poderia fazer?

Na manhã seguinte, Amy acordou no horário de sempre, e Sam continuou dormindo. Levou Jake à escola, depois foi para o consultório médico com Sara adoentada no colo.

– Sara está com febre, e com um resfriado e uma tosse fortes. Dois dias de descanso em uma cama quentinha e ela deve melhorar. Se isso não acontecer, pode trazê-la de volta e talvez eu receite alguns antibióticos, mas primeiro vamos ver se o tratamento tradicional funciona, está bem? – sugeriu o médico.

Amy sentiu o coração apertar. Isso significava que ela precisaria faltar ao trabalho por dois dias, ou seja, que perderia dois dias de pagamento. No caminho para casa, ligou para o hotel e informou que não podia ir trabalhar, depois entrou rapidamente no supermercado para fazer compras. Sara reclamava e choramingava no carrinho enquanto Amy andava rapidamente pelos corredores, ansiosa para chegar em casa.

– Querida, não vai demorar, prometo. Vamos comprar um refrigerante de groselha para você e...

Quando Amy virou às pressas para o corredor ao lado, seu carrinho colidiu com um cesto de compras no braço de um homem.

– Desculpe, desculpe.

Amy sentiu um calafrio ao ver quem era.

Sebastian Girault arqueou uma sobrancelha.

– Precisamos mesmo parar de nos encontrar assim. As pessoas vão começar a falar.

– É, precisamos. Desculpe, com licença.

Amy estendeu a mão para pegar um refrigerante. Sebastian afastou seu braço, pegou uma garrafa e a colocou no carrinho dela. Sara começou a gritar.

– Epa, ela não parece feliz.

– Não mesmo. Ela está doente. Preciso ir para casa.

– Claro. Tchau, então.

– Tchau.

Sebastian observou Amy seguir rapidamente pelo corredor e desaparecer virando a esquina. Mesmo desgrenhada e obviamente nervosa, ela era uma mulher linda. Ele imaginou quem ela era, de onde vinha. Naquela pequena cidade à beira-mar, cheia de pessoas aposentadas e tranquilas, Amy, com sua juventude e sua beleza, se destacava como um farol.

Sebastian já ia se afastar quando viu uma pequena luva cor-de-rosa no chão. Obviamente a filha de Amy a havia deixado cair. Pegou-a e foi rapidamente atrás dela. Quando chegou ao caixa, viu que Amy já entrava no carro. Ao sair, ela já havia partido.

Ele olhou para a luva minúscula. Não era exatamente o sapatinho da Cinderela, mas serviria.

Amy na verdade ficou aliviada por voltar ao trabalho, dois dias depois. Ficar trancada em casa na companhia de uma criança de 4 anos doente e chorosa enquanto a chuva desabava do lado de fora tinha sido praticamente a cereja do bolo. O único ponto positivo foi que teve tempo de fazer algumas tarefas domésticas atrasadas e lavar roupa, e agora pelo menos o casebre estava arrumado, ainda que não fosse acolhedor.

– Como está Sara? – perguntou Wendy, a arrumadeira do hotel, ao passar pela recepção.

– Bem melhor. Eu é que estou precisando de um calmante.

Amy revirou os olhos.

– Crianças doentes são terríveis – disse Wendy, com um risinho. – Pelo menos ela está melhorando.

O coração de Amy se apertou quando Sebastian Girault entrou no hotel e foi direto para o balcão de recepção.

– É, sou eu de novo. Desculpe, vim apenas devolver uma coisa sua. Ou melhor, da sua filha – disse ele, e colocou a luvinha no balcão. – Ela deixou cair no supermercado.

– Ah, é, obrigada – agradeceu Amy educadamente, sem encará-lo. Sebastian não se afastou e ela percebeu que ele tinha mais a dizer. – O que foi?

– Eu gostaria que você fosse tomar uma bebida comigo na hora do almoço.

– Por quê?

– Por que não? Porque eu quero, ora – respondeu ele, dando de ombros.

– Sr. Girault – falou Amy, baixando a voz para não ser ouvida, as bochechas vermelhas de vergonha –, o senhor nem sabe meu nome.

– Sei, sim. Sra. Amy Montague – ele leu no crachá preso na camisa dela. – Pronto. Viu?

– Exatamente. "Senhora" – sussurrou Amy. – Talvez não tenha notado, mas sou casada e tenho dois filhos. Não posso sair para tomar uma bebida com um estranho.

– Eu sou mesmo estranho – concordou Sebastian. – Mas não contei qual é meu objetivo, ou seja, que andei conversando com sua amiga Marie, e...

– Desculpe, Sr. Girault, preciso ver a conta deste cliente – interrompeu Amy, indicando o homem parado pacientemente atrás de Sebastian.

– Claro. Vejo você no bar dos fundos do Crown à uma hora, então.

Ele sorriu e deixou o hotel.

Quando Amy terminou de atender o cliente, ligou imediatamente para Marie.

– Ah, a culpa é minha – comentou Marie, rindo do outro lado da linha. – Eu dei uma ideia quando ele passou no nosso escritório ontem. Ele ainda está procurando um lugar para alugar durante o inverno.

– O que você sugeriu? Que ele se hospedasse comigo na Ferry Road?

– Haha, não. Você vai ter que se encontrar com ele para descobrir, não é?

– Marie, por favor, eu não gosto de brincadeiras. Só me conte logo.

– Está bem, está bem, não precisa arrancar os cabelos. Sebastian está louco para arrumar um lugar para escrever o tal romance. Até agora, tudo é grande demais, pequeno demais, velho demais, novo demais... Enfim, nada serve. Mas ontem, quando ele chegou, eu tinha acabado de receber um telefonema da sua sogra, a Sra. Montague, dizendo que estava pensando seriamente em vender a Admiral House e perguntando se eu podia ir lá fazer uma avaliação. Então pensei que aquele seria um lugar fantástico para escrever um livro.

– E por que não pediu que Sebastian falasse direto com Posy em vez de me envolver? – perguntou Amy, irritada.

– Porque eu mal conheço sua sogra e seria pouco profissional sair dando o telefone dela para desconhecidos. Achei que seria melhor Sebastian conversar com você, e que você podia fazer o meio de campo. Só isso. Desculpe se fiz alguma coisa errada, Amy, de verdade.

– Não, não, claro que não fez – disse Amy às pressas, sentindo-se culpada por suas suspeitas quando Marie obviamente tinha agido com inocência. – É só que parece que a gente se esbarra o tempo todo.

– Bom, duvido que você vá correr qualquer risco no bar do Crown – disse Marie, de maneira sensata.

– É. Me desculpe. Obrigada, Marie.

Amy pôs o fone no gancho e se perguntou que tipo de pessoa estava se tornando. Seu jeito alegre estava desaparecendo. Ficava mal-humorada com todo mundo, especialmente com as crianças. Depois de se encontrar com Sebastian, iria à delicatéssen comprar alguma coisa especial para o jantar.

Sebastian estava escondido atrás de um exemplar do *The Times* em um canto do bar quando Amy chegou. Olhando nervosamente ao redor, ela ficou aliviada ao ver que, exceto por uns velhotes tomando cerveja, o bar estava deserto.

– Olá, Sr. Girault.

Ele levantou os olhos do jornal.

– Sebastian, por favor. Quer beber alguma coisa?

– Não, não posso demorar. Preciso fazer compras.

Amy estava sem fôlego, o coração batendo forte.

– Está bem – disse Sebastian, dando de ombros. – Pode pelo menos se sentar? Juro que não vou me aproveitar da senhora. Minhas intenções são honrosas.

Ele sorriu, os olhos verdes cheios de diversão com o constrangimento dela.

– Não zombe de mim – disse Amy baixinho. – Esta é uma cidade pequena, com muita fofoca. Não quero que digam ao meu marido que me viram bebendo com você.

– Bom, você já falou que não vai beber, então isso resolve metade do problema – respondeu Sebastian, de modo racional. – E não acho que você escolheria o bar mais popular da cidade para se encontrar com um amante, mas, de qualquer modo... *eu* vou tomar uma bebida. Com licença.

Amy ficou de lado para deixá-lo passar. Viu-o seguir até o balcão e percebeu como ele devia achar seu comportamento infantil. Foi atrás.

– Desculpe, Sebastian. Quero um suco de laranja com limão, por favor.

– É pra já.

Amy foi se sentar.

– Aqui está: um suco de laranja com limão.

– Obrigada. Desculpe ter ficado tão na defensiva antes e agora há pouco.

– Tudo bem. Sei como são cidades pequenas. Já morei em uma. Saúde – disse Sebastian, tomando um gole de cerveja. – Sem dúvida, você ligou para sua amiga Marie...

– Ela não é exatamente minha amiga – interrompeu Amy. – Mal a conheço.

– Está bem, você ligou para Marie para saber o que ela andou falando comigo.

– É, liguei.

– E o que você acha?

– Não faço ideia do que Posy acharia de ter um inquilino – respondeu Amy, e deu de ombros. – Nem do que você acharia da Admiral House. Não é exatamente uma hospedagem de luxo, sabe? Nos andares de cima não há aquecimento.

– Isso não me incomoda. Estudei em um colégio público e estou acostumado a congelar os bagos, com o perdão da palavra. Mas vou dizer que, depois de esgotar as opções de aluguel, a casa da sua sogra parece perfeita. Preciso de um monte de espaço para ficar andando de um lado para outro.

– Com certeza tem muito espaço na Admiral House. Muito mesmo – admitiu Amy. – Bom, eu só posso perguntar a Posy e ver o que ela pensa disso. Por quanto tempo seria?

– A princípio, uns dois meses. É difícil dizer quanto tempo vou levar.

– Você será bem alimentado. Posy é uma ótima cozinheira.

– Nossa, eu não esperava refeições inclusas, mas seria perfeito. Quando estou escrevendo, vivo de comer torrada e macarrão instantâneo.

– Ah, tenho certeza de que Posy adoraria alimentá-lo. Ela sente falta de cozinhar para a família.

– E você é casada com um dos filhos dela?

– É. Sam, o mais velho.

– Ela mora sozinha na casa, é?

– Mora, mas não será por muito tempo. Acho que ela finalmente decidiu vender. Marie comentou que fará uma avaliação no fim desta semana.

– Então é melhor eu ir logo lá. Você liga para sua sogra por mim? Faz uma recomendação? Diga que sou limpinho, domesticado e estou disposto a pagar, mas que sou um pouquinho excêntrico em termos de horários.

– Vou tentar.

– E onde você mora? Em um lugar bem bonito também, imagino.

– Nem um pouco – disse Amy, bufando. – Os Montagues não são mais a família rica de antigamente. Tudo que resta dos dias de glória é a Admiral House. Sam precisa correr atrás para se sustentar.

– Entendi. E o que seu marido faz?

Em geral, a palavra "empresário" saía facilmente quando as pessoas perguntavam o que Sam fazia. Naquele momento, Amy não conseguiu se obrigar a dizê-la. Deu de ombros.

– Ah, de tudo um pouco. No momento está envolvido com uma construtora que, pelo histórico de Sam, provavelmente vai afundar nos próximos seis meses.

– Entendi.

– Meu Deus, isso soou péssimo, né? – disse Amy, e cobriu a boca com a mão, envergonhada. – Eu quis dizer que Sam é um bom homem, e eu o amo muito, mas ele não tem muita sorte no aspecto profissional.

– Deve ser difícil para você, ainda mais com as crianças.

– E você tem razão: nem tudo vai de vento em popa, mas a vida de quem vai?

– De ninguém, eu acho – respondeu Sebastian, e olhou o relógio. – Desculpe, preciso ir. Tenho um compromisso à uma e meia. Muito obrigado por ter vindo, e, se tiver chance de falar com sua sogra nos próximos dias, eu agradeceria. Ela pode ligar para o Swan, se quiser marcar um encontro comigo. – Sebastian ficou de pé. – Tchau, Amy.

Ele assentiu para ela e saiu do bar.

Amy ficou ali, segurando o suco, sentindo-se de repente muito deprimida. O fato de Sebastian ter marcado outro compromisso para meia hora depois do encontro com ela a fez se sentir ainda mais idiota. Obviamente ele não tivera nenhuma má intenção.

E por que teria? Amy terminou de beber o suco e se levantou. Afinal de contas, não devia ser o tipo de mulher com que Sebastian estava acostumado – ou pelo qual se interessava – em seu importante mundo literário.

E ali estava ela, agindo feito uma adolescente virgem e nervosa cuja inocência estava ameaçada. Amy estremeceu. Tinha certeza absoluta de que, depois de seu comportamento, aquela fora a última vez que vira Sebastian Girault. Ficou surpresa ao descobrir que esse pensamento a deixava chateada.

De um canto escondido do saguão do hotel, Sebastian observou Amy sair. Voltando para a mesa que ela acabara de deixar, pediu outra cerveja e se acomodou para terminar de ler o jornal.

11

Quando Posy viu o carro se aproximar da casa, mal conseguiu se conter para não sair correndo ao encontro dele. Foi até a porta da frente, abriu-a e ficou na varanda, em uma ansiedade agoniante, enquanto o carro parava diante dela.

Por fim, seu filho alto e bonito pôs as pernas para fora e encontrou a mãe na metade do caminho de cascalho.

Ele a abraçou.

– Oi, mãe.

– Nick, meu querido. É tão bom ver você!

– É ótimo vê-la também.

Ficaram abraçados por algum tempo, ambos tentando se recompor antes de falar mais. Nick soltou Posy e a encarou.

– Mãe, você está ótima! Parece mais nova do que quando eu fui embora.

– Ah, pare com isso, Nick. Claro que não pareço, mas mesmo assim obrigada.

Nick passou o braço pelos ombros dela e foram em direção à casa. Ele parou antes de entrar e ergueu os olhos.

– Minha memória é boa. É exatamente como eu lembrava.

– Que bom – disse Posy enquanto entravam no saguão. – Mas acho que lá dentro vai dar para ver os sinais desses dez anos.

Quando entraram na cozinha, com seu cheiro familiar e reconfortante, Nick foi tomado por lembranças da infância. A cozinha sempre fora um porto seguro e ele viu que nada havia mudado. Ainda abrigava as mesmas grossas panelas de ferro penduradas na parede, a mistura eclética de louças raras e valiosas arrumadas aleatoriamente no aparador e o enorme relógio de estação de trem acima do fogão, pendurado ali desde que ele engatinhava.

– Hmmm, que cheiro é esse? – perguntou Nick. – Não é...

– É. Fígado com bacon, seu prato favorito.

– Mas, mãe, eu queria levá-la para almoçar fora.

– Você disse que eu podia escolher, e eu queria cozinhar para você em casa. Podemos sair a qualquer hora. Ah, Nick querido, nem sei dizer como é maravilhoso vê-lo. Você também não mudou nadinha. Café, chá? Ou que tal uma cerveja?

– Cerveja, por favor. E mudei, sim, mãe. Já estou com 34 anos e começando a ter cabelos brancos e rugas em volta dos olhos – disse Nick, e suspirou. – Como você está? – perguntou ele, tomando um gole de cerveja da garrafa que ela lhe entregou.

– Minhas juntas estão começando a ficar rígidas, principalmente de manhã, mas no geral estou firme e forte – comentou Posy, se servindo de uma taça de vinho. – A você, querido, e à sua chegada em casa depois de todo esse tempo.

Ela levantou a taça.

– Nem sei dizer como é bom estar de volta a uma casa que tem mais que alguns anos de idade e não é um bangalô.

– Quero saber tudo de Perth. Você deve ter gostado, para ficar tanto tempo.

– Gostei e não gostei. É completamente diferente da Inglaterra, ainda mais de Southwold, e era disso que eu precisava.

– Sabe, eu sempre imaginei que você estivesse fugindo.

– Claro que estava, mas agora voltei.

– Por quanto tempo? – Posy arriscou perguntar.

– Essa é a pergunta que não quer calar – disse Nick, rindo. – Que tal um pouco daquele fígado com bacon? Estou morrendo de fome.

A empolgação tinha acabado com o apetite de Posy, então ela ficou remexendo a comida no prato enquanto ouvia Nick contar sobre Perth e o plano de abrir uma loja em Londres. Bebeu um pouquinho de vinho a mais do que deveria, criando coragem para contar sobre a ideia de vender a Admiral House.

– Então, se você andou investigando o aluguel de lojas em Londres, isso significa que está pensando em ficar de vez? – perguntou Posy.

– Bom, eu não liguei para você assim que cheguei à Inglaterra porque queria ver essas coisas antes de encontrá-la. Agora que achei o lugar certo, decidi que vou fazer uma tentativa.

O rosto de Posy se iluminou e ela bateu palmas, alegre.

– Nick querido! Essa notícia me deixa tão feliz!

– Vou ter que trabalhar tanto que você provavelmente não vai me ver muito mais do que nos últimos anos – disse Nick, rindo.

Posy fez menção de tirar os pratos, mas Nick a empurrou gentilmente de volta para a cadeira.

– Eu faço isso, mãe.

– Obrigada, querido. O pudim de arroz está no forno, poderia pegar? O que fez você chegar a essa decisão tão importante? – indagou Posy enquanto Nick servia o pudim de arroz em duas tigelas e as levava até a mesa.

– Ah, várias coisas – respondeu Nick, sentando-se. – Talvez a principal tenha sido que eu percebi que dá para fugir para bem longe, mas não dá para escapar de si mesmo.

Posy assentiu, esperando que ele continuasse.

– E, para ser sincero, senti falta da Inglaterra. Especialmente disto – revelou ele, indicando o pudim de arroz. – Acho apenas que lá não é o meu lugar.

– Mas foi bom ter ido?

– Com certeza – concordou Nick, mexendo a colher na tigela. – Foi uma grande aventura, com a vantagem de me render um monte de dinheiro.

– Você sempre foi bom nisso. Tudo que você toca vira ouro. O oposto do coitado do Sam.

A expressão de Nick ficou sombria.

– Ele ainda está na pior?

– Está.

– Bom, na verdade a culpa é dele, não é, mãe? Quero dizer, um projeto mirabolante após outro. A esposa dele continua segurando as pontas?

– Ah, continua. Amy ainda está com ele. E, claro, você não conheceu os dois filhos deles, Jake e Sara. São maravilhosos.

– Então não puxaram ao pai – comentou Nick rispidamente.

– Meu Deus, Nick, você fala do seu irmão com tanta raiva – disse Posy, com tristeza na voz. – Ele pode ser ruim nos negócios, mas não é má pessoa, sabe?

– Sei que ele é seu filho e meu irmão, mas não concordo com você nesse ponto, mãe.

– Como assim?

Nick ficou quieto, em um silêncio estoico.

– Nick, por favor, me conte para eu tentar entender. Nada deixa uma mãe mais preocupada do que ver que os filhos não se dão bem.

Nick balançou a cabeça.

– Olhe, mãe, não importa. Vamos falar de coisas mais alegres. Uma delas é que, acredite ou não, eu conheci uma pessoa. Uma pessoa especial.

– Nick! Seu azarão! Cadê ela? Quem é? Deve ser australiana, né?

– Hmm, não, isso é que é engraçado. Na verdade, eu a conheci quando cheguei à Inglaterra. É amiga de Paul e Jane Lyons-Harvey. O nome dela é Tammy, e ela é linda e tem um negócio de roupas vintage.

– Meu Deus, Nick, isso foi meio rápido.

– Eu sei. Acha que é um problema?

Posy pensou em quando viu Freddie pela primeira vez e balançou a cabeça.

– De jeito nenhum. Se o sentimento existe, existe. Pelo menos no meu ponto de vista.

– Bom, eu nunca me envolvi tão rápido, e acho um pouco assustador, mãe. Eu gosto dela, gosto *de verdade*.

– Que bom. Então quando posso conhecê-la?

– Estava pensando em trazê-la na semana que vem, se ela puder. Ela está ocupada montando um negócio, como eu.

– Ah, faça isso, Nick. Se puderem passar o fim de semana, melhor ainda. Posso convidar Sam e Amy... Mesmo que não goste do seu irmão, deveria conhecer seus sobrinhos.

– Claro, mãe. Somos todos adultos. E eu adoraria rever Amy. E conhecer as crianças, claro. Então que tal no próximo fim de semana?

– Perfeito! – exclamou Posy, e bateu palmas. – E avise à sua namorada para trazer um pijama quente. As noites estão esfriando.

– Pode deixar, mãe – disse ele, vendo o sorriso malicioso no rosto dela. – Bom, antes de ir, eu adoraria ver o que mais você fez no jardim.

Depois de terem passeado pelo jardim, e enquanto Posy fazia chá na cozinha, Nick seguiu pelo corredor em direção à sala matinal. Parou para olhar o enorme lustre e viu como a luz revelava as rachaduras imensas no teto vasto, a tinta descascando e o estuque se desfazendo. Na sala matinal, estendeu a mão para o grande interruptor preto e depois foi acender a lareira. O cômodo estava muito frio e o cheiro de umidade era perceptível. As lindas cortinas de seda, atrás das quais ele se escondia na infância, estavam esgarçadas e apodrecendo.

Como uma diva do cinema mudo devastada pela passagem do tempo, a visão daquela sala que já fora elegante reduzida àquele estado provocou um nó na garganta de Nick. Ele se ocupou acendendo a lareira enquanto sua mãe entrava com uma bandeja e seu famoso pão de ló.

– Pronto – disse ele, agachando-se diante do fogo. – É a primeira vez que acendo uma lareira em dez anos. Uau, isso me deixa muito feliz.

– Já decidiu onde vai morar?

– Não. Paul e Jane disseram que posso ficar com eles o tempo que precisar. Primeiro vou resolver o negócio da loja e depois procurar um lugar.

– Bom, quando você vier no próximo fim de semana quero que dê uma olhada na casa. A maioria dos móveis provavelmente não tem valor, mas pode ter uma ou outra peça que valha alguma coisa.

– Está precisando de dinheiro, mãe? Eu falei várias vezes para me pedir se precisar.

– Não, Nick, estou muito bem. O negócio é que... realmente preciso pensar em vender a Admiral House. Ano que vem faço 70 anos.

Nick a encarou, em seguida olhou para as chamas na lareira.

– Certo – disse, por fim.

– Nick, me diga o que sente, por favor.

– Para ser sincero, não sei bem. Um monte de coisas, acho. Tristeza, obviamente. Esta foi a casa da minha infância. E da sua também. Mas entendo por que está pensando em vender.

– Talvez seja um pouco como cuidar de um cachorro velho e doente – disse Posy com tristeza. – A gente sente amor e fica de coração partido quando ele se vai, mas sabe que é para o bem. É assim que me sinto sobre a Admiral House. Ela precisa de um novo dono, alguém que possa restaurar sua antiga glória. A casa está desmoronando aos poucos e eu preciso fazer alguma coisa antes que não tenha mais jeito.

– Eu entendo, mãe.

Nick ergueu os olhos e viu a grande mancha de umidade que estava ali desde que ele era pequeno. Lembrava-se de pensar que ela parecia um hipopótamo. Agora outras manchas haviam surgido, criando um afresco no teto.

– Uma corretora da cidade vai fazer uma avaliação na semana que vem – disse Posy. – Mas, claro, preciso perguntar se você pensar em ficar com ela.

– Para começar, Sam jamais me perdoaria. Ele é o filho mais velho e o herdeiro, afinal de contas. Além disso, minha vida não é aqui; e preciso investir cada centavo no negócio. Sinto muito, mãe.

– Claro, Nick. Eu precisava perguntar, só isso.

– Para onde você vai, depois de vender?

– Ainda não pensei nisso. Para um lugar menor, que não precise de muita manutenção. Com pelo menos algum tipo de jardim – respondeu ela, sorrindo. – Espero que quem comprar não acabe com este aqui.

– Com certeza não. É um paisagismo maravilhoso. Você só precisa achar alguém rico, com uma esposa troféu e um exército de empregados para assumir a casa.

– Acho que não deve ter muita gente assim, mas veremos.

– Como você sempre me disse, o que será, será. E agora é melhor eu ir.

Nick se levantou, Posy também, e os dois foram até o saguão.

– Antes de você ir, preciso lhe dar isso.

Posy pegou uma carta em um aparador junto à porta e entregou a ele.

– Deixaram na galeria ontem, o que foi uma sorte, porque eu ia encontrar você hoje e entregar.

Nick pegou a carta e olhou seu nome escrito naquela letra inclinada e familiar, em tinta preta. Ele engoliu em seco, tentando não demonstrar surpresa.

– Obrigado, mãe – disse depois de um momento.

– Foi maravilhoso ver você, querido – comentou Posy, e lhe deu um beijo. – Estou muito empolgada porque você está voltando de vez.

– Eu também, mãe – respondeu Nick, sorrindo. – Tchau.

Nick foi até o carro e deu partida. Seguiu pela entrada de veículos, então parou logo depois do portão. A carta estava no banco do carona, instigando-o a abri-la. Com os dedos trêmulos, pegou-a, abriu e leu as palavras que ela havia escrito.

Então ficou sentado olhando para o vazio, tentando decidir o que fazer. Podia rasgar a carta e voltar direto para Londres e para Tammy. Ou podia ir até Southwold, ouvir o que ela tinha a dizer e depois esquecer aquele assunto.

Virou à direita e foi na direção de Southwold. A cidade estava linda como sempre, no crepúsculo de outono. Seguiu pela High Street, notando que sua antiga loja tinha virado uma imobiliária, mas pouca coisa parecia ter mudado além disso. De súbito, parou o carro e decidiu andar pela orla.

Enquanto caminhava, se permitiu ser inundado pelas lembranças, sabendo que era importante não enterrá-las. Talvez, se a visse, agora que estava mais focado e tinha Tammy em sua vida, pudesse finalmente exorcizá-las de vez.

Apoiou-se no parapeito, olhando as ondas suaves quebrarem na areia, e se lembrou da agonia pura que sentira na última vez que estivera ali. Sim, ele a amara. Talvez nunca mais amasse assim, e em retrospecto rezava para que não. Tinha percebido que aquele tipo de amor não era uma força do bem: era avassalador, destrutivo, abarcava tudo.

Voltou ao carro, ligou o motor e dirigiu até a casa dela.

12

Tammy assinou os documentos com um floreio, depois devolveu a caneta ao corretor.

– Pronto, finalmente tudo resolvido.

– Acho que agora isto aqui é seu – disse o agente, balançando um molho de chaves à frente dela.

– É. Obrigada – respondeu Tammy, pegando as chaves e colocando-as na bolsa. – Mais alguma coisa?

– Não, está tudo certo – confirmou o corretor, então olhou o relógio e alisou uma mecha de cabelos sobre a careca. – Está quase na hora do almoço. Que tal me acompanhar em uma taça de champanhe para brindar o futuro de seu novo empreendimento?

– É... Obrigada, mas eu quero ir direto para a loja e começar a resolver as coisas.

– Como quiser. Boa sorte, Srta. Shaw.

– Obrigada, Sr. Brennan.

Sã e salva do lado de fora do escritório, Tammy pegou um táxi.

– Ellis Place, número 4, por favor. Fica perto da Sloane Street, quase chegando à Sloane Square – acrescentou, orgulhosa, ao se acomodar no banco de trás.

Enquanto passavam rapidamente pela King's Road, Tammy olhou pela janela, mal conseguindo acreditar na sorte. Na semana anterior, tinha dito a Nick que estava desanimando de encontrar a loja certa. Localização, localização, localização, era isso que importava, mas nas áreas boas não parecia haver nada disponível pelo preço que ela podia pagar.

Então Jane ligara no meio de uma sessão de fotos contando que ouvira dizer que uma butique tinha falido e os liquidantes queriam vender os equipamentos e, claro, passar o ponto. Jane lhe deu o telefone e Tammy telefonou imediatamente.

Decidira que a loja era perfeita antes mesmo de entrar. Em uma ruazinha lateral perto da Sloane Street, a pequena fachada ficava entre a loja de um designer de sapatos em ascensão – sobre o qual tinha lido recentemente na *Vogue* – e uma chapelaria. Dentro, a loja era quase exatamente como Tammy tinha imaginado: pequena, mas decorada com bom gosto e com espaço suficiente para expor as roupas. Havia um escritório e uma cozinha minúscula nos fundos, e um porão que, além de servir como depósito, poderia abrigar uma costureira. O fato de a loja ficar a apenas cinco minutos de carro de sua casa era outro grande incentivo.

Tinha o coração na boca quando perguntou o preço ao corretor. Sem dúvida, estava no limite de seu orçamento, e era um absurdo para aquele tamanho, mas ela estava convencida de que era a coisa certa.

Fecharam o negócio imediatamente. E agora, apenas alguns dias depois, Tammy saiu do táxi, foi até a porta da frente com as mãos trêmulas e virou a chave na fechadura.

Ficou parada alguns minutos, mal ousando acreditar que finalmente havia conseguido, então soltou um grito de triunfo. Pegou o celular e ligou para Nick. Apesar de ele estar visitando a mãe e ela esperar que a ligação caísse na caixa postal, queria que ele fosse o primeiro a saber.

– Oi, querido, sou eu. Só queria dizer que eu consegui! O lugar é maravilhoso e estou feliz demais. Vamos abrir o champanhe quando você voltar. Provavelmente ainda vou estar aqui na butique, então você podia vir me pegar. Tchau.

Ela sorriu com carinho para o celular enquanto o colocava na bolsa. Havia muito tempo não se sentia tão feliz. Nick a fazia rir e ela sentia sua falta quando ele não estava por perto, a ponto de começar a imaginar se estaria se apaixonando. Tammy se abraçou, sentindo o prazer do momento: um namorado lindo e a realização do sonho da butique. Sua taça estava transbordando.

– Certo, Tam, chega dessa euforia toda. Cada segundo aqui custa uma nota de 5, então vamos trabalhar – disse a si mesma.

Passou as três horas seguintes levando para a loja sua máquina de costura e as caixas plásticas com bijuterias e contas. Depois foi ao guarda-móveis pegar algumas de suas roupas vintage. Passou muito tempo pendurando-as em várias ordens e avaliando ideias para a vitrine, em vez de partir para os detalhes da mudança, mas sem dúvida tinha direito a algumas horas de prazer, certo?

Estava dançando ao som de Robbie Williams no rádio, usando um dos vestidos mais leves por cima da blusa e do jeans, quando ouviu batidas à porta.

– Olá – disse Tammy, no meio de um passo de dança, quando uma indiana bonita entrou na loja.

– Olá. Sou Joyti Rajeeve, da loja de sapatos ao lado. Só passei para dizer oi.

– Sou Tammy Shaw, e adoro os sapatos de vocês. Eles estão começando a atrair bastante atenção nas revistas, não?

– É, estamos cruzando os dedos. Este lugar é muito bom, e é importante que seus vizinhos estejam indo bem, porque a rua ganha reputação e quem passa para olhar uma loja acaba vendo as outras.

– Sem dúvida – concordou Tammy. – Bom, espero não deixar a peteca cair, como o negócio anterior.

– Tirando por esse vestido, com certeza não vai. É lindo!

Joyti passou os dedos pelas contas delicadas bordadas no chiffon.

– É, comprei por uma ninharia em um bazar de família. Se bem que a dona não havia cuidado bem dele. Tive que refazer todas as contas à mão, mas espero não precisar fazer isso por muito tempo. Preciso de uma funcionária, mas meu orçamento está muito apertado – comentou Tammy.

– Bom, eu conheço alguém que pode ajudá-la. Ela é bastante qualificada.

– Verdade? Bom, nesse caso provavelmente não vou poder pagar.

– Ah, provavelmente vai. Na verdade, ela é minha mãe.

– Entendi.

Tammy não queria soar condescendente, mas precisava de uma profissional.

– Antigamente, ela era famosa pelos sáris que fazia – continuou Joyti. – É ótima com detalhes. Ela se aposentou há um ano, mas agora, claro, está morrendo de tédio em casa.

– Então será que ela poderia dar uma passada aqui para conversarmos? – propôs Tammy.

– Vou falar com ela. Acho ótimo mantê-la ocupada, para não ficar pegando no meu pé – disse Joyti, rindo. – Bom, vou deixar você cuidando das coisas aí, mas se quiser tomar uma bebida depois do trabalho, qualquer dia desses, é só aparecer. Ah, por sinal, eu tenho o par de sapatos perfeito para esse vestido. Talvez a gente possa fazer um marketing cruzado. Vejo você por aí – despediu-se Joyti, saindo da loja.

O celular de Tammy tocou por volta das oito e ela atendeu esperando que fosse Nick.

– Oi, Tam, é Jane. Como vão as coisas?

– Estão ótimas! Estou dançando de empolgação na loja!

– Que bom! Já escolheu o nome?

– Não.

Era a única coisa em que estava empacada.

– Bom, você vai precisar decidir antes da inauguração.

– É, vou mesmo.

– Quer que eu dê um pulinho aí e a gente passa no bar na Harvey Nick para tomar uma garrafa de champanhe e comemorar?

– Ah, Jane, seria ótimo, mas já marquei com Nick esta noite.

– Claro. Mas amanhã faço questão que você vá comigo à inauguração da nova loja da Gucci.

– Eca – resmungou Tammy. – Odeio essas coisas.

– Eu sei, mas você precisa aparecer o máximo possível nos próximos meses, para divulgar seu empreendimento.

– É, você tem toda a razão. Que tal a gente ficar uma horinha na festa e depois sair para comer e fofocar?

– Acho ótimo. Pego você amanhã às sete, na sua loja. Parabéns de novo, querida.

– Obrigada. Tchau, Jane.

Às nove horas, pronta para ir para casa, Tammy tentou ligar para o celular de Nick. Continuou caindo na caixa postal. Decidiu ir embora, tomar um banho e esperar que ele telefonasse. Talvez Nick tivesse tanta coisa para conversar com a mãe que não viu o tempo passar. Mesmo assim, esquecer de ligar não fazia o estilo dele.

Depois do banho, Tammy ficou andando de um lado para outro na sala, inquieta. Às dez, tentou de novo o celular de Nick. Como continuou caindo na caixa postal, ligou para a casa de Jane e Paul. A secretária eletrônica atendeu.

Deixou-se cair no sofá. Estava morrendo de fome, por isso esquentou uma fatia de pizza e abriu a garrafa de champanhe.

– Um brinde a mim – disse, meio desanimada.

Tomou um longo gole, mas todo o prazer parecia ter se esvaído e ela agora estava chateada e frustrada. Se Nick tivesse ligado para avisar que não iria, pelo menos ela poderia ter saído com Jane e comemorado. Não entendia. Nick sabia como aquele dia era importante para ela.

– Homens são todos a mesma porcaria – resmungou, na terceira taça de champanhe.

À meia-noite, depois de jogar a garrafa vazia na lixeira, cambaleou até o quarto, deitou-se na cama e caiu em um sono alcoólico.

Na manhã seguinte, de ressaca e irritada, foi à butique e começou a organizar as roupas. Tinha comprado uns cabides de veludo preto, caros, e pendurou neles os vestidos de festa, arrumando-os por época e estilo. Depois lutou para colocar em um manequim um vestido vermelho estruturado da década de 1950, com a saia volumosa caindo até o chão, e se ocupou separando os acessórios vintage que tinha colecionado, arrumando os brincos de bijuteria em pequenas almofadas de veludo e as pulseiras em um suporte de porcelana.

E continuava sem notícias de Nick.

– Uau – disse Jane, ao aparecer no fim de tarde. – Alguém andou ocupada.

– Andei, sim, mas ainda falta muita coisa. O que acha da vitrine? Encomendei um monte de flores e arbustos artificiais para decorar. Vai ser um tema tipo *Sonho de uma noite de verão*.

– Acho maravilhoso. E você está linda nesse vestido – comentou Jane, admirando-a. – Uma propaganda ambulante de suas mercadorias, querida.

– Obrigada. A única coisa que falta decidir é o nome, como você falou ontem.

– Isso vai ficar para hoje, durante o jantar. Venha, não queremos nos atrasar e perder os canapés de salmão defumado.

Jane passou o braço pelo de Tammy e foram para a festa.

Tammy conversou simpaticamente com as celebridades convidadas para a inauguração da nova butique. Mesmo fora do circuito havia alguns anos, ainda eram os mesmos rostos; muitos pareciam ironicamente mais jovens do que quando Tammy os vira pela última vez. Os paparazzi registraram a ocasião para os jornais diários e as revistas. E, mesmo achando tudo muito superficial, Tammy sabia que aquilo faria parte da sua vida de novo se quisesse ter sucesso no ramo da moda.

– Pelo menos eu é que vou estar no comando – murmurou para si mesma, observando o estilista famoso cercado por garotas estilosas e gente da pequena realeza.

Jane se aproximou cerca de uma hora depois e as duas pegaram um táxi até um aconchegante restaurante italiano perto da King's Road.

– Esta noite é champanhe? – perguntou Jane quando se sentaram.

– Bom, eu tomei uma garrafa inteira sozinha ontem. Nick não apareceu – rebateu Tammy.

– É mesmo? – retrucou Jane, franzindo a testa. – Que estranho. Ele também não apareceu lá em casa, então pensei que estivesse com você.

– Não – disse Tammy, balançando a cabeça. – Ele sumiu. Também não tive notícias dele hoje.

– Isso não combina com Nick. Geralmente ele é tão confiável. Meu Deus, espero que ele esteja bem, que nada tenha acontecido.

– Bom – comentou Tammy, dando de ombros –, não posso ligar para a polícia e fazer um boletim de desaparecimento para um homem de 34 anos que sumiu por uma noite, não é?

– Não, mas, se ele não ligar nem aparecer na nossa casa, talvez devesse telefonar para a mãe dele.

– Não tenho o número. Então, que tal pedirmos aquele champanhe?

– Na verdade, não vou querer. Tome uma taça você. Só vou beber água.

– É mesmo? Está fazendo detox?

– É, mais ou menos. Eu... Bom, o negócio é que... – começou Jane, balançando a cabeça. – Ah, merda, eu não ia falar nada. Quero dizer, ainda nem contei ao Paul, mas...

– Ai, meu Deus! Você está grávida, não é?

Os olhos de Jane brilharam e ela assentiu.

– Estou. Mal posso acreditar. Ainda estou em choque.

– Ah, Jane!

Os olhos de Tammy se encheram de lágrimas e ela segurou a mão da amiga sobre a mesa.

– É a notícia mais maravilhosa do mundo. Estou muito, muito feliz por vocês.

– Obrigada.

Os olhos de Jane também estavam marejados. Ela pegou um lenço de papel na bolsa e assoou o nariz.

– É muito cedo, só estou com seis semanas e ainda tem chance de tudo dar errado.

– Você vai ter que tomar todos os cuidados para isso não acontecer. Muito descanso, dieta saudável, nada de bebida... essa coisa toda. Como foi que isso aconteceu?

– Do mesmo jeito de sempre – disse Jane com um risinho. – Você sabe que a gente estava tentando havia anos, gastando uma fortuna com inseminação, sem falar que quase perdi a cabeça e o casamento com tanta pressão – explicou ela, então mordeu uma torrada. – Lembra que eu falei que Paul e eu tínhamos decidido esquecer essa ideia, apenas aceitar que não íamos ter filhos e ponto? O irônico é que a gente tinha finalmente ficado em paz com isso.

– Talvez seu corpo tenha conseguido por conta própria porque você relaxou.

– Foi o que o médico disse.

– Quando você vai contar a Paul?

– Não sei. Quero contar, obviamente, mas você sabe como ele é. Um criançção. Vai ficar todo empolgado e sair procurando berços antigos e gravuras originais para o quarto do bebê. Eu não ia aguentar se algo desse errado. Ele ficaria arrasado.

– Meu Deus, Jane, se fosse eu, duvido que conseguiria guardar segredo, mas entendo sua situação.

– Talvez eu conte daqui a umas duas semanas. Todo dia que eu consigo manter o bebê é um dia a menos de preocupação, então assim que chegar a doze semanas posso relaxar um pouco.

Tammy ergueu a taça de champanhe.

– A você, Jane, por fazer meu dia valer a pena. Saúde.

– E a você e ao seu negócio que logo vai ser famoso, mas ainda não tem nome.

Elas brindaram.

– Esqueça minha loja. Quando essa coisinha vai nascer?

– Em maio – disse Jane, então fez uma pausa e olhou para Tammy. – "Nascer"... ou que tal "Renascer"? Não é um nome legal para uma loja?

– "Renascer"... "Renascer" – repetiu Tammy, experimentando o nome e o imaginando acima da vitrine. – Ai, meu Deus, é perfeito! Eu adorei! Você é uma gênia, Jane.

– Obrigada.

– Agora posso encomendar uma fachada e começar a fazer os convites para a inauguração.

– Que vai ser quando? – perguntou Jane enquanto a massa era servida.

– Quanto antes, porque cada dia que a loja está fechada é um dia sem dinheiro. Novembro, talvez. Muitas roupas ainda precisam de restauração, mas minha nova vizinha falou que a mãe dela pode me ajudar. Meu Deus, tenho tanto trabalho para fazer.

– Bom, pelo menos seu nome vai atrair toda a elite para a inauguração, nem que seja só pela bebida e para xeretar. Posso mexer uns pauzinhos para ver se coloco você e as roupas em uma boa revista.

– Jane, isso seria incrível!

– Vou fazer o que eu puder – garantiu Jane, então olhou a amiga mexendo a comida no prato. – Não está com fome?

Tammy deu de ombros.

– Não muita.

– Está preocupada com Nick, não é?

– É. É que tudo estava indo tão bem que comecei a acreditar que poderia dar certo. Eu gosto mesmo dele e... – Tammy se interrompeu e tomou um gole de champanhe – ... me deixaram na mão de novo. Ontem foi um dia importante para mim, e Nick sabia disso.

– Olhe, Tam, eu conheço Nick há muito tempo e ele não é e nunca vai ser um babaca. Deve ter acontecido alguma coisa, e não tem nada a ver com o que ele sente por você, tenho certeza. Eu vi como ele olha para você. Ele a adora, Tammy, de verdade.

– Não sei. – Ela suspirou. – Eu estava ficando tão confiante. E agora, bom, não precisa de muita coisa para me deixar com medo.

– Eu entendo, mas você tem que confiar.

– Você sabe se ele se relacionou com muitas mulheres antes de ir para a Austrália ou enquanto estava lá?

– Acho que não, mas lembro que Paul me disse que ele gostava muito de alguém, antes de ir para Perth. Acho que ela trabalhou com ele na loja de Southwold. Só que não devia gostar tanto assim, se foi para o outro lado do mundo pouco tempo depois.

– A não ser que ele tenha ido porque a coisa não deu certo – sugeriu Tammy. – De qualquer forma, vamos ver o que ele vai falar quando aparecer, *se* aparecer.

Tammy chegou em casa por volta das onze, mais calma depois da conversa com Jane. Não adiantava se preocupar enquanto não soubesse de toda a história, mas estava ansiosa, e isso a deixava nervosa. Significava que Nick tinha se tornado importante para ela.

Sabendo que não conseguiria dormir, pegou algumas folhas de papel e começou a rascunhar ideias para o letreiro da loja.

Seu celular tocou à meia-noite.

– Alô?

– Tam, sou eu, Nick. Acordei você?

Onde foi que você se meteu, seu merda?! era o que ela queria dizer. Em vez disso falou:

– Tudo bem. Estou trabalhando um pouco.

– Olhe, sinto muito, muito mesmo, por ontem à noite e por não ter ligado. Aconteceu uma coisa e... Bom, não deu para escapar. É muito tarde para eu ir agora me arrastando de joelhos e pedir seu perdão?

Ela sabia que não devia permitir, mas estava aliviada demais por ele estar bem, além de louca para vê-lo.

– Se você quiser – disse no tom mais casual que pôde. – Mas estou bem cansada.

– Vejo você em quinze minutos.

Tammy correu até o quarto para escovar o cabelo e os dentes, prometendo a si mesma que seria calma e educada e não demonstraria quanto estava chateada.

Nick entrou com o carro alugado em um posto de gasolina, desligou o motor e ficou sentado no escuro. Estava totalmente exausto, mental e emocionalmente.

Depois da euforia de voltar à Inglaterra, conhecer Tammy e começar seu negócio, tinha se enganado ao acreditar que os deuses sorriam para ele e que o passado havia ficado para trás. Nas últimas 24 horas, fora arrastado de volta à força. Olhou para as próprias mãos e viu que ainda tremiam com a adrenalina.

Durante todo o caminho desde Southwold tinha ruminado sobre o que dizer a Tammy. Como esperar que ela entendesse? As ramificações do que ficara sabendo eram difíceis até para ele aceitar, acreditar. E, apesar da intimidade que tinha com Tammy, o relacionamento ainda era muito recente e, portanto, frágil.

Nick passou a mão pelo cabelo. Não queria mentir, mas se contasse a ela, se tentasse explicar, era possível que a situação a amedrontasse e ele acabasse por perdê-la. Além do mais, ainda não tinha certeza de nada. Talvez o mais sensato fosse não falar nisso por enquanto, esperar a confirmação e agir a partir disso.

Lágrimas brotaram em seus olhos, mas Nick não sabia se eram de exaustão ou de frustração. Só sabia que tudo em sua vida emocional parecia cobrar um preço, e ele só podia torcer para que não lhe custasse caro.

Tammy ouviu a campainha e foi abrir a porta.

– Aqui – disse Nick, colocando três buquês de flores meio murchas, obviamente compradas em um posto de gasolina, nos braços dela. – Posso entrar?

– Claro.

Tammy saiu do caminho para que ele passasse, então fechou a porta e o acompanhou até a sala. Parou ali em silêncio, esperando que ele falasse.

– Desculpe, Tam – disse Nick, abatido. – O que aconteceu foi... inevitável.

– O que você andou fazendo? Parece que foi arrastado por um espinheiro.

– É como eu me sinto. Posso tomar um banho rápido? Devo estar fedendo.

– Fique à vontade – retrucou Tammy com frieza, e voltou para o trabalho de costura enquanto ele usava o banheiro.

Nick saiu enrolado em uma toalha, dez minutos depois, parecendo renovado. Foi até ela e tocou seus ombros gentilmente.

– Querida... – murmurou ele, beijando seu pescoço. – Me diga, você está muito chateada?

– Estou decepcionada, sim. Só que, mais do que isso, fiquei morrendo de preocupação. Ontem jantei com Jane e ela falou que você também não tinha ido para a casa deles.

– É.

Um silêncio baixou na sala.

– Bom – começou Tammy, quebrando o silêncio. – Não sou sua dona e não tenho o direito de saber por onde você anda.

– Claro que você tem o direito de saber, Tam. Temos um relacionamento, pelo amor de Deus! O que eu fiz ontem foi imperdoável, mas eu precisava resolver uma coisa.

– Tem a ver com alguma mulher?

– Em parte – respondeu Nick, suspirando, e se deixou cair em uma poltrona. – É uma história complicada e eu não estou em condições de contar agora.

– Tudo bem – concordou ela com frieza.

– Olhe, Tam, você só precisa saber que nada disso afeta o que eu sinto por você.

– Certo. E eu vou ter que aceitar sua palavra, é?

– Vai – confirmou ele com tristeza. – Infelizmente, sim. A gente tem que confiar um no outro, certo? E o lado bom do que aconteceu ontem é que, mesmo eu tendo decepcionado você, eu sei que te amo. Por mais que seja ridículo, dado o pouco tempo que estamos juntos.

Tammy o encarou, querendo ficar eufórica por Nick ter dito que a amava. Mas a expressão nos olhos dele era de uma tristeza tão profunda que ela não conseguiu.

– Tam?

– O quê?

– Você acredita no que eu disse? Que amo você?

– Eu... Não, hoje não. Falar é fácil.

– É verdade. Mas você pelo menos vai me dar a chance de provar? Por favor?

Tammy bocejou.

– Nós dois estamos exaustos, Nick. Vamos dormir um pouco. Podemos conversar mais de manhã.

Ela se levantou, desligou a luminária da mesa e estendeu a mão para que ele a acompanhasse.

– Posso abraçar você? – perguntou Nick, deitando-se na cama ao lado dela.

Tammy assentiu e se aninhou nos braços dele, assustada ao perceber como se sentia bem ali.

Ele acariciou seu cabelo suavemente.

– Me desculpe mesmo, Tam. Não quero magoar você. Eu te amo, de verdade.

E eu também amo você.

– Chega, Nick, fique quieto – sussurrou Tammy.

13

Posy ergueu os olhos quando o sino da porta da galeria ecoou.

– Oi, Freddie – cumprimentou, sorrindo enquanto ele entrava. – Como vai?

– Muito bem, muito bem mesmo – respondeu ele, indo até a mesa atrás da qual Posy estava sentada. – Andei pensando se você gostaria de ir ao cinema amanhã à noite. Está passando aquele filme francês que recebeu ótimas críticas.

– Parece um convite irrecusável. Eu topo.

– Que bom! Às seis horas na frente do cinema?

– Seria perfeito.

– Vejo você amanhã. Tchau, Posy.

– Tchau, Freddie.

Ele tocou o chapéu, foi até a porta e saiu.

Posy suspirou. Embora tentasse não pensar nisso, estava tendo dificuldade com aquela suposta amizade. Tiveram alguns jantares e almoços agradáveis desde que ele aparecera em seu jardim. E com certeza não faltara assunto: Freddie a entretinha com histórias fascinantes dos tempos de advogado criminalista e ela o colocou a par de sua vida desde que tinham se afastado.

Mas parecia que o importante era o *não* dito; por que ele a deixara da primeira vez e por que, cinquenta anos depois, só podia oferecer sua companhia e não seu coração?

Não ajudava em nada o fato de que, como Sam costumava dizer, ela "era caidaça" por ele. E mesmo repetindo para si mesma que precisava aceitar e aproveitar o que ele *podia* oferecer, aquilo não estava funcionando. Vê-lo era uma espécie de bela tortura, e Posy percebeu que ficaria sempre frustrada.

Quando se separavam, Freddie jamais tentava qualquer contato físico além de um beijinho no rosto.

Posy saiu da galeria na hora do almoço e foi para casa. Marie ia chegar às duas para fazer a avaliação. Posy arrumou a cozinha e acendeu a lareira na sala matinal, sabendo que não podia fazer muita coisa além disso para que a Admiral House parecesse aconchegante.

Pouco antes da uma o telefone tocou.

– Alô?

– Posy Montague?

– É ela.

– Aqui é Sebastian Girault. Imagino que Amy, sua nora, tenha falado de mim.

– Ela disse que o senhor talvez ligasse.

– A senhora estaria interessada em receber um inquilino? Seria só por uns dois meses. Eu sairia do seu pé antes do Natal.

– Bom, infelizmente não acho que a casa seja adequada. Na verdade, é muito básica.

– Eu sei. Amy a descreveu e parece perfeita. A senhora se incomodaria se eu fosse dar uma olhada?

– De jeito nenhum. Na verdade, estou em casa esta tarde. Se o senhor quiser aparecer às quatro horas, será perfeito. É fácil encontrar; tem uma estradinha ladeada de árvores que sai da Halesworth Road, no caminho de Southwold, e está escrito "Admiral House" na caixa de correio.

– Não se preocupe, eu tenho GPS. Obrigado, Sra. Montague. A gente se vê às quatro, então.

Posy desligou sabendo que, assim que visse a casa, Sebastian pensaria melhor. Mas ter sua companhia por uma meia hora depois da avaliação poderia amainar a tristeza que a visita de Marie certamente deixaria.

Às duas em ponto Posy ouviu batidas à porta.

– Olá, Marie. Entre. E, por favor, me chame de Posy.

– Obrigada – disse Marie entrando, armada com uma prancheta. Ela olhou para o lustre. – Uau. Isto é absurdamente lindo. Que hall fantástico!

– Obrigada. Gostaria de uma xícara de chá ou café antes de começar? Imagino que vá demorar um tempo.

– Não, obrigada. Preciso pegar meus filhos às três, então é melhor começar logo.

– Pensei em lhe mostrar o jardim, o primeiro e o segundo andar, depois deixá-la olhar o sótão sozinha. Minhas pernas já não são as mesmas e a escada é bem íngreme.

– Está ótimo, Posy.

As duas começaram pelo lado de fora, depois entraram de novo e percorreram cada cômodo, com Marie exclamando ao ver os muitos detalhes originais e anotando em sua prancheta.

Depois de mostrar os cinco quartos do segundo andar, Posy desceu para pôr a chaleira no fogo e esquentar uns bolinhos que tinha feito antes de ir para o trabalho. Pelo menos Marie não era uma negociante metida a besta, porque Posy achava que não suportaria alguém assim xeretando sua preciosa casa.

Após algum tempo, Marie chegou à cozinha. As duas tomaram chá e comeram os bolinhos sentadas à mesa da sala de jantar.

– Esses bolinhos estão incríveis, Posy. Eu queria cozinhar assim.

– São anos de prática, só isso, querida.

– Só não são tão incríveis quanto esta casa. E o jardim, bom... Uau! Nem acredito que você trabalhou nele sozinha.

– Foi um trabalho de amor, ou seja, um prazer.

– E talvez por isso seja especial. Certo, acho que devemos ir direto ao ponto – disse Marie, e a encarou. – Posy, a casa é espetacular. Os detalhes originais são incríveis. As lareiras, as cornijas, os postigos das janelas... a lista é interminável. O tamanho dos cômodos é incrível e o terreno é demais.

– Mas... – adiantou Posy.

– Bom – começou Marie, coçando o nariz. – Não preciso dizer que quem comprar esta casa terá que fazer um investimento enorme, de longo prazo, em tempo e dinheiro. Você sabe quanto trabalho seria necessário para restaurá-la. E aí está o problema.

– É.

– Eu sinceramente acho que você teria muita sorte se conseguisse algum comprador. O mercado de casas de veraneio esfriou nos últimos tempos. Além disso, apesar de Southwold ser um local bem popular para casas desse tipo, esta aqui é grande demais para isso. É muito improvável que alguém queira morar aqui e ir todo dia trabalhar em Londres, e não imagino que o pessoal aposentado se interesse, por causa do tamanho e da quantidade de trabalho.

– Marie querida, desembuche. O que você quer dizer?

– Quero dizer que, a não ser que a gente encontre um cantor pop ou um astro de cinema com dinheiro suficiente para comprar uma propriedade de veraneio e depois gastar o tempo e o dinheiro necessários para reformá-la, as opções de compradores são bem poucas.

– Eu entendo.

– Posy, acho que você vai odiar a ideia, mas sua melhor opção seria vender para um empreendedor que provavelmente construiria alguns apartamentos chiques. Muito pouca gente quer uma casa grande como esta hoje em dia, mas desejam o cenário e a grandiosidade.

– Eu imaginei que você diria isso. Partiria meu coração, claro, e meus ancestrais vão se revirar nos túmulos, mas... – Posy deu de ombros – ... preciso ser realista.

– É. O problema é que um empreendedor, com certeza, vai querer pagar o menor preço possível. Ele teria muito trabalho e precisaria pensar no lucro final. A única vantagem é que não faríamos você passar pelo transtorno de colocar a casa no mercado aberto. Nosso escritório conhece alguns empreendedores que talvez se interessem. Podemos colocá-los em contato com você, eles vêm dar uma olhada e o negócio é resolvido rápida e discretamente.

– E quanto você acha que um empreendedor pagaria?

Marie deu de ombros.

– É muito difícil dizer, mas eu colocaria o valor em torno de 1 milhão.

Posy teve que rir.

– Meu Deus, o chalé de três quartos da falecida Sra. Winstone na High Street está sendo vendido por mais da metade disso.

– Eu sei, parece ridículo, em comparação – concordou Marie. – Só que aquele chalé fica no centro de Southwold e é perfeito como casa de veraneio. Posy, eu não vou ficar chateada se você quiser que outro corretor avalie a casa. Na verdade, acho que você deveria fazer isso.

– Não, não, querida. Sei que você está certa. E sejamos honestas: 1 milhão de libras é muito dinheiro. Mais do que conseguiria gastar na vida, e seria ótimo para meus filhos herdarem.

– É, sim. Bom, preciso pegar as crianças. Muito obrigada pelo chá e pelos bolinhos – disse Marie, se levantando. – Vou colocar tudo que eu falei em uma carta para você. Quando tiver tempo de pensar e de conversar com seus filhos, me ligue.

– Vou ligar.

Posy levou Marie até a porta e apertou a mão dela.

– Obrigada por tornar a experiência razoavelmente indolor. Entro em contato assim que eu tomar uma decisão. Tchau, querida.

Posy olhou Marie se afastar de carro e voltou à cozinha para mais uma xícara de chá, pensativa.

Pouco depois Sebastian Girault apareceu à porta.

– É um prazer conhecê-la, Sra. Montague – disse ele, apertando sua mão com firmeza.

– Pode me chamar de Posy.

Ela encarou seus olhos verdes e penetrantes e desejou ter trinta anos a menos.

– Por favor, entre – convidou ela, e fechou a porta depois, levando-o à cozinha, onde pôs a chaleira no fogo outra vez. – Sente-se, Sr. Girault.

– Obrigado. E me chame de Sebastian, por favor. Esta casa é incrível.

– Bom, Amy falou que você quer um lugar para trabalhar em paz, não é?

– É. E espaço. Isso é muito importante.

– Bom, eu posso não ter um sistema de aquecimento confiável ou muitas conveniências modernas, mas tenho espaço – disse Posy, rindo. – Vou mostrar os quartos que podem servir, depois você me diz que eles são frios e empoeirados, então a gente volta aqui, esquece isso e toma uma bela xícara de chá.

No fim do corredor do segundo andar ficava um dos quartos prediletos de Posy. Situado no canto da casa, tinha janelas que iam do chão ao teto e davam para o jardim dos dois lados.

– É lindo – sussurrou Sebastian enquanto Posy o levava ao banheiro anexo, uma relíquia da década de 1930.

A enorme banheira de ferro fundido ficava no meio do cômodo e o piso era coberto com o linóleo original, preto e muito gasto.

– Pronto. O que acha? Realmente não vou ficar ofendida se você disser que não gostou.

Sebastian voltou para o quarto.

– Você acha que ainda dá para usar a lareira?

– Provavelmente. A chaminé vai precisar de uma limpeza.

– Eu pagaria por isso, claro, e... – Sebastian foi até a janela. – Eu poderia colocar a mesa aqui, para aproveitar a vista enquanto olho para o nada

– disse ele, então se virou para ela. – Posy, é perfeito. Se me quiser como inquilino, eu adoraria ficar aqui. Vou pagar bem, claro. Que tal 200 por semana?

– Duzentas libras? É muito. – Posy não ganhava nem perto disso por uma semana de trabalho na galeria.

– Mesmo assim é menos do que eu pagaria se alugasse uma casa na cidade. E se você incluísse uma refeição ou outra? Ouvi dizer que é ótima cozinheira.

– Ótima não. Apenas boa – corrigiu Posy. – Claro que cozinho para você. Preciso cozinhar para mim, de qualquer modo. Mas tem certeza de que vai ficar confortável aqui? Posso colocar uns aquecedores, mas o gasto de eletricidade costuma ser alto.

– Prometo que cubro todos os custos da minha estadia. E, pela natureza da minha profissão, acho que não vou incomodá-la, apesar de ter um horário estranho quando estou escrevendo.

– Isso não é problema, já que eu durmo do outro lado da casa. Só tem uma coisa que eu preciso avisar. Hoje à tarde uma corretora veio aqui, já que estou pensando em vender a casa. Tenho certeza de que nada vai acontecer antes do Natal, mas não sei quanto tempo você vai querer ficar.

– Meu prazo de entrega é fevereiro. Como falei antes, espero ter o primeiro esboço pronto no meio de dezembro. Posso trabalhar nas revisões do meu apartamento em Londres, então devo largar do seu pé antes do Natal. Estamos combinados? – perguntou Sebastian, estendendo a mão de modo hesitante.

Posy apertou-a.

– Sim, Sr. Girault, acho que estamos.

Sebastian e Posy voltaram para baixo, esqueceram o chá e, em vez disso, tomaram uma taça de vinho para comemorar o acordo. Ele notou a foto emoldurada do pai de Posy com o uniforme da RAF sobre a mesinha de canto na sala matinal.

– Meu novo livro vai se passar na Segunda Guerra Mundial. Por acaso sabe se seu pai pilotava Spitfires?

– Ah, pilotava. Ele esteve em algumas das maiores batalhas, inclusive a Batalha da Grã-Bretanha. Infelizmente, morreu pouco antes do fim da guerra, em uma das últimas investidas.

– Lamento muito, Posy.

– Obrigada. Eu o adorava, como qualquer filha adora o pai.

– Claro. Você se importaria se eu fizesse algumas perguntas sobre o que se lembra da guerra aqui em Southwold?

– De jeito nenhum, se bem que na época eu era muito pequena.

– Seria ótimo. Agora, para saber que estou falando a sério, quero pagar a primeira semana de aluguel adiantada – disse Sebastian, então abriu a carteira e tirou o dinheiro. – Quando posso me mudar?

– Quando quiser, mas devo avisar que minha família vem toda para o almoço de domingo, então a casa não vai estar tão calma como de costume.

– Sem problema. Prometo que vou sumir de vista.

– Bobagem. Você está convidado para almoçar conosco – disse ela, indo até a porta e abrindo-a. – Meu Deus, preciso lhe dar uma chave.

Posy riu.

– Seria útil, sim. Agora adeus e obrigado por tudo – despediu-se ele, e beijou-a calorosamente nas bochechas.

– De nada. Vai ser ótimo ter você aqui. Adeus, Sebastian. Avise quando resolver se mudar.

14

Na manhã seguinte, Posy tinha acabado de se vestir quando ouviu o som de um carro chegando. Ficou surpresa ao ver o velho Fiat vermelho de Sam parar na frente da casa. Desceu a escada e encontrou o filho no saguão, olhando o lustre.

– Olá, querido. Que bela surpresa!

– Oi, mãe – disse Sam, se aproximando para beijar seu rosto. – Como vai?

– Ah, você sabe, me virando como sempre. Há quanto tempo a gente não se vê! A que devo esta visita?

– Desculpe, mãe, sei que não venho ver você, mas andei realmente ocupado com essa empresa nova. Bom, eu estava passando por perto e pensei em dar um oi. Alguma chance de um café?

– Claro, um café rápido – assentiu Posy, olhando o relógio. – Preciso resolver umas coisas na cidade.

Sam a acompanhou até a cozinha e ficou andando de um lado para outro enquanto ela punha uma chaleira no fogo.

– Este cômodo é realmente incrível – disse ele, aboletando-se à mesa da cozinha. – Cabem umas quatro cozinhas modernas aqui dentro, tranquilamente.

– É, talvez – concordou Posy.

– As janelas não estão muito ruins, considerando como são velhas.

– É.

Posy fez um café para o filho e colocou a xícara na frente dele.

– Como estão Amy e as crianças? Faz tempo que não as vejo.

– Estão bem – respondeu Sam, agora com o olhar voltado para o chão. – Essas pedras são originais de York, não são?

– São. Amy contou que eu convidei vocês para almoçar no domingo? Você sabe que Nick voltou à Inglaterra, não sabe?

– Sei. Almoço está ótimo. Mãe?

– Oi, Sam.

Posy estivera esperando a pergunta. Sam só a visitava quando queria alguma coisa.

– Um passarinho me contou que você pediu que avaliassem a casa ontem, pensando em vender.

– Nossa, a notícia se espalhou rápido. É, pedi. Está chateado com a ideia?

– Bom, claro que é minha antiga casa e eu queria que a gente pudesse mantê-la na família... – Sam fez uma pausa, obviamente pensando em um modo de dizer o que queria. – E talvez eu tenha encontrado um jeito de a gente fazer isso... mais ou menos.

– É mesmo? Você ganhou secretamente na loteria, Sam, e veio dizer que todos os seus problemas financeiros acabaram?

– De certa forma, sim.

– Por favor, me conte – pediu Posy, preparando-se.

– Bom, você sabe que eu entrei recentemente em uma sociedade e sou diretor de uma construtora?

– Amy mencionou alguma coisa sobre isso – respondeu Posy, devagar, a ficha começando a cair.

– Tenho um investidor para financiar os projetos que eu conseguir. Eu elaboro o projeto e o acompanho até o fim. Depois dividimos os lucros da venda da propriedade.

– Entendi – disse Posy, decidida a fingir que não sabia para onde a conversa estava caminhando.

– Bom, mãe, o negócio é que Marie, como corretora de imóveis, foi encarregada de me informar se alguma coisa adequada às nossas necessidades estiver entrando no mercado. Por acaso nós conversamos ontem e ela comentou que veio aqui fazer uma avaliação.

– Certo.

– Mãe, a Admiral House é exatamente o que minha empresa está procurando. Uma casa fantástica, cheia de personalidade, que poderia ser transformada em vários apartamentos incríveis.

Posy encarou Sam em silêncio por um tempo. Depois falou:

– Sam, Marie disse por quanto ela avaliou a casa?

– Sim. Por volta de 1 milhão.

– E você está dizendo que sua empresa tem 1 milhão de libras para comprar a Admiral House?

– Estou – confirmou Sam, cheio de confiança.

– Além do dinheiro para fazer a reforma e as alterações, que tenho certeza de que chegaria a centenas de milhares de libras, isso se não chegar a outro milhão?

– Sim, sem problemas.

– Ora, ora, obviamente estamos falando de um negócio de alto nível.

– Estamos, sim. Meu sócio é um homem muito, muito rico. Ele não quer projetos insignificantes.

– E quantos outros "projetos" você tirou do chão até agora, Sam?

– Bom, este seria o primeiro. Fizemos a parceria há algumas semanas.

– Então o que exatamente você veio me perguntar?

– Quero saber se você está disposta a vender a Admiral House à minha construtora. Pagaríamos o preço de mercado, eu não pediria nenhum favor familiar nem nada. Seria realmente vantajoso, mãe. Não precisaria colocar a casa no mercado, e poderíamos fazer o negócio discretamente. E, claro, haveria um incentivo para você.

– É mesmo? O quê?

– Eu conversei com meu sócio e ele concordou que, se você quiser nos vender a casa, ofereceríamos um apartamento com desconto. Assim você ainda poderia morar aqui! O que acha?

– Não sei o que pensar, Sam. Primeiro preciso decidir se quero vender mesmo a casa.

– Claro, mas se decidir vender, você me daria prioridade? Um projeto desses me colocaria no mapa, junto da empresa. Tipo, entre as grandes. Ajudaria outros vendedores a confiar em nós. Se não por mim, faça isso por Amy e as crianças. Você já viu onde estamos morando.

– Vi, e fiquei horrorizada – concordou Posy.

– Eles merecem coisa melhor, e estou louco para oferecer isso. Por favor, mãe, vai pensar em vender a casa para mim?

Posy encarou o filho, cujos olhos azuis – tão parecidos com os do pai – imploravam uma resposta afirmativa.

– Prometo que, quando tiver decidido, vou pensar primeiro na sua oferta.

– Obrigado, mãe – disse Sam, se levantando para abraçar Posy. – Pode confiar em mim para cuidar deste lugar. E, se for preciso vender, não é melhor que continue nas mãos da família em vez de nas de algum estranho que só veja tijolos, argamassa e lucro?

– Claro.

Posy sentiu vontade de rir diante da chantagem emocional descarada.

– Não vou apressá-la, prometo. Leve o tempo que quiser. Mas devo dizer que a casa já está começando a se deteriorar depressa.

– Bom, ela está de pé há trezentos anos, então duvido que vá desmoronar na minha cabeça em mais algumas semanas – rebateu Posy. – Agora, se me der licença, querido, preciso sair em cinco minutos.

– Claro. Bom, assim que você se decidir, avise, por favor. Seria ótimo resolver logo o negócio para começarmos o trabalho na primavera. Em termos de custos, é bem mais eficaz construir no verão.

– Entendi que eu não deveria me apressar – censurou Posy, saindo da cozinha e indo até a porta da frente.

– Desculpe, mãe. É que eu sei que isso resolveria minha vida. E a de Amy e das crianças.

– Tchau, Sam – despediu-se Posy, dando um suspiro cansado e beijando o filho no rosto. – Vejo você no domingo.

Naquela noite, como combinado, Posy encontrou Freddie na frente do Centro de Artes. Com tudo o que tinha na cabeça, ela teve que admitir que os detalhes do filme lhe passaram batidos.

– Por mim também, garota. Só Deus sabe qual é a metáfora daquele escorpião.

– Acho que só intelectuais entendem – disse Posy com um sorriso.

– Olhe, o que acha de tomar alguma coisa na minha casa? São só alguns minutos de caminhada.

– Por que não? – Posy ouviu-se dizer, e censurou-se mentalmente por ter concordado tão depressa.

Caminharam pela High Street em um silêncio amistoso. Freddie entrou em uma rua estreita que se abria para um pátio pequeno, com um chalé de pedras e um armazém ao lado. Havia um bordo japonês no pátio e duas pequenas árvores desnudas ladeando a porta da frente, recém-pintada. Freddie a destrancou e entrou com Posy.

– Freddie, aqui é lindo! – exclamou ela, entrando em uma sala de estar com teto de traves grossas e uma enorme lareira de canto como elemento principal.

– Obrigado.

Freddie fez uma reverência, brincando, depois tirou o casaco de Posy e o pendurou em um gancho da parede.

– Admito que estou bem satisfeito com ela. Venha ver meu cômodo predileto: a cozinha.

Posy o acompanhou até um espaço arejado e notou que as três paredes à sua frente eram feitas totalmente de vidro. Freddie girou um interruptor e Posy olhou para o jardim pequeno mas imaculado do outro lado do vidro.

– Quando cheguei, isto aqui não passava de um chalé com dois cômodos embaixo e dois em cima, por isso acrescentei o que é basicamente uma estufa. Ela triplicou o espaço, para não falar da luz.

– Eu adorei! – exclamou Posy, deliciada. – E veja só todos esses utensílios modernos – disse, girando e admirando a elegante geladeira de aço inoxidável, o fogão e a lava-louça embaixo de uma grossa bancada de mármore. – Deixa a minha no chinelo.

– Que bom que você gostou. Conhaque?

– Sim, por favor. Este é exatamente o tipo de casa que eu adoraria comprar. Pequena, administrável, mas com personalidade – disse ela, animada, pensando que talvez houvesse uma alternativa, caso vendesse a Admiral House.

– Então está pensando em se mudar? – perguntou Freddie, em tom casual, enquanto lhe entregava a bebida e a levava de volta para a sala.

– Estou.

Por algum motivo, até então Posy não tinha se sentido confortável em mencionar a Freddie a avaliação e a possível venda.

– É uma decisão importante – comentou ele, sentando-se.

– É mesmo.

– Mas talvez seja a certa. Às vezes é saudável seguir em frente e deixar o passado para trás.

– Só se for um passado difícil, não? A Admiral House é cheia de lembranças felizes para mim – respondeu ela, na defensiva.

– Sim, claro. Então a venda seria por motivos puramente práticos?

– Seria, sim. Na verdade, já recebi uma espécie de oferta. Sam, meu filho mais velho, apareceu hoje cedo e anunciou que queria comprar a casa e convertê-la em apartamentos – revelou Posy, e suspirou. – Isso me deixou em um dilema.

– Por quê?

– Para começo de conversa, a avaliação foi ontem. Era mais uma ideia discreta, para saber quanto a casa valia, do que um plano definido.

– E agora você já tem uma oferta?

– Sim, e o problema é que estou empacada. Se eu decidir vender, como posso não aceitar uma oferta do meu próprio filho? Mas, para ser sincera, a atuação dele nos negócios é péssima e essa empresa nova está só começando, não tem experiência. Pelo que entendi, a Admiral House seria o primeiro grande projeto deles.

– Você tem certeza de que ele teria dinheiro para isso?

– Sam diz que sim. Quer saber se eu acredito? Não totalmente.

– Mas ele não está pedindo nenhum favor?

– Está oferecendo o preço de mercado.

– Certo. Será que ele tentaria enganar a própria mãe?

– Eu gostaria de pensar que não. Mas sou a mãe dele e sempre vou pensar o melhor. Mesmo sabendo que ele tem defeitos, preciso acreditar que meu filho tem um bom coração.

– Claro que sim, mas Sam colocou você em uma situação delicada. É óbvio que se sente obrigada a vender a casa para ele. Minha experiência de advogado também me diz que qualquer acordo financeiro entre parentes costuma terminar em lágrimas.

– Eu sei.

– Acho que a única saída é ser relativamente realista. A casa foi avaliada por um corretor independente, então você sabe quanto ela vale. Por que não dá a Sam e à empresa dele a primeira opção e um prazo para eles assinarem o contrato e fazerem um depósito considerável? Você não está com pressa, então, se Sam não conseguir fechar o negócio, só terá perdido algumas semanas. Pelo menos terá dado a chance a ele.

– É, obrigada, Freddie. Você é mesmo muito sensato. Acho que está certíssimo. Vou fazer o que você sugeriu.

– É um prazer ajudar, milady.

– Aliás, eu ia perguntar se você quer ir a um almoço de família na Admiral House no domingo. Meu filho Nick e a namorada dele vão, além de Sam, Amy e as crianças.

– Vou ter que pedir para Joe me substituir no barco, mas, sim, parece ótimo.

– Que bom – disse Posy, então se levantou. – Agora preciso ir. Obrigada pela ótima noite e por suas sábias palavras.

Posy foi para o corredor e Freddie a ajudou a vestir o casaco.

– Boa noite, Posy, e obrigado também.

Ele se aproximou para beijá-la e por uma fração de segundo pareceu que estava indo em direção aos lábios. Mas no último minuto Freddie se desviou e deu um beijo suave em seu rosto.

– Boa noite, Freddie.

Ela lhe lançou um último olhar e se virou para descer a rua. E se perguntou por que ele parecia tão triste.

15

– Nick! Que negócio é esse? – perguntou Tammy, rindo ao entrar no banco do carona de um carro esportivo vermelho-tomate, antigo, mas imaculado.

– Isso, querida Tammy, é um Austin Healey vintage.

– Gostei da cor – disse Tammy, sentindo o cheiro de couro e de cera de polimento. – Ele não vai quebrar, não é? – acrescentou quando Nick falhou em ligar o motor.

– Talvez, mas aí é só empurrar.

– Qual é a sua com coisas velhas? – perguntou ela quando o carro finalmente deu partida.

– Isso inclui você?

Ele sorriu, trocando de marcha, depois pegou a mão dela.

– Ah, que fofo!

– Não está nervosa com o almoço, está? – indagou ele enquanto aceleravam por uma Londres deserta, ainda despertando para uma preguiçosa manhã de domingo.

– Quer dizer, nervosa por conhecer sua mãe, seu irmão e a família dele? Um pouco, acho.

– Mamãe vai adorar você, e provavelmente Sam também, pelos motivos errados. Ele sempre quis tudo que eu tinha. Mas acho que você vai gostar de Amy. Pelo que eu lembro, ela é bem legal. Sei que você vai conquistar todos eles.

– Espero que sim.

Tammy suspirou, se perguntando por que considerava aquilo tão importante.

Posy tinha terminado de arrumar a mesa da cozinha e estava colocando ásteres multicoloridas – que ela cultivava em abundância porque forneciam néctar prolongado para as espécies de borboleta que hibernavam – em um vaso no centro. Acordara naquela manhã com uma empolgação enorme; a ideia de receber a família inteira para o almoço pela primeira vez em anos a enchia de prazer. Fora a rápida ida ao jardim para colher as flores, estava na cozinha desde as sete horas, preparando e assando a carne que tinha comprado no dia anterior.

O telefone tocou.

– Alô?

– Posy, é Freddie. Mil desculpas por avisar na última hora, mas infelizmente não vou poder ir ao almoço de hoje.

– Entendo.

Posy esperou que ele desse alguma explicação, depois percebeu que o silêncio significava que não daria nenhuma.

– Que pena. Eu queria apresentá-lo à minha família.

– E eu queria conhecer todos eles. Mas infelizmente não posso. Ligo para você durante a semana. Tchau, Posy.

Ela pôs o fone no gancho, sentindo o brilho do dia se embaçar um pouco. Ele tinha soado tão brusco, tão frio...

– Você parece estar pensando em algo sério, Posy.

A voz de Sebastian atrás dela a fez dar um pulo. Ele havia se mudado dois dias antes e ela ainda estava se acostumando a ter outra pessoa em casa.

– É? – retrucou ela, e se virou para ele. – Desculpe.

– Você se incomodaria se eu fizesse um café? Prometo comprar minha própria chaleira amanhã, para não incomodá-la aqui embaixo.

– Você não me incomoda nem um pouco.

Posy foi até a mesa e começou a tirar os pratos e os talheres do lugar de Freddie. Sebastian observou-a.

– Alguém cancelou?

– Sim. – Posy ocupou o espaço vazio mudando os pratos de lugar. – Meu amigo Freddie.

– Desculpe dizer, mas foi meio em cima da hora, né?

– Pois é.

Posy suspirou. Depois, ainda segurando os talheres, deixou-se cair em uma cadeira.

– Você é romancista, Sebastian, e é homem. Talvez possa me contar o que significa quando alguém parece... muito atencioso e querendo nossa companhia em um momento e no outro fica frio e distante e cancela o encontro.

– Como saber? – disse Sebastian, colocando um pouco de café instantâneo em uma caneca. – Geralmente os homens são muito mais simples do que as mulheres. A maioria é menos complexa emocionalmente. Para nós é pão, pão, queijo, queijo, enquanto as mulheres dizem que é um canapé de torrada e camembert.

A analogia fez Posy sorrir.

– Portanto, eu deduziria que seu Freddie não vem hoje porque tem um motivo bem prático.

– Então por que ele simplesmente não me disse?

– Só Deus sabe.

Sebastian tirou a chaleira do fogo e derramou água fervente na caneca.

– Pela minha experiência, quando os homens se juntam é para tomar cerveja e falar de esportes, com algumas piadas no meio. Eles podem ser bem ruins em se comunicar. Ainda mais, me desculpe por dizer, os homens de certa geração, que desde o berço foram ensinados a esconder os pensamentos e as emoções. E os ingleses devem ser os piores. Têm que manter a pose a qualquer custo.

– Bom, você obviamente foi feito de outro molde. Você se expressa muito bem.

– Deve ser meu lado francês – disse Sebastian, mexendo o café.

– Eu sou meio francesa, sabia? Pelo lado materno – comentou Posy, pegando o enorme pedaço de carne e derramando molho em cima.

– É mesmo? – Sebastian sorriu. – Deve ser por isso que eu gosto de você.

– Bom, como sou mulher *e* meio francesa, vou ser muito direta e perguntar se você toparia substituir Freddie no almoço de hoje.

– Verdade? Tem certeza de que me quer aqui, junto de toda a sua família?

– Claro. Antes de você se mudar, eu tinha dito que estava convidado. Além do mais, tem mais chance de eles se comportarem se tiver alguém de fora.

– Está esperando um duelo?

– Acho que não, mas não sei se Nick vai ficar muito feliz se Sam mencionar que quer comprar a casa e transformá-la em um condomínio. Não tem nada decidido por enquanto.

– Acho que eu também não fico muito feliz, e nem sou seu parente – admitiu Sebastian, pesaroso. – Eu me apaixonei completamente por este lugar. Bom, adoraria passar uma horinha com vocês, se é o que quer.

– Com certeza. Além disso, agora você é meu acompanhante oficial.

– Então vou descer à uma em ponto. A gente se vê mais tarde.

Pouco depois do meio-dia, Posy viu um antigo carro esporte vermelho subindo pela entrada de veículos e estacionando no cascalho. Pernas compridas e esguias, vestidas com uma calça chique de camurça, emergiram da porta do carona, seguidas por um corpo elegante e uma cabeleira de tom ruivo-dourado.

– Meu Deus, ela é linda – murmurou Posy, desapontada.

Tinha conhecido poucas mulheres lindas das quais havia gostado de fato, e esperava que Tammy fosse uma exceção.

Dez minutos depois de conhecê-la, percebeu que aquela mulher adorável e sincera *seria* de fato uma exceção. Mesmo obviamente nervosa, o que Posy achou fofo, ela parecia muito inteligente, amigável e nada arrogante sobre a própria aparência. E o mais importante de tudo: vendo como Tammy segurava a mão de seu filho e como os olhos dela o acompanhavam pela sala, era óbvio que adorava Nick.

– Posso ajudar com alguma coisa, Posy? – perguntou Tammy quando os três estavam na cozinha tomando uma taça de vinho.

– Não, eu...

– Sam e Amy acabaram de chegar, mãe – disse Nick, que estava espiando pela janela da cozinha. – Meu Deus, olhem só para meus sobrinhos! Com licença, vou lá fora me apresentar para eles, está bem?

– Claro.

– Posy, esta casa é linda – elogiou Tammy.

– Obrigada. Eu também adoro. Mais vinho?

Tammy aceitou mais uma taça.

– Sabe, acho que nunca vi Nick tão feliz – comentou Posy, enchendo o próprio copo. – Você deve cuidar bem dele.

– Espero que sim. Sei que ele cuida de mim.

– É tão bom que vocês dois sejam bem-sucedidos no que fazem. Acho que isso cria um relacionamento muito mais equilibrado.

– Bom, no momento ainda estou na luta, Posy. Minha butique pode acabar sendo um fracasso.

– Duvido, querida. E, mesmo se fosse, aposto que você juntaria os cacos e tentaria outra coisa. Ah, estou ouvindo passinhos.

Posy se virou para a porta.

Nick entrou na cozinha com Sara no colo e Jake ao lado.

– Vamos conhecer a tia Tammy – disse Nick.

Ele levou os dois até Tammy, pôs Sara no chão, e as crianças sorriram timidamente para ela.

– Olá, vocês dois – disse Tammy, se inclinando na direção deles.

– Você é casada com tio Nick? – perguntou Jake.

– Não, não sou.

– Então como você é nossa tia?

– Adorei o seu cabelo – disse Sara baixinho. – É de verdade?

Tammy assentiu, séria.

– É. Quer passar a mão para se certificar?

Sara estendeu a mãozinha gorducha e segurou uma mecha acobreada.

– É comprido que nem o da minha Barbie Princesa. Mas o dela não é de verdade.

– Oi, Posy, como vai?

Tammy ergueu os olhos e viu uma loura muito bonita entrar na cozinha.

– Amy! – cumprimentou Posy, lhe dando um beijo caloroso. – Você está linda. Venha conhecer Tammy. Tammy, esta é Amy, minha nora mais querida.

– Isso é porque no momento eu sou a única nora – brincou Amy, e Tammy soube que se dariam muito bem. – Oi, Nick, que bom ver você depois de tantos anos!

Tammy observou Amy abraçar Nick, que devolveu o abraço com força.

– Você está ótimo – comentou ela, sorrindo. – E, aliás, já peço desculpas antecipadamente por qualquer coisa que meus filhos fizerem ou disserem durante o almoço. Só não deixe que eles cheguem perto dessa calça de camurça linda com os dedinhos sujos, Tammy.

– Oi, mãe.

Tammy viu um homem baixo, de ombros largos e cabelo louro beijar o rosto de Posy. Sentiu Nick ficar tenso ao seu lado enquanto o homem se aproximava.

– Nick, meu velho, que bom ver você!

– Oi, Sam – respondeu Nick, frio.

Ele estendeu a mão, que o irmão apertou de modo caloroso.

Tammy examinou Sam e achou que, dos dois irmãos, ele tinha sido o mais prejudicado pela idade. O cabelo já estava ficando ralo no cocuruto e tinha uma perceptível barriga de cerveja. Exceto pelo nariz, não se parecia nem um pouco com Nick, que tinha puxado à mãe.

– E o que traz você de volta ao país? Os negócios estavam indo mal em Perth, é?

Tammy viu o maxilar de Nick se retesar.

– Na verdade, as coisas saíram melhor do que eu esperava – comentou Nick friamente.

– Que bom. Bem, acho que daqui a pouco você vai concorrer com o irmão mais velho. Mas falamos disso mais tarde.

– Mal posso esperar – disse Nick com óbvio sarcasmo.

Tammy se virou para Amy e as duas trocaram um olhar cúmplice.

– Certo, quem vai querer uma taça do champanhe que Tammy e Nick tiveram a gentileza de trazer? – interrompeu Posy no momento exato.

– Pode deixar que eu abro – sugeriu Nick, e atravessou a cozinha para pegar a garrafa.

– E então, meu bem, onde foi que Nick encontrou você?

Sam se virou para Tammy, seu olhar percorrendo o corpo dela. Soube instantaneamente que estava lidando com um homem que usava seu charme para tudo, o tipo de homem que conhecera a vida toda... o tipo de homem que não suportava.

– Temos amigos em comum.

– Você obviamente não é australiana, com esse sotaque, certo?

– Não, Sam, Tammy é uma modelo bem conhecida – interrompeu Posy.

– Era – corrigiu Tammy. – Hoje em dia eu sou mais empresária.

– Bom, dá para ver que você não tem filhos – disse Sam. – O parto e as noites sem dormir envelhecem a mulher, não é, querida?

Ele lançou um olhar pouco elogioso para a esposa.

– Certo, vou deixar vocês em paz, senhoras. Preciso trocar uma palavra com minha mãe.

Sam piscou para elas enquanto se afastava.

Tammy sentiu o constrangimento familiar de estar ao lado de uma mulher cujo marido tinha acabado de deixar óbvio que a achava atraente. Ficou sem saber o que dizer até que Amy rompeu o silêncio com um suspiro.

– Sam tem razão, sabe? O que eu não daria para dormir algumas horas a mais e ter tempo para escolher roupas que combinam antes de sair! Mas esse é o preço de ter filhos.

– Não sei como as mulheres conseguem. Mas deve valer a pena. Quero dizer, olhe sua crianças – disse Tammy, sorrindo. – São lindas.

Sara e Jake estavam com Nick, rindo de alguma coisa que o tio que acabaram de conhecer dizia.

– Talvez, mas eu comecei a me perguntar se a maternidade não é uma grande piada da natureza. Claro que eu seria morta a tiros no parquinho se admitisse que não adoro passar o dia com uma criança de 4 e uma de 6 assistindo a vídeos intermináveis dos Tweenies, mas às vezes sinto vontade de explodir.

– Pelo menos você é sincera – observou Tammy, gostando cada vez mais de Amy. – Vendo de fora, parece que a maternidade é 90 por cento trabalho duro e 10 por cento diversão.

– Bom, claro que a longo prazo vale a pena; todo mundo diz que é maravilhoso quando eles crescem e viram nossos amigos. O problema é que a maioria dos adultos que eu conheço parece achar que visitar os pais é uma obrigação. Nossa – disse Amy, rindo –, não estou sendo muito otimista a respeita da vida familiar, né? Mas eu realmente não seria nada sem eles.

– Eu entendo, Amy. Você só está dizendo que de vez em quando queria ter um tempinho para você.

– Exatamente. Olhe, Tammy – disse Amy, observando seus filhos com Nick –, aquele ali parece bem à vontade com duas crianças penduradas no colo. Você pode acabar igual a mim: uma mãe cansada e reclamona. Agora é melhor eu ir salvá-lo.

– Champanhe, todo mundo. Venham – anunciou Posy, que estava servindo as taças na mesa. – Só quero fazer um brinde a Nick e dizer "bem-vindo, querido".

– Obrigado, mãe.

– E boas-vindas muito calorosas a Tammy também – acrescentou Posy. – Certo, o almoço vai estar pronto em dez minutos. Quer cortar a carne, Nick?

Tammy reparou no marido de Amy estreitando os olhos ao ver a mãe paparicar seu irmão mais novo. Uma nuvem de ciúme emanava dele, como um cheiro forte.

Sebastian entrou na cozinha no momento em que todos estavam começando a sentar-se à mesa.

– Chegou na hora certa – disse Posy, indicando a cadeira entre a dela e a de Tammy. – Pessoal, este é meu novo inquilino, Sebastian Girault.

– Oi – cumprimentou Sebastian, que sorriu brevemente para o grupo e sentou-se. – Espero que ninguém se incomode por eu invadir esta ocasião especial.

– De jeito nenhum. Nick Montague.

Nick estendeu a mão por cima da mesa para apertar a dele.

– Li seu livro e adorei.

– Obrigado.

– Sou Sam Montague. E esta é minha esposa, Amy.

– Sim. Amy e eu já nos conhecemos do hotel – respondeu Sebastian. – Como vai? – perguntou a ela.

– Bem, obrigada.

Tammy notou o rubor subindo pelo rosto de Amy, que baixou os olhos.

– E o que você está fazendo na Admiral House, Sebastian? – perguntou Sam, tomando o resto do champanhe e estendendo a mão para a garrafa.

– Escrevendo meu próximo livro. Sua mãe teve a gentileza de me oferecer hospedagem.

– Que espertinha você, mãe – brincou Nick.

– É. Por um momento, quando Sebastian entrou, pensei que tinha arrumado um casinho – disse Sam.

– Quem me dera – brincou Posy. – Bom, alguém precisa de mais alguma coisa?

Pela hora seguinte, Posy ficou na cabeceira da mesa, cheia de alegria por ver a família reunida depois de dez anos. Até Sam e Nick pareciam ter posto a tensão de lado e Nick o estava colocando a par do tempo passado na Austrália. Tammy e Sebastian conversavam tranquilamente, e a única pessoa que não parecia à vontade era Amy. Talvez por causa das crianças – Posy se lembrava muito bem de quando levava os meninos para almoçar fora nos domingos e ficava pisando em ovos, com medo de eles não se comportarem. Amy parecia exausta e Posy não pôde deixar de comparar sua expressão abatida e preocupada com o rosto relaxado e tranquilo de Tammy.

– Bom, Posy, preciso subir outra vez e trabalhar. Ou, para falar a verdade, depois de todo esse vinho excelente, para tirar um cochilo antes de começar a trabalhar – disse Sebastian, levantando-se. – Até a próxima, pessoal.

Ele acenou para o grupo e deixou a cozinha.

Enquanto Posy fazia café e Amy tirava a mesa, Nick foi se sentar perto de Tammy e passou o braço pelos ombros dela, em um gesto possessivo.

– Olá, querida – disse ele, beijando seu pescoço. – Há quanto tempo a gente não se vê! O que achou do inquilino da mamãe?

– Ele foi ótimo. Nem um pouco arrogante, considerando que é um astro da literatura.

– Mãe, quero fazer xixi – anunciou Sara, na outra ponta da mesa.

– Está bem. Venha você também, Jake, depois vamos passear um pouco e dar uma folga a todo mundo.

Amy pegou as mãos dos filhos e saiu da cozinha.

– Então, mamãe deve ter lhe contado que vai me vender a Admiral House – disse Sam, a voz engrolada, enchendo de novo sua taça de vinho.

– O quê?! Não. Por que não me contou, mãe?

O coração de Posy se apertou enquanto ela colocava a bandeja de café na mesa.

– Ainda não me decidi, Nick, por isso.

– Você vai vender a Admiral House? Ao Sam? – Nick soou incrédulo.

– Para minha empresa, sim, qual é o problema? – perguntou Sam. – Como eu falei, se vai vender, é melhor manter na família. E eu prometi à mamãe um desconto em um dos apartamentos, para ela poder ficar aqui se quiser.

– Ora, Sam, eu já falei que ainda não decidi...

– Apartamentos?! De que ele está falando?

A cor havia sumido do rosto de Nick.

– Mamãe vai vender a casa para minha construtora e nós vamos transformá-la em um condomínio de apartamentos de luxo. Hoje em dia isso faz o maior sucesso. Dá para conseguir um valor ótimo por eles, ainda mais em uma área de gente aposentada, como aqui. Não é preciso cuidar da manutenção do jardim, já que alguém em tempo integral fará isso. Boa segurança e tudo o mais.

– Meu Deus, mãe – disse Nick, balançando a cabeça, tentando controlar a raiva. – Não acredito que você não discutiu isso comigo antes, não me deu a chance de dar minha opinião.

– Vamos encarar os fatos, mano, você ficou do outro lado do mundo nos últimos dez anos. A vida continua – interveio Sam. – Mamãe está batalhando sozinha neste lugar há séculos.

– Bom, é óbvio que vocês dois já decidiram tudo e não precisam que eu me meta – reclamou Nick, se levantando, trêmulo de raiva e indignação. – Venha, Tam, está na hora de irmos.

Tammy também se levantou, a cabeça baixa, constrangida, querendo que o chão se abrisse.

– Nick, por favor, não vá. Claro que eu ia discutir isso com você, pedir sua opinião. Eu...

Posy deu de ombros, impotente.

– Parece que você já se decidiu – respondeu Nick, indo até Posy e lhe dando um beijo superficial no rosto. – Obrigado pelo almoço, mamãe.

– Muito obrigada – agradeceu Tammy, vendo a expressão sofrida de Posy enquanto Nick rumava para a porta. Tudo que ela podia fazer era segui-lo. – Espero que a gente se encontre de novo. Tchau.

A porta da cozinha se fechou com força atrás deles e Posy apoiou a cabeça nas mãos.

– Desculpe, mãe – disse Sam, dando de ombros, despreocupado. – Pensei que ele soubesse. Ele vai superar. Na verdade, eu ia sugerir mostrar ao Nick a planta...

– Chega, Sam! Você já fez besteira suficiente por hoje. *Não* quero mais falar disso. Entendeu?

– Claro.

Ele teve o bom senso de parecer constrangido.

– Bom, vou ajudar a lavar os pratos, está bem?

Amy percorreu os quartos do segundo andar, em uma desanimada brincadeira de esconde-esconde com os filhos. Olhou o relógio, esperando que Sam quisesse ir logo para casa. Tinha um monte de roupa para passar. *Deve ser ótimo ser Tammy*, pensou. *Poder voltar para casa e ler um livro junto à lareira sem ser incomodada.*

– Manhêêê! Vem me achar! – gritou uma voz abafada do outro lado do corredor.

– Estou indo – disse ela, e seguiu o som até um quarto.

Sebastian estava sentado junto a uma mesa, à frente de um laptop, diante de uma das enormes janelas com vista para o jardim.

– Meu Deus, desculpe, eu achei...

– Não se preocupe – retrucou Sebastian, voltando-se para ela. – Para falar a verdade, foi bom me distrair. O vinho do almoço matou alguns milhares de células cerebrais e eu estou com dificuldade para trabalhar.

– Quantas páginas você escreveu?

– Nem de longe o suficiente. Percorri mais ou menos um terço do caminho e descobri que escrever o segundo livro é muito mais difícil do que o primeiro.

– Eu pensei que seria mais fácil, depois da primeira experiência.

– É verdade, mas às vezes a experiência atrapalha. Quando escrevi *Os campos sombrios,* só joguei tudo nas páginas, sem ter ideia se era bom ou ruim, e sem me preocupar com isso. Foi um fluxo de consciência, acho. Mas, claro, com todo o sucesso e as boas críticas, cavei minha própria cova, porque agora todo mundo espera que eu fracasse.

– Essa é uma visão muito negativa, na minha opinião.

– Concordo, mas tenho chance de ser um escritor de um livro só – disse Sebastian, com um suspiro. – Dessa vez estou realmente fazendo esforço para escrever e não faço ideia se é bom ou se é um lixo.

– *Manhêêê!* Cadê você?

– É melhor eu ir – disse Amy, levantando uma sobrancelha.

Sebastian sorriu.

– Gostei do almoço. Você tem uma ótima família.

– Tammy parece muito legal. E é linda – comentou Amy, admirada.

– É, ela é adorável e simpática, mas não faz muito meu tipo.

– Qual é o seu tipo? – A frase saiu antes que ela pudesse impedir.

– Ah, as louras pequenas e magras com grandes olhos azuis – disse Sebastian, a encarando. – Engraçado, meio parecidas com você.

Um tremor de empolgação percorreu a espinha de Amy enquanto eles se encaravam por um momento.

– Manhê! – chamou Sara, aparecendo junto à porta, fazendo beicinho. – Eu esperei e você não foi.

– É, eu... – começou Amy, desviando os olhos. – Desculpe, querida. De qualquer modo, a gente precisa ir.

– Adeus, Sara. Tchau, Amy.

Sebastian acenou de leve, com um brilho divertido no olhar.

– Até logo.

Amy encontrou Jake debaixo da cama da avó e os três desceram a escada. O que tinha na cabeça para perguntar aquilo a Sebastian? Tinha sido quase um flerte, e ela não era disso. Talvez fosse o vinho, ou talvez... talvez fosse o fato de que, mesmo odiando admitir, ela *achasse* Sebastian atraente.

Entraram na cozinha e encontraram Sam e Posy lavando os pratos em silêncio.

– Onde estão Nick e Tammy? – perguntou ela.

– Voltaram para Londres – respondeu Posy, fria.

– Vocês deviam ter me chamado. Eu queria me despedir.

– Eles saíram correndo – disse Sam. – Acho que eu chateei Nick.

– Sam contou a Nick que eu estou pensando em vender a Admiral House para ele. Claro que foi um choque. Eu queria contar pessoalmente, com cuidado, mas aí aconteceu isso – explicou Posy.

– Desculpe, mãe.

Amy não achou que Sam parecesse arrependido.

– Bom, já passou. Vou ligar para Nick e conversar com ele – disse Posy, então fez um esforço para sorrir. – Alguém quer uma bela xícara de chá e uma fatia do melhor bolo de chocolate da vovó?

– Não dá para acreditar! Como ela pode pensar em vender a Admiral House para Sam?! Isso é... loucura!

Tammy estava em silêncio no banco do carona enquanto Nick dirigia de volta para Londres em velocidade máxima, os nós dos dedos brancos de raiva no volante.

– Querido, com certeza sua mãe ia lhe contar. Só não deve ter tido tempo.

– Eu almocei com ela na semana passada, e ela mencionou que ia mandar avaliar a casa, mas não falou nada sobre vendê-la a Sam. Não. Aposto que o verdadeiro motivo é que ela sabia exatamente como eu ia reagir.

Tendo ouvido Nick reclamar por quarenta minutos, Tammy não sabia se ele estava mais chateado com a venda da Admiral House – seu amado lar da infância – ou com o fato de sua mãe vendê-la a Sam.

– Nick, isso é péssimo, mas você tem que entender o lado da sua mãe. A casa é muita coisa para ela, dá para ver. Não é culpa dela não ter dinheiro para a manutenção e a restauração, é? E se a empresa de Sam pode comprar, pelo menos a casa meio que fica na família, como ele disse.

– Tammy, você não faz ideia do tipo de pessoa que é meu irmão. Quando eu digo que ele ferraria a própria mãe para conseguir o que quer, não estou brincando.

– E você acha que ele vai fazer isso?

– Não tenho ideia, porque mamãe resolveu não me envolver, lembra? Ela deixou claro que não precisa da minha ajuda nem do meu conselho. Bom, se é isso que ela quer, é isso que ela vai ter!

16

Na manhã seguinte, Posy chegou a Southwold deprimida. Depois de ter ficado tão empolgada com a reunião da família, o modo como o almoço terminara a arrasou. Passara a noite tentando pensar na melhor maneira de resolver a situação, e em mais de uma ocasião pegou o telefone, mas acabava recolocando-o no gancho. Nick era muito parecido com ela; Posy sabia que ele precisava esfriar antes de ouvir qualquer coisa.

Abriu a galeria, preparou uma xícara de chá e olhou a chuva cair copiosamente do lado de fora. O pior era saber que precisava tomar uma decisão sobre a venda da Admiral House. Toda aquela hesitação era inquietante para todos, sem mencionar o que já havia causado. Só tinha que pegar o telefone e dizer a Sam que a prioridade era dele. Depois poderia deixar tudo aos cuidados de seu advogado e começar a procurar uma casa nova.

Uma hora depois, a porta da galeria se abriu e Freddie entrou, sacudindo a chuva dos ombros do sobretudo.

– Bom dia, Posy querida. O tempo está horrível, horrível mesmo – comentou ele, se aproximando.

– Oi, Freddie.

Até Posy notou como o cumprimento que deu soou desanimado.

– Sei que você deve estar furiosa comigo por ter cancelado o almoço tão em cima da hora.

– Não se preocupe com isso.

– Bom, eu me preocupo – respondeu Freddie, andando de um lado para outro na galeria. – Meu Deus, isso é frustrante!

– O quê?

– É que... – começou ele, encarando-a com um olhar desesperado. – Nada – disse, balançando a cabeça.

– Desculpe, Freddie, mas não estou com clima para mais drama. Ainda mais sem ter ideia do que se trata. Então, se você ainda não quer me contar, eu agradeceria se fosse embora.

Posy sentiu que estava à beira das lágrimas, o que era impensável. Deu as costas para ele e fez menção de voltar para o escritório.

– Posy, desculpe. Eu não queria chateá-la – disse ele, seguindo-a.

– Não é culpa sua.

Ela pegou um lenço de papel na caixa sobre a mesa e assoou o nariz.

– É a venda da porcaria da minha casa. Está dando uma confusão enorme entre meus filhos.

– Posy, por favor, não chore, eu não aguento...

Freddie a abraçou. Mesmo relutante, Posy estava triste demais para resistir. *Precisava* de um abraço. E nos braços de Freddie, mesmo sem querer, se sentia segura e protegida. Ouviu-o dar um suspiro profundo, depois ergueu os olhos enquanto ele se inclinava para beijar sua testa suavemente. O sino que indicava a entrada de um cliente tilintou e os dois se separaram no mesmo instante.

– Que tal eu levar você ao Swan para comer alguma coisa quando terminar aqui? Aí pode me contar tudo. Vejo você à uma?

– É, seria ótimo, obrigada, Freddie.

Posy viu-o sair e pensou que, não importava o relacionamento que tinham, precisava de um amigo. *E pelo menos isso*, pensou, indo na direção do cliente, *Freddie é.*

Depois de um bom gim-tônica e de desabafar seus problemas nos ouvidos atentos de Freddie, o ânimo de Posy melhorou um pouco.

– Que coisa! – observou Freddie enquanto comiam um excelente peixe com batatas fritas. – Parece muito mais complicado do que a questão da venda da casa. Um caso difícil de rivalidade entre irmãos, mais do que qualquer coisa.

– Claro que é – concordou Posy. – Sam sempre se sentiu rebaixado pelo sucesso de Nick nos negócios. Ele queria contar vantagem sobre a nova empresa e a compra da Admiral House. Nick ficou chateado porque eu não havia contado meus planos a ele, sem falar que ele adora mesmo aquela casa. E aí está. Isso pode acabar com uma família – reclamou ela, com um suspiro. – E não suporto a ideia de que acabe com a minha.

– Bom, você devia conversar com Nick, que parece um pouco petulante, na minha opinião.

– Talvez. Mesmo Nick sendo o mais tranquilo, ao se irritar ele fica muito teimoso, ainda mais quando se trata do irmão.

– Sei que ele vai entender, Posy. E, olhe, no fim das contas, acho que você precisa se colocar em primeiro lugar desta vez. Ultimamente aquela sua casa parece só causar sofrimento, e acho mesmo que você deveria vender.

Posy observou a veemência no rosto dele.

– Você não gosta da Admiral House, não é?

– Isso não faz a menor diferença. O que importa é ver você feliz. E, se quiser minha humilde opinião, é hora de seguir em frente.

– É, você tem razão. Está bem.

Posy respirou fundo enquanto terminava de tomar o gim-tônica.

– Vou fazer o que você sugeriu e dar prioridade a Sam.

– Bom. É sempre difícil abrir mão de alguma coisa. Vender a casa de Kent, depois da morte da minha esposa, foi a decisão mais difícil que já tomei. Mas sem dúvida foi a decisão certa.

– Vou falar com Marie, na imobiliária, ao sair daqui – prometeu Posy.

– Isso aí – incentivou Freddie, sinalizando para pedir a conta.

Então ele a encarou por um longo tempo antes de bater com o punho na mesa.

– Ah, que se dane! A vida é muito curta para não fazer isso.

– Não fazer o quê, Freddie?

– Perguntar se você quer ir comigo a Amsterdã daqui a dois fins de semana. Fui convidado para os 70 anos de um dos meus melhores amigos, Jeremy. Estudamos direito juntos. Eu adoraria que você fosse comigo, Posy, adoraria mesmo.

– Certo. Bom...

– Olhe, sei que estou confundindo você, mas acho que um fim de semana longe de Southwold seria ótimo para nós dois. Respirar um pouco de ar puro, sem o passado nos atrapalhando.

– O *nosso* passado, você quer dizer?

– É, isso, e... – Freddie balançou a cabeça. – Acho que merecemos um pouco de diversão, Posy, nós dois. Sem compromisso, claro, quartos separados no hotel e tudo o mais.

– Claro.

– E então? – indagou Freddie, a encarando.

– Por que não? Faz anos que não saio do país. E, como você disse, a vida é muito curta. Então, sim, aceito o convite.

Posy estava sorrindo a caminho da saída.

– Mãe! Oi.

Posy sentiu um rubor subir ao rosto ao ver Sam em um banco do bar, tomando uma caneca de cerveja.

– Oi, Sam.

– E quem é seu amigo? – perguntou ele, olhando para Freddie e dando um sorriso maroto.

– Freddie Lennox, prazer em conhecê-lo.

Freddie estendeu a mão e apertou com firmeza a de Sam.

– O prazer é meu. Já se decidiu sobre nosso negociozinho, mãe?

Sentindo que não era o momento de lhe informar sua escolha, Posy disse apenas:

– Eu conto quando decidir. Tchau.

Então atravessou rapidamente o bar até o saguão.

– Obrigada, Freddie, pelo almoço e pelo conselho. Agora pretendo agir. Vou falar com Marie antes que eu mude de ideia.

Depois de caminhar até a imobiliária e dizer a Marie que Sam tinha prioridade, mas que ela não deveria contar a ele até que um advogado fosse instruído, Posy foi rapidamente até seu carro, debaixo de chuva. Quando ligou o motor, decidiu que não queria ir para casa e ficar sentada pensando na situação de seus filhos. Lembrando que no dia anterior Amy dissera que as crianças estavam de férias, e que ela tiraria uma semana de licença do hotel para cuidar delas, Posy parou na frente da padaria, entrou rapidamente para comprar um bolo e dirigiu até a Ferry Road, para visitar a nora e os netos.

– Oi, Amy, como vai? – cumprimentou Posy quando ela abriu a porta. – Trouxe um bolo para vocês.

– Eu... Obrigada...

Mais pálida do que o normal, Amy passou a mão pelo cabelo despenteado e Posy notou que seus olhos estavam vermelhos. Ela parecia ter chorado.

– Eu não estava esperando visita – disse Amy, passando pelo corredor atulhado e entrando na sala.

O chão estava coberto de brinquedos e o sofá tinha uma grande pilha de roupa para passar. Jake e Sara estavam sentados diante de uma televisão com imagem granulada e mal notaram a presença da avó.

– Por que não deixamos esses dois aí concentrados e vamos preparar um chá? – sugeriu Posy gentilmente.

– Tudo bem, mas a cozinha está pior do que isto aqui.

– Eu vim ver você, não me importo com a casa – retrucou Posy, acompanhando Amy até a cozinha. – Você está bem, querida? Parece um pouco mal.

– Ah, acho que é essa virose da vez, só isso – respondeu Amy, pondo a chaleira no fogo e assoando o nariz em um papel-toalha.

– Então você deveria estar na cama.

– Bem que eu queria.

Amy se inclinou sobre a bancada manchada e Posy viu que seus ombros estavam tremendo.

– Amy querida – disse Posy, se aproximando e a abraçando enquanto a nora soluçava. – Pronto, pronto. O que houve?

– Ah, Posy, não posso falar – sussurrou Amy.

– Pode, sim. E se é sobre Sam, eu não vou achar que você está sendo desleal. Conheço os defeitos dele melhor do que ninguém. Sou a mãe dele.

– Eu... – Amy soluçava enquanto tentava falar. – Não sei como vamos nos virar este mês, realmente não sei. Estamos no limite do cheque especial, temos centenas de libras em contas para pagar, inclusive as de telefone, gás e luz, que já estão atrasadas, e Sam só sabe gastar o que temos bebendo naquela porcaria de bar! As crianças não se comportam, eu estou passando tão mal, e... Desculpe, Posy. – Amy se deixou cair em uma cadeira. – Estou no limite, de verdade.

Posy rasgou mais um pedaço de papel-toalha e o entregou a Amy, que enxugou o rosto e assoou o nariz de novo.

– Claro que está, querida. Todo mundo chega ao limite quando a resistência é tão testada. E a sua foi demais. Para ser sincera, acho incrível você ter aguentado tanto tempo.

– É?

Amy ergueu os olhos para Posy, que se sentou ao lado dela e segurou suas mãos.

– É. Todo mundo que conhece você sabe quanto é leal a Sam. Você já passou por muitas dificuldades, Amy, e nunca reclamou.

– Até agora.

– Bom, já estava na hora, no mínimo para seu próprio bem. Você não é santa, querida, é humana como todos nós.

– Eu tentei ser positiva, tentei mesmo, mas é difícil quando a gente está no fundo do poço como agora, com a chuva caindo, e sentindo que não tem esperança.

– Você tem toda a razão. Isto aqui é o fundo do poço, mas prometo que tem esperança. Agora me deixe preparar um chá quente e podemos conversar sobre o que você vai fazer para pelo menos tentar resolver os problemas financeiros.

– Eu consigo adiantar meu salário do mês que vem, mas o problema é que isso vai deixar a gente pior ainda em poucas semanas.

– Acho que no momento você precisa viver um dia de cada vez – disse Posy, pondo a chaleira no fogo. – Sam não está ganhando nada?

– Não, não até conseguir tirar um desses projetos do chão. No momento tudo é... especulação, como sempre.

– Bom, eu tenho uma boa notícia, Amy. Acabei de falar com Marie e avisei que Sam tem prioridade na compra da Admiral House.

– Verdade? Bom, isso vai animá-lo. Tem certeza, Posy?

– Não, mas pelo menos agora Sam pode ter uma chance.

– Estou falando de vender.

– Claro que não tenho certeza, mas, como um bom amigo me disse hoje cedo, é preciso seguir em frente. E pelo menos, se o projeto correr bem, você pode ter a esperança de um futuro melhor.

– Acho que sim. Faz tempo mesmo que não vejo Sam tão comprometido e empolgado com um projeto. Só que as coisas deram errado tantas vezes antes que quase não ouso ter esperança.

Enquanto Posy entregava o chá a Amy, a porta se abriu e uma pirralha com cabelos desgrenhados e rosto sujo entrou. Sara subiu no colo da mãe e enfiou um polegar na boca.

– Colinho, mamãe – disse ela.

– Bom, Amy, outra coisa que você deveria pensar seriamente é em ir morar comigo até a situação melhorar. Não acho que esta casa tenha condições de abrigar uma família com crianças pequenas durante o inverno. Vocês vão acabar pegando uma doença mortal. As correntes de ar aqui são piores do que na minha casa – argumentou Posy, estremecendo.

– Não podemos. Você sabe que Sam nem consideraria.

– Sam precisa começar a pensar no bem-estar da família antes de pensar no próprio orgulho. Agora, Sara, vou preparar uma bolsa de água quente para sua mãe e colocá-la na cama com uns dois comprimidos de paracetamol.

– Não, Posy, de verdade, estou bem.

– Você está exausta, e, além disso, Sara e eu vamos fazer tortinhas de geleia para o chá da tarde, não vamos?

Sara pulou do colo da mãe e foi abraçar a avó.

– Oba, vamos!

Amy não apareceu para o chá, por isso Posy alimentou as crianças e deu banho nelas, pensando em como seria bom para a nora descansar. Estava lendo uma história para elas dormirem quando a chave girou na fechadura e Sam entrou em casa. Depois de dar um beijo de boa-noite nas crianças, Posy passou diante do quarto de Amy pisando leve e desceu a escada.

– Oi, mãe. O que...

Posy levou um dedo aos lábios.

– Quieto. Amy está dormindo. Ela não está bem. Venha para a cozinha. Vamos conversar lá.

– O que está acontecendo? – perguntou Sam, confuso.

– Cheguei aqui à tarde e encontrei sua esposa histérica.

– Com o quê?

– Talvez ela esteja assim porque não tem dinheiro para pagar as contas, está vivendo em uma casa que não serve nem para os cachorros, trabalha tanto quanto pode e ainda cuida das crianças, aparentemente com pouca ou nenhuma ajuda sua.

– Meu Deus, ela andou falando mal de mim, é?

– Sam, não é muito esperto da sua parte me irritar agora. Sente-se, por favor.

Sam reconheceu aquele raro tom frio na voz da mãe, da época da infância, e obedeceu.

209

– Agora escute. Sua esposa está à beira de um colapso nervoso. Se você *ousar* criticá-la porque desabafou os problemas, não vai ter simpatia de minha parte. Amy apoiou você nas piores situações durante anos, sem reclamar. Eu e todo mundo sempre ficamos nos perguntando por quê, mas, independentemente do motivo, você é um homem de muita sorte.

– Por favor, não me passe sermão, mãe. Sei que sou casado com uma santa, é o que todo mundo diz, e que devo agradecer e...

– Sam, a não ser que tome jeito rápido, você está correndo o risco de perder Amy. E realmente não quero que isso aconteça, pelo bem das crianças, se não pelo seu. Portanto, estou preparada para ajudá-lo.

– Como?

– Fiz um cheque de 500 libras para você. Pelo que Amy disse, isso deve pelo menos pagar as contas da casa e cobrir as piores despesas por um tempo.

– Realmente não acho que as coisas estejam ruins como Amy disse, mãe...

– Acho que estão, sim. Aqui – disse Posy, e entregou o cheque.

Sam pegou-o e leu.

– Obrigado, mãe, vou pagar quando as coisas melhorarem, claro.

– Claro – repetiu Posy, respirando fundo. – E a outra coisa que você deve saber é que, pelo bem de Amy e das crianças, eu vou dar prioridade de venda da Admiral House à sua empresa.

O rosto de Sam se iluminou.

– Mãe, isso é fantástico! Não sei o que dizer.

– Pode dizer o que quiser, mas daqui em diante meu advogado é que vai cuidar disso – acrescentou Posy rapidamente. – Obviamente vai levar um tempo para organizar tudo, então não vou querer me mudar antes de fevereiro, mas não há motivo para a papelada não ficar pronta quanto antes. Vou falar com meu advogado amanhã e comunicar minha decisão. Acho melhor que isso seja tratado de modo estritamente profissional. Vou lhe dar a oportunidade, mas, se você fizer besteira, vai arcar com as consequências.

– Claro, mãe. Estou empolgado.

Sam fez menção de abraçá-la, mas Posy se afastou.

– Só rezo para que, pelo bem de sua família, você transforme o projeto em um sucesso. E agora preciso mesmo ir.

– Tem certeza de que não quer ficar? Vou correndo comprar uma garrafa de champanhe para comemorar.

Posy suspirou.

– Na sua situação financeira atual, acho que você não pode bancar um champanhe. Por favor, dê tchau a Amy por mim e diga que a verei em breve. Adeus, Sam.

– Tchau, mãe.

Assim que a porta se fechou, Sam soltou um grito de triunfo.

17

Nick jogou o celular no banco do carona e olhou a distância, sem saber o que pensar ou dizer.

Então estava confirmado. A questão era: e agora? Contava a verdade a Tammy, tentava explicar uma situação inexplicável? Ou era melhor esperar mais umas semanas, fazer o necessário discretamente e depois, quando tudo estivesse acertado, contar a ela?

Não dava para saber como as coisas terminariam. Talvez fosse mais gentil carregar aquele fardo sozinho por um tempo. Obviamente ele precisaria ser muito cuidadoso com aquela situação e isso, sem dúvida, colocaria ainda mais pressão em sua vida já complicada. Mas o que poderia fazer? Naquelas circunstâncias, não podia fugir. O que, na verdade, ele estava louco para fazer.

Pensou em como a vida podia estar correndo perfeitamente bem e feliz e então, em poucas semanas, virar de cabeça para baixo. Se quisesse ser dramático, poderia dizer que o destino o sacaneara, mas sabia que outras pessoas passavam por dificuldades muito maiores.

Nick deu um suspiro fundo, em seguida se recompôs e saiu do carro. Quando colocou a chave na fechadura da casa de Paul e Jane, disse a si mesmo que daria conta. No fim, não tinha escolha.

A campainha tocou e Evie gritou para Clemmie atender.

– Oi, Clemmie. Como vai?

– Bem, obrigada, Marie. Mamãe está lá em cima.

– Certo. Eu ia perguntar se você quer ir à nossa casa almoçar e brincar com Lucy – disse Marie, subindo a escada atrás de Clemmie.

– Quero! As férias estão chatas, e eu não conheço ninguém por aqui.

– A escola está indo bem?

– Aham. Eu adorei – respondeu ela, abrindo a porta do quarto da mãe.

Evie estava na cama, recostada nos travesseiros.

– Oi, Marie. Tudo bem?

– Sim, obrigada. Acabei de perguntar se Clemmie queria almoçar lá em casa. Ela disse que sim.

– Está ótimo – concordou Evie.

– O que você tem?

– Peguei uma virose, mas nada de mais, obrigada.

– Você quer chá, Marie? Vou preparar um para a mamãe.

– Quero, sim. Obrigada, Clemmie.

– Uau, Evie – disse Marie quando Clemmie saiu do quarto. – Sua filha é ótima. Lucy não faz nada para mim na cozinha.

– Ela é mesmo. Teve que aprender, de certa forma.

– Ela contou que está gostando da escola.

– É. Fiquei aliviada porque ela está feliz.

– Então... – começou Marie, se empoleirando na beirada da cama. – Já ouviu a novidade sobre Posy Montague?

– Não, não sei das fofocas da cidade.

– Ela vai vender a Admiral House.

– É mesmo?

– É. Para o filho, Sam.

– Entendi. E o que ele vai fazer com a casa?

– Transformar em apartamentos de luxo. Eu estou fazendo a corretagem. Fico com pena da coitada da esposa dele. É óbvio que eles não têm dinheiro, mas...

– Então como Sam pode comprar a Admiral House?

– Ele disse que tem um sócio, um sujeito chamado Ken Noakes. Pelo que entendi, é muito rico.

– Posy deve estar arrasada por ter que vender aquela casa linda.

– Bem, espero encontrar um bom lugar para ela morar nas próximas semanas. Já mandei alguns detalhes para ela. Ela gosta muito de você, sabia, Evie? Por que não vai visitá-la?

– Talvez, quando estiver melhor.

– E vou lhe contar quem eu vi saindo da cidade esses dias, dirigindo um Austin Healey vintage...

– Quem?

– Nick Montague, o irmão mais novo de Sam.

– Eu o conheço, Marie. Já trabalhei para ele, lembra? – retrucou Evie com frieza.

– É verdade, desculpe. Bom, ele deve estar muito bem de vida para comprar um carro daqueles.

Clemmie trouxe o chá e Evie pensou que se encontrar com Marie era um pouco como comer no McDonald's; você anseia por isso, mas enjoa na metade.

– Obrigada, Clemmie – disse Marie. – Me dê dez minutos e nós já vamos.

– Está bem.

Clemmie saiu do quarto.

– Você não sente falta de ter um homem em casa?

– Não – respondeu Evie com firmeza. – Gosto de ficar sozinha.

– Você sempre foi diferente de mim. Eu preciso de pessoas em volta e de conversar o tempo todo. Sozinha ficaria louca.

– Às vezes me sinto solitária, mas é raro.

Marie observou Evie por um tempo.

– Tem certeza de que está bem? Você está muito pálida e mais magra ainda.

– É? Não estou, não – insistiu Evie.

– E parece... tensa.

– Estou bem, de verdade.

Marie suspirou.

– Está certo, captei a mensagem. Você não quer falar disso. É que eu fico preocupada. Conheço você há muito tempo e sei quando tem alguma coisa errada.

– Quer parar de me tratar que nem criança, Marie?! Sou adulta e sei cuidar muito bem de mim mesma!

– Desculpe – disse Marie, se levantando. – Trago Clemmie de volta lá pelas cinco horas.

– Obrigada. Não queria ser grosseira e... você tem razão – admitiu ela, suspirando. – Estou em uma... situação que está me tirando o sono. Mas vou ficar bem assim que resolver.

– Bom, você sabe que estou aqui, se quiser conversar.

– Eu sei, obrigada. E desculpe por ter gritado.

– Sem problema. Todo mundo tem dias ruins. Agora descanse. A gente se vê mais tarde.

Logo depois de Marie e Clemmie saírem, o telefone tocou. Evie se levantou com dificuldade para atender.

– Alô?

– Sou eu. Só queria dar um oi. Como você está? – perguntou ele.

– Bem.

– Não parece.

– Estou bem – repetiu ela.

– Tendo um dia ruim?

– Um pouco, sim.

– Sinto muito, Evie. Queria poder visitá-la com mais frequência. Tudo certo para o fim de semana?

– Tudo.

– Meu Deus, estou nervoso.

– Vai ficar tudo bem, de verdade – tranquilizou ela.

– Vou me esforçar.

– Sei que vai. Por favor, não se preocupe.

– Estou tentando. Se precisar de alguma coisa, ligue para meu celular. Se não, vejo vocês amanhã ao meio-dia.

– Certo, até amanhã.

Evie pousou o telefone, afundou de volta nos travesseiros e soltou um suspiro longo e profundo. Não sabia direito como dar a notícia à filha. A ideia de magoá-la era como cravar uma faca no próprio coração, mas não tinha escolha.

Fechou os olhos, sentindo náuseas diante da confusão que criara e das consequências para Clemmie.

Algumas coisas estavam fora de seu controle, mas agora precisava fazer de tudo para resolver o futuro da filha da melhor maneira possível.

– Oi, Amy, que bela surpresa! – cumprimentou Posy, à mesa da galeria. – Como vai?

– Ah, muito melhor, obrigada – respondeu a nora, se aproximando e colocando um buquê de lírios na mesa. – Isto é para agradecer sua gentileza no outro dia de cuidar das crianças.

– Família é para isso, Amy.

Posy pegou as flores e cheirou.

– A que horas você acordou?

– Na manhã seguinte. Dormi a noite toda, mas foi ótimo. Estou me sentindo bem melhor. Além disso, queria agradecer pelo cheque. Sam me contou, e foi realmente muita gentileza sua. Ele depositou e pagou algumas contas.

– Bom, tecnicamente ficarei milionária daqui a alguns meses. Achei que era o mínimo que podia fazer.

– Sam está feliz da vida com o negócio da Admiral House. Na verdade, ele é outra pessoa. Nem sei como agradecer por ter lhe dado esta oportunidade, Posy.

– Olhe, já que está aqui, tenho uma coisa para você – anunciou Posy, enfiando a mão na bolsa e pegando um envelope. – Aqui.

– O que é?

– Um convite para a inauguração da butique de Tammy. Ela escreveu me agradecendo pelo almoço e mandou este convite. Disse que você e Sam podem passar a noite na casa dela, em Londres.

– Que fofa. Só que não posso ir – disse Amy, abrindo o envelope e olhando o convite elegante.

– Claro que pode. Eu fico com as crianças e você e Sam podem ir juntos, para aproveitar a noite.

– Obrigada, Posy, mas eu preciso trabalhar.

– Com certeza você pode trocar de turno com outra moça, Amy. Seria bom ter uma folga.

– Talvez, mas não tenho vestido para usar em uma festa chique em Londres.

– Pare de inventar desculpas, mocinha – censurou Posy, balançando o dedo para Amy. – Deixe isso comigo. Vou arranjar alguma coisa, está bem?

– Você está parecendo minha fada madrinha, Posy.

– Acho que você tem o direito de se divertir de vez em quando, querida. E, por falar em diversão, adivinhe aonde eu vou no próximo fim de semana?

– Aonde?

– Amsterdã!

– Meu Deus! Com quem?

– Um amigo. Desculpe, Amy, mas eu precisava contar a alguém. Se bem que, obviamente, prefiro que você não conte nada a Sam. Ele pode não aprovar.

– Bom, eu acho maravilhoso. E vocês dois...?

– Ah, nada, mas eu gosto da companhia dele. Na minha idade, a gente precisa aproveitar o que tem e não se preocupar demais com o futuro. E é exatamente isso que eu pretendo fazer em Amsterdã – concluiu Posy com um sorriso.

18

Tammy beijou o topo da cabeça de Nick, que estava todo empoeirado.

– Como vão as coisas? – perguntou enquanto ele se levantava, depois de examinar a parte de baixo de uma enorme estante pintada.

– Cupim! Está com cupim, droga! Não acredito que ele não viu. Foram 5 mil libras, e vai ser sorte se conseguir 2!

– Oi para você também, querido.

Tammy observou Nick dar um soco na estante.

– Desculpe. Oi, querida.

– Meu Deus, está frio aqui embaixo – disse Tammy, tremendo. – Mas a loja lá em cima já está ficando boa.

– Obrigado. Acho que vou poder abrir as portas em um mês, mais ou menos. Meu Deus, estou puto com essa estante.

Ele suspirou.

– Que tal um jantar no italiano da esquina? – propôs Tammy.

– Para falar a verdade, estou mais para um banho e uma pizza na frente da TV hoje.

– Tudo bem por mim. Vamos lá para casa.

Ela viu Nick apagar as luzes do porão e os dois subiram juntos. Tammy se jogou em uma enorme cama de dossel no centro da loja.

– Meu senhor, me possua aqui e agora! Por que não coloca isto na vitrine, com a gente em cima? Ia chamar a atenção dos clientes – brincou Tammy, rindo.

Ao olhar para ele, viu que a piada não tinha provocado nem um risinho.

– Nossa, você parece mesmo estressado.

– E estou – disse Nick, dando de ombros. – Desculpe.

Enquanto comia uma pizza napolitana acompanhada de uma garrafa de vinho na sala de Tammy, Nick listou seus infortúnios.

– Com a loja para organizar e inaugurar, e todo o trabalho que vem com isso, sem falar na venda da empresa em Perth, não tenho tempo para sair pessoalmente fazendo as compras. Se eu estivesse no leilão, em vez de fazendo lances por telefone, teria visto o cupim na hora. Minha reputação aqui em Londres vai crescer ou cair em função da qualidade do meu estoque. Enfim... – desabafou Nick, passando a mão pelo cabelo. – Não ligue para mim. Como você disse, estou estressado. Fale de você.

– Eu estou bem feliz. Encontrei uma ajudante maravilhosa.

– Quer dizer, a mãe da sua vizinha, a rainha do sári da Brick Lane?

– Ela mesma. Meena tem quase 60 anos, mas, meu Deus, ela tem mais energia do que eu. E o bordado com contas e a costura que ela faz são fantásticos e colocam os meus no chinelo. É mais do que isso, Nick. Ela é muito capaz. Hoje cheguei às nove e Meena já estava lá e tinha endereçado cinquenta envelopes da minha lista de convidados. Se não tem o que fazer, ela arranja alguma coisa.

– Será que ela pode trabalhar para mim? – murmurou Nick.

– Rá! Não. Ela até leva uns potinhos de comida indiana para me alimentar. Ofereci a ela o cargo de subgerente, e se ficarmos muito ocupadas vou contratar outra pessoa para fazer os consertos. Meena diz que tem um monte de amigas que podem ajudar.

– Seu estoque já está pronto?

– Ainda não, mas pelo menos com a ajuda de Meena devo ter estoque suficiente para a inauguração. E adivinha só: a querida da Jane conseguiu arrumar uma matéria sobre mim e minhas roupas na *Marie Claire*. Além disso, uma revista dominical e dois jornais querem me entrevistar também.

– Isso é ótimo, amor.

– Desculpe, Nick, não quero me gabar quando você está chateado.

– Bobeira – disse ele, abraçando-a e acariciando seu cabelo. – Vou ficar bem assim que o negócio estiver funcionando. O letrista da fachada vai amanhã às dez, então pelo menos vou ter meu nome em cima da vitrine.

– Isso é bom. Aliás, Jane ligou. Convidou a gente para jantar no sábado, para comemorar a novidade. Você pode ir?

– Infelizmente, já avisei que não. Tem um leilão em uma casa de campo em Staffordshire no domingo, com visita no sábado. Vou ficar fora o fim de semana todo.

– Que pena, mas tudo bem. E se eu for com você? Jane e eu podemos marcar outra noite para comemorar.

– Pode ir, mas você vai morrer de tédio. Por falar em Jane, acho que está na hora de eu arranjar um lugar para morar. Sei que passo a maioria das noites aqui, mas minhas coisas ainda estão lá e isso não é justo com eles. Acho que preciso começar a procurar uma casa.

– Você sabe que pode se mudar para cá, não é?

– Posso?

Tammy assentiu.

– Pode.

– Isso é um grande passo. A gente só se conhece há algumas semanas.

Tammy ficou subitamente irritada com a reação morna de Nick à sua oferta. Para ela também era um grande passo, mas obviamente Nick não estava pronto para isso.

– Foi só uma ideia – disse ela, dando de ombros.

– Obrigado. De verdade. Mas acho que seria um inferno morar comigo nos próximos meses. Para ser sincero, prefiro esperar até as coisas se resolverem e eu estar com um ânimo melhor sobre o futuro. Tudo bem?

– Tudo bem.

– O que foi, Tammy?

Tammy ergueu os olhos para Meena, que estava apoiando uma xícara de café na mesa do escritório minúsculo nos fundos da butique. Estava vestida de modo imaculado, como sempre, seu corpo curvilíneo envolto em um terninho rosa-claro com uma echarpe multicolorida elegantemente jogada sobre o ombro. O cabelo preto e brilhante estava preso em um coque e a maquiagem muito bem aplicada.

– Nada, estou bem – respondeu Tammy, abrindo a correspondência. – Recebemos mais dez confirmações para a festa. Estou começando a achar que não vai ter ar suficiente para todo mundo respirar aqui dentro.

– Isso é bom, não é? – disse Meena, abrindo um largo sorriso que exibia os dentes brancos impecáveis. – Então, me diga, por que você está tão triste?

– Não estou.

– Hmm! – exclamou Meena, balançando os dedos cheios de anéis. – Ontem você recebeu um telefonema da *Marie Claire* para marcar uma sessão de fotos e hoje chega aqui como se o cachorro tivesse comido seu jantar. Diga, o que há?

– Eu só estou sendo dramática. Ontem à noite sugeri que Nick fosse morar comigo e ele disse que não estava preparado. Pareceu que eu estava apressando as coisas.

– Homens! – resmungou Meena. – A gente oferece uma cama quente com uma beldade em cima e eles recusam porque "não estão preparados". Ouça o que estou dizendo: ele vai se arrepender.

– Vai? – Tammy suspirou. – Não sei. Às vezes meu relacionamento com Nick parece dar um passo para a frente e dois para trás. Tem hora que ele é fantástico e eu me sinto muito segura e feliz, e acredito mesmo que ele me ama e que tudo vai dar certo. Então, do nada, ele faz ou diz alguma coisa que abala minha confiança. E também não ajuda nada ele passar tanto tempo fora de Londres procurando material para o estoque. Sinto falta dele, Meena. Isso me faz pensar se não estou me envolvendo demais.

– Ah, isso você está. Você ama esse homem, é óbvio. E quando isso acontece, a gente fica presa, como eu e Sanjay. Pense só: se eu não tivesse posto os olhos em um rapaz em uma barraca na feira da Brick Lane há trinta anos, talvez pudesse ter casado com um marajá, e não com um fabricante de sáris.

Tammy riu.

– Você ainda o ama?

– Amo. E o mais importante, eu o admiro e o respeito. Sanjay é uma boa pessoa. E, pelo que vi do seu Nick, ele também é. Aproveite o momento, Tammy. Aproveite que você é jovem, linda e está apaixonada, porque quando menos esperar vai estar como eu, uma velha coroca.

– Meena, se eu estiver como você aos 50 e tantos anos, vou achar maravilhoso – disse ela, examinando a pele lisa e cor de caramelo de sua assistente. – Então você está dizendo para eu não recuar?

– Isso. Estou dizendo para aproveitar! – exclamou Meena, abrindo os braços. – A dor só aumenta o prazer. A vida é isso. E você é nova o suficiente para se recuperar se der errado.

Tammy assentiu.

– É, tem razão. E se eu acabar virando uma solteirona, cheia de antigas lembranças, pelo menos posso dizer que vivi a vida.

– É, Tammy. Isso mesmo.

A campainha e o telefone tocaram ao mesmo tempo.

– Hora de esquecer o amor e virar a empresária – disse Meena. – Eu atendo o telefone, você recebe o entregador.

19

Fazia séculos que Amy não se sentia tão para cima. Nos últimos dez dias, desde que Posy chegara como uma heroína e dera a Sam o projeto da Admiral House, a atmosfera em casa tinha amenizado consideravelmente. Na noite anterior, Sam lhe contara que Ken Noakes, seu sócio, estava tão satisfeito por ele ter conseguido o projeto que lhe ofereceu um pequeno pagamento semanal enquanto ele trabalhava no acordo.

– Ainda não é muito e só vamos ter dinheiro de verdade quando eu receber minha comissão do projeto, mas acho que talvez possamos nos mudar daqui na primavera.

– Ah, Sam, isso faria toda a diferença – disse Amy, aliviada, enquanto servia salsichas com batatas.

– Sei como tem sido difícil para você, querida. Vou dizer uma coisa: quando isso tudo terminar e estivermos com o dinheiro no banco, vou levar você para umas férias no exterior.

– Seria maravilhoso – respondeu Amy, feliz ao ver o marido tão otimista.

Além disso, ele não andava bebendo tanto, o que tornava sua vida muito mais fácil.

– Aliás, preciso sair amanhã à noite – disse Sam. – Ken está vindo da Espanha e quer se encontrar comigo para jantar em um hotel em Norfolk. Ele tem outro projeto lá e reservou um quarto para mim. Acho que ele quer comemorar o negócio da Admiral House.

– Está bem – concordou Amy, pensando que era tão raro Sam estar em casa à noite, nos últimos tempos, que ficar fora até o outro dia não faria diferença. – Divirta-se. Você merece, querido.

De manhã, Amy deu um beijo de despedida em Sam, antes de sair para o trabalho, e pensou que estava ansiosa para ter uma noite livre. Marie ia pegar as crianças na escola e Amy estava planejando colocá-las na cama, quando chegassem em casa, e enrolar-se perto do fogo para finalmente terminar o livro de Sebastian.

– Parece que o tempo hoje vai ficar ruim – comentou Karen, a outra recepcionista do hotel, colocando a previsão do dia no balcão da recepção. – Vento forte e chuva torrencial.

– Ai, meu Deus – disse Amy. – Acho que não seria preciso muita coisa para arrancar o telhado da nossa casa.

– É, vocês não ficam muito protegidos lá... Mas, olhe, a casa já deve ter aguentado alguns vendavais e continua de pé.

Quando Amy chegou à casa de Marie, o tempo havia mesmo piorado.

– Vai ser uma noite difícil – comentou a corretora ao receber Amy encharcada de chuva. – Dei comida às crianças e elas estão bem. Que tal um copo de vinho antes de você ir para casa?

– Só uma tacinha, obrigada. Não quero voltar muito tarde. Odeio o começo do inverno. Já está quase escuro e são só 17h20 – disse Amy, aceitando a taça que Marie lhe entregava.

– Eu sei. Logo vai ser Natal. Saúde – brindou Marie, erguendo sua taça. – Ao seu marido magnata dos imóveis. Ele está feliz?

– Muito – assentiu Amy.

– Que bom. Acho que ele pode ganhar uma fortuna se fizer o serviço direito.

– Esperemos que sim. Mas ainda falta muito.

Vinte minutos depois, Amy colocou os filhos no carro e foi embora. A chuva estava tão forte que ela mal conseguia enxergar pelo para-brisa. Parou na frente da casa, pegou as compras no porta-malas e correu com Jake e Sara até a porta da frente.

– Vamos entrar e tomar um belo banho para esquentar – disse, destrancando a porta e estendendo a mão para o interruptor.

Nada aconteceu. Tentou de novo e soltou um grunhido de frustração. Obviamente a tempestade havia desarmado os disjuntores. Depois de colocar Sara no chão e fechar a porta, Amy parou no corredor escuro e tentou lembrar onde ficava o quadro de distribuição.

– Mãe, estou com medo – gemeu Sara enquanto Amy tateava o caminho até a sala e localizava primeiro a lareira e depois os fósforos.

– Vamos lá.

Amy acendeu um fósforo e examinou rapidamente a sala, procurando

224

uma vela para ter luz mais permanente. Seus olhos encontraram um cotoco de parafina em um prato no parapeito da janela.

– Certo – disse, voltando até Sara e Jake, cujos rostinhos estavam cheios de medo. – Venham atrás de mim e vamos acender umas luzes.

Os três atravessaram a cozinha com cuidado até uma pequena área de serviço. Amy abriu uma caixa que felizmente abrigava os disjuntores e os examinou. Para sua confusão, nenhum deles parecia desarmado, mas mesmo assim experimentou todos, sem solução.

– Mãe, eu não gosto do escuro. Eu vejo monstros – reclamou Jake. – Quando a luz vai voltar?

– Estou com frio, mamãe – acrescentou Sara.

– Eu sei, mas a mamãe vai precisar pensar um minuto para decidir o que fazer. Talvez a tempestade tenha acabado com a eletricidade em um monte de casas. A luz pode voltar em um minuto. De qualquer modo, vou ligar para o pessoal da eletricidade e descobrir, está bem?

Com os dois pequenos grudados em seu casaco, Amy pegou o celular na bolsa. Procurou e ligou para o número de emergência.

– Oi, alô, eu queria saber se está havendo algum corte de energia em Southwold. Eu moro na Ferry Road e estamos sem luz. Não? Ah, bom, então precisamos que alguém venha descobrir qual é o problema. Meu nome e meu endereço são... Sim, claro.

Amy deu as informações necessárias e esperou enquanto a telefonista fazia a investigação. Por fim, a voz retornou do outro lado da linha.

– Sinto muito, Sra. Montague, mas nosso computador está dizendo que seu fornecimento de energia foi cortado.

– O quê? Por quê?

– Porque ainda não recebemos o pagamento do último trimestre. Foi mandada uma carta há mais de três semanas informando que, se não pagassem a conta de luz nos catorze dias seguintes, iríamos cortar o fornecimento.

O coração de Amy começou a bater com força.

– É, eu recebi, e tenho certeza de que meu marido pagou a conta.

– Infelizmente nenhum pagamento está aparecendo no nosso sistema, Sra. Montague.

– Mas ele pagou, ele disse que pagou. Talvez o pagamento tenha se perdido – argumentou Amy, desesperada.

– Talvez – respondeu a telefonista, obviamente já tendo ouvido tudo aquilo antes.

Amy mordeu o lábio.

– O que eu faço, então?

– O modo mais rápido é fazer o pagamento em dinheiro nos correios mais próximos, depois retornar avisando. Vamos religar o fornecimento assim que recebermos.

– Mas... e hoje? Tenho dois filhos pequenos, é perigoso eles ficarem aqui no escuro – disse Amy, sentindo as lágrimas brotando e obstruindo a garganta.

– Sinto muito, mas não podemos fazer nada enquanto o pagamento não for realizado, Sra. Montague.

– Bom, eu... Obrigada por nada!

Amy desligou e se deixou afundar em uma cadeira.

– Mamãe, o que aconteceu? – perguntou o filho, o rostinho cheio de preocupação.

– Nada, nadinha, Jake.

Amy enxugou as lágrimas com força, usando a manga da camisa, enquanto tentava pensar no que fazer. Não podiam passar a noite ali. Não tinham mais velas e estava frio demais para as crianças. Tinha certeza de que Marie as receberia, mas o orgulho não lhe permitiria pedir.

Só havia um local aonde poderiam ir. Ligou para Posy. A linha estava ocupada, o que pelo menos significava que ela estava em casa. Em vez de ficar ali sentada, Amy decidiu enfiar as crianças no carro, ir direto para a Admiral House e pedir uma cama para passarem a noite.

– Venham, crianças, vamos sair para uma aventura. Vamos passar a noite na casa da vovó.

– A gente vai dormir naquela casa grande? – perguntou Jake, que, como sempre morara a no máximo dez minutos da avó, nunca tinha precisado passar a noite na casa dela.

– Não vai ser divertido? – retrucou Amy, pegando Sara no colo e levando a vela para iluminar o caminho até a porta.

– E os nossos pijamas? – indagou Jake.

– Vamos arranjar alguma coisa para vocês usarem na casa da vovó – disse ela, querendo sair quanto antes. – Vá, Jake, corra até o carro enquanto a mamãe fecha a porta.

Amy estava encharcada quando conseguiu colocar as crianças nas cadeirinhas do carro e prender os cintos de segurança.

– E o papai? Ele vai chegar em casa e perguntar onde a gente está – questionou Jake enquanto partiam.

Nesse momento, Amy só queria que um acidente muito doloroso acontecesse com Sam, para que ela nunca mais precisasse vê-lo.

– Papai vai passar a noite fora, querido. Quando ele chegar amanhã, a gente vai estar em casa de novo.

A tempestade caía com força total enquanto Amy dirigia pelas ruas desertas de Southwold em direção à Admiral House. Quando pegou a estradinha que levava à entrada, sentiu a ferocidade do vento golpeando o pequeno carro.

– Estamos chegando – disse ela, já na entrada para veículos. – Tenho certeza de que a vovó tem um bolo gostoso para nós.

Ela parou diante da casa e desligou o motor, aliviada por ver luzes acesas no andar de baixo e em alguns cômodos em cima.

– Vocês dois esperem aqui enquanto eu vou falar com a vovó.

Amy abriu a porta do carro e lutou para fechá-la, por causa do vento. Correu até a entrada e tocou a campainha. Não havendo resposta, tentou bater com força. A chuva escorria de seu cabelo enquanto ela corria até a cozinha, na lateral da casa. Também estava fechada, o que era incomum. Correndo de volta até a frente, bateu com insistência.

– Posy? Sou eu, Amy!

Ainda silêncio dentro da casa.

– Ah, meu Deus, o que vou fazer agora? – perguntou, em desespero.

Batendo os punhos na porta, Amy percebeu que precisaria engolir o orgulho e se colocar à mercê de Marie, junto com as crianças. Deu as costas para a entrada e foi andando, arrasada, em direção ao carro. Na metade do caminho, ouviu o som de ferrolhos sendo puxados e se virou para olhar. A porta da frente estava se abrindo.

– Graças a Deus, graças a Deus – ofegou ela, correndo de volta para a entrada. – Posy, sou eu, Amy. Eu...

Ela parou quando viu que não era Posy, e sim Sebastian Girault, com apenas uma toalha enrolada na cintura, parado na soleira.

– Amy, meu Deus, você está encharcada. Posy não está em casa.

O coração de Amy se apertou.

– Onde ela foi?

– Foi hoje de manhã para Amsterdã.

– Merda! Ela me contou na semana passada, mas eu tinha esquecido.

Amy engoliu em seco, sabendo que ia cair no choro a qualquer momento.

– Acho melhor você entrar mesmo assim, pelo menos até se secar – sugeriu ele. – Vai acabar pegando uma gripe mortal.

– Estou com as crianças no carro. Ai, meu Deus, não sei o que fazer, não sei o que fazer.

– Pegue as crianças e venha para dentro, está bem?

Meia hora depois, os três já tinham tomado um bom banho quente de banheira e as crianças estavam enroladas em cobertores no sofá da sala matinal. Amy estava sentada de pernas cruzadas diante da lareira, usando um antigo roupão felpudo de Posy.

Sebastian veio da cozinha com chocolate quente para as crianças e entregou uma grande dose de conhaque para ela.

– Beba. Parece que você está precisando.

– Obrigada.

– Pendurei as roupas molhadas de vocês em cima do fogão. Devem estar secas de manhã.

– Espero que você não se incomode por aparecermos desse jeito. Não tínhamos para onde ir.

– Deixe de bobeira. Você é nora de Posy – disse Sebastian, agora vestido com uma calça de moletom e um agasalho. – Ela ia me matar se eu não oferecesse toda a hospitalidade a vocês. Mas foi sorte eu ter escutado. Tinha acabado de entrar na banheira e estava ouvindo Verdi com os fones de ouvido. Se não tivesse deixado o sabão na pia e saído para pegar, nunca saberia da tragédia acontecendo lá na porta. Posso perguntar o que houve?

Amy pôs um dedo diante dos lábios e indicou as crianças.

– Venham, vocês dois. Está na hora de ir para cama. Vocês podem dormir com a mamãe hoje. Já liguei os aquecedores para esquentar as cobertas.

– Quer uma ajudinha? – perguntou Sebastian enquanto Amy, cansada, pegava uma sonolenta Sara no colo. – Quer andar de cavalinho? – ele sugeriu a Jake.

– Quero, por favor – concordou o garoto, tímido.

Amy chegou a sorrir enquanto Sebastian disparava escada acima a toda a velocidade, com Jake gargalhando, pendurado em seu pescoço.

Os dois colocaram as crianças embaixo de um edredom aconchegante na cama de casal de um dos quartos livres.

– História, mamãe, história!

– Ah, querido, a mamãe está cansada, é muito tarde e...

– Eu conto a história, Jake – interveio Sebastian. – Mas sou um contador de histórias profissional, talvez eu tenha que cobrar pelos meus serviços. Por exemplo, a mamãe vai ter que descer e encher minha taça com o vinho que está na geladeira. Acha que seria justo, Jake?

– Acho. Qual vai ser a história?

Amy deu um beijo em Sara, que já estava praticamente dormindo, e abraçou Jake, obviamente ansioso para se livrar dela.

– Bom... – começou Sebastian, piscando para Amy enquanto ela saía do quarto.

Ela desceu a escada devagar, emocionada com o jeito natural que Sebastian tinha com as crianças. Pegou a taça de vinho dele, encheu-a e a levou de novo para cima, onde Jake escutava atentamente cada palavra de Sebastian. Não conseguiu deixar de compará-lo a Sam. Praticamente precisava implorar que Sam lesse uma história para as crianças ou que ao menos passasse algum tempo brincando com elas. Recentemente, Amy havia chegado à conclusão de que, apesar de amar os filhos, Sam não gostava muito de *ficar* com eles. Só esperava que a situação mudasse quando eles crescessem e ficassem mais civilizados.

Ela voltou para a sala matinal, acomodou-se diante da lareira e bebeu o restante do conhaque. Pensou em quanto amava aquela casa, tão desgastada, mas tão cheia de personalidade. Dava uma sensação de segurança, como o lar que ela ansiava ter.

– Em que você está pensando?

Amy deu um pulo e se virou, vendo Sebastian parado junto à porta. Estivera tão imersa em pensamentos que não o ouvira chegar.

– Estava pensando em quanto adoro esta casa e como vai ser triste vê-la se transformar em um monte de apartamentos.

– Não é? – murmurou Sebastian. – Também odeio essa ideia. E nem imagino como Posy está se sentindo.

– Bom, imagine como eu me sinto. É a empresa de meu marido que vai usar a marreta.

– Foi o que ouvi dizer – comentou Sebastian, sentando-se no sofá. – Bem, ele vai ganhar algum dinheiro e isso vai ajudar a família, não é?

– Talvez – admitiu Amy. – Mas, como foi a incompetência dele que nos trouxe à sua porta hoje, realmente não tenho muita esperança.

– Posso perguntar?

– Pode – assentiu Amy com um suspiro exausto. – Ele não pagou a conta de luz e o fornecimento foi cortado.

– Entendi. Foi por descuido ou falta de dinheiro?

– Definitivamente descuido. Eu sei que ele tinha dinheiro. Posy teve a gentileza de dar um cheque. Claro, ele pode muito bem ter gastado tudo com bebida... – disse Amy, dando de ombros. – Vamos encarar os fatos. A perspectiva de futuro não é muito boa, não importa o ângulo.

– Verdade. Bom, onde ele está agora? Você o deixou em casa no escuro?

– Em algum hotel chique em Norfolk, jantando com o sócio. Sebastian, você se incomodaria se eu fizesse uma torrada? Não comi nada desde o almoço e minha cabeça está girando por causa do conhaque.

– Fique à vontade. Na verdade, acho que vou acompanhá-la. Depois de toda essa agitação, fiquei com fome.

Ele foi com Amy até a cozinha.

– Que tal queijo-quente? – ofereceu ela.

– Perfeito. Que bom que você veio.

– Por favor, não me deixe atrapalhar seu trabalho. Se precisar ir, é só dizer – comentou Amy, pondo queijo nas fatias de pão.

– Não, eu não ia trabalhar mais esta noite. Além disso, recebi uma notícia muito boa hoje.

– É mesmo? Qual?

Amy colocou o pão com queijo no fogão.

– Uma produtora de Hollywood comprou os direitos de *Os campos sombrios*. Parece que vai ser o grande lançamento do ano que vem.

– Ai, meu Deus, Sebastian! Isso é incrível. Você vai ficar rico?

– Talvez. Não que eu esteja exatamente pobre – declarou Sebastian, sem soar arrogante. – Provavelmente vão estragar a história, claro, mas espero que pelo menos fique a essência do original.

– Pronto – disse Amy, colocando os sanduíches na mesa. – Não é exatamente um jantar de comemoração – falou, com um risinho.

Sebastian a observou se sentar.

– Por acaso, eu acho perfeito.

– Bom, de qualquer modo, parabéns pelo contrato.

– Posso oferecer uma taça de vinho para brindar ao meu sucesso?

– Claro.

Sebastian serviu um pouco de vinho para os dois e em seguida começaram a comer.

– É estranho você ter aparecido aqui hoje. Obviamente foi obra do destino – disse Sebastian. – Posy contou que faz anos que ela não viajava...

– E eu nunca precisei pedir uma cama para passar a noite.

– Imagino o que sua amiga Marie diria se visse nós dois aqui comendo torrada na cozinha de sua sogra. Posy em Amsterdã, seu marido viajando...

– Pare – pediu Amy, estremecendo. – Sei exatamente o que ela pensaria.

– Bom, até a mente mais cínica poderia pensar que o destino parece querer nos unir. Então devemos perguntar: por quê?

Amy tinha parado de comer e estava encarando Sebastian.

– E qual seria sua resposta?

– Se eu estivesse no clima de escritor criativo, diria que desde a primeira vez que nos vimos houve uma conexão.

– Você gritou comigo e me fez chorar – rejeitou Amy.

– É, e então, por algum motivo que não entendo, precisei segui-la até a rua e pedir desculpas.

– Foi por educação, não? – respondeu Amy, sem conseguir evitar reagir ao flerte.

– Amy, meu bem, você não me conhece mesmo. É mais difícil conseguir um pedido meu de desculpas do que o Velocino de Ouro. Não foi isso – negou Sebastian, balançando a cabeça. – Foi definitivamente outra coisa. E então, depois da conferência, tive o instinto de lhe dar meu livro, sem cobrar. O que também não é do meu feitio. Vamos voltar para a sala matinal com o vinho?

Eles foram para a sala, onde Amy colocou mais lenha no fogo e se acomodou outra vez diante da lareira.

– Admito que não gostei muito de você, sabia? Então comecei a ler seu livro e achei que alguém capaz de escrever algo tão comovente não podia ser muito ruim.

– Obrigado. Vou considerar um elogio. E vou lhe contar um segredo, está bem?

– Se você quiser.

– Eu acho – começou ele, segurando o vinho com as duas mãos – que eu quis ficar e escrever em Southwold por sua causa.

– O quê? Nós só nos vimos duas vezes antes de você decidir. Se está tentando me enrolar para se dar bem, não vai funcionar – acrescentou ela, ruborizando.

– Eu fiz alguma proposta indecente? – Sebastian fingiu estar horrorizado. – Senhora, eu sou um cavalheiro. Respeito sua honra.

– Acho bom – disse Amy, com uma convicção que não sentia.

De repente o ar ficou cheio de tensão e os dois permaneceram em silêncio, tomando o vinho.

– De qualquer modo, com esse roupão, você me lembra demais Posy – brincou Sebastian, por fim. – Então diga, Amy, e eu quero a verdade: você não sente nadinha por mim?

Ela o encarou e viu que os olhos dele não riam mais. Tinham uma seriedade mortal.

– Eu... – disse ela, e balançou a cabeça. – Não sei. Quero dizer, eu gosto de você, mas você é um romancista rico, bem-sucedido, famoso no mundo todo, e eu sou só uma mãe acabada e falida. Como é que eu ia sequer pensar em... alguma coisa?

– E se eu dissesse que penso em você sem parar desde que a conheci, e que cada vez que a gente se encontra o sentimento fica mais forte? – murmurou ele, devagar. – Que, não importa o que eu faça ou quanto repita que você não está disponível nem interessada, simplesmente não consigo tirar você da cabeça?

Amy não conseguiu responder. Encarou-o, chocada demais para falar.

– Amy, sei que é ridículo e entendo que talvez não dê em nada, mas infelizmente acho que amo você.

– Isso é impossível. Você nem me conhece. – A voz dela não passou de um sussurro rouco.

– Quer vir aqui? Prometo que só quero abraçar você, nada mais.

O coração de Amy estava acelerado.

– Eu não devia, realmente não devia...

– Juro que se o destino não tivesse mandado você para mim, aqui, esta noite, eu teria sofrido em silêncio. Mas aqui está você. Pode vir aqui?

Sebastian se levantou e estendeu as mãos para ela.

– As crianças... Eu... – disse ela.

– Só quero abraçar você.

Ela ficou de pé e se aproximou lentamente. Os braços de Sebastian a envolveram e Amy encostou a cabeça no peito dele, sentindo seu coração bater tão rápido quanto o dela. Estranhos calafrios eróticos dispararam por sua barriga enquanto sentia o perfume de Sebastian e experimentava aquele contato físico pela primeira vez.

– E então, Amy?

– Então o quê?

– Você sente alguma coisa por mim?

Ela o encarou e assentiu, triste.

– Claro que sinto, e me odeio por isso. Quero dizer, eu estou aqui, nos seus braços, uma mulher casada, querendo...

Sebastian baixou a cabeça e a beijou, intensa e apaixonadamente.

Amy não pôde fazer nada além de corresponder com a mesma força.

– Amy, Amy...

A boca de Sebastian estava em seu pescoço, as mãos acariciando seu cabelo. Enquanto se deitavam no chão, ele afastou o roupão de Posy dos ombros dela e tocou seus seios delicadamente. Os mamilos de Amy se enrijeceram ao toque enquanto ela tirava as roupas de Sebastian e sentia a pele dele contra a dela.

– Você é tão linda, tão linda... – disse ele, tirando de vez o roupão dela.

Sebastian a beijou de novo enquanto suas mãos desciam pela barriga e depois pela parte interna da coxa dela. Amy gemeu de prazer, sabendo que estava mais do que pronta quando ele se encaixou entre suas pernas, penetrando-a com facilidade, investindo até que os dois estivessem ofegando e Amy gritasse, incapaz de se conter por mais tempo.

Ele desabou sobre ela, continuando a beijar seu rosto, o pescoço, os seios.

– Eu te amo, eu te amo, Amy – sussurrou ele. – Desculpe, mas amo.

Ficaram deitados, tão quietos quanto tinham estado agitados. Amy notou que seus olhos estavam marejados.

– O que eu fiz? – perguntou.

– Fez amor comigo.

– Como pude?

– Você quis.

– Mas... as crianças, elas podem ter...

– Elas não ouviram nada, querida.

Sebastian se apoiou em um cotovelo para olhá-la, e afastou uma mecha de cabelo dos olhos dela.

– Por favor, não diga que se arrependeu.

Amy balançou a cabeça.

– Não sei... Eu sou casada, pelo amor de Deus! Nunca traí Sam. Que tipo de esposa eu sou agora?

– Pelo que ouvi Posy dizer, a esposa mais amorosa, solidária e sofrida.

– É, mas isso não é desculpa para o que eu fiz. "Ah, sinto muito, Sam, eu tive um dia ruim e por isso fiz amor com outro homem." Meu Deus!

Amy se levantou e foi pegar o roupão de Posy. Vestiu-o e se sentou no sofá, olhando para o fogo, as mãos se movendo nervosamente.

Sebastian ficou de pé e foi para perto dela.

– Amy, eu forcei você?

– Meu Deus, não. Isso é que é o pior. Eu quis. Quis mesmo.

Sebastian a abraçou com força.

– Eu só precisava saber disso.

Ficaram em silêncio por um tempo, cada qual perdido nos próprios pensamentos.

– Então – disse ele, por fim. – O que a gente faz agora?

– Como assim?

– É uma pergunta séria. Isso foi o fim de uma bela amizade ou o início de um novo amor?

– Não consigo pensar no futuro. Só no que aconteceu – respondeu Amy, suspirando, odiando-se por estar tão feliz nos braços dele. – Estou tão confusa.

– Tem razão. Não vamos nos preocupar com o amanhã. Temos a noite toda, não é? – disse Sebastian, erguendo o queixo dela. – E, não importa o que aconteça depois, temos que aproveitar o momento – acrescentou, se inclinando para beijá-la outra vez.

Muitas horas depois, Amy saiu dos braços de Sebastian e se esgueirou para a cama onde seus filhos estavam dormindo. Sentiu o calor de seus corpinhos e mordeu o lábio, sentindo-se culpada.

Sua cabeça girava ao tentar entender o que havia acontecido. Só sabia que, certo ou errado, jamais tinha vivido algo assim. A paixão e a empolgação que sentira enquanto faziam amor uma vez após outra só aumentara à medida que exploravam e se familiarizavam com o mapa íntimo de seus corpos.

Em determinado momento, Sebastian a levara para a cama, e os dois ficaram deitados no escuro ouvindo o rugir da tempestade e olhando as nuvens correr pelo céu enluarado. Entrelaçados, ela ouviu Sebastian contar um pouco sobre sua vida, a primeira esposa e a perda dela e do bebê. E Amy também falou da época da faculdade de artes e de seus sonhos de ser artista plástica, antes de conhecer Sam.

Por fim, quase caindo de sono, Amy disse que precisava ir para a cama dos filhos.

Ele segurou sua mão para impedi-la de se levantar.

– Não vá. Eu não vou aguentar.

– Eu tenho que ir.

– Em um minuto.

Ele a puxou de volta, beijou-a e a abraçou com força.

– Só quero dizer, Amy, que se você decidir que isso nunca mais vai se repetir, vou me lembrar desta noite pelo resto da vida. Boa noite.

– Boa noite.

Ela o beijou suavemente nos lábios e foi cambaleando, com as pernas bambas, até o quarto das crianças. E agora estava deitada, insone, seu corpo pulsando, dolorido em alguns pontos de tanto fazer amor.

E, não importava quanto tentasse se lembrar da traição horrível que cometera, só conseguia sentir um prazer absoluto... e que finalmente havia encontrado seu lugar.

20

Posy e Freddie pousaram no aeroporto Schiphol às duas da tarde. Ela estava exausta. Tinha passado a noite insone, preocupada com a decisão de acompanhar Freddie a Amsterdã e com as implicações disso. Tinha enfim pegado no sono às cinco da manhã, mas precisou acordar às quinze para as sete para se aprontar antes que Freddie chegasse.

Tinha feito e desfeito a mala, incapaz de decidir o que levar e o que usar na festa. Sebastian fez a gentileza de carregar a bagagem para baixo e Posy o apresentou a Freddie.

– Gostei muito do seu livro, Sr. Girault.

– Me chame de Sebastian, por favor. Talvez a gente possa sair para tomar uma cerveja uma hora dessas, não é? Posy contou que o senhor é da geração da Segunda Guerra Mundial, como ela.

– Seria um prazer.

– Bom. Agora cuide dela, está bem?

– Claro – disse Freddie, sorrindo.

– Tchau, Sebastian – despediu-se Posy enquanto Freddie colocava sua bagagem no porta-malas, junto à dele.

– Tudo certo? – perguntou Freddie.

– Acho que sim.

Ele a segurou pelos ombros e lhe deu um beijo de leve no rosto.

– Você parece nervosa, Posy. Isso é para ser divertido, sabia?

– Precisei organizar muita coisa. Acho que perdi o hábito de viajar.

– Bom, então vamos retomar esse hábito aos poucos, que tal?

Então ela decidiu parar de agir como uma velha boba e aproveitar o fim de semana.

Foram de carro até o aeroporto de Stansted, conversando sobre tudo, e finalmente Posy começou a relaxar. No aeroporto, sentiu uma empolgação enquanto faziam o check-in.

– Sabe que faz mais de vinte anos que não ando de avião, e que mesmo assim foi só até Jersey, para um feriado com os meninos? – disse ela a Freddie enquanto passavam pelo portão de embarque.

– Bom, só quero avisar que eles não obrigam mais a gente a usar máscara e óculos de aviador – brincou Freddie.

Posy adorou o voo tranquilo e ficou triste quando pousaram. Freddie, que obviamente era um viajante experiente, a guiou pelo controle de passaportes até a área de bagagens, onde retiraram as duas malas do carrossel.

Pegaram um táxi e, enquanto entravam na cidade, Posy ficou olhando ansiosamente pela janela, vendo as altas casas com telhados empenados, inclinadas precariamente ao longo da teia de canais ladeados de árvores que formavam o centro de Amsterdã. Todo mundo parecia andar de bicicleta, apressando-se pelas estreitas ruas de paralelepípedos, com as buzinas tilintando para alertar os pedestres e os carros.

O táxi parou em frente a uma elegante casa do século XVII, diante de um canal.

– Que cidade linda – murmurou ela enquanto desciam.

– Eu vim visitar Jeremy há muitos anos e me apaixonei por Amsterdã. Sempre quis voltar. O bom é que dá para ir a pé a quase qualquer lugar, a cidade é bem compacta. Ou dá para pegar uma barca – explicou Freddie, e indicou uma que passava embaixo da ponte no canal. – Bom, vamos entrar e depois podemos explorar um pouco.

A recepção era mobiliada com bom gosto, discreta e aconchegante. Posy se acomodou em uma poltrona enquanto Freddie fazia o check-in.

– Tudo certo – disse ele, entregando-lhe uma chave. – Que tal desfazermos as malas e sairmos para um passeio?

Passaram as duas horas seguintes andando pelo labirinto de canais e pararam em um pequeno café para tomar um chocolate quente e verificar o mapa, a fim de descobrir onde estavam.

– Você sabe o que mais dá para comprar aqui, não sabe? – indagou Freddie, arqueando uma sobrancelha.

– O quê?

– *Cannabis* de todos os tipos – contou ele, e indicou o quadro-negro encostado no balcão, com o menu de diferentes tipos de maconha e haxixe. – Já experimentou?

– Não. Sempre recusei quando era jovem. E você?

– De vez em quando – disse Freddie, com os olhos brilhando. – Quer um baseado junto com o chocolate?

– Por que não?

– É sério?

– Sério – assentiu Posy. – Minha filosofia é que a gente deve experimentar de tudo ao menos uma vez.

– Está bem, então.

Freddie assentiu e foi até o balcão. Voltou com um baseado e uma caixa de fósforos.

– Pedi o mais fraco – disse ele.

Então acendeu-o e tragou, depois passou o baseado para Posy, que o pegou e o levou aos lábios. Ela deu uma tragada, mas, quando a fumaça acre se acumulou na garganta, engasgou.

– Eca!

Ela estremeceu, devolvendo-o a Freddie.

– Leva um tempo para se acostumar, mas pelo menos você experimentou. Quer mais?

– Não, obrigada – disse ela, enxugando os olhos lacrimosos e rindo. – Meu Deus, se meus filhos me vissem agora, sentada em um café em Amsterdã fumando maconha com um homem!

– Tenho certeza de que eles ficariam admirados. Assim como eu – acrescentou Freddie, apagando o baseado em um cinzeiro. – Vamos?

Posy se arrumou com calma para o jantar daquela noite, sentada na frente do espelho no belo quarto com vista para o canal, aplicando rímel e batom com um pouco mais de cuidado do que o usual.

Freddie buscou-a no quarto, vestido com uma camisa azul bem-passada e um paletó elegante.

– Você está linda, Posy. Pronta?

Foram a um maravilhoso bistrô francês que o recepcionista do hotel havia recomendado. Diante de uma boa garrafa de Chablis e um bife delicioso, conversaram sobre aonde iriam no dia seguinte, antes da festa à noite.

– Eu adoraria ir ao Museu Van Gogh, se possível – disse Posy enquanto Freddie enchia de novo sua taça.

– E eu gostaria de ver a Casa de Anne Frank, que fica pertinho do nosso hotel. Talvez seja melhor fazer isso primeiro, falaram que as filas são terríveis. E que tal o lado mais obscuro da cidade? Ouvi dizer que os shows ao vivo em alguns bairros são... educativos, para dizer o mínimo!

– Reuni coragem para experimentar um pouco de maconha, mas acho que meu limite não alcança um show de sexo ao vivo – confessou Posy. – Mas fique à vontade.

– Também não é minha praia, garanto. Agora, o que vamos pedir de sobremesa?

Depois do jantar, os dois caminharam tranquilamente de volta ao hotel. Era fim de outubro e o ar estava frio, mas a noite era agradável e límpida.

Posy passou o braço pelo de Freddy.

– Estou um pouco tonta – admitiu ela. – Bebi muito mais do que estou acostumada.

– De vez em quando não faz mal, não é?

– É.

Tinham chegado à frente do hotel. Posy se virou para Freddie.

– Só quero dizer quanto gosto de estar aqui e como estou feliz por ter vindo.

– Que bom – respondeu ele enquanto entravam no saguão. – Um conhaque antes de dormir?

– Não, obrigada, Freddie. Estou completamente exausta e quero estar bem amanhã.

– Claro – disse Freddie enquanto Posy pegava sua chave na recepção. Ele se inclinou e lhe deu um beijo no rosto. – Durma bem, querida.

Freddie ficou olhando enquanto ela subia a escada com facilidade até o primeiro andar. Ninguém imaginaria que Posy tinha quase 70 anos – possuía a energia de uma mulher muito mais jovem. E o mesmo gosto pela vida que havia demonstrado aos 21.

Freddie entrou no bar aconchegante e pediu um conhaque. Olhou outros casais conversando nas cadeiras confortáveis e deu um suspiro pesado. Era isso que *ele* queria com Posy. Por motivos quase inacreditáveis, isso lhe fora negado uma vez, então quando a viu em seu barco sentiu uma onda de euforia, pensando que o destino poderia ter concedido uma segunda chance aos dois.

Claro, ele tinha se enganado pensando que ela *já sabia*. Afinal de contas, fazia quase cinquenta anos desde a última vez que a vira. Sem dúvida, alguém teria contado...

Tomou um gole do conhaque. Depois daquele primeiro almoço, quando ficou claro que ela ainda não sabia, ele simplesmente teve que ir embora. Estava perturbado demais para ficar.

– O que fazer? – murmurou baixinho.

Sabia que não poderiam continuar assim, que precisaria se afastar, como acontecera antes. E naquela época ele sabia que isso ia deixá-la arrasada. A questão era: ia arrasá-la agora?

Terminou o conhaque e pegou a chave na recepção. Precisava de alguém com quem conversar, decidiu, alguém que conhecesse Posy relativamente bem e que pudesse lhe dar uma visão racional das coisas.

Achava que conhecia o homem certo.

Posy olhou pela janela enquanto o avião decolava do aeroporto Schiphol. Tinham sido três dias maravilhosos e ela adorara cada segundo. A festa foi muito divertida e o amigo de Freddie, Jeremy, e sua adorável esposa, Hilde, foram muito receptivos.

Olhou para Freddie sentado a seu lado, com os olhos fechados.

Eu te amo, pensou com tristeza. Esse fora o único ponto negativo do fim de semana. Como sempre, Freddie fora um perfeito cavalheiro, e ela só desejava que não tivesse sido. Parecia – como era comum entre eles – que muita coisa ficara por dizer.

Não seja gananciosa, Posy. Fique grata pelo que tem com Freddie em vez de pensar no que não tem, disse a si mesma com firmeza.

Depois de pegar as malas, Freddie dirigiu até Suffolk em silêncio, olhando a estrada adiante.

– Você está bem? – perguntou ela, notando a expressão séria dele.

– Desculpe, Posy – disse Freddie, erguendo a cabeça e lhe dando um sorriso fraco. – Estou bem. Talvez um pouco cansado, só isso.

Quando chegaram à Admiral House, Freddie levou a mala dela para dentro. Sebastian estava na cozinha, preparando uma xícara de chá.

– Olá, viajantes. Como foi em Amsterdã?

– Maravilhoso – respondeu Posy. – Com licença, preciso ir ao banheiro.

Quando ela deixou a cozinha, Sebastian ofereceu uma xícara de chá a Freddie.

– Não, obrigado, preciso ir. Na verdade, que tal marcarmos aquela bebida? Tem uma coisa que eu queria conversar com você...

Posy

*Cauda-de-andorinha
(Papilio machaon)*

Mansion House
Bodmin Moor, Cornualha

Junho de 1955

– Agora, na ocasião auspiciosa de seu aniversário de 18 anos, eu gostaria de falar algumas palavras sobre minha neta, Posy. Posso dizer com toda a sinceridade que eu não poderia estar mais orgulhosa. E sei que falo pelo pai dela... e, claro, pela mãe também.

Vi lágrimas brilhando nos olhos de vovó enquanto ela me olhava.

Eu tinha descoberto que as lágrimas eram a peste mais contagiosa do planeta, e logo elas estavam nos meus olhos também.

– Além de conseguir uma vaga muito disputada na Universidade de Cambridge e de ter obtido nota máxima nas provas finais da escola, também quero dizer que, apesar das dificuldades desde que veio morar conosco aqui, Posy jamais caiu na autopiedade. Todos vocês sabem como ela sempre tem um sorriso para quem a cumprimenta, sempre ajuda em momentos de crise. Então vamos desejar tudo de bom para sua entrada na vida adulta e para o próximo grande desafio. A Posy!

– A Posy! – gritou todo mundo, levantando as taças de espumante.

Eu repeti o gesto, sem saber se deveria brindar a mim mesma, mas querendo tomar um gole. Fazia um calor horrível.

Depois disso, um monte de gente do povoado veio me dar os parabéns, e comemos as pastas que Daisy havia servido, antes que os sanduíches estragassem por causa do calor.

Naquela noite, quando todos tinham ido embora, abri os presentes empilhados na mesa. A maioria era artesanal e ganhei lenços com as minhas iniciais bordadas em número suficiente para os três anos em Cambridge e talvez até a aposentadoria. Mas sabia que tinham sido feitos com amor e meu coração se influ diante da gentileza do povoado. Isso preencheu um pouco o vazio deixado pela ausência de mamãe na minha festa. Mesmo sendo improvável que ela aparecesse, a parte de mim que ainda era meio criança pensara que talvez vovó estivesse mantendo a chegada dela em segredo, apesar de ter me dito um mês antes que mamãe não poderia vir.

– Eles estão em uma lua de mel prolongada, querida. Ela falou que estava bem chateada por não poder vir, mas mandou isto para você.

O envelope ainda estava na mesa dos presentes, junto ao cartão de vovó preso a um embrulho com papel prateado. O tamanho e o formato lembravam um volume fino e eu já havia adivinhado que era um livro.

– Vai abrir o cartão de sua mãe agora? – perguntou vovó, então pegou-o e me entregou.

Parte de mim queria rasgar o envelope e pôr fogo nele, para me poupar de ler o que eu sabia que eram apenas palavras vazias, banalidades para uma filha que ela nem conhecia mais.

Mas abri o envelope, trincando os dentes e imaginando por que – depois de todos os sermões que eu dera a mim mesma sobre aceitá-la como ela era – eu me sentia à beira das lágrimas.

O cartão dizia "Feliz 18º aniversário!" e tinha na frente a imagem de uma garrafa de champanhe e duas taças. Era do mesmo tipo que eu tinha recebido de muitos habitantes do povoado.

Meu Deus, Posy! O que você estava esperando? Uma aquarela pintada à mão?!, censurei-me enquanto o abria. Dentro havia outro envelope, que eu pus no colo enquanto lia a inscrição no cartão.

Querida Posy
Pela ocasião dos seus 18 anos,
Todo o nosso amor.
Mamãe e Alessandro

Mordi o lábio ao ver o nome *dele*, lutando para não desperdiçar mais lágrimas. Pus o cartão na mesa junto dos outros e abri o envelope que ainda estava no meu colo. Tirei dele uma foto e a examinei. Era de mamãe com um homem menor e mais gordo do que ela. Mamãe usava um lindo vestido de noiva com cauda comprida e uma tiara brilhante, e olhava com adoração para os olhos do novo marido. Os dois estavam sobre uns degraus com um castelo enorme ao fundo. Presumi que fosse o palácio, o novo lar de mamãe.

– Aqui.

Entreguei a foto a vovó enquanto tirava o outro item do envelope: um cheque com um bilhete dobrado em volta.

Querida Posy, como não sabíamos direito o que lhe dar, Alessandro achou que isso poderia ajudar com os gastos na universidade. Venha nos visitar logo – Alessandro está ansioso para conhecer você. Com muito amor, M e A.

Contive um tremor, depois olhei a quantia do cheque e ofeguei. Eram *500 libras.*

– O que é, Posy?

Mostrei o cheque e vovó assentiu, sábia.

– Vai ser útil nos próximos anos, não é?

– É, mas, vovó, é uma fortuna! E sabemos que mamãe não tem tanto dinheiro assim, o que significa que é do marido dela, que não me conhece, nunca me viu e...

– Pare com isso, Posy! Pelo que sua mãe falou, está claro que ela se casou com um homem muito rico. Gostando ou não, você é tecnicamente a nova enteada dele, e se ele quer lhe dar um presente assim, simplesmente aceite com educação.

– É que isso de certa forma cria uma... – procurei a palavra – ... *obrigação* para com eles, não é?

– Quer dizer que você é da família dele, Posy, e que ele está reconhecendo o fato. Meu Deus, há anos você não recebe nada da sua mãe. E, não importa como se sinta em relação a isso ou de onde o dinheiro veio, a cavalo dado não se olham os dentes.

– Não vou tocar nisso – falei com teimosia. – Parece que estou sendo comprada. Além do mais, ganhei uma bolsa de estudos, vovó, não vou precisar desse dinheiro.

– Você já sabe que, como sua responsável, usei parte da herança deixada pelo seu pai para pagar as anuidades escolares, e concordamos em fazer o mesmo para suas despesas em Cambridge, mas não é uma fortuna, não mesmo. Por que não me deixa guardar isso e você pode considerar uma poupança para qualquer emergência? Você não usa se não precisar, mas o dinheiro vai estar ali, caso necessário.

– Certo, mas não me sinto bem com isso. Além do mais, significa que vou ter que escrever um bilhete de agradecimento – falei, carrancuda.

– Bom, agora você está sendo mal-educada. Chega desse tipo de coisa no seu aniversário. Por que não abre meu presente? Embora eu deva dizer que, depois disso, ele não é nem um pouco impressionante – disse vovó, sorrindo.

Peguei o pacote fino e rasguei o papel. A princípio, achei que era um livro encadernado em couro, como tinha suspeitado, mas quando desembrulhei vi que era uma caixa. Abri o fecho e encontrei um fio de pérolas cor de creme no forro de cetim azul-índigo.

– Ah, vovó! É lindo! Obrigada.

– Era da minha mãe, então é bem antigo, mas são pérolas verdadeiras, Posy, e não dessas baratas, cultivadas, que estão na moda. Aqui – disse ela, se levantando. – Deixe-me colocar em você.

Fiquei sentada, imóvel, enquanto ela prendia o fecho elegante atrás do meu pescoço. Depois ela deu a volta para me olhar.

– Lindo – disse com um sorriso. – Toda moça devia ter um colar de pérolas.

Ela me beijou no rosto.

– Agora você está pronta para o mundo.

Cheguei a Cambridge no início de outubro com minhas duas malas e a pasta de desenhos botânicos. Bill e eu demoramos um tempo para nos entendermos no labirinto de ruas calçadas no centro da cidade. Devemos ter passado umas três vezes pelo Trinity e pelo King's College procurando a Silver Street. Quando paramos na frente do Hermitage, o prédio onde ficavam as residentes da New Hall, senti uma onda de desapontamento. O Hermitage era uma casa grande e bonita, mas certamente não como os colégios masculinos, com 400 anos de idade e seus onipresentes e belíssimos pináculos.

Fui recebida calorosamente à porta pela Srta. Murray, a tutora encarregada de New Hall, que a Srta. Sumpter, minha antiga diretora, conhecia dos tempos de colégio interno.

– Srta. Anderson, você conseguiu chegar. Lá da Cornualha! Por Deus, deve estar exausta. Agora vou lhe mostrar seu quarto. Devo dizer que é pequeno e fica no topo da casa: a primeira turma de moças, do ano passado, ficou com os quartos melhores. Mas tem uma vista maravilhosa da cidade.

A Srta. Murray tinha razão: o quarto era mesmo pequeno. Supus que tinha pertencido a alguma empregada, já que ficava no sótão, mas tinha uma lareirinha ótima e teto inclinado, além de uma janela que realmente proporcionava uma visão maravilhosa acima dos telhados e pináculos. O lavatório e o banheiro ficavam no andar de baixo, mas a Srta. Murray me garantiu que tinha planos de converter o armário de vassouras ao lado do meu quarto em uma instalação mais acessível.

– Obviamente, como dobramos o número de alunas por causa das novas matrículas deste ano, tem sido um desafio, e muitas moças estão dividindo os quartos maiores, lá embaixo. Eu tive a intuição de que você preferiria ter o próprio espaço, mesmo sendo pequeno. Agora vou deixá-la desfazer as malas e se acomodar. Depois, às seis horas, desça para a sala de jantar, para conhecer as outras moças.

A porta se fechou atrás de mim e fiquei parada um momento, sentindo o cheiro de poeira e – talvez fosse minha imaginação – de livros antigos. Fui até a janela e olhei para Cambridge, que se estendia abaixo.

– Consegui, papai – murmurei para mim mesma. – Estou aqui!

Ao descer a escada, uma hora depois, meu coração batia mais rápido com a ideia de conhecer as outras garotas. Estava exausta, não somente pela viagem longa, mas pelas noites insones que a haviam precedido. Eu tinha me torturado pensando em como as outras seriam inteligentes e conhecedoras do mundo, certamente mais bonitas, e que eu talvez só houvesse entrado por causa da amizade da Srta. Sumpter com a Srta. Murray.

Respirei fundo, entrei na sala de jantar e a encontrei já apinhada de mulheres.

– Olá, quem é você, novata? – perguntou uma jovem usando o que parecia ser um terno masculino.

Ela estava distribuindo xerez de uma bandeja.

– Posy Anderson – respondi, pegando um dos pequenos copos.

Precisava daquilo, para juntar coragem.

– Ah, sim. Você vai estudar botânica, não é?

– Isso.

– Andrea Granville. Eu faço inglês. Há poucas mulheres em todo o curso e tenho certeza de que no seu departamento haverá menos ainda. Você vai ter que se acostumar bem rápido a lidar com um rebanho de menininhos idiotas fazendo piadas bobas às suas custas.

– Certo, ahn, vou tentar – respondi, engolindo o xerez.

– O triste, Posy, é que metade deles só está aqui porque os ancestrais estiveram! – berrou Andrea (que tinha um tom de voz muito alto). – Um monte de filhos e netos de lorde Nariz Empinado. A maioria vai sair daqui no máximo com notas medianas e voltar a viver do dinheiro da família, dando ordens aos serviçais na mansão deles.

– Ah, Andrea, nem todos são assim, sabia? Não deixe que ela a aterrorize – disse uma garota com belos cabelos encaracolados e enormes olhos cor de violeta. – Sou Celia Munro. Estudo inglês também.

– Posy Anderson.

Eu sorri de volta, simpatizando com ela imediatamente.

– Bem, Posy, vou distribuir o xerez, mas fique atenta a sapos na sua mesa e almofadas de peido na sua cadeira. Ah, e você deve saber que todas somos lésbicas, segundo os rapazes – acrescentou Andrea antes de se afastar.

– Meu Deus do céu! – exclamou Celia, balançando a cabeça. – Devíamos ajudar você a ficar à vontade, não te matar de medo. Não ligue. Andrea é boa pessoa, só é uma defensora feroz dos direitos das mulheres. Você vai encontrar muitas dessas nas turmas de mulheres. Eu concordo totalmente, claro, mas prefiro concentrar as energias no meu diploma e em aproveitar o tempo aqui.

– É o que eu pretendo fazer também. Então você está no segundo ano?

– É, e apesar de tudo que Andrea disse, sobre os rapazes pegando no nosso pé, adorei o primeiro ano. Bom, provavelmente o fato de eu ser a única mulher em uma família com três irmãos ajudou.

– Admito que não pensei muito nos rapazes, só no diploma e na vinda para Cambridge – falei, olhando o grupo em volta. – Ainda não acredito que estou aqui.

– Sem dúvida, é um lugar surreal, um universo próprio, mas com certeza você vai entrar no ritmo. Por que não damos uma volta para conhecer outras meninas do primeiro ano?

Fizemos isso, e enquanto apertava a mão de um bando de moças percebi que a maioria estava tão nervosa quanto eu. No geral, parecia um grupo interessante, e quando terminei o segundo copo de xerez um calor calmante se espalhou por mim.

– Meninas! Por favor, podem se juntar aqui?

Vi a Srta. Murray parada na frente da sala de jantar e me aproximei dela com o resto das garotas.

– Em primeiro lugar, gostaria de dar as boas-vindas às recém-chegadas a New Hall. Como estou certa de que o grupo original concordará, vocês podem se considerar sortudas por chegarem um ano depois da inauguração da faculdade.

– Ela quer dizer que finalmente conseguimos nos livrar dos percevejos dos colchões – brincou Andrea, e suas amigas riram.

– Exatamente – concordou a Srta. Murray. – Isso e vários detalhes irritantes que precisamos resolver quando viemos para nossa casa nova. Mas eles estão resolvidos, e realmente sinto que, depois de um ano de dificuldades iniciais, nós, como faculdade, podemos começar a nos estabelecer como uma nova potência. Academicamente, claro, mas também pelo tipo de mulheres que vocês são e pretendem ser. Como expliquei a cada uma de vocês durante nossas entrevistas, ser uma aluna de Cambridge, fazendo parte da minoria de uma moça para cada dez rapazes, é intimidador, mesmo para as mais confiantes. Seria muito fácil reagir com estridência diante das brincadeiras contínuas que seus colegas do sexo masculino parecem achar tão divertidas. E, claro, cada uma de vocês deve enfrentar isso do próprio modo. Deixem-me apenas dizer o seguinte: como mulheres, temos nossos pontos fortes. E como uma acadêmica durante os últimos vinte anos, trabalhando no mundo dos homens, frequentemente me senti tentada a devolver no mesmo tom, mas suplico que vocês sustentem sua feminilidade, que usem suas habilidades especiais em vantagem própria. Lembrem-se: o único motivo para muitos deles reagirem assim é simplesmente porque estão com medo. Pouco a pouco os bastiões totalmente masculinos serão infiltrados, e posso falar: isso é apenas o início de nossa marcha em direção à igualdade.

– Nossa, os rapazes são mesmo tão ruins? – murmurou, nervosa, uma das calouras.

– Não, mas uma mulher prevenida vale por duas – disse a Srta. Murray. – E não quero saber de nenhuma das nossas moças se envolvendo em uma briga, como aconteceu no último período na Girton. Mudando para algo mais alegre, decidi que, como o tempo ainda está quente o bastante para usarmos o jardim, na próxima sexta-feira vamos abrir as portas para os novos alunos do St. John's College, que é dono desta propriedade e fez a gentileza de alugá-la para nós, e compartilhar algumas bebidas. O que dará a vocês a chance de conhecer alguns de seus colegas em um ambiente social tranquilo.

– Quer dizer, com o inimigo em cativeiro? – brincou Andrea.

A Srta. Murray ignorou o comentário e eu tive a sensação de que, se alguém fosse se envolver em uma briga com os rapazes, seria Andrea.

– Agora vou passá-las à nossa outra tutora residente, a Dra. Hammond, que vai falar sobre as questões práticas do lado acadêmico. Antes disso, gostaria de fazer um brinde à New Hall e a suas novas moradoras.

– À New Hall – gritamos em coro, e o mesmo calor que havia me inundado antes me preencheu de novo, porque eu *soube* que fazia parte de uma coisa muito especial.

E, de fato, quando comecei a conhecer minhas colegas de turma, nas semanas seguintes, passei a me sentir cada vez menos um peixe fora d'água, e pela primeira vez na vida senti que eu me encaixava. As garotas que eu conheci eram assustadoramente inteligentes e – principalmente – todas estavam ali porque eram apaixonadas pelos assuntos que estudavam. Quando a noite chegava, as conversas em volta do fogo na confortável sala comunitária iam de matemática pura à poesia de Yeats e Brooke. Vivíamos e sonhávamos nossos temas de estudo. E, talvez porque todas sabíamos como tínhamos sorte por estar ali, havia poucas reclamações quanto à pesada carga de trabalho que recebíamos. Eu adorava, e ainda precisava me beliscar sempre que passava pela porta da Escola de Botânica.

O prédio era despretensioso, uma construção quadrada com muitas janelas, na Downing Street, mas pelo menos era uma distância curta de bicicleta desde New Hall, do outro lado do rio. Acostumei-me a ver sempre os mesmos rostos ao pedalar de manhã pelos paralelepípedos tortos, a velha bicicleta que comprei de segunda mão guinchando em protesto a cada giro dos pedais.

Nada poderia ter me preparado para a empolgação de entrar no laboratório pela primeira vez: as bancadas compridas, o equipamento moderno que meus dedos coçavam de vontade de tocar e as coleções de sementes e plantas secas à minha disposição no herbário (com um bilhete de permissão, claro).

Como Andrea tinha alertado, eu era uma das três mulheres no curso.

Enid e Romy – as outras duas – se sentavam determinadamente separadas durante as aulas, cada qual procurando o próprio território entre os homens. Frequentemente nos encontrávamos no intervalo do almoço em nosso banco predileto no Jardim Botânico, compartilhando anotações das aulas e fazendo expressões de enfado diante do comportamento dos rapazes. Nós três debatíamos de modo passional sobre o futuro da botânica toda vez que ocupávamos uma mesa no The Eagle. O pub estava quase toda vez cheio, em parte porque todo cientista da universidade parecia ter esperança de esbarrar com Watson e Crick, que tinham descoberto a estrutura do DNA apenas dois anos antes. Na noite em que tive um relance da nuca de Francis Crick junto ao balcão, congelei na cadeira, pasma por estar tão perto de um gênio. Enid, que era muito mais confiante do que eu, foi direto para ele e ficou enchendo seu ouvido até que Crick bateu educadamente em retirada.

– Claro que quem fez a maior parte do trabalho foi Rosalind Franklin – disse Enid com ferocidade quando voltou à nossa mesa. – Como ela é mulher, nunca vai receber crédito por isso.

Eu não tinha tido tempo nem vontade de entrar para nenhuma sociedade de alunos, já que queria concentrar todas as energias nos estudos. Celia e Andrea, que se tornaram minhas grandes amigas na New Hall, praticamente saltavam de um evento para outro nos fins de semana; Celia com o clube de xadrez e Andrea com o Luzes da Ribalta, o famoso grupo de teatro. Eu passava cada momento livre nos jardins e nas estufas, e o Dr. Walters, um de meus professores, tinha me posto debaixo de sua asa na Tropical House, uma linda estrutura de vidro onde o ar era denso de umidade. Havia noites em que eu só voltava na hora de fecharem as portas, subia para o quarto frio e me enfiava sob as cobertas, exausta mas contente.

– Meu Deus, você é chata – disse Andrea certo dia no café da manhã. – Praticamente não sai de casa se não tiver a ver com sementes e lama. Bom, esta noite vai ter uma festa do Luzes da Ribalta e você vai comigo, nem que seja arrastada.

Sabendo que Andrea estava certa e que não aceitaria um não como resposta, deixei que ela acrescentasse uma de suas echarpes brilhantes ao vestido vermelho que eu tinha usado na minha festa de 18 anos. Em poucos segundos eu soube que a coisa seria tão ruim quanto eu imaginara. A cacofonia de vozes e música alta, quando entramos nos aposentos do líder do Luzes da Ribalta, me alertou que eu seria um peixe fora d'água. Mesmo assim, peguei uma bebida na mesa para ajudar os nervos e entrei na confusão. Andrea abriu caminho até o anfitrião.

– Aquele ali é Freddie. Ele não é maravilhoso?

Ela sorriu de um jeito nada característico.

Olhei para onde ela apontava e vi um rapaz cercado por um bando de acólitos, todos ouvindo com atenção o que ele falava. Quando o vi, tive uma sensação estranhíssima, como se o tempo parasse. Vi seus lábios cheios se abrindo e fechando em câmera lenta, as mãos gesticulando enquanto ele falava. Seu cabelo escuro era cheio, ondulado, e caía até os ombros, como nas pinturas dos poetas românticos que eu já tinha visto. Os olhos eram grandes e expressivos, de um tom castanho-claro, os malares, altos, e o queixo, cinzelado como uma escultura. *Ele teria sido uma linda mulher*, pensei enquanto Andrea me puxava para o meio do grupo e me arrancava do devaneio.

– Freddie querido, quero apresentar Posy Anderson, uma grande amiga.

Senti um choque, como se milhares de relâmpagos me atravessassem, quando ele pegou minha mão e a beijou, os olhos voltados para mim como se eu fosse a única pessoa na sala.

– É um prazer – disse ele em uma voz profunda e melodiosa. – O que você faz para se ocupar aqui em Cambridge?

– Botânica – consegui responder, sentindo um maldito rubor subir pelo pescoço.

Com o vestido vermelho, imaginei que devia estar parecendo um tomate maduro demais.

– Ah, temos uma cientista no meio das nossas fileiras estéticas! – exclamou ele ao grupo, e tive a impressão de que estava se divertindo às minhas custas, ainda que seu olhar, fixo no meu, fosse gentil. – Então, de onde você é, Posy?

– Sou de Suffolk, mas fui criada na Cornualha.

– Suffolk? – perguntou Freddie, sorrindo. – Bom, temos isso em comum. Foi lá que eu nasci também. Vamos conversar mais tarde, Posy. Estou louco para saber por que uma mulher linda como você – senti seu olhar percorrer meu corpo – foi parar em um jaleco branco olhando através de um microscópio.

Assenti e sorri feito uma idiota. Literalmente não conseguia falar, e fiquei feliz quando outra pessoa atraiu a atenção de Freddie e seu olhar finalmente se afastou de mim.

Claro, não chegamos a "conversar mais tarde". Freddie passou a noite cercado pelo tipo de mulher sofisticada com quem eu, com meu vestido vermelho e simples e meus cachos indomáveis, não podia competir. Logo Andrea se perdeu na multidão e se esqueceu de mim, por isso saí uma hora depois e fui para casa sonhar com Freddie e com o fato de ele ter me chamado de "linda".

O inverno em Cambridge foi uma alegria inesperada. As velhas construções de pedra ficaram envoltas em um cobertor de gelo brilhante e branco, e entrar nas estufas do Jardim Botânico era como estar em um gigantesco iglu. Estávamos chegando ao final do período, e todas as conversas durante o jantar na New Hall giravam em torno de um único assunto: o baile de Natal no St. John's College.

– Vou usar calça comprida – declarou Andrea. – Vou ser como Marlene Dietrich, e qualquer homem que ousar se aproximar de mim terá que provar seu valor.

Celia e eu passamos uma manhã de sábado procurando a roupa perfeita, e eu usei parte de minha mesada para comprar um vestido de veludo azul, justo na cintura e com um laço na frente. Pensei, triste, em todos os lindos vestidos de noite de mamãe, na Admiral House, e imaginei se eles teriam encontrado um novo lar no palácio dela.

Celia me convenceu a comprar um par de sapatos de salto alto, já que eu não tinha nenhum.

– Não ouse sair catando amostras de plantas com eles – alertou ela, com um sorriso.

– Estou mais preocupada em levar um tombo feito uma idiota – murmurei para mim mesma enquanto treinava andar com eles no meu quarto minúsculo.

No último dia do período, saí correndo da Escola de Botânica, escorregando nos degraus gelados, e destranquei com dificuldade a bicicleta. Já estava atrasada para encontrar Celia, que tinha prometido me ajudar a ajeitar o cabelo em algum penteado da moda para o baile daquela noite. Já eram seis horas quando montei na bicicleta e pedalei em direção à Silver Street, ignorando as buzinas dos motoristas irritados enquanto tentava me desviar das poças.

De repente o mundo virou de cabeça para baixo e eu me vi cara a cara com uma poça cinzenta na rua de paralelepípedos, a bicicleta a alguns centímetros, as rodas girando.

– Você está bem? – perguntou uma voz.

Abalada, me levantei.

– Eu... É, acho que sim.

– Sente-se um pouco, para se recuperar. Foi um tremendo tombo – disse o rapaz.

Senti seu braço ao meu redor, me ajudando a sair da rua. Ele me acomodou no banco do ponto de ônibus e depois foi pegar minha bicicleta, empurrando habilmente o descanso com o pé antes de colocá-la ao meu lado. Tinha olhos azuis gentis e um sorriso sob o bigode bem aparado, e vi fios de cabelo louro embaixo da aba do chapéu.

– Obrigada – falei, puxando a saia para garantir que ela não havia subido. – Nunca caí assim, em geral sou muito cuidadosa...

– É inevitável, com as ruas cheias de gelo desse jeito. A Prefeitura não espalhou cascalho a tempo. Para variar. Sou Jonny Montague, aliás.

– Posy Anderson – respondi, apertando a mão que ele estendeu, então me levantei. – Desculpe, preciso ir, minha amiga está me esperando...

– Não posso deixar você montar de novo na bicicleta depois de uma queda assim. Para onde você está indo? Eu a acompanho.

– Estou bem, de verdade.

– Eu insisto.

Ele segurou o guidom da bicicleta que, devo admitir, parecia bem torto.

– Mostre o caminho, milady.

Enquanto caminhávamos em direção à New Hall, descobri que Jonny estudava geografia no St. John's College.

– Depois da universidade vou entrar para o Exército, como meu velho e querido pai – contou ele. – E você?

– Estou estudando botânica... Ciência das Plantas – falei, e a palavra "ciência" teve o efeito esperado.

– Uma cientista? – disse Jonny, me olhando com surpresa. – Ora, ora, que tipo de ciência você faz com as plantas?

Antes que eu pudesse explicar sobre enxertia, taxonomia e ecossistemas, tínhamos chegado diante da casa.

– Você vai precisar que alguém dê uma olhada nessa bicicleta antes de andar nela outra vez. Foi um prazer conhecê-la, Srta. Anderson, apesar das circunstâncias dramáticas.

– Sim, e obrigada outra vez. Foi muita gentileza sua me socorrer.

– Era o mínimo que eu podia fazer.

Jonny assentiu, levou a mão ao chapéu e partiu dentro da noite.

Ligeiramente atordoada, subi ao meu quarto, onde Celia me esperava batendo o pé com impaciência e segurando um ferro de cachear de aparência assustadora.

– Meu cabelo já é cacheado – protestei.

– Não com o tipo certo de cachos. Agora sente-se. Ah, Posy, o que você fez? Seu cabelo está um horror!

Uma hora e meia depois, tentando não andar bamba demais nos saltos altos, cheguei ao St. John's College com um grupo de garotas da New Hall. A escuridão era afastada por velas e círios espalhados pelos gramados cobertos de geada, iluminando as antigas torres de pedra e a fachada neogótica. Podíamos ouvir o som de uma banda de suingue vindo do Grande Salão e o murmúrio de vozes já bem azeitadas com álcool. Meu casaco foi tirado por um funcionário em um movimento suave e uma taça de champanhe foi posta na minha mão.

– Venha, Posy – disse Celia, me pegando pelo braço e me levando ao Grande Salão.

Ela tinha conseguido alisar e enrolar meu cabelo em ondas delicadas, depois prendê-lo com grampos cheios de brilhantes. Além disso, tinha feito minha maquiagem, e eu estava com medo de mover os lábios para não manchar o batom vermelho-vivo.

O salão estava apinhado de homens vestidos com ternos formais, as vozes ecoando no teto alto.

– Saúde, garotas – brindou Andrea. – A um feliz Natal.

– Olá, querida. Que bom que encontrei você neste aperto! Quer dançar?

Matthew, o acompanhante de Celia, apareceu do nosso lado. Os dois estavam saindo juntos desde outubro.

– Claro.

Eles se afastaram e eu fiquei com Andrea.

– Em uns dois anos ela vai estar casada e grávida – resmungou Andrea. –

E o diploma será desperdiçado. Meu Deus, esse tipo de coisa não faz mesmo o meu gênero. Venha, vamos achar algo para comer. Estou morrendo de fome.

Abrimos caminho pela multidão até a comprida mesa de cavaletes lotada de comida. Eu não estava com fome, meu estômago revirava de nervosismo, mas Andrea encheu seu prato.

– Foi por isso que vim.

Ela sorriu, começando a comer.

– Olá – disse uma voz atrás de mim.

Virei-me e vi Jonny, meu príncipe no cavalo branco.

– Olá.

– Nossa, você está diferente! – exclamou ele, admirado.

– Obrigada.

– Já se recuperou da queda?

– Já, sim.

– O suficiente para dançar comigo?

– Eu... Sim – respondi, sentindo o rubor de sempre se espalhar pelo meu pescoço.

Ele estendeu a mão e eu a segurei.

– Mais uma se vai – ouvi Andrea dizer baixinho enquanto íamos para a pista de dança.

Mais tarde, saímos para tomar um pouco de ar fresco e fumar. (Eu tinha adquirido o vício porque todo mundo fumava o tempo todo e eu não queria parecer careta.) Ficamos sentados tranquilamente em um banco no pátio.

– E onde você vai passar as férias de Natal? – perguntou ele.

– Na Cornualha. Eu moro lá com minha avó.

– Verdade? E seus pais?

– Meu pai morreu na guerra. Era piloto. E minha mãe mora na Itália – acabei contando.

Era raro eu falar para alguém em Cambridge sobre minha vida pessoal, mas ele parecia confiável.

– Sinto muito pelo seu pai – disse ele com gentileza. – Sei que tenho muita sorte por ainda ter o meu, depois daquela guerra medonha. Seu pai deve ter sido um herói.

– Foi mesmo.

Notei que ele havia chegado mais perto e que a manga de seu smoking roçava meu braço. Senti seu calor e não me afastei.

– E você?

– Meus pais moram em Surrey. Tenho duas irmãs, um gato e uma velha cadela labrador chamada Molly. Esse sou eu. Bem comum, eu diria.

– E seu pai era do Exército?

– Era. Foi ferido logo no início, em Dunquerque. Perdeu uma perna, na verdade, por isso ficou o restante da guerra na burocracia do escritório. Sempre disse que perder a perna foi uma bênção. Pelo menos manteve a vida. Lamento que seu pai não pôde.

– Obrigada.

Apaguei o cigarro com o sapato novo e estremeci.

– Vamos voltar para dentro? Está muito frio aqui fora.

– Então vamos dançar para esquentar.

Ele me deu o braço e me levou de volta ao Grande Salão.

Durante o Natal, na Cornualha, pensei em Jonny sem parar. Depois do baile, ele me levou em casa e me deu meu primeiro beijo. Disse que escreveria para mim, e todo dia eu corria para receber William, o carteiro, sentindo uma empolgação sempre que havia uma carta com a letra bonita de Jonny.

Vovó arqueava uma sobrancelha e sorria, mas não sondava, e eu ficava grata por isso. Quando voltei a Cambridge para o segundo período, depois do ano-novo, logo Jonny e eu estávamos oficialmente juntos. Pareceu acontecer de modo natural, e antes que eu percebesse não era mais apenas "Posy", mas a metade de "Jonny e Posy". A gente se via duas vezes por semana: às quartas-feiras, almoçando em um café entre as aulas, e aos domingos, no The Eagle. Descobri que gostava bastante de beijar, embora seu bigode me fizesse cócegas, mas ainda não tinha experimentado nenhuma das outras coisas sobre as quais as garotas da New Hall gostavam de sussurrar à noite na sala comunitária.

Andrea era menos discreta. Insistira em conhecer Jonny e fazer um interrogatório, para "aprová-lo".

– Ele parece legal, Posy. Mas, para ser sincera, é meio sem graça, não é? Toda aquela conversa sobre a vidinha suburbana... Tem certeza de que não quer alguém mais empolgante?

Ignorei Andrea, sabendo que ela gostava de ser grosseira só para chamar atenção. Depois de minha criação incomum, eu adorava a ideia da família dele e esperava que me levasse para conhecê-la um dia.

Estelle, minha amiga da escola, que agora fazia parte do Royal Ballet em Londres, foi me visitar em um fim de semana. Dividimos uma garrafa de vinho barato e trocamos confidências até tarde da noite.

– E você já... você sabe... já fez com Jonny?

– Meu Deus, não – respondi, ruborizada. – Só nos conhecemos há alguns meses.

– Posy, meu bem, você não mudou nadinha desde a escola – disse ela, e riu. – Eu dormi com pelo menos cinco homens em Londres. Sem pensar duas vezes!

O feriado de Páscoa chegou e eu passei todo o tempo em casa, na Cornualha, estudando para as provas do primeiro ano. Em Cambridge, Jonny reclamava porque mal me via.

– Depois das provas você pode me ver quanto quiser – consolei-o, me perguntando por que ele não estava estudando para suas provas.

Por fim, as provas terminaram e eu senti que tinha me saído relativamente bem, e pude relaxar. A época dos Bailes de Maio estava chegando, e Jonny e eu discutimos qual escolher. Jonny conseguiu quatro ingressos para o Baile de Maio do Trinity College, o mais popular de Cambridge.

– Vou convidar Edward – disse ele, se referindo a seu melhor amigo. – E por que você não convida Estelle? Sei que ele é doido por ela desde que a conheceu em fevereiro.

Estelle chegou e passamos o dia juntas, nos arrumando.

– Como é mesmo esse tal de Edward? – indagou Estelle, torcendo seu cabelo louro-claro em um coque no topo da cabeça. – É um pitéu e vale a pena eu me arrumar para ele?

– Você se lembra dele, Estelle. Passamos uma noite bebendo no apartamento dele, tomando gim e torrando pão na lareira.

– Ah, isso foi há séculos, Posy. Gostou do meu vestido? – perguntou ela, girando em uma peça reluzente feita de cetim e tule brancos. – Roubei do departamento de figurino.

– É bem... flutuante. E combina perfeitamente com você.

Fiquei me sentindo um elefante desajeitado perto da minha amiga delicada enquanto pedia a ela que fechasse os botões nas costas do meu vestido. Vovó tinha me salvado conseguindo que sua costureira (que, segundo ela, cobrava uma ninharia, perto das modistas da cidade) me fizesse um lindo vestido azul-pervinca, com uma saia rodada que roçava meus tornozelos.

Quando ficamos satisfeitas com nossa aparência, saímos para a noite quente de junho para encontrar Jonny e Edward.

– Você está maravilhosa, querida – elogiou Jonny, sorrindo e pegando minha mão enluvada para beijá-la.

Juntamo-nos a outras pessoas a caminho do baile, e eu e Estelle ficamos alguns passos atrás dos homens.

– Não foi à toa que eu não me lembrei dele. Mas acho que para esta noite vai servir – sussurrou ela.

– Estelle, você é muito má – murmurei de volta.

Durante a recepção com champanhe no Grande Pátio do Trinity, Estelle apontou para os vestidos que ela reconhecia da *Vogue*. Depois nos sentamos para um delicioso jantar de cinco pratos, antes do início do baile.

Fiquei feliz em me balançar nos braços de Jonny enquanto Estelle fazia piruetas em volta de Edward e se exibia para a admiração de todos. Depois dos fogos de artifício e do café da manhã dos sobreviventes, nós quatro nos sentamos no Backs para ver o sol nascer. Havia uma névoa suave sobre o rio, e o início sonolento do canto dos pássaros anunciava a chegada de outro dia quente.

– Por mim, ficava em Cambridge para sempre – disse Edward, olhando a alvorada que surgia.

– Eu não – opinou Jonny. – Estou ansioso pelo curso de oficial em Mons, quando acabar aqui. Só vim para cá porque meu pai insistiu que eu tivesse um diploma, para o caso de querer sair do Exército antes do tempo. Mal posso esperar para viajar, ver o mundo. – Ele apertou minha mão e se virou para mim. – Você também gostaria, não é, Posy?

– Eu... Bom, sim – falei, surpresa, porque até aquele minuto não tinha pensado realmente no futuro, ou pelo menos não em um futuro com Jonny...

– Certo – interrompeu Estelle, tirando os sapatos. – Vamos ver se quebramos o famoso recorde do Grande Pátio do Trinity. Quero ver quem chega primeiro!

Então ela partiu, saltando feito um diabrete, e, antes que Jonny pudesse me segurar, eu estava correndo atrás dela.

Naquele verão, finalmente conheci a família de Jonny. Tomei vários trens desde a Cornualha até Surrey, levando geleias e conservas que Daisy tinha me entregado para dar de presente. Jonny me recebeu na estação de Cobham em um elegante Ford verde-musgo.

– Amor! É tão bom ver você.

Ele me cumprimentou com um beijo e eu deslizei para o banco de couro, olhando, fascinada, enquanto ele dirigia por ruas cheias de árvores luxuriantes, passando por casas bonitas com gramados bem-cuidados. Finalmente paramos em frente a uma casa com cercas vivas simétricas aparadas com uma incrível habilidade. Jonny saiu do carro e abriu a porta do carona para mim. Pisei no chão de cascalho com o estômago revirando de nervosismo.

A porta da frente se abriu e uma velha cadela labrador saiu primeiro, seguida por uma mulher bonita, de 40 e poucos anos, com cabelo curto, liso e louro, e um sorriso doce. Atrás dela estava um homem alto e magro com uma bengala e um bigode igual ao de Jonny.

Jonny pegou minha mão e me puxou.

– Posy, esses são meus pais.

O Sr. Montague me cumprimentou primeiro, com um toque seco e firme.

– É maravilhoso conhecer você, Posy. Jonny falou muito a seu respeito.

– É um prazer conhecê-la – acrescentou a Sra. Montague. – Bem-vinda à nossa casa.

Acompanhei-os para dentro, com a labrador ofegando junto aos meus pés, e notei que o pai de Jonny, apesar da perna de pau, andava muito bem.

– Jonny querido, leve a mala de Posy para o quarto de hóspedes, por favor.

– Claro, mãe.

Jonny subiu a escada, obediente, enquanto sua mãe me guiava pelo corredor até uma cozinha branca e limpa. Um pão de ló resplandecia no aparador.

– Espero que você não se incomode: pensei em tomarmos o chá lá fora, no jardim. O dia está tão lindo!

– Eu adoraria.

Sorri e acompanhei-a para fora da cozinha até um terraço cercado por um canteiro cheio de gardênias de aroma doce. Duas moças que arrumavam xícaras de louça em uma mesa me olharam com um sorriso.

– Essas são Dorothy e Frances – disse a Sra. Montague, e as duas vieram me cumprimentar.

– Por favor, me chame de Dotty – disse uma delas, me dando o mesmo aperto de mão firme do pai.

As duas tinham o mesmo cabelo louro e os olhos azul-claros de Jonny. E eram altas como eu, o que me deixou feliz, porque pela primeira vez eu não ficava acima das outras mulheres.

– Jonny nunca trouxe uma moça em casa antes – comentou Frances, rindo. Supus que fosse a mais nova das irmãs. Devia ter uns 16 anos. – Ele já fez o pedido?

– Frances! – Jonny apareceu atrás de mim. – Você é terrível!

Durante o chá, observei a interação de Jonny com a família e senti um afeto caloroso por ele. Não estava acostumada às provocações afáveis entre ele e as irmãs, nem às censuras gentis mas divertidas da mãe. No entanto, vendo as nuvens de borboletas amarelas voando sobre a verbena roxa no jardim imaculado, me senti relaxada e à vontade.

– Jonny me contou que você mora com sua avó na Cornualha. Deve ser uma vida tranquila – disse a Sra. Montague enquanto Frances e Dorothy discutiam ferozmente sobre alguma coisa, do outro lado da mesa.

– É, é bem calmo – falei, tomando um gole de chá. – Mas é um lugar muito ermo, especialmente no inverno.

– Jonny também comentou que você está estudando botânica. Talvez possamos dar uma volta no jardim amanhã, para que você me dê alguns conselhos.

Encarei seus olhos azuis e gentis e senti uma mistura confusa de emoções: alegria por ser recebida com tanta generosidade pela família de Jonny e inveja pelo fato de ele ter crescido com tanto amor por parte dos pais e ter uma mãe que se interessava tanto pela sua vida.

– Eu ia adorar – respondi, engolindo o nó na garganta.

Nos dias seguintes, ajudei a Sra. Montague – que insistiu em que eu a chamasse de Sally – na cozinha e dei algumas dicas de como se prevenir de lesmas no jardim. Conversei com o Sr. Montague sobre seu tempo no Exército e fui fazer compras no belo povoado de Cobham com Frances e Dotty. Toda noite eu caía na cama do quarto de hóspedes e pensava se aquilo era ser normal e se eu era a última pessoa no mundo a ter recebido o roteiro.

Na última noite, antes de eu voltar à Cornualha para o resto do verão, Jonny pegou o carro do pai emprestado outra vez e me levou a um restaurante em Cobham. Parecia muito nervoso, remexendo a carne assada enquanto eu devorava a minha, faminta.

Durante a sobremesa – uma tortinha de maçã sem graça com calda coagulada –, Jonny pegou minha mão e deu um sorriso tímido.

– Posy, eu queria agradecer por você ter sido tão maravilhosa com minha família.

– Foi um prazer, Jonny, de verdade. Eles são ótimos.

– O negócio, Posy, é que estamos juntos há sete meses e eu... Bom, quero que saiba que minhas intenções são honrosas. Espero... quero dizer, espero um dia poder pedir formalmente que você seja minha para sempre, mas não seria certo fazer isso antes de eu terminar o curso em Cambridge e começar a ganhar a vida como oficial. Então estive pensando que talvez pudéssemos nos comprometer não oficialmente. Poderíamos assumir o compromisso de ficar noivos. O que você acha?

Tomei um gole de vinho e sorri para ele, inundada pelo calor do tempo passado com sua família.

– Eu aceito.

Quando voltamos à casa as luzes já estavam apagadas e todo mundo estava na cama. Jonny pegou minha mão e subimos a escada na ponta dos pés, para não acordá-los. Do lado de fora do meu quarto Jonny segurou meu rosto e me beijou.

– Posy – sussurrou ele contra o meu pescoço –, você... você quer ir ao meu quarto?

Se estamos comprometidos a ficar noivos, em algum momento isso vai ter que acontecer, eu acho, pensei enquanto deixava que ele me guiasse pelo corredor até seu quarto, que ficava convenientemente bem afastado do quarto dos pais dele.

Lá dentro, Jonny me levou até a cama e me beijou mais, depois suas mãos abriram meu vestido, traçando um caminho suave pelo meu corpo. Juntos nos deitamos em sua cama estreita e eu senti seu peso sobre mim, nossas peles se roçando pela primeira vez. Fechei os olhos com força quando ele se sentou de repente, abriu a gaveta ao lado da cama e pegou um pacotinho quadrado, sussurrando que precisava me proteger. Alguns segundos depois contive um gritinho de dor quando ele me penetrou.

Tudo acabou muito mais depressa do que eu esperava. Jonny rolou para o lado, depois envolveu meus ombros nus e me abraçou.

– Eu te amo, Posy – disse ele, sonolento, e pouco depois o ouvi roncando suavemente a meu lado.

Vesti outra vez a roupa de baixo, depois me levantei e peguei o vestido e os sapatos antes de voltar na ponta dos pés para o quarto de hóspedes. Fiquei acordada até que a primeira luz fraca do amanhecer surgiu na janela, imaginando por que é que faziam tanto alarde daquilo.

Naquele outono voltamos para Cambridge e nos acomodamos à velha rotina. Com uma mudança significativa: uma vez por mês, mais ou menos, passávamos a noite juntos em uma pensão nos arredores de Cambridge. Devido à penalidade de expulsão imediata para qualquer estudante encontrado com alguém do sexo oposto nos dormitórios, a pensão tinha um movimento enorme e muitas vezes eu via rostos conhecidos entrando ou saindo sorrateiramente.

– Meu Deus, você é tão quadrada, Posy! – disse Andrea, distraída, quando voltei de uma de minhas escapadas noturnas. – Ontem à noite mesmo vi Arabella Baskin saindo pela janela de George Rustwell no King's.

– Bom, ela tem sorte porque o quarto do namorado é no térreo. Além disso, não vou correr o risco de perder o diploma, não é?

Mantive segredo sobre meu compromisso de ficar noiva e me dediquei ao trabalho com o Dr. Walters. Tinha entrado para seu prestigioso projeto de pesquisa sobre a citogenética das plantas da família das *Asteraceae*, e era uma dentre os poucos estudantes de graduação, e certamente a única mulher, que trabalhava no projeto. Sob sua tutela, minha confiança cresceu e eu descobri que não tinha mais medo de verbalizar opiniões durante as orientações. Também tinha ganhado a reputação na Escola de Botânica de ser boa em trazer plantas de volta à vida. Agora meu quartinho na New Hall era tomado pelo cheiro das plantas, já que as pessoas viviam me dando clorófitos, cactos e, em um determinado ponto, um bonsai de gingko, todos doentes.

– Pelo que sei, ele tem uns 50 anos – disse Henry, um dos técnicos do laboratório, ao me dar a árvore anã com as folhas pendendo, tristes. – Era do meu avô e não posso ser responsável por matá-lo depois de todo esse tempo, Posy. Minha família nunca me perdoaria.

De manhã, antes do café, eu cuidava da minha enfermaria de plantas no quarto, depois ia de bicicleta até a Escola de Botânica. Contava as semanas, os meses e as estações em Cambridge não em períodos ou prazos de trabalho, como meus amigos, e sim pelos ritmos naturais da flora que crescia ao meu redor. Fazia detalhados desenhos botânicos de todas as plantas incomuns e exóticas que colecionávamos no herbário e estava sempre mais feliz quando meus dedos cavavam a terra úmida e macia e transplantavam mudas que já tinham crescido demais para continuar nos berços originais.

Depois de terminadas as provas do segundo ano, recebi uma mensagem do Dr. Walters me chamando para uma reunião em sua sala. Não dormi na noite anterior, imaginando por que ele desejaria falar comigo. Visões sombrias me ocorriam, de algum delito que resultasse na minha desgraça.

– Entre, Srta. Anderson – disse ele, e sorriu enquanto eu adentrava a elegante sala forrada com painéis de madeira. – Xerez?

– Ah... Bom, sim, obrigada.

Ele me entregou uma taça, depois sinalizou para que eu me sentasse na poltrona de couro rachado e desbotado do outro lado da mesa. Nas paredes estavam pendurados muitos de seus intrincados desenhos botânicos, e desejei poder inspecioná-los mais atentamente.

– Srta. Anderson, não preciso nem dizer que você colaborou enormemente para nosso projeto – disse ele, recostando-se na poltrona, cruzando as mãos sobre a barriga e me olhando por cima dos óculos. – Já pensou no que deseja fazer depois que sair de Cambridge?

– Bom... – comecei, a boca subitamente muito seca. – Eu adoro trabalhar com plantas, cuidar delas, então, se surgir a chance de alguma pesquisa de pós-graduação para o senhor...

– Fico lisonjeado, Srta. Anderson, mas tenho outra coisa em mente.

Ele tomou um gole de xerez.

– Você deve ter notado que nossa pesquisa se concentrou cada vez mais nos aspectos minúsculos, no nível genético, mas você tem um jeito para cuidar de plantas que não deveria ser desperdiçado em um laboratório. Já esteve no Kew Gardens em Londres?

A menção ao jardim botânico de Kew provocou um arrepio na minha espinha.

– Não, mas ouvi coisas maravilhosas a respeito – falei meio ofegante.

– Meu bom amigo, o Sr. Turrill, é diretor do herbário, além de várias outras casas de plantas. Acho que você seria uma candidata perfeita para trabalhar lá.

Fiquei sem fala.

– Eu...

– Claro, ajudaria se você terminasse o curso com nota máxima – continuou ele. – Pelo que vi, tenho certeza de que isso vai ser fácil. Então, gostaria de que eu a recomendasse ao Sr. Turrill?

– Meu Deus – falei, totalmente pasma. – Seria maravilhoso!

Fiquei arrasada quando Andrea e Celia, que estavam um ano à minha frente, deixaram Cambridge. Na formatura, as duas estavam resplandecentes com as capas pretas, os capuzes com borda de pele elegantemente dobrados às costas. Celia tinha noivado alguns meses antes e eu estava ansiosa pelo seu casamento com Matthew em Gloucestershire, em agosto.

– Você acha que vai trabalhar? – perguntei a ela, vendo-a arrumar suas coisas nas malas.

– Eu me candidatei a dois empregos como professora. Então, até que os bebês venham, sim, com certeza vou. Vamos precisar do dinheiro. Matthew tem que terminar a faculdade de direito – disse ela, e me abraçou com força. – Você vai manter contato, não vai, Posy?

Depois disso desci para me despedir de Andrea.

– Meu Deus, eu vou estar pertinho, em Londres, na Biblioteca Britânica, Posy – disse ela quando meus olhos se encheram de lágrimas. – E no ano que vem você vai estar no Kew. Vamos nos ver o tempo todo – acrescentou, e então me olhou, séria. – Prometa que não vai se casar cedo demais com Jonny Exército. Primeiro viva um pouco, está bem?

– Espero que sim. Vejo você em Londres.

Sorri e fui arrumar minha mala para passar o verão na Cornualha.

Meu último ano em Cambridge foi como disparar por um túnel tendo apenas um destino: trabalhar no Kew. Em abril, pouco antes das provas finais, o Dr. Walters me procurou no herbário.

– Tive notícias do Sr. Turrill, do Kew. Foi marcada uma entrevista para você lá, na próxima segunda-feira às dez e meia da manhã. Acha que consegue ir?

– Claro! – respondi, ansiosa.

– Vou avisar ao Sr. Turrill. Boa sorte, Srta. Anderson.

Na manhã da entrevista, me vesti cuidadosamente, com o meu melhor conjunto de saia e blusa, e prendi o cabelo em um coque para parecer profissional. Depois coloquei meus desenhos botânicos em uma elegante pasta de couro nova, que Jonny me dera no Natal. Eu não tinha contado a ele sobre a entrevista, preferindo esperar até ter certeza de que o cargo era meu antes de puxar o assunto do Futuro. Até então, tínhamos conversado um bocado sobre a carreira *dele* e quase nada sobre a minha.

Cheguei à estação de King's Cross no meio do rush, me espremi no metrô Circle Line e depois mudei para o District Line até a estação Kew Gardens. Era uma manhã límpida e fresca, e as cerejeiras que ladeavam as ruas estavam gloriosas em plena floração. À minha frente havia um impressionante portão de ferro fundido ladeado por colunas brancas ornamentadas. Passei por um portãozinho lateral e me vi em um parque grandioso, em cujo centro um lago refletia o céu azul, com caminhos sinuosos que levavam a várias construções e estufas vitorianas. Consultando as orientações dadas pelo Dr. Walters, fui até a recepção principal.

Lá dentro, me dirigi a uma jovem que usava óculos de gatinho da moda e estava sentada atrás de uma mesa.

– Olá – falei, desejando que minha boca não estivesse tão seca. – Sou Posy Anderson e tenho uma entrevista com o Sr. Turrill às dez e meia.

– Por favor, sente-se com os outros e seu nome será chamado daqui a pouco – disse ela com uma voz entediada.

Virei-me e vi três rapazes com ternos pretos – todos segurando pastas de couro parecidas com a minha – sentados em uma pequena sala de espera. Quando me acomodei junto deles me senti ainda mais consciente de quanto era *mulher*.

Uma hora se passou enquanto, um por um, os homens eram levados a uma sala pequena, depois voltavam e deixavam o prédio sem ao menos se despedir com um aceno de cabeça. Quando o último havia saído, fiquei sentada segurando a pasta nas mãos suadas, imaginando se teriam se esquecido de mim.

– Srta. Anderson? – chamou uma voz profunda.

Um homem alto em um terno de tweed saiu da sala, e eu vi seus olhos azuis e gentis brilhando atrás dos óculos redondos e grossos.

– Sim.

Levantei-me rapidamente.

– Estou com a garganta seca depois de tanta falação. Gostaria de tomar uma xícara de chá comigo? – perguntou ele.

– Eu... Sim, por favor.

Ele me guiou para fora do prédio e caminhamos calmamente pelo parque, com o sol agradável aquecendo meu rosto.

– Bom, Srta. Anderson – disse ele, enfiando as mãos nos bolsos. – O Dr. Walters falou um bocado de você.

Assenti, nervosa demais para responder.

– Sou diretor do herbário desde o fim da guerra – continuou ele –, e o vi mudar um bocado.

– Sim. Li tudo sobre seu trabalho, senhor. Seu sistema de classificação pelo formato das folhas é engenhoso.

– Você acha? Bom, fico feliz. Na verdade, vou me aposentar este ano e vai ser triste deixar o Kew. Aqui somos uma família, veja bem, e escolher um novo membro para o clã é uma tarefa séria. O Dr. Walters diz que você é muito hábil em ilustrações botânicas.

– Sim. Apesar de não ter cursado a faculdade de artes, desenho espécimes desde que era pequena.

– É o melhor modo de aprender. Precisamos de alguém que seja artístico e científico em igual medida. O Herbário e o Laboratório Jodrell vão se expandir significativamente nos próximos anos, e precisamos de alguém que possa servir como elo entre os dois. Ah, cá estamos.

Tínhamos chegado a um pagode chinês no meio de um jardim muito bem-cuidado. Mesinhas haviam sido arrumadas do lado de fora, sob o sol, e o Sr. Turrill indicou que eu me sentasse. Uma moça de avental veio lá de dentro.

– O de sempre, Sr. Turrill? – perguntou ela.

– Sim, querida, e talvez bolo para a Srta. Anderson e para mim – disse ele, assentindo para a garçonete e se virando para mim. – Agora vamos dar uma olhada nas suas ilustrações.

Fiquei atrapalhada com o fecho da pasta, então espalhei os papéis na mesa. O Sr. Turrill tirou os óculos para inspecionar os desenhos com atenção.

– Você tem um olhar excelente, Srta. Anderson. Eles me lembram o trabalho da Srta. Marianne North.

– Eu a admiro muito – falei, lisonjeada.

Marianne North era uma mulher por quem eu sentia um enorme respeito; uma pioneira vitoriana que tinha ousado viajar sozinha para coletar espécimes em todo o mundo.

– Bom, trabalhar aqui no Kew seria variado. Você ficaria principalmente no Herbário, desenhando e catalogando novos espécimes, e às vezes poderia ajudar no Laboratório Jodrell com a pesquisa citogenética. E todos fazemos alguma coisa nas estufas. O Dr. Walters me contou que você tem jeito para dar vida a qualquer planta que chegue às suas mãos.

Fiquei ruborizada.

– Eu apenas reajo às necessidades da planta e faço o melhor que posso.

– Muito bom. Aqui no Kew recebemos muitas plantas exóticas de todo o mundo. E frequentemente não temos a mínima ideia de quais seriam as condições de crescimento ideais para elas, daí a necessidade de experimentação... e de uma grande dose de sorte!

Ele riu e me olhou atentamente.

Nesse momento uma mulher de pele bronzeada e cabelo castanho curto e encaracolado se aproximou da mesa. Vestia um terninho básico e tinha um *vasculum* – um estojo de couro para carregar plantas – pendurado no ombro.

– William, quem você está cortejando hoje? – questionou ela, alegre.

– Ah, Srta. Anderson, esta é Jean Kingdon-Ward, uma das nossas renomadas caçadoras de plantas – disse o Sr. Turrill, levantando-se para cumprimentá-la. – Ela acabou de voltar da Birmânia.

– Coberta de picadas de insetos – acrescentou Jean, então riu e apertou minha mão. – Prazer em conhecê-la, Srta. Anderson.

— A Srta. Anderson vai se formar em Cambridge em breve e estamos considerando um cargo no Kew.

— É o melhor lugar do mundo para trabalhar — elogiou Jean. — William, devo levar a amostra direto para o Herbário?

— Sim, mas desta vez faça uma verificação meticulosa dos nossos amigos insetos antes de acomodá-la — disse ele, arqueando uma sobrancelha. — Será que preciso lembrá-la da infestação de lagartas que tivemos no ano passado?

— Sempre rigoroso — brincou Jean, e me dirigiu um sorriso antes de partir na direção do Herbário.

— Gosta de viajar, Srta. Anderson? — perguntou o Sr. Turrill enquanto o chá e o bolo eram servidos.

— Gosto, sim — respondi tomando um gole de chá e pensando que, para trabalhar no Kew, eu poderia gostar de qualquer coisa que eles quisessem.

— Jonny querido, preciso lhe contar uma coisa.

Estávamos deitados na cama da pensão, fumando depois de fazer amor.

— O que é, querida? Você está tão séria.

— Me ofereceram um trabalho no Kew Gardens, em Londres. Vou trabalhar no Herbário, catalogando e desenhando plantas.

— Que notícia maravilhosa! — respondeu Jonny, virando-se para mim com um sorriso sincero.

Por algum motivo, eu tinha pensado que ele poderia se chatear, então o alívio me inundou quando ele me deu os parabéns.

— Eu vou estar no Mons, em Aldershot, a apenas uma hora e meia de trem de Londres. Então a gente vai poder se ver sempre, assim que eu conseguir licença depois do treinamento inicial. Onde você vai morar?

— Ah, Estelle disse que eu posso ficar com ela. A colega de apartamento dela vai para uma companhia de balé na Itália no mês que vem, então posso ficar com o quarto.

— Parece perfeito, mas Estelle é bem saidinha, Posy. Você não vai ser influenciada por ela, certo?

— Claro que não, querido. A gente mal vai se ver, eu trabalhando o dia todo e ela dançando a noite inteira.

— Pelo menos isso vai manter você longe de encrenca até eu completar o treinamento. E então vamos partir para ver o mundo – disse ele, e me abraçou com força.

Decidi não continuar a conversa. O fato de Jonny simplesmente presumir que eu abandonaria o trabalho que desejara por tanto tempo no momento em que ele mandasse era assunto para outra hora.

Meu último Baile de Maio foi agridoce. Jonny, eu e um grupo de estudantes do St. John's e da New Hall, que estávamos deixando Cambridge, dançamos e bebemos champanhe até o amanhecer, então desmoronei no parque Backs encostada ao ombro de Jonny, chorosa por causa do excesso de álcool e olhando o sol nascer pela última vez acima do rio Cam.

– Posy, eu te amo – murmurou Jonny.

– Hmm, também te amo – falei, tonta, fechando os olhos e querendo dormir.

Então Jonny se afastou, de modo que encostei a cabeça na grama macia e de cheiro doce.

– Posy?

Abri os olhos com esforço e vi que Jonny estava ajoelhado na minha frente, segurando uma pequena caixa.

– Sei que já estamos comprometidos para ficar noivos há um bom tempo, então, antes de pegarmos caminhos separados, pensei em tornar a coisa oficial. Minha mãe me deu o anel da avó dela quando fui para casa na Páscoa, e desde então estou com ele no bolso esperando o momento perfeito. Foi uma noite maravilhosa e nós dois vamos embora de Cambridge... O que eu quero dizer é...

Ele respirou fundo.

– Posy Anderson, quer se casar comigo?

Ele abriu a caixa, revelando um anel feito de três safiras cercadas por diamantes minúsculos, e então o enfiou no meu dedo.

– Eu... quero – respondi, vendo como o anel brilhava sob os primeiros raios de sol.

E ainda que, quando ele me puxou para um beijo, eu não sentisse a empolgação que talvez devesse sentir diante da perspectiva de ficar noiva, retribuí o beijo.

Admiral House
Novembro de 2006

Papoula
(Papaver rhoeas)

21

Durante o fim de semana, as emoções de Amy oscilaram entre a culpa e a euforia. Na manhã seguinte à noite com Sebastian, ela se levantou cedo, incapaz de dormir, acordou as crianças e todos saíram da casa na ponta dos pés, para não incomodá-lo. Partiu direto para Southwold, tirou algum dinheiro do banco e foi a primeira na fila do correio para pagar a conta de luz. Quando voltou para a casa fria, viu que a geladeira tinha começado a descongelar, deixando uma poça enorme no chão da cozinha, o que significava que a maior parte da comida lá dentro tinha estragado. Salvou o que poderia comer naquelas 24 horas, limpou a sujeira, e ao meio-dia a geladeira tinha começado a ronronar outra vez e a lâmpada da cozinha se acendera.

Quando Sam chegou, ela contou em tom casual sobre o corte de energia e que todos precisaram dormir na Admiral House. Não adiantaria tentar cobrir os rastros e mentir sobre onde haviam estado. As crianças contariam de qualquer modo.

Sam se mostrou cheio de remorso, dizendo que devia ter esquecido, e perguntou se ela podia perdoá-lo. Exausta demais para uma discussão – e sentindo que não tinha base moral para isso –, Amy falou que perdoava, tudo bem, e que estava disposta a esquecer. Obviamente aliviado por escapar tão facilmente, Sam anunciou que recebera um pagamento no dia anterior e que gostaria de levar Amy para jantar, e perguntou se ela conseguiria uma babá tão em cima da hora. Ela agradeceu, mas recusou. A ideia de passar algumas horas íntimas à mesa com o marido era de mais, então foi dormir cedo. Sam a acompanhou até a cama e quis fazer amor. Amy fingiu que estava com sono e ele recebeu a rejeição como sinal de que ela ainda estava chateada por causa da conta de luz. Sam ficou de mau humor durante o restante da semana e Amy se esforçou para permanecer fora do caminho dele.

Ficou feliz quando chegou segunda-feira e ela pôde escapar para o trabalho. Comprou um sanduíche na hora do almoço e foi para a beira-mar comer em um banco. O dia estava fresco, mas não frio. Amy fechou os olhos e pela primeira vez se permitiu lembrar como tinha sido fazer amor com Sebastian, as palavras que ele dissera, o modo como ele acariciara seu corpo, seu rosto, seu cabelo, com tanta gentileza. Tendo poucas experiências para comparar, além de alguns casinhos na universidade e as primeiras vezes com Sam, ela se perguntou se o jeito amoroso de Sebastian e as coisas que ele havia dito eram o esperado quando um homem levava uma mulher para a cama: ela seria apenas mais uma na lista ou aquilo havia significado algo mais?

Amy sentiu o ventre formigando ao lembrar, e soube que, para ela, era definitivamente a segunda hipótese.

Voltou para o hotel, imaginando se, caso Sebastian a contatasse, ela ia querer que acontecesse de novo. E mesmo fazendo um esforço enorme para pensar no casamento, nos filhos e nas terríveis consequências de ser descoberta, soube que sim.

Como não teve nenhuma notícia de Sebastian nos dias seguintes, os pensamentos românticos começaram a desaparecer. Era óbvio que ele não estava interessado em levar o relacionamento adiante. Por qual outro motivo não a teria procurado?

Tentou lembrar que era adulta, que ele não a havia arrastado para a cama, que tinha ido por livre e espontânea vontade, para seu próprio prazer. Portanto não deveria se sentir usada por Sebastian. Isso era antiquado. Era perfeitamente aceitável que uma mulher dormisse com um homem sem ser rotulada de vagabunda.

Mesmo assim, à medida que a semana passava, seu ânimo afundou ainda mais com a falta de notícias dele. Até Sara e Jake notaram a irritação da mãe. Sam, imaginativo, perguntou se ela estava "naqueles dias" quando Amy bateu com os pratos do jantar na mesa.

– Mamãe ligou enquanto você estava no mercado – disse ele quando se sentaram para comer.

– É?

– É. Queria saber se a gente pode almoçar lá no domingo.

Chegar perto da Admiral House era impensável para Amy. Sebastian estaria lá, provavelmente todo orgulhoso de sua conquista enquanto ela sofria a humilhação da rejeição.

– Acho que não, obrigada.

Amy se levantou e jogou seu macarrão à bolonhesa no lixo.

– Tenho um monte de roupa para lavar e passar e, para ser sincera, acho essa a pior ideia do mundo.

– Calma, querida! Achei que você gostava de ir à casa de mamãe.

– E gosto... gostava... só não estou a fim. Agora, se me der licença, vou para cama.

Amy subiu a escada, caiu na cama desarrumada e soluçou no travesseiro.

Na segunda-feira, mais de uma semana havia se passado, e para Amy era impossível não odiar Sebastian. Percebeu que precisava tentar esquecer o que havia acontecido, esquecê-lo. Até onde sabia, Sebastian podia muito bem passar a vida dormindo com várias mulheres sem pensar nelas duas vezes depois. E, por causa dele, ela fora horrível com as crianças. E não era culpa delas Amy ter bancado a idiota.

Naquele fim de tarde, quando saiu do hotel a caminho do carro, alguém tocou seu ombro.

– Amy.

– Oi, Sebastian.

Ela não o encarou, mas seu coração batia forte.

– Tudo bem? – perguntou ele enquanto ela caminhava até o estacionamento, olhando, nervosa, de um lado para outro.

– Sim – mentiu ela.

– Por que você foi embora naquela manhã sem se despedir?

– Eu...

Amy ficou chocada que, depois de mais de uma semana sem notícias, Sebastian fosse capaz de jogar a culpa em cima dela.

– Você estava dormindo. Eu precisava pagar a conta de luz.

– Ah. Imagino que agora esteja arrependida do que aconteceu.

Ela parou e se virou para ele.

– Você obviamente se arrependeu ou talvez já tenha se esquecido de tudo.

– O quê?!

Sebastian pareceu espantado com a raiva dela.

– Você não fez nenhum esforço para falar comigo na semana passada, não é?

– Amy, eu fui ao hotel na segunda-feira passada de manhã. Você ainda não tinha chegado e eu estava atrasado para pegar um trem para Londres, por isso deixei um bilhete com alguém da recepção. Você não recebeu?

Ela balançou a cabeça.

– Não.

– Bom, eu juro que deixei. Pergunte quando voltar ao hotel. Era em código, claro, e curto, mas dizia que eu estava indo para um festival literário em Oslo. Anotei o número do meu celular e pedi que você ligasse quando pudesse.

– Ah.

– É, "ah" – repetiu ele. Depois sorriu. – Então eu estava lá em Oslo, arrasado porque você não ligava, e você aqui achando que eu sou um babaca.

– Algo assim – concordou Amy, permitindo que um pequeno sorriso curvasse seus lábios, inundada pelo alívio.

– Amy... – Ele segurou sua mão. – Vou perguntar de novo, e por favor me diga a verdade: você está arrependida do que aconteceu?

– Você está?

– Meu Deus, não – disse ele, balançando a cabeça com veemência. – Estou preocupado que você esteja.

– Não – disse ela baixinho. – Infelizmente, não. Mas queria estar.

– E eu queria poder abraçar você – murmurou ele. – Senti tanta saudade. Naquele quarto de hotel só conseguia pensar em você. Quando posso vê-la?

– Realmente não sei.

– Vai ter alguma folga durante a semana?

– Quarta-feira à tarde.

– Agora Posy está trabalhando na galeria até as cinco, por causa do Natal. Você pode ir à Admiral House? Por favor?

Amy esfregou a testa.

– Meu Deus, Sebastian, isso é errado. Eu...

– Precisamos conversar, só isso – acrescentou ele gentilmente.

– Tenho que pegar as crianças na escola às três e meia, a não ser que eu peça a Marie... Ah, meu Deus... eu realmente não deveria... eu...

– *Por favor*, Amy.

Ela respirou fundo e soltou o ar.

– Está bem – disse, e em seguida entrou no carro e deu um sorriso cansado. – Tchau, Sebastian.

– Vejo você na quarta-feira – sussurrou ele.

No dia seguinte, Posy chegou à casa da Ferry Road enquanto Amy dava o jantar às crianças.

– Sara querida, que abraço bom! – exclamou Posy enquanto a menininha se agarrava às suas pernas. – Amy, você parece bem. Pelo menos melhor do que na última vez em que a vi.

Ela se soltou da neta e entrou na cozinha.

– E Sam disse que você não estava se sentindo bem para ir almoçar lá em casa no domingo. Aqui, eu fiz uma torta para a sobremesa das crianças.

Posy colocou o doce na mesa e a encarou.

– Você cortou o cabelo?

Amy ficou vermelha.

– Cortei. Fui ao salão na hora do almoço. Fazia mais de um ano que não cortava, estava precisando.

– Ficou ótimo. Na verdade, querida, *você* está ótima – disse Posy, os olhos franzidos de malícia. – Pela sua cara, eu diria que as coisas melhoraram muito com Sam. Estou certa?

– Está – assentiu Amy com veemência. – Está, sim.

– É incrível como dá para ver. Você está com aquele brilho nos olhos de novo, e isso é maravilhoso.

Amy se ocupou servindo a torta, de modo que Posy não visse seu rosto vermelho, depois mandou as crianças para a sala.

– Ouvi falar da encrenca da conta de luz – comentou a sogra, sentando-se à mesa. – Sam ficou todo constrangido por se esquecer de pagar. E claro que eu tinha que não estar em casa. Mas tenho certeza de que Sebastian cuidou de vocês três.

– Cuidou, sim.

– Ele é um ótimo sujeito. Vou sentir falta quando ele for embora.

– Ele vai embora? – Amy não conseguiu evitar a pergunta.

– Não até o Natal, pelo que sei. Só estou dizendo que me acostumei com ele, só isso. Claro, muita coisa vai mudar no ano-novo – disse Posy, e suspirou. – Mas ver você tão melhor me anima bastante e me faz sentir que foi a coisa certa dar a Sam uma chance com a Admiral House.

– É, obrigada de novo, Posy.

– Na verdade eu vim porque queria perguntar umas coisas. Primeiro: será que você me daria a honra de desenhar uns cartões de Natal? Achei que seria uma boa ideia ter um último desenho da Admiral House na frente. Eu pagaria, claro.

– Não seja boba, Posy. Eu faço de graça. Adoraria.

– Obrigada, querida. Vai ser maravilhoso. Além disso, eu queria saber se você pode ver umas casas comigo no fim de semana. Marie deixou os detalhes na galeria e duas parecem bem interessantes.

– Claro que sim. Vou ver se Sam toma conta das crianças.

– No momento, acho que Sam andaria sobre carvões em brasa para ser perdoado pelo delito. No sábado, então. Podemos ter aquele almoço que vivemos prometendo. A outra coisa é que imagino que vocês vão à festa de inauguração da Tammy na semana que vem, em Londres, certo?

– Para falar a verdade, eu tinha esquecido totalmente – respondeu Amy.

– Bom, acho muito importante você e Sam irem. Todo casal precisa de uma ou outra noite a sós. Eu fico com as crianças.

– Obrigada.

– Ah, e a outra coisa é que, me preparando para a grande mudança, fui olhar nos armários dos quartos para começar a tirar as coisas e encontrei um monte dos antigos vestidos de festa da minha mãe. Tenho certeza de que vários estão comidos demais pelas traças para serem salvos, mas alguns, inclusive um lindo Hartnell preto, você definitivamente deveria experimentar. Minha mãe era mais ou menos do seu tamanho e o Hartnell seria perfeito para a festa. Os vestidos de que você não gostar podem ir para a butique da Tammy. De qualquer modo, vou deixá-los fora do armário, e se você quiser passar para dar uma olhada...

– Na verdade... – interrompeu Amy, um pensamento lhe ocorrendo. – Talvez eu passe lá amanhã à tarde, se não for problema para você.

– Por mim, tudo bem, querida. Vou estar na galeria, mas deixo a porta da cozinha aberta.

– E como foi em Amsterdã?

– Maravilhoso.

– Quando vamos conhecer seu Freddie?

– Ele não é "meu" Freddie, querida, é só uma companhia agradável. Agora preciso ir. Ligo quando souber a hora das visitas no sábado. Mas que tal eu pegar você aqui ao meio-dia e meia?

– Tudo bem. Tchau, Posy.

Amy observou a sogra ir para a sala se despedir das crianças e achou que não era a única que tinha um brilho nos olhos ultimamente.

Na tarde de quarta-feira, mal acreditando em sua sorte por ter encontrado um motivo genuíno para ir à Admiral House, Amy saiu do trabalho e dirigiu os dez minutos desde a cidade com um frio na barriga. Parou o carro na frente da casa e deu a volta até a porta da cozinha. Antes que pudesse abri-la, Sebastian apareceu e a envolveu em seus braços.

– Meu Deus, eu senti tanto sua falta!

Ele a puxou para dentro e a beijou de um jeito quase bruto. Amy se pegou reagindo com o mesmo fervor. Assim que conseguiu se afastar e respirar, olhou para ele e sorriu.

– Pensei que eu tinha vindo conversar.

– Podemos fazer isso, sim – respondeu ele, beijando seu pescoço enquanto tirava seu casaco. – Primeiro, por favor, venha para a cama. É muito mais agradável conversar sem roupa.

As mãos dele se enfiaram por dentro da blusa de Amy e o corpo dela se arrepiou de desejo. Ela o deixou guiá-la escada acima até o quarto e pediu que trancasse a porta, para o caso de Posy voltar cedo.

– Querida, ela veria seu carro lá fora, mas tudo bem – implicou ele, enquanto tirava suas roupas e começavam a fazer amor.

Uma hora depois, Amy estava sentada na cama, recostada ao peito de Sebastian enquanto ele acariciava seu cabelo.

– Pode parecer piegas, mas já foi assim para você antes? – perguntou ele.

Amy tinha o olhar perdido.

– Acho que eu deveria dizer que sim, que já fiz sexo fantástico com um monte de homens. Então, se você me abandonar, não vou sentir que só fiz inflar seu ego...

– Pare com isso. Sei que você passou uma semana achando que eu era um sacana, mas precisa acreditar em mim. Não sou desse tipo. Na verdade, a última vez que transei foi... – Ele parou para pensar. – Há mais de um ano.

– Ah, então você só está desesperado, não é?

Ela se virou para Sebastian e brincou com os pelos grossos no peito dele.

– Às vezes a gente não tem como ganhar uma discussão – disse ele, suspirando.

– A verdade é que eu nunca, jamais, tive nada igual ao que a gente acabou de fazer – revelou Amy, e beijou seu peito. – Está bem?

Sebastian ficou em silêncio por um tempo antes de dizer:

– Amy, o que eu sinto por você... não tem a ver apenas com sexo, sabe? É muito mais profundo. E isso me assusta. Na última vez que senti algo assim, ela morreu e me deixou sozinho.

– Bom, eu não pretendo morrer – prometeu Amy.

Sebastian balançou a cabeça.

– Você é casada. Em teoria, não é certo amar você.

– E vice-versa – disse ela, e suspirou. – Sou esposa e mãe.

– O que estou dizendo é que talvez fosse melhor se isso não passasse de atração física, um combinado bom para os dois, sem compromisso. Quero dizer, o que a gente pode fazer agora?

– Sebastian, a gente mal se conhece e...

– Eu sinto que conheço você há muito tempo.

– Mas não é verdade.

– É.

Sebastian ficou em silêncio por um tempo.

– Amy, é uma pergunta horrível, mas preciso saber a resposta: você ainda ama Sam?

Ela mordeu o lábio e desviou os olhos para a janela.

– Estou me perguntando a mesma coisa há semanas. Quero dizer, antes de você e eu... Ele é o pai dos meus filhos, e esse é um elo enorme que não pode ser quebrado, não importa o que aconteça. Agora, se eu o amo... Sendo totalmente honesta, não. Não o amo mais.

Era a primeira vez que Amy admitia a verdade para si mesma, quanto mais para outra pessoa. A declaração trouxe lágrimas aos seus olhos e ela se empertigou na cama.

– Meu Deus, eu sou uma escrota. Sentada aqui na cama com outro homem, dizendo a ele que não amo mais meu marido.

– Isso acontece com milhões de casais em todo o mundo – afirmou Sebastian, acariciando gentilmente as costas dela. – E ouvi Posy contando sobre como você sempre foi ótima e o apoiou.

– E que ótima traidora eu me tornei agora – murmurou ela, infeliz.

– A grande questão, claro, é... – Sebastian fez uma pausa, obviamente pensando em como verbalizar a frase. – Você vai sofrer em silêncio e ficar com Sam por causa das crianças ou vai aceitar que o relacionamento acabou e ter a coragem de seguir em frente?

– Não sei. Realmente não sei.

– É, claro que não sabe, e é injusto de minha parte perguntar. É óbvio que eu tenho uma visão tendenciosa dessa situação, então talvez seja melhor calar a boca. Só vou dizer que sei que eu te amo e quero ficar com você. Digamos que seria melhor se você estivesse livre, do meu ponto de vista. Mas prometo que vou tentar ser paciente e não pressioná-la.

Ela se virou para encará-lo.

– Sebastian, como você pode ter tanta certeza sobre mim em tão pouco tempo?

– Não sei. Só sei que tenho. É que para mim é muito mais fácil. Sou totalmente livre. Então só preciso esperar e ter fé que um dia você também tenha certeza.

Vinte minutos depois ela lhe deu um beijo de despedida, com a promessa de ligar no dia seguinte, e foi pegar as crianças. Enquanto ia para Southwold, com o coração explodindo de emoções conflitantes, percebeu que tinha se esquecido totalmente de experimentar os vestidos.

No sábado seguinte, Sam disse que tomaria conta das crianças durante a tarde enquanto Amy ia visitar as casas com Posy.

– Vai ser bom você ter uma folga, para variar – disse ele. – E não se preocupe com a hora. Vamos ficar bem.

– Obrigada, Sam. A torta de carne deve ficar pronta em meia hora. Faça os dois comerem tudo antes de dar sobremesa.

– Pode deixar. Tchau, querida. Divirta-se – despediu-se ele, ouvindo a mãe buzinar lá fora.

Sam fez menção de beijar Amy nos lábios, mas ela se virou e ele só acertou o rosto.

Enquanto ia até o carro de Posy, Amy quase desejou que Sam não estivesse se esforçando tanto para compensar os erros. Isso só aumentava sua culpa.

– Oi, querida, como está? – perguntou Posy.

– Muito bem – respondeu Amy, se acomodando no banco do carona.

– Que bom. É ótimo sairmos só nós duas, não é? Pensei em almoçarmos naquele pub em Walberswick. A primeira casa que vamos olhar, às duas horas, fica em Blythburgh, então deve dar tempo.

– Estou em suas mãos, Posy – concordou Amy enquanto partiam, dando a volta na rua principal e seguindo pela beira-mar.

– É ali que Evie Newman mora.

Posy apontou para uma grande casa vitoriana quando viraram a esquina e entraram em uma rua larga, ladeada de árvores, pertinho do píer.

– É grande demais só para ela e a filha, mas é bem impressionante. Por sinal, você conseguiu experimentar os vestidos na quarta-feira? Eles ainda estavam tão arrumadinhos...

– Ah... consegui. Infelizmente, todos ficaram grandes demais.

Foi a primeira mentira de Amy, e ela se odiou por isso.

– Verdade? Fico surpresa. Minha mãe era magrinha. Obviamente precisamos alimentar você.

Enquanto comiam mexilhões frescos, Amy conseguiu manter a conversa voltada para Posy, que foi facilmente convencida a falar da viagem a Amsterdã com Freddie.

– Me fez pensar que a gente pode ficar muito limitada, morando em uma cidade pequena. Quando eu era casada com o pai de Sam, nós viajamos pelo mundo, de uma base do Exército para outra, e eu nunca pensei duas vezes – disse Posy, e tomou um gole de vinho. – Talvez, assim que a Admiral House for vendida, eu faça um cruzeiro pela Escandinávia. Sempre quis conhecer os fiordes da Noruega.

– E Freddie vai com você?

– Quem sabe? Como eu disse, somos apenas amigos. *De verdade* – enfatizou ela. – Se bem que é muito mais divertido fazer esse tipo de coisa com outra pessoa. Agora é melhor irmos andando ou vamos nos atrasar para a primeira visita.

Posy vestiu o casaco e olhou para a garoa do lado de fora.

– Um dia triste e cinzento de novembro: perfeito para ver as casas na pior condição possível.

As primeiras duas visitas foram frustrantes, já que Posy fazia questão de ter um jardim virado para o sul.

– Sei que pedi a Marie um lugar com "personalidade" – disse Posy, prendendo o cinto de segurança. – Mas, para ser sincera, fico imaginando se eu não ficaria maluca em um chalé de pé-direito baixo, depois de todo o espaço com o qual estou acostumada. Só falta um lugar para ver, e é uma casa de três andares perto do farol. Admito que acho bom morar bem no centro da cidade, depois de tantos anos fazendo a viagem para lá e para cá.

A casa do centro acabou sendo o ponto alto do dia: recém-reformada, com bastante luz, cozinha moderna e um jardim pequeno, mas definitivamente voltado para o sul. Amy acompanhou Posy, sentindo inveja, pensando que seria capaz de matar por uma casa assim.

– É bem diferente da Admiral House, não é? – comentou Amy.

Estavam paradas na chuva enquanto Posy calculava exatamente onde o sol ia bater durante o dia.

– Acho que gostei bastante. Sei que é mais o estilo de alguém de 30 e poucos anos do que de uma velha como eu, mas gostei mesmo. É clara e arejada por causa das janelas e do pé-direito alto, e tem quartos suficientes para os amigos e os parentes.

– É bem cara, Posy. Quero dizer, quase metade do que você ganharia com a venda da Admiral House.

Amy examinou os detalhes enquanto Roger, o encarregado das visitas, trancava a porta.

– Absurdo, não é? – concordou Posy. – Só que não dá para levar o dinheiro para a cova, e, como o que ficar vai ser dividido entre Sam e Nick, eu diria que uma casa assim seria um belo investimento a longo prazo – comentou ela enquanto seguiam de carro através de Southwold. – Preciso falar com Sam e perguntar como vão as coisas com relação à Admiral House. Então talvez fique tentada a fazer uma oferta.

Ao passarem pela casa de Evie, as duas observaram o inconfundível carro vermelho parado junto ao meio-fio.

– É o carro de Nick, não é, Posy?

– É, sim.

– Você sabia que ele estava em Southwold neste fim de semana?

– Não – disse Posy, e pigarreou. – Bom, querida, ele é adulto e não precisa contar à mãe tudo que faz.

Seguiram em silêncio, nenhuma das duas querendo levar a conversa adiante.

22

Na manhã da festa de inauguração da Renascer, Tammy acordou suando de nervosismo. Apesar de tudo estar organizado, havia uma centena de coisas para fazer até a noite. Pulou da cama, tomou um banho, fez um café rápido e foi para a loja. Meena já estava lá, passando aspirador de pó no carpete.

– Se bem que não sei por que estou me preocupando com isso, já que centenas de pés vão pisar nele hoje – resmungou ela.

Tammy olhou o relógio. Daria uma entrevista às dez para um jornal; as flores para a vitrine iam chegar ao meio-dia e o pessoal do bufê ia às três.

– Não tenho ideia de onde eles vão guardar os canapés – murmurou, agitada. – Vamos precisar da mesa do escritório para servir o champanhe nas taças. – Tammy se deixou cair em uma cadeira. – Meu Deus, acho que nunca estive tão nervosa na vida. Mais ainda do que no meu primeiro desfile em Paris.

– Ah, Tammy, lembre que as pessoas que vêm hoje são suas amigas. Todas desejam seu sucesso. Tente aproveitar. Dias assim não acontecem sempre, sabia? Quando Nick chega?

– Só mais tarde. Ele também está atolado até o pescoço. Praticamente não nos vimos nas últimas três semanas. Espero que depois desta noite a gente possa passar mais tempo junto.

– É. Seu Nick é um bom homem. Eu gosto dele. Bom, vou lavar as cem taças de champanhe que mandaram ontem. Não estou satisfeita com a limpeza delas.

As flores chegaram e Tammy passou uma hora arrumando a vitrine e pensando em Nick. Sentia falta dele quando não acordava ao seu lado. Pensando nisso ligou para o celular dele enquanto descia da vitrine. Nick atendeu imediatamente.

– Oi, querido.

– Como você está?

– Morta de nervosismo, para ser sincera.

– É normal. Estou esperando uma entrega aqui na loja, mas, assim que tiver sido descarregada, eu vou aí para dar apoio moral.

– Obrigada. Vou gostar disso. Estou com saudade – disse ela, tímida.

– Também estou. Vejo você mais tarde.

Enquanto colocava o celular no bolso de trás do jeans, Tammy percebeu quanto quisera substituir o "estou com saudade" por três palavras muito mais poderosas.

– Merda, Tammy – murmurou baixinho enquanto ia ajudar Meena a arrumar as taças. – Você está caidinha.

Amy achou ótimo que Posy estivesse trabalhando na galeria naquela manhã, assim pôde deixar as malas das crianças lá em vez de correr o risco de ver Sebastian na Admiral House.

– Oi, Amy – cumprimentou Posy, sorrindo. – Tudo certo?

– Quase tudo, a não ser Jake, que pegou aquela tosse feia que Sara teve há umas semanas. Ele não está com febre e foi para a escola, mas eu dei seu número aqui da galeria para a professora dele, só para garantir. Espero que não se incomode.

– Claro que não.

– Coloquei o remédio para febre na mala dele – disse Amy, e a entregou a Posy. – Se ele ficar quente, duas colheres de chá devem resolver. Talvez ele não devesse tomar banho de noite, também.

– Amy, por favor, tente não se preocupar. Prometo que vou cuidar deles. Eu criei dois filhos, sabia? – comentou Posy, gentilmente. – A que horas você vai se encontrar com Sam?

– Ele está no escritório do arquiteto, em Ipswich. Eu vou de carro até a estação de Ipswich para encontrá-lo. É melhor ir logo. Vamos ficar na casa de Tammy esta noite, se precisar falar comigo.

– Eu sei, Amy. Agora vá e aproveite. Tchau.

Amy estava sentada na plataforma em Ipswich, olhando, nervosa, para o relógio. O trem para Londres chegaria em dois minutos e ainda não havia sinal de Sam. Ligara várias vezes para o celular dele, que estava desligado.

Viu o trem se aproximar da estação e tentou de novo. Dessa vez Sam atendeu:

– Alô?

– Sou eu. Cadê você? O trem chegou!

– Querida, infelizmente fiquei preso no escritório e não vou conseguir ir. Sinto muito, Amy, de verdade. Vá e divirta-se.

– Está bem. Tchau, então.

A raiva por ter levado um bolo foi compensada pelo alívio culpado de não precisar passar a noite com Sam. Será que podia mesmo ir sem ele? *Posso, sim!* Antes que viesse a questionar a decisão, subiu no trem quando as portas começavam a se fechar.

Amy chegou à butique de Tammy pouco antes das seis, bateu à porta e foi recebida por uma elegante senhora indiana com um sorriso cintilante.

– Você é Amy, não é?

– Sou. Tammy está?

– Não, deu um pulinho em casa para tomar banho e trocar de roupa. Sou Meena, o braço direito e esquerdo dela. Ela me pediu que recebesse você e seu marido.

– Agora sou só eu. Meu marido não pôde vir.

– Ah, bom – disse Meena, dando de ombros. – Quer uma xícara de chá?

– Adoraria – respondeu Amy, acompanhando Meena para dentro da loja e admirando o tecido adamascado cor de creme que Tammy havia pendurado no teto alto para criar um efeito de tenda. – É uma pergunta idiota, mas onde estão as roupas?

– Trancamos o estoque no porão, para ter mais espaço. Os vestidos serão usados pelas modelos amigas de Tammy e por todas as mulheres bonitas que ela conseguiu convencer. Ela deixou um para você, se quiser usar.

– É muita gentileza dela, mas não sou exatamente uma modelo.

– Bobagem! Você é muito bonita. Lembra a princesa Grace de Mônaco quando era jovem. Por que não entra no provador e experimenta o vestido que está pendurado lá?

– Por que não? – concordou Amy, pensando em seu velho pretinho básico amarrotado na bolsa de viagem.

Ela fechou a cortina do provador e olhou o vestido de cetim reluzente, azul-noturno, com a frente bordada com centenas de contas minúsculas.

– Uau! – exclamou ao olhar a etiqueta e ver que era um Givenchy.

Meena bateu palmas, deliciada, quando ela saiu.

– Amy! Está perfeito.

– É incrível, cabe em mim como uma luva – admitiu Amy, dando uma voltinha.

– E valoriza seu belo corpo. Você devia prender o cabelo em um coque, assim – disse Meena, erguendo o cabelo de Amy para o topo da cabeça. – Você tem um lindo pescoço comprido. Posso ajeitar?

– Se não for atrapalhar, sim, por favor.

– Não atrapalha, e eu adoro arrumar alguém para uma festa. Na minha cultura, levamos horas para ficar prontas. Agora sente-se na frente do espelho enquanto eu vou pegar meus grampos.

Vinte minutos depois, com Meena tendo não somente prendido seu cabelo em um coque, mas também aplicado maquiagem, Amy se levantou.

– Maravilhosa! – exclamou Meena.

– Só tem um probleminha. Não tenho nenhum sapato que combine.

Meena gargalhou.

– Para que servem as fadas-madrinhas? – disse ela, e pegou a mão de Amy. – Vamos até a loja da minha filha, aqui ao lado, Cinderela, e você estará pronta para o baile!

23

– O que você acha? – perguntou Tammy a Nick enquanto descia a escada para a sala.

– Você está deslumbrante, querida.

Nick admirou o suntuoso vestido tomara que caia verde que combinava perfeitamente com os olhos de Tammy.

– Tenho certeza de que você vai sair em todas as colunas sociais – disse ele, segurando seus ombros e beijando-a. – Estou muito, muito orgulhoso de você. Aqui.

Ele lhe estendeu uma caixinha de veludo.

– O que é isso?

– Um presente para comemorar a ocasião.

– Obrigada, querido – disse Tammy, abrindo a caixa para encontrar um delicado colar antigo, de peridoto. Ela ofegou. – É lindo. E combina perfeitamente com meu vestido. Espertinho.

– Tem uns 150 anos – afirmou Nick, e sorriu enquanto ela se virava para ele prender o fecho. – Pronto.

Ela se voltou para os braços dele e o beijou.

– Eu amei. E amo você – acrescentou baixinho.

– É mesmo? – Ele ergueu seu rosto e a olhou nos olhos. – Verdade?

– É, verdade.

Nick acariciou seu pescoço e desceu a mão pelo decote.

– Que tal esquecermos sua festa e passarmos a noite aqui?

– Bem que eu queria, mas acho melhor irmos logo. – Tammy respirou fundo. – Vamos.

Às oito, a festa estava a pleno vapor. Havia paparazzi do lado de fora, marcando a chegada e a partida dos convidados, e uma equipe de TV entrevistava Tammy na calçada.

Amy estava adorando. Todo mundo era muito gentil e ficava dizendo como ela estava linda. Tinha feito um novo amigo chamado Martin, um fotógrafo freelancer que a enchia de champanhe e elogios.

– Sabe, você poderia fazer carreira como modelo fotográfica.

A mão dele acariciava seu ombro quando Amy notou de repente um par de olhos encarando-a da entrada. Seu coração falhou uma batida.

– Com licença, Martin, acho que preciso de um pouco de ar puro.

Ela se desvencilhou e foi até a porta para encontrá-lo.

– Eu conheço você? – perguntou ele, irônico.

– O que está fazendo aqui?

– Vim a Londres almoçar com meu editor. Não ia vir à festa, apesar de Tammy ter feito a gentileza de me convidar, porque não é minha praia. Só que meu apartamento fica literalmente ali na esquina, então pensei em dar uma olhada, já que ia sair para fazer um lanche. Então vi pela vitrine essa criatura sobrenatural sendo apalpada por um macho suado. Quem é o gorila? – indagou Sebastian, indicando Martin.

– Um fotógrafo de moda – disse Amy, dando de ombros.

– E cadê o marido?

– Em casa. Não pôde vir.

– Então quer dizer – sussurrou Sebastian em seu ouvido – que você está sozinha na cidade durante uma noite inteira?

– É.

– Bom, com você desse jeito... – Sebastian balançou a cabeça, tentando encontrar as palavras certas – ... absolutamente estonteante, e sozinha na cidade grande, sinto que é meu dever protegê-la de predadores de bunda peluda como aquele panaca ali.

Ele lhe deu um beijo suave no pescoço.

– Quero você agora.

– Com licença, pessoal – disse Tammy, se espremendo para chegar até eles, e Amy ficou ruborizada até a raiz dos cabelos. – Como vai, Sebastian? Que ótimo ver você!

– Muito bem – respondeu ele, tranquilo. – Posso lhe dar os parabéns por esta noite obviamente triunfante?

– Pode – assentiu Tammy, feliz. – Está indo muito bem, na verdade. Parece que todo mundo veio, e devo conseguir algumas colunas na mídia. Escute, se a gente não se esbarrar mais, eu e alguns amigos vamos jantar depois no La Famiglia, perto da King's Road. Adoraria que vocês fossem.

– Tammy! – gritou uma voz de algum lugar lá dentro.

– Estou indo! – respondeu ela, arqueando uma sobrancelha. – Desculpem. Até mais, gente.

– Ai, meu Deus – sussurrou Amy, vendo Tammy abrir caminho pelos grupos de pessoas. – Ela deve ter visto.

– Amy querida, isto aqui não é Southwold e Tammy não é sua amiga Marie. É uma mulher cosmopolita, inteligente, que não liga a mínima se estivermos tendo um caso ou não.

– Você me faz parecer tão... provinciana – resmungou Amy.

– Nunca vi ninguém parecer menos provinciana do que você esta noite, querida. Agora vamos aproveitar a chance e curtir a festa.

Amy sabia que tinha bebido champanhe demais, mas estava em uma festa chique no coração de Londres, usando um vestido lindo e, o melhor de tudo, com Sebastian ao lado.

Uma hora depois, ele sussurrou em seu ouvido:

– Certo, podemos ir agora, por favor? Não aguento mais.

– Estou me divertindo tanto, não quero que acabe cedo. Mais dez minutos – implorou ela.

Por fim, ele conseguiu arrastá-la até a calçada.

– Venha, você precisa comer alguma coisa.

– Estou bem – disse ela, dando um soluço, depois o beijou no rosto... justo quando um flash espocou na cara deles.

– Sr. Girault, podemos anotar o nome de sua acompanhante para a legenda? – perguntou o fotógrafo.

– Não, não podem! – respondeu Sebastian, sério, puxando uma Amy risonha pela rua antes que eles pudessem tirar outra foto. – Que maravilha, querida. Aquela foto pode ir parar em alguma porcaria de coluna!

– Quer dizer que a gente vai sair na *Hello*?

Amy saltitava pela rua, meio cambaleante, e Sebastian não pôde deixar de sorrir.

– Que bom que você está tão feliz com isso. Não sei se seu marido também vai ficar.

– Ele não lê a *Hello*. E, para falar a verdade, não estou nem aí.

– De manhã talvez esteja – murmurou Sebastian.

Ele a guiou até uma mercearia próxima para comprar alguns carboidratos que a deixassem mais sóbria. Depois a levou para Sloane Gardens e destrancou seu apartamento. Amy entrou dançando e caiu no sofá.

– Ah, eu me diverti tanto – disse ela com um suspiro, e estendeu os braços para Sebastian, abraçando-o com força. – E eu amo você.

– Também amo você, sua bêbada espertinha. Certo, fique aqui enquanto eu faço um café com torrada.

Quando Sebastian voltou à sala, Amy estava dormindo a sono solto. Suspirando, ele pegou um cobertor, cobriu-a gentilmente e foi sozinho para o quarto.

24

Tammy acordou com o cheiro de café. Ainda sonolenta, abriu os olhos enquanto Nick entrava no quarto com uma bandeja cheia de croissants e vários jornais matutinos.

– Argh. Que horas são? – perguntou ela com a voz rouca devido aos muitos Marlboro Lights da noite anterior.

Nos últimos tempos, ela só fumava socialmente, e isso não lhe fazia bem.

– Quase dez.

– Meu Deus, eu prometi que ia me encontrar com Meena às nove para ajudar a arrumar a bagunça de ontem à noite.

Tammy se sentou e afastou o cabelo desgrenhado do rosto.

– Eu liguei para ela e falei que você ainda estava dormindo. Ela disse que você não se preocupasse, que ia começar a ajeitar as coisas. Meena é o tipo de pessoa que adora se sentir útil.

– Eu sei – disse Tammy, rindo. – Ontem um modelo velho de topete ficou dando em cima dela a noite toda, e ela estava adorando.

Nick sentou-se na cama ao lado dela e abriu os jornais.

– Certo, senhora, eu só comprei aqueles em que você saiu, claro.

Ele riu. Tammy examinou quatro jornais, todos com fotos e legendas de tamanhos variados, mostrando Tammy com diferentes convidados.

– "Tammy Shaw celebra a inauguração de sua nova butique, 'Renascer'. A ex-modelo Tammy, vista aqui com seu bem-sucedido namorado, o antiquário Nick Montague, recebeu um grande grupo de celebridades." Querido, você está muito chique – comentou ela, beijando-o no pescoço, depois folheou os outros jornais.

– Acho que você fez uma grande estreia – disse Nick.

– Bom, graças a Deus acabou. Agora posso partir para o negócio sério de ganhar dinheiro – falou Tammy, e pegou a mão de Nick. – Muito obrigada por todo o apoio ontem. Você foi fantástico.

– Não seja boba. Vou esperar o mesmo de você quando abrir minhas portas no mês que vem e convidar os mendigos da área para uma limonada e um sanduíche de mortadela para comemorar – brincou Nick, beijando a testa dela. – Na verdade, antes de você ir para a butique, quero levá-la a um lugar.

Nick dirigiu até a ponte Albert, manobrou pelo trânsito e parou o carro na frente de uma casa vitoriana, situada em uma rua larga e arborizada que dava para o Battersea Park.

– O que acha? – perguntou ele.

– De quê?

– Dessa casa.

Tammy a examinou.

– Acho que parece... grande.

– Sem dúvida. Venha, estou com as chaves. Deixe eu lhe mostrar.

Depois de guiar Tammy pelos três espaçosos andares da casa, Nick abriu a porta dos fundos, que dava para um espaçoso quintal.

– E aí, o que acha?

– Seria uma casa fantástica para uma família – respondeu Tammy, confusa.

– Com certeza. É por isso que eu gosto. E então, Srta. Shaw, consegue ver nossos pirralhos correndo por aqui enquanto ficamos sentados no terraço curtindo o pôr do sol?

Nick olhava ao longe ao falar, as mãos enfiadas nos bolsos.

– Eu... Nick, o que você está dizendo?

– Acho que estou perguntando se, em vez de eu comprar um apartamento de solteiro, você ia querer, no devido tempo, preencher um pouco do espaço nesta casa. E talvez me ajudar a produzir alguns dos pirralhos para correr pelo quintal – explicou Nick, e finalmente se virou para ela, sorrindo. – Não consigo pensar em mais ninguém com quem eu queira fazer isso.

Tammy balançou a cabeça.

– Eu também não – disse baixinho.

Ele a abraçou.

– Que bom. Tammy?

– Oi?

Ela o encarou.

– Há algumas coisas que eu preciso resolver antes de me comprometer inteiramente com você, mas quero que saiba que é isso que eu pretendo fazer.

– Quer dizer colocar a loja em funcionamento? Eu entendo, Nick. Não tem pressa.

– Isso e outra coisa, que vou explicar assim que puder. Se a princípio você ficar feliz em morar nesta casa comigo, eu faço uma oferta para ver se posso colocar a bola em jogo. Acho mesmo que tem potencial e que vai ser um lugar muito especial para nós.

– É – concordou Tammy, emocionada. – Acho que vai.

Amy teve a sensação de que estava tentando dormir em um carrossel e que precisava sair imediatamente para vomitar. Sentou-se de repente enquanto a bile subia até a garganta. O cômodo estava totalmente escuro e ela não conseguia se lembrar de onde estava.

– Socorro – gemeu.

Ela cambaleou para fora do sofá onde estivera deitada e procurou um interruptor, sem sucesso, trombando em alguma coisa e machucando o tornozelo.

– Ai!

Uma porta se abriu e Sebastian apareceu, banhado na luz vinda do corredor.

– Bom dia.

– Banheiro, preciso do banheiro – ela conseguiu dizer, indo na direção dele.

– Ali – apontou Sebastian, e Amy foi correndo.

Mal conseguiu chegar antes de vomitar. Enquanto lavava o rosto com água fria, examinou seu reflexo no espelho. A maquiagem da noite anterior não estava mais em volta dos olhos, e sim embaixo deles. O coque estava caído, e o lindo vestido de noite, amarrotado e manchado.

– Ah, meu Deus – gemeu ela, abrindo a porta do banheiro e cambaleando pelo corredor.

Imagens da noite anterior começaram a retornar. Sebastian estava na cozinha e ela sentiu o cheiro de café. Isso a fez ter ânsias e ela voltou correndo para o banheiro.

– Coitadinha – comentou Sebastian quando ela voltou à cozinha pela segunda vez. – Está se sentindo meio mal, é?

– Péssima – admitiu Amy, caindo em uma cadeira e apoiando os cotovelos na mesa. – Passei muita vergonha ontem?

– De jeito nenhum. Você foi a bela do baile. Quer beber alguma coisa?

– Água, por favor, e uns dois comprimidos de paracetamol, se você tiver.

– Tudo bem.

Sebastian pegou um copo d'água e os comprimidos, que Amy engoliu, hesitante, esperando que o estômago os aceitasse.

– Desculpe – disse ela, balançando a cabeça. – Não entendo por que fiquei tão bêbada. Não me lembro de ter bebido tanto assim.

– Nesse tipo de evento a gente não percebe. Você esvazia uma taça e outra chega magicamente, então perdemos a conta. Além disso, imagino que você não tenha comido nada.

– Não, desde o café da manhã de ontem.

– O que você esperava?

Ela o encarou.

– Está chateado comigo?

– Só estou sendo egoísta, acho. Nossa única chance de passar a noite juntos e você dorme no sofá. De qualquer modo, pelo menos pude contar a verdade a Tammy quando ela ligou para cá procurando você, ontem à noite.

Amy olhou para ele, horrorizada.

– Como ela conseguiu seu número?

– Ligou para Posy.

– Ah, meu Deus – resmungou Amy. – Então Posy também sabe que eu estou aqui.

– É, mas não se preocupe. Eu liguei para ela, expliquei o que aconteceu, e ela disse que as crianças estão muito bem. Eu sugeri que, dada a sua condição, talvez fosse melhor eu lhe dar uma carona até a Admiral House, e ela pegar as crianças na escola. Vamos todos nos encontrar lá mais tarde.

– Sebastian, desculpe dar todo esse trabalho. Estou me sentindo péssima.

– Não tem problema, de verdade, Amy.

– E se eles pensarem...? – Ela mordeu o lábio. – Que você e eu...

– Do jeito que você está, acho que ninguém vai duvidar da nossa explicação. Agora, que tal eu encher uma banheira para você se recuperar?

– Ah! – Amy levou as mãos ao rosto. – Minhas roupas ainda estão na loja da Tammy.

– Bem pensado. Eu preciso sair de qualquer jeito para comprar o jornal. Enquanto você toma banho, eu pego as roupas. Aproveito para devolver os sapatos e deixar na lavanderia esse vestido lindo que a Tammy lhe emprestou. E aí entrego o tíquete para ela pegá-lo depois, está bem?

Amy assentiu, agradecida.

– Por favor, peça desculpas a ela por mim, e agradeça pelo vestido e pela festa.

Quando Sebastian saiu do apartamento, Amy entrou em uma banheira com perfume de lavanda, sentindo-se terrivelmente culpada por seu comportamento, mas adorando o fato de Sebastian ter assumido o controle, sem que ela precisasse lhe dizer o que fazer ou falar. Muito diferente de Sam, sempre esperando que ela organizasse a vida dos dois.

Quando saiu do banho, enrolada em um roupão que tinha o cheiro delicioso de Sebastian, ele havia retornado e estava fritando salsichas, bacon e ovos. Croissants assavam no forno.

– Você pode achar que não quer comida, mas o melhor que pode fazer é comer.

Sebastian pôs um copo de suco de laranja na frente dela.

– Beba, por favor, senhora. É bom ingerir um pouco de vitamina C.

– Obrigada – disse Amy, e bebeu o suco enquanto olhava Sebastian movendo-se na cozinha. – Você sabe cuidar de uma casa.

– Quando se fica sozinho por tanto tempo, não há outra opção.

– Faz muito tempo que ninguém prepara o café da manhã para mim – disse ela, pensativa.

– Então aproveite enquanto pode.

Ele serviu a comida em dois pratos e colocou um diante dela. Em seguida sentou-se do outro lado da mesa.

– É... Onde nós estamos exatamente? – perguntou Amy, comendo um pedaço de bacon, hesitante.

– Se quer saber onde fica meu apartamento, é a apenas dois minutos da Sloane Square e a uns cinco da butique de Tammy.

– Que ótimo estar tão perto de tudo!

– Para falar a verdade, quando eu comprei isto aqui, há seis anos, não sabia direito se gostava. Minha esposa e eu morávamos em um povoado pequeno em Dorset. Eu adorava o lugar. Fazíamos parte da comunidade e, no fundo, eu sou do campo. Quando ela morreu, eu quis um lugar onde ninguém me conhecesse nem me incomodasse e eu pudesse viver sem nada que me lembrasse dela.

– Um recomeço.

– É. Eu sabia que meus amigos achavam que eu estava fugindo, e talvez estivesse mesmo, mas acho que a gente precisa fazer o que considera melhor para *a gente*, quando está sofrendo. E isso era o melhor para mim.

– Não sei como você aguentou. Perder a esposa e o bebê ao mesmo tempo.

– O mais difícil foi a expectativa de felicidade antes de ela morrer. Quero dizer, o contraste entre estar esperando uma vida nova e toda a alegria que isso traz e depois passar pelo oposto: o fim de duas vidas. Ninguém sabe o que lhe dizer. Ou as pessoas ignoram o assunto e tentam alegrar você ou passam do ponto e o tratam como se você estivesse no fundo do poço – disse ele, dando de ombros. – Todo mundo tinha as melhores intenções, só que nada podia me consolar.

– A não ser a escrita.

– Sim. Acho que, com minha vida real arrasada, senti que escrever era a única coisa que eu podia controlar. Eu bancava Deus: decidia quem vivia, quem morria, quem estava destinado à felicidade ou ao sofrimento. Escrever me manteve são.

– Você ainda deve desejar todo dia que as coisas tivessem sido diferentes, não é? Que sua esposa estivesse viva.

– Eu me tornei muito mais fatalista com relação a isso. Se ela estivesse viva, provavelmente ainda estaríamos naquele povoado em Dorset e talvez eu tivesse virado editor do jornal onde trabalhava, e jamais escrevesse o romance. A tragédia levanta ou derruba a gente e, olhando em retrospecto, acho que ela me levantou. Sou muito menos superficial do que era antes, e isso com certeza me tornou uma pessoa melhor. Além disso, se a vida não tivesse dado essas reviravoltas dolorosas, você e eu não estaríamos aqui tomando o café da manhã juntos – disse Sebastian, e pegou a mão dela por cima da mesa. – E eu odiaria não ter conhecido você.

– Mesmo depois do que eu fiz ontem?

– Sim. Mesmo sendo só temporário, gostei de nos imaginar juntos: um casal de verdade, aproveitando uma festa. Fiquei tão orgulhoso de estar com você...

– Antes de eu ficar bêbada, claro.

– Na verdade foi ótimo ver você tão feliz, e ver que você sabe se divertir. Você não é assim em Southwold.

– Geralmente não tenho tempo nem os meios para me divertir. Eu tinha até esquecido como era, e agora... – Amy balançou a cabeça enquanto lágrimas lhe vinham aos olhos. – É horrível admitir, mas não quero ir para casa.

Sebastian apertou sua mão.

– Então não vá.

– Meu Deus, se a vida fosse tão simples assim! Mas não é. Nunca é, quando a gente tem filhos.

– Claro que não, mas talvez você devesse me tirar da equação e se perguntar se, eu estando em cena ou não, você ainda quer ficar com Sam.

– Antes de você e eu... nos aproximarmos, eu tinha pensado em deixá-lo. O problema é que no momento ele está empolgado com a compra da Admiral House. Não posso dizer que ele esteja sendo ruim comigo, porque não está. Na verdade, ele está até se esforçando para melhorar.

– Talvez ele tenha percebido alguma coisa.

– Meu Deus, não! Como poderia?

O coração de Amy começou a bater com força.

– Se ele descobrir, eu...

Sebastian se levantou da cadeira.

– Vamos esquecer seu marido e aproveitar o tempinho precioso que ainda temos, está bem?

Ele a pôs de pé, beijou-a e a levou na direção do quarto.

Amy estava silenciosa na viagem de volta a Southwold. Segurou a mão de Sebastian com força e fechou os olhos. Claro que queria ver as crianças, mas a ideia de voltar para aquela casa pavorosa e, pior do que tudo, para Sam era horrível.

Será que eu posso fazer isso? Será que posso deixá-lo?

Talvez pudesse alugar uma casinha em Southwold para ter algum espaço para respirar enquanto pensava nas opções. Correr direto para os braços de Sebastian seria errado, mesmo se ele não estivesse morando com sua sogra na Admiral House. Ele ainda tinha que conhecer melhor as crianças, e vice-versa, antes de fazerem planos de longo prazo.

Amy o examinou disfarçadamente. Ele estava concentrado na estrada e cantarolando com a Classic FM no rádio. Não era só o sexo que faziam, e que ficava melhor a cada ocasião. Era o fato de que, quanto mais conhecia Sebastian, mais gostava dele. Ele era afável, divertido, gentil, completamente direto e totalmente capaz. Isso a fazia sentir-se cuidada, protegida e amada.

Em essência, era totalmente o oposto de Sam. E Amy sabia, mesmo depois daquele curto período, que queria ficar com ele.

Sebastian parou o carro pouco antes de pegarem a estradinha da Admiral House. Ele a puxou para si e Amy se aninhou em seus braços.

– Só quero que você saiba que eu a amo e quero ficar com você, mas sei como sua situação é difícil. Vou esperar quanto puder enquanto você decide o que fazer.

– Obrigada – murmurou Amy, e respirou fundo. – Certo, agora vamos voltar à realidade.

Sara e Jake estavam sentados na cozinha, comendo os bolinhos que tinham acabado de preparar com Posy.

– Mamãe, mamãe!

Os dois se jogaram em Amy quando ela e Sebastian entraram.

– Oi, queridos, vocês se comportaram?

– Não sei, mas a gente se divertiu muito – disse Jake. – E papai está aqui também.

O estômago de Amy se revirou.

– É?

– Está na sala matinal com vovó. Paiêê! Mamãe voltou! – gritou Sara.

A porta da sala matinal se abriu e Sam e Posy saíram, Sam segurando uma pasta cheia de papéis e um rolo de plantas.

– Oi, querida – cumprimentou Sam, então foi até Amy e lhe deu um beijo. – Desculpe não ter podido ir ontem, mas, quando eu explicar o motivo, você vai entender.

Entrando na cozinha atrás de Sam, Posy viu Sebastian olhando seu filho abraçar Amy. A expressão do escritor lhe revelou algo que ela não queria saber.

– Olá, vocês dois. Fizeram boa viagem de volta?

– Sim, obrigado, Posy – respondeu Sebastian. – Agora, se me derem licença, vou subir e trabalhar um pouco.

Ele fez menção de sair da cozinha, mas Sam o impediu.

– Antes de ir, venha ver o que eu estava mostrando à mamãe.

Ele guiou Amy para a mesa e desenrolou as plantas, com Sebastian seguindo-o, relutante.

– Olhe, querida, você reconhece onde é isso?

Amy olhou o que era obviamente a planta de uma casa.

– Não.

– Sabe aquele celeiro velho a uns 300 metros dos fundos da Admiral House, no limite do terreno, escondido atrás dos pinheiros?

– Ah, vagamente – murmurou Amy.

– Sei onde é. Passei por lá na semana passada – disse Sebastian. – É um lugar lindo.

– Exatamente – concordou Sam. – Troquei uma palavrinha com o arquiteto que está trabalhando no projeto dos apartamentos e ele acha que podemos conseguir permissão da Prefeitura para transformar o celeiro em uma casa. Se pudermos fazer isso, querida, essa vai ser a nossa nova casa – disse Sam, e sorriu para Amy. – Dá para ver que ele desenhou uma grande sala de estar com pé-direito alto, uma cozinha grande, um quarto de brinquedos para as crianças... e quatro quartos em cima. O que acha? Gostaria de morar nela?

Amy forçou um sorriso e assentiu.

– Parece ótimo.

– Está vendo? Eu falei que um dia ia lhe dar uma casa linda. O que acha, Seb?

Sebastian estremeceu diante do apelido.

– Acho ótimo. Agora, se me derem licença, realmente preciso ir. Tchau, Sam. Tchau, Amy.

Ele assentiu e deixou a sala.

– Certo, quem quer uma xícara de chá? – perguntou Posy, tentando desfazer a óbvia tensão.

– Preciso ir ao escritório dar uns telefonemas – anunciou Sam, olhando seu relógio. – Não esqueça que o agrimensor vem amanhã às dez, está bem, mãe?

– Claro que não vou esquecer – disse Posy.

– E se não houver mais nenhum problema, devemos assinar o contrato na semana que vem.

– É, Sam, você já disse. Três vezes.

Posy assentiu com paciência.

– Acho que só estou preocupado com a possibilidade de você mudar de ideia no último minuto. Não vai mudar, não é, mãe?

– Não, Sam, não vou.

– Certo, volto para buscar você em uma hora, está bem, Amy?

Ela assentiu, desejando que ele jamais voltasse. Depois que o marido saiu, Amy se sentiu cansada e deprimida. Sentou-se pesadamente à mesa da cozinha e no mesmo instante as duas crianças pularam no seu colo. Vendo a expressão de Amy, Posy sugeriu que ela ligasse a TV da sala matinal, e as crianças acompanharam a mãe.

– Você parece exausta, querida – disse Posy quando ela voltou, e colocou a chaleira para ferver no fogão.

– E estou – comentou Amy, suspirando. – Não estou acostumada a ficar acordada até tarde nem a beber. Estou morrendo de vergonha de ter bebido demais e apagado no sofá de Sebastian.

– Foi o que ele contou. Ah, às vezes é bom relaxar um pouco.

– Vou tentar não transformar isso em um hábito, Posy. Afinal de contas, tenho as crianças. Bom, como está se sentindo em abrir mão da Admiral House? – Amy mudou rapidamente de assunto.

– Estou pensando positivo. Se assinarmos o contrato na semana que vem, posso fazer uma oferta naquela casa linda que vimos no outro dia. É bem empolgante, não é?

– É.

Amy observou Posy derramando água quente em um bule.

– Você tem certeza absoluta de que quer vender a Admiral House?

– Claro que não, mas isso não significa que eu não sei que é a coisa certa a fazer, porque é – disse ela, e olhou para a nora. – Às vezes, querida, mesmo quando o coração diz para ir em uma direção, a gente precisa seguir nossa cabeça. Todos precisamos tomar decisões difíceis em algum momento da vida, certo?

Amy sentiu o calor subindo pelo rosto, mesmo sabendo que Posy estava se referindo ao próprio dilema.

– É – conseguiu dizer.

– Além disso, acho mesmo que eu seria feliz naquela casa da cidade. Vou sentir falta do jardim daqui, claro, mas está ficando muito difícil cuidar dele. E então, o que acha de morar no velho celeiro, se Sam conseguir a permissão da Prefeitura?

– Parece... ótimo. – Amy fez o máximo para fingir entusiasmo. – Só não quero criar muita expectativa.

– Eu gosto da ideia de um Montague ficar nestas terras e criar os filhos aqui. Faz com que a separação seja menos absoluta e, claro, significa que eu posso vir visitar.

– Claro – assentiu Amy. – *Se* o negócio acontecer.

– Sei que sua fé nos empreendimentos do Sam foi muito abalada, mas eu nunca o vi tão animado. Ter um marido feliz deve facilitar a sua vida.

Amy sentiu que Posy estava sondando, e no momento não podia lidar com isso.

– É, claro que sim – concordou ela, e se levantou. – Se você não se importa, vou assistir um pouco de TV com as crianças.

Posy viu Amy sair da cozinha e suspirou. Pela primeira vez, desejou que a idade não lhe tivesse trazido tanta sabedoria.

25

Com a ajuda enorme de Meena, Tammy trabalhou duro para colocar a loja em condições de abrir para o público. Havia uma lista de telefonemas para retornar, com perguntas da mídia e de clientes em potencial querendo saber o horário de funcionamento.

– Amanhã começamos de verdade – avisou Meena enquanto desciam outra vez ao porão para pegar o restante do estoque.

– É. Bom, se terminamos, vou dar um pulo na loja do Nick. Ele vai me levar para jantar – disse Tammy, se virando para Meena e sorrindo. – Você foi incrível. Posso levá-la para jantar na semana que vem, em agradecimento?

– Não precisa, mas eu adoraria, Tammy.

– Eu não teria conseguido sem você.

Ela deu um abraço caloroso em Meena.

– E você devolveu um pouco de propósito à minha vida, então estamos as duas felizes. Tenha uma ótima noite. Vejo você amanhã.

Tammy chegou à loja de Nick vinte minutos depois e parou na frente, olhando a vitrine. Dois espelhos art déco redondos estavam suspensos por fios invisíveis e um lustre exótico feito de camadas de delicado cristal Murano pendia entre eles, acima de uma chaise-longue estofada com o couro creme original. Uma onda de amor e orgulho a inundou enquanto entrava na loja. Ouviu marteladas fortes no porão.

– Querido, sou eu! – gritou por cima do corrimão.

– Está bem! Subo em um minuto – respondeu Nick enquanto as marteladas recomeçavam.

Tammy andou pela loja preenchida com as peças que Nick havia coletado meticulosamente nos últimos dois meses. Em algum lugar, um celular tocou. Ela se levantou para procurá-lo e o encontrou na mesa de pau-cetim que Nick estava usando como escrivaninha.

– Nick, telefone! – gritou lá para baixo, mas as marteladas não pararam, por isso ela atendeu. – Alô, aqui é o telefone de Nick Montague.

Houve uma pausa do outro lado, depois a pessoa desligou. Tammy olhou a listagem e viu que o número da chamada mais recente estava registrado como "EN". Também viu que o número abaixo era de "Mãe" e que o código de área de Posy e de "EN" era o mesmo. Portanto a pessoa era obviamente de Southwold. Finalmente as marteladas pararam lá embaixo e Nick apareceu no topo da escada, suado e empoeirado.

– Você perdeu uma ligação – avisou Tammy. – Eu atendi, mas a pessoa desligou na minha cara. Era alguém chamado "EN".

– Ah, sim, deve ser um colega que está verificando duas bases de abajur de mármore para mim.

Nick vestiu o paletó.

– Ele mora em Londres? – perguntou Tammy, em tom casual.

– É, mora. E então, querida, vamos?

– Olá, Sebastian – disse Freddie, abrindo a porta da frente. – Obrigado por vir.

– O prazer é meu – respondeu o escritor enquanto Freddie o levava até a sala de estar, onde o fogo ardia na lareira. – Para ser honesto, agradeço qualquer desculpa para me afastar do laptop.

– Está difícil, é?

– Sim. Estou bem no meio da história agora. Acho que escrever um livro é como nadar no canal da Mancha: você começa cheio de energia e expectativa, e quando está na metade, e não consegue mais ver terra atrás nem na frente, percebe que está longe demais para voltar, mas ainda não está nada perto da linha de chegada. Nem sei se isso faz sentido – acrescentou Sebastian, acomodando-se na poltrona indicada por Freddie.

– Cerveja ou vinho?

– Uma cerveja seria ótimo, obrigado.

Freddie voltou com duas garrafas, entregou uma a Sebastian e sentou-se.

– Saúde.

– Saúde.

Os dois tomaram um gole, então Sebastian esperou que Freddie explicasse o que queria conversar com ele. Passou-se algum tempo até que o homem desviasse o olhar do fogo.

– Eu queria conversar algumas coisas com você. Preciso de uma opinião não tendenciosa, digamos. Você conhece Posy e acho que gosta dela, mas não tem uma ligação emocional. Além disso, pela sua biografia no livro, sei que é ex-jornalista, então provavelmente não vai ficar chocado com o que eu tenho a dizer.

– Entendo. E, claro, nada que você me disser vai sair dessa sala.

– Obrigado. É difícil saber por onde começar – disse Freddie, coçando a cabeça. – A primeira coisa é que estou muito preocupado com esse filho de Posy comprando a Admiral House.

– Certo. Você acha que ele não é digno de confiança?

– Não é tanto por ele, mas pelo sócio financiador; um sujeito chamado Ken Noakes.

– O que tem ele?

– Posy me deu uma papelada para examinar e eu notei que esse tal de Noakes não é citado como codiretor no papel timbrado nem nos documentos legais da empresa. Fui advogado por mais de quarenta anos e encontrei mais figuras escusas no ramo imobiliário do que você pode imaginar. E se é esse homem que está financiando todo o empreendimento, o que deve ser, já que sabemos que Sam não tem um tostão furado, o fato de ele não ser citado como diretor levantou imediatamente minhas suspeitas.

– Certo. Acho que posso conseguir que um amigo do meu tempo de jornalista dê uma olhada na ficha do sujeito. Ele é capaz de farejar sujeira de longe.

– Seria muita gentileza sua, Sebastian. Não quero ver Posy passada para trás na venda da Admiral House. Cá entre nós, apesar de eu só conhecer Sam de vista, não sou muito fã dele. Mas não se pode dizer isso a uma mãe, não é?

– Não mesmo.

– Você o conheceu?

– Sim. A gente se esbarrou umas duas vezes e infelizmente concordo com você.

– Sinto pena daquela doce esposa dele. Ele me parece um sujeito agressivo. E Posy me disse várias vezes como Amy é uma boa pessoa.

– Ela é mesmo.

Seguiu-se outro silêncio enquanto Freddie se levantava, atiçava o fogo que não precisava ser atiçado e depois se virava para Sebastian:

– Maldição! Vou precisar de um uísque para isso. Quer me acompanhar?

– Não, obrigado. Esta tarde acabaria riscada da página, literalmente – disse ele, sorrindo.

Freddie saiu da sala e quando voltou com o uísque sua expressão estava séria. Sebastian percebeu imediatamente que tudo que Freddie dissera até então era periférico, e que só agora ouviria o que ele realmente queria contar. Observou Freddie se sentar e tomar um longo gole da bebida.

– Bom, bom – comentou Freddie, então suspirou e olhou para Sebastian. – Desculpe se estou embromando. Você vai entender o motivo quando eu começar a falar. E vai ser a primeira vez que essa informação sai da minha boca. Espero contar com você para manter a sua fechada também.

– Pode contar – garantiu Sebastian.

Freddie respirou fundo, estremecendo, em seguida esvaziou o copo em um gole.

– Certo, vou começar...

Uma hora depois, Sebastian tinha acompanhado Freddie em duas doses de uísque e a garrafa estava pela metade na mesa.

– Eu realmente não sei o que dizer.

– É – concordou Freddie. – Ninguém saberia.

– Bom, eu sou escritor e acho que nunca imaginaria uma situação tão... trágica.

– Juro que tudo que eu disse é verdade. Infelizmente. Se você pesquisar profundamente, vai encontrar tudo na internet.

– E você tem certeza de que Posy ainda não sabe?

– Tenho. Quando a reencontrei, depois desse tempo todo, eu pensei que ela soubesse. Que alguém teria contado. Mas ela ficou longe da Admiral House por mais de 25 anos.

– *Faz* sentido, na verdade. Em geral, ninguém gosta de falar de coisas desagradáveis para a pessoa que está sofrendo. Quando minha esposa morreu, até meus amigos mais íntimos queriam evitar o assunto, quanto mais os estranhos.

Freddie olhou para Sebastian, depois para as brasas que iam morrendo no fogo.

– Você entende por que precisei deixá-la?

– Entendo. Você estava em uma situação impossível.

– Quando percebi quem ela era, e que não sabia de nada, não tive escolha. Eu...

A voz de Freddie embargou e lágrimas brotaram em seus olhos.

– Isso quase acabou comigo, mas eu sabia que a verdade ia acabar com ela.

– Pelo que você me contou, na época ia mesmo.

– O que eu fico me perguntando é... – começou Freddie, então serviu-se de mais uísque. – Será que a verdade vai acabar com ela agora?

Sebastian tentou se colocar no lugar de Freddie, pensar em como *ele* se sentiria... Algo que aprendera a fazer quando estava em um dilema com um personagem.

– Eu não... não sei como ela reagiria, Freddie. Acho que com choque e descrença. Pelo menos ela entenderia por que você a deixou.

– E por que não pude me comprometer com ela agora. Posy deve se perguntar o que está acontecendo. E o ridículo é que, depois de cinquenta anos, só quero me ajoelhar, dizer que a amo e finalmente ficar com ela – afirmou Freddie, então pegou um lenço no bolso e assoou o nariz com força. – Talvez eu devesse ir embora, Sebastian, vender...

– E entrar para a Legião Estrangeira?

Isso fez Freddie sorrir.

– Estou velho demais até para isso! O que você faria no meu lugar?

– Acho... acho que provavelmente tentaria contar a ela. Mas esse é meu jeito, por causa da vida que tive. Quando perdi minha esposa, percebi que a gente precisa aproveitar o que tem, ainda mais quando se trata de amor.

– Concordo, claro, mas quando uma coisa é dita não pode ser desdita, não é?

– É, mas lembre que vocês *dois* foram vítimas inocentes de algo muito maior. Sei que você tentou protegê-la porque gosta muito dela, mas você também sofreu. Ela vai entender, tenho certeza.

– Eu sofri, sim, e você tem razão. Bom, já tomei demais o seu tempo e fico muito grato pelas suas palavras sábias. Talvez... talvez eu devesse deixar para contar depois que ela sair da Admiral House, quando estiver embarcando em uma nova vida. Acho que isso pode aliviar o golpe. Ela não estaria vivendo no olho do furacão, por assim dizer.

– Tem razão. Espere até ela se mudar, o que já vai ser traumático, e dê um tempo para a poeira baixar – concordou Sebastian, depois se levantou e foi acompanhado por Freddie até a porta. – Tchau, Freddie, vamos manter contato.

– Claro, e fico feliz que você esteja lá com Posy. Eu me preocupo com ela sozinha naquela casa enorme.

– Para falar a verdade, e se serve de consolo, acho que Posy é uma das pessoas mais fortes que já conheci. Vou pedir que meu colega investigue o tal Ken Noakes e aviso a você.

Posy não andava dormindo bem, agitada, pensando em tudo que precisava fazer até a mudança. Naquela manhã, Nick havia ligado para pedir desculpas por sua reação inicial à venda da casa e dizer que pedira ao seu velho amigo de escola, Paul, que desse uma olhada nas pinturas.

– Ele espera que eu tenha deixado passar algum Van Gogh – brincou seu filho.

– Querido, você sabe muito bem que as pinturas na casa são borrões que devem ir para o lixo, e não para a Sotherby's.

– No mínimo é uma desculpa para visitar Southwold, mãe. Você sabe que Paul sempre adorou você e a Admiral House. Ele quer se despedir.

– De mim ou da casa?

– Muito engraçado. Bom, Paul vai encontrá-la por volta das dez horas no sábado, e eu também passo aí em algum momento do fim de semana.

– Perfeito. Vou preparar um almoço. Você vai trazer sua namorada querida?

– Não, Tammy está muito ocupada na butique.

– Ela precisa vir em algum momento para decidir se quer alguma coisa da coleção de vestidos da sua avó. Convide-a para o Natal, está bem? Vai ser nosso último aqui, e quero ter o máximo de gente possível, para que seja uma ocasião alegre.

– Eu... Sim, claro.

– Está tudo bem entre vocês?

Posy conhecia muito bem o filho, e aquela ligeira hesitação na resposta a deixou alerta.

– Tudo, mãe. Só estamos muito ocupados. Por falar nisso, preciso ir a um leilão na Lots Road. Anote aí o telefone do leiloeiro de Southwold que eu conheço e peça que ele vá avaliar o conteúdo da casa. – Ele ditou o número. – Mas aviso logo: não espere muita coisa. Os móveis de madeira escura não valem quase nada hoje em dia, a não ser alguma coisa realmente especial. Se fosse você, eu separaria tudo com valor sentimental, depois alugaria umas duas caçambas e me livraria das camas e dos sofás. Você não vai conseguir nada por eles.

– Não estou esperando conseguir, querido.

– Então a venda vai mesmo acontecer?

– Pelo que sei, vai.

– E você está bem com isso?

– Se estou "bem" não interessa. Acho mesmo que não tenho escolha, Nick, a não ser que caia 1 milhão de libras no meu colo, para restaurá-la.

– É, tem razão. Eu queria ter o dinheiro, mas gastei todos os meus recursos para montar o negócio.

– Como deve ser, Nick. Está na hora de seguir em frente, por mais difícil que seja. É do jardim que vou sentir mais falta, mas pelo menos Sam me contou que a empresa de manutenção que vai ser contratada pelo condomínio vai cuidar bem do terreno. Além disso, gosto da ideia de uns móveis modernos e vidro duplo nas janelas.

– É, bom, preciso desligar. Falo com você amanhã. Te amo, mãe.

– Também te amo, querido.

Posy desligou o telefone e suspirou, depois ligou para o leiloeiro indicado por Nick para avaliar o conteúdo da casa. Marcaram para dali a dois dias.

Enquanto ia de um cômodo a outro fazendo o que Nick tinha sugerido, Posy percebeu que havia muito pouca coisa que desejava levar para sua vida nova. Uma ou outra pintura, o relógio art déco em jade que ficava em cima da lareira da sala de estar, a escrivaninha do pai, com tampo de couro gasto...

Posy deixou-se cair no colchão muito velho de um dos quartos sem uso. Viu seu reflexo no antigo espelho manchado, de moldura dourada, que havia refletido a imagem de gerações dos Andersons. O que todos estariam pensando de ela jogar fora trezentos anos de história da família? Se é que alguém "pensava" alguma coisa no além-túmulo, algo de que ela ultimamente duvidava. E, no entanto, nas últimas semanas desde que havia concordado com a venda, tinha sentido a presença do pai com mais intensidade do que em muitos anos.

– Posy, está na hora – disse ao seu reflexo.

– Eu estava pensando, Sebastian, se você teria meia hora para ir comigo ao torreão do jardim. Era o escritório do meu pai, sabe, e quando eu era pequena nunca tinha permissão de entrar lá. Meu pai, que eu adorava, me guiava pelo terreno e me ensinava sobre as borboletas. Então ele as levava para o Torreão para "estudá-las" e dizia que depois soltava todas. Uma vez consegui entrar lá e imagine o que encontrei: uma enorme coleção de borboletas emolduradas e muito mortas, penduradas na parede. Aquilo partiu meu coração, mas claro que ele era apenas um colecionador. Naquela época isso era perfeitamente normal e ele as estava preservando para a posteridade. Talvez tenha algum espécime extinto.

A mão de Sebastian, que estava segurando uma torrada cheia de geleia artesanal, parou a caminho da boca.

– Elas devem valer alguma coisa, pelo menos.

– Devem, mas eu jamais ia querer dinheiro por elas. Se tiverem algum valor, eu as doaria para o Museu de História Natural. De qualquer modo, admito que não gosto da ideia de entrar no Torreão. Faz quase sessenta anos que não vou lá. Depois da morte do meu pai, fui morar com minha avó na Cornualha, e quando voltei com meu marido e os filhos... Bom, simplesmente não tive coragem.

– Dá para entender, Posy – respondeu Sebastian em tom neutro.

– E acho que ainda não tenho, pelo menos não sozinha. Mas, claro, eu preciso entrar, porque o lugar tem que ser liberado antes da mudança.

– Claro que vou com você, Posy. Só diga quando.

– Que tal hoje à tarde? Realmente preciso cuidar disso, e como Paul, o comerciante de arte amigo de Nick, vem neste fim de semana, achei que seria uma boa ideia mostrar as borboletas a ele.

Com o coração pesado, Sebastian observou Posy sair da cozinha e imaginou por que ela não tinha pedido a Sam que a acompanhasse. O filho mais velho era a escolha óbvia. Levantou-se para lavar o prato e a xícara na pia, pensando que talvez estivesse sendo tendencioso. Mas, mesmo se não estivesse apaixonado pela esposa de Sam, ainda acharia o sujeito desagradável e arrogante.

– Com os genes, a gente nunca sabe o que vai dar – murmurou enquanto subia a gloriosa escadaria curva, esperando que Posy não se incomodasse por ele ter roubado a beleza da escada para usar como tema central em seu livro.

– Então, pode me dar aquela meia horinha para irmos ao Torreão? – perguntou Posy assim que terminaram de almoçar.

Sebastian pousou a faca e o garfo.

– Este foi o melhor cozido de carne que já comi, e eu a acompanharia até a lua, se você o preparasse de novo um dia desses. Certo, vou pegar umas lanternas. Duvido que tenha eletricidade lá.

Posy abriu um sorriso fraco, mas, ao se levantar, Sebastian sentiu a tensão dela.

Enquanto seguiam pelo jardim pesado com a névoa de outono que não havia se dissipado durante todo o dia, Sebastian viu o Torreão atrás da fila de castanheiras desfolhadas. Estremeceu involuntariamente; dado o que sabia, talvez estivesse tão nervoso quanto Posy.

Chegaram à porta de carvalho agora meio apodrecida, depois de tantos anos de negligência. Posy levantou o pesado molho de chaves. Sua mão estava tremendo tanto que ela não conseguia enfiar a chave certa no buraco.

– Aqui, deixe comigo.

Enquanto usava toda a força para girar uma fechadura que, ele percebeu, não era aberta havia mais de sessenta anos, Sebastian sentiu sua pulsação acelerar. Não dava para saber o que havia ali dentro, os vestígios da tragédia que acontecera entre aquelas paredes...

A chave finalmente girou e, antes que ele tivesse mais tempo para especular, Posy estava empurrando a porta. Entraram em um cômodo escuro; Sebastian viu que as janelas estavam cobertas de teias de aranha por dentro e um emaranhado de hera por fora. Os dois acenderam as lanternas.

– Era aqui que meu pai guardava todo o material esportivo – anunciou Posy, passando por cima de vários tacos cobertos com mofo verde. – Tacos de críquete. E olhe só isto... – disse ela, pegando um objeto de madeira e balançando para ele. – Um taco de croquet. Lembro que jogávamos quando meus pais davam festas.

Sebastian apontou sua lanterna para um armário grande. A porta estava entreaberta e, quando ele a escancarou, viu uma coleção de espingardas muito bem enfileiradas. O metal, antes brilhante, estava enferrujado de um marrom profundo. Seu coração falhou uma batida quando viu que obviamente faltava uma.

– As espingardas de caça do meu pai – disse Posy. – Às vezes eu escutava uma arma disparando à noite. Papai dizia que era o fazendeiro da região atirando em coelhos, mas a fazenda fica bem longe e o som da arma era muito próximo, então provavelmente era ele mesmo.

– Essa é uma Purdey, e depois de limpa provavelmente será bem valiosa – explicou Sebastian, pegando uma das armas.

– Você atira?

– Eu não, só sei sobre as Purdeys porque precisei pesquisar armas para o romance novo – comentou ele, sorrindo.

Na penumbra, viu Posy apontando a lanterna para uma escada.

– Quer que eu vá na frente? – perguntou ele.

– Se você não se importar. Tenha cuidado. Pelo que lembro, os degraus fazem uma curva fechada.

– Está bem.

O som de passos nos velhos degraus de madeira ecoou pelo Torreão. O cheiro de umidade era palpável e Posy teve um ataque de espirros quando chegaram ao patamar de cima.

– Meu Deus! – exclamou ela, pegando um lenço no bolso do casaco e assoando o nariz. – Provavelmente estamos respirando ar da época da guerra!

– Então... – disse Sebastian examinando a porta à sua frente, que era uma versão em miniatura da porta externa, de carvalho, mas estava em condições muito melhores. – Cá estamos.

– É.

Posy olhou a porta enquanto uma centena de lembranças pareciam fluir da madeira.

– Quer que eu abra?

Posy lhe entregou o grande chaveiro de ferro, que lembrava uma enorme pulseira, com as chaves de diversos tamanhos parecendo enfeites pendurados.

Sebastian experimentou a maçaneta para ver se estava trancada. Estava. Depois tentou três chaves até encontrar a certa.

– Pronta para entrar?

– Posso usar uma venda para não ver todas aquelas pobres borboletas mortas?

– Pode, mas isso tiraria o propósito de sua vinda, não é?

Sebastian estendeu a mão e Posy a segurou, respirando fundo para tentar acalmar o coração. Atrás daquela madeira estava a essência de seu pai amado. Acompanhou Sebastian para dentro, o olhar fixo na porta coberta por décadas de poeira.

Sebastian correu a lanterna pela sala circular, iluminando as inúmeras borboletas mortas emolduradas, pendendo, tortas, nas paredes. Viu uma mesa, uma poltrona de couro e uma estante ainda cheia de livros. E atrás dela sua lanterna captou uma grande mancha na parede. Tinha cor de cobre, com pequenos espirros em volta, como se um artista moderno tivesse jogado tinta ao acaso em uma tela.

Demorou um tempo para entender, mas, quando entendeu, Sebastian precisou respirar bem fundo o ar fétido para ficar firme. Olhou para Posy e viu que ela estava de costas para ele, examinando uma borboleta específica.

– Eu me lembro desta. Fui eu que peguei e papai ficou empolgado, porque a grande-borboleta-azul era muito rara. Na verdade, deve ter sido a última que eu peguei – revelou Posy, e suspirou. – Talvez eu peça a Amy que a pinte, para me lembrar da beleza sem ter que testemunhar sua morte – determinou, virando-se para ele com um sorriso triste.

Enquanto os olhos de Posy examinavam o aposento, o instinto de Sebastian foi de levá-la rapidamente para fora antes que ela notasse, mas já era tarde demais. Posy estava apontando a lanterna diretamente para lá.

– O que é isso?

Ela foi em direção à parede para examinar a mancha com mais atenção.

– Talvez seja alguma coisa que pingou do teto – disse Sebastian, mas até mesmo ele escutou o vazio em sua mentira.

– Não... – respondeu Posy, praticamente encostando o nariz na mancha. – Parece sangue seco, Sebastian. Na verdade, parece que alguém estava bem na frente da parede e levou um tiro.

– Talvez um de seus ancestrais tenha se envolvido em algum ato heroico.

– Pode ser, sim, mas tenho quase certeza de que eu teria notado quando entrei aqui pela primeira vez. Quero dizer, não dá para deixar de ver. Fica bem na frente da porta.

– Talvez tivesse mais borboletas penduradas na frente, na última vez que você veio.

– Tem razão. Acho mesmo que a coleção de almirantes-vermelhos de papai ficava pendurada ali. Se me lembro direito, foram as primeiras que eu vi quando abri a porta, depois virei as costas e corri escada abaixo. É, isso explica.

Sebastian sentiu-se tonto de alívio enquanto Posy se virava para a mesa, onde pegou uma grande lente de aumento e a soprou. Milhares de partículas de poeira voaram, com a luz da lanterna fazendo-as brilhar como purpurina.

– Acho que este era um dos instrumentos de tortura dele. Quantas mentiras os adultos contam às crianças para protegê-las! – disse Posy, suspirando. – Todos fazemos isso, claro, mas eu me pergunto se a longo prazo isso é bom para elas.

De novo, Sebastian precisou respirar fundo.

– Quer que eu pegue as molduras das borboletas e leve tudo para a casa?

– Sim, por favor, Sebastian – assentiu Posy, e indicou os livros na estante. – Fora isso, acho que todo o resto pode ir para o lixo. – Ela estremeceu. – Não gosto daqui. Tem uma atmosfera estranha. E eu que imaginava meu pai em sua brilhante sala do trono: o Rei do Povo Mágico sentado no ponto mais alto de seu castelo. Bom, era só uma brincadeira, não era?

Ela deu de ombros.

– Era, sim. Vá na frente, Posy. Eu levo as borboletas.

– Obrigada, Sebastian.

26

Tammy estava deitada ao lado de Nick na cama, olhando enquanto ele examinava um catálogo de leilão.

– Então você vai a Southwold este fim de semana? – perguntou ela.

– Vou. Como eu disse, Paul vai dar uma olhada nas pinturas da casa de mamãe e eu quero ir a um leilão em Lavenham no domingo. Vou para a Admiral House na noite de sexta-feira e devo voltar no fim da tarde de domingo.

– Posso ir com você? Eu adoraria ver sua mãe, e ela disse que tem uns vestidos para eu olhar.

– Achei que você ia querer ficar na loja aos sábados. Você falou que é o dia mais movimentado.

– Eu tenho Meena, lembra? E ela é uma vendedora muito melhor do que eu.

– É, mas ela não é você. De qualquer modo, você não combinou de almoçar com Jane?

– Combinei, mas posso cancelar. Eu quero rever sua mãe.

– Para falar a verdade, acho que ela está cheia de coisa para fazer. Talvez em outro fim de semana, quando tudo estiver mais tranquilo com a venda da casa, está bem?

– Meu Deus, Nick, é o que você sempre diz!

Toda a incerteza e a frustração de Tammy transbordaram.

– Não lembro a última vez que passamos um fim de semana juntos. Você vive desaparecendo sozinho.

– Para conseguir bons produtos para meu negócio. Sinto muito se não posso dar toda a minha atenção a você, Tammy – disse ele friamente. – Pensei que a gente se entendia e respeitava o trabalho um do outro.

– A gente se entende, eu entendo. Mas com certeza, mesmo no meio de todo esse caos, daria para passarmos um dia ou outro juntos, não é? Não é preciso ter equilíbrio na vida?

– Tammy, não quero ser grosseiro, mas parece que, agora que seu negócio está aberto, você se ressente porque eu preciso gastar tempo com o meu.

– Isso é tão injusto! Eu sempre arrumei tempo para você, para ficarmos juntos.

Nick jogou o catálogo no chão e se levantou da cama.

– Eu tenho mil coisas na cabeça e todas demandam atenção. A última coisa de que eu preciso é você pegando no meu pé. Vou voltar para a casa do Paul e da Jane para ter um pouco de paz.

Tammy ouviu a porta bater quando ele saiu. Então enterrou a cabeça no travesseiro e começou a chorar.

Dois dias depois, ainda sem notícias de Nick, Tammy saiu da butique ao meio-dia para se encontrar com Jane no Langan's, em Beauchamp Place, onde costumavam almoçar aos sábados.

– Você está com uma cara ótima – disse Tammy, sentando-se em frente à amiga.

– Obrigada, estou me sentindo ótima mesmo. Agora que fiz o primeiro ultrassom e graças a Deus tudo parece bem com o bebê, posso relaxar um pouco. Você quer uma taça de vinho, Tam? Parece estar precisando – disse Jane, observando-a. – Está se sentindo bem? Você está tão pálida.

– Não tenho dormido direito, só isso.

– O que foi? Ocupada demais contando todo o dinheiro das vendas?

Jane sorriu enquanto pedia uma água mineral e uma taça de vinho a um garçom que passava.

– Não, apesar de que nos últimos dias as coisas têm andado muito bem, e hoje de manhã foi ótimo. Na verdade, eu nem posso demorar muito. Deixei Meena sozinha.

– Tenho certeza de que ela dá conta. Se as coisas continuarem indo bem, você vai precisar de outra ajudante.

– Eu sei. Vou pensar nisso.

– Tam, qual é? Você deveria estar pulando de empolgação. Todo mundo está comentando de você e seus vestidos fabulosos. E você com essa cara arrasada. O que está acontecendo?

Tammy pegou sua taça de vinho e tomou um gole demorado.

– Tive uma briga com Nick e faz dois dias que não tenho notícias dele. Jane... – disse Tammy, e tomou outro gole de vinho. – Acho que Nick está tendo um caso.

Jane a encarou, completamente perplexa.

– O quê?! Não, nunca!

– Acho que está, sim.

– Quando vi vocês na festa, você parecia tão feliz – comentou Jane, balançando a cabeça. – Desculpe, mas não posso acreditar. Ainda mais sendo Nick. Ele não faz esse tipo.

– Jane, aconteceu uma coisa há pouco tempo e eu sei que Nick mentiu a respeito.

– O que foi?

Tammy contou que havia atendido a ligação no celular de Nick e que a pessoa desligou na sua cara. E que depois ela viu as iniciais "EN" e notou que o código de área era o de Posy, em Southwold.

– Nick me disse que a tal pessoa, "EN", morava em Londres. Por que ele mentiria?

– Talvez "EN" more em Londres parte do tempo. Isso não é prova de infidelidade, Tammy.

– Eu sei, mas tenho um pressentimento... – revelou Tammy, seu dedo percorrendo a taça. – Além disso, ele falou que precisava resolver uma coisa antes de se comprometer totalmente comigo. Uma vez você mencionou uma mulher lá de Southwold, não foi?

– É, mas... Não acho que foi sério ou que durou muito. Se me lembro bem, ela morava com um namorado.

– Mas tinha mesmo alguém?

– Tinha.

– Qual era o nome dela?

– Acho que era Evie não sei o quê. Evie Newman, eu acho.

– Ah, meu Deus! "EN"!

Tammy sentiu os olhos se encherem de lágrimas.

– Eu sabia!

– Calma, Tam, por favor...

– Como é que eu posso ficar calma? É óbvio que ele está com ela de novo.

– Isso foi há dez anos e você não tem nenhuma prova de que ele está envolvido com ela agora – disse Jane, tentando acalmá-la.

– Certo. Então por que ela ligou para ele? E por que ele não quis que eu fosse junto este fim de semana?

– Porque ele achou que você ficaria entediada e que tinha coisa melhor para fazer, tipo almoçar comigo.

– Não, Jane, nós duas sabemos por que ele está lá. E, pensando agora, Nick viajou quase todo fim de semana do último mês, teoricamente para ir a algum leilão.

– E daí? Ele é antiquário, é o trabalho dele – argumentou Jane, dando de ombros.

– E ele nunca me convida para ir junto. Na verdade, quando eu me ofereço, ele encontra algum motivo para me dispensar.

– Olhe, Tammy, entendo suas suspeitas. Eu também ficaria desconfiada. Mas tenho certeza absoluta de que Nick ama você. Ele já disse isso até para Paul. Então, antes de destruir esse namoro, que é sua melhor relação em anos, converse com Nick e deixe tudo às claras. Pode haver um motivo legítimo para ele estar em Southwold. Agora, se você precisa voltar logo para a loja, é melhor fazermos os pedidos. Vou querer o tamboril.

– Não estou com fome. Vou querer a salada de rúcula e mais uma taça de vinho.

Enquanto Jane fazia o pedido, Tammy ficou mexendo distraidamente no guardanapo.

– O mais estranho é que há pouco tempo ele me levou para ver uma casa em Battersea e perguntou o que eu achava. Se eu conseguia imaginar nossos filhos correndo no quintal.

– Então! Você ainda precisa de mais provas?

– Acho que não – disse Tammy, mergulhando uma torrada na pasta de azeitona. – Mesmo assim, isso não explica o "EN".

– Conheço Nick há anos. Ele não é um cafajeste, Tammy, eu juro. Uma noite dessas Paul e eu estávamos falando de quanto esse relacionamento é sério para ele. Você o ama?

– Amo. E isso me assusta.

– Então, meu conselho de mulher casada é jamais deixar esse tipo de coisa infeccionar. Nick está na casa da mãe dele em Southwold hoje?

— É, pelo menos foi o que ele me disse.

— Bom, se eu fosse você, iria até lá para vê-lo. Não adianta ficar aqui nessa agonia. Vá e resolva tudo.

— Talvez — concordou Tammy, dando de ombros. — Mas eu nunca corri atrás de um homem antes.

— Ele não é um homem qualquer, Tammy. É o homem com quem você quer passar o resto da vida. Então engula o orgulho e vá falar com ele. Pelo menos esse é meu conselho. Agora me deixe ser bem brega e mostrar a foto do bebê que eles tiraram no ultrassom.

Tammy voltou à loja e encontrou Meena encarando corajosamente quatro clientes ao mesmo tempo. Ficaram feito loucas pelas duas horas seguintes. Depois, às quatro horas, a loja se esvaziou completamente, e até as quinze para as cinco ninguém mais entrou.

— Vou fechar mais cedo, Meena — disse Tammy, bocejando. — Estou exausta.

— Você tem trabalhado demais. E veja se descansa bastante amanhã, mocinha. Foi uma semana muito agitada.

— Foi mesmo.

Tammy desligou a caixa registradora e começou a ajudar Meena a contar o dinheiro.

Meia hora depois, andando de um lado para outro em casa, Tammy não conseguia se acalmar.

— Dane-se!

Colocou um nécessaire e uma muda de roupa em uma bolsa e entrou no carro. Enquanto dirigia até Southwold, ligou para o celular de Nick que, como sempre, caiu na caixa postal. Cerrando o maxilar, deixou um recado.

— Oi, sou eu. Só para dizer que sinto muito pela outra noite. Eu fui egoísta. Estou indo para Southwold agora porque quero ver você e resolver tudo. Chego por volta das oito. Avise se não for conveniente. Beijo, tchau.

Quando finalmente pegou a estradinha da Admiral House, seu coração batia forte. Estava morrendo de medo do que poderia descobrir. Pelo menos havia alguém em casa, já que as luzes estavam acesas. Foi até a porta da frente e bateu com força.

– Oi, Tammy. O que está fazendo aqui?

Foi Amy quem abriu a porta, não Posy.

– Eu... Bom, vim ver Nick.

– Nick? – disse Amy, franzindo a testa. – Ele não está aqui.

– Ah.

– Mas entre. É ótimo ver você.

Amy sorriu enquanto passavam pelo hall e iam até a cozinha.

– Estou aqui trabalhando no desenho da casa para os cartões de Natal de Posy.

Sebastian estava à mesa da cozinha com uma taça de vinho na mão.

– Tammy, que surpresa boa! Quer uma taça de vinho? Eu estava fazendo companhia a Amy enquanto ela termina o desenho.

O fato de que estava escuro havia pelo menos três horas, para não mencionar o excesso de explicação, confirmou o que Tammy tinha suspeitado na noite da festa.

– Sim, eu adoraria – concordou ela, deixando-se cair em uma cadeira e sentindo-se completamente exausta. – Cadê Posy?

– Foi jantar com o amigo dela, Freddie – explicou Amy. – Saiu há uns dez minutos.

Amy serviu uma grande taça de vinho e entregou a ela.

– Pronto.

– Vou voltar ao trabalho – disse Sebastian. – Deixo vocês à vontade. Bom ver você de novo, Tammy, e obrigado pelo convite para a festa. Gostei muito. Tchau, Amy – acrescentou ele, com um aceno de cabeça.

– Tchau, Sebastian.

Tammy tentou não sorrir diante da formalidade exagerada dos dois. Tomou um gole de vinho.

– Então Posy não estava esperando Nick aqui hoje?

– Ela não comentou nada, mas ele provavelmente tem chave e pode entrar sozinho.

Amy olhou para o fogão, sabendo que se Posy estivesse esperando alguém, por mais tarde que a pessoa fosse chegar, ela teria preparado o jantar e deixado para ser aquecido depois. O fogão estava vazio.

– Nick disse que ia dormir aqui ontem.

– Pode ter dormido, Tammy, eu só cheguei depois do almoço. Aquele amigo dele, o comerciante de arte, Paul, passou aqui e foi embora por volta das três. Sinto muito, mas parece que você perdeu a viagem.

– É – disse ela, fazendo uma careta. – Obviamente confundi alguma coisa.

– Não tem problema. É bom ver você, e tenho certeza de que Posy não se incomodará nem um pouco se você passar a noite aqui.

– Ah, não, acho que vou voltar para Londres.

Amy via o sofrimento nos expressivos olhos verdes de Tammy.

– Não quero me intrometer, mas você quer conversar sobre o que está acontecendo?

– Na verdade, não tem nada para conversar. Eu pensei que Nick tinha dito que vinha passar o fim de semana aqui. Obviamente... entendi mal.

A emoção dos últimos dias estava ressurgindo e ela sentiu um nó subindo pela garganta e lágrimas brotando nos olhos.

– Merda! Desculpe, Amy. Não tenho o direito de jogar meus problemas em cima de você.

– Não seja boba. Aqui.

Amy entregou uma caixa de lenços de papel a Tammy, que assoou o nariz.

– Vou ligar para Sam e dizer que vou me atrasar. Então podemos conversar, está bem?

Enquanto Amy falava com Sam, Tammy tentou se recompor.

– Imagino que vocês tenham brigado, não é? – disse Amy ao se sentar de novo à mesa.

– É.

– Posso perguntar o que foi?

– Não foi nada – respondeu Tammy, dando de ombros. – Quero dizer, eu suspeitei de uma coisa, o que me deixou insegura, e acabou dando em uma briga.

– Me causa surpresa você suspeitar do Nick. Ele adora você.

– É o que todo mundo diz.

Tammy suspirou.

– Amy, preciso perguntar uma coisa. Você conhece uma mulher chamada Evie Newman?

– Conheço, sim, mas não muito. Eu estava começando a namorar Sam e ainda morava em Londres. Quando nos casamos e nos mudamos de vez para Southwold, Evie já tinha ido embora.

– E agora voltou.

– Sim.

– Nick era apaixonado por ela?

– Pelo que ouvi dizer, era. Desculpe, Tammy.

– Tudo bem, minha amiga Jane já tinha me contado. Você não acha estranho Evie aparecer de novo em Southwold justo quando Nick volta de Perth?

Com o coração apertado, Amy se lembrou de ter passado pela casa de Evie e visto o carro de Nick parado na frente.

– Eu... Bom, acho, sim.

– Desconfio que eles estão juntos de novo. Há uns dois dias eu atendi uma ligação no celular dele, de alguém que tinha as iniciais "EN". Quando eu disse alô, a pessoa desligou, mas notei que era um número de Southwold. Só pode ser ela, certo?

– É muita coincidência, sim.

– Então você não acha que estou sendo paranoica?

Amy balançou a cabeça com tristeza.

– Não, não acho.

– E aí Nick me diz que vai ficar aqui na Admiral House este fim de semana. Por quê? Por que ele mentiu?

– Não sei mesmo.

– Deve ser porque está com ela.

Amy não soube o que dizer, já que concordava com tudo. Mas deve ter deixado transparecer, porque Tammy disse:

– Por favor, se você sabe de alguma coisa, me conte. É melhor descobrir agora do que ficar na ignorância e bancar a idiota.

– Eu... Bem, há umas duas semanas Posy e eu passamos pela casa de Evie e vimos um Austin Healey vermelho parado na frente. Isso não significa que era Nick, né? Pode ter sido coincidência...

– Aham – murmurou Tammy, os olhos cheios d'água. – Sabemos que não é. Quantos Austin Healey vermelhos estariam passeando por Southwold?! Meu Deus! Como ele pôde fazer isso comigo?!

– Você ainda não tem certeza. Precisa conversar com Nick. Pode ter um motivo para ele se encontrar com ela, algo que tenha a ver com os negócios, sei lá.

Tammy se levantou.

– Amy, quero que você me faça um grande favor. Pode ir comigo a Southwold e mostrar onde Evie Newman mora?

– Se você quiser mesmo, posso.

– Eu quero – disse Tammy com firmeza.

Ela saiu da cozinha sem esperar por Amy. As duas entraram no carro de Tammy e ela deu partida, depois seguiu pela estradinha.

– Vire à direita aqui, depois a primeira à esquerda – orientou Amy. – Certo, é a casa da esquina, ali.

Amy mal conseguia olhar enquanto Tammy diminuía a velocidade e seguia lentamente até a casa de Evie. Soltou um suspiro de alívio ao ver que não tinha nenhum carro parado na frente.

– Está vendo? Provavelmente foi coinci...

– Ali!

Tammy estava apontando para o outro lado da rua, a uns 30 metros da casa. Ela passou lentamente pelo carro, lendo o número da placa para ter certeza.

– É o carro de Nick, sim.

Tammy parou mais à frente e as duas ficaram em silêncio.

Por fim, Amy falou:

– Sinto muito, Tammy. Ainda acho que você devia conversar com Nick. Pode ter alguma explicação inocente. Nick não é esse tipo de ho...

– Será que dá para todo mundo parar de me dizer que tipo de homem ele é, quando é óbvio que Nick é um *merda*?!

Tammy bateu com força no volante, então irrompeu em lágrimas.

– Desculpe gritar com você, Amy. Não é sua culpa.

– Não precisa se preocupar. Eu entendo. Vamos voltar para a Admiral House, tomar outra taça de vinho e conversar.

– Não, obrigada.

Tammy pegou um lenço de papel no porta-luvas e assoou o nariz.

– Não quero nunca mais pôr os pés no mesmo lugar que Nick Montague. Vou deixar você lá e depois voltar para Londres.

Retornaram em silêncio à Admiral House; Amy sabia que não adiantava tentar oferecer consolo. Tammy parou o carro.

– Tem certeza de que está bem para dirigir de volta?

– Tenho.

– Sinto muito, Tammy.

– Eu também.

– Posso ligar depois, para saber como você está? – perguntou Amy baixinho, abrindo a porta do carro.

– Pode, claro. E obrigada por ser tão legal. Tchau.

Amy observou o carro dar meia-volta e partir cantando pneu. Depois ergueu os olhos e viu Sebastian parado junto à sua janela no andar de cima, vendo as luzes do carro de Tammy que desaparecia a distância.

Depois de testemunhar a dor que uma traição como a dela podia provocar, Amy não queria entrar para dar explicações. Pegou as chaves de seu carro na bolsa, entrou nele e voltou para casa, para os filhos e o marido.

27

Posy chegou em casa exausta depois do jantar com Freddie. Apesar de estar acostumada às mudanças de humor dele – em um momento, caloroso e animado, no outro, distante e quase silencioso –, naquela noite ele estivera incomumente monossilábico, e fora um esforço manter alguma conversa.

Além de tudo isso, Paul Lyons-Harvey, o amigo de Nick, tinha ido olhar as pinturas na casa. Mesmo pensando estar resignada com a venda, ouvi-lo falar de valores – ou, na maioria dos casos, da falta de valor – lhe deu uma noção da enormidade da coisa pela primeira vez.

Ficou surpresa ao ver o carro de Nick parado na frente de casa. Só o esperava na manhã seguinte e, pela primeira vez, não ficou feliz com a presença do filho. Só queria preparar uma bolsa de água quente e cair na cama.

– Mãe!

Nick estava andando de um lado para outro na cozinha, os olhos agitados.

– Graças a Deus você voltou. Tammy veio aqui hoje?

– Eu estava fora, Nick. Por que ela viria?

– Ela deixou um recado no meu celular mais cedo, dizendo que vinha me ver, que ia chegar por volta das oito. Eu só ouvi há uns quinze minutos e vim direto para cá.

– Sei. Bom, Amy estava aqui. Sebastian também. É melhor subir e perguntar a ele se Tammy apareceu.

– Não, mãe, não quero incomodá-lo.

– Ele raramente dorme antes de uma ou duas da manhã.

– Sou o vampiro da madrugada – brincou Sebastian, entrando na cozinha com sua caneca. – Vim fazer um pouco de chocolate quente. Oi, Nick. Nossa, hoje esta cozinha está movimentada.

– Sebastian, Tammy esteve aqui?

Nick o acompanhou até o fogão enquanto ele esquentava leite em uma panela.

– Esteve. Chegou logo depois das oito.

– Ela estava bem?

– Não sei dizer. Deixei Amy conversando com ela e subi para trabalhar. Mas ela pareceu surpresa ao ver que você não estava. Acho que pensou que você estaria.

– Merda! Quanto tempo ela ficou aqui?

Nick passou a mão pelo cabelo, agitado.

– Ah, uns quinze minutos. Depois saiu com Amy, e voltaram meia hora depois. Eu cheguei a ver pela janela do quarto quando Amy saiu do carro de Tammy, depois entrou no dela e as duas foram embora separadas. Só sei disso.

– Que estranho! – murmurou Posy.

Nick olhou o relógio.

– São dez horas. Amy ainda deve estar acordada, não é? – perguntou ele a ninguém em especial.

Nick foi até o telefone, folheou a caderneta de endereços de Posy e começou a digitar.

– Amy? Oi, é Nick. Soube que você encontrou Tammy hoje. Eu posso ir aí para a gente conversar? Está bem, obrigado. Vejo você daqui a pouco.

Nick desligou, pegou as chaves e se encaminhou para a porta.

– Tchau, mãe. Falo com você amanhã, mas acho que talvez eu tenha que voltar para Londres hoje, então não espere por mim.

– Não vou esperar. Só dê notícias.

– Pode deixar. Tchau.

Sebastian arqueou uma sobrancelha enquanto ouviam o carro de Nick partir pela estradinha de cascalho.

– E cá estou eu tentando fazer ficção enquanto a trama da vida real se complica ao meu redor.

– Eu vou querer saber o que aconteceu? – perguntou Posy, hesitante.

– Não sei, mas eu também não sei de nada. Quer um pouco de chocolate? Você parece cansada.

– Quero, por favor. E estou.

– Quer conversar?

– Hoje não, mas obrigada por perguntar.

Posy encheu sua bolsa de água quente.

– Pensei que na velhice a vida ficasse menos complicada.
– E não fica? – perguntou ele, entregando o chocolate.
– Infelizmente, não. Boa noite, Sebastian.

Amy recebeu Nick vestida em um roupão.
– Oi, Amy, desculpe vir tão tarde. Sam está?
– Não, ainda está no pub. Precisou tomar conta das crianças até eu voltar, então eu falei que ele podia ir. Entre.
Ela o acompanhou até a sala minúscula.
– Sente-se, Nick.
Nick não se sentou. Ficou andando pela sala.
– Amy, o que aconteceu com Tammy hoje?
– Acho que não cabe a mim dizer. É melhor você conversar com ela.
– Onde ela está?
– Ela disse que ia voltar a Londres, então deve ter ido para casa.
– Meu Deus! Como ela ficou quando descobriu que eu não estava na Admiral House?
– Bem chateada.
– Vocês foram me procurar?
Amy assentiu em silêncio.
– E encontraram?
– Sim, Nick, encontramos. Sinto muito.
– Como... – disse ele, então balançou a cabeça. – Você não contou a ela, contou?!
– Eu não! Tammy veio a Southwold porque desconfiou que alguma coisa estava acontecendo. Ela sabia da Evie. Atendeu um telefonema no seu celular e ligou os pontos.
– Então Tammy pediu que você mostrasse onde Evie mora, não é? Porque pensou que eu estivesse lá.
– É, pediu, e ela... Nós vimos seu carro. O que eu podia fazer? Não tinha ideia se você estaria lá.
Amy estava começando a ficar chateada e bastante irritada.
– Eu não tenho nada a ver com isso e realmente não quero levar a culpa nem me envolver.

– Não, claro que não.

Nick se deixou cair em uma cadeira.

– Desculpe por falar desse jeito. Ah, Amy, o que eu vou dizer? Como vou explicar?

– Não sei, Nick. Achei que você amava Tammy.

– E eu amo, eu amo. Só que tem uma situação... Ai, meu Deus... – disse ele, balançando a cabeça, desamparado. – Eu não posso fazer nada.

– Olhe, não é da minha conta o que você faz da sua vida, mas é óbvio que estava com Evie hoje. Talvez, se você tentar explicar o motivo, Tammy entenda. Sei que ela ama você, mas está magoada. Muito.

Nick tinha um olhar perdido.

– Talvez tenha sido melhor assim. Quero dizer, por que eu achei que podia ter tudo? Nunca daria certo. Não tinha como.

Amy o observou, confusa.

– Nick, você não está dizendo coisa com coisa.

– É, eu sei que não.

Ele se levantou.

– Desculpe incomodar você, Amy. Está tarde. É melhor eu ir. Obrigado por me contar.

– Você vai voltar para Londres agora? – perguntou ela, levando-o até a porta.

Nick deu de ombros.

– Não adianta. Eu não tenho como explicar. E, como eu disse, também não posso fazer nada. A gente se vê.

Amy se despediu sem entender por que, mesmo sendo óbvio o que ele tinha feito, ainda sentia uma onda de simpatia por Nick.

28

Na segunda-feira de manhã, Sebastian bateu à porta da casa de Freddie.

– Oi, Sebastian, o que o traz aqui? – perguntou Freddie, levando-o até a sala de estar.

– Pensei em dar uma passada para dizer que meu contato no jornal descobriu umas coisas bem interessantes sobre Ken Noakes. Ele pesquisou o nome e perguntou a umas fontes.

Sebastian pegou algumas folhas de papel no bolso e as desdobrou. Depois colocou os óculos de leitura.

– Kenneth Noakes era diretor de uma construtora no fim dos anos 1990. Estava construindo umas casas elegantes em um terreno que tinha comprado de uma escola em North Norfolk. Pegou os adiantamentos e, alguns meses depois, declarou falência. As casas estavam só no alicerce e os credores receberam pouco ou nenhum ressarcimento.

– Eu sabia – disse Freddie, balançando a cabeça. – E o que foi feito do nosso Ken?

– Parece que pelo menos três outros "Noakes", ou talvez quatro, mas meu colega ainda está verificando, foram registrados como diretores de outras empresas. E são todos parentes dele. Temos a ex-mulher, a esposa atual, um irmão e talvez uma filha também. Mas, como eu disse, isso ainda não foi confirmado.

– A história de sempre: ele mesmo não pode ser diretor, então usa a família no papel e comanda a empresa normalmente, por trás dos panos – deduziu Freddie.

– Exato.

– Essas outras empresas também eram construtoras?

– Das quatro que ele comandou, uma era, mas as outras três eram imobiliárias.

– Sei. Continue, por favor – pediu Freddie.

– Bom, temos listadas aqui... – Sebastian leu: – Trimco Ltd., com o nome fantasia Westway Holiday Cottages, Ideal Ltd. com o nome fantasia Hedgerow Holiday Homes e Chardway Ltd. com o nome fantasia St. Tropez Blue.

Sebastian tirou os óculos.

– O contato do meu amigo no Departamento de Comércio e Indústria explicou que infelizmente os golpes no setor de aluguéis de temporada são surpreendentemente comuns. Você aluga um escritório com algumas linhas telefônicas, coloca no ar um belo site e anuncia nos canais de sempre. Depois pega os depósitos e, seis meses depois, quando está com uma boa pilha de cheques lavados em uma conta bancária na Ilha de Man, declara falência e some com os ganhos. E recomeça em outro lugar.

– Deixando os pobres clientes com um depósito perdido e sem lugar para passar as férias – concluiu Freddie.

– Isso mesmo. Meu amigo acha que isso é só a ponta do iceberg. Ele só conseguiu rastrear essas empresas porque o Sr. Noakes usou parentes com o mesmo sobrenome. Ele deve ter outros "laranjas" também. Sam, por exemplo, é o único diretor da Construtora Montague Ltda.

– É – concordou Freddie, e deu um suspiro pesado. – Caramba!

– Pois é.

– Onde esse tal de Noakes mora?

– Infelizmente meu amigo não chegou tão longe, mas garanto que é fora da jurisdição das leis inglesas.

– E o que vamos fazer?

– James vai pesquisar mais um pouco. Ele tem um contato na polícia e vai descobrir se o Sr. Noakes é uma "pessoa de interesse" do departamento antifraude. As chances são grandes, mas se o sujeito estiver fora do país, dada a falta de verbas na polícia, ele não é um peixe grande o bastante para valer o custo da extradição. De qualquer modo, James disse para deixar com ele. Ele está feliz: é uma boa matéria para o jornal.

– Sei que ele voltou ao país. Posy me disse que Sam foi encontrá-lo em Norfolk há pouco tempo.

– Certo.

– Devemos contar a Posy? Quero dizer, se esse tal Noakes vai fazer o mesmo jogo e anunciar "apartamentos para aposentados" na Admiral

House, pegar os depósitos e depois liquidar a companhia, ela deveria saber. E Sam? Você acha que ele sabe?

– Não faço ideia. Ele deveria ter verificado o passado do sócio financiador, mas...

– Talvez não quisesse saber – concluiu Freddie, pensando o mesmo que Sebastian. – Pelo que Posy me contou, ele não é empresário. E obviamente está desesperado para se provar. Para a esposa e para a mãe. Que confusão!

– Infelizmente. Acho que o melhor é esperar James investigar mais. Quando tivermos mais informações decidimos o que fazer. Ainda não foi assinado nenhum contrato, não é?

– Não, mas o advogado de Posy acabou de mandar a minuta – avisou Freddie. – Ela pediu que eu desse uma olhada.

– Então pegue o contrato com ela e segure até sabermos em que pé estamos.

– Pode deixar. Se isso tudo der errado, atrapalha meus planos de contar a ela sobre aquele outro assunto. Podem se passar meses... até anos antes de aparecer um comprador para a casa, e não sei por quanto tempo mais posso evitar contar a verdade. Isso está acabando comigo... Noakes não é nada. Eu é que me sinto uma fraude – disse Freddie, suspirando.

– Eu entendo, Freddie, mas vamos dar alguns dias a James para ver o que mais ele descobre. Agora preciso voltar.

– Claro.

Freddie se levantou para acompanhá-lo até a porta.

– Nem sei como agradecer sua ajuda, Sebastian.

– Imagina. Tchau, Freddie. A gente se fala assim que surgir uma novidade.

Sebastian foi embora pensando que, se algum crítico comentasse que as tramas de seus romances nunca aconteceriam na vida real, daria um soco no sujeito.

29

Amy olhava o mar cinzento e bravio. As nuvens passavam rápido, sopradas por um vento em fúria, que também agitava seu cabelo para todo lado. Seus ouvidos zumbiam e o jornal que havia comprado sacudia em suas mãos.

Foi em direção ao ponto de ônibus, que tinha um cheiro horroroso e repulsivo, e se sentou em um banco, tentando pensar.

Na noite anterior, ao chegar em casa, Sam tinha aberto na mesa da cozinha as plantas para converter o celeiro.

– Tive uma reunião com o agrimensor, e ele acha que o fiscal vai aprovar a mudança de utilização. A única reclamação que eles poderiam receber seria da Admiral House, e como eu vou ser o dono, isso obviamente não é problema.

Ele riu e depois voltou a falar apaixonadamente sobre o projeto para a enorme sala de estar, com o teto em abóbada e velhas traves de telhado, a lareira de canto e a cozinha moderna que construiriam.

Amy tinha feito o máximo para parecer interessada e empolgada, mas soube que fracassou, o que deixou Sam extremamente irritado.

– Eu não entendo você. Pensei que quisesse uma casa bonita. Pensei que ficaria feliz – disse ele.

Mais tarde, na cama, Sam tentou fazer amor com ela. O simples toque do marido fez sua pele se arrepiar de repulsa. Ele notou sua hesitação e ficou com raiva, então a prendeu na cama, segurando seus pulsos acima da cabeça, pesando sobre ela, impedindo-a de se mexer.

Ela gritou para que ele parasse, e ele parou, xingando enquanto saía do quarto e desaparecia no andar de baixo para se consolar com o que restava na garrafa de uísque comprada mais cedo.

Amy olhou para os pulsos e viu que a pele fina da parte interna tinha ficado levemente roxa onde ele a segurou.

Puxou as mangas da camisa para cobrir as marcas e sentiu as lágrimas brotarem de novo ao pensar no modo suave, gentil, com que Sebastian fizera amor com ela.

Percebeu que Sam sempre fora agressivo na cama, especialmente depois de beber. Ela havia confundido aquilo com paixão, mas não era.

Não é normal ele machucar você, Amy...

Queria ter alguém a quem contar sobre o temperamento de Sam e sobre as coisas que ele havia feito com ela ao longo dos anos, mas quem? Além disso, geralmente isso só acontecia quando ele bebia demais. Só que... naquela manhã acontecera uma coisa que a preocupou de verdade. Ela estava no andar de cima preparando Sara para a escola quando ouviu um estrondo na cozinha e Sam gritando. Quando desceu correndo, encontrou uma manteigueira quebrada no chão e Sam sacudindo Jake como se o filho fosse um boneco de pano. Gritou para Sam soltá-lo e pegou o menino no colo, sentindo-o tremer de medo diante da súbita explosão do pai.

No carro, a caminho da escola, perguntou gentilmente a Jake se o papai já tinha feito alguma coisa assim antes.

– Assim não, mãe, mas às vezes ele me bate quando você sai e eu sou malcriado.

– E me bate também – disse Sara, no banco de trás. – Papai fica chateado mesmo.

Amy esfregou os dedos distraidamente na testa.

– Ai, meu Deus. Ai, meu Deus – murmurou desolada.

Ela podia aguentar, mas se ele estava começando a descontar a raiva nas crianças...

Percebeu que aquilo não tinha nada a ver com o lugar onde moravam nem com quanto dinheiro possuíam. Não queria ficar com Sam em lugar nenhum. A verdade era que não queria ficar com ele e ponto. A raiva do marido estava fugindo do controle, e depois daquela manhã Amy soube que precisava fazer alguma coisa.

Levantou-se do banco e foi para o trabalho com uma certeza. Pelo bem das crianças, precisavam ir embora.

Naquela tarde examinou as páginas de aluguéis no *Gazette*. Havia várias casas de veraneio cujos donos queriam alugar durante o inverno, a maioria por um valor razoável. Não era a opção ideal, porque precisariam se mudar de novo na Páscoa, quando a temporada de férias estivesse no auge, mas pelo menos poderiam sair de casa logo. E ficar longe de Sam.

Quanto a Sebastian... Ela o amava, mas não estava abandonando Sam por causa dele, e sim pela segurança dos três.

Esperou até a recepção acalmar e ligou para o número que tinha copiado do jornal.

– Alô, estou ligando para saber do seu anúncio no *Gazette*. A casa ainda está disponível?

– Está, sim – disse uma voz masculina grave.

– Eu tenho dois filhos, isso seria problema?

– Para mim, não, mas talvez você ache o espaço um pouco limitado.

– Não estou procurando nada grande. O senhor pode falar um pouco sobre a casa?

– Tem uma suíte de bom tamanho, com duas camas. Uma cozinha pequena, um banheiro e uma sala com um pequeno mezanino em cima. Coloquei um sofá-cama lá, mas se for para uso mais permanente acho que posso arranjar uma cama de verdade.

– Parece perfeito – disse Amy, e respirou fundo. – Posso dar uma olhada?

– Claro. Quando gostaria de vir?

– O senhor estará aí esta tarde, mais ou menos às cinco e meia?

– Sim – confirmou o homem, então lhe deu o endereço e ela anotou. – Meu nome é Lennox. E a senhora é...?

– Sou... Amy.

Ela não queria dizer o sobrenome. Os Montagues eram conhecidos em Southwold.

– Vejo o senhor mais tarde. Tchau, Sr. Lennox.

Freddie tinha acabado de desligar, depois de falar com Amy, quando o aparelho tocou outra vez, quase imediatamente.

– Oi, Sebastian. Novidades?

– Meu amigo James, do jornal, acabou de me ligar. Parece que o departamento antifraude está mesmo interessado em falar com Kenneth Noakes.

– Certo.

– Como James suspeitou, Noakes saiu do país antes que pudessem pegá-lo. Acabei de receber o telefonema de um policial de lá. Eles querem saber se há alguma chance de o Sr. Noakes vir à Inglaterra em breve.

– E como vamos saber?

– Talvez Amy saiba. Precisamos descobrir.

– E como faremos isso, Sebastian? – indagou Freddie com um risinho. – Eu vim a Southwold para ter uma vida tranquila longe da criminalidade, não para virar um agente secreto do departamento antifraude!

– Não, claro que não. É só ficarmos atentos. Se Posy mencionar alguma coisa sobre a data da assinatura do contrato, por exemplo.

– Por que eles simplesmente não grampeiam o celular de Sam?

– O policial com quem falei disse que eles querem fazer uma abordagem "suave" primeiro, ver se podem pegar Noakes desprevenido enquanto está aqui na Inglaterra. Mesmo que eles queiram prendê-lo, acho que Noakes não está no topo da lista de procurados. Para a polícia, ele é peixe pequeno.

– Mas é peixe grande para quem foi fraudado por ele. E, claro, para nossa amada Posy – resmungou Freddie, irritado. – Infelizmente já passei por isso muitas vezes na carreira de advogado criminalista. A polícia tem pouca gente e pouca verba; muitas vezes um suspeito obviamente culpado fica livre por causa de alguma burocracia.

– Bom, vamos fazer o que for possível. Vou manter contato. Tchau, Freddie.

– Tchau, Sebastian.

Amy parou diante de um chalé bonito, não muito longe do hotel. Pensou em como o local seria conveniente. O chalé ficava no fim de uma rua estreita, e, mesmo achando que conhecia Southwold como a palma da mão, nunca imaginara que aquela propriedade existia. Construído em pedra da região, o chalé era imaculado, as folhas do quintal estavam varridas e a aldrava de latão, recém-polida. Amy bateu à porta, que se abriu para revelar um par de olhos brilhantes.

– Você deve ser Amy, não é?

– Sim, e o senhor deve ser o Sr. Lennox.

– Sou. Por favor, me chame de Freddie. Estou com as chaves aqui. O que acha de olharmos o antigo armazém?

Amy assentiu e acompanhou Freddie pelo pátio calçado de pedras até a construção convertida, do outro lado.

– Bom, eu avisei ao telefone que a casinha não era um lugar muito espaçoso. Acho que você vai achar meio pequeno – disse ele, destrancando a porta.

Amy demorou uns dois minutos para andar pela casa toda. Freddie tinha razão, era pequena, mas Amy a adorou. Obviamente tinha sido muito bem restaurada, cada centímetro de espaço usado de modo imaginativo, e, por causa do pé-direito alto da sala, não a achou claustrofóbica.

– A casa tem quintal? – perguntou.

Freddie balançou a cabeça.

– Infelizmente não, mas você pode usar o meu se precisar, assim que o tempo melhorar.

– Imagino que seja um aluguel de temporada, até a época de férias, não é?

– Eu preferia alugar por mês, se você se interessar. Vamos ver como a gente se entende. Vamos morar bem perto, como dá para ver – disse ele, sorrindo.

– Realmente acho a casa perfeita para nós, Freddie, mas, por favor, diga se você preferir um inquilino sem filhos. Eu queria dizer que os meus são quietinhos e que nunca criam problema, mas infelizmente eles são...

– Só crianças – terminou ele. – Eu não tenho problema com crianças. Vamos voltar à minha casa e tomar uma xícara de chá?

Amy olhou o relógio.

– Se for rápido, sim.

Ela o acompanhou para fora e atravessaram o pátio.

– Você tem família? – perguntou ela enquanto Freddie lhe entregava uma xícara de chá, na sala.

– Infelizmente, não. Como estava dizendo a uma amiga, na outra noite, não tenho ninguém em quem pensar a não ser em mim mesmo.

– Então, Freddie, quando eu posso me mudar e que tipo de depósito você quer?

– Acho que o normal é um mês adiantado. E você pode se mudar quando quiser.

– Depois de amanhã seria muito cedo? Se eu pagar o primeiro mês de aluguel e o depósito antes, claro.

Freddie notou o desespero nos olhos dela.

– Não teria problema. Que tal você me pagar só uma semana de adiantamento? Vamos considerar um teste para ver como a gente se dá, está bem? Um aluguel de feriado, se preferir.

– Verdade? – disse Amy, os olhos brilhando com as lágrimas. – É muita gentileza sua, Freddie.

– Desculpe se estou me intrometendo, mas presumo que o pai das crianças não virá com você, certo?

– Não. Nós... bem... estamos nos separando, mas eu trabalho no hotel Feathers como recepcionista, então posso dar referências de lá.

Por fim a ficha caiu.

– Amy, por acaso você é parente de Posy Montague?

– É... sou. Sou nora dela.

– Foi o que pensei – disse Freddie, assentindo. – Você é Amy Montague, casada com o filho dela, Sam. Você tem dois filhos e trabalha feito um burro de carga para manter a família. Posy vive dizendo que você é uma santa.

– E você deve ser Freddie, o amigo de Posy – retrucou Amy lentamente, com tudo se encaixando. – Ai, meu Deus. Que vergonha – disse ela, em pânico. – O negócio, Freddie, é que ninguém sabe que estou deixando Sam. Nem ele *nem* Posy.

– Minha cara, nem precisa pedir: eu prometo que não vou dizer uma palavra.

Amy se levantou, nervosa e reconfortada ao mesmo tempo. Freddie parecia um homem de bem. Foi difícil não irromper em lágrimas no ombro dele e contar tudo.

– Posso vir amanhã com a primeira semana de aluguel?

– Não tem pressa, minha cara. Tenho certeza de que você tem muita coisa na cabeça.

– Freddie...

Amy parou na porta e se virou para ele, os olhos implorando segredo.

Ele pôs um dedo nos lábios.

– Meus lábios estão selados, prometo.

– Eu... – disse Amy, hesitante. – Sabe se Posy está em casa agora?

– Não está, não. Está fazendo hora extra na galeria. Vai ter uma exposição particular hoje à noite. Se você quiser vê-la, tenho certeza de que ela arruma um tempinho.

– Eu... Não, tudo bem. Tchau, Freddie.

Ele fechou a porta e foi à sala servir-se de uma grande dose de uísque.

– O que fazer? – murmurou, sentindo os fios da família Montague se apertando de novo ao seu redor.

Tinha visto os hematomas nos pulsos de Amy quando ela levou o chá aos lábios. Como poderia contar a Posy que seu filho era obviamente um brutamontes violento? O fato de oferecer abrigo à nora dela, contra Sam, poderia ser visto por Posy como traição.

– Querida Posy – sussurrou para o límpido céu noturno. – Será que nosso destino é nunca ficarmos juntos?

A caminho de casa com as crianças, sabendo que Posy estava na galeria, Amy foi até a Admiral House. Precisava ver Sebastian, sentir a segurança de seus braços por alguns minutos enquanto contava sobre aquela decisão importante. Ao parar diante da casa, virou-se e viu que Sara estava dormindo na cadeirinha do carro.

– Jake, preciso entrar e falar com a vovó por uns segundinhos. Você espera aqui? Prometo que não vou demorar.

Jake assentiu, os olhos grudados na revista em quadrinhos que ela havia comprado. Amy correu pela lateral da casa e entrou, depois subiu a escada até o quarto onde Sebastian trabalhava.

– Amy!

Ele deu as costas para o computador e se levantou.

– Não posso ficar muito. As crianças estão no carro.

Sebastian se aproximou para abraçá-la.

– Senti sua falta – sussurrou contra o pescoço dela.

– Aconteceu uma coisa hoje cedo e eu tomei uma decisão. Encontrei um lugar para mim e as crianças e estou deixando Sam. Vou contar a ele amanhã.

Sebastian encarou-a com choque e surpresa.

– Seria muito insensível dizer como isso me deixa feliz?

– Provavelmente, mas acho que preciso ouvir.

– Bom, eu estou feliz – confessou ele, abraçando-a com força. – E prometo que vou estar presente quanto você quiser.

– O que não vai ser muita coisa, no começo – disse ela, com um suspiro. – O lugar que eu encontrei é de Freddie, o amigo de Posy. Ele mora na casa ao lado.

Sebastian arqueou uma sobrancelha.

– Nossa, que ótimo. Eu moro com sua futura ex-sogra e você aluga um lugar bem na cara do namorado dela – disse ele, sorrindo. – Seria mais fácil colocar um anúncio de primeira página no *Gazette*.

– Eu sei, mas acho que Freddie é um sujeito decente que vai ser discreto. Além disso, o lugar é barato, muito bom e eu posso me mudar logo.

– É, Freddie é um sujeito decente, e você sabe que eu vou ajudar em termos financeiros se for necessário. É só pedir.

– Obrigada, Sebastian, mas realmente preciso me virar sozinha. E quero que você saiba que isso não tem nada a ver com você.

– Nada?

– É... Na verdade, eu não tinha opção.

– Entendo.

– Eu faria isso mesmo se não tivesse conhecido você.

– Certo.

– Por favor, não conte nada a Posy, está bem? Pelo menos por enquanto.

– Claro que não.

Enquanto Amy passava a mão distraidamente pelo cabelo, Sebastian viu o hematoma no pulso.

– O que é isso? – perguntou.

– Eu caí e bati com o pulso. Preciso ir. Sam vai ficar se perguntando onde nós estamos.

– Amy, por favor, tenha cuidado, está bem? Sam pode ficar... chateado quando você contar.

– Vou ter, não se preocupe. Sam vai dormir fora hoje. Vai encontrar o financiador no tal Victoria Hotel em North Norfolk. Ele vai entregar o dinheiro do depósito para poderem assinar o contrato da casa nos próximos dias.

Bingo!, pensou Sebastian.

– Por isso vou arrumar nossas coisas hoje e colocar no carro – continuou Amy. – Daí amanhã, depois de contar a ele, vou estar pronta para ir embora.

– Amy, me fale a verdade: você tem medo de Sam?

– Medo? Não, claro que não. Sei que ele vai ficar chateado, só isso. Ligo para você assim que tiver acabado.

– Amy?

– O quê?

Ela parou e se virou para ele.

– Só lembre que eu amo você. E que, se precisar de mim, estou aqui, está bem?

Sebastian ficou olhando pela janela enquanto Amy entrava no carro velho, dava partida e sumia na estradinha. Depois pegou o celular e digitou o número que o departamento antifraude tinha lhe dado, para contar sobre o paradeiro do Sr. Noakes naquela noite. Se tudo corresse bem, Amy não precisaria dizer nada a Sam...

30

Assim que pôs os filhos na cama, Amy encheu uma bolsa com suas roupas e juntou alguns brinquedos das crianças, depois enfiou tudo embaixo de um cobertor no porta-malas do carro. Em seguida se deitou na cama e tentou dormir, mas por fim desistiu e foi preparar um café, que fez seu coração bater mais depressa ainda.

– Calma, Amy, você precisa ficar calma pelas crianças – sussurrou enquanto olhava um alvorecer cinzento lutando para emergir da noite.

Tentou se concentrar no fato de que em breve estaria segura com as crianças no antigo armazém. Queria chorar de alívio por ter encontrado aquela casinha. Apesar de não ter dito a Freddie, o lugar ser tão escondido era um bônus. Assim, se Sam os encontrasse, ela só precisaria gritar e Freddie ouviria.

Acordou as crianças às sete e serviu o café da manhã, tentando manter tudo o mais normal possível. No caminho para a escola ouviu Jake lendo sua revista em quadrinhos e Sara falando sem parar sobre sua fantasia de anjo para a peça de Natal.

De volta em casa, foi ao quarto das crianças e colocou as roupas delas em duas bolsas, enfiando-as rapidamente no porta-malas. Depois sentou-se à mesa da cozinha, dominada pela tensão. Até considerou beber o resto de vinho tinto de uma garrafa sobre a mesa. O relógio na parede indicou que eram quase nove horas; Sam dissera que retornaria por volta das dez. Amy estava pensando em sair para dar um passeio quando o celular tocou.

– Ai, meu Deus – sussurrou ao ver que era Sam. – Alô?

– Amy, graças a Deus! Preciso que você venha me buscar.

– Seu carro quebrou?

– Não, eu... estou na delegacia de Wells, em Norfolk. Meu Deus, Amy... – disse Sam, a voz embargada. – Eles me prenderam.

– Eu... Por quê?

– Não posso falar agora. Meu advogado conseguiu uma fiança e eu preciso de mil libras. Será que você pode ir à casa de mamãe contar o que aconteceu e pedir um empréstimo? Preciso desligar agora. Tchau, querida, te amo.

A linha ficou muda. Amy olhou para o celular, a mente vazia devido ao choque. Quando se recuperou, descobriu que estava tremendo da cabeça aos pés. Ligou para o número de Posy, contou brevemente sobre o telefonema de Sam e falou o que ele precisava.

– Vou agora mesmo ao banco na cidade pegar o dinheiro, depois vou à sua casa. Tente ficar calma, Amy, tenho certeza de que houve algum engano.

Enquanto esperava a sogra, Amy soube instintivamente que não houvera engano nenhum. Ficou sentada à mesa da cozinha, concentrada em uma rachadura que descia em zigue-zague pela parede.

– Minha nossa – disse Posy ao chegar, branca de choque. Amy levou-a para a sala. – O que ele falou?

– Que foi preso e está na delegacia de Wells, em Norfolk – respondeu Amy, em tom robótico.

– Amy, o que ele pode ter feito?

– Não faço ideia.

– Será que estava dirigindo bêbado?

– Talvez.

– E se ele machucou alguém...?

– É melhor eu ir descobrir.

– Quer que eu vá com você?

Amy pensou em todas as bolsas no porta-malas do carro e balançou a cabeça.

– Vou ficar bem, obrigada.

– Certo, bom, aqui estão as mil libras.

Posy tirou um envelope da bolsa.

– Obrigada – disse Amy, guardando-o. – Dou notícias assim que souber de alguma coisa.

Posy a abraçou com força.

– Qualquer coisa de que você e as crianças precisem, estou aqui.

Amy não se permitiu pensar durante a hora de viagem até Wells. Ouviu a Classic FM em volume bem alto e se concentrou na estrada.

Na delegacia minúscula, ela preencheu um formulário e entregou as mil libras. Mandaram que se sentasse na área de espera, que felizmente estava vazia.

Por fim, Sam apareceu. Estava péssimo; branco feito giz, o cabelo espetado como o de um menininho de 2 anos. Ela se levantou e ele afundou em seus braços.

– Graças a Deus você veio, querida, graças a Deus.

– Venha, vamos sair daqui, está bem? – disse ela gentilmente.

Ao saírem, Sam se apoiou no braço dela como se não tivesse forças para andar por conta própria.

– Meu carro ainda está no hotel – disse ele enquanto afundava no banco do carona e Amy dava partida.

– Certo. É só me guiar.

– Pegue a estrada litorânea. O Victoria fica a uns dez minutos daqui, do lado esquerdo. Lembra?

Dirigindo pelas ruas estreitas da cidade até chegar à estrada litorânea, Amy realmente se lembrou da última vez que fora ao lindo hotel, mais de dez anos antes. A empolgação que sentira enquanto Sam dirigia ao longo da costa, esperando ter razão em achar que ele a pediria em casamento. Não pediu, mas mesmo assim foi uma noite maravilhosa. Na época o sol tivera uma luminosa participação especial. Naquele dia, nuvens cinzentas, pesadas com a promessa de chuva, pairavam, baixas. Chegaram ao estacionamento e Amy parou ao lado do Fiat de Sam.

– Você está em condições de dirigir até em casa? – perguntou ela.

– Eu... estou.

– Eu não estou, até saber o que você fez.

– Meu Deus, Amy – disse Sam, balançando a cabeça, incapaz de olhar para ela. – Eu decepcionei você e as crianças. Realmente achei que dessa vez ia conseguir, que deixaria você orgulhosa. Agora tudo acabou. Tudo. O que vamos fazer?

– Não sei, até você contar o que aconteceu.

– É meu sócio, Ken Noakes. Parece que ele é um trambiqueiro e fraudador dos grandes. Resumindo, ele vem roubando as pessoas há anos. Basicamente, o dinheiro usado para montar nossa empresa é roubado. Ou pelo menos é devido a credores. Estávamos no bar, tomando uma bebida... Ken tinha trazido os 100 mil em dinheiro vivo para darmos como sinal para a compra da Admiral House, e dois policiais à paisana apareceram de repente e pediram que fôssemos com eles responder a perguntas sobre "obtenção de dinheiro por meio de fraude"... – disse Sam, desolado. – Não lembro as palavras exatas. Estava chocado demais. Um deles me colocou em um carro e Ken foi com o outro policial. Depois disso eu não o vi mais.

– Certo, mas se isso tem a ver com o passado de Ken Noakes, por que prenderam você?

– Porque eu sou o único diretor da empresa dele! Ken é só meu financiador, o nome dele nem está no papel timbrado da empresa! Meu Deus! Como eu ia saber que o dinheiro dele vinha de algum negócio fraudulento?! O departamento antifraude simplesmente não acreditou que eu não sabia.

– Ah, Sam... – murmurou Amy, mordendo o lábio. – Você realmente não fazia ideia?

– Claro que não! Caramba, Amy – disse ele com raiva. – Eu posso ser muitas coisas, mas não sou criminoso. Sei que já tive alguns negócios falidos... e acredite, eles reviraram todas as sujeiras que puderam encontrar sobre isso. Me acusaram de fazer negócios com a última empresa quando ela já tinha declarado falência, o que também é um delito. Podiam me prender por isso também, mas o advogado que me designaram acha que provavelmente pode me livrar de todas as acusações em troca de provas contra Ken. O problema é que eu não sei de nada, absolutamente nada – concluiu Sam, então olhou para ela. – Amy, você acredita em mim, não acredita?

Apesar de tudo, Amy acreditava. Seu marido não era criminoso, só estava desesperado e não era muito inteligente.

– Claro que acredito. Vamos conversar quando chegarmos em casa.

– Meu Deus! – exclamou Sam, escondendo o rosto nas mãos. – Como vou encarar mamãe? A venda da Admiral House foi para o espaço, isso é certo. Sou um fracassado. Nada que eu faço dá certo, e eu me esforcei de verdade. Sinto muito, Amy. Decepcionei você de novo.

De repente, ele segurou o braço dela.

– Prometa que não vai me deixar. Sem você e as crianças eu... eu não vou aguentar.

Amy não conseguiu responder.

– Prometa, Amy, *por favor*. Eu te amo. De verdade – declarou Sam aos soluços. – Não me abandone, por favor, não me abandone... – implorou, se esticando sobre a alavanca de câmbio e se agarrando a ela como uma criança.

– Não vou deixar você, Sam – disse Amy em uma voz opaca que não parecia a dela.

– Promete?

– Prometo.

Quando chegaram em casa, Amy mandou Sam subir e tomar um banho. Ele desceu vinte minutos depois, parecendo um pouco recuperado.

– Vou à Admiral House falar com mamãe. No mínimo, devo uma explicação a ela.

– Deve mesmo – respondeu Amy, e continuou a dobrar as roupas do secador e pôr em um cesto.

– Eu te amo, Amy, e sinto muito. Muito mesmo. Vou tirar a gente desta confusão, prometo. Tchau, querida.

Quando Sam saiu, Amy esperou cinco minutos, foi até o carro e pegou tudo que estava no porta-malas. Colocou tudo de novo nas gavetas do seu quarto e do das crianças. Depois desceu, pegou o pedaço de papel que tinha o número de Freddie e ligou para ele.

– Alô?

O som reconfortante da voz de Freddie ameaçou perturbar a calma estranha que havia baixado sobre ela. Amy respirou fundo.

– Oi, Freddie, é Amy Montague. Estou ligando para dizer que aconteceu uma coisa e não vou poder me mudar hoje.

– Certo. Bom, não tem problema. Só avise quando for conveniente, Amy. Sem pressa.

– O problema é que não sei quando vai ser, então é melhor você alugar a casa para outra pessoa.

Houve uma pausa na linha.

– Entendo. Está tudo bem, Amy?

– Na verdade, não, mas tenho certeza de que Posy vai contar o que aconteceu. Eu... preciso desligar, Freddie, mas muito obrigada pela gentileza. Tchau.

Ela desligou antes de cair no choro. Depois, sabendo que Sam poderia voltar a qualquer momento, ligou para Sebastian. Caiu na caixa postal.

– Sou eu, Amy. Por favor, me encontre no ponto de ônibus na beira-mar às cinco horas hoje.

Amy deixou o celular na bolsa e subiu para vestir o uniforme do trabalho.

Sebastian já estava lá quando Amy chegou. Ele se levantou e fez menção de abraçá-la, mas ela deu um passo atrás.

– Amy, eu sei o que aconteceu. Posy me contou assim que Sam saiu.

– É – disse Amy, em uma voz monótona. – Vim aqui para dizer que vou ficar com Sam porque sou a esposa dele, mãe dos filhos dele e porque ele precisa de mim.

Sebastian se esforçou para escolher as palavras com cuidado.

– Sei que o dia de hoje foi um choque, e é óbvio que você acha que precisa apoiá-lo. Espere a poeira baixar, claro.

– Não. É mais do que isso, Sebastian. O que nós fizemos, o que eu fiz, foi errado. Eu sou esposa do Sam, fiz um juramento em uma igreja. Sou mãe dos filhos dele e... não posso abandoná-lo. Nunca.

– Você está dizendo que nós... que *isso*... acabou?

– Estou. Preciso aceitar as consequências dos meus atos. Sam está péssimo e tenho que ficar ao lado dele, não importa como me sinto. Se ele soubesse de nós, acho que isso acabaria com ele. Ele praticamente ameaçou se suicidar hoje cedo, no carro.

– Eu entendo, mas talvez com o tempo...

– *Não!* Sebastian, não vai ter um "tempo". Por favor, acredite. Nunca vou deixar meu marido, então não é justo ficar prendendo você. Vá viver com alguém que seja livre, por favor.

– Não quero viver com mais ninguém. Quero você. Eu te amo!

– Sinto muito, Sebastian. Como eu disse, acabou. Preciso ir. Adeus.

Amy se virou e começou a se afastar dele.

– Amy! Espere! Eu sei o que ele faz com você!

Ela balançou a cabeça e continuou a andar rapidamente em direção à High Street. Sebastian observou-a virar a esquina e sumir. Xingou baixinho, sabendo que era tudo culpa dele. Se não tivesse alertado o departamento antifraude sobre o paradeiro de Ken Noakes, Amy e as crianças estariam em segurança na casinha de Freddie. Ao tentar proteger Posy, tinha destruído sua chance de felicidade. E, em última instância, a de Amy.

Sentou-se no banco diante do mar, apoiou a cabeça nas mãos e chorou.

Posy

*Borboleta-pavão
(Inachis iois)*

Londres

Verão de 1958

Eu estava de pé no ônibus, esmagada de um lado por uma mulher com um carrinho de bebê e do outro por um rapaz que fedia a suor. Apesar de as janelas estarem abertas, fazia mais calor do que em qualquer estufa que eu já havia trabalhado. Fiquei feliz quando vi a estação de Baron's Court aparecer na esquina. Puxei a cigarra e me espremi entre as pessoas para sair pela traseira do ônibus.

Londres em agosto era extremamente desagradável, pensei, lembrando com uma pontada de tristeza os lindos dias de verão que passara na Cornualha. A cidade não era preparada para os poucos dias em que havia calor de verdade, percebi ao andar pela calçada até meu prédio. Estelle e eu morávamos no último andar, o que significava seis lances de escada para chegar ao apartamento. Eu tinha certeza de que o exercício me fazia bem, mas não quando a temperatura estava perto dos 30 graus. Destranquei a porta, suando em bicas, e fui direto para o pequeno e feio banheiro para encher a banheira. Como sempre, a sala cheirava a cigarro e eu abri a janela o máximo que pude para liberar a fumaça, depois comecei a limpar a mesa de centro, atulhada de garrafas de cerveja vazias, copos de gim e cinzeiros transbordando.

Enquanto levava tudo para a cozinha e jogava o conteúdo na pia ou no lixo, imaginei se tinha mesmo sido boa ideia dividir apartamento com Estelle. Tínhamos estilos de vida totalmente diferentes; enquanto eu acordava cedo todo dia para começar a trabalhar às nove no Kew Gardens, Estelle podia dormir até muito mais tarde: suas aulas em Covent Garden só começavam às onze. À tarde ela ia para casa descansar antes de sair para alguma apresentação, justo quando eu chegava. Eu teria paz daquela hora até mais ou menos as onze, quando estaria na cama, exausta depois de um dia de trabalho. Assim que eu estivesse pegando no sono, a porta da frente se abriria e Estelle chegaria com um bando de amigos boêmios, recém-saídos dos bares ao redor do teatro, para continuar a festa. Eu ficava deitada, sem conseguir dormir, enquanto a música ecoava no volume máximo – antigamente eu adorava Frank Sinatra, mas agora ele parecia um torturador quando sua voz suave cantava para mim até de madrugada.

Depois de ajeitar a sala e imaginar por que Estelle nunca fazia isso antes de sair para o teatro, tirei a roupa e entrei na banheira, tão pequena que eu precisava manter os joelhos encolhidos contra o peito.

Hoje vou para cama às oito, pensei durante o banho, depois saí e me enxuguei. Vestida com o roupão, fiz umas torradas com queijo e me sentei no sofá para comer. *Será que eu sou uma chata que prefere plantas às festas ininterruptas?*, me perguntei. Quando reclamei do barulho, alguns dias antes, Estelle disse que eu estava ficando velha antes do tempo.

– Deixe para dormir quando tiver 40 anos, Posy. Aproveite a juventude enquanto pode – retrucou ela em tom casual, dando outra tragada em um baseado passado por um rapaz que estava obviamente usando batom.

Mal-humorada, fui para o quarto e enfiei algodão nos ouvidos.

Pelo menos eu adorava meu trabalho. O Sr. Hubbard, o novo diretor do Herbário, parecia gostar de mim e era muito encorajador. Toda manhã recebíamos no Kew novas amostras de plantas, vindas de todo o mundo: algumas entregues pelos caçadores de plantas em caixas especiais destinadas a manter os espécimes vivos depois de meses viajando por montanhas e selvas, outras em caixas enviadas de jardins botânicos de Cingapura, da Austrália ou das Américas. Depois de examinar cuidadosamente as plantas em busca de pequenos viajantes, como piolhos ou moscas, eu começava a estudá-las, fazia ilustrações científicas na minha mesa minúscula, tirava fotos e as revelava no laboratório.

Aprendi a prensar as amostras em papel de arquivo na sala de montagem e anotar a origem, o coletor, a família e os gêneros em pequenas etiquetas. Decifrar as anotações de vários botânicos de todo o mundo era o que tomava mais tempo, mas em última instância elas traziam informações vitais sobre como cuidar da planta. Depois de secas, eu colocava as amostras prensadas nos altos armários do centro do Herbário, uma sala com dois andares que já estava atulhada delas. Perguntei à minha colega Alice quantas eram ao todo, e ela mordeu o lápis, pensativa, antes de responder:

– Uns quatro milhões e meio, talvez?

Eu não podia querer um lugar mais fantástico para trabalhar; o jardim à minha volta fornecia um contraste com a agitação da cidade muito necessário.

No fundo eu sou uma moça do campo, admiti, bocejando, depois lavei o prato e os talheres e fui para cama.

– Sinto falta de Cambridge e de Jonny – murmurei, deitada e descoberta no colchão duro.

Estava quente demais para usar um lençol. Ainda suando, tirei a camisola também e fiquei nua. Peguei o livro na mesa de cabeceira e tentei ler, mas estava exausta demais e logo caí no sono, acalentada pelo toque levíssimo de uma brisa que vinha pela janela aberta.

Acordei algumas horas depois, com a porta da frente batendo e o som de risos no corredor estreito.

– Ah, meu Deus – gemi ouvindo Sinatra berrar no toca-discos.

Peguei o copo d'água na mesa de cabeceira e bebi, sedenta. Em seguida me deitei de novo, fechei os olhos e desejei também ser capaz de voar para a lua, como Sinatra implorava a uma mulher. Pelo menos lá haveria silêncio.

– Não vou demorar, só preciso...

A porta do meu quarto se abriu e uma figura apareceu recortada contra a luz. Soltei um gritinho e procurei um lençol para cobrir minha nudez enquanto a luz era acesa.

– Saia daqui! – gritei, olhando para a figura junto à porta.

Não podia ver suas feições na penumbra, mas com um choque percebi exatamente quem era.

– Meu Deus, desculpe, eu estava procurando o banheiro – disse o intruso, passando a mão pelo cabelo cheio e ondulado e olhando direto para mim.

Fiquei vermelha, puxando o lençol mais para cima.

– Tudo bem – falei, e engoli em seco. – O banheiro fica do outro lado do corredor.

– Claro. Me perdoe – respondeu ele, então franziu os olhos para mim outra vez. – Eu não a conheço? Você me parece muito familiar.

– Com certeza, não – respondi, desejando que ele simplesmente fosse embora.

– Por acaso você estudou em Cambridge?

– Sim – admiti com um suspiro. – Estudei.

– E tinha uma amiga chamada Andrea?

– Tinha.

– Nunca esqueço um rosto – disse ele, sorrindo. – Ela levou você a uma de minhas festas, eu lembro bem. Você estava usando um vestido vermelho.

– É, era eu – confirmei enquanto meus olhos se acostumavam à penumbra e enxerguei seus grandes olhos castanho-claros.

– Ora, ora. Que mundo pequeno! Sou Freddie Lennox. É um prazer ver você de novo, senhorita...?

– Posy Anderson.

– Claro, agora lembro. Posso perguntar por que está aqui feito a Cinderela enquanto a festa corre solta lá fora?

– Porque, ao contrário da maioria dos convidados, eu tenho um trabalho.

– Parece sério – brincou Freddie, sorrindo. – Bom, vou deixar você ter seu sono de beleza. Foi ótimo encontrá-la de novo, Posy. Boa noite.

– Boa noite.

Quando ele apagou a luz e fechou a porta, me deitei de volta na cama com um suspiro de alívio. Eu me lembrava de ter ido com Andrea à festa e me lembrava nitidamente de Freddie. Na época, achei que ele era o homem mais bonito que eu já vira, muito acima do meu nível, com aquela aparência, a confiança e o fato de que era aluno do terceiro ano. Fiquei pasma por ele se lembrar de mim. Eu só havia falado com ele rapidamente.

Enquanto a música tocava na sala, pensei em Freddie ali tão perto, provavelmente segurando uma bebida e conversando com uma das lindíssimas amigas bailarinas de Estelle. Peguei o rolo de algodão que mantinha na gaveta, separei dois chumaços e enfiei nos ouvidos.

Na manhã seguinte, saí do quarto e suspirei vendo os detritos na sala. Havia alguém caído no chão e alguém no sofá, mas eu os ignorei enquanto ia à cozinha preparar uma xícara de café e uma torrada. Estava passando geleia no pão quando uma voz familiar falou atrás de mim:

– Bom dia, Posy. Como você está hoje?

Freddie estava junto à porta, me observando.

– Muito bem, obrigada – respondi educadamente, cortando a torrada ao meio.

– Isso aí parece ótimo – disse ele, indicando a torrada. – Posso pegar uma fatia?

– Sirva-se. Infelizmente estou com pressa.

Peguei o chá e o prato e fui para a porta da cozinha. Ele deu um passo atrás para me deixar passar e sorriu.

– Obrigada.

– Devo dizer que prefiro você sem roupa – sussurrou ele enquanto eu passava.

Escondi o rubor ao atravessar a sala até o quarto. Sentada na cama, comi a torrada e tomei o chá, jurando que falaria com Estelle sobre aquela situação. Ter homens estranhos me abordando enquanto eu tentava tomar café da manhã não era legal. Peguei uma bolsa de mão e a maleta de couro, passei um pouco de batom e saí do quarto.

– Aonde você vai? – perguntou Freddie quando abri a porta da frente.

– Ao Kew Gardens.

– Isso é tão... botânico! – respondeu ele, me acompanhando na descida interminável da escada. – É por prazer?

– Não, eu trabalho lá.

– É jardineira?

– Não, sou cientista.

– É, é, claro que sim. Lembro que você disse isso. Que impressionante!

Eu me perguntei se ele estava zombando de mim, e Freddie deve ter percebido, porque acrescentou um "de verdade" ao fim da frase.

– Eu estudei direito em Cambridge.

– Sério? – perguntei enquanto terminávamos a longa descida e eu abria a porta da rua.

– É, mas na verdade queria ser ator, por isso pensei em tentar a sorte em Londres.

– Certo.

Saímos para a calçada e ele caminhou amistosamente ao meu lado.

– Fiz algumas coisas no rádio e tive um papel pequeno em um teleteatro, mas só isso.

– A vida de ator parece depender mais de sorte do que de talento, pelo que os amigos de Estelle me contaram.

– É verdade – concordou Freddie. – Conheci Andrea por causa do Luzes da Ribalta, lembra?

– Lembro, sim.

– Foi o principal motivo de eu ter ido para Cambridge. Sinto saudades de lá. Você sente? – indagou ele quando chegamos ao ponto de ônibus.

– Também sinto. Agora, se me der licença, esse é meu ônibus e eu preciso ir.

– Claro, Posy. E eu preciso ir para meu apartamento, tomar banho e me arrumar. Vou fazer um teste mais tarde.

– Boa sorte – falei ao entrar no ônibus.

– A que horas você chega em casa? – gritou ele enquanto o cobrador tocava a campainha para o motorista saber que podia partir.

– Em geral, por volta das seis! – gritei de volta.

– Tchau, Posy. Até mais!

Naquele dia não fui tão atenta com os meus desenhos. Mesmo a contragosto, não conseguia deixar de pensar nos lindos olhos de Freddie e em seus cabelos cheios que meus dedos ansiavam por tocar...

– Pelo amor de Deus, Posy – censurei-me enquanto almoçava sanduíches no jardim. – Você está noiva e ele é um ator sem um tostão furado. Controle-se.

No ônibus de volta para casa não pude deixar de fantasiar que ele estaria me esperando junto à porta quando eu chegasse, e me passei outro sermão sério enquanto andava até lá. Mas, para meu choque absoluto, ele realmente estava ali, esperando, bem chamativo (e absolutamente lindo) com um smoking de veludo azul e um lenço estampado no pescoço.

– Boa tarde, Posy. Vim pedir desculpas por ter entrado no seu quarto ontem à noite – disse ele, e me entregou um buquê de flores meio murchas e um saco de papel pardo. – Trouxe gim e vermute doce. Já tomou *Gin and It*?

– Acho que não – respondi, destrancando a porta.

– Então hoje vai tomar, cara Posy. Estamos comemorando.

– É mesmo?

– Com certeza. Meu teste foi um sucesso! – exclamou ele, subindo a escada atrás de mim. – Ganhei um papel pequeno em uma peça do Noël Coward que vai estrear no Lyric, na Shaftesbury Avenue. Vou ter quatro falas, Posy! Não é maravilhoso?

– É – respondi, me sentindo... Bom, não sabia bem o que estava sentindo, para ser sincera.

Não entendia por que ele estava ali, uma vez que Freddie nunca se interessaria por uma moça como eu, certo...? Chegamos ao patamar minúsculo e eu abri a porta do apartamento. Freddie me acompanhou e examinou a sala de estar, ainda com os restos da farra da noite anterior.

– Meu Deus, isto aqui está uma bagunça. Vou ajudá-la a arrumar.

E ele ajudou, o que achei muito gentil. Depois preparou um *Gin and It* para nós dois.

– Saúde – brindou Freddie. – A mim, seguindo os passos de Olivier.

– A você – falei, e tomei um gole da bebida, que era realmente boa.

– Eu lembro que você disse que nasceu em Suffolk, como eu. Vai lá com frequência?

– Nunca – respondi, suspirando. – Fui embora quando tinha 9 anos.

– É um lugar lindo. Mas, claro, prefiro a fumaça de Londres. Você não?

– Na verdade, não. Gosto de espaços abertos.

– É mesmo?

– É. Quando tiver dinheiro acho que vou me mudar para Richmond, que fica bem perto de Kew e tem um parque maravilhoso.

– Nunca fui. O que acha de fazermos um piquenique lá amanhã?

– Eu... Bem... – disse, vermelha, sem saber o que responder.

– Está muito ocupada? Ou quer me dizer para deixá-la em paz?

Eu sabia que era o momento de contar que estava noiva. Teria sido muito mais fácil e claro se eu tivesse um anel no dedo. Mas o fato de passar tanto tempo com a mão na terra significava deixar o lindo anel de noivado em segurança em uma caixa na gaveta do criado-mudo. Fiquei em um dilema angustiante, a Posy "boa" me encorajando a dizer o que deveria, e a Posy "má" se recusando a me deixar abrir a boca.

– E então? – perguntou Freddie, me olhando fixamente.

– Não, não estou ocupada. – Ouvi a voz traiçoeira que, por acaso, era minha. – Seria ótimo.

Depois do meu segundo *Gin and It*, Freddie anunciou que estava com fome e prepararia alguma coisa com o conteúdo escasso do armário. Comemos sardinha com pão e manteiga enquanto Freddie me entretinha com histórias de sua vida em Londres e dos atores famosos que havia conhecido.

– Certo – disse ele, depois de um tempo –, acho que preciso ir, caso contrário perco o último ônibus para casa, em Clapham.

Olhei meu relógio e mal acreditei que já passava das onze horas.

– Eu adorei a noite – comentou ele, levantando-se.

– Eu também – falei, me erguendo, a cabeça girando um pouco por causa do gim.

– E preciso dizer, Posy, que você é absolutamente, absolutamente linda.

Antes que eu me desse conta, Freddie tinha me abraçado e estava me beijando. E foi como o paraíso. Meu corpo reagiu imediatamente, de um modo que nunca havia acontecido com Jonny. E fiquei desapontada quando ele se afastou.

– Agora preciso mesmo ir ou vou passar a noite em um banco de praça – disse ele, sorrindo. – Chego aqui ao meio-dia amanhã. Você leva a comida e eu levo a birita. Boa noite, querida.

– Boa noite.

Assim que ele partiu, eu flutuei até o quarto, tirei a roupa e me deitei na cama, em uma maravilhosa névoa de gim e luxúria. Imaginei os dedos elegantes de Freddie se esgueirando suavemente pelos meus seios, pela barriga... Quando Estelle chegou com o bando de amigos, eu nem me importei, e pelo menos poderia dormir um pouco na manhã seguinte.

– Boa noite, Freddie querido – falei ao fechar os olhos.

Apesar de acordar na manhã seguinte com uma dor de cabeça lancinante e o coração cheio de culpa, sinto vergonha em dizer que nada disso me fez cancelar o piquenique com Freddie. Sentamo-nos na grama seca, tomando vinho sobre uma manta, minha cabeça apoiada no ombro dele.

Não conseguia acreditar em como aquilo parecia natural: eu lembrava que havia demorado meses para Jonny e eu relaxarmos um com o outro. Trocamos muitos beijos e conversamos por horas, e depois de um tempo caímos no sono. Pegamos o ônibus de volta para o apartamento e ele subiu comigo. Como sempre, a bagunça da noite anterior ainda estava lá, mas nós a ignoramos e nos beijamos mais um pouco.

– Posy – disse ele, o rosto contra o meu pescoço –, você sabe que eu adoraria levar você para o quarto e...

– Não, Freddie!

Sentei-me, empertigada, tonta de vinho e de sol, e o olhei, séria.

– Não sou esse tipo de moça.

– E eu respeito. – Ele assentiu. – Só estou dizendo que desejo, que estou louco por isso. Toda vez que fecho os olhos tenho visões de você sentada na cama como uma estátua de Afrodite em alabastro, com apenas um lençol para esconder sua modéstia – disse ele, sorrindo.

– O que você quer comigo, Freddie? Com certeza deve preferir alguma atriz glamorosa em vez de uma cientista sem graça como eu.

– Meu Deus, Posy, você não é nem um pouco sem graça. Parte do motivo para eu me sentir tão atraído é que você não faz ideia de como é linda. Você é tão natural! – exclamou ele, aproximando os lábios dos meus. – É um sopro de ar puro, comparada com as moças que eu conheço...

Afastei-me dele.

– Bom, eu sou diferente delas em muitos sentidos. Você me quer só pelo meu corpo? – perguntei, em um tom de desafio.

– Sem dúvida quero seu corpo, sim, como já admiti. Mas é mais do que isso. Sob essa fachada vazia de ator, por acaso sou uma pessoa muito séria, veja bem. Muitas mulheres que conheço são fáceis, desmioladas. Quando passa a atração inicial, a gente precisa manter uma conversa, não é?

– É, acho que sim.

– E você é tão inteligente, Posy. Adoro ouvir você falar sobre estufas e adubo. Me deixa louco.

Permiti que Freddie me beijasse de novo, tranquilizada pelo que dissera. E quando ele saiu, pensei que o pior que poderia acontecer era ele se aproveitar de mim e me deixar de coração partido. E se eu ia ficar casada com Jonny pelo resto da vida, certamente não tinha problema ter uma aventura antes, tinha...?

O verão se transformou em outono em um piscar de olhos, e meu caso com Freddie continuou. Jonny me escrevia toda semana de sua base de treinamento de cadetes em Aldershot, dizendo que logo teria licença e poderia ir à cidade me ver durante um fim de semana. Ele parecia feliz, falando do regimento para o qual ia entrar – o 7º de Fuzileiros Gurkhas – e de onde "nós" ficaríamos baseados quando ele terminasse os seis meses de treinamento. Ele torcia por algum lugar exótico como a Malásia.

De repente percebi que não tinha pensado bem no futuro; e agora ali estava eu, *nele*, com Jonny treinando para o Exército e eu tendo alcançado meu sonho de trabalhar no Kew. Se me casasse com Jonny, teria que segui-lo aonde fosse, o que implicaria abandonar todos os meus objetivos e ambições. Ao passo que, com Freddie, eu poderia ficar em Londres e seguir minha carreira...

A peça de Freddie havia estreado e fui vê-lo dizer suas quatro falas e aplaudir, entusiasmada, enquanto ele fazia a reverência. Nós nos víamos menos por causa das apresentações à noite, mas sempre passávamos o domingo juntos.

– Você já dormiu com ele? – perguntou Estelle enquanto eu me preparava para encontrá-lo para um almoço no Lyon's Corner House, na Charing Cross Road.

– Claro que não, Estelle – respondi, passando batom diante do espelho acima do sofá da sala.

– Estou surpresa, vocês parecem já ter dormido juntos.

– Como assim?

– Ficam tão à vontade um com o outro.

– Bom, não dormimos.

– Mas você deve querer. Ele é um tremendo gato – disse Estelle, ainda sondando. – O que você vai fazer com o Jonny Exército?

– Eu... não sei.

– Freddie sabe sobre ele? Que você é noiva?

– É... Não, não sabe.

– Sério, Posy – disse Estelle, rindo. – Eu aqui, me preocupando com a minha moral, enquanto você trai seu noivo!

A caminho do almoço com Freddie, pensei no que Estelle dissera. Sabia que ela estava certa. Na minha cabeça, eu tinha conseguido sancionar convenientemente o caso com Freddie simplesmente porque ainda não tínhamos dormido juntos, mas sabia que estava mentindo para mim e para ele. Tinha me apaixonado loucamente por Freddie, essa era a verdade.

Precisava contar a Jonny que estava tudo acabado. Era justo.

E se Freddie deixar você...?

Se deixasse, pensei, eu merecia perder Jonny. Ele era muito bom, gentil e seguro: o perfeito futuro marido. Ficaria arrasado se soubesse que sua noiva estava se comportando daquele jeito.

Depois do almoço disse a Freddie que estava com dor de cabeça, peguei o ônibus para casa e me sentei no quarto para escrever para Jonny. Precisei fazer pelo menos seis rascunhos, porque era muito difícil encontrar as palavras corretas, mas acabei dobrando a carta e colocando no envelope. Então tirei o anel de noivado da caixa, enrolei em algodão e fita adesiva e juntei à carta. Depois de lamber e fechar o envelope, escrevi o endereço da base dele e colei um selo na frente. Antes que pudesse mudar de ideia, fui à caixa do correio e, respirando fundo, joguei o envelope lá dentro.

– Desculpe, Jonny. Adeus.

Três dias depois, fui para a cama com Freddie. E se alguma parte de mim estava preocupada pensando que o rompimento do noivado fora um erro, meus temores foram derrubados pelo que senti com ele. Aconteceu no apartamento de Freddie, em Clapham. Depois ficamos deitados fumando e bebendo *Gin and It*, que tinha se tornado nosso drinque predileto.

– Então você não era virgem – comentou Freddie, sua mão tocando meu seio. – Pensei que fosse. Quem foi o sortudo?

– Freddie, preciso contar uma coisa – falei com um suspiro.

– Desembuche, querida. Eu tenho um rival nos seus afetos?

– Tinha. Eu estava... noiva quando nos conhecemos. De um rapaz chamado Jonny. Ele está treinando para o Exército e, bem, eu escrevi para ele há alguns dias dizendo que o noivado estava terminado. Que não podia me casar com ele.

– Isso teve a ver comigo?

– Teve – respondi honestamente. – Quero dizer, não fique com medo nem nada, está bem? Não estou imaginando que vamos ficar noivos, mas achei que devia contar a ele.

– Você sempre me surpreende – disse Freddie, sorrindo. – E eu pensando que você era toda doce e inocente, e o tempo todo havia outra pessoa.

– É, sei que eu fui horrível e sinto muito. Não vejo Jonny desde que nos encontramos, porque ele está no treinamento. Então não traí você, Freddie.

– E era por isso que não queria dormir comigo?

– Era.

– Bom, de minha parte, fico bem feliz por ele estar fora da jogada e sua moralidade não nos impedir mais – disse ele, e me abraçou com força. – Vamos fazer de novo para comemorar?

Fiquei feliz porque Freddie não pareceu incomodado com a confissão. Tinha ficado preocupada que ele pensasse que o estava pressionando, o que não era verdade. Disse a mim mesma que havia outros motivos para romper o noivado; por exemplo, a ideia de abandonar o trabalho que eu amava para viajar com Jonny. Sendo sincera, sabia que se Freddie me pedisse, eu viajaria com ele até o fim do mundo sem pensar duas vezes.

Depois daquela primeira vez maravilhosa, praticamente fui morar com Freddie. Esperava por ele depois da peça e fazíamos amor até de madrugada antes de eu dormir nos seus braços. O estranho era que, mesmo dormindo muito pouco, eu me sentia totalmente revigorada ao acordar para ir para o Kew. Tinha lido incontáveis romances quando era mais jovem e só agora entendia o que os escritores expressavam neles. Nunca tinha sido tão feliz.

Em meados de outubro dei minha passada semanal na Baron's Court para pegar uma muda de roupa e a correspondência. À minha espera no quarto havia um grosso envelope de pergaminho com carimbo da Itália.

Mamãe, pensei enquanto o abria.

> *Ma chère Posy,*
> *Faz muito tempo desde que escrevi pela última vez e espero que me perdoe por isso. A vida andou muito movimentada com o casamento de um dos filhos de Alessandro. Parabéns pela formatura em Cambridge. Sinto orgulho de ter uma filha tão inteligente.*
> *Posy, eu e Alessandro vamos a Londres no início de novembro e eu adoraria vê-la. Estaremos hospedados no Ritz entre o dia 1º e o dia 9, de modo que, por favor, telefone avisando quando você poderá ir. Quanto tempo faz, então diga que irá ver sua mãe e conhecer o marido dela.*
> *Com todo o amor,*
> *Mamãe*

Fiquei olhando a carta, pensando que fazia mais de treze anos desde que vira mamãe pela última vez. Para todos os efeitos, ela tinha me abandonado. E ainda que meu lado adulto e sensato percebesse que a estabilidade de vovó e da Cornualha tinham sido o melhor para mim, em vez de ficar rodando pela Europa enquanto crescia, meu lado emocional ainda se ressentia com mágoa e raiva, como qualquer criança abandonada pela mãe.

No ônibus de volta para Clapham fiquei pensando se deveria conversar sobre isso com Freddie, e decidi que não. Não suportaria a ideia de vê-lo sentindo pena de mim, por isso não falei nada. Quando cheguei em casa ele notou que eu estava desatenta.

– O que foi, querida? Dá para ver que tem alguma coisa errada.

– Não é nada, Freddie; estou com dor de cabeça, só isso.

– Então venha cá e me deixe cuidar de você.

Fui para os braços dele e me senti reconfortada.

– Sabe, querida, andei pensando se não deveríamos alugar um apartamento juntos. Esta cama de solteiro está ficando muito irritante, não acha?

Olhei para ele.

– Está sugerindo morarmos juntos?

– Não fique tão chocada. Já moramos juntos, só que não oficialmente.

– Meu Deus, Freddie, não sei o que minha avó diria se soubesse. Quero dizer, é um pouco impróprio, não é?

– Estamos na década de 1950, Posy, um monte de gente faz isso, garanto. Quero ter uma cozinha decente onde você possa fazer todas aquelas refeições deliciosas das quais vive falando.

– Posso pensar um pouco?

– Claro que pode – respondeu Freddie, e me beijou no rosto.

– Obrigada.

De qualquer modo, à medida que o Natal de 1958 se aproximava, minha vida não podia ser mais plena. Parecia não haver uma parte de mim que não estivesse satisfeita; eu tinha meu trabalho maravilhoso e tinha Freddie, que preenchia todos os meus pensamentos, todo meu corpo e meu coração. A felicidade que eu sentia era quase assustadora, porque ela certamente não podia durar para sempre, podia?

Flutuando na minha nuvem de felicidade, decidi que deveria ver mamãe quando ela estivesse em Londres, nem que fosse apenas por cortesia. Assim, na semana em que ela disse que estaria na cidade telefonei para o hotel Ritz e transferiram a ligação para a empregada dela. Falei que poderia me encontrar com mamãe para tomar chá no sábado seguinte. Depois fui à Swan & Edgar, na Regent Street, e comprei um conjunto elegante que poderia usar de novo em qualquer outra ocasião.

Quando entrei no Ritz, alguns dias depois, minhas pernas pareciam feitas de algodão e meu coração batia forte.

– Em que posso ajudá-la, senhorita? – perguntou o maître que montava guarda no salão suntuoso onde o chá era servido.

– Estou procurando o conde e a condessa d'Amici.

– Ah, sim, senhorita, eles estão à sua espera. Siga-me.

Enquanto o maître me guiava por entre os hóspedes bem-vestidos que bebericavam chá e comiam sanduíches finos, meus olhos percorriam todo o ambiente tentando encontrar minha mãe antecipadamente. E lá estava ela, o cabelo louro preso em um coque elegante, a maquiagem perfeita. Não tinha mudado absolutamente nada, a não ser por um colar triplo de pérolas no pescoço e uma quantidade imensa de diamantes nos dedos e no pulso. Estava sentada perto de um diminuto homem careca que, aos meus olhos, parecia ter o dobro da idade dela. Mas talvez mamãe estivesse apenas excepcionalmente bem conservada.

– Posy minha querida, gostaria de lhe apresentar Alessandro, seu padrasto.

– *Cara mia*, você é ainda mais bela do que sua mãe disse. É uma honra conhecê-la.

Alessandro se levantou e segurou minhas mãos, e fiquei surpresa ao ver lágrimas em seus olhos. Eu tinha decidido não gostar dele, mas sua gentileza era palpável, e vi como ele claramente adorava minha mãe.

Enquanto eu mordiscava sanduíches de pepino e tomava uma taça de champanhe após outra, Alessandro me regalou com histórias da vida na Itália, de seu palácio e dos cruzeiros de verão na costa amalfitana.

– Sua mãe é... qual é mesmo a palavra?... marrravilhosa! Ela traz luz e alegria à minha vida!

Baixei os olhos para meu chá enquanto ele beijava a mão dela. Mamãe sorriu e eu percebi que não me lembrava de tê-la visto sorrindo assim na Admiral House.

– Você precisa ir nos visitar! – disse mamãe assim que os garçons retiraram os pratos. – O Natal no palácio é lindo, e no próximo verão vamos passear de barco pelo litoral e mostrar a você as maravilhas da Itália.

– Não sei se vou poder me afastar do trabalho – falei, evitando me comprometer.

– Você certamente deve ter férias – disse ela. – Eu... – começou mamãe, então se virou para o marido. – *Amore mio*, pode me dar um momento a sós com minha filha?

– *Si, certo.*

Com um último beijo na mão dela, Alessandro deixou o salão de chá. Assim que ficamos a sós, ela se inclinou para mais perto.

– Posy, eu sei que perdi muito de sua vida...

– Mamãe, eu entendo, não precisa...

– Não. Preciso, sim – disse ela, com firmeza. – Você se tornou uma mulher linda, inteligente e forte, e eu lamento ter tido pouco a ver com isso. – A voz dela embargou. – Eu gostaria de lhe explicar tantas coisas, mas... – Ela balançou a cabeça. – O tempo passou e não adianta olhar para trás – concluiu mamãe, e deu um tapinha na minha mão. – *Chérie*, por favor, considere ir à Itália para o Natal, está bem?

Saí do Ritz meio tonta, depois do champanhe, me perguntando se teria mesmo avaliado mal minha mãe; ela fizera uma cena tão boa que fiquei genuinamente com pena. Levou o tempo da viagem de ônibus até em casa para que o encanto passasse e eu percebesse que de novo ela estava me manipulando. E que eu havia caído direitinho. Ela não tinha perguntado quase nada da *minha* vida, a não ser o básico sobre onde eu morava e trabalhava. Ainda que eu estivesse disposta a contar sobre Freddie e meu amor por ele, o assunto não surgiu. Ela estivera ocupada demais descrevendo sua vida glamorosa de passeios pela Europa com Alessandro para vários eventos chiques. Precisando de uma noite sozinha, liguei para Freddie e disse que ia dormir no meu apartamento, e me sentei no quarto tomando um chá para tentar ficar sóbria e pensar.

E, enquanto pensava, meu coração começou a endurecer de novo. Decidi que não passaria o Natal no palácio nem me juntaria a eles na Itália no verão seguinte... Mamãe não estava tentando *me* recompensar, estava tentando *se* sentir melhor sobre ter me abandonado.

– Você sobreviveu aos últimos treze anos sem ela, Posy. Pode sobreviver aos próximos – falei, enxugando as lágrimas com raiva.

Houve batidas à porta e Estelle enfiou a cabeça no quarto.

– Você está bem, Posy?

Dei de ombros.

– Posso ajudar em alguma coisa?

– Pode. Você acha que é possível deixar de amar um pai ou uma mãe? Quero dizer: mesmo se eles fizerem coisas horríveis, a gente continua amando?

– Meu Deus, Posy, essa é profunda – disse Estelle, vindo se sentar ao meu lado na cama. – Andrea seria mais capaz de ajudar, já que tem um diploma em inglês.

– O amor não é uma coisa técnica, é? Não é algo que a gente possa quantificar. Ele só... *é*.

– Sim, você tem razão, claro. E, quanto à sua pergunta, realmente não sei, Posy. Quero dizer, eu adoro meus pais, portanto nunca precisei pensar nisso, mas no fim das contas acho que a gente pode escolher os amigos, mas não a família. A gente não *precisa* gostar deles, mas, quando se trata de amor, ainda mais pela mãe, talvez ele só exista para sempre, por mais que ela seja ruim pela gente. É incondicional, não é?

– Acho que é. O que é uma pena, porque eu preferiria não amar a minha mãe.

– Então o encontro foi difícil?

– Não. Foi perfeito – eu falei, sorrindo. – E esse foi o problema. Só não quero me decepcionar com ela de novo. E se ela acha que pode entrar na minha vida outra vez depois de todos esses anos... Ela pediu que eu fosse fazer compras com ela amanhã!

– Bom, talvez valha a pena, Posy. Pelo que você disse, ela tem um montão de dinheiro.

Estelle, sempre pragmática, deu um sorrisinho.

– Não quero ser comprada, Estelle, e é isso que ela pretende. E aí ela vai pensar que fizemos as pazes e que tudo está bem.

– Eu entendo. A boa notícia é que ela mora na Itália e não vai aparecer com frequência. Longe dos olhos, longe do coração, não é?

– Então você não acha que eu estou sendo grosseira?

– De jeito nenhum. Ela a abandonou quando você tinha acabado de perder seu pai. Alguns vestidos bonitos depois de treze anos não compensam isso.

– Obrigada, Estelle – falei, virando-me para ela. – Ela me deixou toda culpada por não aceitar imediatamente o convite para ir visitá-la.

– Não se sinta culpada, Posy. *Ela* é que deveria ser a adulta, não você. Agora preciso sair. Tenho um encontro! – disse Estelle com os olhos brilhando.

– Você parece empolgada. É o primeiro bailarino do Covent Garden?

– Não, e é por isso que eu *estou* empolgada. Acredite ou não, ele tem um emprego de verdade. Faz alguma coisa com ações na City. Usa um terno que eu obviamente estou louca para arrancar, mas tenho a sensação de que ele é todo respeitoso.

– Está dizendo que ele é normal?

– Deliciosamente normal – comentou Estelle, e riu enquanto seguia para a porta. – Vou pegar meu vestido mais discreto.

– Conte tudo na próxima vez que a gente se encontrar! – gritei.

– Pode deixar!

– E quais são seus planos para o Natal, Posy? – perguntou Freddie enquanto tomávamos chá no intervalo entre a matinê e a apresentação da noite de sábado.

– Vou para a casa de minha avó na Cornualha como sempre. E você?

– Ah, acho que vou para a casa da minha mãe, para o sofrimento de sempre. Eu contei que ela sofre dos nervos, não contei? E por acaso o período de Natal e ano-novo é particularmente difícil. Pelo menos este ano eu tenho uma desculpa genuína! Só preciso passar três dias lá, já que temos apresentações até o ano-novo.

Freddie não falava muito sobre sua vida familiar nem sobre sua infância (que eu tinha percebido que havia sido difícil, pelo pouco que ele contara). Assim, apesar de eu ter falado em verso e prosa sobre meu pai e como ele tinha sido maravilhoso comigo antes de morrer na guerra, não entrei em muitos detalhes sobre minha infância. Quando tocávamos no assunto, ele sempre dizia que o passado era irrelevante e que deveríamos olhar para o futuro. O que para mim estava ótimo.

– Então você não teria tempo de ir à Cornualha?

– Infelizmente não, mas adoraria. Seus Natais parecem maravilhosos.

– Ah, não são nada de mais, Freddy, só muito... natalinos, acho. E eu realmente gostaria que você conhecesse a vovó.

– Prometo que vou assim que esta temporada maldita acabar – disse Freddie com um suspiro. – Estou farto, Posy, de verdade. Ficar horas no camarim só para dizer minhas quatro falas. E tenho certeza de que aquele ator desgraçado do qual eu sou substituto decidiu não ficar doente de propósito. Todo mundo do elenco pegou gripe, menos ele. Eu estava contando com a chance de levar uns agentes para me ver fazendo o papel.

– Bom, pelo menos você está empregado, o que já é alguma coisa.

– É, e ganhando praticamente nada – acrescentou ele, de mau humor. – Sério, Posy, estou pensando em jogar a toalha e ir para a faculdade de direito em setembro se nada mudar nos próximos meses. Quero dizer: não dá para viver à base de sardinha, não é?

– Eu tenho meu salário, Freddie, e a gente se vira, não é?

– É, mas mesmo eu gostando de fingir que sou a favor da igualdade e que não importa quem ganha o dinheiro, não me sinto confortável em ser sustentado.

– Epa! – falei, e sorri para ele. – Aí está aquele sopro de tradicionalismo de novo.

– É, eu admito. Fiz minha incursão no mundo do teatro e pelo menos posso dizer que tentei. Mas hoje de manhã mesmo estava pensando: o que é um advogado senão alguém que se apresenta diante de uma plateia? A diferença é que são muito bem pagos e podem até fazer algum bem para o mundo. Na verdade, representar é a profissão mais vazia que existe, não é? Quero dizer, é um negócio puramente egoísta.

– Acho que sim, mas proporciona prazer aos outros; tira as pessoas da triste realidade durante algumas horas.

– Você tem razão. Talvez eu só esteja ficando velho, mas um dia gostaria de lhe dar uma bela casa e ganhar o suficiente para ter uns dois filhos.

Baixei os olhos para que ele não visse minha expressão de alegria. Não conseguia pensar em nada que eu quisesse mais do que me casar com Freddie e passar o resto da vida com ele. Tinha até me pegado olhando vestidos de noiva em revistas femininas.

– Nós nos daríamos muito bem juntos, não é?

Levantei os olhos e ele sorriu para mim.

– Acho que sim. Mas você... você nunca me faria parar de trabalhar, não é?

– Claro que não! Quero dizer, obviamente esperaria que você tirasse uma ou duas semanas de férias se tivermos filhos, e eu teria que ganhar muito mais do que você, claro, mas...

Dei um soco de brincadeira no braço de Freddie, sabendo que ele estava me provocando. Ele olhou o relógio.

– Certo, é melhor eu voltar para a cela do meu camarim antes da chamada de meia hora. Tchau, querida, vejo você mais tarde no apartamento.

Observei-o passando entre as mesas e vi duas mulheres reparando nele. Freddie era mesmo extraordinariamente bonito e eu me perguntei, pela enésima vez, como tinha conseguido conquistá-lo.

– Ele é perfeito – murmurei.

Então decidi andar pela Regent Street e olhar as vitrines de Natal. A rua estava apinhada de pessoas fazendo o mesmo, e os vendedores de castanhas assadas atraíam uma grande freguesia.

– Esta noite eu adoro a minha vida – falei para uma castanha antes de jogá-la na boca, depois corri para o ônibus que me levaria de volta ao apartamento de Freddie, em Clapham.

A noite anterior à ida de trem para a Cornualha foi agridoce. Apesar de estar ansiosa para encontrar vovó e Daisy, percebi que Freddie e eu mal havíamos passado uma noite separados nos últimos quatro meses. Freddie chegou do teatro e se juntou a mim na cama, e fizemos amor quase que com uma paixão extra.

– Meu Deus, vou sentir tanto a sua falta – disse ele, acariciando meu cabelo enquanto eu ficava deitada em seus braços. – Posy querida, quer se casar comigo? – sussurrou no meu ouvido.

– Eu... Está falando a sério?

Virei a cabeça para olhá-lo à luz tremeluzente da vela.

– Claro que estou! – exclamou Freddie, parecendo afrontado. – Eu não brincaria com uma coisa dessas. E então?

– Então é assim? Não vai se ajoelhar? – impliquei, com o coração explodindo no peito de tanta empolgação e tanto amor.

– Se é isso que a madame exige, tudo bem.

Fiquei olhando enquanto ele suspirava, saía da cama e se ajoelhava diante de mim. Freddie segurou minha mão e me olhou sentada no colchão.

– Querida Posy, eu...

– Como essa é uma proposta formal, acho que você deveria usar meu nome de verdade.

– Que nome de verdade? – perguntou ele, franzindo a testa.

– O que está na minha certidão de nascimento, claro. Posy é só um apelido.

– Certo. E qual é o nome que está na sua certidão?

– Adriana Rose Anderson.

– Adriana Anderson?

Ele desviou os olhos de mim, parecendo confuso.

– Eu sei, é horroroso. Infelizmente recebi o nome da minha mãe. Mas você só vai precisar me chamar assim duas vezes. Uma agora e outra no dia do casamento. Então...

Freddie voltou a me encarar, depois deu de ombros de um jeito que pareceu um tanto desolado.

– Bom... Acho que você tem razão, Posy. Eu devia fazer isso do jeito certo. Usando alguma roupa, sabe? – comentou ele, então riu nervosamente e se levantou.

– Ah, Freddie, eu só estava brincando. Não precisa me chamar pelo meu nome verdadeiro nem nada.

– Não. Quando você voltar para o ano-novo eu... arranjo alguma coisa.

Ele subiu na cama e eu soprei a vela, me aninhando em seus braços.

– Você parece incomodado, querido – sussurrei.

– Não, de jeito nenhum. Só estou cansado depois de duas sessões da peça.

Quando eu estava começando a pegar no sono, ele perguntou:

– Posy? Qual era o nome da casa onde você morou na infância, em Suffolk?

– Admiral House – murmurei, sonolenta. – Boa noite, Freddie.

Era maravilhoso estar em casa com vovó, na Cornualha, e o Natal aconteceu do modo tradicional.

– E então, quando vou conhecer esse seu Freddie? – perguntou vovó depois que o mencionei pela enésima vez em alguma conversa.

– Quando ele terminar a temporada da peça em Londres. Ele está ansioso para conhecê-la.

– Bom, é óbvio que você está caidinha, Posy. Claro que me preocupo um pouco com o fato de ele ser ator, e tudo que isso implica. Não é a profissão mais confiável, certo?

– Freddie já falou que está pensando em ir para a faculdade de direito em setembro. Ele quer me sustentar, então não se preocupe, vovó, por favor.

– Então você acha que ele vai oficializar as coisas, Posy?
– Ah, sim, já conversamos sobre isso. No fundo ele é bem tradicional.
– E você nunca se arrependeu de ter rompido o noivado com Jonny?
– Ah, não, vovó. Nunca.
– Ele era um homem muito bom, Posy. Seria um excelente marido.
– Freddie também vai ser.
– Se ele fizer o pedido.
– Vovó, ele já fez. Pelo menos não oficialmente.
– Desculpe, Posy. Eu só me preocupo um pouco que você tenha dispensado Jonny e acabe se arrependendo. Entendo perfeitamente como uma nova paixão domina a gente. Mas, do meu ponto de vista, o devagar e sempre costuma vencer a corrida.
– Vovó, só porque Freddie está tentando a carreira de ator isso não significa que ele seja um boêmio volúvel. Você vai entender quando conhecê-lo, prometo. Agora preciso ir para cama antes que o Papai Noel chegue – falei, sorrindo, e me levantei para beijá-la. – Boa noite, vovó querida.

Passei todo o dia de Natal esperando que Freddie me telefonasse, como prometera, mas por algum motivo ele não telefonou. Achei que fosse um problema na companhia telefônica, sabendo que muitos telefonemas estavam sendo feitos em todo o país e nossa linha nunca fora confiável.
– Ele vai telefonar amanhã, tenho certeza – me reconfortei enquanto ia dormir naquela noite.
Na manhã do dia 26, fui visitar Katie na casinha onde ela morava com o marido e os dois filhos.
– Eles são tão lindos.
Sorri enquanto Mary, com cerca de 2 anos, subia no meu colo e Katie dava de mamar ao recém-nascido, Jack.
– Não acredito que você já tem dois. Não me sinto com idade para ser mãe.
– Bom, faz parte do pacote, não é? – comentou Katie, e deu de ombros. – Meu Deus, é um trabalho pesado. Eu só queria uma noite de sono.
– Thomas ajuda com as crianças?
– Está brincando? – disse ela, revirando os olhos. – Ele fica no bar na maioria das noites.

Enquanto voltava para casa, pensei que Katie não era exatamente uma propaganda ambulante da maternidade. Seu cabelo, geralmente imaculado, estava oleoso e tinha sido preso com um elástico, e ela usava roupão às onze da manhã.

Espero nunca ficar assim quando Freddie e eu tivermos filhos, pensei entrando em casa e indo até a cozinha, onde Daisy fazia seu tradicional cozido de sobras.

– Alguém me ligou enquanto eu estava fora, Daisy?

– Não, Srta. Posy. Sinto muito.

– Ah, tudo bem. Quer que eu faça alguma coisa?

– Não, está tudo sob controle, obrigada.

Vovó recebeu o vigário e a esposa para o almoço, mas eu estava distraída, imaginando por que Freddie não tinha telefonado para me desejar feliz Natal atrasado. Então comecei a me preocupar imaginando que ele podia ter sofrido algum acidente, que poderia estar em algum hospital, sofrendo sozinho...

– Vovó, será que eu posso telefonar para o apartamento do Freddie em Londres? Estou preocupada, não recebi notícias dele.

– Claro, querida – concordou vovó.

Peguei minha caderneta de endereços e disquei o número com as mãos trêmulas. Era um telefone comunitário, que servia aos três apartamentos da casa convertida e ficava no corredor.

– Por favor, alguém atenda – sussurrei, só querendo saber se ele estava bem.

– Alô, aqui é Clapham 6951.

– Alô, é Alan?

– É, sim.

– Alan, sou eu, Posy – falei ao rapaz que dividia o apartamento com Freddie. – Freddie está?

– Não, Posy, achei que você sabia que ele ia passar uns dias com a mãe. Deve voltar depois da peça, hoje à noite.

– Entendi. É só que fiquei meio preocupada achando que alguma coisa podia ter acontecido, porque não tive notícias dele. Você pode deixar um recado para ele me telefonar assim que chegar? Diga que não importa se for tarde.

– Digo, Posy. E tenho certeza absoluta de que ele está bem. Você sabe como são os Natais.

– Sei, sim. Obrigada, Alan. Até mais.

– Tchau, Posy.

Desliguei o telefone me sentindo uma idiota. Claro que nada havia acontecido com Freddie; ele provavelmente estava ocupado com a mãe. Pelo menos teria notícias mais tarde. Aliviada, fui jogar cartas com vovó.

Apesar de ter ficado acordada até bem depois da meia-noite, sentada no primeiro degrau da escada diante da mesa onde ficava o telefone, para não perder a ligação, o aparelho permaneceu resolutamente silencioso.

Enquanto subia de volta ao quarto, arrasada, pensamentos sombrios e terríveis preenchiam minha cabeça. Freddie nunca havia deixado de retornar um telefonema. Depois de uma noite insone eu soube que só havia uma coisa a fazer. Quando vovó desceu para o café da manhã eu estava com a mala arrumada e pronta para ir até a estação de trem.

– Sinto muito, vovó, mas uma amiga foi internada em um hospital em Londres e eu realmente preciso ir vê-la. Parece que ela está à beira da morte – menti.

– É mesmo? Eu não ouvi o telefone tocar ontem à noite nem hoje de manhã.

– Então fico feliz por não ter incomodado a senhora.

– Você vai voltar para o ano-novo?

– Vai depender do estado da minha amiga. Aviso assim que puder. Agora preciso ir, se quiser pegar o trem das nove. Tchau, vovó, espero ver a senhora em breve.

– Boa viagem, Posy querida – desejou ela enquanto eu saía correndo pela porta.

Lá fora, Bill já havia ligado o velho Ford e posto minha bagagem no porta-malas.

Eu sabia que vovó não tinha acreditado em mim, mas não podia fazer nada. Não importava o que tivesse acontecido com Freddie, eu simplesmente não suportaria passar mais cinco dias sem saber.

Quando o trem entrou na estação de Paddington, eu peguei o metrô até Baron's Court e me arrastei pelos muitos degraus até o apartamento, para deixar a mala pesada e tomar um banho antes de ir à casa de Freddie.

Obviamente Estelle tinha dado uma festa na noite anterior, já que os detritos reveladores continuavam na sala. Ignorei-os, usei o banheiro e depois fui para o quarto.

Ali, no meu travesseiro, havia um envelope. Reconheci imediatamente a letra de Freddie. Meus dedos tremiam tanto que eu mal consegui abri-lo. Com lágrimas já brotando nos olhos, comecei a ler.

> *Querida Posy,*
>
> *Vou tentar ser direto. Quando a pedi em casamento, pouco antes da sua ida para a Cornualha, você percebeu que depois fiquei bastante estranho. Talvez dizer aquelas palavras tenha me feito perceber que nós simplesmente não estamos destinados a ficar juntos. Apesar de eu ter pensado que estava pronto para sossegar e me comprometer com o casamento e a vida doméstica, descobri que não estou. Posy, não é você, sou eu, garanto. Pelo seu bem, quero que acredite que não há nenhuma chance de futuro para nós.*
>
> *Desculpe se pareço rude, mas quero garantir que você me esqueça logo e encontre outra pessoa que realmente a mereça. Também não vou pedir seu perdão, porque eu não o mereço.*
>
> *Desejo-lhe uma vida longa e feliz.*
>
> *Freddie*

Minha respiração estava acelerada, o coração bombeando feito louco para fornecer oxigênio suficiente. Pus a cabeça entre as pernas para tentar controlar a tontura antes que eu desmaiasse.

Sem dúvida era alguma piada de mau gosto, não era? Nenhuma palavra soava como o Freddie que eu conhecia e amava. Era como se um demônio maligno e impostor tivesse se apossado de sua alma, forçando-o a escrever as palavras frias e insensíveis naquela página. Eu podia ler cem mil vezes e sabia que não encontraria nenhum calor nelas. Ele podia muito bem ter escrito apenas *não te amo mais*.

Assim que a tontura passou, me deitei fraca no travesseiro, chocada demais para chorar. Simplesmente não entendia, não *podia* entender o que acontecera nos poucos minutos entre fazer amor e o pedido de casamento, até o comportamento estranho que veio em seguida. A única explicação era que, ao colocar a ideia em palavras, ele tivesse percebido que o que sentia não era amor. *A não ser que ele tenha conhecido outra pessoa*, pensei com outra pontada de dor no coração.

Sim. Era a única explicação para aquela mudança. Seria aquela atriz jovem e bonita da peça? Eu tinha certeza de que a vira lançando olhares de admiração para Freddie quando saímos com o elenco para tomar uma bebida, depois da apresentação. Ou talvez a aderecista de cabelo preto, delineador e batom vermelho...

– Pare com isso, Posy – murmurei, balançando a cabeça no travesseiro.

Qualquer que fosse o motivo, as palavras na página diziam que nosso caso estava categoricamente terminado e que o futuro que tinha sido meu três dias antes pendia em farrapos ao meu redor.

Fiquei de pé, peguei a carta e a amassei com raiva. Depois a levei até a sala, segurando-a com as pontas dos dedos, como se pudesse me machucar mais ainda. Joguei-a na lareira, peguei um fósforo e a observei virar cinza na grade.

Talvez eu pudesse fingir que não a recebera, aparecer na porta de serviço do teatro como se nada tivesse acontecido...

Não, Posy, então você teria que ouvi-lo dizer as mesmas palavras que escreveu, e isso doeria mais ainda...

Entrei na cozinha para ver o que poderia aproveitar da festa da noite anterior. Peguei um copo e servi uma grande dose da garrafa de gim, acrescentei o que restava do vermute e engoli de uma vez. Servi mais um pouco – qualquer coisa para entorpecer a dor – e depois mais um pouco. Uma hora depois, despenquei na cama com a cabeça girando, e logo me inclinei na beirada e vomitei por todo o chão. Nem liguei, porque nada mais me importava. Meu futuro dourado com o homem que eu amava jamais aconteceria. E nada nunca mais importaria.

Dezembro
Admiral House

Azevinho
(Ilex aquifolium)

31

Quando Posy chegou em casa na tarde após a prisão de Sam, exausta pela noite insone e um dia movimentado na galeria, encontrou um envelope na mesa da cozinha embaixo do champanhe. Sentou-se para abri-lo.

Querida Posy,

O primeiro rascunho do livro está pronto, então terminei o que vim fazer na Admiral House. Peço mil desculpas por partir sem me despedir pessoalmente, mas infelizmente meus compromissos me exigem. Junto está o aluguel até o fim de dezembro, com um pouco mais por todas as garrafas de vinho que você tão gentilmente compartilhou comigo. Coloquei meu endereço e número de telefone no cabeçalho da carta. Por favor, se algum dia estiver em Londres, me procure e eu a levarei para almoçar e pôr as novidades em dia.

Posy, você é uma mulher muito especial. Merece toda a felicidade e sua família tem muita sorte em tê-la. Apenas lembre-se de às vezes se colocar em primeiro lugar, está bem?

Com muito amor e gratidão,

Sebastian

P.S.: Vou lhe mandar uma cópia adiantada do meu romance. Talvez você reconheça partes da sua casa linda!

Posy tirou o dinheiro do envelope e viu que Sebastian tinha deixado pelo menos o dobro do que devia. Lágrimas ardiam no fundo de seus olhos. Além de sentir uma falta terrível dele, ficou surpresa por Sebastian ter saído tão depressa, sem aviso.

Enquanto colocava a chaleira no fogo, sentiu que a atmosfera da casa já mudara. Ainda que Sebastian passasse boa parte do tempo no andar de cima, a presença de outra pessoa havia sido palpável. Estava sozinha de novo. Normalmente ficaria bem: afinal de contas, a casa tinha sido só dela por muitos anos. Só que naquela noite, depois do que acontecera com Sam e das manchas na parede do torreão do jardim, não estava apenas sozinha. Estava solitária. E precisava de alguém para conversar. Depois de um rápido telefonema, pegou a torta de carne que tinha feito mais cedo para o jantar de Sebastian e a garrafa de champanhe, saiu de casa, foi até o carro e partiu para ver Freddie.

– Entre, querida – disse ele, gesticulando.

– Obrigada, Freddie. Trouxe uma torta de carne. Só precisa ser aquecida no forno.

– Que maravilha! – comentou ele, sorrindo e pegando a torta. – Eu ia comer ovos mexidos com torradas.

– Não estou incomodando, estou? – perguntou Posy acompanhando-o até a cozinha.

– De jeito nenhum – negou Freddie, e olhou a garrafa de champanhe. – Estamos comemorando?

– Infelizmente, não. Foi um presente de despedida do Sebastian. Ele decidiu ir embora de repente.

– É mesmo? Fico surpreso. Ele parecia um homem tão tranquilo. Mas acho que, com esses artistas, a gente nunca sabe. Vamos abrir?

– Por que não? – indagou Posy, suspirando. – Tenho certeza de que serve tanto para lamentar quanto para comemorar.

– Bom, eu abro a garrafa enquanto você coloca a torta no forno. Depois você pode contar o que aconteceu.

– É Sam, Freddie. Ele foi preso ontem à noite no Victoria Hotel, em Norfolk, acusado de fraude.

– Entendo – disse Freddie, esperando que seu rosto não revelasse que já soubera da notícia por Sebastian.

Pegou duas taças de champanhe no armário.

– Ele saiu sob fiança – continuou Posy –, e o advogado acha que, se estiver disposto a entregar provas contra o ex-sócio, talvez não seja acusado, mas quem decide é o juiz.

– Não fique tão ansiosa, Posy. Quando me aposentei, o tempo de análise de processos criminais como esse era de meses. Esse sócio dele... era desonesto, é?

– Obviamente. Não sei dos detalhes, mas o fato é que, além de meu filho ter sido preso, a venda da Admiral House desceu pelo ralo. Obrigada, Freddie – disse ela quando ele lhe entregou uma taça. – Não sei a que devo brindar.

– À vida, talvez? Ao fato de que, apesar de tudo, ninguém morreu ontem e, pelo jeito, Sam vai se livrar com uma dispensa do juiz. Não há espaço na cadeira para todos os pequenos criminosos, Posy.

– Meu filho, um criminoso – comentou Posy, e estremeceu. – Ele vai ficar com a ficha suja?

– Pode ficar, sim, mas não adianta pensar nisso agora. Ainda falta muita coisa. A você, Posy – brindou Freddie, e tomou um gole.

Comeram a torta sentados à mesa da sala, e Posy notou que Freddie estava mais silencioso do que o normal.

– Café? – perguntou ele.

– Sim, obrigada.

Levaram as xícaras para a sala de estar e se sentaram diante da lareira.

– Está tudo bem, Freddie? Você parece... esquisito.

– Pareço, não é? Bom, talvez porque eu esteja mesmo.

– Pode dizer por quê?

Ele a encarou com os olhos cheios de tristeza.

– Posy, eu... Bom, como é que eu posso dizer? Preciso lhe contar uma coisa. Eu adiei e adiei, esperando o momento certo, mas acho que não posso segurar mais. É uma coisa que talvez eu devesse ter contado há cinquenta anos, mas agora não parece mesmo um bom momento.

– Meu Deus, Freddie, você está tão sério. Se tem a ver com alguma outra garota daquela época, por favor, não se preocupe. Já faz bastante tempo.

– Não, Posy. Infelizmente para nós dois, não é nada disso.

– Então desembuche, por favor. Só tenho tido notícias ruins ultimamente, por isso duvido de que mais uma fará diferença.

Freddie se levantou e foi até Posy, estendendo a mão para ela.

– Infelizmente acho que essa pode fazer. E, antes de contar, porque realmente não existe uma boa hora para isso, quero que saiba que eu amava você naquela época e amo agora. Só que não aguento mais guardar esse segredo horrível.

– Por favor, Freddie, agora você está me deixando assustada. Apenas fale, está bem?

– Certo.

Freddie voltou para sua poltrona e tomou um gole de conhaque antes de dizer:

– É sobre seu pai, Posy.

– Meu pai? – perguntou ela, franzindo a testa. – O que tem meu pai?

– Posy querida, acho que não há outro modo de dizer: seu pai não morreu pilotando um Spitfire, como lhe contaram. Ele... – Freddie lutou para encontrar as palavras. – Bom... ele foi considerado culpado de um assassinato e...

Freddie parou e soltou um suspiro longo e profundo. A cabeça de Posy girava enquanto o encarava.

– O quê, Freddie? Diga logo, pelo amor de Deus.

– Ele foi enforcado pelo crime. Sinto muito, muito mesmo, mas acredite. É a verdade.

Posy fechou os olhos por um momento, ofegante e tonta.

– Freddie querido, acho que você se confundiu. Meu pai foi morto no Spitfire. Ele foi um herói, não um assassino. Eu garanto.

– Não, Posy, foi isso que disseram quando você era pequena, mas é mentira.

Freddie se levantou, foi até a escrivaninha que ficava embaixo da janela e pegou uma pasta de papel em uma gaveta.

– Está tudo aqui – disse ele, e abriu a pasta para pegar uma fotocópia de um recorte de jornal. – Aqui, Posy, olhe.

Posy pegou o papel e viu o rosto do pai, depois a manchete em cima:

LAWRENCE ANDERSON CULPADO DE ASSASSINATO!

– Ah, meu Deus, ah, meu Deus... – disse Posy, e largou o papel, que caiu lentamente. – Não! Não acredito. Por que todo mundo mentiria para mim?

– Aqui, tome um gole de conhaque.

Freddie lhe entregou uma taça, mas ela recusou.

– Não entendo, Freddie. Por que ninguém me contou? – repetiu ela.

– Porque estavam tentando protegê-la. Você só tinha 8 anos. E por tudo que me contou, tanto quando nos conhecemos quanto agora, é óbvio que você o adorava.

– Claro que adorava, ele era meu pai! Era o homem mais gentil do mundo, caçávamos borboletas juntos... Ele não mataria ninguém. Meu Deus! – exclamou Posy, esfregando as mãos. – Por que ele fez isso?

– Foi um crime passional, Posy. Ele conseguiu uma licença no ano-novo de 1944 e foi para casa, fazer uma surpresa para sua mãe. Quando chegou à Admiral House, ele a encontrou com... outro homem no torreão do jardim. Ele pegou uma espingarda de caça no armário lá embaixo e atirou no homem contra a parede, à queima-roupa.

Posy olhou a foto em preto e branco no chão; mostrava seu pai obviamente sendo levado do tribunal, algemado. Ela não conseguia falar nem pensar direito.

– Eu sinto muito mesmo por contar tudo isso, Posy.

– Então por que contou? – questionou ela, encarando-o. – Por que você me contou?

– Eu precisava contar. O homem que ele assassinou... o nome dele era Ralph Lennox. Era meu pai.

Posy fechou os olhos, tentando se acalmar e respirar fundo. Não podia, *não ia* aceitar isso.

Ralph... o nome girou em sua mente, que saltou sessenta anos no passado, até sua infância. E ali estava ele. Tio Ralph, o melhor amigo do seu pai, o homem que lhe trazia chocolate quando visitava sua mãe... o pai de Freddie.

– Posy, você está bem? Por favor, eu sei que é um choque terrível, mas você não vê? Eu precisava contar, se quisermos levar este relacionamento adiante. Eu não... *não pude* contar naquela época. Em retrospecto, talvez eu devesse ter desconfiado quando ouvi seu sobrenome e que você era de Suffolk. Mas estava tão fascinado por você que não percebi nada. Só entendi quem você era quando me disse seu nome verdadeiro, na cama, naquela noite, quando a pedi em casamento. Eu sabia como você adorava seu pai e que achava que ele tinha morrido pilotando o avião em uma missão aérea, então não tive escolha a não ser me afastar. Imaginei que o choque de saber como e por que seu pai tinha morrido a deixaria arrasada, e não suportei a ideia de contar. O que me torna um covarde ou superprotetor... não sei bem – concluiu Freddie, com um suspiro. – Mas não podia me casar com você sem que soubesse. Por favor, Posy, diga alguma coisa.

Posy abriu os olhos e o encarou.

– Não sei como você suporta olhar na minha cara. A filha do homem que matou seu pai.

– Meu Deus, Posy! Isso não teve nada a ver com você, e eu nunca pensei assim, nem naquela época nem agora. Foi só uma reviravolta do destino a gente se reencontrar. Eu... amava você tanto quanto amo agora, e imploro que me perdoe por ter contado a verdade depois de todos esses anos. Quando encontrei você de novo, pensei que já soubesse; morando aqui em Suffolk, na casa onde tudo aconteceu, alguém da cidade contaria, mas obviamente não contaram.

– É, não contaram – disse Posy, então se levantou abruptamente. – Desculpe, Freddie, mas preciso ir para casa. Obrigada por ter contado, e entendo por que você fez isso. Mas realmente preciso ir.

– Claro. Posso levá-la, Posy? Você não está em condições de...

– Deixe, estou bem para dirigir.

– Aqui, por favor, leve a pasta. Quando o choque passar, talvez você queira confirmar o que eu contei.

Freddie a acompanhou até o corredor, onde ela já estava vestindo o casaco, e lhe entregou a pasta.

– Lamento muito, Posy. Não queria fazer você sofrer por nada neste mundo. Espero que saiba disso. Mas eu precisava...

– É – interrompeu Posy, que já havia aberto a porta. – Por favor, me deixe em paz. Boa noite, Freddie.

32

Tammy acordou no segundo sábado de dezembro e percebeu que fazia três semanas que havia descoberto a traição de Nick. Pareciam meses. Apesar de estar atolada de trabalho e de ter acabado de contratar outra ajudante para ficar na loja enquanto ela saía para procurar estoque, não andava sentindo muita alegria com o sucesso crescente do seu negócio. Além disso, sabia que precisava ir a Southwold pegar os vestidos antigos na Admiral House. Mas como podia encarar isso?

– São negócios, Tammy, você vai ter que encarar – disse a si mesma, tentando se concentrar nas tarefas intermináveis da loja naquela manhã.

Armários cheios de roupas vintage não apareciam todo dia e, apesar de ter posto um anúncio na revista *The Lady* para atrair mulheres de certa idade que quisessem vender seus velhos vestidos, o retorno fora baixo. Na noite anterior, enquanto rolava na cama e tentava não pensar em Nick, tivera o que achava ser uma boa ideia: o único vestido que as mulheres costumavam guardar era o de noiva. E se ela abrisse uma sessão de noivas na butique, escolhendo apenas as melhores peças vintage?

– Casamento... rá! – murmurou, tomando um gole do chá que Meena servira e que já estava morno.

Ainda que a contragosto, Tammy estava pasma por não ter recebido nenhuma notícia de Nick. Mesmo não querendo vê-lo – claro que não queria –, tinha pensado que ao menos teria a satisfação de lhe dizer na cara o sacana que ele era. O fato de ele nem ter feito contato apenas piorava a situação, deixando-a com raiva e arrasada ao mesmo tempo.

Também estava um tanto chateada com todas as pessoas que haviam dito que Nick era ótimo, sentindo que de algum modo elas a tinham ajudado a se enganar. Depois do acontecido, Tammy se escondera, sem atender ligações de ninguém que tivesse contribuído com a mentira. Juntara as roupas e as coisas de Nick acumuladas em seu apartamento nos últimos dois meses e pusera tudo em sacos de lixo. Mesmo sentindo vontade de queimar aquilo, decidiu levar os sacos para a butique e deixá-los na porta de Paul e Jane, tocando a campainha para alertá-los e depois partindo rapidamente.

Com o mesmo estado de espírito, respirou fundo e ligou para Posy. O telefone tocou e tocou, e não havia secretária eletrônica para deixar recado. Então Tammy travou os dentes e tentou o celular de Amy.

– Alô, é Sara – disse uma voz aguda.

– Oi, Sara. Sua mãe está?

– Está, mas ela está lavando roupa porque eu derramei ketchup no meu macacão e...

– Alô?

– Amy?

– Sim, quem é?

– Tammy.

– Ah, oi. – A voz de Amy soava opaca e monótona. – Você recebeu meus recados?

– Recebi. Desculpe, eu ando muito ocupada aqui e...

– Não precisa explicar. Eu só queria dizer que falei com Nick naquela noite, depois que você foi embora. Contei que você viu o carro dele na frente da casa de Evie e ele ficou péssimo, se isso servir de alguma coisa.

– Na verdade, não, mas obrigada.

– Você teve notícias dele? – perguntou Amy baixinho.

– Não, e não quero falar disso.

– Eu entendo.

– Na verdade liguei porque preciso falar com Posy sobre as roupas da mãe dela. Ela deve se mudar logo, não é?

– Não, não vai. A venda da casa furou, Tammy. Não vai acontecer.

– Ah... O que houve?

– É... uma longa história.

Tammy ouviu Amy suspirar. Parecia tão deprimida quanto ela.

– Você está bem?

– Não muito, mas deixa para lá.

– Bom, se eu conseguir falar com Posy sobre pegar os vestidos, por que não marcamos um almoço?

– Eu gostaria – respondeu Amy com voz fraca.

– Posy está na Admiral House?

– Acho que sim. Entre uma coisa e outra, faz mais de uma semana que não a vejo. Vou ligar para ela também, e se não tiver resposta dou um pulo lá para ver se ela está bem.

– Obrigada, Amy. Vamos manter contato. Tchau.

– Tchau.

– Quer outra xícara de chá? – perguntou Meena, enfiando a cabeça pela porta do escritório.

– Por favor – respondeu Tammy, e a observou sair de novo.

Tammy contou logo para Meena que tinha terminado com Nick, para que o nome dele não fosse mais mencionado. Desde então, Meena não havia puxado o assunto, mas Tammy sabia que ela estava preocupada: certa manhã chegara com um buquê de flores para ela, aparecia com bolos para despertar seu apetite na hora do chá e lhe dera uma echarpe exótica que ela mesma havia bordado, dizendo que combinava com seus olhos.

Tammy agradeceu pelo chá e passou os 45 minutos seguintes no computador, olhando as finanças. Apesar de os ganhos estarem acima da previsão original, era difícil ter capital para o estoque extra necessário, além de empregar Meena *e* outra ajudante em meio expediente.

– Especular para acumular – murmurou Tammy.

Depois saiu da loja e dirigiu os dez minutos até a casa de Paul e Jane. Notou que luzes natalinas tinham sido instaladas nas árvores da Sloane Square. Pareciam idílicas, e ela sentiu vontade de arrancar cada lâmpada com as próprias mãos.

Estacionou e tirou os sacos de lixo do porta-malas, então largou-os na soleira, tocou a campainha e estava se afastando rapidamente quando Paul abriu a porta.

– Oi, Tam. Não vai dizer um oi? – perguntou Paul, arqueando uma sobrancelha e olhando os sacos volumosos. – O que tem aí? Um cadáver?

– Quem me dera. São as coisas do Nick.

– Sei. Por que as trouxe para cá?

– Porque ele mora aqui, não é? – disse ela, ainda de longe.

– Não mais. Ele fez as malas há dois dias, quando Jane e eu estávamos no interior. Deixou um bilhete agradecendo e um conhaque muito bom, e desde então não o vi mais. Pensamos que ele tinha ido morar com você de vez.

– Não foi.

– Ah – murmurou Paul, perplexo. – Onde ele está, então?

– Não faço ideia.

– Entendi. Quer uma bebida? Prometo que a barra está livre de Nick. E Jane saiu para uma sessão de fotos noturna.

– Está bem.

Tammy suspirou, sentindo uma necessidade súbita e urgente de beber alguma coisa. Acompanhou Paul pelo corredor até a cozinha.

Ele abriu uma garrafa de vinho e serviu uma taça para cada um.

– O que aconteceu, Tammy?

– Você se importa se não falarmos disso?

– Se não quer, tudo bem. Admito que, pensando bem, foi tudo muito estranho. Passei pela loja dele ontem e está fechada. Eu podia jurar que ele ia inaugurá-la esta semana.

– Ia mesmo – confirmou Tammy.

Paul tomou um gole de vinho.

– Bom, se Nick não está aqui nem com você, e se a loja está fechada, só podemos presumir que ele foi embora.

– Provavelmente.

– Bom, espero que ele esteja bem.

– Paul, espero que ele esteja ardendo no inferno.

– Então imagino que vocês dois...

– Terminamos. De vez – disse Tammy, e esvaziou a taça. – De qualquer modo, obrigada pelo vinho. Jane está bem?

– Está ótima – comentou Paul, sorrindo.

– Peça desculpas por eu não ter falado com ela ultimamente e diga que ligo amanhã – pediu Tammy, atravessando o corredor até a porta.

– Tammy?

– O quê?

– Cuide-se. E mantenha contato.

– Pode deixar. Obrigada, Paul.

33

Amy desligou o telefone depois de falar com Tammy e pensou que pelo menos um almoço com ela seria alguma luz no meio de todo o cinza que pairava sobre sua vida. Voltou para a sala, onde Jake e Sara, empolgados, penduravam enfeites nos galhos de baixo da precária árvore artificial que Amy havia tirado do sótão no dia anterior.

– Será que eu posso colocar uns enfeites um pouco mais no alto da árvore, pessoal? – sugeriu ela, tentando soar entusiasmada por causa deles.

– Não, a gente gosta assim – disse Jake com firmeza.

– Está bem, está bem – assentiu Amy.

Afinal de contas, a aparência da árvore não importava. Não iam mesmo receber visitas para o Natal.

– Vou fazer o almoço – avisou ela.

– Depois a gente pode fazer minha fantasia de anjo, como você prometeu, mamãe? – perguntou Sara timidamente.

– Claro que pode.

Ela beijou os cachos dourados de Sara e os deixou enfeitando a árvore. Colocou as salsichas no grill e tentou falar com Posy de novo, mas ela não atendeu nem o fixo nem o celular. Amy se deixou afundar em uma cadeira da cozinha e pousou a cabeça nos braços. Apesar de as crianças serem exigentes, barulhentas e totalmente ignorantes dos problemas dos pais, agradeceu a Deus por tê-las. Elas a mantinham ocupada e afastavam a mente de outras coisas. Realmente achava que, sem elas, não aguentaria.

Sem dúvida, as últimas duas semanas foram as piores de sua vida. Sam havia assumido residência no sofá, assistindo à TV de manhã, de tarde e de noite, em silêncio na maior parte do tempo e só respondendo "sim" ou "não". Ela sugeriu, hesitante, que ele fosse a um médico para tomar alguma coisa que aliviasse sua óbvia depressão, mas ele a ignorou.

Quando conseguiu juntar coragem para sugerir que ele tentasse procurar um emprego – que poderia ajudar a afastar a cabeça dos problemas, para não mencionar a situação financeira –, Sam a encarou como se ela estivesse louca.

– Você acha mesmo que alguém me contrataria, com um processo pela frente e na situação em que estou?!

– Sam, você sabe que o advogado informou que não devem levar as acusações adiante. Eles aceitaram que você não sabia nada sobre Ken Noakes.

– Eles ainda podem mudar de ideia, Amy. Promotoria desgraçada. Posso ficar aqui sentado por meses esperando eles decidirem.

– Almoço! – gritou ela para Sam e as crianças.

Sara e Jake vieram correndo e se sentaram à mesa.

– Traga o meu em uma bandeja, Amy! – gritou Sam, da sala.

Amy obedeceu, depois sentou-se com as crianças, ouvindo-as falar sobre o Papai Noel e o que ele traria.

Engoliu o nó na garganta, sabendo que não havia dinheiro para presentes caros. Tivera que usar sua reserva escondida para manter todos alimentados. Depois de lavar os pratos, foi para a sala, onde Sam continuava esparramado no sofá enquanto as crianças brigavam para saber quem penduraria o último enfeite.

– Sam, você teve notícias de sua mãe recentemente?

– O quê?! – perguntou ele, a encarando. – Você está doida, Amy? Depois do que eu fiz, duvido que ela volte a falar comigo.

– Você sabe que não é verdade. Ela foi muito compreensiva quando você foi lá conversar, depois de ter sido preso.

Sam deu de ombros, mal-humorado, e tomou um gole de cerveja.

– Eu liguei para os dois números dela, mas Posy não atendeu. Vou tentar o da galeria – disse ela, voltando para a cozinha. – Quem sabe ela está fazendo hora extra por causa do Natal.

Amy fez isso e, depois de uma conversa breve com o dono da galeria, foi pegar o casaco no gancho da parede.

– O Sr. Grieves disse que sua mãe ligou há dez dias dizendo que estava doente, e que desde então não teve notícias dela. Vou até lá. Você pode vigiar as crianças um pouco?

Sam respondeu com o dar de ombros de sempre e, antes de explodir de fúria pela falta de preocupação dele com a própria mãe – na verdade, com qualquer pessoa que não fosse ele próprio –, Amy saiu de casa.

Seguiu pela High Street, tentando apreciar as bonitas luzes que enfeitavam as vitrines e o movimento das calçadas cheias de gente. Era um alívio sair de casa, mesmo estando profundamente preocupada com Posy. Não era nem um pouco do feitio da sogra não telefonar para ter notícias ou não atender o celular. E, enterrada nos próprios problemas, Amy não tinha notado isso.

– Por favor, esteja bem, Posy – implorou para o céu que começava a escurecer.

Quando chegou à Admiral House, viu o carro de Posy na entrada. Deu a volta até a porta da cozinha, esperando que seu medo fosse infundado, apenas estresse. A cozinha estava às escuras e o rádio – que ficava permanentemente ligado na Radio 4 e normalmente falava sozinho ao fundo – estava em um silêncio incomum.

– Posy? É Amy! Cadê você? – gritou ela, indo até a sala matinal e descobrindo que também estava vazia.

Depois de procurar em todos os cômodos do andar de baixo – inclusive o banheiro –, Amy continuou chamando por Posy enquanto subia a escada. A porta do quarto principal estava fechada e, quando bateu, sua imaginação conjurou visões do que poderia encontrar lá dentro. Como não obteve resposta, juntou coragem e a abriu, quase chorando de alívio quando viu a cama vazia e arrumada. Então percorreu todos os outros cômodos, parando rapidamente no quarto em que Sebastian tinha se hospedado e onde fizera amor com ela de modo tão gentil...

– Pare com isso! – sussurrou.

Depois se virou e saiu para verificar o sótão, que também estava deserto, e ficou claro que Posy não estava em casa. No entanto, o carro estava...

Amy desceu correndo os intermináveis lances de escada, seguiu pelos corredores na direção da cozinha, a cabeça cheia de imagens de Posy caída no jardim havia dias, deitada ali sozinha e sentindo dor, ou coisa pior...

– Oi, Amy – disse uma voz familiar quando ela entrou na cozinha.

As luzes agora estavam acesas e Posy estava perto do fogão, usando seu casaco impermeável, esquentando as mãos e esperando a chaleira ferver.

– Ah, meu Deus! Meu Deus, Posy! – Amy ofegou e sentou-se pesadamente em uma cadeira. – Achei que você, achei que você estava...

– Morta?

Posy olhou para Amy e sorriu, mas não pareceu muito sincera.

– É, para ser honesta. Onde você estava? Não atendeu o telefone, não foi ao trabalho...

– Eu estava aqui. Chá?

– Adoraria, obrigada.

Amy examinou Posy. Fisicamente, ela parecia a mesma, mas alguma coisa estava diferente. Era como se toda a sua alegria de viver – que abarcava não somente seu entusiasmo pela vida, mas também a gentileza e a preocupação com as pessoas ao redor – tivesse sumido.

– Pronto – disse Posy, colocando a caneca na frente de Amy. – Infelizmente, só tenho biscoitos industrializados. Não assei nada nos últimos dias.

– Tudo bem, obrigada.

Amy ficou observando enquanto Posy se servia de chá, mas não fazia menção de se juntar a ela à mesa, como faria normalmente.

– Você esteve doente?

– Não, estou como sempre, obrigada.

Amy percebeu que nunca tivera que "puxar assunto" com a sogra antes, e sentia dificuldade. Normalmente Posy se mostrava muito interessada em ouvir suas novidades.

– O que você andou fazendo? – indagou Amy

– Passei a maior parte do tempo no jardim.

– Certo.

Um silêncio baixou e Amy não sabia como preenchê-lo.

– Posy, isso tem a ver com Sam e o que aconteceu? – perguntou depois de um tempo. – Eu sinto muito. Quero dizer, tenho certeza de que você vai encontrar outro comprador e...

– Não tem nada a ver com Sam, Amy. Pela primeira vez, tem a ver comigo.

– Ah, certo. Posso ajudar em alguma coisa?

– Não, querida, mas obrigada por perguntar. É que eu preciso pensar em uma coisa, só isso.

– Sobre a casa?

– Acho que a casa faz parte, sim.

Amy tomou um gole de chá, percebendo que não arrancaria mais nenhuma informação de Posy.

– Tammy está tentando falar com você, sobre vir pegar as roupas antigas de sua mãe.

– Na verdade eu encaixotei tudo e coloquei no estábulo. Diga a ela que pode vir pegar quando quiser.

Amy viu a sogra estremecer de modo estranho.

– Certo, vou dizer. Gosto muito de Tammy, e é uma pena que...

Incapaz de aguentar a situação, Amy se levantou.

– É melhor eu ir, mas se houver alguma coisa que eu possa fazer, por favor, diga, Posy.

– Obrigada, querida. Mande um beijo para Sam e as crianças.

– Vou mandar.

Amy pôs a xícara na pia e foi até a porta dos fundos. Então virou-se e olhou para Posy.

– Todos nós amamos muito você. Tchau, Posy.

– Tchau.

No caminho para casa, Amy encarou a estrada, pensativa. Até então não tinha percebido o apoio gigantesco dado por Posy ao longo dos anos, com seu jeito sempre positivo e os conselhos práticos, mas gentis. Parou no supermercado para comprar macarrão e batata, que esperava que mantivessem a família até que seu salário entrasse, na quarta-feira seguinte. Viu o que sobrava do dinheiro, acrescentou seis cervejas ao cesto e foi para o caixa.

Enquanto aguardava na fila, relembrou a expressão de Posy.

E percebeu que ela parecera derrotada.

Da sala matinal, Posy ficou olhando as luzes traseiras do carro de Amy desaparecerem na estradinha da Admiral House. Sentia pontadas de culpa por não ter sido a Posy de sempre, mas naquele momento simplesmente não conseguia. Na verdade, nem tinha certeza se "a Posy de sempre" era realmente "ela" ou apenas um personagem que havia desenvolvido e usado como um casaco predileto, envolvendo seu corpo para esconder a alma medrosa e confusa que morava ali dentro.

Bom, naqueles dez dias o casaco lhe tinha sido totalmente arrancado, mesmo devorado por traças como estava, depois de todos aqueles anos. Após Freddie lhe contar tudo e entregar a pasta, de algum modo ela conseguira voltar para casa, entrar e subir até o quarto. E ficou deitada lá por quase três dias, só se levantando para ir ao banheiro e beber um pouco d'água da caneca na mesa de cabeceira. Ao fundo, ouvira o telefone chamar, mas não atendeu.

Tinha passado muito tempo olhando distraída para o teto enquanto repassava os intermináveis algoritmos para tentar entender o que Freddie havia contado. Ao perceber que era uma tarefa impossível, acabou dormindo bastante – talvez, pensou, esse fosse o modo de seu corpo protegê-la, porque a dor e o choque eram terríveis demais. Estava outra vez de luto por um pai que agora via que jamais tinha conhecido e por uma mãe que conhecera bem demais.

Um crime passional... um assassinato brutal...

Posy percebeu que eram as duas coisas.

O que mais doía era a traição de tudo o que pensara do pai durante mais de sessenta anos. E não havia a menor dúvida de que Freddie dizia a verdade. Quando finalmente ousou abrir a pasta, viu as manchetes esparramadas em todos os jornais.

ÚLTIMAS NOTÍCIAS SOBRE O ASSASSINATO
DA SALA DAS BORBOLETAS!...

ESPOSA E AMANTE PEGOS EM FLAGRANTE POR
MARIDO PILOTO DE SPITFIRE!... ANDERSON, HERÓI
DE GUERRA, SERÁ ENFORCADO!

Na primeira vez, fechou a pasta rapidamente, sabendo que os detalhes sensacionalistas só a fariam sofrer mais. Freddie lhe entregara aquilo como prova porque na ocasião ela simplesmente não pudera acreditar que ele dizia a verdade. Depois percebeu que tudo fazia sentido. Sabia que sua querida avó devia ter feito todo o possível para protegê-la: enfiada no interior da Cornualha por todos aqueles anos, havia pouca chance de ficar sabendo que seu amado pai fora preso e depois julgado pelo assassinato de tio Ralph.

– O pai de Freddie – murmurou, ainda incrédula.

E, claro, ela fora citada nos jornais como "Adriana Rose" – exatamente o que alertara Freddie sobre sua identidade, na noite em que ele a pediu em casamento. Não houvera nada para conectar "Posy", a menina que morava em um pequeno povoado perto de Bodmin Moor, à coisa terrível ocorrida tão longe, em um cadafalso em Londres.

Posy só desejava poder ter perguntado à avó como *ela* suportara a humilhação e a dor de ter seu filho julgado por assassinato e depois enforcado pelo crime. Imagens das feições pálidas e tensas da avó lhe voltaram... daquele dia em que o telegrama chegara, poucas horas antes de sua mãe... vir lhe dizer que seu pai estava morto. E todas as vezes que ela fora a Londres, provavelmente para visitá-lo e depois dar o último adeus ao filho...

– Como ela conseguia suportar minha mãe? – murmurou para o teto.

A esposa do filho dela, cujos atos o haviam levado a assassinar outro ser humano.

Posy leu nos jornais antigos que a defesa de seu pai havia alegado que, depois de anos arriscando a vida para proteger o país, Lawrence não estava totalmente são. Os advogados imploraram leniência por um herói de guerra cujos nervos tinham sido postos em carne viva pela loteria da morte à qual era sujeitado dia após dia enquanto voava sobre a Europa. Aparentemente o julgamento havia dividido o país e dado à mídia material suficiente para encher as páginas de jornais enquanto a opinião pública saltava de um lado para outro.

E se ele tivesse sobrevivido? Se tivesse sido condenado à prisão perpétua?, pensou. *Será que teriam me contado...?*

O que mais doía em seu coração era o modo como sua mãe havia deixado o país quase imediatamente e seguido a vida, como se o passado fosse um vestido que ela não queria mais; ela o jogou fora e logo adquiriu uma nova vida.

– E *me* deixou para trás – acrescentou em voz alta, com mais lágrimas brotando nos olhos. – Ah, vovó, por que a senhora não está aqui para conversarmos?

Com o tempo, acabou se levantando da cama e se abrigou no único lugar onde encontraria conforto. Pela primeira vez, ficou grata pelas ervas daninhas que brotavam nos canteiros em qualquer estação do ano. Enquanto as arrancava, seus sentidos começaram a clarear, mas eram tantas as perguntas que preenchiam seus pensamentos que Posy quase enlouqueceu de frustração. Vovó e Daisy tinham morrido, e a única pessoa que poderia ajudá-la a entender tudo aquilo era aquela que não poderia rever jamais. Seu pai havia assassinado o pai dele, destruído sua infância, enquanto ela vivia sem saber de nada.

Posy estremecera ao se lembrar das muitas vezes que tinha falado apaixonadamente com ele sobre o pai, ainda mais no início, e percebera que a verdadeira vítima era *Freddie*. Não era de espantar que ele a tivesse abandonado ao descobrir quem ela era de fato. Não Posy, a mulher que ele dissera iluminar sua vida, e sim Adriana Rose, a filha do homem que havia levado seu pai para sempre.

Claro que ele presumira que ela soubesse. Cinquenta anos depois *alguém* teria contado. Mas não contaram. Posy pensou de novo no momento em que retornou a Southwold e à Admiral House com os filhos pequenos e o marido. Revirou os pensamentos e se lembrou vagamente de olhares estranhos por parte de alguns moradores locais. Na época, presumiu que fosse porque uma estranha estava chegando à pequena comunidade, mas em retrospecto o verdadeiro motivo era, sem dúvida, algo diferente.

Sentia tanta vergonha – maculada pelo passado que o pai criara para ela, um passado que a assombrava e que, por ironia do destino, tinha mudado o rumo de sua vida. Sem os atos dele, Freddie e ela teriam se casado, seguido com seus planos, tido filhos, uma vida feliz...

– Eu odeio meu pai? – perguntou ao ancinho que revirava o solo endurecido pelo frio para encontrar as raízes de uma erva daninha.

Era uma pergunta que se fazia repetidamente, mas seu coração continuava se recusando a apresentar um veredicto. Quase esperava que seu coração lhe mandasse um daqueles e-mails de "estou de férias" que tanto a irritavam; só queria que ele voltasse da folga quanto antes e lhe desse uma resposta.

Posy tomou o resto do chá, ouvindo o silêncio na casa e tremendo. Para completar, qualquer chance de se mudar do exato local que havia testemunhado a tragédia e recomeçar em ares mais puros fora adiada. Não era à toa que Freddie ficara ansioso para ela se mudar. Posy não sabia como ele suportara chegar perto da casa onde seu pai fora morto a sangue-frio.

Agora, depois de lamber as feridas pelos últimos dez dias, percebeu que o único modo de sobreviver era pensando no futuro. Podia colocar a Admiral House no mercado, vendê-la e talvez sair de vez de Southwold. E seus netos queridos, seu trabalho e sua vida ali? Tinha visto várias pessoas da sua geração se aposentando e indo para lugares mais quentes, mas ela era solteira e sozinha; além disso, se tinha uma certeza era a de que o passado a acompanharia, por mais que tentasse fugir dele. E talvez aquela casa, e tudo que acontecera nela, fosse seu destino: como a Srta. Havisham de *Grandes esperanças* e seu amor perdido, Posy ficaria ali até morrer, apodrecendo lentamente junto da Admiral House...

– *Pare* com isso, Posy!

A visita de Amy havia quebrado o feitiço. A coisa que mais assustava Posy era a ideia de ser vista como vítima.

– Chega de sentir pena de si mesma, você precisa tomar jeito.

A ideia de Amy correndo para casa e dizendo ao filho que sua mãe estava perdendo a cabeça foi o suficiente para instigá-la.

Isso levantava outra pergunta: contaria aos filhos o que tinha acabado de descobrir sobre o avô deles?

Não, foi a resposta instintiva de seu cérebro.

– Sim – disse em voz alta.

Era só ver o que a ideia de proteger os filhos fizera com *ela*. Além disso, os dois eram adultos e nem tinham conhecido o avô. Sim, quando chegasse a hora certa ela *contaria*.

Foi até o rádio e o ligou, decidida. Depois pegou os ingredientes para fazer um bolo que levaria para os netos no dia seguinte.

Começou a peneirar a farinha em uma tigela. A ordem estava restaurada. Por enquanto...

– E onde *você* estava?

Amy encarou Sam, que oscilava ameaçadoramente na porta da sala. Dava para ver que estava bêbado, mas ela não fazia ideia de onde ele tinha conseguido dinheiro para comprar mais álcool. Ele não podia ter encontrado seu cofre secreto, podia...?

– Na casa de sua mãe, Sam. Estou preocupada com ela. Ela não está bem.

– Ficaram falando mal de mim, foi?

– Não, claro que não. Acabei de dizer: estou preocupada com ela. As crianças já comeram alguma coisa?

Ela levou as compras até a cozinha e largou as sacolas na mesa.

– Não tinha nada para comer, Amy, como você sabe muito bem.

Os olhos de Sam se iluminaram ao ver as cervejas. Ele pegou uma garrafa, destampou e tomou um longo gole. Contendo-se para não comentar que ele parecia já ter bebido o suficiente, Amy foi para a sala, onde Jake e Sam estavam grudados em um vídeo.

– Oi, vocês dois – disse ela, beijando-os. – Vou fazer um macarrão para o jantar. Não demoro, juro.

– Está bem, mamãe.

Jake mal afastou o olhar da tela. Ela voltou à cozinha e começou a preparar o jantar.

– O que é? – perguntou Sam.

– Macarrão.

– Chega dessa porcaria de macarrão! Eu só comi isso nas últimas duas semanas!

– Sam, não tem dinheiro para nada além disso!

– Ah, tem, sim. Achei uma grana no fundo do guarda-roupa.

– Aquilo é para os presentes de Natal das crianças, Sam! Você não pegou, certo?

– "Você não pegou, certo?" – remedou ele com crueldade. – Você não confia em mim, então? Achei que eu fosse seu marido – disse, abrindo outra garrafa de cerveja.

– Você é meu marido, Sam, e também é pai. Sem dúvida, quer que seus filhos ganhem alguns presentes, certo?

– Claro que quero, mas por que sempre parece que minhas necessidades vêm em último lugar, hein?

Sam se aproximou por trás, inclinando-se sobre ela enquanto Amy pegava a chaleira de água fervente para derramar na panela.

– Cuidado, Sam, assim eu derramo a água.

Pelo hálito em seu ombro, Amy percebeu que ele estava muito, muito bêbado. Devia ter encontrado seu dinheiro e saído para comprar bebida enquanto ela estava fora. Amy encheu a panela com água fervente, depois mergulhou o macarrão.

– Sei que aquele não é o único dinheiro que tem em casa, Amy.

– Claro que é. Bem queria que tivesse mais, mas não tem.

– Sei que você está mentindo.

– Não estou, Sam, de verdade.

– Bom, não vou comer mais essa porcaria de macarrão! Quero pedir uma comida e uma garrafa de vinho decente, então é melhor me dizer onde está o dinheiro.

– Não tem dinheiro, Sam, eu juro.

– Diga onde está, Amy.

Sam pegou a panela borbulhante no fogão.

– Coloque isso aí antes que você derrame, por favor!

Agora Amy estava com medo.

– Só quando você disser onde guarda o resto do dinheiro!

– Não posso dizer porque não tem dinheiro nenhum!

Amy viu a água fervente pingar nos ladrilhos da cozinha enquanto ele se aproximava.

– Sam, pela última vez, eu juro, não tem nenhum...

– Você está mentindo!

Sam jogou a panela na direção dela. O conteúdo veio como um pequeno maremoto, e Amy soltou um grito quando sentiu uma agonia ardente alcançar suas pernas, antes que a panela caísse no chão com estardalhaço.

Então Sam foi para cima dela e a agarrou pelos ombros.

– Só quero saber onde você escondeu o dinheiro.

– Eu... eu não escondi! – gritou ela.

Amy conseguiu se desvencilhar e foi cambaleando até o corredor, mas sentiu a mão dele agarrando sua blusa por trás para girá-la e prendê-la contra a parede. Ela tentou empurrá-lo, arranhando-o, mas ele era forte demais.

– Sam, *para*! *Por favor!*

As mãos dele estavam em volta do seu pescoço e ela se sentiu erguida do chão, contra a parede, os pés lutando para encontrar apoio.

– Amy, só diga onde está o dinheiro, só diga...

Só que ela não tinha fôlego para falar, os olhos arregalados e a boca aberta enquanto tentava desesperadamente absorver oxigênio. Sua cabeça estava girando e ela soube que ia desmaiar.

Então houve um grito próximo e a pressão em seu pescoço se afrouxou de repente. Amy deslizou até o chão, tentando respirar. Piscou e ergueu os olhos enquanto o mundo girava de volta para o eixo. Freddie Lennox assomava sobre ela, com Sam se debatendo nos braços dele.

– Mamãe, o que está acontecendo?

Com a visão turva, Amy viu Jake parado com os braços em volta de Sara, junto à porta da sala.

– Querido, mamãe vai falar com vocês já, já – disse em uma voz rouca e ofegante.

Freddie viu as crianças e jogou Sam no chão. Com alguns passos largos, estava ao lado delas. Ele pegou Jake e Sara firmemente pelas mãos, depois se voltou e se inclinou para Amy.

– Consegue se levantar, querida?

– Acho que sim.

Amy tentou, mas as pernas não obedeciam. Sam foi cambaleando na direção deles.

– O que você está fazendo?! – disse, engrolado, para Freddie.

– Não chegue perto dela – rebateu Freddie, gélido. – Se encostar a mão em Amy ou nos seus filhos, eu ligo imediatamente para a polícia. Jake, segure a mão de Sara enquanto eu ajudo a mamãe a ir até o carro, está bem?

– Amy, pare! Aonde você vai? – gemeu Sam enquanto Freddie levava as crianças para fora e meio que carregava Amy atrás.

– Amy! Eu...!

Freddie fechou a porta assim que saíram e os levou para o carro.

– Bom – disse ele assim que todos tinham entrado. – Vamos levar você ao hospital, minha jovem.

Amy balançou a cabeça.

– N-não, eu estou bem. R-realmente. São só as minhas pernas. Ele... ele jogou água fervente nelas – conseguiu dizer, com os dentes começando a bater devido ao choque.

– Então isso precisa ser examinado – disse Freddie. – Tudo bem, crianças? Ele se virou e viu dois pares de olhos amedrontados.

– Acho que sim – respondeu Jake.

– É isso aí, amigão.

Freddie assentiu enquanto se afastava do meio-fio e Amy fechava os olhos com alívio absoluto.

34

Na noite seguinte, o telefone tocou quando Tammy estava saindo da loja.

– É Jane – disse Meena. – Ela está estranha.

– Certo – respondeu Tammy, pegando o aparelho. – Oi, Jane, tudo bem?

– Mais ou menos... Preciso falar com você urgentemente. Pode vir aqui?

– Claro – concordou Tammy, mesmo sentindo-se completamente exausta.

– Obrigada, Tam. Tchau.

Saiu da loja e foi de carro até Gordon Place, esperando que a notícia não fosse um aborto espontâneo. Tocou a campainha, nervosa.

A porta se abriu imediatamente.

– Oi, querida, obrigada por ter vindo.

Tammy achou que, para alguém que insinuara estar passando por uma emergência, Jane parecia muito relaxada.

– O que houve?

– Entre. Quer vinho?

– Obrigada – disse Tammy, aceitando uma taça. – Como estão você e o bebê?

– Estamos ótimos – comentou Jane, alisando a blusa com orgulho para revelar a pequena curva da barriga. – E o que você vai fazer no Natal?

– Costurar – respondeu Tammy, olhando-a com suspeita. – Jane, o que está acontecendo?

– Nada, absolutamente nada mesmo...

A porta da frente se abriu e fechou. Tammy escutou vozes masculinas se aproximando da cozinha e seu coração começou a bater forte.

– Jane, *não*... por favor!

Ela olhou em volta, como um animal acuado procurando uma rota de fuga.

– Acho que na verdade o preço está muito bom e você deveria aconselhar sua mãe a aceitar – disse Paul, entrando na cozinha.

Com Nick.

Os olhares dos dois se encontraram. Então ambos começaram a falar ao mesmo tempo:

– Meu Deus, Paul! – exclamou Nick, furioso.

– Muitíssimo obrigada, Jane! Estou indo.

Tammy passou por ele, olhou para baixo e pela primeira vez registrou a presença de uma menina de 9 ou 10 anos que segurava a mão de Nick.

– E então? – disse Paul. – Eu faço as apresentações, Nick, ou você faz?

Nick suspirou, resignado.

– Tammy, esta é Clemmie. Minha filha.

– Com licença, pessoal, adeus.

Tammy passou por eles e foi até a porta, com o sangue bombeando tão rápido nas veias que ficou tonta. Assim que saiu, começou a correr para longe de tudo que não queria saber nem ouvir.

– Quem era, papai? Ela é muito bonita – disse Clemmie.

– Pelo amor de Deus, homem, vá atrás dela! – instigou Paul enquanto Nick olhava a porta por onde Tammy saíra. – Você não acha que ao menos deve uma explicação?

Paul praticamente o empurrou para fora da cozinha.

– Nós cuidamos da Clemmie. Agora *vá*!

Nick saiu para a calçada e viu Tammy se afastando rapidamente. Hesitou por um momento, olhando-a, ainda inseguro; então começou a correr. Paul estava certo. Tammy merecia uma explicação. Agora que o segredo estava revelado, o mínimo que podia fazer era falar com ela.

Tammy continuou correndo às cegas na direção de Kensington Gardens, precisando de ar puro e espaço. Entrou no parque, deixou-se cair em um banco e gritou de frustração quando Nick apareceu ao seu lado segundos depois.

– Por favor, vá embora!

– Tam, eu sei que você não quer me ver nunca mais, e peço desculpas pela armadilha ridícula em que caímos agora há pouco. Juro que não foi ideia minha.

Tammy estava de cabeça baixa e só conseguia ver os sapatos e as pernas dele. Fechou os olhos com força, porque não queria ver nem isso.

– Olhe, vou contar o que aconteceu e vou embora – disse Nick. – Certo, é o seguinte: há onze anos, eu empreguei uma moça chamada Evie Newman na minha loja em Southwold. Ela era dedicada e gostava de aprender. A gente se dava muito bem, e mesmo eu sabendo que ela tinha um namorado... me apaixonei por ela. Só que Evie nunca deu nenhuma pista de que sentia o mesmo por mim. Então viajamos à França, para fazer compras. Fomos a um bar, ficamos muito bêbados e passamos a noite juntos. Na época, eu achei que meus sonhos estavam se realizando. Eu me declarei para ela, disse que a amava.

Nick começou a andar de um lado para outro enquanto falava.

– No outro dia voltamos para casa. Eu pensei que fosse o começo de um romance incrível, mas ela passou as semanas seguintes fazendo de tudo para me evitar. Pouco tempo depois, ela contou que estava grávida. Brian, o namorado dela, tinha arranjado um emprego como professor em Leicester e os dois iam embora de Southwold.

Nick chutou uma pedra que saiu rolando pelo chão.

– É difícil explicar o tipo de amor que eu sentia por Evie. Hoje em dia eu vejo que não era um amor saudável, era uma obsessão. Depois de Evie dizer que ia embora, eu percebi que não podia ficar em um lugar em que tudo me lembrava ela, por isso vendi o negócio e fui para a Austrália. Posso me sentar?

Tammy deu de ombros e ele se sentou no banco, afastado dela.

– Só encontrei Evie de novo há dois meses, quando fui visitar minha mãe em Southwold. Ela tinha me escrito uma carta. Fui à casa dela e Evie explicou por que decidiu fazer contato. Ainda está me ouvindo?

– Estou – sussurrou Tammy.

– Bom, na carta ela falava de Clemmie. Contou que, depois de se mudarem para Leicester, o relacionamento com Brian ficou problemático, mas na época ela não sabia por quê. Logo depois que Clemmie nasceu, Brian confessou que tinha feito vasectomia cinco anos antes. Ele era uns quinze anos mais velho do que ela, divorciado e tinha dois filhos que moravam com a mãe. Em outras palavras, ele não podia ser o pai de Clemmie. Tinha pensado que conseguiria lidar com a traição de Evie e criar Clemmie como sua filha, mas pelo jeito não conseguiu. Pouco depois ela se mudou e Clemmie cresceu sem ter ideia de quem era o pai.

Nick examinou o rosto de Tammy, procurando alguma reação. Ela estava inexpressiva, por isso ele continuou:

– Naquela noite, em Southwold, Evie perguntou se eu estaria disposto a fazer um teste de paternidade para confirmar que era o pai dela. Então fiz o teste. Para ser sincero, rezei para que desse negativo. Eu tinha acabado de conhecer você, estávamos fazendo planos para o futuro, eu...

Nick balançou a cabeça e suspirou.

– De qualquer modo, o resultado foi positivo. Eu sou o pai biológico de Clemmie.

Tammy respirou fundo lentamente, tentando permanecer calma.

– Por que você não ficou feliz? Acabou de me dizer que amava Evie. Esse não era seu maior sonho?

– Um dia foi, sim. Mas, como eu disse, era uma obsessão, e não amor de verdade. Não é como o que eu sinto por você. Além disso...

– O quê? – instigou Tammy, só querendo que aquele pesadelo acabasse.

– Evie está morrendo de leucemia. Ela me pediu que fizesse o teste para que Clemmie tenha pelo menos um dos pais. E outros parentes, também, quando ela morrer. Foi por isso que ela voltou para Southwold.

– Ah, meu Deus – disse Tammy, encarando Nick com uma expressão chocada. – Isso é... horrível.

– É. Ela só tem 31 anos, a mesma idade que você.

Os dois ficaram em silêncio por um tempo.

– Nick – disse Tammy baixinho. – Desculpe perguntar isso, depois do que você contou, mas vocês... estão juntos de novo?

– Não. Juro que não. Eu contei a ela sobre você, disse que a amava e queria um futuro com você.

– Mas... – continuou ela, por fim, engolindo em seco. – Se Evie estivesse bem, você ia querer ficar com ela?

– Acredite, eu pensei muito nisso, Tammy. E a resposta é não. Eu amo você, não importa se Evie reapareceu na minha vida. Você quebrou o feitiço. Nunca fui tão feliz, eu juro, e aí aconteceu tudo isso e eu... eu...

Nick afundou o rosto nas mãos e Tammy viu os ombros dele estremecendo. Mesmo contra a vontade, seu coração a obrigou a segurar a mão dele, e Nick a apertou suavemente.

– Sinto muito, Tammy, sinto muito por essa confusão.

– Nick, por que você não me contou antes?

– Porque eu precisava ajudar Evie e também ter algum tempo para conhecer Clemmie, criar um relacionamento com ela e descobrir se ia dar certo, antes de envolver você. Além disso, achei que você não ia acreditar que eu não estava tendo um caso com a mãe dela. E eu tinha razão, pelo que aconteceu depois. Juro que pensei que você me abandonaria se soubesse. A gente se conhecia havia pouco tempo. Como eu podia pedir que você aceitasse que eu ficasse visitando minha ex-amante e minha filha?

– Eu vi seu carro na frente da casa dela na noite em que Amy e eu passamos por lá.

– Eu sei. Amy contou. Eu estava lá com Evie e Clemmie. Passei a maioria dos fins de semana com elas. Se fizer alguma diferença, Evie disse que, quando chegasse a hora certa, queria conhecer você.

– Por quê?

– Porque... – disse Nick, suspirando. – Ela sabia que talvez um dia você se tornasse a madrasta de Clemmie.

– Certo.

A ideia provocou um nó na garganta de Tammy.

– Bom, teria sido melhor se você tivesse me contado a verdade em vez de me deixar tirar a conclusão óbvia. Você não confiou em mim nem no meu amor, Nick – sussurrou ela.

– Sei que não, e sinto muito mesmo.

– E onde você esteve nas últimas duas semanas? Paul falou que você saiu de Gordon Place.

– Saí. Deixei minhas coisas na casa nova, em Battersea, depois peguei Clemmie na escola e fomos juntos esquiar em Verbier. Precisávamos de um tempo a sós, sem falar que ela precisava se divertir um pouco. Ela está tendo que ver a mãe definhando.

– Deve ser horrível para ela.

– É mesmo. Evie descobriu que tinha leucemia há uns dois anos. E foi Clemmie quem cuidou dela durante o tratamento. Depois ela ficou em remissão por um ano, mas em junho a doença voltou mais forte ainda e Evie recebeu um prognóstico terminal.

– Então Clemmie sabe que a mãe vai morrer?

– Sabe. Ela é uma menina ótima, Tammy, e incrivelmente corajosa. Está sofrendo por causa da mãe, claro. Não posso mudar isso, mas pelo menos posso estar presente, distraí-la enquanto Evie... – disse Nick, então deu de ombros. – Desde que voltamos de Verbier estamos escolhendo móveis para o quarto dela na casa em Battersea. É importante que ela sinta que tem um lar.

– A casa onde você me levou e convidou a morar com você há algumas semanas?

– É.

Tammy olhou para ele e suspirou.

– Uau, é muita coisa para absorver. Você ia me contar um dia?

– Eu... não sei. Com o passado invadindo meu presente desse jeito, só consigo viver um dia de cada vez. Eu precisava apoiar Clemmie e não sabia nem como começar a explicar a você.

– Eu entendo.

– Mesmo?

– Sim.

Nick se virou para ela com os olhos cheios d'água, segurou a mão que estava sobre a dele e a apertou.

– Obrigado.

Ficaram sentados assim por um longo tempo, Tammy tentando absorver o que ele havia contado.

– Nick?

– Oi?

– Você pode me dizer honestamente, por favor, se ainda gosta da Evie?

– Eu... eu me importo com ela, Tammy, claro. Ela está morrendo e é jovem demais, e a vida é muito cruel. Se quer saber se eu a amo como amo você, não.

– Sinceramente? Por favor, Nick, você precisa ser honesto – implorou ela.

– Sinceramente – afirmou ele, e se virou para encará-la de novo, sorrindo. – E hoje, depois de como você reagiu ao que eu contei, amo ainda mais. Você é linda por dentro e por fora. De verdade. A questão é: você conseguiria ficar com um homem que, do nada, ganhou uma filha de 9 anos?

– Nunca pensei seriamente em ter filhos – admitiu ela.

– Ironicamente, eu também não, até conhecer você – confessou Nick, e sorriu. – Só que agora tenho uma filha pronta, que não é sua de nascimento, e entendo perfeitamente se você achar que não consegue lidar com isso. Clemmie vai precisar de muito amor nos próximos meses. Eu tenho que cuidar dela, Tammy.

– Claro.

– E nem preciso dizer que eu adoraria se você também estivesse presente.

– Eu... Ah, meu Deus, Nick, não sei. Não sei se eu faço o tipo maternal, e, além disso, Clemmie provavelmente vai me odiar porque eu nunca vou ser a mãe dela de verdade.

– Ela não vai odiar você, Tam. Eu juro, ela é um doce. Antes de nós... terminarmos, eu contei de você, disse que queria que a gente se casasse um dia. E ela respondeu que queria conhecê-la.

– É mesmo?

– É.

Tammy o encarou e sentiu que acreditava em Nick. Também sentiu que estava congelando.

– Nick, acho que preciso de um tempo para pensar em tudo que você contou.

– Claro.

– Assim, não quero entrar na vida de Clemmie sem saber se posso lidar com isso, e depois cair fora. Entende?

– Perfeitamente – assentiu Nick, abrindo um leve sorriso. – Eu amo você e quero mais do que tudo fazer funcionar. Mas entendo se você achar que não consegue. É muita coisa.

– Obrigada.

Tammy se levantou e enfiou as mãos nos bolsos do casaco de couro, para aquecê-las.

– Falo com você assim que puder. Tchau, Nick.

– Tchau.

Nick olhou-a se afastar, o cabelo captando a luz enquanto ela passava embaixo de um poste. Fez uma oração fervorosa, depois se levantou para voltar para a filha.

35

– Oi, Sam. Eu trouxe um bolo para as crianças.

Posy examinou o filho que lhe abria a porta. Sam estava com uma cara péssima. Os olhos vermelhos, a pele pálida com uma leve camada de suor, ainda que, ao entrar, ela tenha sentido a temperatura da casa. Estava gelada. Sam se deixou cair de volta no sofá, com as almofadas em um dos lados indicando que provavelmente havia passado a noite ali. Garrafas de cerveja se atulhavam como pinos de boliche na mesa de centro, com uma garrafa de uísque pela metade ao lado delas.

– Amy está?

– Não.

– Aonde ela foi?

– Não me pergunte, mãe.

– E as crianças?

– Estão com Amy. Foram embora ontem com aquele seu namoradinho.

– Freddie?

– O próprio.

– Ele não é meu namoradinho, Sam. E por que ele veio aqui?

– Não faço a mínima.

– Está me dizendo que Amy deixou você?

– Talvez. Quero dizer, olhe para mim, e para isto – disse Sam, balançando o braço para indicar a sala. – Você ia querer ficar?

– Amy ama você, Sam. Ela não iria embora assim.

Posy percebeu que ainda estava segurando o bolo e afastou algumas garrafas para colocá-lo na mesa.

– Você andou bebendo? – perguntou inutilmente.

– Afogando as mágoas.

– Vou colocar a chaleira no fogo para fazer um café. Depois você pode contar exatamente o que aconteceu.

Na cozinha, Posy encontrou uma panela no chão, com macarrão meio duro escorrendo para fora como tripas. O piso em volta ainda estava molhado e Posy pegou um pano para enxugar. Depois colocou o macarrão de volta na panela e jogou o conteúdo no lixo.

– E então, o que aconteceu? – indagou, voltando à sala e pondo o café na frente do filho. – Pelo estado da cozinha, parece que vocês brigaram.

– É, brigamos, e depois ela foi embora com as crianças.

– Para onde?

– Pergunte ao seu namoradinho. Foi ele que levou Amy e as crianças. Me acusou de bater nela!

Sam olhou para a mãe com os olhos cheios d'água.

– Você sabe que eu nunca faria isso, mãe. Foi só uma discussão.

A cabeça de Posy estava girando. O que Sam dizia não fazia sentido. Ela tomou um gole de café, tentando compreender.

– Freddie acusou você de bater em Amy?

– É. – Sam assentiu. – Ridículo, não é?

– Então por que você não foi atrás deles?

– Eu não sei onde ele mora, ora – disse Sam, e lágrimas brotaram de novo em seus olhos injetados. – Eu amo minha esposa, mãe, você sabe. Nunca faria nada para machucar Amy, nem as crianças.

– Acho melhor você tomar jeito, Sam. Beba esse café e suba para tomar um banho frio. Você está fedendo igual a uma cervejaria, e essa sala também. Enquanto você faz isso vou tentar achar sua esposa e seus filhos.

– Ela vai contar um monte de mentiras, você não entende? É, eu tomei umas e outras e as coisas meio que esquentaram, mas...

– Chega, Sam – interrompeu Posy, e se levantou. – Vejo você mais tarde.

– Mãe! Não vá! Volte aqui!

Posy saiu e bateu a porta, pensando que os chamados de Sam a lembravam de quando o deixou no colégio interno pela primeira vez. Na época, ela ficou de coração partido e chorou durante todo o caminho de volta para casa. Agora ele tinha 38 anos. Era marido e pai.

Enquanto entrava no carro, sentiu um tremor. O egoísmo e a vitimização constantes dele – para não falar na ressaca fétida daquela manhã – não haviam despertado sua simpatia maternal de sempre. Posy ficou horrorizada ao perceber que o próprio filho a enojava.

Batucou os dedos no volante, encarando um dilema. Segundo Sam, a única pessoa que sabia onde Amy e as crianças estavam e o que havia acontecido na noite anterior era a única pessoa que ela não podia rever.

Deveria manter distância? Deixar que Amy e Sam se resolvessem sozinhos? Afinal, o casamento deles não era da conta dela.

Mas seus netos são...

Alguma coisa muito ruim devia ter acontecido para que Amy e as crianças tivessem que sair de casa com Freddie. E o que quer que fosse, Posy sabia que precisava descobrir, caso contrário não teria paz. Ligou o carro e seguiu lentamente para o centro da cidade. Sem dúvida, *sem dúvida,* Freddie estava enganado e Sam não tinha agredido Amy, certo? Ele podia ser muitas coisas, mas Posy nunca o vira ser violento. Imaginou se Sam estaria à beira de um colapso nervoso, se faria alguma coisa idiota agora que estava sozinho...

– Não – disse em voz alta.

Apesar de tudo, Sam era um sobrevivente, e na certa era covarde demais para fazer mal a si mesmo. Posy estacionou na High Street e caminhou rapidamente até o beco da casa de Freddie. Antes que pudesse desistir, tocou a campainha. Alguns segundos depois ele abriu a porta.

– Olá, Posy – disse ele, abrindo um leve sorriso. – Imagino que tenha vindo ver Amy e as crianças, não é?

– É. Antes queria saber de você o que aconteceu ontem à noite. – Posy notou o próprio tom brusco. – Se você não se importar em contar – acrescentou, sentindo-se culpada.

Nada daquilo era culpa de Freddie, afinal de contas.

– Claro, mas já vou avisando: não é nada agradável – disse ele, levando-a para a sala.

– Eles estão aqui?

– Não, estão no antigo armazém, a casinha que eu alugo.

– E estão... bem?

– As crianças estão bem. Estavam aqui enfeitando minha árvore para que Amy dormisse um pouco. São ótimos, os dois – comentou Freddie, sorrindo.

– E Amy?

– Vai ficar boa. Eu a levei direto à emergência para cuidar das queimaduras nas coxas. Por sorte ela estava usando jeans, então não foi tão ruim. Eles fizeram curativos e deram analgésicos.

– Ele jogou uma panela de água fervente nela?

– Parece que sim. Eu só cheguei depois.

Posy lembrou a panela caída no chão da cozinha e engoliu em seco.

– E o que você viu?

– Posy, eu... Você quer beber alguma coisa?

– Não, obrigada. O que você viu, Freddie? Diga.

– Eu me aproximei da casa e ouvi gritos lá dentro. Abri a porta e encontrei Sam no corredor, apertando o pescoço de Amy.

– Ah, meu Deus.

Posy se deixou cair em uma poltrona.

– Posy, sinto muito. Eu... não devia ter dito de modo tão brusco. Vou pegar um conhaque para você.

– Não! Vou ficar bem, Freddie. Só estou... chocada, é claro. Ele estava tentando... – Posy engoliu em seco – ... matá-la?

Freddie fez uma pausa.

– Não sei. Ele estava muito, muito bêbado.

– Meu Deus, Freddie, meu Deus – disse Posy, levando a mão à testa. – Ela está com hematomas no pescoço?

– Infelizmente, está. O médico queria chamar a polícia, mas Amy se recusou. Hoje de manhã afirmou que não queria prestar queixa.

Posy não conseguia encontrar as palavras, por isso ficou sentada em silêncio, as mãos cruzadas com força no colo. Freddie se aproximou, hesitante.

– Eu sinto muito. Você não precisava passar por isso, ainda mais depois do que contei. Por favor, Posy querida, diga o que posso fazer para ajudar.

Ela o encarou e balançou ligeiramente a cabeça.

– Freddie, não se desculpe. Nada disso, da minha... vida bagunçada, é culpa sua. Agora você poderia me levar até Amy?

– Claro.

Posy o seguiu para fora do chalé e atravessou o pátio até o armazém. Bateu à porta e Jake atendeu.

– Oi, tio Freddie – cumprimentou ele, com um sorriso enorme. – A gente pode assistir ao canal de Natal na sua TV a cabo de novo?

– Claro que pode. Mamãe está dormindo? Vovó veio falar com ela.

– Oi, vovó. Mamãe acordou. Eu peguei água pra ela. Ontem ela se queimou com uma panela e papai estava meio bêbado e não podia dirigir, então a gente e o tio Freddie a levamos para o hospital.

Sara tinha aparecido ao lado do irmão na porta, com a boca suja de chocolate.

– Oi, vovó, tio Freddie levou a gente na loja de brinquedos e comprou uma boneca nova pra mim – disse ela, depois levantou os braços para um abraço.

Fazendo o máximo para não chorar, Posy puxou os netos e os abraçou com força, agradecendo a Deus pela inocência deles. E pela gentileza de Freddie.

– Então venham, vocês dois. Vamos assistir à televisão. Acho que *O conto de Natal dos Muppets* vai começar em dez minutos. É meu predileto – acrescentou Freddie, estendendo uma das mãos para cada criança.

Depois de Sara pegar a boneca nova, Posy observou Freddie levando-os de volta pelo pátio e entrou. Amy estava sentada no sofá, com uma manta minúscula, pouco maior do que uma toalha de rosto, em cima das coxas.

– É o cobertor da boneca nova de Sara. Ela me deu para eu me esquentar – comentou Amy.

Ela tirou a manta e revelou três grandes curativos, depois a colocou em um pequeno berço de vime que estava no chão aos seus pés. Então ergueu os olhos, nervosa, para encontrar os de Posy.

– Ah, querida, eu sinto muito, muito mesmo! – disse Posy, se aproximando para se sentar ao lado dela no sofá e segurando a mão de Amy. – Como você está?

– Bem. O médico falou que não devo ficar com cicatrizes, o que é bom, e eu tomei uns analgésicos bem fortes – explicou Amy, contendo um bocejo. – O problema é que eles estão me deixando com muito sono. Desculpe, Posy.

– Querida, o que *você* tem para se desculpar? Freddie me contou o que viu ontem.

Agora que estava perto, Posy viu a mancha escura do hematoma em volta do pescoço de Amy, e estremeceu involuntariamente.

– Eu... – começou Amy, então balançou a cabeça e seus dentes morderam com força o lábio inferior. – Não foi culpa do Sam. Ele está passando por um momento difícil, tinha bebido demais e...

– Não, Amy, por favor, não arrume desculpas para o comportamento dele. É totalmente inaceitável. Ele pode ser meu filho, mas, meu Deus, agredir a esposa assim, eu... – Posy balançou a cabeça. – Ele é uma vergonha, e digo mais: se quiser prestar queixa, vou à delegacia com você. Por favor, Amy, me conte a verdade: foi a primeira vez ou isso já aconteceu antes?

– Eu... Nunca foi tão ruim como ontem – confessou Amy com um suspiro.

– Então aconteceu.

Depois de uma longa pausa, Amy assentiu, um movimento obviamente doloroso, já que ela se encolheu e levou a mão ao pescoço.

– Bom, quero pedir desculpas por não ter visto o que estava bem debaixo do meu nariz.

– Não aconteceu muitas vezes, Posy, de verdade, só quando ele estava bêbado, mas nos últimos tempos...

– *Nunca* deveria ter acontecido, Amy. Entende? Não existe desculpa para bater em uma mulher. Nenhuma.

– Mas eu... – começou Amy, e seus olhos se encheram d'água. – Eu não fui uma boa esposa, Posy. Eu... conheci uma pessoa.

– Sebastian?

Amy encarou a sogra, chocada.

– É. Como você sabe?

– Sinto dizer que estava na cara. Sam ficou sabendo?

– Não, pelo menos acho que não. Ele estava envolvido demais com o novo negócio, mas... Você entende? Nem tudo é culpa dele.

– É, sim, Amy, pode acreditar – disse Posy com veemência. – Pelo que você contou, isso começou muito antes de você conhecer Sebastian, não foi?

– Foi.

– E não se culpe por buscar consolo fora de casa. É bastante compreensível, nessas circunstâncias. Você é humana, Amy, e depois de tudo que suportou, bom...

– Então você não me odeia?

– Claro que não.

– Mas... Eu o amava, *amo*, Posy. Sebastian foi tão gentil comigo, tão carinhoso, ah, meu Deus...

Amy começou a soluçar e Posy abraçou a nora com cuidado, acariciando gentilmente seus cabelos louros. Quando ela se acalmou, Posy enfiou a mão no bolso do jeans e entregou seu lenço a Amy, que assoou o nariz e se ajeitou em uma posição mais confortável.

– Desculpe, Posy.

– Pare de pedir desculpas, querida. A vida é um negócio duro e confuso. Vamos resolver isso, prometo.

– A confusão é minha, eu é que preciso resolver, Posy. Você já está com o prato cheio.

– Meu "prato", como você disse, é minha família, e isso inclui você e meus netos queridos.

Enquanto Amy chorava, Posy raciocinava.

– Sam precisa de ajuda urgentemente, talvez sempre tenha precisado...

– Como assim?

– É que às vezes o amor de mãe deixa a gente cega para a realidade. De qualquer modo, vocês querem ficar comigo na Admiral House?

– Se você não se importar, Freddie disse que podemos ficar um tempo aqui. Eu me sentiria mais segura, já que Sam não sabe onde estamos. Eu não quero vê-lo agora. Freddie é um bom homem, Posy. Ele foi ótimo conosco. E as crianças já o adoram. Você tem muita sorte.

– É, ele é uma pessoa muito boa.

– E obviamente adora você. Por isso ele foi lá em casa ontem, para saber como você estava. Ele está preocupado com você, e eu também. Você está bem, Posy?

– Estou, Amy, só quero garantir que você também esteja. Admito que esta casinha do Freddie é muito aconchegante.

– Eu adoro – comentou Amy, e sorriu de verdade pela primeira vez. – É... um abrigo.

– E é exatamente disso que você precisa. Bom, vou perguntar uma última vez: tem certeza absoluta de que não quer prestar queixa contra Sam?

– Tenho. Só quero esquecer isso, e não arrastar um processo que levaria Sam ao tribunal.

– A decisão é sua, Amy, mas é preciso dar um jeito nele. Sam é um perigo para outras mulheres que apareçam em sua vida. Você sabe que não pode mais voltar para ele, não sabe?

– Talvez se ele parasse de beber, Posy, eu considerasse. Afinal de contas, ele é o pai das crianças.

– Exatamente. E, pelo bem de seus filhos, você deve ficar longe dele. Se Sam foi violento com você, em quanto tempo ele bateria em Sara e Jake?

Amy deixou o olhar se perder, como se tentasse tomar uma decisão. Então virou-se de novo para Posy.

– É horrível, mas a verdade é que, mesmo se ele ficar sóbrio, eu não o amo mais. Me sinto muito culpada por isso.

– Amy – disse Posy, lentamente –, você tem que entender que quando a paixão acaba, o amor precisa ser conquistado para que um relacionamento sobreviva ao tempo. Mesmo sem saber o que eu sei agora, dava para ver que Sam não estava fazendo isso.

– Meu Deus, Posy, como você pode ser tão honesta sobre seu filho? A maioria das mães não conseguiria.

– Porque aprendi do modo mais difícil que a gente pode escolher os amigos *e* os parceiros, mas não a família. Sempre vou amar Sam, claro que vou. E sim, vou tentar ajudá-lo o máximo que puder. *Se* ele aceitar minha ajuda. Isso não significa que eu goste dele neste momento. Para falar a verdade, estou morrendo de vergonha dele, e já faz anos. E aceito parte da culpa por ele ser quem é. Pronto – concluiu Posy, ofegante. – Essa é minha confissão do dia.

As duas ficaram olhando o fogo tremular por um tempo antes de Posy se virar para Amy e sorrir.

– Eu culpo o enredo da "Família Perfeita": todos sentimos que estamos fracassando porque nossa vida não é como a dos filmes ou, pior ainda, como a fachada que apresentamos ao mundo. Nunca se sabe o que acontece atrás de portas fechadas. E eu garanto: a maioria das famílias é tão complicada quanto a nossa. Agora acho que nós duas precisamos de uma bela xícara de chá.

Ela se levantou e foi em direção à cozinha, que era pequena, mas lindamente aparelhada.

– Posy?

– Oi?

– Obrigada. Por tudo. Acho que você é a pessoa mais incrível que eu conheço. E eu te amo muito.

– Obrigada, querida – respondeu Posy, lágrimas ardendo no fundo dos olhos enquanto punha a chaleira no fogo. – Eu também te amo.

Quinze minutos depois, Posy saiu da casinha. Enquanto atravessava o pátio, Freddie abriu sua porta e foi na direção dela.

– Como ela está?

– Calma – respondeu Posy. – Conversamos sobre o que ela vai fazer agora.

– E aí?

– Amy acabou admitindo que não quer voltar para Sam, mesmo se ele tomar jeito. Mas está com medo de dizer a ele.

– Ela não deve chegar perto dele, Posy. Desculpe dizer isso, mas você não viu o que eu vi ontem.

– Claro que não. Ela contou que você ofereceu a casinha para ela ficar por um tempo. Eu disse que ela podia ir comigo para a Admiral House, mas por enquanto Amy prefere ficar aqui. Diz que se sente mais segura.

– Que bom. Isso é o mais importante. Ela e as crianças podem ficar quanto quiserem.

– Obrigada, Freddie, você tem sido muito gentil. Agora eu preciso ver Sam e pegar umas roupas e uns brinquedos para Amy e as crianças – concluiu Posy, suspirando.

– Eu vou junto. Você não pode ir sozinha.

– Entendo sua preocupação, mas eu conheço meu filho. Hoje ele passou para o estágio "coitado de mim", e não está nem um pouco perigoso.

– Por favor, me deixe pelo menos levar você no meu carro.

– Acho que você já fez o suficiente pela minha família.

– E você, Posy? Como está?

– Fazendo o que preciso fazer. Agora tenho mesmo que ir.

Ela se virou para sair, mas Freddie segurou seu braço.

– Precisamos conversar.

– Eu sei, mas não agora, Freddie, por favor. Não consigo. Mais tarde.

Posy deu um breve sorriso e se afastou pelo beco.

Não houve resposta quando Posy bateu à porta da casa de Sam, por isso entrou com sua chave reserva. Chamou pelo filho, olhando o primeiro andar, e depois subiu para os quartos, mas viu que obviamente ele não estava em casa. Ela pegou duas bolsas e colocou o máximo de roupas de Amy e das crianças que pôde. Depois de encher uma caixa com brinquedos, levou tudo para fora e colocou no porta-malas do carro. Justo quando o estava fechando, viu Sam vindo pela calçada em sua direção.

– Oi, mãe. Onde estão? Amy e as crianças?

Posy ficou satisfeita ao ver que pelo menos ele não estava bêbado.

– Vamos conversar lá dentro.

Ela foi na frente e os dois entraram na sala. Posy sentou-se. Sam não.

– E aí? Onde eles estão? – perguntou ele de novo.

– Não vou contar.

– Não vai me contar onde minha esposa e meus filhos estão?!

– Você agrediu Amy ontem, Sam. Tem muita sorte por ela ter decidido não prestar queixa. Os médicos da emergência disseram que ela deveria.

– Emergência? – indagou Sam, pasmo. – Honestamente, mãe, foi só uma briga que saiu um pouco do controle.

– Amy está com várias queimaduras sérias nas pernas e hematomas no pescoço, onde você tentou sufocá-la. E também há uma testemunha disposta a se apresentar no tribunal e dizer o que viu. Você com certeza seria acusado de agressão e provavelmente acabaria preso – disse Posy, e apontou para a poltrona à sua frente. – Portanto, sugiro que se sente e ouça o que tenho a dizer.

Sam obedeceu, seu rosto mortalmente pálido.

– Amy e as crianças vão se mudar. Estou com as roupas e os brinquedos deles no porta-malas.

– Eles vão ficar com você?

– Não. Estão em um lugar seguro. E estou avisando, Sam: se você tentar chegar perto de Amy ou das crianças, no trabalho ou na escola, ela vai à polícia, então é melhor manter distância por enquanto.

– E meus filhos? Eu tenho o direito de vê-los.

– Com certeza, quando as coisas se acalmarem, algo vai ser combinado. Primeiro quero falar sobre você.

– E dizer pela milésima vez como está decepcionada?

– Você sabe muito bem que eu nunca lhe disse isso, Sam. Apoiei você de toda forma, até lhe dei prioridade na compra da Admiral House, então não venha com esse vitimismo idiota. O que aconteceu ontem foi de outra ordem. E sim, admito que estou chocada e envergonhada com seu comportamento. Mas ainda sou sua mãe e amo você. Estou aqui para dizer que você precisa de ajuda. É óbvio que você tem problemas com o álcool e que fica violento a ponto de agredir a própria esposa.

– Mãe, eu juro que nunca quis fazer mal a Amy. Eu a amo.

Posy o ignorou e continuou:

– Estou oferecendo pagar para você se internar em um centro de reabilitação, onde eles podem ajudá-lo a controlar os problemas com o álcool e a agressividade. Só não vou bancar para que você continue a viver desse jeito. Você não vai ver mais nenhum centavo meu, e sem o salário de Amy imagino que tenha que apelar para o auxílio-desemprego ou sei lá como chamam hoje em dia. Então, o que vai ser?

Sam a encarou como se ela estivesse louca.

– Mãe, por favor, pare com isso! Eu sei que o que aconteceu ontem foi errado, mas não preciso ir para uma porcaria de um hospício! Não estou bêbado hoje, estou? Olhe para mim! Estou bem.

– Pode até estar, mas quando você bebe obviamente tende a ficar violento, Sam. Você podia ter matado Amy ontem, se Freddie não tivesse aparecido. Estava com as mãos no pescoço dela, pelo amor de Deus!

– Eu não me lembro disso, mãe.

– Então é ainda mais importante você procurar ajuda. Senão, pode realmente acabar matando alguém. Sam, você precisa aceitar que isso é sério. Uma pessoa *viu* o que você fez, e os médicos da emergência também. Você poderia ser acusado até de tentativa de homicídio, pelo que Freddie disse.

– E o que ele sabe sobre isso?

– Ele é ex-advogado criminalista, Sam. Ele sabe muita coisa.

Posy se levantou.

– De qualquer modo, eu só posso aconselhar, oferecer a ajuda que acho que você precisa, mas não posso forçá-lo. Agora tenho que ir.

Ela começou a se encaminhar para a porta.

– Mãe! Aonde você vai?

– Levar as coisas de Amy e das crianças. Posso levar um pedido de desculpas seu também? Até agora não ouvi nenhum.

– Eu... Bom, claro que eu peço desculpas, mas...

– Nada de "mas", Sam. Já está na hora de começar a assumir a responsabilidade pelos seus atos. Me ligue quando decidir o que quer fazer. Boa noite.

Posy entrou no carro e bateu a porta. Sentada atrás do volante, ouviu a própria respiração ofegante e viu que suas mãos tremiam. Sam estava parado junto à porta, olhando-a. Antes que ele pudesse pular no carro e segui-la até a casa de Freddie, ela deu partida.

36

– Você parece esgotada, querida – disse Freddie ao abrir a porta para Posy.

– E estou. Desculpe incomodar você de novo, mas Amy e as crianças não estavam na casinha e eu deixei as roupas e os brinquedos na porta.

– É porque eles estão aqui comigo. Acabamos de jantar.

– Certo. Bom, se puder dizer a Amy que eu trouxe...

De repente, Posy cambaleou. E, pela segunda vez no dia, achou que fosse desmaiar.

Freddie segurou o braço dela e a carregou para a sala.

– Fique aqui. Vou pegar um conhaque para você e dizer a Jake e Sara que os brinquedos deles chegaram. Eles vão querer voltar correndo para a casinha.

– Obrigada. Não estou bem para vê-los agora.

Freddie saiu e fechou a porta, e Posy olhou a sala maravilhosamente aconchegante, com o fogo ardendo forte na lareira, as luzes da árvore de Natal piscando junto à janela. Seu coração começou a bater mais devagar, as pálpebras ficaram pesadas, e quando Freddie voltou com o conhaque ela estava quase dormindo.

– A barra está limpa. Eles voltaram para a casinha. Pronto. Beba isto.

– Na verdade, não posso. Acho que ficaria tonta na hora. Não comi nada desde o café da manhã.

– Então vou pegar uma cumbuca do meu guisado de cordeiro. Amy e as crianças devoraram. E vou trocar este conhaque por um copo de vinho. Já volto em um instante.

Fazia tanto tempo que ninguém cuidava dela – trazia uma bebida, preparava a comida – que, enquanto esperava por Freddie, Posy ficou muito emotiva.

– Aqui está, querida.

Freddie pôs a bandeja em seu colo, onde a refeição estava acompanhada por um guardanapo de linho e um saleiro e um pimenteiro minúsculos. Ele ergueu a taça de vinho e entregou a ela.

– Vou arrumar a cozinha. É horrível ter alguém nos olhando enquanto comemos.

Ele é tão atencioso, pensou ela de novo enquanto pegava uma colherada do guisado. *E tão gentil...*

Quando terminou, Posy levou a bandeja para a cozinha.

– Está se sentindo melhor? – perguntou Freddie, enxugando uma panela.

– Muito. Obrigada. Estava delicioso.

– Obrigado. Mas não se empolgue. Minha esposa sempre implicava dizendo que eu só tinha duas receitas: um churrasco no verão e esse guisado no inverno! Vamos nos sentar?

Posy achava que deveria ir para casa, mas ali estava tão quente e aconchegante, comparado com a enorme e gelada Admiral House, que concordou. Freddie atiçou o fogo e se sentou na poltrona diante dela, segurando um copo de conhaque.

– Como foi com Sam?

– Realmente não sei. Eu fiz uma oferta: pagar o tratamento do alcoolismo em uma clínica. Mas ele ainda está em negação.

– Descobri que todos os agressores são assim. Sempre culpam outra pessoa, eles nunca fizeram nada etc. etc.

– Interessante. Sam vivia me telefonando da escola, reclamando de problemas com os amigos. De qualquer modo – disse ela, suspirando –, você se importaria se não falássemos mais sobre isso? Pelo menos por hoje Amy e as crianças estão em segurança aqui e eu fiz tudo que podia. Obrigada de novo, Freddie. Você devia ter me ligado ontem. Eu teria levado Amy à emergência.

Ele a olhou com curiosidade.

– Você teria atendido quando visse que era eu?

– Provavelmente não – admitiu ela com um leve sorriso.

– Então ainda está com raiva de mim por ter contado a verdade sobre o acontecido?

– Não, não estou com raiva. Como poderia? Eu só precisava de um tempo para digerir tudo. Repensar minha ideia sobre meu pai, depois de sessenta anos colocando-o em um pedestal.

– Se eu não tivesse reaparecido em sua vida, talvez você nunca soubesse.

– E isso estaria certo? Chegar ao meu leito de morte sem saber a verdade? Não. Pensando bem, agora que me acalmei, fico feliz por ter me contado.

– Você entende por que eu precisei deixá-la naquela época?

– Entendo. Acho que sua mãe não teria ficado feliz com sua escolha de noiva – disse Posy, suspirando. – A filha do homem que assassinou o marido dela.

– O marido que a traiu por anos com sua mãe – acrescentou Freddie, baixinho. – Sabe, depois de perceber quem você era, eu me lembrei de que a gente se encontrou uma vez, quando éramos crianças.

– Foi?

– É. Eu tinha uns 5 anos, e você não devia ter mais do que 3. Seus pais foram nos visitar e levaram você. Eu me lembro de acordar de noite ouvindo uma gritaria no quarto dos meus pais. Minha mãe chorava, histérica, e meu pai tentava acalmá-la. Acho que ela descobriu que alguma coisa estava acontecendo entre meu pai e sua mãe.

– Até eu me lembro de que tio Ralph sempre aparecia na Admiral House quando meu pai não estava. O caso deve ter durado anos. E lembro que Daisy, nossa empregada, dizia que mamãe nos queria longe de casa no Natal, quando estávamos fazendo as malas para ir para a casa de vovó. Seus pais ainda estavam juntos quando... a coisa aconteceu?

– Na época eu estava no colégio interno, mas, sim, eles ainda moravam juntos, mesmo que não dormissem juntos *ou* passassem tempo juntos. Era óbvio que o casamento tinha acabado, mas minha mãe dependia completamente dele, em termos financeiros, como a maioria das mulheres naquela época. Talvez ela houvesse aceitado a situação porque não tinha escolha. E porque o amava – disse Freddie, com um suspiro. – Ela ficou arrasada quando ele... morreu. Nunca superou, passou o resto da vida viúva, solitária e amarga. Eu me lembro de lhe contar como nossos Natais eram horríveis. E a véspera do ano-novo era pior ainda, como você pode imaginar.

– Ah, eu imagino. Eu me pergunto se meu pai sabia de alguma coisa antes de... pegar os dois juntos.

– Nós, seres humanos, temos uma capacidade incrível de ignorar as coisas que não queremos ver, Posy.

– Tem razão. Veja eu e meu filho, por exemplo. Papai adorava minha mãe. E se ele não sabia, pegar os dois em flagrante na sala das borboletas, um lugar tão especial para ele, eu... Bom, dá para entender o que ele fez, por mais que seja errado.

– Ainda mais levando em conta que ele passou cinco anos arriscando a vida pilotando Spitfires. O que isso deve ter feito com a cabeça dele... – disse Freddie, e estremeceu. – Muitos nunca superaram.

– Mesmo assim, isso não é desculpa para assassinato a sangue-frio.

– Não, mas deveria ter sido levado em conta no tribunal. Não acho que ele merecia ter sido enforcado, e muitas outras pessoas também não achavam.

– E você, Freddie? Eles lhe contaram o que aconteceu?

– A princípio, não. Só me lembro de dois policiais batendo à porta. Me mandaram para meu quarto, e pouco depois ouvi minha mãe gritando. A polícia foi embora e minha mãe entrou no meu quarto. Estava histérica, claro. Ficou repetindo sem parar que meu pai tinha morrido, até que nossa empregada ligou para o médico. Ele praticamente a arrastou para fora do meu quarto e lhe deu um sedativo. No dia seguinte voltei para a escola. Mais tarde meus colegas me colocaram a par de todos os detalhes sórdidos que saíam nos jornais.

– Ah, Freddie, eu sinto muito! Você só tinha 10 anos. Deve ter sido horrível.

– Foi mesmo, mas não fique assim, Posy. A gente pagou pelos pecados dos nossos pais – concluiu ele com um leve sorriso. – E pelo menos eu *sabia* a verdade, por mais brutal que fosse, e não tive escolha além de ficar em paz com isso. A parte mais trágica foi quando percebi quem *você* era. E que você não sabia. Tinha ouvido você falar de seu pai tantas vezes e com tanto amor... Sabia que não podia partir seu coração contando a verdade.

– Eu queria que você tivesse contado.

– Queria mesmo, Posy? Agora é fácil falar, mas você não ia mais querer se casar comigo quando descobrisse. Seria muita informação. Não seria? – questionou Freddie.

– Seria – admitiu Posy, e deu um suspiro profundo. – Fiquei arrasada quando você me deixou. E... odiei você.

– É compreensível. Mas o que eu podia fazer?

– Nada. Agora eu sei. Naquela época, decidi que o amor verdadeiro era uma fantasia e que viveria sozinha, como uma solteirona.

Posy olhou para Freddie e deu um sorriso triste.

– E na verdade meu desejo quase se realizou. Passei a maior parte da vida sozinha, a não ser pelos doze anos que fiquei com meu querido Jonny.

– Como você acabou se casando com ele, Posy? Quero dizer, depois de contar sobre mim e romper o noivado?

– A gente se encontrou em uma festa da Andrea, alguns meses depois de você me deixar. Jonny estava de licença, tinha acabado o treinamento, e ia ser mandado para fora do país. Ele perguntou como eu estava, se nós ainda estávamos juntos, e eu disse que não tinha dado certo. Ele me convidou para jantar mais ou menos uma semana depois. E, por falta de outra coisa para fazer, eu aceitei. Ele foi muito calmo e gentil comigo, Freddie. Falou que me perdoava por ter ficado com você, que era compreensível, dado o tempo que ele passou longe. O que não era, nem um pouco... compreensível, quero dizer – disse Posy, ficando vermelha. – Ele me convidou para sair de novo e, depois de passar meses sofrendo por você, foi um alívio pelo menos sorrir de algumas das histórias dele. Era confortável ficar com Jonny, como sempre foi, e ele fez eu me sentir amada e desejada quando precisei. Então quando ele perguntou se eu reconsideraria casar com ele, eu aceitei. Queria tirar você da cabeça, por isso deixei o emprego no Kew Gardens, me casei às pressas e fui com Jonny para o primeiro posto dele em Chipre.

– E você foi feliz com ele?

– Fui. Era uma vida boa. Morei em alguns lugares bem interessantes, inclusive na Malásia. Apesar de não estar mais trabalhando, a flora e a fauna nas selvas eram de tirar o fôlego – comentou ela, sorrindo. – Pude continuar com os desenhos botânicos.

– Você o amava?

– Amava. Não do modo passional e envolvente como amei você, mas fiquei arrasada quando ele morreu. Jonny era um homem muito bom. E foi um pai maravilhoso para Sam. Foi tão triste ele não ter conhecido Nick, nem tido a chance de desfrutar da vida civil na Admiral House. Mas, como nós dois aprendemos a um custo alto, a vida pode ser terrivelmente cruel. Aprendi que devemos fazer o máximo para aproveitar o que temos.

– É, e por falar nisso... – Freddie se inclinou e segurou a mão de Posy. – Você me perdoa, Posy?

– Meu Deus, Freddie, não há nada para perdoar.

– Então você pode... *nós* podemos tentar de novo? Quero dizer, agora você sabe. Então parece que pela primeira vez não há nada que nos impeça de ficar juntos.

– É, não há.

– E então?

– Eu... É, podemos tentar. Isto é, se você quiser.

Posy sentiu que estava ruborizando.

– Eu quero muito. Eu te amo, querida, sempre amei. Não quero perder mais tempo do que já perdemos. Quem sabe quanto ainda nos resta? Merecemos buscar um pouco da felicidade enquanto podemos, não é?

– Ah, Freddie, você já sabe como minha família é complicada e...

– *Todas* as famílias são complicadas, Posy. E isso é melhor do que levar uma vida solitária e vazia. Nós dois sabemos como é, não sabemos?

– É verdade – cedeu Posy, e bocejou de repente, dominada pelo estresse do dia.

– Você está exausta, querida. Que tal ficar aqui esta noite?

Ela o encarou em silêncio e ele riu.

– Meu Deus, o que você acha que eu sou?

– Sei exatamente o que você é, Sr. Lennox – respondeu ela, e deu um sorriso maroto. – E me lembro de que gostava muito.

– Bom, pelo menos por esta noite eu tenho um quarto de hóspedes bem confortável que você pode usar, e prometo que sua honra não será comprometida – garantiu ele, então se levantou e estendeu a mão. – Vou levá-la e mostrar tudo.

– Obrigada. Realmente estou cansada demais para dirigir para casa.

Posy segurou a mão de Freddie e ele a levou para o estreito corredor do segundo andar.

– Aqui, este é seu quarto – disse ele, abrindo uma porta e acendendo a luz.

– É maravilhoso.

Posy reparou nas cores suaves, no cheiro de tinta e no carpete novo, enquanto Freddie fechava as grossas cortinas.

– E é quente.

– Ainda bem que você gostou. Agora posso lhe oferecer uma camiseta para dormir?

– Seria muita gentileza.

– Já volto – disse ele, e saiu do quarto.

Posy sentou-se na cama, notando como o colchão era confortável em comparação com o velho colchão de crina da sua cama. E também como se sentia à vontade na casa de Freddie.

– Será que podemos mesmo ter um futuro juntos, depois de tudo que aconteceu? – sussurrou.

Bom, não havia nada que os impedisse de tentar, e o que teria a perder? Posy sentiu uma pontada de algo parecido com felicidade.

Houve batidas educadas à porta antes de Freddie entrar com uma camiseta e uma caneca.

– Fiz chocolate quente, querida. Pode ajudá-la a pegar no sono – disse ele, colocando a caneca na mesa de cabeceira.

– Você é um querido, Freddie. Obrigada.

– Agora durma bem e tenha bons sonhos.

Ele se inclinou, segurando o rosto dela com as duas mãos, e deu um beijo leve nos seus lábios. Depois, como ela não se afastou, Freddie beijou-a de novo, mais profundamente, e quando os braços dele envolveram seu corpo, Posy teve uma sensação inebriante de excitação.

– É melhor eu sair, antes que me comporte mal – disse ele, então sorriu e se levantou. – Boa noite.

– Boa noite, Freddie.

Posy apagou a luz e ficou deitada na cama confortável, com uma centena de pensamentos girando na cabeça. Tinha sido um dia e tanto.

– Como disse Scarlett O'Hara, amanhã eu penso nisso – declarou a si mesma enquanto se acomodava para dormir.

37

– Oi – disse Tammy, hesitante, ao abrir a porta da loja de Nick. – Estava indo para casa e pensei em dar uma passada para ver como você está.

– Aos poucos estou chegando lá.

Ele sorriu enquanto carregava uma penteadeira espelhada da década de 1930 pela loja.

– Que linda, Nick. Eu queria ter dinheiro suficiente para comprar.

– Bom, se eu vender com um bom lucro, acho que consigo encontrar uma parecida para você.

– Já decidiu quando vai ser a inauguração?

– Vou deixar para depois do Natal, quando Clemmie volta para a escola. Neste momento ela precisa de toda a minha atenção.

– Claro.

Um silêncio pairou entre os dois. Depois de um tempo, Nick se aproximou.

– Como você está?

– Bem. É, estou bem. Andei pensando bastante.

– Certo. E...?

Tammy viu esperança nos olhos dele.

– E... Acho que eu deveria conhecer Clemmie.

– Verdade?

– É. Sem promessas, Nick. Só para ver como a gente se sai.

– Está bem. Bom, na verdade eu preciso ir ver minha mãe, tentar explicar tudo. Ela precisa saber que tem uma neta e o que aconteceu com Evie, antes que seja tarde demais. Minha mãe gostava muito dela.

– É, precisa mesmo.

– Eu estava pensando em ir nesta quarta-feira. Será que você podia tomar conta de Clemmie durante o dia?

– Não sei, Nick – disse Tammy, franzindo a testa. – Vou estar na loja. O que vou fazer com ela?

– Sei que você vai dar um jeito de distraí-la, Tam. Se não, ela pode ficar com Jane e Paul.

– Mas se você vai a Southwold, Clemmie deve querer ver a mãe, não?

– Evie está internada em um hospital em Ipswich. Está bem doente. Teve uma infecção no rim e estão tentando estabilizá-la. Claro que eu vou vê-la, mas ela não quer que Clemmie a visite agora.

– Eu... Tudo bem. Ela está muito mal? Quero dizer...

– Se já chegou a hora? – concluiu Nick por ela. – Não sei. Talvez ela saia dessa, mas infelizmente é só uma questão de tempo até não conseguir mais.

– Meu Deus, Nick, isso é horrível. Nem imagino como ela está se sentindo. E claro que eu tomo conta de Clemmie.

– Obrigado – disse ele, e a abraçou com força. – Certo, vou ligar para mamãe, depois tenho que ir buscar Clemmie na casa de Jane e Paul. Ela foi a uma sessão de fotos com Jane hoje. Ficou muito empolgada; era um vídeo para o último disco de uma *boy band*. Nunca ouvi falar deles, mas ela conhece.

– Que ótimo – resmungou Tammy, revirando os olhos. – Agora ficar lá na loja vai parecer chato.

– Não vai, não. Vejo você na quarta-feira, então.

– Certo. Tchau, Nick.

Tammy beijou-o e saiu da loja. Depois de entrar no carro, deu um suspiro pesado.

– Onde foi que eu me meti? – perguntou enquanto ligava o motor e rumava para casa.

Comprometer-se com Nick era uma coisa, mas conhecer a filha dele era outra. Não sabia se tinha algum instinto maternal.

– E se ela não gostar de mim? – murmurou Tammy, mordendo o lábio ao parar em um sinal de trânsito. – O que vou fazer? Além disso, eu tenho minha loja, nunca vou poder substituir a mãe dela e...

Tammy parou diante de casa, estacionou o carro e abriu a porta da frente. Encheu uma taça grande de vinho branco e tomou um longo gole. Não adiantava entrar em pânico. Teria que ver como seria na quarta-feira.

– Oi, Tam, aqui estamos.

Nick entrou na butique segurando a mão de Clemmie.

– Oi, Nick. Oi, Clemmie.

Tammy sorriu para a menina e recebeu um sorriso tímido de volta.

– Oi, Tammy.

– Espero que você me ajude hoje.

– Vou tentar – disse Clemmie. – Nunca trabalhei numa loja.

– Certo, então. Estou indo. Ligo quando estiver saindo, mas devo voltar lá pelas seis.

– Sem problema, Nick. Dê lembranças à sua mãe – pediu Tammy.

– Vou dar. Tchau, Clemmie – despediu-se Nick, e beijou a filha no topo da cabeça. – Seja boazinha.

– Pode deixar. Tchau, pai – disse ela enquanto Nick acenava e saía.

– E quem nós temos aqui?

Meena apareceu, vinda do escritório, e atravessou rapidamente a loja até elas.

– Eu sou Clemmie. Prazer em conhecer a senhora.

– E eu sou Meena. Você é tão educada, Clemmie! O que acha de ir lá embaixo comigo e fazer um colar para dar à sua mãe no Natal? Tenho um monte de contas coloridas e você pode escolher as que ela vai gostar.

– Eu ia adorar, obrigada.

Tammy olhou as duas descendo e suspirou. Meena levava jeito com crianças, já que tivera tantas. Ao passo que ela... Bom, não sabia nem por onde começar.

Felizmente, a butique estava movimentada e Tammy se ocupou com clientes durante toda a manhã. Com as festas de fim de ano chegando, vendeu mais peças do que nunca.

Meena e Clemmie subiram na hora do almoço.

– Estamos indo à deli. Quer alguma coisa, Tammy?

– A salada de sempre seria ótimo, obrigada. E uma Coca. Preciso de cafeína – disse ela, olhando Clemmie passear ao longo das araras de roupas.

– Seus vestidos são lindos, Tammy – sussurrou ela.

– Obrigada, Clemmie. Eu... Bom, vejo você na volta.

Tammy se virou e entrou no escritório, censurando-se por soar tão artificial. *Ela* era a adulta, mas se sentia totalmente travada, e não achava uma palavra para dizer a Clemmie.

As duas voltaram dez minutos depois com o almoço e todas levaram a comida para o escritório e se sentaram para comer.

– Eu adoro Coca-Cola, mas mamãe não me deixa tomar. Diz que apodrece os dentes – comentou Clemmie enquanto Tammy tomava um gole de sua lata.

– Sua mãe está certa, apodrece mesmo – concordou ela.

– Mas seus dentes são perfeitos – disse Clemmie, olhando a lata.

– Quer um pouco? Acho que só um pouquinho não faz mal.

– Quero, por favor, mas não conte ao papai, ele pode ficar chateado.

– Não vou contar, prometo.

Tammy serviu um pouco em um copo. O sino tocou, indicando que uma cliente havia acabado de entrar.

– Eu vou – avisou Meena. – Fiquem almoçando.

– Meena é tão legal – falou Clemmie. – Ela disse que vai fazer curry para mim na próxima vez que eu vier. Eu adoro curry, mas só comi de restaurante, e não feito em casa.

– Então se prepare para cuspir fogo. O dela é muito apimentado.

Tammy sorriu e Clemmie deu uma risadinha.

– Papai disse que você era modelo antes de ter uma loja.

– Era mesmo.

– Seu cabelo é tão lindo, Tammy. Eu queria ter o cabelo igual ao seu. O meu é sem graça.

– Não é, não. É grosso, brilhante e liso, o que eu sempre quis.

– Aposto que você mudou o cabelo um monte de vezes quando era modelo.

– Mudei mesmo, e odiava.

– Mas você gostava de ser modelo?

– Um pouco. Gostava de viajar, conhecer lugares novos e algumas roupas que eu usava eram lindas, mas na verdade era um trabalho muito pesado.

– Eu pensei que modelos se casavam com príncipes – comentou Clemmie, então tomou um gole de Coca e olhou para Tammy, apreensiva. – Então por que você está com o papai?

– Porque eu o amo – respondeu ela, dando de ombros.

– Eu também. Não sabia se ia amar quando mamãe me contou dele, mas agora acho ótimo ele ser meu pai. Você conhece Posy?

– Encontrei com ela uma vez. Gostei muito dela. E você?

– Eu também. Ela é muito jovem para uma pessoa velha – comentou Clemmie, dando uma mordida em sua baguete. – Você sabia que ela é minha avó de verdade?

– Sabia, sim.

– Papai vai contar isso a ela hoje. O que será que ela vai dizer?

– Com certeza vai ficar muito empolgada. Sua mãe e ela eram grandes amigas, pelo que seu pai me contou.

– Eu sei. Papai falou que eu tenho primos e uma tia e um tio. Nunca tive parentes antes. Éramos só eu e a mamãe.

Clemmie deu um longo suspiro e seus olhos se encheram de tristeza. Instintivamente, Tammy segurou a mão da menina.

– E eles, e seu pai, vão todos estar por perto.

– Acho que ela pode morrer logo, Tammy. Ouvi papai falando com o médico ao celular. Quero conversar com ela antes de ela morrer. Eu queria... – Clemmie mordeu o lábio enquanto lágrimas brotavam em seus olhos. – Queria me despedir.

– Claro que sim. Venha cá.

Tammy puxou Clemmie para seu colo e acariciou o cabelo escuro, sentindo um nó na garganta.

– Sabe de uma coisa, Clemmie? Acho que você é a pessoa mais corajosa que eu já conheci.

– Não, a mais corajosa é minha mãe.

– Bom, eu não a conheço, mas se conhecesse tenho certeza de que ela também diria que a mais corajosa é você.

– Às vezes é difícil ser corajosa. Mas estou tentando, por causa dela.

– Ela deve ter muito orgulho de você, Clemmie. Eu teria, se você fosse minha filha.

– Bom, eu vou ser sua filha quando você se casar com meu pai, não é?

– Eu... É, e eu vou ser a madrasta mais orgulhosa do mundo, prometo – disse Tammy, engolindo as lágrimas e percebendo que falava a sério. – Sei que nunca vou ser sua mãe de verdade, mas espero que possamos ser amigas.

– Sim – concordou Clemmie, então segurou uma das mãos de Tammy e olhou suas unhas. – Eu adoro esta cor, Tammy. Posso pintar a minha igual?

– Claro que pode. Eu tenho o esmalte na bolsa.

Tammy apontou para a bolsa.

– Pode pegar? Eu pinto as suas agora.

– Você tem clientes.

– Meena cuida delas. Feche a porta e eu digo que estamos em uma reunião.

Tammy piscou para ela com ar conspiratório. Clemmie desceu do seu colo para pegar a bolsa. Depois, rindo, fechou a porta.

– Oi, mãe, como você está? – perguntou Nick, entrando na cozinha da Admiral House.

– Nick meu querido! Como *você* está? – devolveu Posy, largando a colher de pau com a qual estivera mexendo a sopa e indo abraçar o filho.

– Estou bem, mãe, eu só... preciso falar com você.

Posy reparou na expressão séria do filho.

– Abro a garrafa de vinho que está na geladeira?

– Eu abro, se bem que vou tomar só um pouquinho. Vou voltar para Londres mais tarde.

– É mesmo? Pensei que fosse passar a noite aqui.

– Infelizmente não posso – disse Nick, tirando a garrafa de vinho da geladeira.

– Tammy está esperando?

– Está. Mãe, podemos nos sentar?

Nick levou a garrafa para a mesa e serviu as duas taças que Posy já havia apanhado para o almoço.

– Certo. Bom, você primeiro, porque também tenho umas coisas para contar – afirmou Posy. – Onde você esteve nas últimas semanas, Nick? Você não atendia o celular.

– Desculpe, mãe. Eu deveria ter dito onde estava, mas... infelizmente, tinha outras coisas na cabeça. Você está bem?

– Agora estou, mas vou guardar minhas novidades para depois. Conte o que aconteceu com você, Nick.

Posy tomou um gole de vinho para acalmar os nervos. Só esperava que não fossem mais notícias ruins. Não sabia quanto mais poderia aguentar.

– Você se lembra de Evie Newman?

– Claro que lembro, Nick. Você sabe como eu gostava dela. Ela se mudou de volta para cá e eu levei a filha dela para pescar uma vez, uma menina tão fofa! Mas Evie não parece querer minha amizade.

– É... Depois do que eu tenho para contar, acho que você vai entender, mãe.

Nick tomou um gole de vinho e então procurou explicar delicadamente tudo o que havia acontecido.

– Certo – disse Posy, seu cérebro ainda com dificuldade para registrar o que Nick contara. – Meu Deus.

Ela olhou para o filho.

– Está me dizendo que Clemmie é sua filha?

– Pois é.

– O que significa que ela é minha neta.

– É, sim.

– Eu... Há quanto tempo você sabe?

– Desde que voltei para a Inglaterra.

– Foi por isso que você voltou?

– Não, foi pura coincidência. Evie tinha escrito para mim na Austrália, tinha me encontrado através da minha empresa, mas então você contou que eu estava aqui, aí ela deixou aquela carta na galeria, pedindo que eu a procurasse.

– Entendi, eu acho. Por que agora, Nick? – questionou Posy, franzindo a testa. – Por que ela esperou dez anos para contar?

– Mãe, infelizmente esta é a parte triste. Evie me procurou porque está muito, muito doente. Tem leucemia e há uma boa chance de não sobreviver até o Natal. Sinto muito, mãe, sei como você gostava dela.

Nick segurou a mão de Posy sobre a mesa.

– Ah, meu Deus, uma menina tão linda, e tão jovem...! – lamentou Posy, pegando um lenço no bolso e assoando o nariz. – Enquanto eu estou aqui com quase 70 anos, completamente saudável. A vida é tão injusta! Mas eu devia ter desconfiado. Ela estava com uma cara péssima quando fui lá para pegar Clemmie.

– Eu sei, mãe, é muito triste.

Mãe e filho permaneceram sentados em silêncio por um tempo, perdidos em pensamentos.

– Então Evie procurou você por causa de Clemmie – disse Posy depois de alguns minutos. – Porque você é o pai dela.

– É.

– E, claro, Evie não tem mais nenhum parente... Ela mesma ficou órfã muito jovem. Como Clemmie está reagindo?

– Muito bem, dadas as circunstâncias, mas isso tem muito a ver com como Evie encara a doença. Ela tem sido muito corajosa. As duas, na verdade.

– E você e Clemmie se dão bem?

– Mais do que bem, mãe. Eu fiquei tão nervoso quando a conheci... Mas desde o início foi completamente natural, como se nos conhecêssemos desde sempre. Sei que nunca vou substituir Evie e nem vou tentar, mas vou ficar do lado dela o tempo todo.

– E Tammy? Como ela está encarando essa situação?

– Acho que eu não lidei muito bem com isso – respondeu Nick, dando de ombros. – Fiquei com tanto medo de perder Tammy que não soube como lhe contar, então fugi disso. Só falei a verdade porque Jane e Paul armaram para nós. Ela tem sido incrível. Na verdade, neste momento está tomando conta de Clemmie. É estranho, mãe. Eu fiquei uns dez anos sozinho, até mais, se contar o tempo em que estive apaixonado por Evie, e de repente parece que arranjei uma família pronta.

– Clemmie e Tammy são muito especiais, Nick. Espero que você saiba quanto é sortudo.

– Ah, eu sei, sim. Tammy ficou toda nervosa de tomar conta de Clemmie hoje. Só espero que corra tudo bem.

– Tenho certeza de que vai dar certo. Isso mostra quanto ela ama você, Nick.

– Eu sei, e juro que vou fazer tudo que puder para demonstrar minha gratidão.

– Você a ama? Reencontrar Evie deve ter despertado um monte de sentimentos.

– É, despertou, *desperta*, mas acho que eu tinha colocado Evie em um pedestal. O que sinto por Tammy é muito diferente. Parece... – Nick procurou a palavra certa – ... *real*. Ela é real.

– E Evie? Quem está cuidando dela?

– Ela está em um hospital em Ipswich agora. Em casa ela tem uma enfermeira 24 horas.

– Se eu soubesse, teria ajudado. Mas ela deixou muito claro que não queria me ver.

– Ela estava sem graça e com vergonha do que tinha feito, mãe. Agora que você já sabe, tenho certeza de que ela vai ficar feliz por você fazer oficialmente parte da vida de Clemmie.

– Claro, Nick. Bom, por favor, diga a ela que eu vou fazer tudo por Clemmie – garantiu Posy, então pigarreou e se levantou. – Agora acho que devíamos comer alguma coisa. Sopa?

– Seria ótimo, mãe.

Posy encheu duas tigelas e pegou pão quentinho do forno.

– E então? – perguntou Nick. – O que aconteceu por aqui?

– Muita coisa, e nem tudo é bom.

– Sam? – adivinhou Nick.

– É – respondeu ela, sentando-se. – Vamos comer, antes que a sopa esfrie. Não vai ser uma conversa agradável.

Depois, tomando café, Posy colocou Nick a par do cancelamento da venda da Admiral House.

– Desculpe dizer, mas é tão típico da parte dele. A polícia vai acusá-lo?

– Se ele testemunhar contra o tal Ken Noakes, e tenho certeza de que vai, Sam provavelmente se livra com uma reprimenda. Mas infelizmente tem outra coisa, Nick, muito mais séria.

Com o coração pesado, Posy contou sobre o abuso do irmão contra a esposa.

– E ele continua se recusando a ir para uma clínica tratar desse problema. Sam acha que está bem.

– Bom, ele tem um problema, mãe – disse Nick com firmeza. – Eu sei disso há anos. Ele foi violento comigo durante a maior parte da minha infância.

Nick viu o rosto da mãe empalidecer.

– Desculpe. Deve ser horrível para você ouvir isto, mas precisa saber que o que aconteceu com Amy não é exceção. Eu também sei que ele agredia outros garotos na escola, mas de algum modo sempre conseguia se livrar do castigo.

– Nick, não sei o que dizer. Ele machucou muito você?

– Todos os irmãos brigam, mas você sabe que eu não era do tipo agressivo, então não queria reagir. E acabou quando eu fiz 13 anos e fiquei mais alto e mais forte do que ele. Acertei uns socos que Sam nunca esqueceu. Depois disso ele me deixou em paz.

– Eu devia ter percebido... Por que você não me contou, Nick?

– Tinha medo de ele se vingar. É assim que agressores se safam. Amy deveria prestar queixa. Sam merece, com certeza. Você está bem, mãe?

– Para ser sincera, não. Como poderia estar? Quero dizer, quando vocês eram crianças, às vezes eu me preocupava achando que a rebeldia de Sam era resultado de ter perdido o pai tão cedo, mas nunca pensei que ele fosse capaz de tanta maldade. E saber que *você* passou a infância com medo do seu irmão... Isso faz com que eu me sinta uma péssima mãe. Eu devia ter notado e protegido você, Nick.

– Mãe, de verdade, eu nunca corri risco de morte, e você era... você *é* uma mãe e uma avó maravilhosa.

– Meu Deus! – disse Posy, e pegou o lenço de novo. – Essas últimas semanas! Bom, não vou ficar aqui me lamentando. A situação de Evie coloca tudo em perspectiva, não é? Só posso pedir desculpas por não ter percebido o que Sam fazia com você.

– Olhe, mãe, por que você não deixa Sam comigo? Vou visitá-lo a caminho do hospital. Tentarei convencê-lo de que ele precisa se tratar.

Posy o encarou.

– Isso soou ameaçador. Você não vai machucar seu irmão, não é?

– Meu Deus, mãe, claro que não! É muito mais provável que ele me machuque. Você já fez o suficiente. Deixe que eu cuide disso.

– Obrigada, Nick. Por favor, diga que é para o bem dele.

– Vou dizer. Então é melhor eu ir – concluiu Nick, se levantando. – Eu estava pensando em trazer Clemmie para passar um tempo aqui na Admiral House, se você não se importar. Assim ficamos mais perto do hospital, para o caso de acontecer alguma coisa.

– Eu adoraria, Nick, claro. E seu trabalho?

– Vai ficar em suspenso até o ano-novo. Pela primeira vez estou repensando minhas prioridades – disse ele, sorrindo.

– Bom, quero ajudar em tudo que Clemmie precisar. E Evie também. Por favor, mande lembranças e diga que eu gosto muito dela, está bem?

– Pode deixar, mãe. E quando tivermos mais tempo precisamos falar sobre a Admiral House.

– É, precisamos. Nesse aspecto eu voltei à estaca zero, mas agora é a menor das minhas preocupações. E só para terminar com uma coisa positiva, Nick... Eu gostaria que você conhecesse uma pessoa – disse ela, acompanhando-o até a porta dos fundos.

– É mesmo? Essa "pessoa" é um homem?

Uma sombra de sorriso brincou nos lábios de Nick enquanto ele via a mãe ruborizar.

– É. O nome dele é Freddie, e é a pessoa mais querida que eu conheço.

– Parece sério, mãe.

– Talvez seja. Eu o conheci quando era muito jovem, e nos reencontramos há pouco tempo, quando ele se mudou para Southwold.

– Ele faz você feliz?

– Faz – Posy assentiu. – Faz, sim.

– Então fico feliz por você, de verdade. Você passou muito tempo sozinha.

– E você também – disse Posy, então beijou-o carinhosamente. – Tchau, Nick. E, por favor, telefone assim que tiver falado com Sam.

– Pode deixar. Tchau, mãe.

Três horas depois, a caminho de Londres, Nick ligou para a mãe, como ela havia pedido. Ela atendeu no segundo toque.

– Oi, mãe, tudo bem?

– Tudo. E você?

Nick notou a ansiedade na voz dela.

– Estou bem, e Sam também está. Batemos um papo e ele concordou em fazer a reabilitação. Pesquisamos uma clínica, ligamos para lá e amanhã vou voltar aqui para buscá-lo.

– Ah, que notícia boa! Ele foi... Quero dizer, como ele reagiu?

– Acho que depois de alguns dias sozinho naquela casa horrível, sem dinheiro para comprar bebida, ele caiu em si – respondeu Nick, diplomaticamente.

Queria poupar a mãe da agressividade inicial demonstrada por Sam, e do que foi necessário para convencê-lo.

– E o custo? Dei uma olhada em uma clínica pela internet e era caríssima.

– Não se preocupe com isso, mãe. Eu pago.

– Obrigada, querido. Eu tenho andado muito preocupada com ele. Agora, o mais importante: como está Evie?

– Está bem fraquinha, tomando muita medicação. Ela dormiu a maior parte do tempo que eu passei lá. Falei que você mandou lembranças e que vou levar Clemmie para a Admiral House na semana que vem. Acho que precisamos ficar por perto. Evie também disse que quer conhecer Tammy, então talvez ela venha com a gente.

– Quanto mais gente, melhor, querido. Ah, mal posso esperar.

– Bom, eu aviso quando vamos chegar.

– Está bem. Dirija com cuidado, Nick, e obrigada por tudo.

– Pode deixar. Se cuide, mãe. Tchau.

Nick abriu um leve sorriso ao desligar. Mesmo quando estivesse velho e aposentado, sua mãe provavelmente ainda diria para ele dirigir com cuidado. Sentia-se péssimo por ter lhe contado sobre Sam. Sabia que ela ficaria triste, mas pelo menos agora a mãe entendia por que os dois não eram amigos.

Ao se aproximar de Chelsea, Nick voltou a pensar em Tammy e Clemmie. Tammy mandara uma mensagem quando ele estava saindo do hospital, dizendo que ia levar Clemmie para casa e que iam pedir pizza, o que para ele estava ótimo.

– Oi, querida – disse quando Clemmie abriu a porta da casa de Tammy.

– Oi, pai – respondeu ela, e Nick viu que os olhos da menina estavam brilhando. – Estamos esperando a pizza chegar. Pedimos uma para você também.

– Obrigado – comentou ele, entrando, então viu Tammy pegando alguns pratos na cozinha. – Como foi seu dia?

– Muito legal – respondeu Clemmie, estendendo as mãos para mostrar as unhas. – Tammy pintou. O que você acha?

Nick olhou a cor turquesa brilhante e assentiu.

– Lindas.

– Esta casa não é superlegal, pai? Parece uma casa de boneca, só que para adultos. A gente pode morar aqui em vez de Battersea?

– Acho que é meio pequena para nós três, mas é linda mesmo. Oi, Tammy.

Nick lhe deu um beijo comportado no rosto.

– Tudo bem?

– Tudo – respondeu Tammy, sorrindo. – Tivemos um dia ótimo, não foi, Clemmie?

– É. A gente ia assistir a uns filmes antigos da Barbie enquanto come a pizza, mas acho que você não vai querer, né?

– Eu não ligo, Clemmie, o que você quiser.

– Não se preocupe, porque Tammy disse que eu posso vir dormir aqui outro dia. Como está a mamãe?

– Ela está bem. Disse que ama você – respondeu Nick enquanto Tammy indicava a taça de vinho que servia para si mesma, e ele assentiu. – Hoje encontrei sua avó, Posy. Ela perguntou se a gente quer ir passar um tempo com ela. Assim ficamos mais perto de sua mãe.

– Tammy também pode ir?

– Claro. Se ela puder tirar uma folga da butique.

– Acho que posso deixar Meena cuidando de tudo por alguns dias – disse Tammy, entregando uma taça a Nick.

A campainha tocou e Clemmie foi pegar as pizzas.

– Como foi hoje? – sussurrou Nick para Tammy.

Ela balançou a cabeça.

– Sua filha é mesmo incrível, Nick. Já estou apaixonada por ela.

As palavras fizeram lágrimas involuntárias brotarem nos olhos de Nick, e ele se conteve para não chorar.

– É mesmo?

Tammy segurou a mão dele.

– É, é mesmo.

38

– Amy, ontem Nick levou Sam para a clínica. O que acha disso? – perguntou Posy enquanto tomavam chá na nova casinha da nora.

– Para ser sincera, fico aliviada, Posy. Pelo menos sei que ele não vai aparecer no meu trabalho amanhã. Estava com medo disso.

– Também queria dizer que vi Nick nesse fim de semana. Ele me contou que Sam era muito agressivo com ele quando eram pequenos. Acho importante você saber que não era só com você, Sam já foi violento com outras pessoas. Você não imagina como eu fico arrasada por nunca ter percebido o que acontecia bem debaixo do meu nariz, nem com você nem com ele.

– Sam sempre soube disfarçar muito bem, Posy – disse Amy, suspirando.

– Você vai pedir o divórcio?

– Vou, mas talvez deixe para depois de ele terminar o tratamento. Não vai ser um divórcio complicado. Não temos nada para disputar, a não ser as crianças.

– Bom, tome muito cuidado com isso quando chegar a hora, Amy. A não ser que haja alguma mudança drástica, não seria seguro deixar Sam sozinho com elas.

– Eu sei, mas espero que ele esteja mudado quando sair. Você sabe quanto tempo ele deve ficar lá?

– Nick disse que no mínimo seis semanas, então os médicos vão avaliar como ele está. Agora preciso ir. Nick vai chegar com Tammy e Clemmie daqui a pouco.

– Clemmie? Quer dizer, a filha da Evie?

– É. E filha do Nick também, aliás. Parece que Sara e Jake ganharam uma prima.

Amy encarou Posy com olhos arregalados.

– Clemmie é filha do Nick?!

– É. Infelizmente, Evie está muito doente. Ela procurou Nick há algumas semanas para contar a ele.

– Então foi por isso que vimos o carro dele na frente da casa dela. Tammy achou que eles estavam tendo um caso. Foi embora arrasada. Mas se ela vem hoje, obviamente os dois se entenderam.

– Se entenderam, sim, e estou muito feliz por eles. Vão ficar lá em casa porque é mais perto do hospital. Não resta muito tempo a Evie. Agora preciso mesmo ir. Você e as crianças podem dar um pulinho lá para jantar um dia desses, o que acha?

– Seria ótimo, Posy. E obrigada por ser tão incrível.

– Bobagem. Se eu *tivesse* sido incrível, nada dessa confusão com Sam teria acontecido. Mas agora preciso correr.

Posy saiu da casinha e estava atravessando o pátio quando a porta da casa de Freddie se abriu.

– Posy querida, tem tempo para uma xícara de chá?

– Desculpe, Freddie, mas não tenho.

– Um abraço, então?

– Para isso sempre tenho tempo – respondeu ela enquanto Freddie a enlaçava e ela respirava fundo pela primeira vez naquele dia.

– Sei que sua programação está apertada, mas acha possível marcar um almoço ou jantar comigo esta semana?

– Claro que sim, Freddie, você sabe que adoro ver você. Óbvio que estou ocupada, com Nick trazendo Clemmie e Tammy para ficar lá em casa, mas você também devia ir conhecê-los.

– É, eu gostaria. Por favor, querida, não exagere no trabalho, está bem?

– Vou tentar, prometo.

– Ótimo – disse ele enquanto Posy se soltava do abraço. – Tente lembrar que você já passou da idade de se aposentar e tem todo o direito de pegar leve.

– Pode deixar – garantiu ela, e lhe deu um beijo no rosto. – Tchau, Freddie, a gente se fala.

Durante a volta à Admiral House, por alguns segundos Posy se permitiu deixar todo o resto em segundo plano enquanto se concentrava em Freddie e na promessa de felicidade que ele trouxera para sua vida. Só esperava ter tempo de aproveitar isso logo. Naquele momento, estava muito focada em Evie e sua filha.

Ao chegar em casa, Posy arrumou as camas para os hóspedes, depois assou um bolo para Clemmie e preparou uma torta de peixe para o jantar. Enquanto o crepúsculo baixava, foi dar uma volta rápida no jardim para acalmar a mente e tomar um pouco de ar fresco. Parou perto do Torreão e olhou para o andar de cima, com as janelas parcialmente cobertas de hera.

Enquanto voltava para casa, pensativa, pegou o celular na bolsa e percorreu os contatos. Depois de hesitar alguns segundos, ligou.

– Oi, Posy – disse a voz profunda e melódica que atendeu depois de dois toques. – A que devo esta honra? Está tudo bem?

– Tudo complicado como sempre, Sebastian – admitiu Posy. – Mas estou sobrevivendo. E você?

– Ah, continuo na mesma. Usando todas as desculpas possíveis, inclusive um monte de festas de fim de ano às quais nem quero ir, para não me sentar e terminar o livro. Mas estou bem, obrigado.

– Sebastian, estava pensando se você poderia me ajudar com uma coisa.

– Qualquer coisa, Posy, você sabe.

– Freddie disse que falou com você sobre meu... pai.

– Falou, sim. E obviamente já contou a você também.

– Contou. Foi um choque horrível, como você pode imaginar, mas estou superando. Preciso superar, não é?

– Infelizmente. E se existe alguém capaz disso, é você, Posy. É a pessoa mais forte que eu conheço. Foi o que eu falei para Freddie quando ele pediu minha opinião. Ele estava todo preocupado em deixar você triste. Ele a adora, Posy, de verdade.

– E eu o adoro. Agora está tudo bem entre nós.

– Fico muito feliz. Depois de todos esses anos, vocês merecem.

– Obrigada, querido. A vida tem sido muito desafiadora ultimamente. E quanto ao negócio do meu pai, venho pensando em um modo de deixar para trás o que aconteceu com ele. E de permitir que ele descanse em paz.

– Quer dizer que você quer um desfecho?

– É. E pensei em um modo de fazer isso.

– Bom. Então diga como eu posso ajudar.

Posy falou.

– Entendi – disse Sebastian, depois de uma pausa. – Posso ligar para meu contato no Ministério do Interior. Ele me ajudou na pesquisa para *Os campos sombrios* e deve poder me orientar na direção certa. Não faço ideia se esse é um procedimento-padrão ou não.

– Talvez possam ao menos dizer onde ele está, Sebastian. O que já seria alguma coisa.

– Claro. Eu aviso se conseguir, e a partir daí é com você.

– Obrigada, querido. De verdade. Agora preciso correr para a cozinha antes que a torta de peixe queime.

– Dá para sentir o cheiro daqui. Sua culinária estragou minha vida, Posy. Desde então pedir comida em restaurante não tem a mesma graça. Eu ligo quando souber de alguma coisa. Até mais.

Posy desligou e foi ver a torta.

– Nick querido.

Posy beijou o filho calorosamente quando ele passou pela porta da cozinha.

– Oi, mãe. Tem alguma coisa cheirando bem, como sempre.

Ele sorriu e se virou para Clemmie, que segurava sua mão com força.

– Sua avó faz o melhor bolo de chocolate do universo.

– Oi, Clemmie – disse Posy, olhando o rosto pálido da menina, que era tão parecida com a mãe. – Posso lhe dar um abraço?

– Pode, Posy... quero dizer, vovó – respondeu Clemmie, ruborizando.

– Eu sei, é confuso – concordou Posy, dando um abraço apertado. – Mas é divertido a gente ser parente, não é?

– Acho que é – sussurrou Clemmie, tímida.

– Por que você não tira o casaco e come um pedaço do bolo de chocolate que seu pai falou? Deve estar morrendo de fome depois da viagem.

– Oi, Posy – cumprimentou Tammy, entrando.

– Querida, que bom ver você de novo! Vou pôr a chaleira no fogo.

Posy foi pegar a chaleira e a encheu.

– A viagem foi boa?

– Não foi ruim, pelo menos escapamos da hora do rush – respondeu

Nick, o olhar grudado em Clemmie enquanto pegava uma faca para cortar uma fatia de bolo para ela.

– Bom, depois que você comer, Clemmie, vou mostrar seu quarto. É onde seu pai dormia quando era pequeno – disse Posy.

– Esta casa é muito grande, vovó – comentou ela, o olhar percorrendo a cozinha. – Parece um castelo.

– É grande mesmo, e precisa de um monte de gente para ficar cheia.

Posy sorriu enquanto a chaleira fervia.

– Você foi sortudo de morar aqui quando era pequeno, pai – disse Clemmie enquanto partia o bolo em pequenos pedaços e o levava à boca.

– É mesmo, né?

– Vamos tomar o chá na sala matinal? – sugeriu Posy. – Eu acendi a lareira.

Meia hora depois, Tammy levou Clemmie para o segundo andar, para desfazerem as malas, e Posy se sentou com o filho diante da lareira.

– Alguma notícia do hospital?

– Tudo na mesma. Vou levar Tammy lá amanhã; Evie quer conhecê-la. Você tomaria conta da Clemmie?

– Claro. Ela pode passar umas horas comigo na galeria. Como ela está?

– Ela sabe que a mãe continua no hospital. Evie não queria vê-la antes de sair, mas acho que é tarde demais para isso – disse Nick, suspirando. – Eu só queria que não fosse na época do Natal. Parece muito pior com todo mundo em clima festivo.

– Bom, vamos fazer o máximo para que Clemmie se sinta bem-vinda aqui. A árvore de Natal chega amanhã à tarde e ela pode me ajudar a enfeitar.

– E talvez você possa visitar Evie também, dependendo de como ela esteja.

– Claro, querido. Agora preciso preparar uns legumes para acompanhar a torta de peixe.

Depois do jantar, Nick levou Clemmie para o quarto. Tammy e Posy ficaram lavando os pratos.

– Amy me contou que você descobriu que Nick estava visitando Evie – disse Posy, com cuidado.

– Pois é.

– É incrível você apoiar Nick e Clemmie desse jeito.

– Eu o amo, Posy – declarou Tammy com simplicidade. – Admito que tive minhas dúvidas sobre virar uma figura materna para Clemmie. Antes da semana passada, eu não sabia se tinha instinto maternal e fiquei preocupada pensando em como me sairia com Clemmie. Mas ela foi fantástica, Posy. Parecia saber que eu estava nervosa e fez com que fosse tão fácil me apaixonar por ela... Clemmie é adorável, e é assustador como já estou apegada a ela.

– Então você deve dizer isso a Evie quando encontrá-la amanhã.

– Meu Deus, estou morrendo de medo, Posy – confessou Tammy, suspirando. – Você acha mesmo que ela vai querer ouvir? Não vai sentir que eu estou roubando a filha dela, ou sei lá o quê?

– Acho que é exatamente o que ela precisa e quer ouvir, Tammy. O que importa é que a filhinha dela seja amada e protegida. Pelo menos é como eu me sentiria no lugar dela.

– Acho que não sou muito boa nesse tipo de situação. Provavelmente vou chorar sem parar.

– Você também não achava que seria uma boa mãe, Tammy, mas é óbvio que vai ser. É muita coisa para assimilar, e a gente só consegue lidar com uma de cada vez. Pessoalmente, eu estou feliz que você fique ao lado do meu filho e da minha neta. E com certeza Evie também vai ficar, quando conhecer você.

– Obrigada pelo apoio, Posy – disse Tammy, enxugando as mãos em um pano de prato. – Agora é melhor eu ir dar boa-noite a Clemmie.

Tammy estava nauseada enquanto seguia Nick até o quarto de Evie. Nunca gostara de hospitais – morria de medo, com todas aquelas máquinas soltando bipes e zumbindo constantemente, monitorando o correr da vida.

– Ela está ali – disse Nick, indicando a porta.

– Ah, meu Deus – murmurou Tammy, e o agarrou com força. – Não sei se consigo fazer isso, Nick, eu...

– Vai dar tudo certo, querida, eu juro. Ela dorme a maior parte do tempo agora e eu vou estar com você. Não se preocupe, está bem?

Nick ergueu o rosto de Tammy para que ela o encarasse.

– Está bem, desculpe.

Ele abriu a porta e os dois entraram no quarto. Tammy fitou a figura minúscula e pálida na cama. Evie parecia pequena diante do maquinário que a cercava, e pouco mais velha do que a filha.

– Sente aqui – sussurrou Nick, apontando uma cadeira.

Tammy sentou-se ao lado dele, encarando a máquina que mostrava os batimentos ritmados do coração de Evie. Era impensável que uma mulher da idade dela pudesse sumir do mundo em alguns dias. Tammy engoliu em seco. Não tinha o direito de chorar, afinal, quando sua perspectiva era passar o resto da vida com o homem que amava e com a filha de Evie.

Depois de um tempo, os longos cílios de Evie tremularam e seus olhos se abriram.

Imediatamente Nick segurou a mão dela.

– Oi, querida. É Nick. Dormiu bem?

Evie deu um sorriso levíssimo e assentiu em um movimento bem suave.

Nick enfiou a mão no bolso e pegou um cartão feito por Clemmie, coberto com minúsculos corações vermelhos.

– Clemmie mandou isto para você – disse ele, e o colocou diante de Evie, para que ela visse. – Posso ler?

De novo uma confirmação quase imperceptível.

– "Mamãe querida, estou com saudade e te amo muuuuito. Diga para o papai quando posso ir ver você. Com todo o meu amor, Clemmie."

Tammy viu uma lágrima aparecer no canto do olho de Evie e a ouviu engolir em seco.

– Evie, eu trouxe Tammy para te conhecer, como você pediu. Ela está aqui.

Evie virou a cabeça lentamente e a encarou por um tempo. Tammy se sentiu ruborizando, constrangida.

– Oi, Evie. Eu sou a Tammy. É um prazer conhecer você.

Evie sorriu, então sua pequena língua rosada surgiu para umedecer os lábios.

– O prazer é meu – sussurrou ela.

Evie estendeu um braço magro na direção dela e abriu a mão, que Tammy segurou com cuidado.

– Você é linda, como Nick disse.

– Parece que ele tem bom gosto para mulheres – falou Tammy, sorrindo e apertando a mão de Evie.

– É.

Evie ficou em silêncio por um tempo, como se reunisse energia para falar mais.

– Você conheceu... Clemmie?

– Conheci. Ela é maravilhosa, Evie. Sério, você a educou muito bem. Eu... – disse Tammy, contendo as lágrimas. – Você deve sentir muito orgulho dela.

– Sim, muito.

Tammy viu as pálpebras de Evie se fecharem e uma enfermeira enfiou a cabeça no quarto.

– Olá. Só vim verificar o prontuário e a medicação – avisou ela com voz animada, pegando uma prancheta ao pé da cama.

Tammy se perguntou como a enfermeira conseguia manter um sorriso no rosto presenciando aquilo o dia todo.

– Está tudo ótimo – confirmou a enfermeira. – Vou deixar vocês.

Evie continuou dormindo quando a enfermeira saiu do quarto. Nick se virou para Tammy.

– Você está indo muito bem. Quer uma xícara de chá? Vou lá pegar na cantina enquanto ela está dormindo.

Tammy quis dizer para Nick ficar, que precisava dele ali, mas deixou que ele fosse. Imaginou como Meena estaria se saindo na loja, pensou em como o estoque estava diminuindo. Depois olhou para Evie e percebeu que nada disso tinha importância. Tudo que importava estava representado naquele quarto: cuidar da filha daquela mulher o melhor que pudesse.

– Tammy?

A voz de Evie a tirou do devaneio.

– Sim?

– Cadê Nick?

– Foi pegar um chá, vai voltar logo, prometo.

– Não, acho bom estarmos sozinhas. Eu... quero dizer que fico feliz por você cuidar de Clemmie. Nick é... – Evie engoliu em seco dolorosamente – ... bom, mas é homem, sabe?

– Sei – concordou Tammy, sorrindo.

– Clemmie precisa de uma mulher, uma mãe... Você... você está bem com isso?

– Estou, Evie, com certeza. Ontem eu disse a Posy que fiquei preocupada por não ser maternal, mas então conheci Clemmie e... me apaixonei por ela. Já estou muito apegada.

– Isso é bom, fico feliz – disse Evie, assentindo. – Eu sei... que não tenho muito tempo. Preciso ver Clemmie. Dizer... adeus.

Tammy mordeu o lábio com força e assentiu.

– Quando você quer vê-la?

– As-assim que possível.

– Está bem, vou dizer a Nick.

– Cuide dela por mim, está bem? Ame-a por mim...

– Eu prometo, Evie.

– Obrigada.

Os olhos de Evie se fecharam de novo bem quando Nick voltou com o chá.

– Tudo bem, querida? – perguntou ele, sentando-se e entregando a Tammy o copo de isopor.

Ele enxugou gentilmente uma lágrima que descia pelo rosto dela.

– Ela acabou de falar que quer ver Clemmie para... dizer adeus. Quanto antes.

– Está bem.

Nick tomou um gole de chá e os dois ficaram sentados em silêncio enquanto Evie dormia. Quarenta minutos depois ela ainda não tinha acordado e Nick indicou que deviam ir embora.

– Eu encontrei o médico ao voltar da cantina – disse ele enquanto caminhavam pelos corredores. – Vou levar você para casa e trazer Clemmie esta noite. Evie tinha razão: o tempo está acabando.

– Está bem.

– Vou pedir que mamãe venha também, para levar Clemmie de volta depois, assim eu posso ficar com Evie – acrescentou ele ao passarem pela porta de entrada, e Tammy respirou fundo o ar puro. – Não quero que ela esteja sozinha quando...

– Claro, Nick. Eu e Posy vamos cuidar de Clemmie para que você possa ficar com Evie – respondeu enquanto entravam no carro.

– Tem certeza de que não se incomoda?

– Se me incomodo? Meu Deus, claro que não.

– Algumas mulheres se incomodariam – disse Nick, dando partida. – Afinal, eu já fui apaixonado por ela e sei que esta situação toda não é o começo ideal para nosso relacionamento.

– Por favor, Nick, pare. Se eu não quisesse estar aqui com você e Clemmie, não estaria, ok? Agora Evie precisa de você mais do que eu.

– Obrigado, Tammy.

Ele deu um sorriso triste enquanto partiam.

– Foi bom vocês terem se conhecido hoje. O que mais Evie disse?

– Ela disse... – Tammy engoliu em seco. – Pediu que eu cuidasse de Clemmie por ela. Eu falei que faria o máximo.

– Já está fazendo, querida, e nem sei como agradecer.

Tammy estava se servindo uma taça de vinho, depois de se despedir de Nick, Clemmie e Posy, que partiram para o hospital, quando viu os faróis de um carro que chegava pela estradinha.

– Quem pode ser? – sussurrou no momento em que o carro parou perto da entrada dos fundos.

Olhando pela janela da cozinha, viu Amy se aproximando da porta.

– Tem alguém em casa? – chamou Amy, abrindo-a.

– Eu! – respondeu Tammy, e foi dar um beijo caloroso no rosto de Amy. – Que bom ver você! Achei que Posy tinha contado que ia ao hospital com Nick e Clemmie.

– Contou, mas eu queria falar com você, e Freddie disse que ficava com as crianças. Ele é realmente incrível. Você já o conheceu?

– Não, quem é?

– O bom amigo de Posy, como ela diz. Mas também o meu herói. Ele é realmente especial, não estou brincando. Se Posy não o agarrar, acho que me caso com ele – brincou Amy. – Então temos vinho?

– Claro – disse Tammy, servindo uma taça para ela. – Uau, Amy – acrescentou, entregando-a. – Nick me contou o que aconteceu, mas você está ótima.

– Agora que superei o choque, estou começando a me sentir melhor. Acho que é o alívio de saber que Sam não está por perto, que não preciso ficar com medo quando escuto a chave dele na fechadura... Saúde.

Elas brindaram.

– Você devia ter me contado, Amy. Eu teria feito qualquer coisa para ajudar.

– Eu sei, mas tive muito medo da reação dele. De qualquer modo, Sam teria negado. Você o conheceu, viu como ele é capaz de engambelar qualquer um.

– Ele não me engambelou nem um pouco – disse Tammy, e estremeceu. – Já conheci gente desse tipo.

– Já?

Amy a encarou enquanto se sentavam à mesa da cozinha.

– Infelizmente. Por sorte não tive filhos nem dependia dele financeiramente, pois tinha um trabalho que me levava pelo mundo todo. Tive como escapar, você não. Então sim, eu entendo o que você passou. Isso tem a ver com controle, segundo meu terapeuta. Homens mesquinhos que só se sentem poderosos controlando as mulheres por meio de raiva e violência. De qualquer modo, um brinde à distância dele.

– Não é por muito tempo. Talvez ele só fique seis semanas na clínica – disse Amy, estremecendo. – E era sobre isso que eu queria falar com você. Posy contou que Sam batia em Nick quando ele era pequeno. Então conversei com Freddie, que já foi advogado criminalista, e... vou prestar queixa por agressão.

– Certo. E como você está se sentindo?

– Assustada, desleal, culpada... – respondeu Amy, e deu de ombros. – Mas, como Freddie e Posy me disseram, se eu não fizer isso, Sam pode fazer o mesmo com outra pessoa. E não quero ter esse peso na consciência. O que você acha?

– Acho que é muito corajoso da sua parte, Amy. E que é a coisa certa.

– O que você acha que Posy vai falar? Quero dizer, ela está sendo muito legal comigo e me apoiando, mas no fim das contas Sam é filho dela.

– Claro, e entendo sua preocupação. Mas tenho certeza de que Posy vai concordar com sua decisão.

– Freddie disse que acha difícil Sam ficar muito tempo na prisão. Como ele já foi para uma clínica tratar o alcoolismo e a raiva, o juiz vai concluir que ele assumiu a responsabilidade pelo que fez. Ele pode até conseguir uma suspensão da pena, mas não é esse o ponto. Eu só quero que o que ele fez comigo fique registrado, para que no futuro, se ele fizer de novo, esteja tudo preto no branco. Eu morro de medo do processo. A ideia de ir ao tribunal apresentar provas contra meu marido... – disse Amy, sentindo um calafrio. – Mas Sam podia ter me matado naquela noite, e não posso ser responsável se ele fizer isso com outra pessoa.

– Não pode mesmo, e todo mundo vai apoiar e ajudar você, garanto. Sério, Amy, fico muito orgulhosa. Muitas mulheres têm medo de levar o abusador à justiça, o que é compreensível, ainda mais se for o marido ou o companheiro. Se mais mulheres denunciassem, talvez os homens percebessem que não podem se livrar tão fácil – argumentou Tammy, então pegou a mão de Amy sobre a mesa e a apertou. – Faça isso por todas nós. E o mais importante, faça por *você* e pelos seus filhos lindos.

– Bom, vou deixar para depois do Natal. Acho que a família Montague já tem problemas suficientes, mas obrigada pelo apoio, Tammy – disse Amy, os olhos brilhando com lágrimas enquanto tomava um gole de vinho. – Vamos mudar de assunto. Como está Evie?

– Nada bem. Fui lhe fazer uma visita hoje.

– E aí?

– Passei a maior parte do tempo tentando não chorar na frente dela. É horrível, Amy. Clemmie foi ao hospital para Evie poder se despedir.

– Meu Deus, a vida é uma merda, não é? Coitado do Nick e coitada da Clemmie.

– Eu sei. Nick é muito bom com ela, carinhoso e gentil.

– Ele é um cara legal. E você não precisa se preocupar que ele e Evie...

– Ah, não me preocupo mais. De verdade, Amy. Fico feliz por ela ter Nick por perto.

– Como dois irmãos podem ser tão diferentes? – questionou Amy, suspirando. – E parece que eu escolhi o errado.

Tammy tomou um gole de vinho e encarou a amiga.

– Tem falado com Sebastian?

– Não, por quê?

– Porque na festa vocês pareciam... bom, que estavam juntos, para ser sincera.

– Nós... ficamos, pelo menos por um tempo. Na verdade, eu ia me separar, pouco antes de Sam ser preso por causa da fraude com a Admiral House. Então, quando ele saiu sob fiança, eu soube que não podia. Terminei com Sebastian, disse que não queria mais vê-lo.

– Certo. E acabou *mesmo*? Mesmo agora que você deixou Sam?

Amy ficou olhando para o nada.

– Eu tento me convencer de que acabou, mas não consigo. Só que eu tive uma chance e estraguei tudo. Além disso, preciso me concentrar nas crianças. Depois de tudo isso, elas perderam o pai.

– Então você não vai contar a Sebastian que deixou Sam?

– Não – falou Amy com firmeza. – Com certeza ele já me esqueceu. Devo ter sido só uma distração enquanto ele estava aqui.

– Me pareceu muito mais do que isso, Amy.

– Tammy, me desculpe, mas será que a gente pode falar de outra coisa?

– Perdão, claro que sim. Como estão as crianças?

– Ótimas, obrigada – respondeu ela, o rosto se iluminando. – Elas adoram a casa e a babá novas, isto é, Freddie. Ele as mima demais. Aliás, o que você e Nick vão fazer no Natal?

– Acho que depende da Evie, para falar a verdade. Não fizemos planos.

– Claro. Fico feliz que vocês tenham se entendido, Tammy. E bem-vinda à maternidade.

Amy sorriu enquanto brindavam de novo.

– Foi um pouco mais rápido do que eu gostaria, mas Clemmie é maravilhosa. Além disso, pelo menos não passei pelas dores do parto.

– Verdade – disse Amy, rindo. – Com certeza ainda vai passar. Você e Nick já estão morando juntos?

– Não, porque eu não queria pressionar Clemmie. Mas acho que depois do Natal vou morar com eles na casa nova em Battersea.

– Espero que vocês se casem. Seria bom ter algo para comemorar.

– Um passo de cada vez. Se bem que eu também gostaria, e provavelmente seria bom para Clemmie. Vamos ver se ele faz o pedido – disse Tammy, sorrindo. – Parece que nós fizemos tudo de trás para a frente.

– Famílias modernas... E você sabe se Posy já decidiu o que fazer com a Admiral House?

– Conversamos um pouco sobre isso hoje de manhã. Acho que ela vai colocar à venda em janeiro.

– É tão triste! A casa está na família há trezentos anos. E é tão linda! Sebastian ficou completamente apaixonado por ela, e eu também sou. Vou fazer uma pintura dela antes que seja vendida. Pensei em dar de presente a Posy no aniversário de 70 anos.

– Posy vai fazer 70 anos? – perguntou Tammy, pasma. – Uau, eu diria que ela tem uns dez anos a menos.

– Eu sei, ela humilha todas nós com toda essa energia. Bom, é melhor eu voltar e livrar Freddie de assistir ao *Conto de Natal dos Muppets* pela vigésima vez. Foi ótimo ver você, Tammy. E, se tiver chance, vá me visitar. Estou morando perto da High Street, mas me ligue antes e eu explico melhor. E leve Clemmie para ela conhecer os priminhos levados.

– Se tiver tempo, claro que vou. É realmente ótimo ver você, Amy.

Tammy se levantou e beijou-a.

– Cuide-se, viu?

– Agora posso dizer que vou me cuidar. Tchau, Tammy.

39

Na tarde seguinte, Tammy estava caminhando pelo jardim com Clemmie e Posy quando seu celular tocou no bolso.

– Com licença, gente, só um minutinho – disse ela, então murmurou sem som por cima da cabeça de Clemmie: – É Nick.

Posy assentiu, depois se afastou com a menina para Tammy conversar com privacidade.

– Alô?

– Tammy, é Nick. Evie morreu há uns vinte minutos.

Tammy ouviu a exaustão e o vazio na voz dele.

– Ah, Nick, eu sinto muito...

– Obrigado. Preciso preencher uma papelada aqui, mas vou para casa assim que terminar. Não diga nada a Clemmie, está bem? Quero contar pessoalmente.

– Claro. Cuide-se, querido. Te amo.

Tammy olhou para o jardim coberto pela névoa, sentindo o cheiro reconfortante de fumaça de lenha. Posy estava cortando alguns ramos de azevinho enquanto Clemmie segurava a escada. Tammy foi até elas e Posy a encarou enquanto descia. Tammy balançou a cabeça ligeiramente e ela assentiu.

– Parece que finalmente alguém na família compartilha minha paixão pela jardinagem, não é, Clemmie? – comentou Posy, sorrindo.

– Ah, é, eu adoro flores e plantas, e vovó vai me ensinar tudo quando começarem a brotar, na primavera.

– Vou mesmo. Agora vamos entrar para saborearmos uma bela caneca de chocolate quente com bolo? Está ficando frio e escuro aqui fora.

Enquanto voltavam para a casa, Tammy olhou para o céu e viu as primeiras estrelas brilhando lá em cima.

Vá com Deus, Evie querida. Prometo que vou fazer o máximo para cuidar bem da sua filha...

Nick chegou uma hora depois, abatido e pálido. Levou Clemmie para a sala matinal, onde ela e Posy tinham montado a árvore de Natal, e fechou a porta.

– Preciso de uma boa taça de vinho, e tenho certeza de que você também – disse Posy, séria, pegando a garrafa na geladeira.

– Obrigada, Posy.

As duas se sentaram à mesa em silêncio, imersas em pensamentos.

– Eu era pouco mais nova do que Clemmie quando me contaram que meu pai tinha morrido – disse Posy, depois de um tempo. – A diferença é que eu não estava preparada. Mesmo assim, por mais que Evie tenha tentado prepará-la para a notícia, não vai ser fácil. Ela vai ficar arrasada. Até então era só uma possibilidade, e agora é real.

– Como seu pai morreu, Posy?

– Essa é uma longa história, Tammy – disse Posy, com um sorriso triste. – Há pouco tempo soube de uma coisa que me fez sentir que perdi meu pai de novo.

Elas ouviram a porta da sala matinal se abrir e Nick saiu com Clemmie no colo. A cabeça da menina estava enterrada no ombro dele.

– Ela disse que queria você, mãe – falou ele, entregando-a a Posy.

Tammy viu o rosto de Clemmie molhado de lágrimas e sentiu o coração se contrair de afeto. Nick estendeu a mão para ela enquanto Posy acomodava Clemmie no colo.

– Ainda tem um pouco desse vinho? – perguntou ele.

Tammy pegou a garrafa e mais uma taça, e os dois saíram da cozinha.

– Como ela recebeu a notícia?

– Bem calma, até. Clemmie disse que Evie se despediu dela ontem – explicou Nick, e os dois se sentaram na sala matinal, diante da lareira. – Mas é óbvio que ela está arrasada.

– Claro.

– Eu falei que a mãe dela foi tranquilamente para o céu, e foi mesmo. Evie dormiu e não acordou mais. Foi melhor assim, Tammy, ela estava sofrendo muito. Eu...

Então foi a vez de Nick chorar. Tammy o abraçou e ele soluçou baixinho em seu ombro.

– Sinto muito, muito mesmo – sussurrou Tammy.

Nick se afastou e enxugou os olhos na manga do casaco.

– Desculpe chorar assim. Preciso me controlar, por Clemmie. Tenho coisas para resolver. O funeral de Evie, por exemplo. Ela queria algo simples, na igreja local. E tem a casa em Southwold. Ela deixou tudo para Clemmie, claro. Achava que seria melhor vender e investir o dinheiro nos estudos e na universidade.

– Você vai resolver isso no devido tempo, Nick. O mais importante agora é cuidarmos de Clemmie.

– É – concordou Nick, e abriu um sorriso triste. – Obrigado por ser tão fantástica. Sinto muito, Tammy, eu...

– Deixe disso, Nick. O amor é isso, não é? Ficar junto nos momentos ruins.

– Bom, vamos esperar que haja tempos bons pela frente.

– Claro que sim, Nick. Eu prometo.

O enterro de Evie aconteceu em uma quarta-feira úmida e cinzenta, uma semana depois. Em seguida, as poucas pessoas que compareceram foram para a Admiral House tomar um copo de vinho com canela e comer as tortinhas de frutas secas de Posy.

– Estou tão orgulhosa dela... – disse Posy a Nick enquanto olhavam Clemmie sentada no chão da cozinha com os primos. – Parece estar lidando muito bem com isso. Já decidiu se ela vai continuar no colégio interno?

– Conversamos a respeito e Clemmie disse que por enquanto quer continuar. Ela fez muitas amigas lá, e acho que vai dar o senso de normalidade de que ela precisa agora.

– Oi, Posy – disse Marie, se aproximando. – Oi, Nick.

– Oi, Marie, obrigado por ter vindo – respondeu ele, educado.

– Imagina. Evie e eu éramos melhores amigas na escola. Tínhamos tantos sonhos... – comentou Marie, e balançou a cabeça. – Quem imaginaria que seria esse o futuro de Evie?

– Eu sei, é muito triste – concordou Posy, com um suspiro.

– Sei que não é o momento, mas você já pensou no que vai fazer com a Admiral House?

– Ainda não, querida, mas você será a primeira a saber quando eu decidir – respondeu Posy, irritada.

– Depois do Natal preciso conversar com você sobre vender a casa de Evie – disse Nick.

– Ótimo. Acho que não vai ser difícil. Clemmie provavelmente vai ficar mais rica do que todos nós. Me ligue quando quiser.

Marie se afastou, despedindo-se com um gesto de cabeça.

Nick fitou a expressão de Posy.

– A vida continua, mãe. O mundo é assim.

– Eu sei. A vida continuou quando perdi meu pai também.

Posy se virou para olhar Freddie, elegante em um terno escuro, conversando com Tammy.

– Ele parece bem legal – disse Nick, sorrindo.

– E é. Eu me sinto abençoada.

– Já era hora de alguém cuidar de você.

– Espero que a gente cuide um do outro – disse Posy, com um sorriso. – Um dia vou lhe contar sobre ele, e por que não pudemos ficar juntos antes. E você já pensou no que vai fazer no Natal, Nick?

– Falei com Tammy e Clemmie ontem e adoraríamos passar aqui com você, se não for problema.

– Claro que não, Nick. Freddie, Amy e as crianças também vêm. Vai ser difícil para elas também, o primeiro Natal sem o pai. Vamos fazer com que seja o mais alegre possível.

Posy ouviu o celular tocando na bolsa.

– Com licença, Nick, preciso atender.

– Claro.

– Alô?

– Posy, é Sebastian.

– Oi, querido.

– Estou atrapalhando?

– Não, de jeito nenhum – respondeu ela, saindo da cozinha e fechando a porta para ouvi-lo. – Conseguiu alguma coisa?

– Consegui. Seu pai foi enterrado como indigente no terreno da prisão de Pentonville.

– Indigente?

– Bom, não existe uma lápide, só um número indicando onde ele foi colocado.

– Entendo. E eu posso vê-lo?

– Não é o procedimento-padrão, mas meu contato mexeu uns pauzinhos e, sim, você pode ir. Na sexta-feira está bom?

– Mesmo se não estiver, eu vou. Sebastian...

– Sim?

– Você se incomodaria de ir comigo?

– Claro que não. Você não preferiria levar alguém da família?

– Não, definitivamente não. Meus filhos ainda não sabem de nada.

– Está bem, então. Nunca pensei que eu diria isso, mas encontro você no portão da prisão às duas horas.

– Perfeito. Obrigada, do fundo do coração, por arranjar isso.

– Sem problema, Posy. Vejo você na sexta-feira. Tchau.

Posy levou um momento para se recompor, sentindo a ironia de descobrir o paradeiro do pai justo quando estavam enterrando outra pessoa que morrera antes da hora. Respirou fundo e voltou para a cozinha.

40

– Oi, Posy. Está preparada? – perguntou Sebastian, sorrindo para ela.

– Tanto quanto possível.

– Tem certeza de que quer fazer isso? Quero dizer, é meio sinistro – disse ele, indicando a construção austera à frente.

– Certeza absoluta.

– Então está bem. Vamos lá.

Sebastian tocou a campainha, apresentou os dois, e o portão se abriu com um estalo.

Quinze minutos depois foram levados para o jardim por uma funcionária da prisão.

– Seu pai foi enterrado aqui, segundo as coordenadas – disse ela enquanto andavam pela grama (e sobre incontáveis corpos, imaginou Posy) em direção a um lugar perto do muro alto.

A funcionária consultou o papel que carregava e em seguida apontou para um montinho coberto de grama, à esquerda deles.

– Certo. Ele está ali.

– Obrigada.

– Quer que eu vá com você? – indagou Sebastian.

– Não, obrigada. Não vou demorar.

Posy se aproximou do montinho baixo que a funcionária havia indicado, com o coração martelando no peito. Parou sobre ele, os olhos marejados ao observar que não havia nada na superfície indicando quem fora seu pai.

– Olá, papai – sussurrou. – Sinto muito porque o senhor veio parar neste lugar horrível. Você merecia coisa melhor.

Pela primeira vez, Posy pensou que seu pai tivera licença para matar voando em um Spitfire no epicentro da guerra. Em troca disso, fora condecorado, considerado herói. Mas ali estava ele, em meio a centenas de outros criminosos, porque tirara a vida de um homem que o havia traído de modo tão cruel.

– O senhor não deveria estar aqui, papai, e quero que saiba que eu o perdoo. E que vou amá-lo sempre.

Ela abriu a bolsa de lona e pegou o pequeno buquê que havia feito – com etéreas flores brancas de heléboro entremeadas com ramos de azevinho verde-brilhante, carregados de bagas.

Colocou-o em cima da cova, depois fechou os olhos e fez uma oração.

Sebastian e a funcionária a observavam a uma distância respeitosa.

– Ela sabe que tem mais dois corpos enterrados na mesma sepultura?

– Não, e não precisa saber – sussurrou Sebastian com firmeza enquanto Posy fazia o sinal da cruz e voltava até eles.

– Tudo bem? – perguntou ele.

– Tudo, obrigada.

Quando saíram da prisão, Sebastian se virou para ela.

– Agora que acabou, o que acha de pegarmos um táxi e fazermos um lanche no Fortnum's?

– Sebastian, eu adoraria – disse Posy, sorrindo. – Vamos sair deste lugar horrível.

Meia hora depois, estavam sentados na atmosfera festiva do Fountain Room, no Fortnum & Mason. Sebastian pediu duas taças de champanhe.

– Ao seu pai, Posy. E a você – disse ele ao brindarem, e beberam. – Como se sente, depois de ver onde ele está enterrado? Melhor ou pior?

– Definitivamente melhor – afirmou Posy enquanto pegava um sanduíche de pepino. – Por mais horrível que seja, deu um desfecho ao acontecido. Eu me despedi dele.

– Foi muito corajoso da sua parte.

– Foi bom ter feito isso, e nem sei como lhe agradecer. Mas, diga, como vai o livro?

– Ah, estou chegando lá. Vou entregar no início de fevereiro.

– E o que vai fazer no Natal?

– Nada. Aproveitar que todo mundo está comendo pudim para trabalhar em paz.

– Desculpe, mas você parece triste.

– Talvez, mas é melhor do que passar com minha mãe e o homem horrível com quem ela se casou depois da morte de meu pai, há alguns anos. O Natal é para as famílias, e eu não tenho uma. Então é isso.

– Bem, o que você acha de passar com a minha, na Admiral House?

– Posy, é muito gentil de sua parte, mas acho que sua família não ia me querer lá.

– Por quê?

– Ah – murmurou Sebastian, passando manteiga em um bolinho. – Eu sou um estranho.

– Na verdade, Sebastian, acho que minha família adoraria. Especialmente uma pessoa.

– Quem?

Posy o encarou, depois pegou outro sanduíche.

– Amy, claro.

Ela viu Sebastian ruborizar até a raiz dos cabelos.

– Por favor, não finja que não sabe do que estou falando, Sebastian, porque seria mentira, e eu já me cansei de mentiras.

– Certo, não vou fingir – disse ele, pegando o champanhe e tomando um bom gole. – Como você soube?

– Estava escrito na cara de vocês.

– Talvez, mas Amy me falou com todas as letras que nunca vai deixar Sam.

– E foi por isso que você saiu correndo da Admiral House.

– É. Desculpe, você deve ter ficado furiosa. Sam é seu filho, e...

– Amy o deixou, Sebastian. Ele a agrediu, mas, graças a Freddie, nada pior aconteceu. No momento, Sam está em uma clínica em Essex, tratando os problemas de agressividade e alcoolismo.

– Meu Deus, Posy – retrucou Sebastian, balançando a cabeça. – Eu... nem sei o que dizer. Estou chocado.

– Você suspeitou que Amy sofresse abuso, Sebastian?

– Eu... cogitei a ideia. Havia hematomas em lugares estranhos...

– Não precisa ficar sem graça, Sebastian. Nunca entendi por que os jovens ficam tão tímidos para falar de sexo com os mais velhos, quando em geral temos muito mais experiência. De qualquer modo, Amy não vai voltar para Sam, nem se ele sair da clínica recuperado.

– Fico aliviado. Ela é maravilhosa e já sofreu demais.

– Sofreu mesmo. Sebastian, você a ama?

– Amo, e se não tinha certeza quando fui embora, agora tenho. Apesar de ela ter me dito para não nutrir esperanças, não pensei em outra coisa nesse último mês. Na verdade, por isso não consegui escrever. Eu só... – desabafou ele, e suspirou. – Penso nela o tempo todo.

– E então, o que acha de passar o Natal conosco? – repetiu Posy.

– Realmente não sei – respondeu ele, encarando-a com atenção. – Para falar a verdade, não entendo por que você está encorajando a esposa de seu filho a voltar para o amante.

– Porque sou realista, Sebastian. Não foi só Amy que passou por momentos difíceis. Você também. Muita gente não consegue um final feliz. Eu mesma demorei cinquenta anos para conseguir o meu. E se tiver condições de ajudar, vou fazer todo o possível. Amy precisa de você. Meus netos também.

– E Sam?

– Nenhuma mãe quer admitir que deu à luz uma maçã podre, mas acho que é o caso. E, por não querer ver, deixei Nick sofrer na infância. E Amy, que eu adoro, quase perdeu a vida. Nos últimos dias, fiquei pensando se é genético. Afinal, meu pai acabou matando o melhor amigo.

– Posy, isso é bem diferente. Foi um crime passional. Se tivesse acontecido na França, ele provavelmente teria recebido um perdão honroso – disse Sebastian, sorrindo. – Genes são genes, sim, mas todo mundo tem o próprio DNA, exclusivo. E nele pode haver todo tipo de traços de personalidade.

– Você tem razão; eu nunca pensei por esse lado. Me sinto muito culpada pelo comportamento de Sam. Será que foi alguma coisa que eu fiz ou que deixei de fazer? Será que a agressividade dele é por ter perdido o pai tão jovem ou algo assim...? Mas essas especulações não levam a lugar nenhum.

– Verdade, Posy, mas pelo menos Amy e seus netos estão em segurança.

– Eu quero que eles sejam felizes. Você vai, Sebastian? Freddie também estará lá. E meu filho Nick, com Tammy.

– É muita gentileza sua, Posy, mas posso pensar um pouco antes de responder?

– Claro. Agora me deixe contar a história maluca de como ganhei mais uma neta...

– Enfim sós! – disse Freddie, abraçando Posy na porta de casa. – Entre, entre. Parece que não a tenho só para mim há semanas.

Ele a soltou e a levou para a sala de estar, onde uma bandeja com uma garrafa de champanhe e duas taças esperava na mesa de centro.

– Meu Deus, o que significa isso?

– Nada, apenas que é quase Natal e, o mais importante, nosso coração ainda bate. Não precisamos de nenhuma desculpa para beber champanhe na nossa idade, Posy.

– Eu tomei champanhe ontem também.

– É mesmo? Onde? – perguntou Freddie, estourando a rolha e servindo a bebida nas taças.

– No Fortnum's. Lanchei com Sebastian.

– Ora, ora! Eu tenho um rival?

– Se eu tivesse trinta anos a menos, teria – brincou Posy. – Saúde.

– Saúde. Como ele está?

– Está bem, e mandou lembranças. Fiquei sabendo que ele ouviu todo o nosso melodrama.

– Pois é, e sou grato a ele pelo bom conselho. Mas o que você foi fazer no Fortnum's?

– Pedi que Sebastian encontrasse a sepultura do meu pai e fui visitá-la ontem.

– Entendi. E onde é?

– Na prisão de Pentonville. E antes que você diga qualquer coisa: sim, foi bem triste, mas me ajudou, e agora sinto que posso superar.

– Então fico feliz por você, Posy. Eu teria ido junto com prazer se você tivesse pedido.

– Eu precisava fazer isso sozinha, Freddie. Espero que você entenda.

– É claro.

– Também convidei Sebastian para o Natal.

– Sério? Seria bom revê-lo. Estamos com poucos homens na família.

– Ele e Amy tiveram um caso enquanto Sebastian morou comigo na Admiral House.

– É mesmo? E você sabia?

– Suspeitava. E os dois admitiram espontaneamente. Ele é adorável, Freddie. Bem o que Amy precisa.

– Está bancando a casamenteira, é?

– Depois das últimas semanas, acho que podemos concordar que a vida é curta demais. Perdemos anos e anos de felicidade juntos, e não quero que isso aconteça com Amy e Sebastian.

– Ora, ora – disse Freddie, sorrindo para ela. – É um gesto muito generoso, levando em conta seu filho.

– Sam me ligou da clínica há alguns dias e falou que fez amizade com uma mulher... Duvido que ele vá ficar sozinho por muito tempo. Ela se chama Heather e está lá por causa do vício em álcool. Parece que ela sabe dos problemas de agressividade e alcoolismo dele, e está ajudando. Considerando as circunstâncias, ele pareceu bem animado. E sóbrio, claro.

– É uma boa notícia.

– É, sim, e quanto a Amy e Sebastian, eu só fiz um convite. Eles é que decidem o resto.

– Verdade. Quer comer alguma coisa? Infelizmente, é meu guisado outra vez.

Freddie tinha acendido velas na mesa da cozinha e Posy se sentou enquanto ele servia a comida.

– Posy querida, preciso confessar uma coisa.

– Meu Deus, Freddie – disse Posy, o coração acelerado. – Não sei se aguento outra notícia ruim. O que é?

– É sobre a prisão de Sam. Um tempo atrás, tive uma conversa com Sebastian. Estava preocupado com o tal Ken Noakes e perguntei se ele tinha algum contato da época de jornalista que pudesse nos ajudar a descobrir o passado do sujeito. E ele descobriu. Depois disso, o departamento antifraude contatou Sebastian para descobrir o paradeiro do Sr. Noakes e ele foi preso junto de seu filho.

– Entendo – respondeu ela, depois de uma pausa. – Bom, pelo menos não é tão ruim quanto eu esperava. Na verdade, eu deveria agradecer.

– Sério? – perguntou Freddie, examinando cautelosamente a expressão dela.

– É claro. Só Deus sabe o que teria acontecido se você e Sebastian não tivessem interferido. Sam estava indo de mal a pior, e pelo menos agora está se tratando. E a ideia daquele homem horrível pondo as mãos na Admiral House... O que vocês fizeram impediu tudo isso. Foi doloroso, mas necessário.

– Então você me perdoa?

– Não há o que perdoar, Freddie. De verdade.

– Graças a Deus. Depois de todos esses anos guardando aquele segredo horrível, eu não quero esconder mais nada de você. Agora... como está Clemmie? – indagou ele enquanto comiam.

– Está bem, e muito empolgada com as festas. Eles foram para Londres por alguns dias e voltam na véspera do Natal. Quero fazer com que seja uma data especial para ela, se puder.

– Tenho certeza de que vai ser, Posy. E a Admiral House?

– Está tudo em suspenso até o ano-novo – respondeu Posy com firmeza.

– Claro. Agora vamos terminar de comer.

Depois do jantar, os dois voltaram para a sala e se sentaram com uma taça de conhaque diante da lareira.

– Espero que o ano que vem traga a calmaria depois da tempestade – disse Freddie.

– É, e quero agradecer por todo o apoio que você deu a mim e à minha família. Você tem sido incrível, Freddie. Todo mundo o adora.

– É mesmo?

– Sim. Quando apresentei você a eles, me senti como uma criança querendo a aprovação dos pais. É importante a família aprovar, não acha?

– É, sim, e fico feliz por ter passado na prova.

– Acho que você fez mais do que isso, Freddie. E agora eu preciso ir. Estou exausta por causa desses últimos dias.

– Posy? – chamou Freddie, se aproximando.

Ele segurou sua mão e a puxou para ficar de pé.

– Você não quer ficar?

– Eu...

– Por favor...

Freddie a beijou e, quando ele a guiou escada acima, dez minutos depois, Posy não se importou nem um pouco que seu corpo já tivesse quase 70 anos, porque o dele também tinha.

41

– Amy, você se incomodaria de ir à estação de Halesworth buscar um velho amigo meu? Estamos muito enroladas com as tortas doces, não é, Clemmie?

– É – concordou a menina, colocando o recheio nas massas abertas.

– Claro que não. Quem é?

– Ah, ele se chama George. Vou mandar uma mensagem dizendo para ele procurar uma loura bonita – avisou Posy, com um sorriso.

Freddie, sentado à mesa, revirou os olhos para ela, se divertindo.

– Está bem. Só fique de olho nas crianças por mim. Elas estão na sala matinal, tentando adivinhar o que são os presentes embaixo da árvore.

– Então é melhor eu ir ver se não estão abrindo nenhum – disse Clemmie, enxugando as mãos no avental e saindo da cozinha.

– George, é? – perguntou Freddie, parando atrás de Posy e massageando seus ombros.

– É o nome do protagonista do livro de Sebastian – respondeu ela, dando de ombros. – Foi o primeiro que me veio à mente.

– Certo. Posso ajudar em alguma coisa?

– Pode arrumar a mesa. Tammy e Nick estão lá em cima embrulhando os últimos presentes. Todas as crianças vão ser muito mimadas neste Natal.

– Está bem – disse Freddie, indo até a gaveta para pegar os talheres. – Eu estava pensando...

– Em quê? – perguntou Posy, abrindo o forno e colocando a bandeja de tortinhas lá dentro.

– Será que depois que toda essa loucura acabar a gente pode viajar por umas duas semanas? Você merece umas férias, Posy.

– Parece maravilhoso, mas...

– Sem "mas". Com certeza todo mundo sobrevive a duas semanas sem você. Merecemos um tempo juntos, querida.

Com as mãos cheias de facas e garfos, ele deu um beijo suave no rosto de Posy.

– Eu estava pensando no Extremo Oriente. Malásia, talvez?

– Nossa, eu adoraria voltar lá, Freddie.

– Que bom. Então vamos enquanto ainda estamos em forma e com saúde.

– Você tem razão. Vai ser ótimo.

Então as três crianças entraram na cozinha e a atenção de Posy se voltou para elas.

Amy parou na plataforma, esfregando as mãos para aquecê-las. O trem estava atrasado quinze minutos e fazia um frio de rachar. Por fim, a locomotiva entrou chacoalhando na estação, despejando na plataforma passageiros com as mãos cheias de sacolas com presentes de Natal. Amy examinou a multidão, esperando que a mensagem de Posy tivesse sido recebida, caso contrário jamais encontraria George. Lentamente, a plataforma se esvaziou, e Amy já ia voltar para pegar o celular no carro e ligar para a sogra quando viu uma figura alta parada a alguns metros.

Ela engoliu em seco, imaginando se estaria vendo coisas. Mas não: era ele. Observou-o se aproximar lentamente.

– Oi, Amy.

– Oi... Desculpe, eu tenho que ir até o carro, porque vim pegar alguém chamado George, um amigo de Posy, e...

– Sou eu – disse ele, sorrindo.

– Seu nome não é George, e Posy não convidou você para o Natal, convidou?

– Na verdade, convidou.

Amy o encarou em silêncio.

– Se não acredita, ligue para ela.

– Mas por que...?

– Porque ela é um dos seres humanos mais incríveis que já conheci. Se você não quiser que eu vá, pego o próximo trem de volta para Londres. Você me quer, Amy?

– Para o Natal?

– Sabe, quando você ganha um cachorrinho de Natal, precisa cuidar dele depois – disse Sebastian, sorrindo. – Então talvez seja para um pouco além disso.

– Eu... – começou Amy, a cabeça girando.

– Se fizer diferença para você, Posy me contou tudo, e sinto muito pelo que você passou com Sam. Para falar a verdade, eu queria matá-lo, mas duvido que isso ajude. Então vou tentar me controlar. Agora, antes que a gente morra tragicamente de frio, poderia se decidir logo?

Amy mal conseguia enxergá-lo por causa das lágrimas que embotavam seus olhos. Seu coração, trancado a sete chaves desde a partida de Sebastian, parecia explodir no peito.

– Bom... – disse ela, engolindo em seco. – Você é convidado de Posy e ela me pediu que viesse buscá-lo.

– E tem certeza de que quer fazer isso?

– Tenho.

– Então vamos.

Ele estendeu a mão e Amy a segurou. Juntos, caminharam pela estação deserta até o carro.

Seis meses depois

Rosa-chá
(Rosa odorata)

42

Posy sentou-se diante do espelho da penteadeira e passou rímel. Depois aplicou um batom novo que tinha comprado especialmente para aquela noite e o tirou imediatamente.

– Chamativo demais para uma mulher da sua idade, Posy – censurou-se.

Pela janela aberta, ouvia a pequena orquestra afinando os instrumentos no terraço. O pessoal do bufê estava ocupado na cozinha e a família a havia proibido de entrar lá pelas últimas três horas.

Levantando-se da banqueta, ela foi até a janela e olhou para baixo. Era uma tarde de junho linda e amena, que a lembrava a última grande festa ali, quando tinha apenas 7 anos. Ela se sentara em um dos degraus que davam para o jardim, sem querer que a encontrassem e a mandassem para a cama. Então seu pai se juntou a ela, fumando um cigarro.

Prometa que, quando encontrar o amor, você vai se agarrar a ele e não vai soltar nunca mais, dissera ele.

As palavras ressoaram nos ouvidos dela, e Posy esperou que ele aprovasse aquela noite.

No dia anterior, ela e Freddie tinham se casado discretamente no cartório, com apenas a família presente. E naquela noite – em seu septuagésimo aniversário – iam comemorar.

Ela se sentou na beirada da cama e calçou os sapatos: eram de salto fino, de altura mediana, e bem desconfortáveis, mas ela não podia usar galochas em sua noite especial, como Clemmie observara quando foram à procura de um par que combinasse com a roupa.

Tammy havia encontrado o vestido: uma peça creme cintilante da década de 1930 que cobria as curvas trazidas pela idade e não a fazia parecer um navio com as velas enfunadas.

Houve batidas à porta.

– Quem é?

– Tammy e Clemmie! – gritou a menina. – Estamos com as flores para seu cabelo.

– Entrem!

Elas entraram: Tammy absolutamente deslumbrante em um vestido verde-esmeralda e Clemmie em um de tafetá cor de bronze que destacava com perfeição o tom de sua pele.

– Meu Deus, vocês estão lindas! – disse Posy, sorrindo.

– Você também, vovó. Nem está parecendo uma avó – comentou Clemmie, rindo.

– Esta noite também não me sinto uma avó, querida.

– Aqui, uma taça de champanhe para acalmar os nervos. Posso prender as flores no seu cabelo? – perguntou Tammy.

– Obrigada.

Posy tomou um gole, em seguida voltou à penteadeira e se sentou. Por insistência de Freddie, tinha deixado o cabelo crescer, e agora ele caía em ondas suaves em volta do rosto.

– Pronto – disse Tammy, prendendo dois botões de rosa-chá, colhidas no jardim.

– E o pessoal do bufê? Eles arrumaram as bebidas?

– Vovó, pare de se preocupar. Está tudo resolvido.

– Está mesmo, Posy – garantiu Tammy. – Precisa de mais alguma coisa? Os convidados estão começando a chegar e os rapazes estão lá embaixo, recebendo todos. Deveríamos descer.

– Não preciso de nada, estou bem, obrigada. Venham cá, minhas meninas lindas, e me deixem dar um beijo em vocês.

Posy estendeu as mãos para puxar Clemmie, mas a neta segurou sua mão esquerda e a estendeu na direção de Tammy.

– Olhe, Tammy, agora Posy tem dois anéis no dedo e você só tem um.

– Engraçadinha – censurou Tammy. – Você só quer usar outro vestido de dama de honra.

– Quero que você e papai se casem, para a gente ser uma família de verdade.

– Isso vai acontecer logo, prometo, mas primeiro a gente tem que deixar Posy aproveitar a festa de casamento e aniversário, não é?

Tammy revirou os olhos para Posy, por cima da cabeça de Clemmie, enquanto ela beijava a neta.

– Vá lá para baixo, mocinha. Vejo você daqui a pouco.

– Freddie vem buscar você em uns quinze minutos.

– Obrigada, Tammy. Estou me sentindo muito mimada.

– Bom, você merece. Já fez muito por todos nós. Agora é sua vez.

As duas saíram do quarto e Posy tomou outro gole de champanhe, depois foi se sentar no banco da janela, olhando o número cada vez maior de convidados no terraço abaixo.

Houve de novo batidas à porta.

– Entre.

Dessa vez era Amy, linda em um vestido de seda turquesa.

– Só vim desejar sorte para esta noite, Posy.

– Obrigada, querida. Você está tão linda. É realmente uma noite de recomeços, não é?

– É, sim, mas eu prometo que, quando Sebastian e eu nos mudarmos para a Admiral House, você vai ser bem-vinda aqui sempre que quiser.

– Eu sei, querida, e obrigada. A casa precisa de uma plástica geral e de uma família para viver nela. Sou muito grata por Sebastian ter decidido ficar com ela.

– Bom, vai demorar pelo menos um ano para nos mudarmos, por causa da reforma, mas prometo cuidar dela se *você* prometer ajudar com o jardim. Eu nem saberia por onde começar.

– Então vai ter que aprender, e eu mostro assim que voltar da lua de mel.

– Você não se incomoda mesmo, não é?

– Claro que não. Afinal de contas, Jake e Sara são meus netos. Eles são Montagues, então a herança permanece intacta.

– Eu... Você teve notícias de Sam? – perguntou Amy, timidamente.

– Tive. Ele me ligou mais cedo, para me dar parabéns.

– Certo – disse Amy, olhando, inquieta, para Posy. – Como ele estava?

– Pareceu animado, até. Ainda está na casa de Heather, a mulher que ele conheceu na clínica em Wiltshire. Falou que, quando o julgamento acabar, dependendo da sentença, eles estão pensando em sair do país. Parece que Heather tem bastante dinheiro, pelo menos. E, lendo nas entrelinhas, acho que mantém Sam nos trilhos. Ele com certeza não anda bebendo. Heather continua abstêmia desde que saiu da clínica e leva Sam a reuniões dos AA duas vezes por semana – contou Posy, com um sorriso triste.

– É uma pena ele não ter vindo ao casamento nem à festa hoje – sussurrou Amy. – Talvez seja por causa de Sebastian. Não só porque ele está comigo, mas porque ajudou o departamento antifraude a pegá-lo junto de Ken Noakes. Eu me sinto péssima de ele ter tido participação no caso, mas... Ah, Posy, fico tão feliz que ele tenha feito isso... Sam precisava demais de ajuda.

– Foi melhor assim. Nada na vida é perfeito, querida – retrucou Posy, e se levantou. – Agora vamos pensar em coisas mais felizes. Quero que você aproveite esta noite.

– Vou aproveitar. Ah, eu trouxe isto para você. Presente de aniversário. É de todos nós. Abra quando tiver tempo.

– Pode deixar – disse Posy enquanto Amy indicava um grande pacote quadrado envolto em papel pardo, encostado na parede. – Obrigada, querida.

– Não é nada, realmente, depois de tudo que você fez por mim – respondeu Amy, e abraçou Posy. – Você é incrível, de verdade. Agora vou descer. Aproveite a noite.

– Com certeza.

Posy observou Amy sair, depois foi até o pacote embrulhado em papel pardo. Sentou-se na cama e o segurou no colo por um tempo, pensando no filho e lamentando a ausência dele. Só esperava que ele reencontrasse a felicidade, mas de algum modo duvidava. Uma coisa que tinha aprendido é que ninguém muda de verdade.

– Agora não, Posy – sussurrou e voltou a mente para o embrulho no colo.

Ela rasgou o papel e viu a parte de trás de uma tela. Virando-a, perdeu o fôlego ao ver a pintura da Admiral House.

Amy tinha escolhido uma vista de trás, e no primeiro plano estava o terraço que descia até o jardim que Posy havia criado. Ali estava o jardim das borboletas, o jardim formal, as rosas e a trilha de salgueiros, tudo lindamente representado em uma gloriosa floração.

Lágrimas brotaram em seus olhos e ela engoliu em seco para não estragar a maquiagem. O jardim era *sua* contribuição para a Admiral House, e Posy sabia que cuidadores iriam zelar por ele no futuro. Ia sugerir que Sebastian e Amy encontrassem um bom jardineiro – por aquela pintura, dava para ver que Amy era talentosa demais para passar os dias afundada até os joelhos em adubo.

Houve mais batidas à porta e Freddie entrou, resplandecente em seu traje formal.

– Olá, querida – disse ele, sorrindo enquanto Posy se levantava. – Você parece uma pintura.

Freddie abriu os braços e ela se aconchegou neles.

– Como você está? – perguntou Freddie.

– Nervosa.

– E triste porque esta é sua última festa na Admiral House?

– Na verdade, não.

– Estou surpreso.

– Bom, nos últimos meses aprendi uma coisa.

– O quê?

– Um lar não é feito de tijolos e argamassa. Meu lar é aqui, nos seus braços.

Freddie a encarou.

– Nossa, Sra. Lennox, que romântico.

– Devo estar ficando meio melosa na velhice, mas falei a sério. É verdade.

Ele a beijou na testa.

– Prometo que, por mim, você nunca mais deixará estes braços. E também que, se sentir que precisa de algum lugar maior onde morar, e de um jardim para cuidar, podemos procurar depois da lua de mel.

– Não. Sua casa é perfeita, Freddie. Vai ser um porto seguro para onde voltar de todas as viagens que vamos fazer.

– Veremos. Basta um telefonema de SOS de alguém da família e você volta correndo – brincou ele. – E está certa. Eu te amo, Sra. Lennox.

– Eu também te amo.

Houve novas batidas, e Freddie e Posy se separaram bruscamente quando Nick entrou.

– Fala sério – disse ele, arqueando uma sobrancelha. – Parece que peguei dois adolescentes no quarto fazendo o que não deviam. Pronta, mãe? Está todo mundo lá embaixo, no saguão.

– Acho que sim.

Ela se virou para Freddie com os olhos brilhando.

– Sabe de uma coisa? Esta casa está voltando à vida.

Freddie assentiu.

– Eu sei, querida, eu sei.

E a guiou gentilmente para fora.

Posy parou no topo da escada, com o marido de um lado e o filho do outro. O lustre reluzia acima enquanto ela olhava o saguão abaixo. Um mar de rostos nadava diante de seus olhos. Entre eles estava sua família amada: uma nova geração à qual dera a vida, com os olhos cheios de esperança no futuro.

Alguém começou a bater palmas e o restante dos convidados acompanhou, até o saguão ecoar com os aplausos.

Posy segurou com força o braço de Freddie e o de Nick e desceu a escada para se juntar a eles.

CONHEÇA A SAGA DAS SETE IRMÃS

"O projeto mais ambicioso e emocionante de Lucinda Riley. Um labirinto sedutor de histórias, escrito com o estilo que fez da autora uma das melhores escritoras atuais. Esta é uma série épica." – *Lancashire Evening Post*

"Lucinda Riley criou uma série que vai agradar a todos os leitores de Kristin Hannah e Kate Morton." – *Booklist*

Com a série As Sete Irmãs, Lucinda Riley elabora uma saga familiar de fôlego, que levará os leitores a diversos recantos e épocas e a viver amores impossíveis, sonhos grandiosos e surpresas emocionantes.

No passado, o enigmático Pa Salt adotou suas filhas em diversos recantos do mundo, sem um motivo aparente. Após a sua morte, elas descobrem que o pai lhes deixou pistas sobre as origens de cada uma, que remontam a personalidades importantes. Assim é que começam as jornadas das Sete Irmãs em busca de seus passados.

Baseando-se livremente na mitologia das Plêiades – a constelação de sete estrelas que já inspirou desde os maias e os gregos até os aborígines –, Lucinda Riley cria uma série grandiosa que une fatos históricos e narrativas apaixonantes.

Conheça a série:

As Sete Irmãs (Livro 1)
A irmã da tempestade (Livro 2)
A irmã da sombra (Livro 3)
A irmã da pérola (Livro 4)
A irmã da lua (Livro 5)
A irmã do sol (Livro 6)

LEIA UM TRECHO DO PRIMEIRO LIVRO

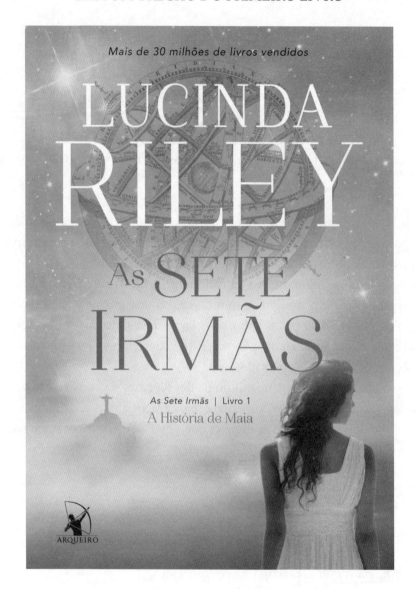

Personagens

ATLANTIS

Pa Salt – *pai adotivo das irmãs [falecido]*
Marina (Ma) – *tutora das irmãs*
Claudia – *governanta de Atlantis*
Georg Hoffman – *advogado de Pa Salt*
Christian – *capitão da lancha da família*

AS IRMÃS D'APLIÈSE

Maia
Ally (Alcíone)
Estrela (Astérope)
Ceci (Celeno)
Tiggy (Taígeta)
Electra
Mérope [não encontrada]

Maia

Junho de 2007
Quarto crescente
13; 16; 21

1

Sempre vou lembrar exatamente onde me encontrava e o que estava fazendo quando recebi a notícia de que meu pai havia morrido.

Estava sentada no lindo jardim da casa da minha velha amiga de escola em Londres, com um exemplar de *A odisseia de Penélope* aberto no colo, mas sem nenhuma página lida, aproveitando o sol de junho enquanto Jenny buscava seu filho pequeno no quarto.

Eu estava tranquila e feliz por ter tido a bela ideia de sair de casa um pouco. Observava o florescer da clematite. O sol, tal qual um parteiro, a encorajava a dar à luz uma profusão de cores. Foi quando meu celular tocou. Olhei para a tela e vi que era Marina.

– Oi, Ma, como você está? – falei, esperando que ela conseguisse notar o calor em minha voz.

– Maia, eu…

Marina fez uma pausa e, naquele instante, percebi que havia algo terrivelmente errado.

– O que houve?

– Maia, não existe uma maneira fácil de dizer isto. Seu pai teve um ataque cardíaco aqui em casa, ontem à tarde, e hoje cedo ele… faleceu.

Fiquei em silêncio, enquanto um milhão de pensamentos diferentes e ridículos passavam pela minha mente. O primeiro era o de que Marina, por alguma razão desconhecida, tivesse resolvido fazer uma piada de mau gosto.

– Você é a primeira das irmãs para quem estou contando, Maia, já que é a mais velha. Queria saber se você quer contar para suas irmãs ou prefere que eu faça isso.

– Eu…

Eu ainda não conseguia fazer nada coerente sair dos meus lábios, agora que começava a me dar conta de que Marina, minha querida Marina, o mais próximo de uma mãe que eu conhecera, nunca me falaria algo assim *se não fosse verdade*. Então tinha que ser verdade. E, naquele momento, meu mundo inteiro virou de cabeça para baixo.

– Maia, por favor, me diga que você está bem. Esta é a pior ligação que já tive que fazer, mas que opção eu tinha? Só Deus sabe como as outras garotas vão reagir.

Foi então que ouvi o sofrimento na voz *dela* e percebi que Marina precisava me contar aquilo não apenas por mim, mas também para dividir aquela tristeza. Então passei à minha zona de conforto usual, que era tranquilizar os outros.

– É claro que conto para minhas irmãs se você preferir, Ma, embora não tenha certeza de onde todas estão. Ally não está longe de casa, treinando para uma regata?

E, enquanto falávamos sobre a localização de cada uma de minhas irmãs, como se tivéssemos que reuni-las para uma festa de aniversário e não para o enterro de nosso pai, a conversa foi me parecendo cada vez mais surreal.

– Quando você acha que deve ser o funeral? Com Electra em Los Angeles e Ally em algum lugar em alto-mar, com certeza não podemos pensar nisso até semana que vem – disse eu.

– Bem... – Ouvi a hesitação na voz de Marina. – Talvez seja melhor conversarmos sobre isso quando você estiver em casa. Não há nenhuma pressa agora, Maia, por isso, se preferir passar seus últimos dias de férias em Londres, não tem problema. Não há mais o que fazer por ele aqui... – Sua voz falhou, tomada pela tristeza.

– Ma, é claro que vou estar no primeiro voo para Genebra que eu conseguir! Vou ligar para a companhia aérea imediatamente e depois vou fazer o máximo para entrar em contato com todas elas.

– Sinto tanto, *chérie* – disse Marina com pesar. – Sei como você o adorava.

– Sim – eu disse, a estranha tranquilidade que eu sentira enquanto debatíamos o que fazer me abandonando como a calmaria antes de uma tempestade violenta. – Ligo para você mais tarde, quando souber a hora que devo chegar.

– Por favor, cuide-se, Maia. Você passou por um choque terrível.

Apertei o botão para encerrar a ligação e, antes que as nuvens em meu coração derramassem uma torrente e me afogassem, subi até meu quarto para pegar minha passagem e entrar em contato com a companhia aérea.

Enquanto esperava ser atendida, olhei para a cama em que eu tinha acordado naquela manhã para mais *um dia como outro qualquer*. E agradeci a Deus por os seres humanos não terem o poder de prever o futuro.

A mulher intrometida que acabou atendendo não era nem um pouco prestativa, e eu sabia, enquanto ela falava sobre voos lotados, multas e detalhes do cartão de crédito, que minha barragem emocional estava prestes a se romper. Finalmente, quando consegui que me garantisse, com muita má vontade, um lugar no voo das quatro horas para Genebra – o que significava ter que jogar tudo na minha mala imediatamente e pegar um táxi para Heathrow –, sentei-me na cama e olhei por tanto tempo para a ramagem que decorava o papel de parede que o padrão começou a dançar diante dos meus olhos.

– Ele se foi… – sussurrei. – Se foi para sempre. Nunca mais vou vê-lo.

Esperando que dizer essas palavras fosse provocar uma torrente de lágrimas, fiquei surpresa em ver que nada aconteceu. Em vez disso, permaneci ali sentada, paralisada, a cabeça ainda cheia de questões práticas. Seria horrível ter que contar às minhas irmãs – a todas as cinco –, e revirei meu arquivo emocional para decidir para qual ligaria primeiro. Tiggy, a segunda mais jovem de nós e de quem eu sempre fora mais próxima, foi a escolha inevitável.

Com dedos trêmulos, toquei a tela para achar seu número e liguei. Quando caiu na caixa postal, não soube o que dizer além de algumas palavras confusas lhe pedindo que me ligasse de volta com urgência. Ela estava em algum lugar das Terras Altas, na Escócia, trabalhando em uma reserva para cervos selvagens órfãos e doentes.

Quanto às outras irmãs… Eu sabia que as reações iam variar, pelo menos externamente, da indiferença ao choro mais dramático.

Como não sabia bem para que lado *eu* penderia na escala de emoção quando falasse de fato com alguma delas, escolhi o caminho covarde de mandar para todas uma mensagem pedindo que me ligassem assim que pudessem. Então arrumei apressadamente a mala e desci a escada estreita que levava à cozinha para escrever um bilhete para Jenny explicando por que tive que partir tão de repente.

Resolvi arriscar a sorte e pegar um táxi na rua, então saí de casa andando rapidamente pela verdejante Chelsea Crescent como qualquer pessoa normal faria em qualquer dia normal de Londres. Acho que cheguei a dizer oi para um cara com quem cruzei, que passeava com um cachorro, e até consegui esboçar um sorriso.

Ninguém poderia imaginar o que tinha acabado de acontecer comigo, pensei enquanto entrava num táxi na movimentada King's Road, instruindo o motorista a seguir para Heathrow.

Ninguém poderia imaginar.

❂ ❂ ❂

Cinco horas depois, quando o sol descia vagarosamente sobre o lago Léman, em Genebra, eu chegava a nosso pontão particular na costa, de onde eu faria a última etapa da minha viagem de volta.

Christian já esperava por mim em nossa reluzente lancha Riva. Pela expressão em seu rosto, dava para ver que ele já sabia o que acontecera.

– Como você está, mademoiselle Maia? – perguntou, e percebi a compaixão em seus olhos azuis enquanto ele me ajudava a embarcar.

– Eu… estou feliz por ter chegado aqui – respondi sem demonstrar emoção.

Caminhei até a parte de trás do barco e me sentei no banco de couro cor de creme que formava um semicírculo na popa. Normalmente eu me sentava com Christian na frente, no banco do passageiro, enquanto atravessávamos as águas calmas na viagem de vinte minutos até nossa casa. Mas, naquele dia, queria um pouco de privacidade. Quando ele ligou o potente motor, o sol cintilava nas janelas das fabulosas casas que ladeavam as margens do lago. Muitas vezes, quando fazia esse trajeto, sentia que entrava num mundo etéreo, desconectado da realidade.

O mundo de Pa Salt.

Notei a primeira vaga evidência de lágrimas arder em meus olhos quando pensei no apelido carinhoso de meu pai, que eu tinha criado quando era mais nova. Ele sempre adorou velejar e, às vezes, quando voltava para nossa casa à beira do lago, cheirava a mar e ar fresco. De alguma forma, o nome pegou e, à medida que minhas irmãs mais novas foram chegando, passaram a chamá-lo assim também.

Conforme a lancha ganhava velocidade, o vento quente passando pelo meu cabelo, pensei nas centenas de viagens que eu tinha feito para Atlantis, o castelo de conto de fadas de Pa Salt. Como ficava em um promontório particular, atrás do qual se erguia abruptamente uma meia-lua de montanhas, inacessível por terra: só se podia chegar lá de barco. Os vizinhos mais próximos ficavam a quilômetros de distância pelo lago, então Atlantis era nosso reino particular, isolado do resto do mundo. Tudo o que havia naquele lugar era mágico, como se Pa Salt e nós – suas filhas – tivéssemos vivido ali sob algum encantamento.

Cada uma de nós tinha sido adotada por Pa Salt ainda bebê, vindas dos quatro cantos do mundo e levadas até lá para viver sob sua proteção. E cada uma de nós, como Pa sempre gostava de dizer, era especial, diferente... éramos *suas* meninas. Ele tirara nossos nomes das Sete Irmãs, sua constelação preferida. Maia era a primeira e a mais velha.

Quando eu era criança, ele me levava até seu observatório com cúpula de vidro no alto da casa, me levantava com suas mãos grandes e fortes e me fazia olhar o céu noturno pelo telescópio.

– Ali está – dizia enquanto ajustava a lente. – Olha, Maia, aquela é a linda estrela brilhante que inspirou seu nome.

E eu a *via*. Enquanto ele explicava as lendas que eram a origem dos nomes das minhas irmãs e do meu, eu mal escutava, simplesmente desfrutava da sensação de seus braços apertados à minha volta, completamente atenta àquele momento raro e especial quando o tinha só para mim.

Com o tempo percebi que Marina, que eu imaginava enquanto crescia que fosse minha mãe – eu até encurtara seu nome para "Ma" –, era apenas uma babá, contratada por Pa para cuidar de mim porque ele passava muito tempo fora. Mas é claro que Marina era muito mais do que isso para todas nós, garotas. Era ela quem secava nossas lágrimas, nos repreendia pelo mau comportamento à mesa e nos orientara tranquilamente durante a difícil transição da infância para a idade adulta.

Ela sempre estivera por perto, e eu não a teria amado mais se tivesse me dado à luz.

Durante os três primeiros anos da minha infância, Marina e eu moramos sozinhas em nosso castelo mágico às margens do lago Léman enquanto Pa Salt viajava pelos sete mares cuidando de seus negócios. E então, uma a uma, minhas irmãs começaram a chegar.

Normalmente, Pa me trazia um presente quando voltava para casa. Eu escutava o motor da lancha chegando e saía correndo pelos vastos gramados e por entre as árvores até o cais para recebê-lo. Como qualquer criança, eu queria ver o que ele tinha escondido em seus bolsos mágicos para me encantar. Em uma ocasião especial, no entanto, depois de me presentear com uma rena de madeira primorosamente esculpida, assegurando que vinha da oficina do Papai Noel no polo Norte, uma mulher uniformizada apareceu saindo de trás dele, e em seus braços havia um pequeno embrulho envolto em um xale. E o embrulho se mexia.

– Desta vez, Maia, eu lhe trouxe o mais especial dos presentes. Agora você tem uma irmã. – Ele sorrira para mim enquanto me pegava nos braços. – E não vai mais ficar sozinha quando eu tiver que viajar.

Depois disso, a vida mudou. A enfermeira que Pa trouxera com ele foi embora em algumas semanas, e Marina assumiu os cuidados da minha irmãzinha. Eu não conseguia entender como aquela coisinha vermelha que berrava e que por vezes cheirava mal e desviava a atenção de mim poderia ser um presente. Até que, certa manhã, Alcíone – que recebeu o nome da segunda estrela das Sete Irmãs – sorriu para mim de sua cadeira alta no café da manhã.

– Ela sabe quem eu sou – falei fascinada para Marina, que lhe dava comida.

– É claro que sabe, querida. Você é a irmã mais velha, aquela que ela vai admirar. Caberá a você lhe ensinar tudo que ela não sabe.

À medida que crescia, ela ia se tornando minha sombra, seguindo-me para todos os lugares, o que me agradava e me irritava em igual medida.

– Maia, me espere! – pedia gritando enquanto cambaleava atrás de mim.

Apesar de Ally – como eu a apelidara – ter sido originalmente um acréscimo indesejado à minha vida de sonho em Atlantis, eu não poderia ter desejado uma companhia mais doce e adorável. Ela raramente chorava e não tinha os ataques de pirraça das crianças de sua idade. Com seus cachos ruivos caindo pelo rosto e os grandes olhos azuis, Ally tinha um encanto natural que atraía as pessoas, incluindo nosso pai. Quando Pa Salt voltava de suas viagens longas ao exterior, eu notava como seus olhos se iluminavam quando ele a via, de uma maneira que eu tinha certeza que não brilhavam por mim. E, enquanto eu era tímida e reticente com estranhos, Ally tinha um jeito sempre receptivo, sempre disposta a confiar nos outros, e isso encantava todos.

Ela também era uma daquelas crianças que parecem se sobressair em tudo – especialmente na música e em qualquer esporte que tivesse a ver com água. Lembro-me de Pa ensinando-a a nadar na nossa ampla piscina. Enquanto eu lutava para me manter na superfície e odiava ficar embaixo d'água, minha irmãzinha parecia uma sereia. E, enquanto eu não conseguia me equilibrar direito nem no *Titã*, o imenso e lindo iate oceânico de Pa, quando estávamos em casa Ally implorava que ele a levasse para dar uma volta no pequeno Laser que mantinha atracado em nosso cais particular. Eu me agachava na popa estreita do barco, enquanto Pa e Ally assumiam o controle e cruzávamos rapidamente as águas cristalinas. Aquela paixão comum por velejar os conectava de uma forma que eu sentia que nunca conseguiria.

Embora Ally tenha estudado música no Conservatório de Genebra e fosse uma flautista altamente talentosa, que poderia ter seguido carreira em uma orquestra profissional, desde que deixara a escola de música tinha escolhido ser velejadora em tempo integral. Agora participava regularmente de regatas e representara a Suíça em diversas competições.

Quando Ally tinha quase três anos, Pa chegou em casa com nossa próxima irmã, a quem deu o nome de Astérope, como a terceira das Sete Irmãs.

– Mas vamos chamá-la de Estrela – disse Pa, sorrindo para Marina, Ally e para mim, que observávamos a recém-chegada deitada no berço.

Naquela época, eu tinha aulas todas as manhãs com um professor particular, por isso a chegada da minha mais nova irmã me afetou menos do que a de Ally havia afetado. Então, apenas seis meses depois, outra bebê se juntou a nós, uma garotinha de doze semanas chamada Celeno, nome que Ally imediatamente reduziu para Ceci.

Havia uma diferença de apenas três meses entre Estrela e Ceci e, desde que me lembro, as duas forjaram uma estreita ligação. Pareciam gêmeas, conversando em uma linguagem de bebê só delas, e continuavam se comunicando desse jeito. Elas viviam em seu próprio mundo particular, que excluía todas nós, suas outras irmãs. E mesmo agora, na casa dos 20 anos, nada havia mudado. Ceci, a mais nova das duas, era sempre a chefe, atarracada e morena, em contraste com Estrela, pálida e muito magra.

No ano seguinte, outra bebê chegou – Taígeta, que apelidei de "Tiggy", porque seu cabelo escuro e curto nascia em ângulos estranhos de sua cabecinha e me fazia lembrar do porco-espinho da famosa história de Beatrix Potter.

Eu tinha então 7 anos e me liguei a Tiggy desde o primeiro momento em que coloquei os olhos nela. Ela era a mais delicada de todas nós e, na infância, enfrentara uma doença atrás da outra, mas, mesmo ainda bem pequena, fora sempre serena e complacente. Depois que Pa trouxe para casa, alguns meses mais tarde, outra neném, que recebeu o nome de Electra, Marina, exausta, muitas vezes me perguntava se eu me importaria de ficar com Tiggy, que continuamente tinha febre ou tosse. Depois que a diagnosticaram como asmática, raramente a tiravam do quarto para passear em seu carrinho, de modo que o ar frio e a névoa pesada do inverno de Genebra não atingissem seu peito.

Electra era a mais nova das irmãs, e seu nome combinava perfeitamente com ela. Eu já estava acostumada com bebês e toda a atenção que exigiam, mas minha irmã mais nova era, sem dúvida, a mais desafiadora de todas. Tudo relacionado a ela *era* elétrico. Sua habilidade natural de mudar em um instante da água para o vinho e vice-versa fazia nossa casa, antes tão tranquila, reverberar diariamente com seus gritos agudos. Os ataques de pirraça ressoavam na minha cabeça de criança e, quando ela cresceu, sua personalidade impetuosa não se suavizou.

Ally, Tiggy e eu tínhamos, secretamente, nosso próprio apelido para ela: nossa irmã caçula era chamada entre nós três de "Difícil". Todas pisávamos em ovos perto dela, tentando não fazer nada que pudesse deflagrar uma repentina mudança de humor. Sinceramente, havia momentos em que eu a odiava por toda a perturbação que trouxera a Atlantis.

Porém, quando Electra sabia que uma de nós estava em apuros, ela era a primeira a oferecer ajuda e apoio. Assim como era capaz de um enorme egoísmo, sua generosidade em outras ocasiões era igualmente marcante.

Depois de Electra, toda a família esperava a chegada da Sétima Irmã. Afinal, tínhamos recebido nossos nomes em homenagem à constelação preferida de Pa Salt e não estaríamos completas sem ela. Até sabíamos seu nome – Mérope – e nos perguntávamos como ela seria. Mas um ano se passou, depois outro, e outro, e nosso pai não trouxe mais nenhum bebê para casa.

Lembro-me claramente de um dia em que estava com ele no observatório. Eu tinha 14 anos, e entrava na adolescência. Esperávamos para assistir a um eclipse, que, explicara Pa, era um momento seminal para a humanidade e geralmente trazia alguma mudança.

– Pa – disse eu –, o senhor nunca vai trazer para casa nossa sétima irmã?

Ao ouvir isso, sua figura grande e protetora pareceu congelar por alguns segundos. De repente, parecia que ele carregava o peso do mundo nos ombros. Embora não tivesse se virado, pois estava ajustando o telescópio para o eclipse que ia acontecer, percebi instintivamente que o que eu dissera o deixara angustiado.

– Não, Maia, não vou. Porque eu nunca a encontrei.

✹ ✹ ✹

Quando pude enxergar Marina de pé no cais, perto da cerca viva de abetos que escondia nossa casa de olhares curiosos, finalmente senti o peso da verdade inexorável que era a perda de Pa.

Então percebi que o homem que tinha criado o reino em que todas havíamos sido princesas não estava mais lá para conservar o encantamento.

CONHEÇA OS OUTROS LIVROS DA SÉRIE

A IRMÃ DA TEMPESTADE

Ally D'Aplièse é uma grande velejadora e está se preparando para uma importante regata, mas a notícia da morte do pai faz com que ela abandone seus planos e volte para casa, para se reunir com as cinco irmãs. Lá, elas descobrem que Pa Salt – como era carinhosamente chamado pelas filhas adotivas – deixou, para cada uma delas, uma pista sobre suas verdadeiras origens.

Apesar do choque, Ally encontra apoio em um grande amor. Porém, mais uma vez seu mundo vira de cabeça para baixo, então ela decide seguir as pistas deixadas por Pa Salt e ir em busca do próprio passado. Nessa jornada, ela chega à Noruega, onde descobre que sua história está ligada à da jovem cantora Anna Landvik, que viveu há mais de cem anos e participou da estreia de uma das obras mais famosas do grande compositor Edvard Grieg. E, à medida que mergulha na vida de Anna, Ally começa a se perguntar quem realmente era seu pai adotivo.

A IRMÃ DA SOMBRA

Estrela D'Aplièse está numa encruzilhada após a repentina morte do pai, o misterioso bilionário Pa Salt. Antes de morrer, ele deixou a cada uma das seis filhas adotivas uma pista sobre suas origens, porém a jovem hesita em abrir mão da segurança da sua vida atual.

Enigmática e introspectiva, ela sempre se apoiou na irmã Ceci, seguindo-a aonde quer que fosse. Agora as duas se estabelecem em Londres, mas, para Estrela, a nova residência não oferece o contato com a natureza nem a tranquilidade da casa de sua infância. Insatisfeita, ela acaba cedendo à curiosidade e decide ir atrás da pista sobre seu nascimento.

Nessa busca, uma livraria de obras raras se torna a porta de entrada para o mundo da literatura e sua conexão com Flora MacNichol, uma jovem inglesa que, cem anos antes, teve como grande inspiração a escritora Beatrix Potter. Cada vez mais encantada com a história de Flora, Estrela se identifica com aquela jornada de autoconhecimento e está disposta a sair da sombra da irmã superprotetora e descobrir o amor.

A IRMÃ DA PÉROLA

Ceci D'Aplièse sempre se sentiu um peixe fora d'água. Após a morte do pai adotivo e o distanciamento de sua adorada irmã Estrela, ela de repente se percebe mais sozinha do que nunca. Depois de abandonar a faculdade, decide deixar sua vida sem sentido em Londres e desvendar o mistério por trás de suas origens. As únicas pistas que tem são uma fotografia em preto e branco e o nome de uma das primeiras exploradoras da Austrália, que viveu no país mais de um século antes.

A caminho de Sydney, Ceci faz uma parada no único local em que já se sentiu verdadeiramente em paz consigo mesma: as deslumbrantes praias de Krabi, na Tailândia. Lá, em meio aos mochileiros e aos festejos de fim de ano, conhece o misterioso Ace, um homem tão solitário quanto ela e o primeiro de muitos novos amigos que irão ajudá-la em sua jornada.

Ao chegar às escaldantes planícies australianas, algo dentro de Ceci responde à energia do local. À medida que chega mais perto de descobrir a verdade sobre seus antepassados, ela começa a perceber que afinal talvez seja possível encontrar nesse continente desconhecido aquilo que sempre procurou sem sucesso: a sensação de pertencer a algum lugar.

A IRMÃ DA LUA

Após a morte de Pa Salt, seu misterioso pai adotivo, Tiggy D'Aplièse resolve seguir os próprios instintos e fixar residência nas Terras Altas escocesas. Lá, ela tem o emprego que ama, cuidando dos animais selvagens na vasta e isolada Propriedade Kinnaird.

No novo lar, Tiggy conhece Chilly, um cigano que altera totalmente seu destino. O homem conta que ela possui um sexto sentido ancestral e que, segundo uma profecia, ele a levaria até suas origens em Granada, na Espanha.

À sombra da magnífica Alhambra, Tiggy descobre sua conexão com a lendária comunidade cigana de Sacromonte e com La Candela, a maior dançarina de flamenco da sua geração. Seguindo a complexa trilha do passado, ela logo precisará usar seu novo talento e discernir que rumo tomar na vida.

Escrito com a notável habilidade de Lucinda para entrelaçar enredos emocionantes e nos transportar para épocas e lugares distantes, *A irmã da lua* é uma brilhante continuação para a aclamada série As Sete Irmãs.

CONHEÇA OUTRO LIVRO DA AUTORA

A GAROTA DO PENHASCO

Tentando superar um coração partido, Grania Ryan deixa Nova York e volta para a casa dos pais, na costa da Irlanda. Lá, na beira de um penhasco, em meio a uma tempestade, ela conhece Aurora Lisle, uma garotinha de 8 anos que mudará sua vida para sempre.

Apesar dos avisos da mãe para ter cuidado com os Lisles, Grania e Aurora ficam cada vez mais próximas, e ela passa a cuidar da menina sempre que Alexander, o belo e misterioso pai, precisa viajar a trabalho. O que Grania ainda não sabe é que há mais de cem anos o destino das famílias Ryan e Lisle se entrelaçam inexoravelmente, nunca com um final feliz.

Através de cartas antigas, Grania descobre a história de Mary, sua bisavó, e começa a perceber quão profundamente conectadas as duas famílias estão. Os horrores da guerra, o destino de uma criança, a atração irresistível pelo balé e amores trágicos vão deixando sua marca através das gerações. E agora Grania precisa escolher entre seguir em frente ou repetir o passado.

Alternando entre romance histórico e contemporâneo, *A garota do penhasco* é um livro sobre mulheres fortes, grandes sacrifícios e a capacidade do amor de triunfar sobre tudo.

CONHEÇA OS LIVROS DE LUCINDA RILEY

A garota italiana
A árvore dos anjos
O segredo de Helena
A casa das orquídeas
A carta secreta
A garota do penhasco
A sala das borboletas
A rosa da meia-noite

Série As Sete Irmãs

As Sete Irmãs
A irmã da tempestade
A irmã da sombra
A irmã da pérola
A irmã da lua
A irmã do sol

Para saber mais sobre os títulos e autores da Editora Arqueiro,
visite o nosso site e siga as nossas redes sociais.
Além de informações sobre os próximos lançamentos,
você terá acesso a conteúdos exclusivos
e poderá participar de promoções e sorteios.

editoraarqueiro.com.br